Und keiner weiß, warum

Ulla Burges

UND KEINER
WEISS, WARUM

Bibliografische Information der Deutschen Nationalbibliothek
Die Deutsche Nationalbibliothek verzeichnet diese Publikation in der Deutschen
Nationalbibliografie; detaillierte bibliografische Daten sind im Internet über
http://dnb.d-nb.de abrufbar.

Umschlagmotiv von Katharina Burges
Satz, Umschlaggestaltung und Verlag: BoD · Books on Demand GmbH,
Überseering 33, 22297 Hamburg, bod@bod.de
Druck: Libri Plureos GmbH, Friedensallee 273, 22763 Hamburg

ISBN: 978-3-8192-6959-2

1

»Das wär doch was«, sagt Max. »Ich lese das gleich noch mal, nicht ganz klar, ob das ernst gemeint sein soll oder was. Genauso ist es. Aber super Mitbringsel für Gero. Was soll ich sonst schenken. Die kriegen sowieso einen Haufen Müll von allen. Ich bin kein Müllschenker. Allenfalls ein Müllschlucker.« Er lacht vor sich hin. Redet immer mit sich. Ist ja sonst keiner da.

Er bleibt im Flur vor dem großen Spiegel stehen. »Oder was sagst du?« Den Kopf schiefgelegt, lächelt er sich an. Doch, doch, eigentlich sieht er richtig gut aus. »Die werden Augen machen. Rechnet ja keiner mit mir, witzige Idee. ,Ich schenke euch weiter nichts. Ihr habt ohnehin schon alles. Und bekommt heute außerdem jede Menge Unrat. Das hier ist was ganz Spezielles, weil das nämlich gar nicht schlecht ist. Schade, dass es nicht von mir geschrieben ist, haha. Und es passt, glaub ich, ziemlich gut, auch für die Braut im ... sechsten Monat – oder wie weit bist du? Ich darf doch du sagen? Wäre toll, wenn du mir deinen Namen verrätst, Schwiegertöchterlein.'«

So probt Max seine Ansprache an den Sohn und die junge Frau, auf die er nicht neugierig ist. Hochzeit, Vollidioten, sterben einfach nicht aus. Staunen werden die. Max bringt immer alles in Erfahrung, was er wissen will, wär doch gelacht. Ist schließlich Familie, da darf man hingehen, braucht keine explizite Einladung. Erscheinen wie ein Deus ex machina, da ist er, alle Blicke auf ihm, dem nichts entgeht. Und den man nicht einfach übersehen sollte. Zumal er mit Frieden im Gepäck aufwartet.

Zurück im Wohnzimmer, setzt er sich unter die Stehlampe mit dem schwarzen Halbrundschirm und liest den Artikel ein zweites Mal.

Kinder, Kinder

Was ist das für ein egoistisches Unterfangen, Kinder in die Welt zu setzen, anstatt zu verhindern, dass das geschieht. Zumindest in den Regionen der Erde, wo das möglich und steuerbar ist. Im Grunde müssten doch alle wissen, was sie damit anrichten. Was denken sich Eltern, wem sie einen Gefallen tun? Es darf die Vermutung ausgesprochen werden: (Zukünftige) Eltern denken darüber nicht nach. Angeblich unterliegen wir alle einem unbezähmbaren Fortpflanzungstrieb, unsere Gene schreien nach Weitergabe. Muss man daran glauben? An diesen animalischen Urdrang? Vielleicht. Denn wie viele Paare unterziehen sich einer aufreibenden und quälenden In-vitro-Fertilisation, einer künstlichen Befruchtung, dreimal, fünfmal, zehnmal, für viel Geld, mit wenig Erfolg. Nur, um ein Kind zu bekommen. Dann das große Thema der Leihmutterschaft. Ein Kind um fast jeden Preis. Wozu bitteschön das Ganze? Wissen wir alle nicht, was danach kommt? Für uns selber und erst recht für die Kinder? Haben wir alle tatsächlich so wenig Phantasie? Oder so viel vergessen? Besser wird unsere Welt nicht, und klüger werden die Menschen nicht. Mein Kind soll es einmal besser haben als ich – so ein Unsinn. Wenn dem Kind nicht das Gleiche widerfährt wie mir, dann eben etwas anderes, auf jeden Fall Unerfreuliches. Wie naiv sind wir denn alle. Später erinnerte sogenannte schöne Kindheiten – alles Quatsch, dümmlicher Selbstbetrug zum Zwecke der Auslöschung oder Übermalung früherer Grusel- oder Ohnmachtsjahre. Was man alles so überstanden hat. Idealisierungstendenz. Pipi Langstrumpf ist eine lustige Utopie. Astrid Lindgrens Kindheit wie auch die folgenden Jahre waren alles andere als schön für sie.

Vor dem Kindermachen stellen sich alle, vornehmlich Frauen, immer nur jenes niedliche Baby-Betüteln vor, Kindchen-im-Arm-Wiegen, Utschi-Butschi-Bubu-Gebrabbel in albernem Pieps-Tonfall, jenes Sich-kümmern-Dürfen um etwas Schwaches, Kleines, das man beruhigen und sattmachen kann – wie erfüllend das ist. Weil man sich groß fühlen kann, erwachsen und endlich mit

Macht ausgestattet, die nirgends sonst so gelebt werden kann. Ich habe ein Kind – wenn ich diesen Satz sagen kann, erhöht er die Selbstsicherheit, macht stolz, macht mich wichtig. Denn Kind braucht mich, ist so wunderbar hilflos, auf mich angewiesen, mir ausgeliefert. Würde ich nicht für es sorgen, wäre es gar nicht lebensfähig. Ein Kind brauche ich nur für mich selbst, es hilft meinem Ego. Vielleicht sogar, um nicht allein zu sein. Um eine Aufgabe zu haben. Weil ich ja sonst keine habe. Weil ich mich unvollständig fühle ohne Kind(er), so richtig komplett und ernstzunehmen ist man doch erst mit Kind(ern). Weil ich meinen Eltern beweisen will, es besser hinzukriegen als sie. Weil ich überzeugt bin, mit einem (weiteren) Kind meine unglückliche Beziehung zu retten. Eltern brauchen ein Kind fürs eigene Wohlgefühl, für die eigene Aufwertung. Kindchen beruhigen und sattmachen – reicht nicht lange, hält nicht lange vor. Der Hunger wächst, die Unruhe nimmt zu. Das, was Kinder brauchen, kriegen sie nicht. Kind macht Arbeit, ja, gewiss, aber das mache ich doch gern. Kind will überleben, fordert lautstark, kleiner Egoist, jetzt schon – solange es so süß ist, stöhne ich nur ein bisschen. Kind testet Grenzen aus, ab jetzt muss es meine Grenzen kennenlernen. Puh, so wollte ich das aber nicht. Kind wird unverschämt, hält sich an nichts. Wo liegen die Fehler. Das wächst sich ja aus zu einem eigenständigen Menschen, hat selbst Gedanken, die meinen nicht mehr entsprechen, überhaupt entspricht es gar nicht mehr meinen Bedürfnissen und Vorstellungen. Hoppla, so aber nicht. Jetzt ist mal Schluss. So war das nicht gedacht. Ist leider missraten, diese Nummer 1. Komm, machen wir noch eines, das wird bestimmt einfacher, haben wir ja schon Erfahrungen und machen das eine oder andere bei Nummer 2 garantiert besser, weil die Überforderung dann wegfällt. Ich schaffe mir Kinder an, so wie Möbel, oder das Meerschweinchen. Ich, ich, ich. Was Eltern sich einst so zauberhaft vorgestellt haben, reift heran zu vollendeter Enttäuschung. Natürlich: Es gibt Ausnahmen.

In der Regel ist das Experiment Kind sehr bald schon gescheitert,

scheitert täglich neu. Weil Eltern uneins sind, um die Erziehung konkurrieren, mit sich selbst zu tun haben und Kind dabei lästig ist. Entweder weil wir unser Kind zuschütten, erst mit Spielzeug, später mit Markenklamotten, mit Terminen, damit Kind auf nichts verzichten muss, keine Chance verpassen darf, Ballett und Reiten, Klavierunterricht und Fußball, Kinderyoga und Kampfsport, für Freunde keine Zeit mehr, weil wir nicht aufhören können mit unserer Behüterei und mit unserer altruistisch verbrämten Dominanz. Weil wir mit allerhand materiellem Schnickschnack unsere eigenen emotionalen Defizite übertünchen müssen. Weil wir gar nicht lieben können, gar nicht wissen, wie das geht, weil wir es selber nie erfahren durften. Oder weil wir doch alles richtig machen wollten, weil das in achtundzwanzig Ratgebern steht, verdammt nochmal. Oder weil wir beizeiten aufgegeben, unser Kind vernachlässigt oder bekämpft haben, weil seine Entwicklung als eigenständiges Wesen uns, wie gesagt, nicht passte, weil uns die Mühe um es endlos und undankbar und kraftraubend erschien. Weil dieses Kind meist recht schnell unsere Macht durchschaut hat, mussten wir es misshandeln, missbrauchen, missachten, lauter Misswörter, sorry. Das Nicht-Wahrnehmen spielt auch eine Rolle. Mitunter bemerken wir in unserer Selbstfixierung gar nicht, dass unserem Kind etwas fehlt. Es fehlt ja immer nur uns etwas.

Ich werde dafür sorgen, dass mein Kind glücklich heranwächst. Guter Vorsatz in einer miserablen Welt. Und mit meinem eigenen gesammelten Unvermögen. Wie will ich das denn machen? Wenn ich scheitere, merke ich es wahrscheinlich nicht einmal.

Sofern eine erfolgreiche Befruchtung nicht aus völliger Gedankenlosigkeit – ups, hätte ich vielleicht doch aufpassen sollen? – heraus geschieht und aus anschließender Abtreibungsgegnerschaft, wird sie doch der Natur überlassen oder gar herbeigewünscht auf Grund jenes Nichtweiterdenkens, jener Verendung der eigenen Gedanken auf dem Wickeltisch des zukünftigen Kindes. Ist das nicht verantwortungslos, heute mehr denn je, wenn wir uns unsere heruntergewirtschaftete Erde ansehen, wenn wir dank unserer

Gier, ebenso wie unserer Trägheit, vor allem dank unserer Gleichgültigkeit die klimatischen Katastrophen stetig forcieren, immer nur herumfaseln, oder auch einfach leugnen – geht ja schließlich auch –, wenn wir uns, bis alles hinüber sein wird, weiterhin sauber die Köpfe einschlagen – nein, nicht unsere, das passiert ja zum Glück woanders –, solange dem Testosteron nicht per Gen-Schere der Aggressivitätsfaktor herausgeschnitten wird – woran wohl eher die Frauen forschen müssten. Andererseits: Frauen sind auch nicht ohne. Frauen verstümmeln eigenhändig ihre kleinen Mädchen. Frauen erziehen die späteren trefflich abgerichteten Terroristen. Alles zum Glück nicht bei uns.

Einige unter uns machen Kinder, weil sie später einmal versorgt werden möchten, im Alter, damit die Kinder später die Kümmerer sind, wenn wir uns wieder in die Windeln machen. Ist doch angemessen, so eine nette kleine moralische Verpflichtung der Nachkommen, organisatorisch, finanziell, pflegerisch, aus lauter Liebe – gibt es da etwa Unterschiede innerhalb dieser Ursachen? Sollen sich bloß nicht davor drücken. Blüht uns selber schließlich auch mit den eigenen Eltern. Heime werden nicht mehr bezahlbar sein. Eine fröhliche Zukunft für mein Kind? An dessen späteres Erwachsensein ich leider zu denken versäume. Es geht niemals um mein Kind, sondern ausschließlich um mich. Einsamkeit im Alter ist beinahe vorprogrammiert. Dafür oder dagegen sind doch Kinder gut. Altersvorsorge.

Ja, noch ein Aspekt, der uns statistisch zum Kinderkriegen nahezu verpflichtet: die spätere Rente. Wer soll die bezahlen, wenn nicht die Jüngeren? Die heute unglücklich Kinderlosen werden schon mal bestraft, müssen mehr in die Rentenkasse einzahlen als diejenigen mit den unglücklichen Kindern aus der ganzen Eigenproduktion. Der Faktor Geld ist ohnehin nicht zu vernachlässigen. Allerdings geht es heute nicht an erster Stelle um diejenigen, die allein wegen des vielen Kindergeldes viele Kinder bekommen. Gleichwohl haben gerade diese Kinder die schlechtesten Karten hinsichtlich des künftigen Gedankenmachens.

Unsere Spezies mit der ungeheuren Fruchtbarkeit hat das Nachdenken meist nicht in den Genen. Den Prozess der menschlichen Selbstzerstörung kann man doch mit Fug und Recht als Erfolgsstory bezeichnen. Damit wir, besonders auf der Nordhalbkugel, fürderhin den angenehm hohen Lebensstandard halten können – noch eine Weile, bis alles kaputt ist –, müssen wohl weiterhin Kinder hergestellt werden. Kinder sind unsere Zukunft. Die dreizehnjährig zwangsverheirateten Mädchen, die mindestens schief angesehen, wenn nicht bespuckt werden, wenn sie nicht sehr bald gebären, sind an der Stelle von jeglicher Kritik ausgenommen. Sie sind wehrlos gegenüber den verbrecherischen Verwandten um sie herum. Erbe, Überlieferung, gepaart mit patriarchalem Dünkel, Sturheit und Angst haben die unbegrenzte Vermehrung von Geschöpfen zur Folge, die ungebildet bleiben, rechthaberisch traditionsgebunden und ängstlich wiederum für die nächste Generation sorgen. Ups, doch keine Verbrecher? Aber wen kann man denn da noch schuldig sprechen?

Bleiben wir lieber unter uns, im sogenannten reichen Westen mit all seinen Möglichkeiten und seinen zivilisatorischen Errungenschaften und dem Stolz auf das alles. Oder besser dem glücklichen Zufall von uns hier Geborenen. Könnten wir heute Kinder eher um ihrer selbst willen bekommen als früher? Unwahrscheinlich. Und auch nur, solange die Erde noch nicht vollends streikt. Aber unsere individuelle Fahrlässigkeit, unsere Zukunftsblindheit, unsere unverzeihliche grenzenlose Gedankenträgheit widerspiegeln an der Stelle jenen enormen Egoismus, der fast schon kriminell genannt werden könnte. Das Projekt Kind scheitert einfach zu oft – hören Sie gar nicht zu, wenn andere darüber reden?

Wollen wir denn nun den aktuell schwangeren Frauen oder den jungen Müttern mit diesem Pessimismus generell ein schlechtes Gewissen machen? Den noch Unschlüssigen schnell zur Abtreibung raten? Mitnichten. Bekommen Sie alle Ihre Kinder! Und wenn Sie sie bereits haben, schauen Sie mal nach dem Deckel – sind noch nicht alle in den Brunnen gefallen. Gestatten Sie sich ab und zu die

Frage, vor allem, wenn Sie schwanger zu werden gedenken, warum um alles in der Welt Sie unbedingt ein Kind haben wollen! Nur um dazuzugehören? Gruppenzwang auch hier? Wird das Kind Ihnen später, wenn es ihm – vielleicht Ihretwegen – ziemlich beschissen geht, seine Existenz danken?

Es heißt so verführerisch und so gedankenverloren: Leben schenken. Wie großartig das klingt, das größte aller Geschenke überhaupt. Leben als Geschenk. Wir dichten uns das Leben bedeutsamer als es ist. Vermehren können sich schon die Einzeller. Sogar die Viren. Und erst die Mollusken! War ich ein Geschenk für meine Eltern? Ja, gewiss, solange ich klein und niedlich und fügsam war. Als Baby hatten sie mich nachts schreien lassen, höchst absichtsvoll, damit ich später keine Terroristin würde, erklärten sie mir später ganz stolz. Da haben wir's wieder. Schon im Babyalter üben wir die Tyrannei. Später war ich sowieso eine Strafe für sie. Aber das konnten oder wollten sie sich so gar nicht vorstellen während der ersten Jahre. Hätten sie an meiner Entstehung gearbeitet, wenn ihnen jemand meine spätere Scheußlichkeit prophezeit hätte? Und meinen Scheußlichkeitsvorwurf ihnen gegenüber? Ja, sie hätten, denn sie hätten das nicht geglaubt. Menschen glauben nie etwas. Außer an Gott, manchmal, weil das so simpel ist, wenn ihnen alleine und verantwortlich für so allerlei, die Puste ausgeht. Was gemeint ist: Menschen sind nicht lernfähig. Was die wichtigen Bereiche des Lebens betrifft. Marsflüge und die Suche nach Exoplaneten mögen interessant sein, wichtig sind sie nicht.

Manche Vorstellungen lehnen wir einfach ab. Weil wir meinen, dass uns das nicht betrifft. Uns doch nicht! Wir werden das schon hinkriegen. Jaja, irgendwie.

Max steht auf, markiert filzstiftig mit einem fetten Kreuz die Seite im Heft, knickt sie um, soll auf jeden Fall gefunden werden. Er hat die Idee einer roten Schleife ums Heft. Findet keine Schleife. Bindeband, kleine Strippe täte es ebenso. Ist auch nicht mehr da. Eine Rolle Blumendraht findet er. Nee, Draht nicht.

Obwohl. Banderole aus Papier könnte er basteln. Was schreibt man da drauf? Ihm fällt nichts Passendes ein. Oder doch, aber dann wären sie beleidigt. Sind ja immer alle so schnell beleidigt und verstehen keinen Spaß.

Am nächsten Tag steht Max vorm Spiegel, schüttelt den Kopf, zuppelt an dem blaubunten Männertuch, das er für heute ausgewählt hat. Ohne Tuch um den Kopf verlässt er gar nicht mehr das Haus. Eng anliegend gebunden, die grauen lichten Stoppeln unsichtbar, kleiner Knoten am Hinterkopf, fesch. Wer hat ihn zuletzt tuchlos gesehen? Die Halunken in der Bar vor drei Monaten, die ihn aufgezogen haben. Na ja, der eine ist bestimmt im Krankenhaus gelandet. Überhaupt, aus der Ecke hat er gar nichts wieder gehört.

Er besitzt zahlreiche kleine Tücher, sorgfältig gestapelt im Schrank. Anlass-bezogen von großer Farbenvielfalt und qualitativ unterschiedlich. Ein paar edle sind dabei, aus reiner Seide. Heute besteht kein besonderer Anlass, das heißt, er hat beschlossen, dass heute kein besonderer Anlass besteht. Daher hat er sich für das verwaschene blaubunt geblümte entschieden. Er geht in Jeans, ausgefranst, Loch überm linken Knie, nur paar Fäden quer rüber. T-Shirt in knalligem Gelb, mit Aufdruck *I'm an Angel*. Alles frisch gewaschen, Sauberkeit ist ihm wichtig. Jacke braucht er nicht, ist warm draußen. Man wird doch draußen sein? Er dreht sich ins Profil. Abgenommen hat er. Das Bäuchlein – ja, gut, bisschen einziehen ist okay, aber immerhin, für Mitte fünfzig sehr passabel. Wie alt würde er sich schätzen, wenn er sich selbst unbekannt wäre? Vierzig, Anfang vierzig. Höchstens.

»Was meinst du, wer alles da sein wird? Astrid und Vanessa, klar, die dürfen nicht fehlen. Wird mir bestimmt schlecht, wenn ich die sehe. Aber ich will heute endlich alle Kriegsbeile begraben, auch das mit Hildegard. Max, das schaffst du, auch wenn's schwerfällt.« Er breitet die Arme aus, strahlt sich an, schöne weiße Zähne, genau, so gefällt er sich. »'Hildchen, Muttichen, komm her, gut siehst du aus, Strich unter die alten Sachen, umarme deinen doch nicht verlorenen Sohn, ist doch ein toller Anlass heute, aber ich habe dir schon längst alles verziehen!' Genau, dass sie gut aussieht, das muss ich ihr sagen, das freut jede Frau.«

Er stellt sich seine Mutter vor: vielleicht ein wenig geschrumpft in den Jahren, passiert ja irgendwann, die vollen Haare schneeweiß wie damals schon, extra schick aufgesteckt heute vom Friseur, und in edler Robe ... In edler Robe eher doch nicht, sicher schlicht und würdevoll wird sie dastehen, ein Glas Sekt in der Hand, großäugig-verwundert ihn anblicken, und jetzt Tränen in den Augen. Bei einer Hochzeit darf geweint werden. Vor lauter Glück. Max ist zurück. Max ist nicht mehr böse mit ihr.

2

Drei Tage später sitzt er im vollen Wartezimmer von Doktor Wals. Was für ein Mief hier, obwohl das Fenster angekippt ist. Übereck hat sich gerade eine junge Frau hingesetzt, die er interessiert betrachtet. Außerdem schlägt sie die Ausgabe des SPIEGEL auf, die er am Freitag Gero geschenkt hat. Ihre linke Hand ist vollständig verbunden, vielleicht sogar geschient, ein etwas unförmiges Gebilde. Sie trägt ein Tuch um den Kopf, genau wie er, nur glatt silbergrau. Sollten alle ihren blöden Schädel verhüllen, denkt er, indem er die Wartenden diesbezüglich mustert. Blass sieht sie aus, hat starke Augenbrauen, wirkt konzentriert auf das, was sie liest. Schön dünn ist sie, herausragend dünn inmitten der vielen meist dicklichen Muttis. Und ganz schwarz gekleidet: blickdichte schwarze Strumpfhose, flache schwarze Schuhe, schwarzer Minirock und ein schwarzer Blazer über etwas Schwarzem darunter. Ob sie essgestört ist? Was wird sie gleich dem Arzt berichten? Sicher wird er die Hand auspacken. Auf dem Flachbildschirm über ihrem Kopf laufen tonlos ständig Schriftbänder über die Bilder der aktuellen Katastrophen und Kriege. Müssen sie uns damit hier auch noch füttern.

Als sie beim Umblättern kurz aufsieht, fragt er sie mit kurzem Fingerzeig auf die monströse Hand: »Gestürzt?«

Blaue Augen, Kajal-umzogen, lange Wimpern, sie sieht ihn an, als sähe sie durch ihn hindurch, schüttelt den Kopf. »Viel besser.« Sie lächelt kaum merklich. Dann vertieft sie sich wieder in ihre Zeitschrift.

Viel besser – was ist das denn für eine Antwort. Aber sie gefällt ihm. Vielleicht hat sie einen guten Humor. Weiter zu fragen traut er sich nicht wegen der Leute rundherum, obwohl diese Antwort dazu einlädt. Wie alt mag sie sein? Er ist gut im Schätzen. Dreißig, höchstens. Was macht sie beruflich? Erzieherin? Physiotherapeutin? Das wäre blöd jetzt, einhändig. Verkauft sie Klamotten in einer Boutique? Sitzt sie beim Steuerberater? Nein, da sitzt ja schon die Tussi-Ehefrau von Gero. So sehen Steuerfachangestellte aus, unscheinbar, null-acht-fuffzehn, selbstunsicher. Passt alles nicht. Hat sie studiert oder ist noch dabei? Könnte sein. Hat sie vielleicht Krebs und keine Haare mehr unterm Tuch dank Chemobombentherapie?

Als die Tür aufgeht, weht ihn ein Geruch an, eine Mischung aus Parfüm und Schweiß. Wer von den Gestalten hier riecht so? Er beugt sich vor, um die in seiner Reihe Sitzenden dahingehend zu sondieren. Ja, die da, ganz bestimmt die da, jung, fett, in Leggins und hellblauem Glitzer-Shirt, Bauchspeckwülste, strähnige Haare. Die Oberschenkel liegen so breit auf, dass die Unterbeine einen halben Meter auseinanderstehen müssen. Hängen, baumeln, sie reichen nicht bis auf den Boden. Blitzblickwahrnehmung. Dass junge Mädchen oft so gar keine Ahnung mehr haben, was sie kleidet. Oder dass es ihnen völlig schnurz ist, wie sie aussehen. Und wie sie stinken.

Überhaupt diese ganzen Leute hier. Was so ein Hausarzt alles sehen muss. Und eben manchmal auch riechen. Es soll ja Ärzte geben, die menschliche Körperlichkeit gut finden, gern auf schwammigen Bäuchen herumdrücken, gefülltes Gedärm spannend finden, oder schmalzige Ohren. Und diese natürlichen Menschengerüche in all ihrer ungewaschenen Vielfalt. Max sortiert die Anwesenden in die Unappetitlichen und die Genießbaren. Appetitlich ist hier nur eine. Ihm gegenüber längs durch den Raum sitzt Samuel, wie kann man nur Samuel heißen, immerhin will er Sam genannt werden. Wie lange kennt er den Typen schon. Max sagt immer Samuel zu ihm, das ärgert den. Kerzengerade, nicht angelehnt, bewegt sich nicht. So ein Hagerer, hält die Augen geschlossen, die Hände im Schoß, etwas jünger als er, die Krücke neben ihm gehört ihm nicht, gehört der Frau daneben, die mit dem geschienten Bein. Samuel sieht wirklich nicht schlecht aus, ganz glatte Haut, schmallippig leicht verkniffen, eingeschlafen ist der nicht, sicher hat er Max schon gesichtet und die Augen gleich wieder zugemacht. So muss man einander nicht Guten Tag sagen. Meditiert vielleicht, gehört zu denen, die so Zeug machen, autogenes Training oder Qigong, weil sie ihr Dingsda, ihr Mittelteil verloren haben. Riecht der nach Rasierwasser? Hier beim Arzt ein Duftkörperchen inmitten von lauter Stinkern? Na ja, er selber, Max, hat sich auch dezent beduftet. Samuel riecht gewiss eher nach nichts. Die Frau mit Krücke und *Schien*bein besitzt ihr Mittelteil, aber ganz gewaltig sogar. Falls die Brüste hat, sind sie mit ihrer Wampe verschmolzen. Einen Geruch will sich Max lieber nicht vorstellen.

Ein dicker Mann auf der anderen Seite fängt an zu husten und kann gar nicht wieder aufhören, läuft ganz rot an, kriegt kaum noch Luft. Ist bestimmt peinlich für den. Maskenzeit ist vorbei, übermorgen sind wir alle krank, man verteilt wieder barrierefrei seinen Unrat. Und der kommt bei dem aber von ganz weit unten. Das schluckt der grad alles, bestimmt lecker, sein Magen tödlich beleidigt, oder auch nicht, aber gut, dass es keine Spucknäpfe mehr gibt. Max spürt eine Nebelwolke Ekel in sich hochsteigen, verzieht das Gesicht. Aus der Jackentasche holt er eine Schachtel mit irgendwelchen klapperigen Bonbons von vor fünf Jahren, geht zu dem Mann, hält ihm die geöffnete Schachtel hin. Da es den Mann regelrecht schüttelt, kann er gar nicht zweifingrig hineingreifen für ein einzelnes Bonbon. Dem laufen die Hustentränen. Max schließt die Schachtel wieder und drückt sie ihm als Ganzes in die hustenverwackelte Hand. Wenigstens weg das Zeug. Und er hat versucht zu helfen. Zurückgehend bleibt er kurz bei der jungen Frau stehen, tippt auf die Zeitschrift.

»Seite sechsundzwanzig müssen Sie lesen. Das ist gut.« Als er schon wieder sitzt, sagt er noch, er glaube, dass es Seite sechsundzwanzig sei. »Hab ich zur Hochzeit verschenkt. Keine so gute Idee.«

Zum Glück ist sie nach ihm gekommen, denkt er und schmunzelt.

»Ja, meine Güte, nur ich bin der Blöde, kriege nichts auf die Reihe. Der liebe Gott drückt mir immer wieder eine rein.«

»Der liebe Gott? Ihr Blutdruck ist zu hoch, wird allmählich bedenklich, ich schreibe Ihnen was auf. Aber Sie sollten wirklich alles etwas ruhiger angehen lassen. Gegen den selbstgemachten Stress helfen keine Pillen.«

Der Arzt hat ihn abgehört, alles in Ordnung so weit. Max zieht sich das blaue T-Shirt über die grauhaarige Brust. Er hatte ihm schon erzählt, dass es ihm einfach nur total beschissen geht. Nein, kein Infekt, keine körperlichen Schmerzen, Krankschreibung braucht er auch nicht. Er ist schlechterdings fix und fertig, grübelt ohne Ende, kann nicht einschlafen, wacht schnell wieder auf. Weil es so ungerecht zugeht auf der Welt. Nein, Schlaftabletten will er auch nicht. Er weiß plötzlich, dass er ganz erbärmlich aussieht, trotz des flotten orangefarbenen Tuches um den Kopf, was ihn gerade daran hindert, sich die Haare zu raufen. Warum ist er überhaupt gekommen?

»Wann krieg ich meinen Herzinfarkt?«

Der Arzt sagt nichts, sieht ihn nur ein wenig verdrießlich an, als wollte er sagen: bald.

»Doc, Sie kennen mich doch schon lange. Obwohl Sie nie wirklich Zeit für mich haben, wissen Sie eine Menge aus meinem Leben. Alles Wichtige hab ich Ihnen jedes Mal erzählt. Mein ganzes Pech andauernd. Ich gebe immer alles – und kriege immer nichts.«

Max ist das ärmste Schwein der Welt.

»Woran liegt's denn?«, fragt Doktor Wals, hat aber wenig Neigung auf eine neue Geschichte von Max. Der schüttelt den Kopf. Er weiß, er muss sich kurzfassen, denn draußen warten mindestens noch zwölf andere. Auch die hübsche Frau mit der weißen Pranke.

»Muss ich immer alles verlieren. Egal was ich anfange – das geht nie lange gut. Immer muss ich bezahlen. Und so verdammt teuer.«

Doktor Wals sieht ihn fragend an.

»Ich muss einfach aufhören, so gutmütig zu sein.«

»Gutmütig.« Doktor Wals' Finger beginnen, auf der Tastatur herumzudrücken, während er auf den Bildschirm schaut. Hört er überhaupt zu?

»Meine Mutter. Wir hatten doch keinen Kontakt mehr, schon seit neun Jahren. Aber jetzt hab ich sie wieder gesehen, bei der Hochzeit meines Sohnes, am Freitag. Ich wollte sie umarmen, meine Mutter, aber sie gibt mir nur die Hand wie so'ne Gouvernante und äußert sich total abfällig über mich. Ich habe sie stehen lassen, mich furchtbar über sie aufgeregt, so dass sie schließlich die Hochzeit verlassen hat. Das müssen Sie sich vorstellen. Am nächsten Tag, vorgestern, ist sie an einer Hirnblutung verstorben. Verstehen Sie: Ich will daran nicht schuld sein!«

»Oh, mein Beileid. Fühlen Sie sich denn schuld daran?«

»Meine Mutter ist schuld!«

»Ihre Mutter ist schuld an ihrem eigenen Tod? Sie hat sich doch nicht umgebracht, wenn es eine Hirnblutung war.«

Ist der so blöd, oder tut er nur so. Max springt auf. »Meine Mutter ist schuld an der Scheißsituation vorher!«

»Ja, ja, Ihre große Gutmütigkeit. Ich verstehe.« Er will gar nichts weiter hören, überreicht Max ein Rezept und erklärt ihm etwas über Wirkung und Nebenwirkung des Blutdrucksenkers.

Max starrt ihn an, als hätte der Arzt einen Dachschaden.

Der Arzt erhebt sich. »Wir können das hier nicht vertiefen, Herr Blund. In drei Monaten will ich Sie wiedersehen. Gönnen Sie sich mal eine Auszeit. Und vergessen Sie nicht die Trauer um Ihre Mutter. Was machen Sie eigentlich beruflich jetzt?«

»Kapieren Sie denn gar nicht: Ich wollte meine Mutter *umarmen* nach all den Jahren!«

»Dass Sie das wollten, sagten Sie ja. Ihre Mutter scheint bloß nicht so plötzlich gewollt zu haben.« Doktor Wals streckt Max die Hand entgegen, Auf Wiedersehen.

Max nimmt die Hand, wird aber laut. »So plötzlich? Da lagen neun Jahre dazwischen! Wie lange hätte ich denn *noch* betteln sollen!«

»Betteln? War nicht die ganze Zeit Funkstille?« Langsam schiebt er Max Richtung Tür, immer noch dessen Rechte fest im Griff.

»Was meinen *Sie* denn, hätte ich bei dem Fest vielleicht lange Fragen stellen sollen, ob sie sich vom bösen Sohn umarmen lassen möchte?«

»Na ja, vielleicht eine Variante. Sie haben sie doch ganz schön überrumpelt.«

»Aber doch nicht bei neun Jahren dazwischen! Neun Jahre sind doch genug! Schließlich hat sie nur noch einen Tag gelebt!«

»Was sie nicht hat wissen können.«

»Eben deshalb, da muss man sich doch versöhnen können!«

»Für *Sie* wäre eine Versöhnung wichtig gewesen. Was die Mutter betrifft, wissen wir es nicht.«

»Also Sie meinen, meine Mutter wollte gar keine Versöhnung? Deshalb hat sie sich so unmöglich benommen?«

»Ich weiß nicht, was Ihre Mutter gewollt hat. Ihre Umarmung in dem Moment vielleicht nicht?«

»Aha. Und jetzt legen Sie also meinen guten Willen an dem Tag noch als Bösartigkeit aus.«

Doktor Wals öffnet die Tür. »Ich lege gar nichts aus, Herr Blund, aber ich muss jetzt wirklich weitermachen.« Damit öffnet er die Tür zum Flur und schiebt Max sanft hinaus.

»Da kennen Sie mich aber schlecht! So was geht ja gar nicht!«

Die Tür hat sich bereits geschlossen. Max brüllt durch die Tür. »Da bin ich viel zu spontan! Da muss man sich doch auch wieder vertragen können!«

Jemand ruft seinen Namen vom Tresen her. Er schlägt sich

vor die Stirn, stolpert dorthin und kann es nicht fassen, dieses herzlose Abgefertigtwerden.

Ein Name steht auf dem Schild über der Brust der jungen Frau. Er starrt dahin, liest den Namen nicht. Dann starrt er in ihr Gesicht, das von blonden Locken umrahmt ist. Der lächelnde Mund fragt ihn, wann er wiederkommen soll.

»Am besten gar nicht. Alles wird einem hier auf den Kopf gestellt! Ich werde überhaupt nichts mehr erzählen, weil ich ja doch von Anfang bis Ende nur ein Arschloch bin!«

3

Max steht hier unten fast eine Stunde, dachte schon, er hätte sie verpasst, aber es gibt nur diese eine Tür. Für die Frau hat sich dieser miese Doc Zeit genommen. Aber gut so, inzwischen konnte er selbst sich etwas abregen, sogar ohne Zigarette. Diesen Geruch wollte er jetzt unbedingt vermeiden. Endlich erscheint sie, mit großer schwarzer Tasche an langem Schulterriemen.

»Bitte sehr. Und entschuldigen Sie meine Zudringlichkeit.« Er überreicht der verblüfften jungen Frau eine weiße langstielige Rose. »Als ich die hier nebenan im Laden sah, schoss es mir in den Kopf: kein Zweifel, diese Rose muss für Sie sein, und ich muss hier auf Sie warten.«

Die junge Frau stutzt, weiß nicht, was sie sagen soll, hält in einer Mischung aus misstrauischem Stirnrunzeln, Kopfschütteln und unterdrücktem Lächeln die Rose wie einen Fremdkörper vor sich und tritt einen Schritt zurück. Max genießt den Moment, er weiß um die Wirkung seines entwaffnenden Strahlens. Als aber die Überraschung auf ihrem Gesicht sehr schnell verfliegt, setzt er nach, bevor sie etwas sagen kann.

»Ich hoffe, Sie verzeihen mir diesen Überfall, ich konnte nicht anders. Leider bin ich ein ziemlich mieses Subjekt, wie mir vorhin Doktor Wals bestätigte, also kommt es jetzt nicht mehr so sehr darauf an, wie ich mich verhalte. Ich mache grundsätzlich alles falsch, ich habe einen schlechten Charakter und würde mir daher jetzt wünschen, dass Sie mit diesem unangenehmen Typen einen Kaffee trinken gehen. Danach müssen Sie mich niemals wiedersehen.« Er streckt ihr die Hand entgegen. »Ich heiße Blund, Maximilian Blund, man nennt mich Max.«

Seine Hand kann sie nicht nehmen, denn ihre rechte hält die

21

Rose, und die linke ist unbrauchbar. So wird daraus eine kurze Berührung der Fingerknöchel.

»Ja, hallo, ich bin Karla Sonnenschein.« Irgendwie holpern ihr die Worte aus dem Mund. »Ich heiße wirklich so. Das muss ich immer dazusagen, glaubt mir sonst keiner.«

Sein überall ansteckendes Strahlelächeln bewirkt lediglich den gleichen langen Kajalblick durch seine Augen hindurch, wie vorhin schon, als wäre er gläsern, was ihn irritiert. Nicht wissend, was sie damit machen soll, scheint sie ihm die Rose etwas ungeschickt wieder hinzuhalten.

»Karla Sonnenschein«, wiederholt er, »wie schön, machen Sie doch Ihrem Namen ein bisschen mehr Ehre!«

»Dazu habe ich keine Veranlassung.« Sie weiß, was er meint.

Darauf kann Max jetzt nicht eingehen. Er muss dranbleiben. »Das verstehe ich«, sagt er sinnloserweise. »Kommen Sie mit mir, hier vorn ist ein nettes Café, ich lade Sie ein, nur ein halbes Stündchen.«

Sie gehen ein paar Schritte nebeneinander in Richtung Café. Eigentlich ist das nicht ihre Richtung.

»Mit mir müssen Sie sich keine Mühe geben. Sie müssen auch nicht charmant zu lächeln versuchen. Können Sie sich alles sparen. Ist alles zwecklos.«

»Rums. Sie machen einen armen Mann ja gleich völlig fertig.« Max macht ein Gesicht wie ein schuldbewusster kleiner Junge.

»Das ist nicht meine Absicht. Ich bin nur für klare Verhältnisse.«

Karla Sonnenschein ist mindestens so groß wie er. Im Kopf wiederholt er immerzu ihren Namen. Bestimmt hat sie es schwer damit, zumal sie eher Eisberg heißen könnte. Wann ist er zuletzt mit einer jungen Frau irgendwohin gegangen? Vanessa war das, bestimmt zwei Jahre her, und er hat sich so geschämt ihretwegen.

»Wo möchten Sie sitzen, Karla Sonnenschein?« Er weiß nicht recht, wie er sie anreden soll, Karla – Sie, oder Frau Sonnenschein? Seine Rundherum-Geste möchte ihr die Wahl lassen. »Sonne oder Schatten unterm Lindenbaum?«

»Ich muss keine Sonne haben.« Sie legt die Rose auf den Zweiertisch, setzt sich. Mit raschem Griff nimmt sie aus der Tasche eine dunkle Sonnenbrille, setzt sie auf.

Wozu denn das, denkt Max. »Damit sie noch ein bisschen unnahbarer erscheinen?« Er zeigt auf die Brille und schmunzelt.

»Damit Sie sich nichts einbilden. Was wollen Sie?«

Max holt tief Luft, jetzt hilft nur die Wahrheit. »Okay. Ich bin auch für klare Verhältnisse. Vorhin im Wartezimmer haben Sie mir gefallen. Weiter nichts. Und ich dachte mir, irgendwas muss mir einfallen, damit ich mehr als drei Worte mit ihnen reden kann. So, da haben Sie's.«

Sie antwortet nichts. Ihre Augen kann er ohnehin nicht erkennen, also sieht er auf den Boden neben den Tisch, wo ihre Tasche steht. »Oh, haben Sie die geklaut?« Er lacht und weist auf die offen stehende Tasche mit dem Wartezimmer-SPIEGEL.

Karla Sonnenscheins Blick geht auch zur Tasche. »Ich hatte den Artikel, den Sie mir empfohlen haben, gerade zu lesen begonnen, als ich reingerufen wurde.«

Sie wollte sich gar nicht rechtfertigen, ärgert sich über diesen Satz. Eigentlich will sie den Kerl permanent nur mit Nichtachtung strafen. Klappt irgendwie nicht.

Max freut sich, dass sie den Artikel offenbar lesenswert findet. Er weiß nur gerade nicht, was er sagen soll, will doch nur, dass sie etwas zugänglicher wird. »Ich hab auch schon geklaut«, sagt er. »Bücher, früher, heute nicht mehr so.« Ehrlichkeit zieht doch immer.

Sie scheint an ihm vorbeizusehen.

»Ich hatte da so einen schönen langen Wintermantel, an dem ich das Futter vorn so in Bauchhöhe aufgetrennt hatte. Das Buch, das mir im Laden gefiel, ließ ich in dieses Futter verschwinden. Manchmal bin ich mit drei, vier Büchern im Mantelsaum nach Hause gegangen. Der Mantel schlug mir dann so schwergewichtig gegen die Beine.«

»Aha.«

Betongesicht. Warum findet sie das nicht amüsant? Er sieht auf ihre eingepackte Hand, die sie hart auf den Tisch geknallt hat mit einem metallischen Geräusch, das noch kratzend nachzieht auf der Tischplatte. Das macht sie absichtlich.

»Tut es nicht mehr weh? Was ist denn da passiert?«

»Doch, es tut noch weh. Und das ist gut so. Zufrieden?«

Ihre Wangen röten sich. Vor Schmerz oder vor Wut, Max zieht die Stirn in Falten, schüttelt den Kopf. Wie soll er damit zufrieden sein, aber er hat den Eindruck, dieses Thema doch lieber beiseitelegen zu müssen.

»Ich erzähle Ihnen einfach mal drei Sätze über mich, damit Sie etwas über diesen Unhold Ihnen gegenüber erfahren.«

Und dann erzählt Max ihr komprimiert in wenigen Sätzen aus seinem Leben: dass er verheiratet war, zwei Kinder hat, das heißt eigentlich vier, der große Sohn gerade geheiratet hat, dass er mal ein Busunternehmen und zweimal ein Haus gebaut hatte, dass er danach in mehreren Berufen tätig war. Er erzählt es so, dass sie überall einhaken und Fragen stellen könnte. Was sie nicht tut. Nur einmal wird sie frech, aber darauf reagiert er mit seinem entwaffnenden Lächeln.

»Ich geh mal rein und bestelle uns einen Kaffee, hier scheint niemand zu kommen. Wie trinken Sie ihn? Oder lieber Tee?«

»Schwarz. Ohne alles.«

»Den Kaffee oder den Tee?«

»Kaffee.«

Als Max mit zwei grünlichen Keramikbechern auf einem kleinen Tablett wieder an den Tisch kommt, ist der verlassen. Karla Sonnenschein ist gegangen. Die Rose hat sie offenbar mitgenommen. In den Papierkorb unweit des Tisches hat sie sie jedenfalls nicht geworfen.

4

Karla wirft sich auf ihr verwühltes Bett. Die Jalousien verbieten tageslichtfeindlich unnötige Helle. Die Luft hier drin ist nicht gut. Aber wozu braucht sie gute Luft. Nie wieder wird sie gute Luft brauchen. Tränen rinnen ihr an den Schläfen hinab in die Haare. Haare, was davon noch übrig ist. Der Doktor hat was geahnt. Nie zuvor hat sie sich so einen Lappen um den Kopf wickeln müssen. Gefragt hat er zum Glück nicht. Nur lange angesehen hat er sie, auf etwas gewartet hat er. Hätte er gefragt, hätte sie einfach das Tuch heruntergerissen: So sieht das jetzt aus. Hat Elsa gemacht. Elsa, liebe Elsa, furchtbare Elsa. Wenn ich dich nicht hätte. Elsa, die Retterin, Elsa, die Verhinderin.

Und dieser Typ da, bestimmt so alt wie Holm, ihr Vater. Oder wie der sonderbare Onkel Julius, vor dem sie immer Angst hatte. Maximilian – wie heißt der weiter? Immer wollen ältere Männer was von ihr. Die Rose braucht Wasser. Sie wird ihr kein Wasser geben. Wird sie aufrecht ins Glas stellen und ihr Welken beobachten. Warum ist sie mit dem zu dem Café gegangen? Weil sie ihn einfach nicht wegschicken konnte. Guter Trick mit der Rose. Hat der bestimmt schon zigmal ausprobiert, immer mit Erfolg. Bei ihr aber nicht. Und seine komische Erzählung, soll sie die glauben? Macht wahrscheinlich auf Mitleidstour. Hat alles verloren, sein Geld, seine Häuser, seine Familie. Muss er ihr doch gar nicht erzählen, will sie doch gar nicht wissen. Ganz schön blöd geguckt hat er, als sie ihn fragte, ob er alles versoffen oder verspielt hat. Was geht der sie eigentlich an? Aber er ist der einzige, mit dem sie seit Wochen ein Wort gewechselt hat. Außer Elsa natürlich.

Das Handy bimmelt. Nicht rangehen. Heute Nachmittag will Tante Marlena kommen. Karla will sie nicht sehen. Die will immer so lieb sein, will helfen, weiß nur gar nicht, wie, sagt kaum etwas, hat bestimmt längst erkannt, wie es um Karla steht. Aber Karla weiß auch einiges über die alte Tante, die mit Elsa mehr redet als mit ihr. Tante Marlena hat ihr, Karla, seit fünf oder seit zehn Jahren keine Fragen mehr gestellt. Wozu auch. Fragen sind nicht mehr nötig. Was will sie denn hier, wenn sie nachher kommt. Elsa hat ihr garantiert alles berichtet. Das wird wieder eine fürchterliche Schweigestunde mit ihr. Für Tante Marlena wird es fürchterlich, möglicherweise, weil sie so leidet. Für Karla nicht so sehr, allenfalls ein wenig fade, und absolut überflüssig. Weil Karla schon einen Schritt weiter ist als die Tante. Karla ist bereits einen Schritt weiter weg vom Leben. Obwohl Marlena schon so alt ist und seit Jahren, wie Elsa erzählt, sterben will. Das muss schlimm sein und Marlena ziemlich unglücklich, dieses Sterben nicht hinzukriegen. Und es hilft einem ja keiner. Muss man schon alleine bewerkstelligen. Und nicht so viel Angst haben. Sie wird da im dicken Sessel versinken, winzig und sehr aufrecht bleiben, wird die Brille abnehmen und Karla ansehen, und wieder wegsehen, und wieder ansehen mit ihren dunklen Knopfaugen, wie ein schüchternes junges Mädchen und in der blödsinnigen Hoffnung, dass Karla etwas sagt. Wird sie aber nicht. Ist seit Jahren so. Und nach zwei Tassen Tee wird die Tante den Kopf schütteln, Kindchen-Kindchen sagen und wieder gehen.

Marlena ist eigentlich – wie nennt man das – die Groß-tante, die Tante ihrer Mutter und ihres Onkels Julius, diesem widerlichen alten Offizier. Und Valentin? Seit er tot ist, scheint Marlena irgendwie verwaist. Marlena und ihr Bruder hingen in Karlas Vorstellung immer auf eigenartige Weise zusammen. Opa Valentin, den kannte Karla gar nicht so gut. Noch paar Jahre älter als Marlena war er, Vater von Julius und Philippa.

»Mama«, sagt Karla halblaut vor sich hin. Sie denkt immer dann an Philippa, wenn wieder ein Gruß von ihr kam, von irgendwo aus der Weltgeschichte. Philippa, einfach abgehauen damals, auf und davon. Mit Holm kann man eben nicht leben. Karla erinnert sich. Sie nimmt es ihrer Mutter nicht übel. Aber zwei halbwüchsige Kinder im Stich zu lassen, das war hart. Elsa und sie sollten ins Heim, weil Holm überfordert war plötzlich. Oder zu Pflegeeltern. Die rührige Elsa hat es verhindert. Zusammen mit Opa Valentin, aber Genaues weiß sie gar nicht mehr. Elf war sie damals. Auf ihrer gestrigen Ansichtskarte mit Palmen um so ein gechlortes Süßwasserkunstloch hundert Meter vom Ozean entfernt, fragt Philippa allen Ernstes, wann Karla sie besuchen komme, ob das *in diesem Leben* noch etwas werde. Und dass sie nun bald wirklich keine Lust mehr habe, *dauernd zu schreiben*. Seit siebzehn Jahren ist die Mutter weg, seit siebzehn Jahren schreibt sie Karten in unregelmäßigen Abständen, wenn ihr ihre Kinder mal wieder einfallen. Und hat seitdem Karla nicht mehr gesehen. Mit Elsa gab es zwei oder drei Treffen in der Zeit. Karla weigerte sich von Anfang an.

Das Handy bimmelt immer noch. Oder schon wieder. Egal.

Unten klappt die Tür. Holm soll bleiben, wo der Pfeffer wächst. Klingt komisch, wie der läuft. Sie hört ihn kichern. Was es diesmal ist, will sie nicht wissen. Er braucht eine Zeit bis hinauf zu ihrer Dachwohnung. Karla dreht sich nicht zu ihm, als er hereinkommt. Früher hatte er mal geklopft und gewartet, bis sie ihn hereinbat. Früher, vor drei Wochen noch. Hält er nicht mehr für nötig. Steht einfach da. Mitten in ihrem Schlafzimmer.

»Was willst du?«

»Schau mich doch an! Was ich will? Ich will sehen, wie es meiner Tochter geht mit ihrem Händchen.«

Immer dieser ironische Tonfall. Karla verdreht die Augen, stöhnt, setzt sich auf. Er trägt die schwarzen Stöckelschuhe ihrer Mutter. Der alte Krempel ist also immer noch da unten im Schrank. Obwohl er angeblich eine Freundin hat. Er will, dass Karla lacht. Karla lacht nicht. Sie sucht in der Küche nach einem Behältnis für die Rose, stellt sie in ein Trinkglas, lehnt sie ans Fenster.

Der Vater kommt absichtlich ungeschickt knickbeinig in die Küche geklackert. »Da muss Wasser rein.« Er nimmt das Glas, füllt Wasser ein.

»Muss nicht«, sagt Karla, und kippt das Wasser wieder weg.

»Hast Du die von Wals?« Er hätte Lust, erneut Wasser einzufüllen, unterlässt es aber.

»Mein oller Hausarzt baggert mich an? Nee. Von einem dämlichen Typen. Kannst du nicht heute Nachmittag Tante Marlena mir vom Hals halten?«

»Die kommt doch zu dir! Ich kann mit der nichts anfangen. Was sagt denn Wals?« Dabei tut er so, als bräche er schuhbedingt augenblicklich in Knien und Hüften auseinander.

Karla sieht ihn angewidert an. »Holm, lass mich in Ruhe! Interessiert dich doch sowieso nicht!«

»Stimmt. Deshalb frage ich ja auch.«

5

Karla weiß nicht, ob sie wütend ist, und wenn ja, worauf denn. Woher plötzlich so ein Gefühl. Gefühle führen schließlich zu nichts. Erschweren nur das blöde Leben. Holm macht sie schon lange nicht mehr wütend. Aber vorhin, doch, da war sie wütend, auf diesen Kerl, der sie einfach angequatscht hat. Der verdient es nicht, dass sie überhaupt an ihn denkt.

Wofür kommt Tante Marlena heute schon wieder. Vor ein paar Wochen erst hat sie hier rumgesessen. Warum macht sie nie den Mund auf. Traut sich nicht, sagt Elsa. Steinalt und traut sich nicht. Worauf wartet sie denn noch. Ist doch eine kluge Frau, war Jahrzehnte lang Bibliothekarin. Karla kann durchaus Auskunft geben, wenn sie will. Oder wenn sie anständig gefragt wird. Immer diese unangenehmen Rücksichtnahmen eine auf die andere, seit so vielen Jahren schon, und Elsa immer als Vermittlerin zwischen beiden, das muss jetzt mal ein Ende haben. Im Grunde sind sich doch beide einig in ihren Wünschen, die Alte wie die Junge. Was für eine blödsinnige Barriere steht da zwischen ihnen seit Ewigkeiten? Bei der Tante ist es dieses verflixte Taktgefühl oder das, was sie dafür hält, das sie dieses nicht sagen und jenes nicht fragen lässt. Und das hat sich potenziert, seit es mit Karla in den Augen aller nur noch bergab geht. Aber was ist es bei Karla? Warum war sie ihr gegenüber nie in die Offensive gegangen? Wegen des Respekts vor dem Alter? Weil Karla stets darauf wartete, dass die fünfundfünfzig Jahre Ältere den Anfang machen müsste? Was hatte denn Philippa früher über ihre Tante gesagt? Dass sie einen Spleen habe, eine verschrobene alte Schachtel sei, vor bald zwanzig Jahren schon, daran erinnert sich Karla, aber Gründe dafür, oder Beispiele? Philippa mochte sie nicht, diese immer schon wortkarge Tante mit dem spröden Lächeln, immer wie um Verzeihung bittend, mit dem strengen Blick, den Karla später eher als scheu und ängstlich interpretiert hatte. Bei ihr zu Hause war Karla nur ganz selten gewesen. Die Wohnung hatte für sie immer einen Gruselfaktor, unmittelbar hinter einem riesigen Fenster wuchs ein grüner steiler Hang, der kaum Licht ins Zimmer ließ. Deswegen erstreckte sich das Fenster über die ganze Wand, wegen des Restlichts, wegen der Weigerung des Zimmers, als Dunkelkammer zu gelten. Direkt am Fenster stehend und senkrecht in die Höhe blickend sah man weit oben einen Lichtstreifen. Noch ein Schritt des Berges, und er hätte das Zimmer zerdrückt, so stellte sie sich damals das Ganze vor. Berge konnten sich schließlich auch mal bewegen, ins Rutschen kommen, davon hatte sie schon gehört. Sie war nie gern dort. Nichts stand herum in dieser Wohnung, alles war penibel aufgeräumt, vielleicht wegen des alten fauchenden Katers, den nur die Tante anfassen durfte und den sie ab und zu hangwärts durchs Fenster entließ. Es gab dort nichts, womit Karla sich hätte beschäftigen können. Bücher führte die Tante in ihrer Wohnung gar nicht, oder nur die, mit denen sie sich gerade befasste und die sie sich mitgebracht hatte von ihrer Arbeit. Sie war sehr entschieden für das Nichtvorhandensein sinnlos einstaubender Wohnaccessoires. Musizieren durfte Karla bei ihr, zusammen mit Elsa. Immer wollte Tante Marlena wissen, ob beide noch fleißig übten. Mit einem kleinen Flötenduett konnte man sie erfreuen, dem Karla sich bald schon zu entziehen wusste.

Tante Marlena war immer ein verhuschtes Wesen, zierlich, flink, unscheinbar, mit schwarzen Mausäuglein, vielleicht etwas schwerhörig, dabei sehr wach und wissensdurstig, unglaublich belesen, von leiser Stimme und korrekter Ausdrucksweise, dabei aber immer auch frei von irgendeiner Haltung oder Ansicht – zumindest tat sie eine solche niemals kund, was Karla mit den Jahren zunehmend missbilligte. Soweit Karla informiert ist, war Tante Marlena immer allein, verheiratet nur mit ihrer

Bibliothek, in die sie sie ein paarmal mitgenommen hatte. Karla hatte den Eindruck, sie lebe zwischen ihren Büchern und nur dort, zwischen den Buchseiten wie diese kleinen Bücherläuse, die sich von Papier ernähren.

Pünktlich wie immer hupt Tante Marlena unten vorm Haus. Den knallgrünen kleinen VW fährt sie seit drei Jahren. Behände schwingt sie sich aus dem Auto und winkt nach oben. Ob dort hinterm Dachfenster Karla steht, kann sie gar nicht erkennen. Aber Winken kann nicht verkehrt sein. Zuletzt war sie hier, bevor das mit Karlas Hand passiert war, schrecklich. Was soll sie nur jetzt dem armen Kind sagen. Karla war ihr noch nie so ganz geheuer, muss sie sich schon seit Jahren eingestehen. Das kleine Mädchen, das sie damals war, musste sie insgeheim bewundern für sein sicheres Auftreten, das sie von sich selbst gar nicht kannte. Sie hatte häufig Angst, vor allem und jedem. Karla hat immer gemacht, was sie wollte, oder eben nicht gemacht, wenn sie das beschlossen hatte. Ermahnungen halfen bei ihr nicht. Als Philippa dann verschwunden war, hat Karla lange nicht mehr gesprochen, gar nicht mehr. Holm, immer schon unfähig, war mit ihr bei einem Kinderpsychologen. Elsa hat das irgendwie besser verkraftet. Und mit Elsa sprach Karla wohl immer. Aber dann hat sie sich auf ihr Instrument gestürzt, wie besessen. Und sie wurde schnippisch, immer kurz angebunden, und Marlena rechnete mit Karlas abweisenden Reaktionen. Die kamen eine Zeit lang, Marlena war verletzt, getroffen, sie hatte dem Kind in ihrer freundlichen Neutralität nichts getan. Bis von dem Mädchen kaum noch etwas kam. In der Pubertät soll man sich ja endgültig lösen von den Eltern, heißt es, da soll man bekanntlich aufsässig und widerborstig sein. Marlena hat da nie mitreden können, hat das nur gelernt aus Büchern und in ihren Therapien. Sie hatte keine Pubertät – worüber sie im Grunde froh ist, denn das, was da angeblich geschieht, ist in Gänze an ihr vorübergegangen.

Marlenas Unsicherheit wuchs, und Karla wurde ihr unheimlich. Sie hätte sich komplett von ihr fernhalten können, niemand zwang sie zum Kontakt mit Karla, aber wen hatte sie denn noch, die Familie stirbt doch aus. Valentins Kinder – auch nichts Gescheites: Philippa ist über alle Berge, und Julius ist nicht zum Aushalten. Sie hatte sich vorgenommen, sich des Mädchens anzunehmen, das konnte doch nicht so schwer sein, wobei sie aber keine Ahnung hatte, wie sie das hätte bewerkstelligen sollen. Für Karla gab es nur noch ihr Instrument. Die Schule, na ja, die auch, aber daneben ausschließlich ihr Cello. Und zum Glück die Schwester, Elsa ist immer da. Karla tat Marlena immer nur leid. Auch in ihrer Kratzbürstigkeit, von der sie sich einfach nicht abschrecken lassen wollte und die sie irgendwann auch nur noch wenig zu spüren bekam, vielleicht deshalb, weil sie sich weitgehend zurückhielt und einfach still wartete, dass Karla sich öffnen würde. Was für ein vermessener Wunsch, gerade ihr gegenüber, die das doch selbst gar nicht kann.

Karla will nicht mehr leben. Seit Elsa ihr davon erzählte, ist Marlena von einem völlig unbekannten Gefühl überschwemmt. Kann es da noch Neues geben in ihrem langen Leben? Vieles hat sie gar nicht kennen gelernt. Sie sucht nach einem Namen dafür, da es sie beherrscht und gehörig durcheinanderwirbelt. Sie ist versucht, es *Freude* zu nennen. Aber das darf es nicht sein, das gehört sich nicht.

Nach der etwas förmlichen Umarmung – denn beide gehen davon aus, dass die jeweils andere es nicht möchte, so wie es eben immer ist, wenn sie einander nach Wochen oder Monaten wieder begegnen –, setzt sich Tante Marlena in den ältlichen Sessel. Die Stühle sind nicht bequem, das Sofa ist zu neu und zu weiß. In dem Sessel sitzt sie schon Jahre, wenn sie hier ist. Und fühlt sich verloren wie eine Blaumeise im Storchennest. Verstohlen blickt sie auf Karlas Kopftuch, während die den Tee kredenzt. Wie die jungen Leute sich heute so zurechtmachen, sieht sogar gut aus. Neulich las sie das Wort *peppig*, aber sie traut sich nicht, es auszusprechen. Dann fällt ihr ein, was Elsa ihr berichtet hatte hinsichtlich der Ursache für dieses Tuch.

»Sobald du hier bist, Tante Marlena, bist du immer gleich wieder verschwunden. Räumlich bist du weg in diesem Sessel, auch farblich gesehen heute in Blaugrau, kaum zu unterscheiden die zierliche Frau von dem Möbel, und na ja, der Rest von dir ist sowieso nie da.« Es ist das Bekannte, aber erstmalig äußert Karla es. Sie hat für die Tante die Zimmerverdunkelung beseitigt, Tee bereitet, wie sonst auch, aber etwas ist anders heute.

Marlena hat die Brille abgenommen, hält sie im Schoß, dreht an einem Bügel. »Ach Karla-Kindchen – entschuldige, immer sage ich Kindchen zu dir, das bist du lange schon nicht mehr, es ist alles so schwer, und wenn du sagst, ich verschwinde hier in diesem Sessel, dann ist das ganz so, wie ich es mir wünsche, nämlich unsichtbar zu sein, gar nicht mehr vorhanden.« Sie sieht von ihren Händen und ihrer Brille auf, sieht Karla an, Ratlosigkeit in den Augen.

»Unsichtbar ist was anderes als nicht mehr vorhanden. Nicht mehr vorhanden ist tot. Du willst tot sein.«

Marlena nickt.

»Aber warum kommst du her? Ich bin eine verdrehte Person. Und du bist das auch. Wir konnten noch nie etwas anfangen miteinander.«

Marlena ist verblüfft über die trockene, gleichwohl herzhafte Bemerkung. »Karla, weil ich weiß, dass du auch nicht mehr leben willst. Und ich komme her, weil ich dich … *liebhaben* möchte. Schon so viele Jahre. Aber ich kann doch gar niemanden liebhaben. Ich tu mich schon mit dem Wort schwer. Ich habe noch nie einen Menschen geliebt. Vielleicht glaubst du mir das nicht, aber es ist wirklich so.« Marlena wundert sich. Was ist da in sie gefahren. So etwas spricht man nicht aus.

Karla springt auf. »Was wird das hier, Tante Marlena? Eine Generalbeichte? Dafür bin ich ungeeignet.«

Marlena hebt beschwichtigend die Hand. »Karla, setz dich wieder. Nein, nein, entschuldige, so war das nicht gemeint.«

»Oh doch, Tante Marlena!« Karla will plötzlich die Gelegenheit nutzen. Sie geht im Zimmer hin und her. »Generalbeichte ist vielleicht gar nicht so schlecht. Auf zum großen Reinemachen! Wir zwei beide, so kurz vorm Tod, hat doch was! Wir haben beide nichts mehr zu verlieren. Ich hol uns eine Flasche Wein, damit wir leichter reden können, ist gut für unsere lahmen Zungen, die uns trocken am Gaumen kleben seit x Jahren!«

Marlena will sich die Ohren zuhalten. Wie redet Karla nur. Marlenas Arme rühren unkoordiniert in der Luft herum. »Nun sei doch nicht so aufgebracht. Vielleicht haben wir beide immer gut daran getan, nicht so viel zu sprechen miteinander. Wir können das ja gar nicht.« Und nach einem unsicheren Blick zu Karla hin: »Soll ich wieder fahren?«

Karla ist stehen geblieben vor ihrer Tante. »Nein, entschuldige. Ich weiß, Du trinkst keinen Alkohol. Und du sollst jetzt nicht wieder fahren.« Sie zerrt sich den gelben Sitzsack heran und lässt sich fallen. Der Sack macht ein unanständiges Geräusch, Karla grinst, Marlena überhört es.

»So«, sagt Karla. »Wie geht das jetzt weiter?«

Marlena hebt langsam die schmalen Schultern und senkt sie noch langsamer, sieht Karla an mit einem Blick von unten nach oben, ich will ja, aber wir wollen uns doch nicht wehtun.

»Du weißt, ich bin ein grober Mensch«, sagt Karla. »Ich bin entweder gar nicht, oder grob.«

»Was nicht stimmt. Ich war in fast allen deiner Konzerte.«

»Lass das, bitte. Wenn wir *das* lassen können, können wir reden.« Der gereizte Tonfall ist unüberhörbar. »Über den ganzen großen Rest.«

»Und nun willst du sicher, dass ich anfange, dass ich dich was frage, weil man das so macht in einer Unterhaltung.«

Karla zuckt die Schultern. »Ja mach doch. Oder nein, erzähl am besten was. Etwas, das ich noch nicht weiß.«

»Aber Kindchen, was soll ich dir denn erzählen, da gibt es doch gar nichts.«

Karla schaut sie skeptisch an. Unmöglich, diese Frau.

»Wirklich, ich bin doch an allem, wie soll ich sagen, vorbeigegangen, ich habe nichts erlebt. Und das ist, als Resümee von viel zu vielen Jahren, ein bisschen grausam.« Sie sieht Karla an. »Nein,« sagt sie und schüttelt heftig den Kopf. »Karla, du kannst das nicht verstehen.« Sie nimmt einen Schluck Tee, das Thema ist beendet, es hat keinen Zweck. Am besten, sie geht endlich.

Karla sitzt ihr gegenüber, legt den Kopf etwas schief, schaut in eine große Ängstlichkeit, wartet. Wann hat die Frau das letzte Mal geredet?

Marlena stöhnt. Es scheint kein Zurück zu geben. »Das Leben ist so schrecklich, und es will einfach nicht zu Ende gehen, das ist mein Problem schon so viele Jahre. Ich wünsche mir nichts sehnlicher, als dass es endlich mal vorbei sein soll. Aber bei mir ist alles in Ordnung, das Herz schlägt normal, der Blutdruck ist normal, ich habe keine Schmerzen, die man üblicherweise doch hat in meinem Alter, ich kann gut laufen, habe keine Beschwerden in den Gelenken, ich kann alles essen, ich verstehe immer noch alles, was ich lese, und ich lese immer noch viel. Ich lese Romane, die von Liebe handeln. Ich blicke hinter diese Türen, weißt du, und kaum schlage ich das Buch zu, fallen diese Türen wieder in ihr Schloss, und ich erschrecke, weil das dahinter verbotenes Terrain war. Das ist nichts für mich. Das bin nicht ich. Da ist nichts, womit ich mich identifizieren könnte. Das gehört allen anderen, mir nicht. Es ist so sinnlos, dieses Lesen, und dieses Essen und dieses Atmen. Wofür ist das denn gut? Für alle anderen Menschen, verstehst du, mag das toll sein, erstrebenswert, dieses Leben, aber für mich doch nicht. Und das ist keine Alterserscheinung, das empfinde ich schon seit meiner Kindheit so. Und siehst du, mehr weiß ich im Grunde gar nicht zu erzählen. Ist das nicht traurig? Ich quäle mich mit diesem Leben ab, das ich gar nicht will, das ich nie gewollt habe. Und andere Menschen hängen so an ihrem Leben und setzen alles daran, es möglichst lange zu erhalten, koste es, was es wolle. Ich habe das nie verstanden. Ich wünschte, man könnte das irgendwie aufteilen, gerechter, meine ganze Zeit hätte ich so gerne verschenkt, denen, die etwas damit beginnen können. Wobei ich weiß, dass das ein unsinniger Gedanke ist.«

Karla hat die Tante beobachtet, so zart und zerbrechlich hat sie sie noch nie wahrgenommen. Zuletzt hat sie nur ins Leere gesehen, an Karla vorbei.

»Ich nicht«, sagt Karla hart in die Stille hinein.

»Du nicht? Du nicht was?« Marlena kommt zurück aus ihrer Lebensferne, sieht jetzt recht munter in Karlas Gesicht, lächelt sie an. Es tat gut, das jetzt einmal auszusprechen. Sie hat Wichtiges erklärt, fühlt sich erleichtert.

»Ich hänge nicht am Leben, Tante Marlena. Da sind wir schon zwei. Hab ich etwa deine Gene? Von Elsa weiß ich schon, dass du dauersuizidal bist.«

Marlena wehrt ab. »Nein, nein, Kindchen, das ist ganz falsch, ich bin nicht suizidal. Das war ich nie. Ich will nur einfach nicht mehr leben müssen. Umbringen würde ich mich niemals. Dazu bin ich viel zu feige.« Sie lächelt, und sie lächelt so schön, gar nicht mehr so angespannt. »Weißt du, wenn ich Krebs bekäme oder eine dieser hinterhältigen neurologischen Erkrankungen, bei denen einem ziemlich rasch alles abstirbt, und ich könnte mein eigenes Vergehen beobachten, das wäre sehr interessant, und es wäre wohl das erste, worüber ich mich einmal freuen könnte. Ich habe mich noch nie wirklich gefreut in meinem Leben.«

»Dann freu dich doch einfach daran, dass ich mein Leben auch nicht mehr will!« Und dann setzt Karla noch hinzu: »Wenn du mich schon nicht liebhaben kannst.« Und lacht.

»Karla, Kindchen, das darfst du so nicht sagen!« Marlena scheint ehrlich erschrocken. »Vielleicht habe ich dich ja lieb, ich weiß es nur nicht, weil ich es nicht fühlen kann, und man muss doch so etwas fühlen, nicht wahr?« Ihre Stimme zittert etwas.

Karla weiß nicht, ob sie ihr glauben soll.

»Hättest Du eigene Kinder, hättest Du mit denen früher schon mal üben können.«

»Um Gottes willen, Karla, wo denkst du hin, ich doch nicht, das ist eine grauenhafte Vorstellung.« Sie sieht Karla eindringlich an, schüttelt heftig den Kopf.

» Immerhin hattest Du einen Neffen und eine Nichte.« Karla weiß schon lange, dass das Verhältnis zu denen immer schwierig war.

Marlena winkt ab. »Bei den beiden habe ich beizeiten versagt. Julius war schon als kleiner Junge furchtbar, und später hatte ich nur noch Angst vor ihm. Und deine Mama, Philippa, ich weiß nicht ... Philippa war ein Wirbelwind, und als sie größer wurde, bekam sie so etwas Berechnendes, Falsches, Eigensüchtiges. Ja ich meine sogar, sie war vielleicht ebenso wie ich nicht liebesfähig, sonst hätte sie euch nicht verlassen. Aber das ist natürlich spekulativ, ich kannte sie kaum. Sie entzog sich mir. Und, zugegeben, ich mich ihr, das war gewiss beiderseitig.«

Karla sitzt in dem formlosen instabil wirkenden Sack vornübergebeugt, die Ellbogen auf dem Knien, den Kopf in die Hände gestützt und starrt unter den niedrigen Tisch auf Tante Marlenas dünne Fesseln, die aus einer weitbeinigen graugrünlichen Hose hervorlugen und in schmalen Halbschühchen auslaufen wie ein Pinselstrich, dem die Farbe ausgeht. Ein Sonnenstrahl hat ihren rechten Fuß erwischt. »Was hättest du denn gemacht, wenn du schwanger geworden wärst?«

Marlena gibt einen Laut von sich, einem vorsichtigen Aufschrei ähnlich. Karla scheint aber auch gar nichts zu verstehen. Wenn das nur nicht so peinlich wäre, und wie die Jugend so direkt und schamlos solche Wörter benutzt. Marlena windet sich.

»Na hätte doch passieren können«, setzt Karla völlig überflüssig hinzu.

37

»Kindchen, wie soll ich es dir denn nur erklären«, quält sich Marlena mit der begriffsstutzigen jungen Frau und rutscht in ihrem Sessel umher wie unter immensem Harndrang. »Um in jenen Zustand zu geraten, bedarf es bekanntlich einer körperlichen Nähe ...« Marlena ringt damit, wie sie es weiter beschreiben soll.

Karla rettet sie. »Du hattest noch nie in Deinem Leben einen Freund?« Sie stellt sich Tante Marlena in jungen Jahren vor: adrett, reizvoll, sexy. Und doof war sie auch nicht. Was hat sie alles studiert, wenn auch abgebrochen – Philosophie, Germanistik, Geschichte, so was.

Marlena fällt ein Stein vom Herzen. Sie muss nicht weiter nach Formulierungen suchen, die so furchtbar blamabel sind. »Mit einem jungen Mann war ich einmal eine Limonade trinken. Es war unschön, weil er mich so eigentümlich ansah. Ein anderes Mal, das war mir sehr unangenehm, hat mich ein Mann, ein Kunde, den ich länger schon kannte, zwischen den Buchregalen bei den Schultern gepackt, und was dann kam, nennt man wohl einen Kuss.« Beim letzten Wort durchläuft sie ein leises Schütteln, sie presst die Lippen aufeinander in Erinnerung wie an den widerlichen Aufdruck einer schleimigen Nacktschnecke.

So ist das also. Karla beginnt allmählich zu begreifen. »Und wenn du Romane liest mit solchen erotischen Schilderungen ...«

»Ergreift mich augenblicklich ein ungeheurer Ekel«, unterbricht Marlena sie. »Das ist die eine Seite. Die andere ist Neugier, weil es so fremd ist, mir gar nicht zugänglich, allen anderen aber durchaus, und ich würde es gern lernen zu erfassen, aber wie lange dauert das Ganze schon, ich schäme mich für meine Langsamkeit, für meine Unfähigkeit, und ich bin darüber so müde geworden. Du verstehst mich nicht, nicht wahr? Manchmal denke ich, ich gehöre zu einer Spezies noch unerforschter Lebewesen. Und jeder, der auf mich trifft, reißt Augen und Ohren auf vor

Staunen. Ich bin nicht einsortierbar, verstehst du, ich schwebe einsam wie im luftleeren Raum. Und kann nicht sterben.«

»Hast du dich mal untersuchen lassen diesbezüglich?«

»Ach, dafür gibt es keine Untersuchungen, keine Messgeräte, keine Parameter. Ich habe zwei jeweils jahrelange Analysen hinter mir. Man hat gut an mir verdient. Ich bin mir nicht auf die Schliche gekommen.«

Sie schiebt versonnen ihren Brillenbügel hin und her. Kleine Bewegung zwischen Daumen und Zeigefinger, und die ganze Brille schwenkt so im Wechsel links und rechts herum. Wie lange hat sie nicht mehr über sich selbst gesprochen. Da Karla auf wohltuende Weise schweigt und keine Fragen mehr stellt, wird sie mutig und hat plötzlich eine Idee, die sie wie ein kleiner Glücksstrahl durchfährt: Sie muss Karla *alles* erzählen. Und sie ist sich mit einem Mal sicher, wenn sie das tut, wird sie darüber endlich die ersehnte allumschließende Ruhe finden. Warum hat sie daran nicht schon früher gedacht, vor Jahren schon. Sie weiß, dass das Benennen der Tatsachen, das Aussprechen des Furchtbaren ihre Rettung sein wird, danach wird Frieden sein. Sie hatte den Glauben, in dem sie erzogen worden war – allerdings recht halbherzig –, als Erwachsene radikal abgelehnt. Sie hatte irgendwann zu viele kluge Bücher gelesen, um das Raffinement der Prediger in allen Religionen nicht als solches zu erkennen. Würde sie in katholisch einfältiger Manier an die Vergebung aller Sünden durch die Beichte glauben, könnte sie sich längst befreit fühlen von der Schmach ihrer Untat. Vielleicht war es unpraktisch, den Glauben beiseite zu legen. Karla ist eine Leidensgenossin, selbst sterbewillig – weiß der Kuckuck, warum –, daher ist Karla würdig, ihr Geheimnis zu erfahren. Überhaupt – welch großartige Erkenntnis in dem Moment – ist ihr ewig empfundenes Sinnlos-Leben die Strafe für ihr Verbrechen. Na ja, denkt sie, vielleicht gibt es ja doch einen Gott. Sie wird sich heute, nachher, nach ihrem Schuldbekenntnis, hier in diesem Sessel, der gemacht ist für Hundertfünfzig-Kilo-Menschen, zur Seite neigen und sterben. »Karla«, sagt sie ganz aufgeräumt, »ich würde jetzt doch gern ein Glas Wein mit dir trinken.«

Es klingelt unten an der Tür. Fast im gleichen Moment wird aufgeschlossen. Elsa hat einen Schlüssel, so haben es beide abgesprochen. Elsa muss einen Schlüssel zu Karlas Wohnung haben, damit sie einfach kommen und nachsehen kann, aufpassen, überwachen, ohne Voranmeldung. Bis es Karla besser geht, wobei Bessergehen hier ein dehnbarer Begriff ist. Elsa hatte keinen Schlüssel verlangt, sie hatte darum gebeten, und Karla war einverstanden. Seit einem Jahr ist das so. Seit Elsa die Schwester ins Krankenhaus gebracht hatte. Seit sie sie von dort wieder nach Hause gebracht hatte.

Marlena weiß eben nicht alles. Wer trampelt denn jetzt hier herauf? Karla bekommt offenbar Besuch von jemandem, der hier einfach so hereinspazieren kann mit ihrem Schlüssel. Ist das Holm, der distanzlose Mensch?

»So soll es wohl nicht sein«, sagt sie resigniert zu Karla, die mit dem Wein und zwei Gläsern aus der Küche kommt. Es gibt doch keine Zufälle. Vor dem wichtigsten Geständnis ihres Lebens wird sie gestört.

»Elsa ist das, Tante Marlena, das ist okay. Sie weiß nicht, dass du hier bist, und auf dein Auto unten wird sie nicht geachtet haben.«

Elsa klopft und steht auch schon in schwarzbuntem ärmellosen Sommerkleid im Zimmer.

»Ach, Tante Marlena, du bist hier«, und zu Karla gewandt: »Hättest doch Bescheid sagen können!«

Karla umarmt die Schwester, flüstert ihr eine Sekunde was ins Ohr.

Marlena lächelt bemüht liebenswürdig zu Elsa, die ihr gerade das Sterben verdirbt.

»Schwesterherz, ich hole dir noch ein Glas, setz dich doch!«
Hinter Marlena macht Karla ihr noch ein Zeichen, Elsa versteht.

»Nein, nein«, sagt sie, »ich wollte nur mal sehen, ob es Karla gutgeht, ich will euch beide gar nicht stören. Wollte sowieso noch zu Sam. Und Tantchen, wie ich sehe, geht es dir offenbar auch ganz gut?«

Marlena kann ihr Unbehagen nicht verbergen, und sie scheint es auch nicht zu wollen. Elsa ist eine gute Seele, hilft, wo sie nur kann, und Karla braucht gewiss Unterstützung, aber jetzt wäre es besser gewesen, sie wäre einfach zwei Stunden später gekommen, da ginge Marlena die Welt nichts mehr an. Da könnten die beiden zusammen nach einem Arzt rufen, für den Totenschein und alles Weitere.

»Ach ja, ja«, sagt Marlena, »ich gebe mir immer noch viel Mühe, wie du siehst. Wie geht es Sam?« Sie muss ablenken. Inzwischen hat Elsa sie mit kräftigem Händedruck begrüßt.

»Och Sam, ja, weißt ja, der ist ein Kapitel für sich. Immer unglücklich, immer fahrig, kaputt von seiner Arbeit. Ob ich den nochmal groß kriege« – sie lacht –, »heute wollten wir noch mit den Rädern bisschen raus.«

Elsa hat langes Haar, dunkel und leicht gewellt, wie Karla auch – bis vor kurzem noch ... Manchmal leger zusammengebunden, manchmal ganz offen, weich und schwer fallend. Heute hat sie irgendwas Undefinierbares damit angestellt, etwas Eiliges, Unwilliges, als ob die Haare ihr lästig wären, so eine Zwischenlösung aus der Waschküche, man weiß nicht, wo was hingehört. Marlena streicht sich die eigenen Haare hinters Ohr, eine kleine Ordnung auf dem Kopf ist erleichternd, wenn schon sonst nicht viel stimmt. Ihre Haare waren ihr stets zu willen, dunkel und dicht, heute sind sie von hellem Grau und noch immer voll und schwer. Von einem Frisurwechsel hat sie nie etwas gehalten, vom Färben auch nicht. Der Gang zum Friseur gehört zu den unvermeidlichen kleinen Grausamkeiten ihres Daseins, wenn geschnitten, an ihr herumgefummelt, ihr Kopf begrapscht wird. Die unliebsame Erinnerung an Vaters dumme Marotte, ihr die Haare zu machen, obwohl er gar kein

Friseur war, drängt sich dabei unwillkürlich auf. Sogar der Ammoniak-Geruch aus den Farben beim Friseur, die üblicherweise verwendet werden, erinnert sie unbestimmt an ihn, was sie allerdings nicht zuordnen kann.

Ein paar Zentimeter weniger, gleichmäßig schafft sie das allein nicht. Rasch, Trockenschnitt, bitte, mehr erlaubt sie nicht. Seit dem fünfzehnten Lebensjahr niemals anders. Praktisch, schlicht, ohrläppchenlang. Spätestens bei Schulterlänge muss sie wieder zu dieser spiegelsüchtigen Schwätzerin über Schönheit und Eleganz, ihr tolles Haar wird der Kollegin oder der Auszubildenden präsentiert wie ein Mysterium.

Die Schwestern plappern leise in der Küche. Marlena überlegt kurz, ob sie jetzt gehen soll. Die Chance, die sie eben noch sah für sich und für ihr gepflegtes Ende, ist verflogen.

»Tante Marlena, ich geh wieder. Ich freue mich, wenn ihr zwei es euch gemütlich macht. War ja auch nicht immer so mit der Gemütlichkeit – stimmt's?« Elsa lacht mit gewinnendem Augenzwinkern, sie mag die schräge Urtante. Marlena gibt sich geschlagen, kann dem nur mit ehrlichem Lächeln antworten und mit einer kleinen wegwerfenden Handbewegung. Geh schon, du Störenfried, hast die Situation gesprengt wie ein bunter Schmetterling, der da hereingegaukelt kommt und nun wieder hinausgaukelt. Elsa ist schon in Ordnung, hat ihr allerhand berichtet über Karla, zum Beispiel, dass sie ihr leider die Haare auf drei Millimeter hat herunterraspeln müssen, weil Karla nicht aufhören wollte damit, sich die Haare auszureißen. Ganze Büschel hätten da herumgelegen. Rosarote Kopfhautfreilegungen. Warum tut man so etwas.

Karla hat die Flasche, riskant nur eingeklemmt zwischen ihren Knien, einhändig entkorkt und gießt ein.

»Ich glaube, das ist jetzt nicht mehr nötig.« Marlenas Tonfall ist säuerlich wie ihr Gesicht.

»Ich kann es nicht ändern, Tante Marlena, Elsa kommt her,

wann immer sie es für notwendig hält. Sie hat für mich ihre Stunden in der Schule reduziert, damit sie mehr Zeit für mich hat. Sie liebt mich nämlich, weißt du, ein Gefühl, das du nicht kennst. Sie fühlt sich verantwortlich für mich, will mich beschützen. Sie will nicht, dass ich sie verlasse. Sie hat mich gerettet, hat mehrmals schon verhindert, dass ich sterbe – verstehst du alles nicht, weil du ja niemanden liebst. Ob ich ihr dafür dankbar sein soll, weiß ich nicht. Aber ihre Liebesbeweise schätze ich sehr hoch. Ihre schlichte schöne Weise, mich zu lieben. Ich habe ihr erlaubt, die Aufsicht über mich auszuüben, wenn du so willst, mich zu kontrollieren, damit sie ihre wunderbare Liebe leben kann.«

Marlena fühlt sich in Karlas Worte hineinkatapultiert wie in einen der Liebesromane, die sie liest. Sie kann das wirklich nicht nachvollziehen. Eine Realität, der sie hier begegnet, die noch seltsamer ist als sie es überall gelesen hat. Und dass sie es jetzt nicht verstehen muss, weil sie Empfindungen dieser Art ohnehin noch nie verstanden hat, kann ihr gerade kein Trost sein. Irgendetwas ist hier im Moment noch viel absurder, noch mehr verwirrend. Dass das Leben ihr so vieles vorenthalten hat, ist möglicherweise doch nicht so schlecht?

Ihr Kopf ist voller Fragen, aber ob die Worte richtig wären, sie zu formulieren – man darf doch solche Fragen nicht stellen, gar nicht erst im Kopf haben. Außerdem merkt sie, dass das Gespräch damit eine völlig andere Wendung nähme, so nicht gewollt. Es soll heute um *sie* gehen, ist schließlich ihr letzter Tag, niemand soll sie weiterhin bestrafen mit fortlaufender Daseinsverpflichtung. Was geht Karla mich an, denkt sie. Karla ist Verwandtschaft, um die muss man sich kümmern. Heute ist sie einmal wirklich wichtig, weil sie eine Gefährtin des Wünschens ist, jemand, der sie nicht abartig findet, sie nicht verurteilt. Karla soll jetzt nicht anfangen, ihren Müll über ihr auszuschütten, das kann sie bei Elsa tun, wenn die sich dazu hergibt. Eine schöne Liebe ist das, die nur aus Angst um die Schwester besteht. Und diese Schwester badet darin. Immer so ein Durcheinander. Nein, sie will das wirklich nicht mehr verstehen.

»Karla«, sagt sie etwas unwillig, »du musst mir das alles nicht erklären wollen, weil ich es doch nicht kapiere.«

Karla lächelt vor sich hin, hält ihr volles Weinglas in der Hand. »Ist das nicht das Einfachste von der Welt, wenn einer für den anderen da ist? Das ist Liebe, Tante Marlena. Wollen wir nicht jetzt auf die Liebe trinken?« Sie hebt ihr das Glas entgegen.

»Nein, Kindchen, ich trinke gewiss nicht auf die Liebe«, erklärt sie mit fester Stimme. »Ich trinke auf den Tod.« Entschlossen hebt auch sie ihr Glas.

»Das ist doch fast dasselbe«, flüstert Karla lächelnd. Und das leise Pling der anstoßenden Gläser verschmilzt mit dem leuchtenden Rot, das in dem Moment die tiefstehende Sonne auf die beiden Gläser sendet.

6

»Ich habe einen Mord auf dem Gewissen.« Marlena hatte diesen Satz vor Jahren schon einmal ausgesprochen. Zuvor hatte sie ihn ein paarmal geübt, ihn leise vor sich hingesagt, bevor sie sich vorgenommen hatte, in ihrer Analyse über ihre Tat zu sprechen. Was ihr auch gelang. Sie erzählte das Gewesene. Allerdings blieb es wirkungslos. Der Analytiker glich einer Betonwand, an dem alles abprallte. Er sagte dazu nichts, stellte keine Fragen. »Wir müssen zum Ende kommen«, hatte der schließlich erklärt und sie nach fünfzig Minuten verabschiedet wie an anderen Tagen auch. Marlena war irritiert anschließend, ängstlich, schlief schlecht. In der Folgestunde fragte sie ihn, ob er nicht zur Polizei gehen und sie anzeigen müsse, oder ob er das vielleicht schon getan habe, da seine Schweigepflicht doch bei so etwas außer Kraft gesetzt sei. Er zeigte sich verwundert: »Oh, helfen Sie mir auf die Sprünge – was haben wir letzte Stunde besprochen?«

»Ich habe einen Mord auf dem Gewissen.«
Marlena sieht Karla direkt ins Gesicht, in dem Entsetzen geschrieben stehen müsste.
»Das glaub ich nicht.« Karla lacht. »Aber erzähl mal!«
»Du hältst das nicht für möglich? Traust mir das nicht zu? Diese kleine alte Tante, die leicht umzupusten ist, die lebenspraktisch eine Null ist, soll jemanden umgebracht haben? Ja, Kindchen, das hat sie. Und es liegt mir schwer auf der Seele seit langer Zeit. Du warst noch sehr klein, als es dazu kam.« Mit zwei herzhaften Schlucken leert sie ihr Glas und schenkt sich nach. Karla hat noch.
Und dann erzählt sie von ihrem ereignislosen Dasein. Diese

Langeweile zieht sich durch Marlenas Leben als ein endloses Band grauer Tage. Ohne Überraschungen. Und wenn, so waren sie von scheußlichem Charakter, wenn sie beispielsweise an ihre Eltern denkt. Oder ängstigend. Sie selbst war ja auch scheußlich, arrogant war sie, gemein und schnippisch, allen gegenüber. Eine Freundin, die sie so gern gehabt hätte, fand sie nicht – wie auch bei ihrer herablassenden verächtlichen Art. Menschen, zunächst natürlich ihre Eltern, waren immer wieder enttäuscht von ihr, weil sie Leistung verlangten, die sie in dem Maß wie Valentin, ihr Bruder, sie an den Tag legte, nicht vorzuweisen imstande war. Vielleicht auch, weil sie Angst vor ihr hatten, obwohl sie doch nur so ein Persönchen war. Sie selbst hat immer alle verstoßen.

»Niemals war ich unterhaltsam«, sagt sie. Sie wünschte sich, mit Menschen sprechen zu können, Kontakte zu haben, Nähe, die sie aber, sobald sie sie ausprobierte, so schrecklich erlebte. Nie konnte sie irgendwo mitreden. Die vielen Mütter überall, als sie erwachsen war. Die nur über ihre Kinder reden. Die anderen, die über ihre glückliche oder unglückliche Beziehung reden. Immer nur die anderen, niemals sie. Gern hätte sie gewusst, ob andere auch solche Eltern hatten wie sie, die sich für ihre Eltern schämte seit ihrer Jugend. Aber Eltern waren kein Thema bei den jungen Frauen – und wenn, dann waren sie bereits wieder Großeltern und fungierten als Babysitter bei den eigenen Kindern. Nie hat es einen wichtigen Menschen in ihrem Leben gegeben. Das heißt: doch, Valentin, aber der ist eben ein Sonderfall. Ausschließlich diese endlose Langeweile. Steppe ohne Baum und Strauch, bis zum Horizont. Schon als Kind fand sie an nichts Gefallen. Später hat sie viel nachgedacht und viel darüber gelesen: Langeweile als Ausgangspunkt für Kreativität, für gute Ideen, interessante Impulse. Etwas in ihr stand konstant auf der Bremse. Negatives emotionales Erleben durchforsten – auch ein Mittel gegen die Ödnis. Mit ihren Eltern ist sie ins Gericht gegangen, mit ihrer Mutter vor allem. Sie hat das ganze Negative durchforstet, gründlich, gegen den Strich gebürstet, aber die

Ödnis blieb. Kreativ ist sie nie geworden. Was immer sie auch begann, es blieb langweilig. Oft empfand sie sich als faul. Mit einem unbestimmten quälenden Tatendrang, mit einer Lust auf irgendetwas – nur worauf? Füttern wollte sie ihre Langeweile mit etwas – es fand sich nichts Konkretes innerhalb dieses diffusen Herumwaberns, das ihr manchmal sogar Angst machte. Andere trinken, nehmen heute andere Drogen, wenn sie nicht wissen, was sie Gescheiteres machen sollen, starren auf ihr Handy, weil Langeweile nicht zum Aushalten ist. Derart unsinnigen Einfällen konnte sie nichts abgewinnen. Sie hat sich in Arbeit gestürzt, in viel Arbeit, zeitweise hatte sie Stress, wenn Kolleginnen ausfielen, was sie aber nicht bewahrte vor ihrer persönlichen Langeweile. Andere sprachen über *erfreuliche Mußestunden*: Wolkenschauen, Tiere beobachten, Leckeres kochen, Spazierengehen, Kerzenlicht und Bücher lesen. An all dem hatte sie doch keine *Freude*! Es gab einfach nichts, das ihr Spaß gemacht hätte. Bücher las sie aus beruflicher Notwendigkeit, wegen der Bildung, wegen ihrer immensen Wissenslücken. Bücher waren nie wirklich hilfreich. Wie oft gaben sie ihr Rätsel auf.

Pläne machen. Auch so ein Punkt. Was denn für Pläne! Ihre freie Zeit konnte sie nicht nutzen. Innehalten und Gedankenordnen, Nachdenken – alles, wie gesagt, tausendmal probiert, ohne Resultat. Eine Philosophie ist daraus für sie nicht erwachsen. Probleme lösen konnte sie innerhalb ihrer Arbeit, mit den Kunden, mit nicht lieferbaren Büchern, mit faulen Mitarbeitern, aber ihr eigenes Dilemma erwies sich als unlösbar. Irgendwo hatte sie gelesen, dass Langeweile das Schaufenster in die eigene Bedürfniswelt sei. Sie kannte ihre Bedürfnisse nach anderen Menschen, sie wusste um die eigene außerordentlich defizitäre Beschaffenheit und war einzig zum Aushalten dieses Stumpfsinns gezwungen. Trostlosigkeit und Überdruss seit nunmehr dreiundachtzig Jahren. Und in zunehmendem Alter durchdringt sie die Einsamkeit immer mehr.

Marlena spürt, sie soll sich beeilen. Karla hört nicht gern zu.

Jaja, schon gut, sie will doch nur, dass Karla sie versteht. Es geht um Valentin, ihren Bruder, Karlas Großvater, drei Jahre älter als Marlena. Sie nennt ihn einen verbitterten alten Knochen, der er bis zu seinem Ende gewesen sei. Nur innerhalb einer kleinen Zeitspanne wären sie sich einig gewesen, als sie sich sozusagen verbündet hätten gegen die Eltern, als er bereits Student war. Karla wisse ja, wie unwirsch und fast bösartig er manchmal sein konnte.

»Du hast ihn gemocht«, konstatiert Karla.

»So wie man einen großen Bruder eben mag, den hat man dann eben. Aber es stimmt, er war mir wichtig geworden, später. Der war so ein Überflieger, der alles beizeiten bewältigte, Abitur mit sechzehn, das Studium, Doktor mit vierundzwanzig, schnell die Professur. Ich bin da hinten runtergefallen, immer, was mir aber nichts ausgemacht hat. Ich war ohne Neid. Er war gesegnet mit einem überragenden Verstand. Es war einfach so: Ihm gelang alles, ich konnte nichts. Geholfen hat er mir nicht. Und gebeten habe ich ihn auch um nichts. Ich glaube, ich war für ihn nicht von großem Interesse.«

Valentin hatte ihr einmal – aber das erzählt Marlena nicht –, als sie jung waren, den Bauch gestreichelt und gemeint, Frauen würden doch so etwas mögen. Sie mochte es gar nicht, hielt still, erinnert sich an seine riesige etwas behaarte Hand auf ihrem schmalen Kinderbauch, wie ein unbekanntes unberechenbares Tier, wovor sie sich fürchtete. Damals lachte er, das war kein fröhliches Lachen, und sagte noch andere komische Sätze, an die sie sich nicht erinnert.

Im Grunde, sagt sie, hat sie sich immer nur geschämt, schon als Kind. Wenn sie Klavier übte in der schönen großen Wohnung, musste das ganze Haus leer sein, damit niemand ihre Fehler hörte. Diese Scham durfte natürlich nicht sichtbar sein. Deswegen ihre Arroganz. Eiskalt und abweisend war sie, auch Valentin gegenüber. Wollte ihm ebenbürtig sein. Obwohl er selbst gar nicht so war. Mit irgend etwas wollte sie eben auch glänzen. Aufmerksamkeit haben. Manchmal sprach er mit ihr, das war schön, aber ihre eigene geistige Kleinheit erschreckte sie jedes Mal. Sie rannte dann weg, manchmal mitten aus so einem Gespräch heraus, als sie noch fast Kinder waren. Wieder zurück in ihre Tristesse, wo sie hingehörte, weil sie so untauglich für ihn war, und so dumm. Sie hatte dann die Hoffnung, dass er ihr nachgehen und sie fragen würde, was los sei. Tat er nur nicht. Ihr Bruder bedeutete ihr schon etwas. Sie dachte viel an ihn, träumte manchmal von ihm. Wieviel er ihr bedeutete, merkte sie erst, als er diese überwältigend patente Frau geheiratet hat, die leider niemals die Gemeinsamkeiten, die sie mit ihm während der Kinderzeit hatte, dulden konnte in ihrer unsäglichen Eifersucht. In ihrer Gegenwart durften die Geschwister nie über die früheren Zeiten reden. Bei der Hochzeit der beiden zerschlug Marlena absichtlich zwei sehr wertvolle Schüsseln von ihr – da hatte sie wohl der Teufel geritten. Aber diese Person stahl ihr den Bruder, das einzig Wertvolle, das sie besaß. Und sie schien es zu wissen und ihre Freude daran zu haben, Marlena leiden zu sehen. Alexandra stellte sich dermaßen dicht an Valentin, sie küsste ihn und schielte mit einem Auge zu ihr herüber, damit sie es sehen sollte. Das waren giftige Pfeile, die sie gegen Marlena schoss. Anfangs amüsierte Alexandra sich über die kleine dumme Schwägerin, in den Jahren danach ignorierte sie Marlena weitgehend.

»Das Schlimme«, sagt sie, »war, ich konnte Valentin verstehen. Er konnte gut auf mich verzichten, ich war zu nichts zu gebrauchen, Alexandra war viel wichtiger für ihn als ich. Wenn ich sage, sie war fast so klug wie er, weiß ich nicht, ob das stimmt, aber wenn ich bei ihren Gesprächen anwesend war, fanden die auf einem für mich unerreichbar hohen Niveau statt. Vielleicht war es gar nicht so sehr hoch, das Niveau, aber ich konnte doch nirgends mitreden. Mich fragte niemand, wie ich dieses oder jenes sah, wie meine Haltung zu dem und dem war. Was oft sogar gut war, denn ich hatte gar keine Haltung. Man unterhielt sich, und ich war ausgeschlossen. Ich hatte bei den beiden nichts zu suchen, obwohl sie mich immer wieder einluden und ich nicht den Mumm hatte abzusagen. Ich fühlte mich jedes Mal ausschließlich unwohl und absolut überflüssig.

,Nun sag du doch auch mal was', kam gelegentlich von Alexandra, in einem Tonfall, der ihre Abneigung nur allzu deutlich machte. Hübsch war sie übrigens auch noch – ich war ja niemals hübsch. Erstmalig dachte ich einen sehr bösen Satz, den zu denken, ich mir zunächst kein zweites Mal gestattete. Dieser Gedanke wiederholte sich aber, als die Kinder kamen: Julius, und fünf Jahre danach Philippa, deine Mama. Wie Alexandra das alles hinbekam, voll berufstätig an der Uni, fast immer fröhlich, mit einem Elan, sie hatte Spaß an allem, das merkte man. Julius machte ihnen das Leben schwer, Philippa, na ja, wie sagt man, ein bisschen durchgeknallt immer schon, aber Alexandra behielt den Kopf oben, ging zu Elternabenden, organisierte mit den Lehrern Klassenfahrten, kaufte bergeweise Essen ein, dann hatten sie noch den Hund, und ich merkte, wie mein Bruder die Frau vergötterte. Ihn zu sehen, wie er lebte und wen er um sich brauchte, tat mir weh. Denn mich brauchte er nicht, niemals hatte er mich gebraucht, aber jetzt war ich vollends zu seinem Anhängsel geworden. Zu seinem Blinddarm, den man ja nicht spürt und der funktionslos herumhängt.«

Marlena hebt den Arm mit dem leeren Glas in der Hand großräumig etwas schaukelnd in die Höhe. Dann schenkt sie sich das dritte Glas Wein ein. Könnte eigentlich Karla machen, denkt sie, Karla ist eine unaufmerksame Gastgeberin. Marlena kann sich nicht erinnern, wann sie je so viel getrunken hat. Das Zeug schmeckt nicht besonders, aber es belebt sie auf eine nicht unangenehme Weise. Schmunzelnd denkt sie Wörter wie ,Leberzirrhose', und ,totgesoffen' und ,Todescocktail'. Und daher ist der zu berichtende Rest jetzt gar nicht mehr so schwer, wenn sie nach einem großen Schluck in das satte Rot des Glases schaut.

»Ich beobachtete die beiden an vielen Wochenenden, wenn ich gezwungen war, sie zu besuchen. Sie wohnten nicht weit. Valentin kümmerte sich wenig um die Kinder, wenig um den Haushalt. Er hatte außerdem diese Häuser gekauft, die Geld abwarfen. Aber er war sehr glücklich mit Alexandra. Das war unübersehbar. Ich war schon lange zu einem vollständigen Nichts zusammengeschrumpft in Anbetracht einer solchen Vollkommenheit. Ich glaube nicht, dass das Neid war. Alexandra hat es fertiggebracht – ohne dass ich mich viel eingebracht hätte in deren Belange, man war auch nicht erpicht auf meine Hilfe, die ich manchmal pflichtschuldigst anbot –, mir zu zeigen, wie unwichtig, wie entbehrlich ich war.

Der Gedanke, den ich hatte in Bezug auf Alexandra, die eine immens wichtige Rolle spielte für meinen Bruder, hatte sich festgesetzt. Er war nicht mehr zu eliminieren. Zwecklos, ihn ausrotten zu wollen. Ich tröstete mich damit, dass es ja nur ein banaler Gedanke war, der keine Folgen haben wird. Aus meinem Kopf wanderte er auf ein Blatt Papier, wo ich ihn mehrfach niederschrieb. Das Papier wurde in winzige Fetzen gerissen. So etwas macht man nicht. Dann ein neues Blatt. Irgendwie tat das gut. Ich kaufte mir ein Tagebuch, abschließbar, hatte nie zuvor eines besessen. Geheime Sachen schreibt man da hinein. Ich hatte nie geheime Sachen, nie ein Tagebuch nötig, hatte es bei Klassenkameradinnen früher stets hochnäsig belächelt. Jetzt allerdings wurde es notwendig für mich. *Ich hasse meine Schwägerin Alexandra*, schrieb ich da hinein. Diesen bösen Satz, und ich hoffte, dass es damit getan sei. Ich sah mir das Gebilde an. Übergroß auf Seite eins stand er da, unauslöschlich mit meiner unschönen Handschrift. Ich starrte ihn an, den Satz, er sprang mich an, gewissermaßen, fordernd und wild, ich flüsterte ihn vor mich hin, ich sprach ihn laut aus. Ich füllte die folgenden Seiten mit dem gleichen Satz, unterstrich ihn, zog ihn nach mit Rot, immer mehr Raum nahm er ein, in meinem Denken mutierte er allmählich zu einer Aufgabe. Ich merkte, dass ich mich dafür nicht mehr verurteilte. Auf eine neue Seite schrieb ich mit noch größeren Lettern *Ich will, dass Alexandra stirbt.*

Und dann war da etwas. Etwas wie Freude über diesen Satz. Das also war Freude. So ein inneres Strahlen. Und ich hatte von Stund an etwas zu tun, das mich bewegte. Nahrung für meine Langeweile. Ich stellte mich vor den Spiegel und sprach laut und gebieterisch: *Ich will, dass Alexandra stirbt.* Und mit diesem Satz kam ich mir endlich erwachsen vor, mit achtunddreißig Jahren. Plötzlich erwachsen und plötzlich mit Macht ausgestattet, wie die Königin der Nacht, wenn sie ihre Rache-Arie singt. Alexandra musste vernichtet werden. Ich begann mit meinen Mordplänen. Aufklärung musste ausgeschlossen werden. Ins Gefängnis wollte ich keineswegs. Es kam allerlei in Frage. Aber schwierig war es. Ich fand keine Methode, der ich über den Weg traute. Und ich war doch nur so eine halbe Portion, ohne ausreichende Körperkraft. Aber allein die Idee faszinierte mich. Als ich wieder bei ihnen war – ich vermute, Valentin hatte das jedes Mal verfügt und sich durchgesetzt gegenüber seiner Frau, weil ich ihm leidtat –, dachte ich fortwährend, sobald ich Alexandra ansah, *wenn du wüsstest ..., wenn du wüsstest, dass du bald tot sein wirst ...* Meine tagsüber berufliche Ablenkung wurde mir lästig, ich sehnte mich nach Hause, wo ich mein Vorhaben störungsfrei präzisieren konnte. Mein erster Gedanke am Morgen und mein letzter am Abend: Ich will, dass Alexandra stirbt. Ein paar Monate ging das so. Ich wurde ungeduldig wegen der praktischen Nichtausführbarkeit jeglicher konkreter Idee. Aber ich war regelrecht besessen von meinem Hass gegen die Frau, während sich die Momente des Mitleids mit Valentin, dem ich die wichtigste Person seines Lebens zu nehmen im Begriff war, eher selten einstellten. Der Hass war ein derart großartiges Gefühl. Er drängte alles andere in den Hintergrund.

Ja, und dann eines Tages « – wie wird sie es aufnehmen? Marlena sieht mit großen Augen zu Karla hinüber.

Karla hängt in ihrem Sitzsack, ihr Kopf ist vornübergefallen. Sie ist eingeschlafen.

Marlena ist fassungslos. Im ersten Moment fährt ihre Hand zu Karlas Knie, sie zu rütteln. Die Hand hält inne. Ist das denn möglich! Der Begriff *ungebührliches Verhalten* fällt ihr ein. Die Erinnerung an ihren früheren Analytiker – war der damals vielleicht auch eingeschlafen? Sie starrt Karla an. Bedeutungslos wie Schmutz am Schuh kommt sie sich vor. Nicht einmal, wenn sie mordet, wird sie so wichtig, dass es überhaupt jemand wissen will. Indem sie Karlas entspanntes Gesicht wahrnimmt, laufen ihr Tränen über die Wangen. Die zur Faust geballte schmale Hand in ihrem Schoß zittert.

Die plötzliche Stille bewirkt Karlas Wachwerden. »Oh, Tante Marlena, entschuldige, da war ich wohl gerade weggenickt.«

Marlena atmet hörbar aus. »Hm – weggenickt.« Sie schüttelt den Kopf, hört nicht auf, in Karlas hübsches Gesicht zu starren, dessen Augen unter schlaffen Lidern jeglichen Ausdruck eingebüßt haben. Das Herz pocht ihr in den Schläfen. Worte stehen ihr nicht mehr zur Verfügung. Sie erhebt sich aus dem Sesselungetüm.

Offenbar ist es unentschuldbar für Tante Marlena, dass Karla deren Gesäusel nicht lange standhalten konnte.

»Nun sei nicht gleich beleidigt! Du wolltest mir von deinem Mord berichten – hat er schon stattgefunden? Und ich böses Mädchen hab ihn jetzt verschlafen, tut mir leid, wirklich.« Sie muss lachen. »Tante Marlena ist eine Kriminelle! Hast du Elschen davon erzählt?«

Marlena hat ihr Glas etwas ungestüm abgestellt und schwankt ein wenig, als sie um die knapp überm Boden fläzende Karla herum zur Tür strebt.

»Oma Alex ist gestorben, als ich drei war oder so, ich hab gar keine Erinnerung an sie. Hast du sie vergiftet? Frauen neigen doch zu Giftmorden, hab ich gelesen. So schön hinterfotzig.« Sie will den Gesprächsfaden wieder aufnehmen.

Marlena hat die Tür zum Flur schon geöffnet, scheint sich nicht noch einmal umdrehen zu wollen.

Karla springt auf, dicht neben Marlena hin. »Ja glaubst du denn, dass deine uralte Geschichte noch irgendeinen interessiert? Das hier ist interessant!« Sie hält ihr die dick verbundene Hand direkt vors Gesicht, wie einen Vorschlaghammer, dass Marlena einen Schritt zurücktreten muss. »Für mich ist das hier interessant, aber niemand fragt danach, kein Mensch! Meine Karriere ist ruiniert! Darüber willst du nichts wissen, Tante Marlena, und darüber auch nicht!« Sie reißt sich das Tuch vom Kopf. »Wie es mir geht, ist dir egal. Kommst her und packst deinen Koffer mit alten Klamotten aus und denkst, ich finde die schick. Soviel ich weiß, hast du nicht einen Tag im Gefängnis verbracht – also komm mir nicht mit Mord! Willst in dein langweiliges Leben ausschließlich im Bücherdschungel noch ein bisschen Spannung bringen, bevor du abtrittst – richtig? Hast bestimmt neben Liebesromanen auch allerhand Krimis gelesen. Hättest vielleicht gern wen umgebracht, aber du hast dich hauptsächlich an fremdem Leben bereichert innerhalb deiner Bücher. Die Realität ist nicht so glatt, tut ein bisschen mehr weh. Hast du eine Ahnung, wie es hier unter dem feinen weißen Verband aussieht? Interessiert es dich, was damit passiert ist? Hat Elsa dir schon berichtet? Dass hier allerhand Nägel drinstecken, obwohl ich nie eine zusammengenagelte Hand haben wollte? Soll ich sie mal auspacken für dich? Damit du ein Stück Gegenwart erleben kannst?«

Marlena will nur noch weg. Die Welt macht ihr Angst. Diese Welt hier. Sie kann nur noch unstet auf dem Boden hin- und hersuchen, wie nach einem Mauseloch, in dem sie verschwinden möchte. Mit einer Hand will sie Karla unkoordiniert beiseiteschieben, mit der anderen hält sie die Tür geöffnet, wenn sie doch nur schon unten wäre.

7

Karla hat es gewiss mit Tante Marlena verdorben. Was nicht weiter schlimm ist, die lebt sowieso viel zu lange. Soll sie doch irgendwas machen, damit es vorbeigeht. Was ist das für ein Zeug, das die ihr erzählt hat. Kann sich doch keiner so lange anhören. Ob Elsa Genaueres weiß? Karla ruft sie an. Lässt es lange klingeln. Hat Elsa mal wieder keinen Bock auf sie, geht einfach nicht ran.

»Karla, Liebes, ist denn Tante Marlenchen wieder weg?«

»Hast du grad keine Zeit oder keine Lust? Klingst genervt. Bist du immer noch bei Sam?«

Elsa ist noch bei Sam. Die beiden pflegen eine ausgesprochen lustvolle Beziehung. Elsa genießt die Zeiten, in denen Sam sie bei sich haben mag. Sie richtet sich nach ihm, weiß, dass er mit sich selbst schon jahrelang äußerst uneins ist, dass er darüber nicht sprechen kann oder will. Sie akzeptiert das. Er scheint ihr dankbar zu sein, dass sie ihre unbeantwortbaren Fragen nicht hundertmal stellt, dass sie keine *Bohrmaschine* ist, wie er schon ein paarmal zu ihr sagte, so halb scherzhaft. Wenn sie sich treffen, schlafen sie meist miteinander. Er will, das sie ihr Handy ausstellt während dieser Zeit. Sie möchte das auch, aber da ist Karla, und auf die muss sie doch achtgeben, weil schon so viel passiert ist. Auf Holm ist kein Verlass. Holm macht seit jeher alles falsch.

»Ja, ich bin noch bei Sam. Aber das macht gar nichts, du weißt, ich freue mich immer, wenn du dich meldest.« Zu Sam hin zuckt sie mit der Schulter und zieht eine Augenbraue hoch. Er liegt nackt neben ihr, signalisiert ihr, dass er schon mal duschen geht, nachdem er kurz die Augen verdreht hat.

»Stell dir mal vor, die ist mit drei Gläsern Wein dermaßen

ins Labern gekommen, ohne alle Rücksicht, so dass ich eingeschlafen bin. Und als sie das mitgekriegt hat, ist sie stocksauer auf und davon.«

»Oh.«

»Bestimmt wollte sie es ganz spannend machen mit einem irre langen Vorlauf. Aber wenn das Vorspiel zu lange dauert, hat man einfach keine Lust mehr – ist doch klar, oder? Hast du eine Ahnung davon, dass sie mal wen *ermordet* hat?«

»Hm.« Elsa überlegt. »Nein, aber ich weiß, dass sie etwas mit sich herumträgt, schon lange.«

»Na ja, ich hab's wieder mal versaut. Ist ja nicht neu. Was machst du heute noch? Weiter an dem verrückten Sam herumrücken? Meinst du wirklich, den kriegst du gerade?« Karla lacht. Karla kann verletzend sein. Ob sie das selbst weiß? »Ich kann noch nicht sagen, ob ich hierbleibe. Kommt drauf an.«

»Ja genau. Es kommt darauf an, ob der liebe Sam seine Freundin noch bei sich aushalten kann. Wenn nämlich nicht – und das kann ja die Freundin nie wissen –, dann haut er einfach ab, weil er ihr nicht sagen kann, dass er sie zum Kotzen findet.«

Da Elsa darauf nicht antwortet, legt Karla auf.

»Soll ich gehen? Möchtest du allein sein?«

Sam sieht so unglaublich gut aus, groß, schlank, das nachtblaue Handtuch um sich gewickelt vom Bauch bis zu den Knien. Elsa ahnt, dass Sam diesen Wunsch nicht äußern und dass er sie bald darauf innig küssen wird, wenn sie sich zum Gehen bereitgemacht, ihre Tasche umgehängt haben wird. Er wird sie nicht hindern zu gehen. Er wird sie nicht bitten zu bleiben. Sam ist der liebevollste, zärtlichste Mann, der ihr je begegnet ist. So gern wie mit ihm war sie noch mit keinem zusammen. Sie hat ihm das schon manchmal gesagt. Und er nahm es zur Kenntnis, erklärte ihr, dass es ihm ebenso gehe, aber dann war da stets diese Sperre in ihm, denn es schien ein großes Aber mitzuschwingen, das ihn quälte und dem er unter keinen Umständen Raum zu geben bereit oder fähig war. Beim letzten Mal traten ihm Tränen in die Augen, und er konnte sie nur noch mit erstickter Stimme fragen: »Magst du denn wiederkommen?« Sie hatte genickt und geflüstert: »Noch ganz, ganz oft.«

»Weißt du, ich möchte gar nicht allein sein«, sagt er, während sie sich anzieht. »Ich renne ja nachher doch nur wieder ins Labor, wenn du weg bist. Aber ich muss dort auch hin, weil ich die Arbeit sonst nicht schaffe.«

Endlich sagt er ihr etwas. Ein paarmal schon hat sie, nachdem sie gegangen war, sich auf die Bank am Parkrand seiner Wohnung gegenüber gesetzt, das erste Mal, weil diese Bank so einladend wirkte und sie in die Fenster schauen konnte, hinter denen er, nun wieder ohne sie, sein geheimes Leben lebte. Und danach, nach der ersten zufälligen Beobachtung seiner Flucht, noch mehrere Male ganz absichtsvoll, wie er kurz nach ihr das Haus verließ, sich auf sein Rad setzte und davonhetzte. Er hätte sie sehen können, eigentlich sehen müssen, wenn er irgendetwas gesehen hätte außer seinem Fahrrad. Sie hatte sich schon mehrmals vorgenommen, ihn irgendwann darauf anzusprechen. Dass sie es bisher nicht getan hat, liegt daran, dass sie die Stunden mit ihm nicht verderben wollte durch ihre Neugier.

»Heut ist dein freier Montag – vergessen?«

Sam schüttelt den Kopf. »Nachher hab ich Ruhe, wenn die anderen gegangen sind. Die stören mich einfach.«

»Magst du deine Kollegen nicht?«

»Doch, doch, die sind alle in Ordnung. Nur ich bin es leider nicht.«

Elsa sieht ihn fragend an.

»Ich möchte meine Arbeit gut machen, und gründlich. Dafür brauche ich Zeit, brauche mein eigenes Tempo. Das ist langsamer als das der anderen. Beanstandungen, woher auch immer, sind mir zuwider, ich suche sie zu vermeiden und konnte sie bislang auch vermeiden.«

Elsa legt ihm schnell ihre warme Hand über den Mund. Das

war eine ausführliche und ausreichende Erklärung, die letzten Worte kamen angestrengt und schnell und gepresst daher – noch mehr davon, und irgendetwas wäre passiert. Elsa weiß gar nicht, wie ihr ist, spürt einen Kloß im Hals. Dann ist sie sich sicher, dass sie ihn liebt. Und dann muss sie lachen, weil sie ihm das jetzt ganz sicher nicht sagen wird.

8

Wie Elsa das nur mit ihm erträgt. Er könnte so glücklich sein darüber. Aber geht es ihm, seit sie sich kennen, nicht viel schlechter als zuvor all die Jahre? Ewig lang lang hatte er keine Frau mehr, ihm hatte doch gar nichts gefehlt, und er war mit dem Stress bei der Arbeit genügend ausgefüllt. Natürlich ist dieser Stresspegel angestiegen, er setzt sich seit einiger Zeit noch viel mehr unter Druck, seit wann eigentlich. Ja, seit er Elsa kennt. Seit zwei Jahren. Wo ist denn da ein Zusammenhang. Was hat diese tolle Frau mit seinen Zahnprothesen zu tun, an denen er so akribisch herumbastelt.

Er weiß doch alles, er kennt sich doch so gut. Er hat es Elsa heute erklärt, so in ein paar Sätzen. Damit war sie schon zufrieden, als ob *sie* ihn verstünde. Er versteht sich doch selber nicht. Er ist derjenige, der sich dermaßen maßregelt, dem keiner etwas nachsagen darf, der sich keinen Fehler erlauben darf. Wobei: Was würde denn passieren, wenn er einen Fehler macht. Er fürchtet nicht um seinen Arbeitsplatz. Die anderen machen immer wieder mal etwas falsch, müssen nacharbeiten, gelegentlich xmal. Die werden alle nicht entlassen. Die Chefs sind sehr anständig. Nein, auch er verlöre seine Arbeit nicht, zumal er noch nie ... Aber auch ein erstes Mal darf es nicht geben. Er würde sich in Grund und Boden schämen. Alles wäre aus und vorbei. Er könnte dort nicht mehr hingehen. Deshalb muss er so übergenau sein. Gut, dass die anderen nicht so sind. Wenn sie alle an freien Tagen oder spät am Abend noch hinkämen, um nachzusehen, ob sie alles richtig gemacht hätten, so wie er, zigmal zu kontrollieren, ob das kleinste Detail stimmt, denn es darf nichts drücken, nichts klemmen, nichts schief sein nachher beim Patienten, der muss das Ding ja im Mund tragen, in dieser empfindlichen Region. Wenn alle so wären wie er – furchtbar. Zum Glück ist nur er so und kann es sich leisten, ganz allein im Labor zu hocken und schön langsam seinen Perfektionismus zu pflegen. Perfektionismus ist doch eigentlich was Gutes – oder nicht? Es könnte so viel weniger Ausschuss produziert werden, wenn alle etwas sorgsamer mit dem Material umgingen. Wieviel Geld wird verschleudert, weil nicht genau gerechnet und geplant wird. Und hinterher will es dann keiner gewesen sein, dann kommen die Rechtfertigungen, die Ausreden, die Lügen. Und fast niemals eine Bestrafung. Er ist da ganz anders. Er würde zu seinen Fehlern stehen, daher die unendliche Scham, die er befürchtet. So etwas darf unter keinen Umständen geschehen. Wenn er dann oft erst abends um zehn nach Hause fährt, ist er sich dennoch nie sicher, dass er alles genauestens nach den Vorgaben hinbekommen hat. Er überlegt, ob er süchtig geworden ist. So wie andere nach Alkohol und Zigaretten und anderem Kram. Ja, hat er vielleicht eine Sucht entwickelt nach vernünftiger genauer Arbeit. Ob er mal eine Suchtberatung aufsuchen sollte? Die würden ihn doch auslachen, ganz bestimmt würden die ihn auslachen. Das hielte er nicht aus. Er schämt sich doch so schon genug. Niemandem kann er erzählen, wie viele Stunden er heimlich an seinem Arbeitsplatz verbringt. Keiner seiner Kollegen weiß darüber etwas, denn das wäre fürchterlich. Die gehen abends oft noch was trinken, haben es allerdings mittlerweile aufgegeben, ihn zu fragen, ob er mitkommen wolle. Früher hat er das manchmal gemacht, vor zwei Jahren noch, damit die nicht denken, dass er sie nicht mag. Er mag sie ja im Grunde tatsächlich nicht besonders, aber so etwas behält man für sich. Jedes Mal, wenn er mit ihnen gegangen war, hatte er ein schlechtes Gewissen, dachte an eine bestimmte Prothese, bei der noch diese winzige Ecke beschliffen werden musste und hatte keinerlei Spaß an seinem Bier, und noch weniger an den derben Scherzen seiner Kollegen, konnte anschließend nicht einschlafen, weil er nur daran dachte, mit wieviel Sinnlosigkeit er den Abend verbracht hatte, und was doch viel eher nötig gewesen wäre. Dann stand er schon früh halb fünf auf, um als erster im Labor zu sein und den gestrigen Abend auszugleichen. Solche Müßiggänge kann er sich nicht mehr antun. Abends länger zu bleiben, oft sehr viel länger, fühlt sich besser an. *Im Kreml brennt noch Licht*, sagt er mitunter zu sich selbst. Und findet das gar nicht lustig.

Seit bestimmt einem Jahr schon ist er nicht mehr mit den anderen ausgegangen. Plötzlich durchfährt ihn eine heiße Welle der Angst: Ob die etwas ahnen von seiner Wandlung? Wenn die davon wüssten, könnte er keinen Tag länger dort arbeiten. Er wäre augenblicklich raus dort – aus, vorbei. Bestimmt tuscheln sie über ihn. Macht man ja so, hinterm Rücken so Zeug erzählen, Vermutungen anstellen, und er bietet sich doch förmlich an mit seiner selbst betriebenen Ausgrenzung. Meine Güte, Elsa ist schuld daran! Mit ihr verbringe ich viel zu viel Zeit, denkt er.

Zum Glück ist das Labor im Erdgeschoss. Zum Glück gehen die Fenster auf einen großen Hof, der umrahmt ist von anderen Gebäuden. Zum Glück kann keiner seiner Kollegen von der Straße aus sehen, dass hier – in seinem Kreml – so spät noch Licht brennt.

Auf seiner Werkbank liegt die fast fertige Teilprothese einer Frau, die er kennt. Wohnt also auch in der Stadt – noch oder wieder? Seit seiner Schulzeit, fünfzehn muss er gewesen sein, hat er sie nicht mehr gesehen und inzwischen auch länger nicht mehr an sie gedacht. Als er aber letzte Woche die Prothese aus dem Fräszentrum geschickt bekam und ihren Namen las, stutzte er. Josephine Mandlitz? Hat sie nicht geheiratet? Geburtsdatum stimmt auch, sie ist drei Jahre älter als er. Vier obere Schneidezähne, soso, Josy … Sam sieht sich den Zahnersatz von allen Seiten an. Wie verrückt er damals nach ihr war. Sie war in der Abiturklasse. Etwas größer als er, attraktiv mit dunklen frechen Locken, ziemlich kurz, umworben von vielen. Superschlau war sie, wollte damals zur Polizei, was er gar nicht verstand, er stellte sich öde Verkehrskontrollen und die Aufklärung von Diebstahlsdelikten vor, das war doch nichts für Frauen, erst recht nicht für Josy. Aber er hat sich was eingebildet, weil sie Eis essen waren, und einmal im Kino miteinander. Er hat von dem Film kaum etwas mitbekommen. Händchenhalten, wie aufregend das war. Und dann ein scheuer Kuss gegen Ende des Films. Er hatte sie kurz danach mit einem älteren Mann gesehen, der den Arm um ihre Schultern gelegt hatte. Sam ging ihr aus dem Weg von da an, schämte sich, weil er sich Hoffnungen gemacht hatte. Vor dreißig Jahren.

Und jetzt fehlen ihr vier Frontzähne.

Wie kommt er an Josephines Nummer? Im Netz findet er sie nicht. Jetzt ist er neugierig geworden. Ob sie sich überhaupt an ihn erinnert? Sam hat plötzlich die Idee, er könnte ihr heute viel über sich erzählen. Eine frühere Vertraute ist sie gar nicht, so weit ging das damals nicht, aber eine Fremde wäre sie auch nicht. Vielleicht erkennt er sie gar nicht wieder, vielleicht ist sie dick und rund geworden. Immerhin ist sie die einzige Frau, von der er heute meint, in sie verliebt gewesen zu sein. Elsa? Nein, in Elsa ist er nicht verliebt.

Über einen Trick – sein Chef kennt ihre Nummer – erreicht er sie. Doch, ja, sie erinnert sich, vielleicht nicht so ganz klar. Er war doch dieser sehr nette schüchterne Junge zwei Jahrgangsstufen unter ihr? Drei, verbessert Sam, drei. Und Eis und Kino?

Ach ja, ja, sagt Josephine mit einer Stimme aus nachgedunkelter Vergangenheit, man hat sich mal geküsst. »Und du machst mir jetzt die neuen Zähne?«

»Was dir hoffentlich nicht peinlich ist, schließlich sorge ich wieder für dein strahlendes Lächeln. Wollen wir uns mal treffen? Hast du überhaupt Zeit, Frau Kriminalhauptkommissarin?«

»Aha, das weißt du also schon.«

»Die Provisorien sind ja schon mal ganz ordentlich«, stellt Sam gleich bei der Begrüßung fest. Ob er Josephine wiedererkannt hätte, kann er nicht sagen, immerhin ist er jetzt wenigstens größer als sie. »Du siehst immer noch verdammt gut aus.«

»Lass die Ironie, Samy, bei dem Job kann man nicht lange gut aussehen. Und bei der Familie auch nicht.«

Sam hat das keineswegs ironisch gemeint. Die Augen eventuell ein wenig verschattet, aber vielleicht ist das sogar Make-up, er kennt sich da nicht aus. Die kurzen dunklen Locken sind grau durchzogen. *Samy* hat sie gesagt, wie früher. »Bei der Familie? Wie viele Kinder hast du denn?«

»Ich hab keine eigenen Kinder, aber, wenn du dich erinnerst, ich habe noch einige Geschwister, darunter den behinderten Franz – nein, behindert ist er gar nicht, oder doch, ich weiß nicht, auf jeden Fall etwas kompliziert. Einer ist vorletztes Jahr gestorben, na ja, freiwillig sozusagen … Sind aber, wenn ich mich da mal rausnehme, und Franz auch, immer noch fünf, die ihr Leben nicht gut hinkriegen. Und beruflich bin ich die Kinderretterin vom Dienst.«

»Kinderretterin?« Sam sieht sie großäugig an.

Josephine hat wenig Lust auf das Thema. Sie winkt ab. »Aber dicker bist du auch nicht geworden. Machst du viel Sport?«

Auf *das* Thema hat Sam keine Lust. »Fahrrad. Und ich bin ein schlechter Kostverwerter. Erklär mir die Kinderretterin!«

Sie stöhnt. »Was meinst du, wo das hier herkommt?« Sie zeigt auf ihre Zähne. »Die waren immer gut, fast makellos, ich war immer stolz drauf.«

»Hast du es mit Schwerverbrechern zu tun? Ich denke, mit Kindern!«

»Schwerverbrecher – nein, eher selten. Oder vielleicht doch. Vielleicht kann man sie tatsächlich so bezeichnen. Eltern, weißt du, einfach nur Eltern. Ich mache das jetzt seit achtzehn Jahren. Meistens erledigt den Job das Jugendamt alleine. Nur wenn mit Gewalt zu rechnen ist, kommen wir dazu. Ich möchte den Job auch weitermachen, irgendwas zwingt mich dazu. Das hier« – und sie weist wieder auf ihre Zähne – »war ein wild gewordener Vater. Ich war nicht schnell genug.«

»Du lebst gefährlich. Schmerzensgeld?«

»Weiß ich noch nicht. Berufsrisiko.«

Eigentlich ist das schon die ganze Geschichte. Wozu noch weiter reden. Sie sitzen hier zusammen im Café, sie und ihr alter Verehrer, sie schauen aus dem Fenster, wo ein leichter Regen niedergeht, die Wolken scheinen herabgefallen, alles ist ein bisschen grau, gar nicht unfreundlich, denn es ist warm und windstill. So kann es bleiben, friedliche Atmosphäre von Josefines letzten Urlaubstagen. »Hier ist es schön«, sagt sie. »Und du? Samy? Was treibt dich so um? Du siehst auch nicht gerade fröhlich aus. Bist du verheiratet?«

»Nein, nein, um Gottes willen, das wär ja noch schöner«, entfährt es ihm, erschrocken, als ob sie ihn gefragt hätte, ob er schon einmal etwas geklaut habe. »Du?«

Sie schüttelt den Kopf.

»Ich lebe allein, habe meinen Job«, erklärt er. »Und so soll es bleiben.« Wie hart und bestimmt das klang, hat er selbst bemerkt. Er will nicht weiter gefragt werden. Ursprünglich hat er ihr viel erzählen wollen heute, von seinen Knoten im Kopf. Dazu hat er sich mit ihr verabredet, hat sich drauf gefreut. Jetzt will er nicht mehr. Weil es ihr noch viel schlechter geht als ihm.

Josephine muss lachen. »Weißt du, was für zwei komische Figuren wir hier abgeben, wir beide?« Sie langt über den Tisch hin zu seiner Hand und legt ihre darüber.

Er sieht erstaunt in ihre hellbraunen Augen.

»Wir benehmen uns gerade so dumm wie die Teenager. Ich glaube, ich mag dich immer noch, so wie damals, als du mich nicht mehr angeguckt hast eines Tages, was ich schade fand. Wovor haben wir beide denn heute noch Angst?«

Sam legt seine linke Hand nun über die beiden anderen auf dem Tisch. »Josy, ich habe Angst, Tag und Nacht habe ich

Angst, ich werde verrückt. Ich vermute, ich bin es schon. Ich hatte vor, es dir heute zu erzählen, aber das geht doch gar nicht, weil ich sehe, wie müde du bist. Du wirst geschlagen von gewalttätigen Menschen, während ich mir nur selber im Weg stehe. Mich schlägt keiner. Verstehst du, kein anderer tut mir etwas. Ich habe sogar eine Freundin, von der ich denke, sie liebt mich, weil sie so rücksichtsvoll ist, aber ich kann ihr nichts sagen über mich. Das liegt alles an mir.« Sam schlägt sich mit der flachen Hand gegen die Stirn. Er muss ja leise sprechen, sie sind nicht allein. »Da drin sitzt etwas, hörst du, da drin, wie ein Dämon breitet es sich immer weiter aus. Ich bin ein Getriebener und laufe vor mir selber davon. Das, was dir da passiert ist, ist doch viel schlimmer. Deswegen musst du zuerst erzählen.«

Josephine schüttelt den Kopf. »Ich meine, wir sollten das nicht vergleichen. Die Gewalt von außen ist nicht schlimmer als die von innen. Außerdem darfst du nicht denken, dass in mir keine Gewalt ist. Meine Phantasie ist voll davon.«

Harte Fingerknöchel klopfen auf die Tischplatte. »He, Samuel, alter Halunke, ich störe bestimmt, Mensch, überall störe ich, ist mir schon klar, sogar mit Freundin, wusst' ich ja gar nicht, dass du ne Freundin hast, hab dich neulich schon entdeckt bei Wals im Wartezimmer, als du keinen sehen wolltest. Tach erstmal, schöne Frau.« Er streckt Josephine die Hand hin, die sie vorsichtshalber nimmt, man weiß ja nie, solche Situationen sind ihr nicht unbekannt. »Gestatten, mein Name ist Maximilian Blund – wir sind hier – na was sind wir zwei, Samuel, du und ich, alte Kameraden sind wir, stimm's?« Max lacht laut, schwankt ein bisschen, grinst abwechselnd beide an und freut sich an der gelungenen Überrumpelung. Mit der er noch nicht fertig ist. »Samuel, alter Schwede, wir beide sollten uns mal treffen.« Er beugt sich vertraulich zu Sam. »Gibt nämlich ne Menge zu erzählen, du von deiner wunderbaren Freundin« – er sieht grinsend zu Josephine, dann wieder zu Sam – »ich hab übrigens auch ne Wahnsinnsfrau kennengelernt, die muss ich wiederfinden, unbedingt, die ist nämlich weg. Und von meinem wunderbaren Sohn Gero, weissu, der hat nämlich jetzt geheiratet, mein Sohn, der Putenbesamer ist, aber hallo, Putenbesamer ist der, hasse schon mal gehört von? In so nem Riesenkonzern ist der, macht den ganzen Tag nix weiter wie sich eine nach der andern großen Putenhenne zu schnappen, der die Kloake aufzureißen und son Röhrchen mit Sperma reinzuspritzen, geil was, das mit dem Sperma bei den Hähnen machen andere, die heißen dann Puten*ent*samer, im Nachbarhaus, wo die Männer sind, die Putenmänner, ist nämlich keine Co-E-du-kation bei den Puten …« Über die Co-Edukation, die ihm gerade eingefallen ist, muss Max noch lauter lachen.

Von hinten treten zwei schwarz gekleidete Servicemitarbeiter an Max – heute mit schwarzem Kopftuch – heran. »Mein Herr, wir müssen doch sehr bitten!« Und zu den beiden Sitzenden: »Bitte, das tut uns sehr leid, entschuldigen Sie den Zwischenfall!« Mit offenbar geübten Handgriffen befördern sie Max rückwärts vom Tisch weg, wogegen der offenbar nichts weiter einzuwenden hat, aber nun noch lauter Sam zuruft, dass er mächtig stolz sei auf seinen Putenbesamer-Sohn, da nun auch bald Putenbesamer junior geboren werde hahaha.

Während Josephine ein kleines Amüsement nicht unterdrücken kann, stützt Sam den Kopf in beide Hände, starrt auf den Tisch und wagt kaum, Josephine anzusehen.

»Lass mal, Samy, für manche Freunde kann man einfach nichts.«

»Hör mal, Max ist kein Freund. Ich weiß nicht, woher ich den kenne und wie lange. Der drängt sich einem so auf.«

»Wenn er einen in der Krone hat.«

»Nüchtern ist er auch nicht viel besser.« Aber er muss ihr erklären, wer das ist. »Eigentlich ist er so ein Tausendsassa, was der schon alles gemacht hat, womit der so sein Geld verdient hat. Manchmal hab ich den wirklich beneidet. Der kann so viel. Im Gegensatz zu mir und meinem stupiden Beruf, den ich auch noch mag. Aber der hat auch schon vieles in den Sand gesetzt. Findet immer schnell wieder Neues. Das kriegt er gut hin. Und wenn er mal was Blödes macht – nein, so sieht der das gar nicht, keine Tätigkeit ist blöd für den –, hat er dabei auch noch Spaß. War auch schon als Scherenschleifer unterwegs mit so'nem Karren. Weiß gar nicht, was er aktuell treibt, zuletzt hat er ... nee, weiß ich nicht. Baumschule oder so.

»Kein sehr einträgliches Geschäft, nehm ich an.«

»Ich glaube, das ist ihm egal. Der hat mal viel Geld gehabt. War ihm vielleicht nicht so wichtig, hätte sonst sicher besser drauf aufgepasst. Jetzt hat er wenig – scheint ihm auch nicht wichtig.«

Josephine lächelt vor sich hin. »Samy, weißt du, warum dieser Max hier gerade aufgetaucht ist?« Sie muss jetzt das Beste aus der Situation machen.

Sam sieht sie etwas verzweifelt an. »Du hast ihn bestimmt nicht herbestellt.«

»Dieser Max ist das Signal, dass wir unser Wiederfindungstreffen heute beenden sollten. Lass uns in Kontakt bleiben und irgendwann bald das Ganze wiederholen. Und vorher legen wir fest, wer zuerst erzählt. Einverstanden?«

Sam nickt erleichtert. Er hat sie eingeladen, aber Josephine zahlt ihren Kaffee doch lieber selbst. Danach weiß sie gar nicht, warum.

9

Was aus den Menschen so wird, überlegt Josephine während der Fahrt zu Franz. Was das wohl ist mit Sam, spricht von Angst und von Dämonen. Vielleicht spinnen wir ja alle irgendwie. Was soll sie Sam denn erzählen von ihrer Arbeit. Er hat doch genug mit sich selber zu tun. Verrückt geworden, was immer das heißen mag. Alle haben wir Angst. Sind vielleicht alle verrückt. Sam wird ihr gar nicht abnehmen, dass sie Angst hat. Sie doch nicht. Angst ist was für mich, wird er sagen, aber nicht für dich, bei der Polizei darf man doch keine Angst haben. Wenn Sam wüsste. Wie lange wird sie denn ihre Arbeit noch mit der gebotenen Sachlichkeit und Ruhe angehen können. Kann sein, dass sie morgen schon einfach losheult. Oder schreit, so lange, bis sie keine Stimme mehr hat. Angst, dass sie eines Tages ihre Wut nicht mehr im Griff haben wird. Dass ihr gutes Team nicht mehr ausreichen kann, sie aufzufangen. Dass es nicht mehr genug ist, wenn sie sich auskotzt, wenn sie für ihre Fassungslosigkeit keine Worte mehr finden kann. Dass sie auch nach außen hin ihre Fassung verliert, die innere – wenn man davon überhaupt reden kann – ist ihr schon länger abhanden gekommen. Ist gar nicht das richtige Wort, denn fassungslos, das heißt maßlos erschrocken über das, was ihr begegnet, ist sie niemals. Sie kennt das zur Genüge, von klein auf kennt sie es. In ihr scheint nur noch Wut, gepaart mit einer unendlichen Traurigkeit. Sie möchte manchmal die Eltern, zu denen sie geht, schlagen, treten, sie an den Haaren auf die Straße schleifen, an den Pranger stellen, einsperren, lebenslänglich, damit sie endlich einmal nachdenken können, nachdenken. Wozu die aber nicht in der Lage sind, das weiß Josephine. Gleichgültige Dummköpfe sind es, die noch nie in ihrem Leben über irgendetwas nachgedacht haben. Sie weiß um die eigene irrationale Wut, um den wahnwitzigen Wunsch, sie zu quälen, einfach nur quälen, irgendwie, ihnen Schmerzen zufügen, stundenlang, bis sie selbst keine Kraft mehr hat. Ihr Drang danach ist häufiger geworden, und größer von Fall zu Fall. Sie sollen am eigenen Leib spüren, was sie ihren Kindern antun. Sie hat Angst, dass sie sich bald nicht mehr zusammenreißen kann.

Das ist keine Sachlichkeit mehr. Wo ist ihre Professionalität, wenn sie so empfindet. Erik, der kleine Junge jetzt, hat ihr eine Grenze aufgezeigt, eine Grenze des Aushaltbaren – kann sie denn überhaupt noch arbeiten? Sie fühlt sich gar nicht mehr berufstauglich, sollte lieber im Supermarkt Regale einräumen. Die zwei Wochen Urlaub jetzt haben ihr gezeigt, wie erschöpft sie ist. Ihr Chef hat ihr neulich schon eine Kur empfohlen, so eine *Reha-Behandlung*. Man merkt es ihr also bereits an. Was soll sie da. Von ihren Fällen berichten? Das Personal zweifelt bestimmt an deren Wahrheit, schüttelt dann aber teilnahmsvoll, damit sie weitererzählt, denn das nennt sich *Verarbeitung*, die Köpfe. Und soll sie sich anhören, dass sie *kürzertreten* soll, oder die Abteilung wechseln, Schreibtischtäterin werden, dass sie weniger engagiert auch ihr Geld bekommt, sich *ein dickeres Fell zulegen* soll. Hat sie alles schon so oft gehört. Was hat sie früher gedacht? Dass sie, wenn sie sich schwerpunktmäßig damit befasst, niemals gleichgültig werden darf, niemals kalt und stumpf, denn dann wäre sie dazu nicht mehr in der Lage. Und was ist passiert? Jetzt sieht sie sich nicht mehr in der Lage dazu, *weil* sie die selbst gesetzten Bedingungen alle erfüllt. Sie ist nicht abgestumpft. Manchmal wünscht sie sich durchaus, dass sie ihren Job tagein tagaus erledigen könnte wie andere auch. Routiniert, ohne innere Anteilnahme. Pathologen schneiden ihre Leichen auch ohne Gefühl auf, mit Respekt vielleicht, ja, hoffentlich mit Respekt. Manchmal denkt sie an Bestatter und Totengräber – denken die noch über ihre Arbeit nach? Es ist das Gleiche, Tag für Tag. Bei ihr wie bei anderen. Bei ihr leben die

Menschen noch, meistens jedenfalls, das ist der Unterschied. Aber ihr begegnet ebenso immer wieder das Gleiche: Elend, Verwahrlosung, Gewalt. Und das bewältigt man auch. Dem kann man sich stellen. Das ist der Alltag. Ihr Alltag. Man weiß, was einen da gleich wieder erwartet, man ahnt es. Man wappnet sich innerlich. So etwas wie mit dem kleinen Erik darf sie aber nicht noch einmal erleben, dann würde sie sich strafbar machen, wenn sie sich nicht beherrschen könnte, verlöre ihren Job. Vor vielen Jahren hat sie sich selbst versprochen, einmal etwas zu tun gegen solche Zustände, wie sie selber sie als Kind erleben musste: Anderen Kindern zu helfen, sie zu befreien aus elterlichem Ungemach, das war bereits ihr fester Vorsatz, als sie dreizehn und von Zuhause weggelaufen war.

»Franz, Brüderchen, wie treffe ich dich denn heute an?«

Franz sitzt in seiner Kammer, wie so oft, gebeugt über einen Schreibblock, vor ihm der Monitor. Den Stift hält er senkrecht in der Faust wie einen Stock oder eine Stange, so schreibt er auch immer, Josephine kennt das. Er drückt aufs Papier mit einer Kraft, als müsste er Granit ritzen. Zahllose Bleistifte waren früher abgebrochen, das Schreiben mit Füllfederhalter war nie möglich. Kugelschreiber halten etwas länger. Die Mühe der früheren Lehrer war vergebens.

Franz sieht nicht auf, er weiß ja, wer gekommen ist. »Meine Kontrolleurin ist wieder da.«

»Ich bin deine liebe Schwester.« Sie lacht. »Du guckst mich wieder gar nicht an. Steh doch mal auf, ich würde dich gerne umarmen.«

»Ich weiß, wer du bist. Ich umarme keine Kontrolleure.« Dann steht er auf, grinst sie an, stellt sich Josephine gegenüber, er ist kleiner als sie, den Stift wie eine Waffe im erhobenen Unterarm.

»Willst du mich erstechen?« Sie lacht und breitet die Arme aus. Er tritt einen Schritt auf sie zu, in ihre Arme hinein, weil man das so macht, ein folgsamer Junge, seine Haltung bleibt gleich, der Stift auf sie gerichtet, sie umschließt den schmalen Mann sanft, drucklos, für einen Moment.

»Ich habe noch nie jemanden erstochen.«

»Weiß ich doch, Franz, war nur ein Scherz. Aber manchmal, wenn du mich als Kontrolleurin bezeichnest, denke ich schon, dass du mich gar nicht leiden magst.«

»Ich mag dich leiden.« So steht er einfach da, mit gesenktem Kopf, mit den Menschen macht er immer alles falsch.

Josephine ist fröhlich. »Wo ist denn Katrin?«

»Im Stall vielleicht. Sie ist mir keine Rechenschaft schuldig.« Franz setzt sich wieder auf seinen Platz am Schreibtisch. Listen, Tabellen sind vor ihm ausgebreitet. Der Bildschirm zeigt Ähnliches. Er legt den Stift beiseite.

Josephine setzt sich auf das abgeschabte fadenscheinige Möbelstück, eine Mischung aus Sessel und Stuhl neben dem Schreibtisch. Katrin sitzt hier gelegentlich und schaut Franz zu, wie er etwas rechnet. »Ich hab gedacht, ich guck mal bei euch vorbei. Ich muss doch sehen, wie es meinem kleinen Bruder geht. Mein Urlaub ist gleich zu Ende, dann ist wieder keine Zeit mehr.«

»Ist gut. Katrin wird im Stall sein.«

Franz ist Statistiker in einem Energiekonzern. Das scheint er ganz gut zu machen. Er ist verheiratet, seit fast fünf Jahren. Wie Katrin das hinbekommt, ist für Josephine ein Rätsel. Er sei ein lieber Mann, sagt Katrin, er störe sie nicht. Bis sie ihn kennenlernte, hatte sie einen Mann, der sie immer nur gestört hat. Er geisterte im Haus herum, redete zu viel, nahm bauliche Veränderungen am Schuppen und am Stall vor, die ihr weder notwendig noch sinnvoll erschienen, wollte immer wieder mit ihr schlafen. ‚Schlafen kann ich alleine besser‘, hatte sie ihm erklärt. Kurzum: Er war ihr immer zu sehr anwesend. Mit Franz geht es ihr besser. ‚Er hat seine geregelten Arbeitszeiten, er quatscht nicht dumm rum und macht nicht so viel Unsinn‘, pflegt sie zu sagen – nach Katrins Erfahrungen ausschlaggebende und hinreichende Kriterien für das Zusammenleben mit einem Mann. Josephine und sie hatten mehrere Gespräche vor dieser Heirat. Katrin war der Ansicht, Franz sei doch nett und umgänglich – das waren ihre Worte –, er hätte keine Flausen im Kopf, käme ihr, auch deshalb, weil er nicht der Schönste sei, sicherlich nicht abhanden durch Fremdgehen, sei kein Kneipengänger und also ein geeigneter Lebenspartner. Wieso sie überhaupt einen solchen benötige, hatte Josephine sie gefragt. Sie hatte die Schultern gezuckt. ‚Wenn die Chemie zwischen zweien stimmt, können die sich doch zusammentun, ist doch praktisch‘, hatte sie gesagt. Gegen die Tiere hätte Franz auch nichts, im Gegenteil. Manchmal helfe er ihr sogar mit Dolly, dem Pferd, vor dem er gar keine Angst habe. Katrin hat Franz geheiratet, er hat mitgemacht, hat sich heiraten lassen. Josephine hatte gemischte Gefühle, als das mit der Heirat spruchreif wurde. Franz ist ihr in besonderer Weise ans Herz gewachsen. Sie will, dass es ihm gutgeht. Sie hatte ihn gefragt, ob er Katrin denn liebe. Katrin sei eine gute Frau, hatte er geantwortet. Und was er denn besonders gut an ihr fände, konnte er schon nicht mehr genau sagen. ‚Dass sie mich will‘, erklärte er völlig ohne Zusammenhang am nächsten Tag, nachdem er, um genau das mitzuteilen, zu ihr in seine Küche gekommen war, wo Josephine ein paar Lebensmittel in seinen Kühlschrank räumte. Franz war durchaus in der Lage, sich allein zu versorgen, schätzte es aber stets, wenn er lästige Kontakte wie in Einkaufsläden vermeiden konnte. Josephine wusste zunächst gar nicht, worauf sich dieser Halbsatz bezog. Na, sie habe ihn doch gestern gefragt, was er an Katrin gut fände, ergänzte er etwas gekränkt. Und Josephine hätte ihn am liebsten umarmt, was er weder gemocht noch verstanden hätte. *Dass sie mich will* erschien ihr die bittere Erkenntnis eines einsamen Menschen, der sonst niemanden hat und lange überlegen und froh sein muss, wenn er nicht abgelehnt wird, wenn sich jemand seiner erbarmt und sogar bei sich dulden will wie einen bislang herrenlosen Hund. Der Gedanke, dass Franz nicht mehr allein leben müsste, gefiel ihr schon. Allerdings war sie skeptisch, ob Katrin ihm gerecht werden könnte. Und er ihr. Wiederum: vielleicht gerade Katrin mit ihrer spröden Art, mit ihrer pragmatischen Genügsamkeit, handfest und wenig emotional. Sie hatte die Zügel in der Hand, was Franz durchaus recht war, solange sie sich nicht *in ihn einmischte*. So formulierte er es: Niemand, und auch Katrin nicht, ‚soll sich in mich einmischen‘. Er kam schon zurecht. Anfangs hatte Josephine Sorge, dass die beiden ein Kind bekommen. Keine Angst, hatte Katrin gesagt, davon sei sie geheilt. Mit sechzehn, selbst noch ein Kind, sei sie Mutter geworden, habe mit der Tochter nichts anfangen können, habe sie nach einem Jahr zur Adoption freigegeben und seitdem nichts wieder von ihr gehört. Und nein, neugierig, was wohl aus dem Kind geworden sei, immerhin neunzehnjährig vor fünf Jahren, als Josefine mit ihr sprach, sei sie nie gewesen.

Katrin, gelernte Fleischereifachverkäuferin, lebt ländlich im geerbten Haus ihrer verstorbenen Großeltern. Seit Jahren arbeitet sie als Reinigungskraft im Krankenhaus. Sie gilt als zuverlässig und *nicht unfreundlich*.

Viele Kontakte hat sie nicht. Über ihre Eltern verweigert sie jegliche Auskunft. ‚Die sind es nicht wert, das man über sie spricht‘, sagt sie. Ihre Zwillingsschwester lebt in Österreich, wo, weiß sie nicht genau. ‚Man hat sich nichts zu sagen‘, ist Katrins Aussage über sie. Dolly hat sie von einem cholerischen Mann aus dem Dorf übernommen, der das Pferd misshandelt hatte und, weil es lahmte, zum Schlachthof bringen wollte. Stall und Scheune standen bei ihr ohnehin leer, seit die Großeltern für ihre kleine Landwirtschaft zu alt geworden waren. Ein paar Hühner hat sie, und Olga, die Schäferhündin, die mit ihren zehn Jahren auch keine Jugendliche mehr ist. Der Großvater, ein unvernünftiger sturer Mann, hatte Olga als Welpen zu sich genommen, als er fast achtzig und schon recht krank war. ‚Macht doch nichts, wenn ich bald sterbe‘, hatte der gesagt. ‚Du wirst doch dann hier leben‘. So hatten sie das abgesprochen. Ein Jahr später war er tot. Und so war Franz kurz vor der Heirat eines Tages bei ihr eingezogen.

Mit der Zeit konnte Josephine feststellen, dass es mit den beiden irgendwie lief. Zumindest beklagte sich niemand. Franz hält sich, wenn er zu Hause ist, hauptsächlich in seinem kleinen Büro auf, beschäftigt sich mit seinen Excel-Tabellen und hat Migräne. Josephine weiß, dass er nur Migräne hat, wenn er etwas erklären soll, das für ihn aus Gründen von Selbstverständlichkeit keiner Erklärung bedarf. Wenn man ihm Fragen stellt, die er nicht mag, weil er sich in die Enge getrieben fühlt. Zum Beispiel wenn Josephine kommt und ‚Mama spielt‘. So nennt er das, weil sie früher für ihn da war, sich um ihn gekümmert hat, seit er sechs und sie zwölf war. Sie lacht heimlich, wenn er gereizter Stimmung Migräne verkündet, denn sie ist sicher, er weiß gar nicht, was das ist. Sie hatte ihn einmal danach gefragt. ‚Das ist genau das, was dann kommt, wenn du grausam zu mir bist‘, hatte er gesagt. Nach ihrer Erklärung bestätigte er ihr, heftig nickend ihre Definition: Richtig, das seien sehr, sehr heftige Kopfschmerzen. Beides, Migräne wie auch Kopfschmerzen sind nützliche Bezeichnungen für Franz. Sind Synonyme für sein Unwohlsein geworden, sobald er an seine Grenzen stößt. Er hat die Erfahrung gemacht, dass, wenn er eines der beiden Wörter sagt, man ihn dann eher in Ruhe lässt. Zu seinen Zahlenreihen ist Franz jederzeit erläuterungsbereit und durchaus geduldig, aber sobald es um das Unsagbare geht, das sich zwischen den Menschen ereignet, gerät er in erhebliche Bedrängnis. Und gerade Josephine hat die gemeine Angewohnheit, immer noch so viel wissen zu wollen, was in diesen schrecklichen Bereich gehört, der ihm kaum zugänglich ist. Für den er nun einmal keine Worte hat. Wobei es nicht nur die Worte sind, die ihm fehlen. Diese Empfindungen, über die die anderen immer so viel reden – er hat sie einfach nicht. Ihm ist dann, wenn ihm bestimmte Fragen gestellt werden, so, als würde von ihm verlangt werden, plötzlich auf Chinesisch zu kommunizieren. Dann muss er seine enorme

Schwäche, dazu einfach nicht in der Lage zu sein, gestehen, was furchtbar peinlich ist, da alle anderen dieser Sprache mächtig sind. Er benutzt manchmal zusammen mit seiner Schwester diese Metapher, die er verstehen gelernt hat. Josephine hat seine Natur zum Glück längst begriffen, sie ärgert ihn einfach hin und wieder, und er nimmt es ihr nicht ernstlich übel. Sie hat wirklich viel für ihn getan in den Jahren. Das bewertet er heute selbst so. Als er noch nicht zur Schule ging und sie einfach abgehauen war von zu Hause, hatte er große Angst, denn bis dahin hatte sie ihn meist vor Vaters Schlägen beschützt. Mit einem Mal war da kein Schutz mehr. Aber sie kam zurück, hat ihn herausgeholt, hat ihn mitgenommen – wohin war das eigentlich. Er erinnert sich, wie sie mit ihm an der Hand in Bussen und Bahnen unterwegs war, wie sie mit irgendwelchen Erwachsenen gestritten hat, wie sie seine Hand gar nicht losgelassen und ihn manchmal einfach mitgezerrt hat, was ihm deutlich missfiel und er sich losreißen wollte. Ob das Lehrer waren oder Behördenmitarbeiter, kann er gar nicht sagen. Es erinnerte ihn an zu Hause, wo die Eltern zankten und laut waren, wo Sachen umhergeschmissen wurden, wo er verprügelt wurde und nie verstand, was die Eltern damit erreichen wollten. Wo zuletzt auch Josephine laut geworden war den Eltern gegenüber. Wo er sich aber oft auch verstecken konnte, ehe es ihn traf. Hier, bei den seltsamen Behörden, wo er nun so dicht neben Josephine stehen oder sitzen musste, hatte er die gleiche Angst, weil es laut zuging und sicher gleich geschlagen werden würde. Nur konnte er sich hier nicht verkriechen, weil die Schwester ihn an sich gefesselt hielt. In seiner Erinnerung hörte es einfach nicht auf. Sie hat ihn niemals losgelassen. Was gar nicht stimmen kann, wie er heute weiß, denn sie war in der Schule, ohne ihn, und er dann auch, ohne sie. Aber er muss sich gar nicht anstrengen, er spürt auch heute noch deutlich den starken Griff ihrer Hand, diesen Klammergriff, schmerzhaft, dieses Mitgeschleiftwerden gegen seinen Willen, als ob er festgeklebt an sie von ihr nie wieder loskäme. Dass sie selbst noch ein Kind war, war ihm damals und auch Jahre danach nicht bewusst, da sie so kraftvoll war. Als kleinen Jungen hatte ihn das maßlos irritiert und auch geängstigt. Wie sie ihn an den Schultern festhielt und auf ihn einredete, wie die Wörter auf ihn einprasselten, spitzen Hagelkörnern gleich, damit er endlich kapieren sollte. Irgendwann verstand er, dass sie ihm half, sich für ihn einsetzte, dass er keinesfalls zurück durfte zu den Eltern. Aber alles war ein riesiges Durcheinander. Er war kein dummer Junge. Sofern man ihn in Ruhe ließ, wurde er seinen Aufgaben gerecht. Mathematik, Physik, Chemie, Biologie – das war alles gut zu verstehen, weil es logisch und messbar, nachprüfbar war. Es genügte, wenn er knappe Antworten gab. Aber bei allem, was außerhalb von Unverrückbarkeit und Eindeutigkeit lag, versagte sein Gehirn. Wo Hypothesen aufgestellt wurden, wo das große Rätselraten losging, wo z. B. berühmte Theaterstücke gelesen und zerpflückt, Geschichten in Büchern über komische Menschen, die sich so oder so verhalten, gelesen und *interpretiert* werden sollten – ein Begriff, den er hasste –, wurde manchmal der innere Druck so enorm, dass er entweder den Unterricht verlassen musste oder einfach zu schreien begann, was zum Glück nicht oft geschah, denn er hatte sich bald beigebracht, sein Gehör auszuschalten, so wie man das Licht ausknipsen kann und dann im Dunkeln abwartet, bis es wieder hell wird.

Josephine hatte ihn, genau wie Katrin in jener Zeit, nach seinem Kinderwunsch gefragt. ‚Wie stellst du dir denn DAS vor?‘, hatte er sie mit aufgerissenen Augen zurückgefragt. Er erlebte die Frage wie eine bösartige Unterstellung. Die Mechanik beziehungsweise die Biologie des Vorgangs war ihm bekannt. Ihm das überhaupt anzusinnen, da sie ihn doch kannte, warum tat sie ihm das an. ‚Du weißt, dass ich diese Art einer Steckverbindung niemals herstellen werde‘, war seine abschließende, von ihr nicht mehr anzuzweifelnde Antwort. Ihr fiel aber noch etwas ein. Man könne ja auch ein Kind adoptieren, hatte sie eingewandt, oder ein Kind zur Pflege nehmen, so wie er selbst in einer Pflegefamilie gewesen sei. ‚Was ein Kind braucht, habe ich nicht zur Verfügung‘, hatte er nach einiger Überlegung gesagt. ‚Und was braucht ein Kind?‘ Sie ließ einfach nicht locker. ‚Ja dieses Chinesische.‘ Und dann musste auch er lachen. Ein Stück Selbstakzeptanz, das für die Schwester endlich erleichternd wirkte. Katrin und Franz würden definitiv keine Kinder bekommen. Und, wer weiß, vielleicht ist das ja Liebe: einander nicht zu stören, wie Katrin das wünschte.

»Woran tüftelst Du da gerade so intensiv, Franz? Wenn ich dir so zusehe, hab ich den Eindruck, du arbeitest hochkonzentriert und kannst mich gar nicht gebrauchen und hättest es lieber, wenn ich wieder gehe.« Josephine hat das sachlich und freundlich gesagt, sie kennt ihren Bruder, ist nicht gekränkt, weil er sich nicht stören lässt in seinem Tun.

»Die mir zur Verfügung gestellten Daten hinsichtlich des Stromverbrauchs in unterschiedlich großen Haushalten werte ich aus. Ich vergleiche einzelne Bundesländer und auch einzelne europäische Länder miteinander. Meine Analysen tragen dazu bei, herauszufinden, wodurch der Stromverbrauch verringert werden kann. Das neue Software-Programm ermöglicht mir sogar Einblicke in bisher unzugängliche Varianzbereiche. Ich arbeite konzentriert, aber ich danke dir, dass du gekommen ist.« Franz hat den Stift wieder in seine Faust genommen und damit die Worte seines kleinen Vortrags in seinem besonderen Rhythmus und in seiner besonderen, wenig modulierten Sprechweise klopfend auf den Schreibblock begleitet.

»Interessant. Sag mal, wann hast du eigentlich zuletzt auf Dolly gesessen?«

Franz sieht sie einen Moment erschrocken an. »Dolly hinkt. Ich setze mich nicht auf Dolly.«

»Nein? Ihr Bein ist doch aber längst wieder heil. Du bist schon ein paarmal geritten.«

»Das ist lange her.«

»Du hattest mal eine Reittherapie. Als du so viel Angst hattest. Und als du so wütend warst.«

Franz zieht die Stirn in Falten. »Ich habe keine Angst mehr.«

»Aber wütend bist du manchmal noch.«

»Ich bin nicht wütend.«

»Wie würdest du denn den Zustand nennen, wenn du dir so sehr wünschst, ein anderer Mensch zu sein? Oder alles Gewesene zu vergessen?«

»Ich hasse mich. Aber ich bin nicht wütend. Ich hätte mich damals wehren müssen. Deswegen hasse ich mich, weil ich das nicht gemacht habe.«

»Ach Franz.« Sie sieht in seine wimpernlosen nackt wirkenden hellen Augen, die jetzt starr auf sie gerichtet sind. »Darüber haben wir schon so oft gesprochen. Du hast mir nie gesagt, was genau damals passiert ist. Aber du weißt doch, dass man sich manchmal gar nicht wehren kann, wenn der andere so viel stärker ist.«

»Man muss sich immer wehren, auch wenn der andere stärker ist.«

»Als Papa dich geschlagen hat, hast du dich auch nicht gewehrt.«

»Da war ich noch ein Kind. Als ich sechzehn war, hätte ich mich wehren müssen. Das wäre meine Pflicht gewesen.«

»Nein, Franz, wenn man unterlegen ist, gar keine Chance hat, geht das nicht. Derjenige, der nicht schwimmen kann, ist nicht schuld daran, einen Menschen nicht aus tiefem Wasser gerettet zu haben.« Im gleichen Moment ist es Josephine klar, dass sie bei ihm so nicht argumentieren darf.

»Ich kann aber schwimmen. Und ich muss ihn retten.«

»Franz, das war eine Analogie, ein Beispiel, etwas Erfundenes.«

»Ich habe das schon verstanden. Mir geht es um Tatsachen, nicht um Erfindungen.«

»Ich sehe es deinem Gesicht an, dass du wütend bist, Franz, jetzt auf mich, weil ich so einen blöden Vergleich benutzt habe.«

»Ich habe Migräne. Ich kann nicht mehr nachdenken.«

»Ich weiß, ich weiß, ich gehe jetzt. Ich will dich nicht quälen.

»Was wirst du jetzt machen?«

»Ich gehe in den Wald.«

»Warum willst du jetzt in den Wald? Guck dir mal das Wetter an.«

»Zum Nachdenken braucht man kein Wetter.«

»Wird Katrin mitkommen?«

»Ich nehme das Pferd mit. Und den Hund.«

»Und du wirst nicht reiten?«

»Natürlich nicht. Ich schone das Tier.«

»Das heißt, du führst es an der Leine.«

»Selbstverständlich.«

»Sprichst du eigentlich mit Dolly?«

Er sieht sie empört an. »Ich spreche nicht mit Tieren.«

10

Max bemüht sich stöhnend aus seinem super Relaxsessel. Als Chefsessel hat er sich den mal gegönnt. Schon schön das Ding, riesig und weich, echtes Leder, Relikt aus besseren Zeiten. Den hat er nicht zerstört damals, immerhin. Jetzt muss er pinkeln, aber so was von. So richtig gut gelegen hat er jetzt nicht. Der Kopf tut ihm weh, der Nacken, auch das noch. Wie spät ist das überhaupt. Was war denn gestern los? Wieso hat er so viel getrunken? Er war bei Julius, stimmt, bei dem feinen Pinkel war er. Bei dem hat er aber nicht getrunken. Der bietet ihm ja nichts an. Hat wahrscheinlich nicht mal was im Haus. Warum war er zu dem gegangen?

Max' Rekapitulationsversuche geraten ins Stocken. Ihm fehlen Versatzstücke, hier und da. Erst mal richtig wach werden muss er, dann wird sich das alles zusammenfügen.

»Meine Güte, wie siehst du denn aus!«, spricht er katerstimmig zu seinem Spiegelbild. Er ist unschlüssig, ob er sich lustig oder abstoßend finden soll, entscheidet sich dann für abstoßend, da er zu allem Überfluss auch noch stinkt, und duscht ausgiebig, am Ende ordentlich kalt, zur Strafe. Viel besser sieht er danach immer noch nicht aus, aber ein kräftiges Frühstück und ein starker Kaffee werden die Wiederherstellung seiner optischen Erscheinung wie auch seines Erinnerungsvermögens beschleunigen. Und ganz viel frische Luft gehört hier in die Bude, am besten Durchzug.

Tatsächlich fallen ihm so nach und nach die Puzzleteile des gestrigen Tages wieder ein. Schon ziemlich lange hat er nicht mehr so viel gesoffen. Julius ist schuld. Wie kann der so mit ihm umgehen. Wo sie beide doch streckenweise ganz ähnliche

Erfahrungen gemacht haben mit ihren üblen Ehefrauen. Überhaupt: Frauen. Alles Elend der Welt hängt mit ihnen zusammen. Hat schon die Bibel verkündet. Gibt es eine einzige vernünftige Frau weit und breit? Er würde sie so gern kennenlernen. Allerdings: Wer ist er denn! Karla Sonnenschein ist abgehauen. Hat ihn schnöde mit zwei Kaffeebechern auf dem Tablett stehen lassen wie einen dummen Jungen. So verfährt man mit ihm. Alles klar. Aber er wird sie ausfindig machen. Er ist keiner, der wegen einer verpassten Gelegenheit lange rumgreint. Ein einfaches Verschwinden ist noch kein Vergehen. Außer zu verschwinden hat sie sich nichts zuschulden kommen lassen. Das wird nur seinen Spürsinn anstacheln. Schließlich hat er nicht umsonst den Sachkunde-Lehrgang bestanden und schon als Privatdetektiv gearbeitet. Und gar nicht mal so schlecht. Wenn eine verschwindet und Wertvolles mitgehen lässt, das ist was anderes. Und genau das hat er mit Julius gemeinsam. Dessen Friederike hatte ihm so nach und nach die Wohnung leergeräumt, seine teuren Antiquitäten beiseitegeschafft. Und Taléia, Max' zauberhafte Frau, was hat die gemacht? Haut mit den vierjährigen Zwillingsmädchen einfach ab in ihre brasilianische Heimat! Weg auf Nimmerwiedersehen. Was ist da wohl schlimmer. Warum war Julius gestern so dermaßen abweisend ihm gegenüber. Will er das auf sich sitzenlassen? Er ist doch immer für klare Verhältnisse.

Die beiden kennen sich schon so lange. Julius studierte Landwirtschaft damals, während er schon als Berufsschullehrer tätig war. Man traf sich in den selben Kneipen, auf den selben Konzerten, man teilte gewisse politische Ansichten. Dicke Freunde waren sie vielleicht nie, aber das ist bei Männern sowieso nicht so üblich. Man quatscht über Sport, über Autos, über Berufliches, man hat paar Sprüche drauf, die dem anderen gefallen oder auch nicht. Man will auch nicht aus der Reihe tanzen, wenn man im Grunde mehr möchte, mal andere Gespräche, über Wichtiges, über Beziehungen vielleicht, die langsam aus dem Ruder laufen. Machen Männer alle nicht, obwohl sicher alle es wünschen, sich nur nicht trauen. Vielleicht auch gar nicht in der Lage dazu sind. Erziehen sich alle gegenseitig zu Blödmännern, sofern das nicht schon die Eltern geschafft haben. Weil man als Mann meint, über so was drüberstehen zu müssen. *Weiberkram.* Max hat immer schon einen Freund gewollt, einen wirklichen Freund, nicht nur so einen Kumpel, mit dem man Fußball spielt oder in Stadien fährt und als Fan rumsäuft und rumgrölt. Mit Julius hätte das klappen können. Julius hatte damals schon seine komische Freundin, die er später geheiratet hat. Und Max ebenso. Und ein wenig erzählten sich beide über ihre Partnerschaften. Ziemlich verhalten und, wie er es heute sieht, ziemlich männlich, oft auch zotig. Und nie ganz ohne Alkohol. Glücklich waren sie beide nicht, schon vor den Eheschließungen. Warum tut man so etwas. Das, was jetzt schon nicht gut funktioniert, in seiner Fehlfunktion konservieren, in der Hoffnung, dass es sich einläuft, abreibt, andere schaffen das schließlich auch, irgendwie? Und natürlich ist man nicht so dumm wie die vielen anderen, die es nicht hinkriegen, wo alles schiefläuft. Man wird das cleverer anstellen. So dachten sie beide, damals, als sie sich anschickten, ihre bereits fragwürdig gewordenen Liebesbande fest zu verankern, haltbar zu machen, ewigkeitstauglich. Trauzeugen waren sie, einer beim anderen.

Aber dann, was ist dann passiert, wohin haben sich beide Männer mit ihren wohltuenden Gemeinsamkeiten entwickelt, jeder allein für sich und ohne den anderen. Sie hätten doch einander beistehen können. Na ja, kriegen Männer wahrscheinlich generell nicht hin. Für den *Beistand* braucht's immer die Frauen, denkt er. Die können trösten und verstehen. »Die an den Frauen wundgescheuerte arme Männerseele können nur Frauen wieder heilmachen«, sagt er zu sich. »Um sie alsdann erneut wund zu scheuern. Theaterreifer Satz.«

Die Sonne scheint ihm zu warm auf den Rücken. Max erhebt sich unter Kopfschütteln. »Der war so eklig gestern, so hab ich den noch nie erlebt. Gut, wir haben uns ewig nicht gesehen. Aber diese Scheißhochzeit von Gero, von der wollte ich ihm erzählen. Und dass meine Scheißmutter tot ist. Und dann lässt der mich nicht mal rein in seine Edelbutze. Vielleicht auch gut so, bestimmt hätten mich diese Riesenköter drin gleich totgebissen, sah ganz so aus, hörte sich ganz so an. Der war sicher zu lange Soldat. Hab nie verstanden, wieso einer das macht. Macht einen das dermaßen kaputt? Allerdings ist er doch schon wieder paar Jahre weg von dem Verein. Ob ich da einfach nochmal hingehe? So eine ignorante Abfertigung kann man sich doch nicht gefallen lassen. Ich will wissen, was mit dem passiert ist.«

Der Kaffee war gut, Rühreier mit Speck auch. Kein Wölkchen am Himmel. »Du bist schuld«, sagt er grinsend zur leeren Wodkaflasche, die er in die Tasche mit Leergut legt. »Und Julius war die Ursache, so darf keiner mit mir umgehen.« Dann bleibt er stehen, kratzt sich die schütteren Stoppelhaare. »Stimmt, danach wollte ich ja noch was essen gestern, im Fidelio. War wohl keine so gute Idee … Aber Samuel-Nulpe hat ne Freundin, holla, die Waldfee, schick sieht die aus.«

11

>Elsa, hast du Zeit zum Schreiben?<

>Ab 14 Uhr. Bin noch in der Schule.<

>Muss dir was erzählen von meinem bescheuerten Vater, der wieder mal alles kaputtgemacht hat.<

>Besuch mich doch, dann kannst du's erzählen.<

>Geht nicht. Bin im KH. Rechte Brust ist ausgelaufen.<

>Hilfe! Auch das noch. Soll ich kommen?<

>Bloß nicht. Hier ist der Teufel los.<

<Bis später. Vanessa, bleib stark! LG <

Elsa weiß nicht, wo ihr der Kopf steht. Wenigstens muss sie nicht auch noch ins Krankenhaus zu Vanessa fahren. Die ist aber auch arm dran. Gibt es denn gar nichts Normales mehr? Keine normalen Menschen? Keine normalen Krankheiten, die auch mal wieder heilen? Zuletzt war ein bisschen Ruhe um Vanessa eingekehrt, seit sie ihren Vater in den Wind geschossen hat, wie lange ist das jetzt her? Zwei Jahre? Nein, eigentlich war niemals Ruhe um Vanessa. Irgendwie scheint das Thema Selbsthass modern zu sein. Karla tickt nicht ganz richtig, braucht im Grunde eine Rundumbetreuung. Vanessa – okay, ein Stück weit kann sie sie verstehen. Das Schicksal meint es wirklich nicht gut mit ihr. Obwohl sie der intelligenteste Mensch ist, den sie kennt. Wie alt waren sie, als das bei ihr sichtbar wurde? Dreizehn, vierzehn? Fettstoffwechselstörung. Mittlerweile hat sie sämtliche Spiegel in ihrer Wohnung weggeräumt, den Rest an die Wand geschmissen, in einem Wutanfall, weil sie sich nicht mehr sehen mochte. Ist schon eine Weile her. Der Freund findet sie gut so, wie sie ist. Aber sie quält ihn, weil sie ihm nicht glaubt und sagt, er wäre nur aus Mitleid bei ihr. Irgendwo in einem Winkel, der für Vanessa zu weit oben ist, hat er für sich ein Rasierspiegelchen aufgehängt. Obwohl das so sicherlich nicht stimmt, dass gar kein weiterer Spiegel mehr irgendwo ist, denn Vanessa hat ein hübsches Gesicht, das sie selbst durchaus ansehnlich findet.

Vanessa war ziemlich schnell immer dicker geworden, praktisch vom Nabel an abwärts. Der Sportunterricht damals – für Vanessa eine zunehmende Tortur. Weil sie sich schämte ohne Ende. Die Hüften und die Oberschenkel nahmen unförmige Ausmaße an, dazu wucherten Beulen neben Dellen im Gewebe, und es tat ihr weh. Sie bekam keine Hosen mehr in passender Größe. Bis ihre Mutter, Astrid – in Elsas guter Erinnerung –, die selbst erste Symptome in der vorangegangenen Schwangerschaft mit Gero entwickelt hatte, sie mit einem ärztlichen Attest vom Sportunterricht befreien konnte. Das war aber noch nicht alles. Was nabelabwärts formlos überhandnahm, massig und ungesteuert anschwoll, blieb oberhalb davon völlig aus. Andere Mädchen entwickelten ihre Brüste, waren stolz darauf oder weniger stolz, bei Vanessa geschah nichts dergleichen. Wie sich dann herausstellte, waren Brüste bei ihr gar nicht angelegt. Dann sind aber noch Jahre vergangen, genetische Tests, Gutachten über Gutachten wurden benötigt, bis die Kasse einen Brustaufbau genehmigte und bezahlte. Später hatte sich alles auf der einen Seite entzündet – und jetzt das, auf der anderen Seite.

Vanessa hatte sich irgendwann schlau gemacht und wusste alles über das Thema ihrer Erkrankung, hatte Elsa den *autosomal-dominanten Erbgang* erklärt – wird Elsa nicht vergessen.

Und dieser Vater – wie heißt der? Max? – welches Porzellan hat der schon wieder zerschlagen? Reicht es nicht, dass er Vanessas Mutter verjagt hat wegen dieser Äußerlichkeiten? Und dass er zu Vanessa äußerst gemein war? Der hat sich doch für seine Tochter so geschämt, dass er sie sogar verleugnet hat. Elsa fallen die Einzelheiten so genau nicht mehr ein.

Morgen geht sie erst einmal wieder zu Karla.

»Ich muss überall die Seelentrösterin sein«, sagt sie am Abend zu Sam, dem sie von Vanessas Nachricht und dem kurzen Telefonat mit ihr erzählt. Im Grunde widerstrebe ihr das, aber Vanessa sei verzweifelt, die zweite Nach-Operation, die keine Kasse mehr bezahle. »Alles verunstaltet, sagt Vanessa. Wenn sie das geahnt hätte. Und wenn sie Geld hätte, kämen die Teile wieder ab.«

»Seelentrösterin. Und mich hast du auch noch an der Backe«, sagt Sam mit hochgezogenen Brauen. »Aber diesen Max – kann sein, dass ich den sogar kenne. Weißt du, wie der aussieht?«

Nein, Elsa kennt nur Vanessas Mutter.

»Und wie der heißt? Wie heißt deine Vanessa mit Nachnamen?«

»Blund.«

»Ja, den kenne ich. Max Blund.«

»Und? Kein freundlicher Zeitgenosse?«, fragt Elsa, die wenig Lust hat, über den Typen Näheres zu erfahren. Das wird ihr Vanessa schon erzählen.

»Och, das würde ich nicht sagen.« Sam überlegt. »Eher ein Schwätzer. Zieht gern über andere her, besonders, wenn er besoffen ist. Keiner ist vor ihm sicher, nicht mal seine Familie.« Er denkt an sein Treffen mit Josefine. Aber das geht Elsa nichts an.

»Findest du mich eigentlich bescheuert?«, fragt sie nach einer Weile und sieht ihn sehr ernsthaft an.

Sam lacht und setzt sich auf das breite Bett, er ist müde. »Nur manchmal. Und nur in Bezug auf mich.«

»Du bist für mich irgendwie das kleinste Übel.« Sie lacht, springt hinter ihn aufs Bett und umfasst kniend seine Schultern, so dass beide zur Seite kippen.

»Doch«, sagt er und dreht sich zu ihr. »Doch, du bist schon ziemlich bescheuert.« Er überlegt, und Elsa wartet auf die Erklärung. »Du umgibst dich nur mit Kranken. Warum?«

»Gibt keine anderen.« Sie muss lachen. »Stimmt nicht. Meine Schulkinderchen sind nicht krank.«

»Noch nicht. Sind noch zu klein. In wenigen Jahren wird

sich das ändern. Wenn sie groß werden, heißen sie Karla, und Vanessa, und Max, und Philippa heißen sie, und Holm, und, nicht zu vergessen, Marlena. Und Sam. Sam heißen sie auch. Und werden langsam verrückt. Und keiner weiß, warum.« Sam starrt die Decke an.

Elsas Kopf liegt auf seiner Schulter, ihr Arm über seinem Körper, ihr Knie über seinen Schenkeln.

»Wenn man sie richtig erzieht, passiert das nicht. Wenn der Grundstein richtig gelegt wird.«

»Woher kommt dein Optimismus? Sind wir alle falsch erzogen worden? Unsere Eltern waren allesamt unfähig? Ich meine, ich bin nicht falsch erzogen worden. Eine gewisse Strenge kann nicht falsch sein. Natürlich bin ich geschlagen worden, mein Bruder aber noch viel mehr. Und deine Schwester ist nicht anders erzogen worden als du. Euch hat man nicht geschlagen. Was ist geschehen mit mir? Und mit Karla? Und wann? Und jetzt willst du alle heilen!«

Elsa will einlenken, aber er ist noch nicht fertig. »Willst allen helfen, denen es schlecht geht. Der ganzen Welt geht es schlecht. Die Welt ist vergiftet, sieh sie dir doch an. Ich hab noch paar Leute, denen du beistehen könntest in deiner ... verständnisvollen Art. Ich mach dir eine Liste mit denen, kannst du überall noch hingehen. Keinem ist zu helfen, Elsa, keinem! Und mir ist auch nicht geholfen mit dir – verstehst du das denn nicht?« Er hat sich in Rage geredet. So viele zusammenhängende Sätze sagt er sonst selten.

Das tat weh. »Ich will dir gar nicht helfen, Sam. Ich will niemanden heilen. Ich habe lediglich den Eindruck, dass wir beide einander guttun. Mit Karla ist das anders. Und Vanessa ...« Sie zuckt die Schultern. »Das verstehst du nicht.«

»Siehst du: Keiner versteht den anderen. Du mich nicht, und ich dich nicht. Und deshalb ist das mit uns nicht gut.« Jetzt ist er froh, das gesagt zu haben. Dass ihm das eingefallen ist. Denn das, was er wirklich meint, kann er Elsa nicht sagen. Das kann er niemandem sagen. Oder doch, vielleicht Josephine, die ist neutral. Wenn der dämliche Max nur nicht dazwischengekommen wäre. Wer weiß, wann er Josephine wiedersehen wird. Josephine, auch so eine Kaputte, auf ihre Weise. Elsa sollte jetzt gehen. Hat doch alles keinen Zweck.

Er zieht die dünne Jacke über. »Ich muss noch mal ins Labor.«

Sie sammelt ihre Sachen zusammen. »Musst du nicht, abends um halb zehn. Aber ich gehe schon. Musst nicht meinetwegen ins Labor fahren.«

»Ich fahre nicht deinetwegen, Herrgott nochmal! Ich fahre, weil ich was vergessen habe einzutragen! Ich dachte, ich hätte dir das erklärt.« Jetzt ist er laut geworden.

Was hatte er ihr denn erklärt. Fast nichts. Dass er ein gewissenhafter Arbeiter ist. Mehr doch nicht. Aber es ist doch alles viel schlimmer. Er hält das doch alles gar nicht mehr aus. Er reißt sie in seine Arme. Nein, sie soll ihn nicht verlassen, denn natürlich tut sie ihm gut. Und sie kann ja hier auf ihn warten, er braucht nicht lange, wird bald zurück sein. Aber jetzt nicht zu fahren – das geht auf keinen Fall. Er muss nachsehen, ob er dieses Datum richtig eingetragen hat. Wenn das falsch ist oder er das ganz und gar vergessen hat, was ja nicht ausgeschlossen ist, dann wartet der Patient noch einmal wochenlang auf den Zahnersatz.

»Elsa! Du, ich bin nicht zu retten. Ich bin der absolute Volltrottel. Und ich verspreche dir, das wird nicht besser.« Er nimmt ihr Gesicht in beide Hände. Fast möchte er lachen, sieht aber ihre tränenfeuchten Augen. »Wartest du hier?«

Langsam schüttelt sie den Kopf. »Nein.«

12

Sie würde schon gern auf ihn warten, aber etwas in ihr meint, dass das nicht klug wäre. Und sie will doch klug sein, was Sam betrifft. War sie das bisher nicht? Hat sie bisher nicht richtig entschieden? Frühere Partnerschaftsversuche sind alle gescheitert, weil – ja, warum eigentlich. Die Ursachen waren unterschiedlich. Es war gar nicht so, dass alle gescheiterten Beziehungen etwas Gemeinsames gehabt hätten. Etwas, das vielleicht in ihrer eigenen Art begründet läge, in ihrem immer wieder gleichen Verhalten. Oder vielleicht doch: Sie mag keine dummen Männer. Aber klingt das nicht sehr anmaßend? Betrachtet sie selbst sich nicht völlig zu unrecht als die Überlegene? Und, sofern es nicht anmaßend wäre: Wieso hat sie sich mit dummen Männern eingelassen. Was hat sie denn gereizt an dummen Männern. Gab es etwas, das die Männer gemeinsam hatten? Nun ja, die Dummheit. Also hat sie doch klug entschieden. Tatsächlich? Was macht überhaupt einen dummen Mann aus? Markus war ihr zu rechthaberisch. Timo zu eifersüchtig. Jörg hat getrunken und gekifft. Mario war launisch und unberechenbar. Kilians rechte politische Einstellungen waren ihr überhaupt nicht nachvollziehbar. Bei Ralf wäre sie eine von vielen Gleichzeitigen gewesen. Ist jedes Einzelne davon etwa nicht dumm? Vielleicht ist *dumm* am Ende das falsche Wort? Gibt es ein Wort für *zu wenig Übereinstimmung*? Unpassend. Ja, unpassend. Ob nun dumm oder besser unpassend, diese Attribute fallen einem schließlich nicht sofort ins Auge. Man merkt erst nach und nach, wo es klemmt. Und kann sie nicht froh sein, dass sie beizeiten ihre eigenen Grenzen gespürt hat? Oder ist sie zu wenig tolerant? Was erwartet sie denn! Stellt sie zu hohe Ansprüche? Muss man nicht stets Abstriche machen? Gibt es den idealen

Partner? Ohne Reibungsfläche? Und wäre der nicht am Ende langweilig? Vielleicht wird sie noch Jahre nach einem Phantom suchen. Immer nur suchen, ohne einmal fündig zu werden, nein, das will sie auch nicht. Was hat sie neulich gehört von der Kollegin? Die möchte endlich *ankommen*. Und was heißt das? Ankommen – wo, oder bei wem. Auf dem Land, in der Stadt, in Peking, beim anderen oder bei sich selbst?

Und Sam? Sam ist fünfundvierzig, vierzehn Jahre älter als sie. Ankommen – heißt das nicht, eine Familie gründen? Und danach bitte keine Veränderung, keine Erneuerung mehr? Aus Elsas ehemaliger Klasse haben fast alle inzwischen Kinder. Etliche sind verheiratet, haben oder bauen ein Haus, das ist doch was: sich sein Leben einrichten, Nest bauen. Kinderwagen umherschieben, wie hübsch das ist. Wie stellt sie es nur klug an, dass sie Sam davon überzeugen kann, einem Kind nicht mehr so ablehnend gegenüberzustehen. Sam zählt nicht zu den dummen Männern. Noch nie davor hatte sie einen, der sich so viele Gedanken um alles gemacht hat. Und sogar über sich selbst denkt er nach. Und gut sieht er aus, und einsam ist er, Freunde hat er keine. Elsa entreißt ihn seiner verfluchten Einsamkeit, mit der er irgendwie gar nicht umgehen kann. Muss er ja nun auch nicht mehr. Sie tut ihm gut, das merkt sie. Dass er sie liebt, zeigt er ihr doch immer wieder in den wunderbaren Stunden ihres Zusammenseins. Worte hat er dafür nicht, aber das scheint ein allen Männern Gemeinsames zu sein. Die kleine Macke mit seinem übertriebenen Arbeitsehrgeiz kann sie ihm nachsehen, das ist nichts Schlimmes. Aber wieso ist das nicht schlimm. Sie könnte jetzt auch sagen: Das mit Sam ist ihr *zu dumm*, wo soll das noch hinführen, der wird doch, erst recht in einer eigenen Familie, abends niemals zu Hause sein können, weil er ein bisschen spinnt … Warum argumentiert sie jetzt nicht so wie bislang? Hat sie ihre Weitsicht verloren? Befindet sie sich in einer Art Torschlusspanik? Redet sie sich das mit Sam schön?

Karla macht sich lustig über ihn. Hat sich über alle ihre

Freunde lustig gemacht, immer. Sam ist für Karla eine *Witzfigur*. So bezeichnet sie ihn. Obwohl sich die beiden erst zwei- oder dreimal gesehen haben. Was genau sie an ihm auszusetzen hat, hat sie Elsa bisher nicht verraten. Sie hat immer nur abschätzig gelacht über alles, was Sam äußerte. Und wovon sie ihr zuvor bereits teilweise erzählt hatte. Es gab nichts, dem sie zugestimmt hätte, worüber sie sich mit ihr gefreut hätte, was sie neugierig gemacht, wonach sie näher gefragt hätte. ‚Wieder so ein komischer Vogel, Schätzchen!‘, hatte sie gerufen. ‚Lass es doch einfach!‘

Lass es doch einfach. Elsa schüttelt den Kopf. Den Mann für sie, mit dem Karla einverstanden wäre, gibt es wahrscheinlich nicht. Vielleicht hat sie Angst, dass Elsa, wenn sie eine feste Beziehung eingeht, nicht mehr so viel Zeit für sie haben würde. Aber die Beziehung zu Sam ist doch längst fest, obwohl sie nicht zusammen wohnen und Elsa sich immer sehr nach seinen Bedürfnissen richtet. Wenn das jetzt nicht taktisch klug ist ... Sie will ihn keinesfalls verlieren. Ob Karla ihr keinen Freund gönnt, weil es bei ihr kein Freund lange aushalten kann? Ist Karla neidisch? Freddy, der Pianist, hatte alles für sie gemacht, was sie verlangte. Er hatte seinen Wohnort verlassen, um näher bei ihr zu sein. Die enge Bindung an seine Familie hat er weitgehend gelockert, weil sie weder seine Eltern noch seine Geschwister mochte. Viel hat er für sie aufgegeben, und doch war es nie genug. Wenn Karla nicht alles haben kann, will sie gar nichts. Was aber auch nicht stimmt. In Wirklichkeit wollte sie gar nichts von ihm, hat nur mit ihm gespielt, getestet, wie weit sie gehen kann, ließ ihn zappeln, erpresste ihn. Was für ein Spiel. Bis sie schwanger wurde, einen großen Schreck bekam und ihm nichts davon sagte. Stattdessen sprach sie nicht mehr mit ihm, wochenlang. Erst nach der Abtreibung klärte sie ihn auf. Bis dahin war er verrückt nach ihr, der arme. Aber dann hielt er es nicht mehr aus. Was sie ihm nicht verzeihen konnte. Karlas Denkmanöver erschließen sich selbst ihrer eigenen Person nicht. In jenen verknoteten Wochen riss sie ihr Cello mehr als sonst an sich in einer Mischung aus Ablenkungsbedürfnis, Verzweiflung und Wut, und sie schien selbst nicht zu wissen, wofür es ihr dienen sollte, zur Beschwichtigung ihrer Seelenverwirrung, als Ventil gegen den Überdruck oder als Werkzeug zum Aufpeitschen ihrer inneren Dämonen. Denn weder Beruhigung noch Zufriedenheit stellten sich je ein nach derartig kräftezehrenden Exzessen am Instrument, die sie als Martyrium für ihre Finger, ihre Gelenke durchaus wahrnahm. Ihre natürliche Begabung ist keine außergewöhnliche. In Elsas Erinnerung gibt es keinen Tag ohne das Bild der *übenden* Karla, stundenlang, *Streben nach Vollkommenheit*. Karlas Ziel. Vollkommenheit – was ist das schon. Wer legt fest, ob ein Werk die vollkommene Interpretation erfährt? Es geht ihr doch gar nicht um Kunst, denkt Elsa plötzlich. Es geht Karla darum, zu funktionieren wie eine gut geölte Maschine. Üben. Mit sagenhafter Verbissenheit. Wer Großartiges leisten will, muss sich großartig schinden – so ähnlich ist ihre Devise. Und ihre Ausrede, denkt Elsa. Karla greift besonders dann nach dem Cello, wenn sie eine völlig anders geartete Aufgabe nicht versteht oder nicht lösen kann, wenn Menschen etwas sagten oder machten, was ihr nicht gefällt, wenn sie tiefer in ein Themenfeld eindringen müsste, wenn es ihr unbequem wird, zu anstrengend, wenn jemand anders denkt als sie. Das Instrument ist ihr ein Ersatz für so viel Unerreichbares. Das Instrument macht alles mit, es reagiert vorhersehbar auf das, was sie tut. Und wenn es nicht gut ist, was sie hört, liegt es ohne Zweifel nicht am Instrument, dem unbestechlichen, sondern an ihr. Sie muss an sich arbeiten. Für ihre Fehlerausmerzung, Fleißmusikerin. Und mit dem Cello kann sie sich von allem Unangenehmen abwenden, es geht sie nichts an, sie kann sich Höherem widmen, Profanes ist ihr ohnehin zu gewöhnlich. Zuerst verteilt sie Schuldzuweisungen, zieht sich dann zurück, schweigt, flüchtet zu ihrem Cello, der Einfachheit halber, und feilt an ihrer Technik, zwanzigmal, hundertmal die gleichen Takte, bis ihr die Finger bluten.

Nun, das ist ja jetzt vorbei. Elsa muss sich angewöhnen, in der Vergangenheit zu denken.

Immer wieder landen Elsas Gedanken bei der Schwester. Warum sträubt Sam sich so sehr gegen ein Kind mit ihr – war das nicht ihre Frage? Karla funkt einfach immer dazwischen. Betrachtet sich als unlösbares Rätsel und möchte um ihrer Rätselhaftigkeit willen geliebt werden. Das klappt nicht immer. Elsa will nicht andauernd verkorkste Situationen retten müssen. Bei Tante Marlena wird sie sich melden, denkt sie. Was hat Karla da wieder angerichtet. Irgendwie kriegt sie einfach alles kaputt.

13

›Tante Marlena, meine Güte, was ist passiert bei Karla, mit
Karla??‹

Marlena liest Elsas Frage, weiß nicht, was sie antworten soll.
Früher griff man zum Telefon, um zu sprechen. Heute benutzt
man es zum Fotografieren und zum Schreiben. Die jungen
Leute, wie sie mit beiden Daumen sich Nachrichten senden, in
einer Frequenz wie Bienen beim Schwänzeltanz, findet sie zeitraubend, Arthrose fördernd, zu Missverständnissen führend,
also in hohem Maße unnütz. Zeitraubend trifft offenbar nur auf
sie zu, auf das ihr mögliche Tempo des Textverfassens. Immerhin ist es ihr möglich. Elsa hat ihr die gröbsten Smartphone-
Raffinessen beigebracht, *für mal eine rasche Verständigung*, also
sollte sie ihr eine schriftliche Antwort zukommen lassen.

Was soll sie bloß schreiben. *Ich hätte endlich, endlich tot sein
können, Karla hat es erfolgreich verhindert durch ihre ausgemachte
Ignoranz* –? Daran würde sie viel zu lange herumtippen. Auch
könnte Elsa das nicht verstehen, weil sie nicht wissen kann, dass
Marlena ein lange gehütetes Geheimnis preiszugeben im Begriff
war und dass dadurch ihr lang ersehnter Tod möglich geworden
wäre. Ein Glück hatte sie empfunden, eine Freude im Erzählen
der Tatbestände – ja, wirklich, so ein Glück hat sie doch nie
zuvor je erlebt, so eine Freude noch nie empfunden! Zwar war
die Langeweile damals aufgehoben durch ihren Hass, der ihr
den Alltag belebte, aber Freude am Hass, nein, so will sie das
nicht nennen. Diese wohlige Besänftigung ihres Gemüts war
erst jetzt damit verbunden gewesen, im Erzählen. Sozusagen in
der Vorstufe zu ihrer Erlösung, Die Sterbeberechtigung wurde
erworben im Erzählen. Das hatte sie doch so überdeutlich gespürt. In allen Gliedern, überall im Körper hatte sich dieses feine

zarte Prickeln ausgebreitet, so warm, so unbeschreiblich leicht. Und dieses größte aller Geschenke, welches dieses ungeliebte Leben ihr hätte machen können, nämlich ein würdiges Ende, hat Karla auf unnachahmliche Weise vereitelt.

Böse kann sie Karla nicht einmal sein. Dem Leben ist sie böse. Und sich selbst. Das Leben hat ihr wieder einmal die eigene Wertlosigkeit bewiesen. Nicht einmal den Tod ist sie wert. Einen einzigen Satz weit war sie von ihm entfernt. Aber vielleicht war ihre Vorstellung einfach nur eine Illusion. Das Leben gönnt ihr wahrscheinlich keinen so friedlichen, unbeschwerten Tod. Ein schlichtes Schuldbekenntnis wird vom Leben als zu leicht befunden, reicht nicht zum Endlich-sterben-Dürfen. Schließlich verjährt Mord nicht, dessen ist sie sich bewusst. Seltsamerweise fürchtet sie die Polizei jetzt kaum noch. Ein flüchtiger Gedanke streift sie: Mit Sicherheit wäre sie jetzt die älteste Gefängnisinsassin, was ihr ein Lächeln abnötigt, nicht ohne ein kleines Triumphgefühl.

Vielleicht schickt das Leben ihr zuvor erst noch unerträgliche Körperschmerzen, als Strafe für ihr verpfuschtes Dasein, für alles das, was ihr niemals gelingen konnte. Vor allem als Strafe für ihr Verbrechen, das bislang ungesühnt ist.

Das Leben – setzt sie es nicht gerade gleich mit Gott, der ihr etwas gestattet oder aber verwehrt, der ihr etwas vorenthält, sie zappeln lässt, ihr Leistungen abverlangt? Erst danach ist sie eines Lohnes würdig? Noch hat sie nicht genug gelitten? Ist Gott am Ende das Leben? Sie hat doch nie an einen Gott geglaubt! Und also ---?

Marlena holt tief Luft. Hat sie jemals irgendetwas verstanden? Hat sie jemals etwas zu Ende durchdacht? Sie schaut auf ihre linke Hand, die im Schoß liegt, diese schlanke, knochige braunhäutige Hand mit langen Fingern und leicht hervortretenden Knöcheln, den verdickten Adern auf dem Handrücken und den beiden größeren Altersflecken. Wie sie so daliegt, diese Hand, die ganz leicht zittert, was ihr bisher noch nicht aufgefallen war.

Karlas Linke war in der Lage, die Cellosaiten niederzudrücken, in dieser besonderen Weise, die man Musik nennt. Und wie sie das konnte! Zaubern konnte sie damit.

Ich habe Karla gelangweilt – das könnte sie antworten.

Der Tee ist ihr kalt geworden. Sie greift zum Handy und schreibt an Elsa: ›Nichts weiter.‹

14

»Irgendwie bin ich sauer auf dich.«

»Ach, meine große Schwester ist sauer auf mich. Merkst du, wie ich mich schäme?« Karla zieht höchst absichtsvoll ein Gesicht wie eine Dreijährige, die gleich losheulen wird. »Ich war ganz, ganz böse – stimmt's?«

»Weißt du, dass du mit dieser Masche genauso bist wie unser alberner Vater?«

Mist, warum hatte sie sich dazu hinreißen lassen. Sie kennt das doch von Karla. Wenn sie solche kleinen Szenen übergeht, besteht die Chance zu einem Gespräch, wenn sie Glück hat. Aus der Küche ruft sie Karla zu, ob sie auch einen Kaffee will. Karla antwortet nicht. »Darf ich die Rose wegwerfen? Die hat gar kein Wasser mehr.«

»Hatte nie welches.«

»Kann sie weg?«

»Mach doch.«

Elsa könnte sie fragen, wieso sie nie Wasser hatte. Elsa fragt nicht. Sie steht am Fenster, sieht in den blauen Sommerhimmel und hört der Kaffeemaschine bei der Arbeit zu. Die verwelkte Rose steht mit beigefarbenen Hängekopf an die Scheibe gelehnt. Elsa riecht daran, Wie altes Brot, denkt sie.

Sie könnte, wenn sie schon da ist, das Geschirr in die Spülmaschine räumen, denkt Karla. Sie selbst hat schließlich eine Klumpenpfote. Während Elsa auf dem runden Tablett die zwei Kaffeebecher zurechtstellt, schlüpft Karla nach nebenan ins Schlafzimmer und unter ihre Bettdecke. Wenn Elsa so blöd ist, soll sie doch gar nicht erst kommen.

Elsa setzt sich auf das kleine weiße Sofa, gießt sich etwas Milch in den Kaffee, wartet.

Von nebenan, gedämpft wegen der über den Kopf gezogenen Bettdecke, fragt Karla, warum Elsa sauer auf sie sei.

Elsa grinst. »Komm rüber, dann wirst du's erfahren.«

Es dauert noch eine Weile, aber dann kommt Karla angeschlurft, barfuß, in ihrem grünweißen Flatterkleidchen. Eigentlich sieht sie auch mit diesem Raspelschnitt gut aus, denkt Elsa. Noch immer in der Rolle des kleinen Mädchens, jetzt reumütig, setzt sich Karla, die Knie dicht nebeneinander und die Hände in den Schoß, sehr gerade auf die Sofakante neben die Schwester.

»Milch?«

Karla schüttelt den Kopf.

»Warum warst du neulich so eklig zu Sam?«

»Ach so, deswegen.« Karla vermutete den Tante-Marlena-Grund.

»Ja. Das will ich jetzt mal wissen.«

»War ich eklig?« Karla hat sich rasch gesammelt und ihre erwachsene Rolle wieder gefunden. »Ich war nicht eklig. Ich will nur nicht, dass meine liebe Schwester sich mit so einem Typen abgibt, obendrein schon so lange, und offenbar gar nicht mitkriegt, wie der so tickt.«

»Wie tickt er denn?«

»Elsa! Du bist doch nicht ernsthaft in den verliebt – oder? Der Mann hat einen Knall. Der hatte zwanzig Jahre keine Frau, hast du erzählt. Was meinst du denn, warum? Und mit denen, die er mal hatte, hat es nur mit allerhand Alkohol geklappt, und auch nur ganz kurz – hast du mir erzählt!«

»Bei mir trinkt er gar keinen Alkohol«, unterbricht Elsa sie.

»Warum hält es denn keine bei ihm aus? Oder er bei keiner Frau? Hast du ihn das mal gefragt? Natürlich sieht er nicht verkehrt aus, aber das kann doch nicht alles sein. Ich habe ihn genau beobachtet, wie der lacht, wie der redet, was der mit seinen Händen macht – nimmst du das gar nicht wahr? Der wirkt doch wie einer, der was ganz Irres zu verbergen hat und sich nicht traut, dir davon zu erzählen, weil du dann nämlich ganz schnell weg wärst von ihm. Wie der sich windet, wie der sich quält wegen irgendwas, was weiß ich denn, was mit dem passiert ist! Vielleicht ist der einfach nur so ein komischer Psycho. Immer, wenn der sich unbeobachtet fühlt, scheint diese … diese Qual über ihn zu kommen, vielleicht auch nur, weil er mit hierhergekommen ist zu mir, zu deiner durchgeknallten Schwester, die er nicht leiden kann, die ihn aber ein bisschen durchschaut, die was erkennt, was du an ihm gar nicht sehen kannst, weil du so liebesverblendet bist. Wenn er weiß, dass er beobachtet wird, reißt er sich mächtig zusammen und lächelt so komisch, aber das strengt ihn ungeheuer an, dieses Lächeln oder dieses Normalgucken. Erst wenn er genügend intus hat, lockert sich alles ein ganz kleines bisschen. Dann ist er nicht mehr so verkrampft. Der kann generell nur unter Alkohol! Mensch Elsa, das kann doch nicht dein Ernst sein. Ich kann den jedenfalls nicht ernstnehmen.«

»Schwesterchen«, sagt Elsa und nickt vor sich hin. »Du hast da sehr gut hingesehen. Das ist so seine Art, die ich auch immer wieder bemerke, wenn wir irgendwo sind. Aber seltsamerweise stört mich das nicht so. Er hat so viel Gutes und Schönes an sich, und das zeigt er mir auch, so dass ich das, was du jetzt ziemlich gut beschrieben hast, gar nicht für so wichtig erachte. Das sind Äußerlichkeiten, weißt du.« Elsa lächelt versonnen in sich hinein. Wenn sie allein sind, ist er die Ruhe selbst, kann er ganz gelöst, entspannt und manchmal sogar fröhlich sein.

»Du hast mir auch erzählt, wie er sich mit seiner Arbeit verhält, dass er da dauernd hinrennen muss. Der macht doch vielleicht was ganz anderes, macht dir was vor, und du bist blind. Warst Du mal mit in seinem *Zahnlabor*? Vielleicht handelt der mit Drogen, ist bei der Mafia oder bei irgendeinem Geheimdienst und muss dir verschweigen, woran er wirklich arbeitet. Aber nein, bei der Mafia ist der nicht, die hätten den schon entsorgt, so schräg und unsicher verhält der sich.«

»Karla, jetzt ist es aber gut!« Elsa muss lachen, obwohl ihr der Gedanke gerade wenig lachhaft erscheint. Karla spricht ganz viel aus von dem, was ihr selbst immer wieder durch den Kopf geht. An Mafia oder Geheimdienst hatte Elsa bisher nicht gedacht, aber kann man so etwas denn ausschließen? Sie kann ihn ja nicht einmal danach fragen, denn wenn er bei so einer Firma wäre, dürfte er das nie und nimmer bestätigen. So kennt sie es zumindest aus den Krimis, die sie manchmal sieht. »Soll ich dir was verraten? Ich ertappe mich immer häufiger dabei, mir vorzustellen, wie es wäre, wenn wir zusammen ein Kind hätten. Nein, sag jetzt nichts, du bist dagegen, ich weiß das, aber ich bin ziemlich überzeugt davon, dass ein Kind dafür sorgen würde, dass es ihm besser ginge. Dass es ihn von sich und seinem etwas verquasten Denken ablenken würde.«

»Na prima. Wundert mich gar nicht, dass du damit jetzt um die Ecke kommst.«

»Ja, nur weil du kein Kind willst und das, was da wachsen wollte in dir, hast wegmachen lassen, muss ich nicht ebenso kinderlos bleiben wie du.«

»Stimmt. Musst du nicht. Du willst ein Kind als Heilmittel für die psychische Verkorkstheit deines Partners. Sieh lieber zu, dass er ein paar Tabletten nimmt. Dein Partner soll gesunden, und das Kind soll das bewerkstelligen. Schämst du dich nicht? Das ist Kindesmissbrauch.«

»Karla! Du bist neidisch, weil ich einen Mann liebe und du keinen zum Lieben hast.«

»Ach lieb du doch, wen du willst, Mensch, aber benutze nicht ein Kind für die Behandlung deines Idioten!« Karla steht auf, geht in die Küche, sieht sich um, kommt wieder, sieht sich hier um, sucht etwas, geht ins Schlafzimmer, kommt nicht wieder.

Meine Schwester, denkt Elsa. Sie hat die Stirn in Falten gelegt und gibt sich Mühe, nicht beleidigt zu sein. Wie rigoros Karla ist, wie kompromisslos. Noch ist da gar kein Kind. Und Sam dafür nur kurzzeitig zu brauchen, ihn auszutricksen, kommt nicht in Frage für sie. Sie will ihn überzeugen, bis auch ihm ein

Kind willkommen ist. Sie will keine alleinerziehende Mutter sein. Wie schön das sein wird, wenn Sam sich am Nachmittag auf sein Kind freuen und gern nach Hause kommen und mit ihm spielen wird – mit Sam hatte nie jemand gespielt früher. Der war immer allein und war eingesperrt in seiner fast lichtlosen Kammer. Hat er ihr mal erzählt. Elsa stellt sich ihre Zukunft mit ihm vor. Sie sieht ihn am Boden sitzen und kleine Türme bauen mit seinem Zweijährigen – ein Sohn, sicher wird es ein Sohn werden. Und dann wird Sam ihn liebevoll baden und ins Bett bringen und ihm eine Geschichte erzählen oder ein Schlaflied singen, und keine zehn Pferde werden ihn nochmals in sein Labor zerren können anschließend.

»Hier! Hier, lies das!« Karla klatscht ihr etwas auf den niedrigen Tisch. »Und wenn auch dadurch dein Verstand noch immer nicht wieder eingeschaltet werden kann, dann geh und mach ein verdammtes Kind mit deinem armseligen Freund! Aber ich sag dir jetzt schon, ich werde keine tolle Tante sein für dein bedauernswertes Kind.«

Elsa blickt verdutzt auf die Zeitschrift, auf den aufgeschlagenen Artikel, und dann wieder zu Karla. »'Kinder, Kinder', aha, und wenn ich das gelesen habe, bin ich geheilt von meinem Kinderwunsch mit Sam?«

»Ich hoffe, ja. Ich fürchte, nein. Der Mensch ist ein Krebsgeschwür der Natur. Das steht da drin. Und dass Beklopptheit erblich ist. Und dass Eltern und Kinder nicht zusammenpassen. Übrigens war ich nicht nur zu Sam eklig. Zu Tante Marlena war ich es auch.«

15

An jenem Tag wusste Marlena gar nicht, wie sie nach Hause gekommen ist. Im Moment des Aussteigens, auf dem kleinen Parkplatz, der zu ihrer Wohnung gehört, verharrte sie etwas benommen und gleichzeitig erschrocken auf ihrem Fahrersitz, die geöffnete Tür noch in der Hand, auf ihr Knie starrend. Wie war sie denn gerade gefahren? Hatte sie an der lästigen Baustelle halten müssen, oder hatte sie die umfahren und den Schlenker durchs Dorf genommen? Wieso wusste sie das nicht. Eine große Irritation erfasste sie. Irgendwann einmal, wann war das nur, hatte sie dieses Phänomen schon einmal erlebt, an einem Ort angekommen zu sein, jedoch nicht zu wissen, wie. Damals ist sie zu Fuß unterwegs gewesen und hatte durchaus ohne Schwierigkeiten ihr Ziel erreicht – es war die Bibliothek. Die zurückgelegte Strecke, wer oder was ihr begegnet war auf ihrem Weg – davon war nichts in ihrem Kopf. Plötzlich hatte sie, einigermaßen verwundert, vor der Tür gestanden mit dem Schlüssel in der Hand und war sozusagen wieder zu sich gekommen.

Jetzt fiel es ihr ein: Es war der Morgen, an dem Valentin ihr am Telefon die furchtbare Nachricht von Alexandras plötzlichem Tod am Nachmittag des Vortages mitgeteilt hatte. Und Marlena war erstarrt: Wie bitte? Marlena war zu keiner weiteren Reaktion fähig als zu dieser schockierten Frage. Wobei ihr *Wie bitte* sich keineswegs auf Alexandras Tod bezog, sondern auf die Mitteilung ihres Bruders, der offenbar vergessen hatte ... Sofort danach hatte sie ihre Tasche umgehängt und war völlig geistesabwesend in ihre Bibliothek gegangen.

Immerhin war sie beide Male heil angekommen, heute wie damals, und offenbar sogar ohne irgendeinen Schaden verursacht zu haben. Viel riskanter heute mit dem Auto. Und wenn nun heute jemand zu Schaden gekommen ist? Das kann doch gar nicht ausgeschlossen werden bei so viel Erinnerungsverlust. Vielleicht gab es Notarztwagen und Polizei, und sie weiß von nichts. Der Blick auf ihre Uhr gab ihr ein wenig Sicherheit, denn die Zeit vom überstürzten Aufbruch bei Karla bis zur Ankunft in ihrer Wohnung war zu kurz für ein kompliziertes Unfallgeschehen mit den höchst unangenehmen Begleiterscheinungen.

Wäre sie ein Gerät, eine Maschine, könnte man von Fernsteuerung sprechen. Etwas in ihr scheint völlig autark zu funktionieren. So wie ihr Herz, auf das sie keinen Einfluss hat, oder ihre Verdauung. Wirksam zu sein, ohne ihr willentliches Steuerungsvermögen. Spielt ihr Gehirn ihr einen Streich? Zum zweiten Mal in ihrem Leben. Demenz würde sich gewiss in einem kontinuierlicheren Prozess zeigen, nicht in zwei Anfällen mit fünfundzwanzigjährigem Abstand zwischen beiden.

Noch nie zuvor waren ihr die Treppen bis zu ihrer Wohnung im dritten Stock so beschwerlich erschienen wie an dem Tag. Sie wohnt doch hier nun schon ewig, und die Stufen hatten sie nie sonderlich angestrengt. Kein Wunder, dachte sie wie durch einen Nebel hindurch, eigentlich wäre ich ja tot heute, hätte tot sein sollen, sein dürfen, normalerweise, und möglicherweise bin ich das sogar, und nur mein Hirn gaukelt mir noch eine Art Gegenwart vor. Die aktuelle Luftnot ist sicher Beweis dafür, dass ich gar nicht mehr lebendig bin, denkt sie. Vielleicht stirbt die Phantasie erst später ab. Wer weiß das schon. Ein gewisses Denkvermögen als unsterblicher Rest eines jeden Menschen? So eine umhergeisternde Seele?

Einen eigentümlichen Automatismus in all ihren Handlungen spürt sie seit jenem denkwürdigen Nachmittag bei Karla deutlich. Ob sie die Kühlschranktür öffnet oder ihre riesige alte Aralie gießt, ob sie die Zeitung aufschlägt oder die Toilettenspülung betätigt – nichts läuft ab nach einer vorherigen Überlegung, *ich möchte jetzt etwas essen* oder *heute ist Sonntag, die Pflanze braucht*

Wasser. Marlena verrichtet die kleinen häuslichen Arbeiten ohne Zuhilfenahme ihres Gehirns, was ihr seltsam vorkommt, da sie es mehrfach registriert als etwas Neues, vielleicht auch nur als bisher nicht Wahrgenommenes. Ist sie vielleicht schon ihr Leben lang ein Automat, der, einst angeschaltet, einfach läuft und läuft? Während sie auf einem winzigen Stück Schweinebraten kaut, dazu eine Gabelspitze Möhrengemüse und den zwanzigsten Teil einer mittleren Kartoffel zum Munde führt, während ihr leerer Blick mit der Leere hinter der Fensterscheibe verschmilzt, empfindet sie weder den Genuss einer schmackhaften Mahlzeit, noch sinnt sie über die Bemerkung der Nachbarin nach, oder darüber, was sie nach dem Essen als Nächstes tun wird. Es bedeutet alles nichts, ähnlich dem einzelnen Regentropfen, der vor grauen Wolken an ihrem Fenster herabrinnt. Es geschieht um sie herum, mit ihr, in ihr, und es bedeutet gar nichts. So klar wie während dieser letzten Tage hat sie es noch nie empfunden. Was ist denn überhaupt noch wichtig. Und existiert sie tatsächlich noch? Die Frage kommt ihr wiederholt in den Sinn. Es ist doch möglich, dass ihre beiden Nichten (Großnichten) sich bereits seit Tagen um die Kremierung ihrer Person bemühen, um die Organisation einer unsinnigen Totenfeier, bei der sie ein dümmliches Blabla über die skurrile Tante Marlena dahersagen lassen von einem Redner, der mit eingeübter Trauermiene an den großen Fisch denkt, der ihm gestern an die Angel gesprungen ist. Woran kann einer festmachen, ob er nicht allen Ernstes schon tot ist? Oder ob einfach all dieses Zeug, diese Organe in einem, die wie ein Uhrwerk oder besser wie ein Perpetuum mobile, einmal angetrieben, endlos fortfunktionieren? Zumindest dieses Wunderwerk Gehirn? Auch wenn sie sich jetzt kneift und es wehtut, heißt es doch noch lange nicht, dass sie noch am Leben ist. Heißt auch nicht, dass sie aus einem Traum sogleich erwachen wird. Schließlich spürt sie ihr eigenes Totsein schon über achtzig Jahre lang – was so nicht richtig ist, das weiß sie. Aber der Unterschied zwischen ihrem physischen Dasein und ihrer physischen Auslöschung wird doch ein äußerst geringfügiger sein, falls er überhaupt vorhanden ist.

Schon lange ärgert sie sich über diese synaptischen Verschaltungen in ihrem Gehirn, auf die sie keinen Einfluss hat. Diese verschachtelten Eingebungen, die zu nichts führen und nur neue Schachtelgedanken produzieren.

Natürlich ist sie nicht gestorben in Karlas Monstersessel. Hat nicht sterben dürfen. In jeder klaren Minute, in der sie das Gefühl hat, bis zum Ende des Universums schauen zu können, weiß sie das. Geflohen ist sie, vor lauter Schreck, vor lauter Entsetzen, vor wütender Enttäuschung. Und danach war ihr denkendes Gehirn ausgefallen, hat sich abgeschaltet während der Heimfahrt, und ausschließlich die lebensrettenden Mechanismen blieben erhalten und sorgten in einer Art Schutzengelfunktion für den leidigen Fortbestand ihrer unnötigen Existenz. Ihres Existierenmüssens. Wie sie diesen Schutzengel verabscheut! Was hat der denn von ihrem unnützen Leben! Sie dankt es ihm nicht. Höchst unvollständig hat sich inzwischen der Rest ihres Denkvermögens wieder eingestellt, wie auf Sparflamme, energiesparend sagt man, wofür nur. Vielleicht ist der Zustand der Trance, den sie vom Hörensagen kennt, ein ähnlicher.

Plötzlich schämt sie sich vor Karla. Nie wieder wird sie ihr unter die Augen treten können. Es ist wahr: Das einzige, was ihr immer vorzüglich gelungen ist, ist, andere Menschen zu langweilen. In einem Maße, dass die sich gedanklich ausblenden, nicht einmal als Mörderin wird ihr Aufmerksamkeit zuteil. Wie denn auch, denkt sie, wenn nicht einmal die Erinnerung ihrer persönlichen Anwesenheit bei den Beteiligten vorhanden ist! Ihr Bruder war gekommen, ihr Mitteilung von Alexandras Tod zu machen! Weil sie ein uninteressanter Mensch ist. Und Karla hat ja recht: Sie will der jungen Frau ihre alten Kamellen auftischen, während die doch ganz andere Sorgen hat. Sorgen, die nach Marlenas Dafürhalten selbst verursacht und wenig nachvollziehbar sind, und für deren Verstehen Marlena gar nicht das

Recht hat, Fragen zu stellen. Die eigene innere Verbotsliste ist lang. Zudem sind es so moderne Verhaltensweisen, und also moderne Sorgen, für die sie entschieden zu alt ist. Das, was Marlena meint und überlegt und was sie bedrückt, was früher war, ist alles unmodern, gestrig, schrullig, belächelnswert. Einschlafenswert. Im tiefsten Grunde, aber nur dort, und das scheint nicht ausreichend zu sein, sieht sie in Karla eine Verbündete, nämlich im Bedürfnis, sich aus dem Leben verabschieden zu wollen. Bei Marlena besteht es, seit sie sich zurückerinnern kann. Seit wann bei Karla? Sie kennt nur Elsas Berichte. Ist denen vielleicht nicht zu trauen? Sie hat sich darauf verlassen, auf diese Verbundenheit, die allein ausschlaggebend war für die vertrauensvolle Offenlegung ihres schändlichen Tuns. Für Karla jedoch offenbar völlig unbedeutend. Hätte Marlena das bedenken müssen? Auch das Misslingen dieses Vorhabens liegt begründet in ihrer grandiosen Lebensferne, darin, dass sie keinerlei Ahnung von den Dingen außerhalb ihrer selbst hat. Dass sie von sich auf andere schließt. Wobei sie selbst sich oft nicht weniger fremd ist als die Menschen neben ihr. Also Vertrauen – niemals?

Ich habe vom Leben noch nie etwas verstanden, denkt sie. Weder von meinem noch von dem anderer. Und vom Sterbenwollen offensichtlich auch nicht. Alles zusammen hat zu einer wachsenden Scham und nunmehr zu alles durchdringender Peinlichkeit geführt, da sie sich vor Karla lächerlich gemacht hat. Seit jeher traute sie sich kaum, Fragen zu stellen, da ihre Fragen zu Blamage führen würden wegen des damit einhergehenden Beweises ihrer Ahnungslosigkeit, ihrer Unfähigkeit. Allerdings, diese modernen Sterbeprozesse, die Menschen wie Karla sehr bewusst einleiten, führen zu Marlenas allergrößter Irritation, so dass sie nicht weiß, wofür sie sich mehr schämen soll: für ihr offenbar verdrehtes Taktgefühl, für ihre rücksichtsvolle Fragenvermeidung hinsichtlich der seltsamen Gepflogenheiten anderer Menschen, in dem Fall ihrer Großnichte Karla, oder aber für die Art und Weise, wie Karla ihr Ableben zu bewerkstelligen versucht. Denn diese Art und Weise scheint Marlena lediglich aus Eindruck schindender Dummheit herzurühren, was sie Karla jedoch niemals sagen könnte, da es schließlich nur ihrer unmaßgeblichen Vermutung entspricht, die wiederum aus ihrer Ahnungslosigkeit resultiert. Was für ein Chaos!

Elsa hatte ihr davon berichtet, was Karla seit einiger Zeit veranstaltet. Und niemand kann dieser verrückt gewordenen jungen Frau Einhalt gebieten, nicht einmal Elsa, die von Karla alles mitbekommt. Marlena konnte nur ein ums andere Mal erschrocken und wie gelähmt zurückweichen und Elsa ein paar Fragen stellen, die sie nicht beantworten konnte und die direkt an Karla zu stellen Marlena niemals wagen würde. Obwohl Elsa sie dazu mehrfach ermuntert hatte. »Frag sie selber«, hatte sie gesagt.

Karla sieht die Wurzel ihres Sterbenwollens in ihrem Scheitern als Musikerin. So jedenfalls sagt sie es. Beziehungsweise Elsa sagt es so. Dabei ist sie die einzige, die sich als Gescheiterte betrachtet. Für Marlena kokettierte Karla damit schon seit langem, wollte Aufmerksamkeit, die sie durchaus bekam. Das Cello war zu ihrem Rettungsanker geworden nach Philippas Verschwinden. Sie hatte sich auf das Instrument gestürzt wie ein Verdurstender auf eine Handvoll Wasser, da Holm weder die eigene Ratlosigkeit zeigen, noch das Kind trösten konnte, als Vater nicht taugte. Das war alles gut so, ein paar Jahre, solange sich ihr Üben in einem halbwegs vertretbaren Rahmen hielt. Allmählich verschmolz das Mädchen mit ihrem Cello zu einer unheilträchtigen, weil drangvollen und freudlosen Einheit. Und ihren Sterbewunsch hatte sie Elsa gegenüber ausgesprochen, als sie sechzehn war. Elsa suchte daraufhin Marlena auf, Rat suchend. Die aber keinen Rat wusste außer der Mitteilung, dass ihr dieser Wunsch keineswegs fremd sei und sie selbst noch nie eine Lust am Leben gespürt habe. Wie armselig sie sich damals vorkam. Nach acht Jahren Psychoanalyse. Und niemals etwas anderes als Scham.

Wozu Karla sich verstiegen hatte, war, nicht gut genug zu sein, mehr üben zu müssen, und immer noch mehr. Dabei gewann sie Wettbewerbe, regionale, überregionale, spielte in mehreren Orchestern, studierte, wurde Solo-Cellistin, sammelte Preise ein. Valentin war stolz auf seine Enkelin, stellte ihr ein nagelneues Auto vor die Tür. Karla mache für ihn alles wett, was seine missratenen Kinder ihm an Leid zugefügt hatten, erklärte er damals. Und Karla? »Endlich so eine Kiste, mit der ich vor den Baum fahren kann«, war ihr Kommentar. Dann war er böse auf sie und hat sein Geschenk bereut. Sie ist vor keinen Baum gefahren, wahrscheinlich viel zu wenig aufregend, denkt Marlena. Karla braucht permanente Zuwendung, ist eigentlich noch ein Kleinkind, verwaist und unglücklich. Und das Cello konnte nie ein wirklicher Elternersatz sein. Am Ende will sie gar nicht sterben, sondern nur bemuttert werden? Vielleicht fing sie deshalb zu hungern an? Zuerst bekam es kaum jemand mit, außer Elsa sicherlich. Das ging lange, dünn und bleich wurde Karla. Dabei traktierte sie ihr Cello mit Fingern, die bald abzubrechen drohten, traktierte sich selbst, halbe Nächte lang. Das Cello war ihr Fluchtpunkt, ebenso aber ein willkommenes Objekt für ihre Selbstquälerei. Die Konzerte, die sie gab, waren für Marlena nicht mehr angenehm, weil sie den Anblick der ausgemergelten Karla in neuerdings unattraktiven weiten Klamotten zu vermeiden suchte und ihr Gesicht in die Hand gestützt abwärts neigte, während die Musik, die Karla dem Instrument entlockte, nicht mehr tief in sie einzudringen vermochte. Karlas Musik – das musste Marlena sich eingestehen, obwohl sie auch davon kaum eine Ahnung hatte –, klang ohnehin mitunter wie einer Spieldose entlockt, wofür sie aber keine Erklärung hatte außer der ihrer auch hier versteckten Scham, nichts weiter empfinden zu können. Nun schien die Musik ihr die letzten Kräfte abzufordern. Sie starb dahin, Stück für Stück, Elsa berichtete von Karlas Weigerungen bezüglich irgendeiner Unterstützung. Sie wollte ja schließlich sterben, wollte sich zu Tode hungern, und irgendwann würde es dann eben einfach soweit sein, und die Organe würden ihren Dienst einstellen. Elsa konnte nichts bewirken bei ihrer sturen Schwester. Einem Sterbewilligen wird nichts verwehrt. Was er selber tut oder unterlässt, ist allein seine Sache. Marlena fand Karlas gewünschten Hungertod einerseits unsinnig, weil nicht notwendig, da sie doch, ganz anders als sie selbst, in ihrem Leben allerhand hinbekam, Anerkennung erfuhr. Andererseits fand sie diese Entwicklung interessant und mutig, da Karla für ihren Tod einiges tat und nicht so grauenhaft hilflos und abwartend immer nur hoffte und hoffte. Gleichzeitig gab es die genannten Zweifel an Karlas Tun, das vermutete Manipulative an allem. Marlena benannte keinerlei Argumente für oder gegen Karlas Siechtum – also schwieg sie. Sie konnte ihr nicht sagen, dass sie das, was Karla da vollführte, spannend fand, denn das wäre unvollständig gewesen. Sie konnte ihr auch nicht erklären, dass sie Karlas Absterben bedauerlich erlebte, denn so war es nicht. Sie verfolgte mit innerem Zwiespalt das Vergehen einer jungen Künstlerin, der Enkelin ihres Bruders, von Woche zu Woche, wenn auch nicht ständig dem Verfall mit eigenen Augen beiwohnend, so doch aus Elsas Berichten. Valentin hatte sich beizeiten von Karla gänzlich zurückgezogen, nachdem er mitbekommen hatte, was da los war, hatte keinerlei Mitgefühl und versuchte auch nicht, Karla von ihrem *selbstmörderischen Gemache* – so hatte er es bezeichnet – abzuhalten.

Nun, ihm war das Sterben ganz mühelos gelungen, ganz ohne eigenes Zutun, ein Jahr bevor Karla in ihrem Bad bewusstlos aufgefunden wurde von ihrer höchst besorgten Schwester, die endlich über Karla entscheiden und tatkräftige Hilfe leisten durfte. Marlena hätte sie gerne gefragt, warum sie Karla nicht hat sterben lassen, schließlich hatte sie es darauf angelegt und nichts anderes gewollt. Aber Marlena weiß, dass sie so eine Frage nicht stellen darf, weil das etwas mit Moral zu tun hat, mit einer Moral, die Marlena noch nie verstanden hat. Und ja, Elsa hätte sich strafbar gemacht, unterlassene Hilfeleistung und so weiter.

Wie gern hätte Marlena es vermieden, Karla in der Klinik zu besuchen. War leider nicht vermeidbar. Diese gesellschaftlichen Normen. Diese verwandtschaftlichen Verpflichtungen. Holm hat seine Tochter besucht – er hätte es bleiben lassen sollen. Als Clown ist er bei ihr erschienen, weißgesichtig mit roter Pappnase. So wie Clowns krebskranke Kinder besuchen, damit die etwas zum Lachen haben. Ostentativ habe Karla sich zur Wand gedreht, hatte sie Marlena mitgeteilt. Und »Scheiße, Scheiße, ich lebe noch«, hatte sie gesagt. Und dass Elsa daran schuld sei. Dass sie ihr das nie verzeihen werde. Dass sie sie strafen werde dafür. Dass sie aber Elsa dafür auch liebe und ihr das zeigen werde. Ja, wie denn nun!

Da war es wieder, dieses große Fragezeichen, dieses allumfassende extrem Widersprüchliche, das Marlena verstummen ließ am Fußende des Bettes stehend, die skelettartig hervortretenden Schlüsselbeine, die graue Haut und die tiefliegenden Augen ihrer Großnichte betrachtend. Auch musste in letzter Zeit massiver Haarausfall stattgefunden haben. Während nun irgendein Zeug in Karlas bläuliche Armbeuge hineintropfte. Der Begriff *unästhetisch* kam ihr in den Sinn – auch nicht dazu geeignet, an der Stelle geäußert zu werden.

»Tante Marlena, was denkst du, wenn du mich hier so liegen siehst?«, hatte Karla sie grinsend gefragt.

Und sie hatte nicht antworten können. *Gute Besserung? Wird schon wieder? Lass den Kopf nicht hängen? Ungeschickt angestellt? Was lange währt, wird schlecht? Dumm gelaufen? Du musst das besser machen beim nächsten Mal? Diese Methode ist selten dämlich? Schämst du dich gar nicht? Ich schäme mich für dich?* Alles das fiel ihr ein, und nichts davon war tatsächlich sagbar. Karla lag da als das personifizierte Elend. Leid tat sie Marlena nicht.

»Du tust mir leid«, hatte sie gesagt, bereits im Rausgehen, mit harter Stimme. Das war gelogen. Aber die Wahrheit war es auch. Weil Karla nun weiterleben musste.

Sie fragt sich, wie sie einen Zugang finden kann zur Moderne. Sie kommt da einfach nicht mit. Diese heutigen zaghaften Selbsttötungsmechanismen scheinen doch allesamt ungeeignet. Was erzählte ihr Elsa erst kürzlich? Deren Freundin schlägt auf die eigenen Beine ein, weil sie durch eine unschöne Erbkrankheit entstellt sind! Und Karla. Karla ist doch ein intelligenter Mensch. Nach ihrer Hungerkünstlerei hat sie wohl Abstand genommen vom Sterben durch sukzessives Nicht-mehr-Essen. Man hat sie wieder leidlich in Ordnung gebracht. Sie sieht auch wieder gut aus. Hatte wieder schönes Haar bekommen. Und anfangs behutsam und respektvoll wieder ihr Cello vor sich gesetzt und maßvoll geübt. Es gab auch wieder zwei oder drei Konzerte mit ihr. Vor ein paar Wochen eine Anfrage aus Wien mit Edward Elgar e-Moll, dafür müsste sie gar nicht so viel üben. Aber sie war in hohem Maße unzufrieden, meinte ständig, sich zu verspielen, die Töne nicht rein zu treffen. Das tägliche Üben begann erneut, ungesunde Ausmaße anzunehmen. Marlena erklärte ihr vor kurzem erst, dass weder sie noch irgendein anderer Mensch im Publikum diese Feinheiten beispielsweise bei Schostakowitsch heraushören würde. Das Publikum sei ihr egal, konterte Karla, vollkommen egal, das Publikum habe sowieso keine Ahnung. Sie allein könne ihr Spiel richtig einschätzen. Ihre Verzweiflung wuchs. Und was tut ein moderner Mensch, wenn er verzweifelt ist? Er beginnt, sich die Haare auszureißen. Und reißt und reißt. Doch sicherlich nicht in suizidaler Absicht, überlegt Marlena. Oder doch? Auf so eine Idee würde sie gar nicht kommen. Niemals gekommen sein. Nicht einmal, als sie einen Mord begangen hat. Nicht ein Haar hatte sie sich ausgerissen damals.

Wahrscheinlich war ich bisher nie verzweifelt genug, denkt sie.

16

Die Hunde schlagen an mit ihren mächtigen sonorigen Bass-
stimmen. Warum hat der solche Riesenviecher.

»Mensch, Julius, sperr die Teile weg, da kriegt man ja Angst!«

»So soll es sein.« Julius, hochgewachsen, athletisch, haupt-
haar-befreit, hat die Tür geöffnet, zu beiden Seiten je ein Kraft-
paket Hund, eines dunkelgraubraun, das andere schwarzweiß
gefleckt, beide hüfthoch. Max' Blick bleibt mit zusammengezogenen Brauen automatisch an den Tieren haften, die nach
einem winzigen Handzeichen von Julius ihr lautstarkes Willkommen oder Nichtwillkommen einstellen, aber sehr aufmerksam den Gast beäugen. Damit der den Anstand wahrt, der hier
gefordert scheint. Sieht man Hunden nun in die Augen, oder
lieber doch nicht? So manchen Viechern soll man ja nicht direkt
in die Augen schauen – Pferden?

»Du warst neulich gar nicht gut drauf, Mann, was war denn
los?«

»Das kann ich dir genau sagen.« Julius tritt beiseite, die
Hunde ebenso, Max darf eintreten. »Ich mag es nicht, wenn
Leute einfach so hier reinschneien, ohne Voranmeldung.«

»Bist nicht mehr so unkompliziert und spontan wie früher,
was?«

»Hat sich vielleicht einiges geändert, da ändert man sich
mit.«

»Da ist's ja gut, dass ich dich gestern angerufen und gefragt
habe, ob es genehm ist heute.«

»Allerdings.«

Max betritt ein Wohnzimmer aus Weiß und Chrom und Glas
und Leder. Aus irgendeinem Grund kann er den Blick nicht
von den Fenstervorhängen lösen, die akkurat beiseite geschoben

sind. Dekorateur, denkt er. In Ton und Gewicht fließen sie zusammen mit dem samtigen anthrazitfarbenen Teppich. »Darf ich mich setzen? Bin frisch geduscht und trage saubere Klamotten.« Was wird das denn hier, denkt er.

»Das hoffe ich doch. Bitteschön.« Der Sessel für Max. Julius setzt sich auf das Dreisitzer-Sofa. Recht ist es ihm nicht, dass Max gekommen ist. Wann war hier mal jemand zu Besuch? Er kann sich nicht erinnern. Die Hunde sind es nicht gewohnt. Wobei die nicht das Problem sind. Das Problem ist Max. Max ist ein Mensch. Und Menschen sind das Problem. Er schaut den Graubraunen an, dem er die Hand auf den Nacken gelegt hat und der ihn seinerseits ansieht. Das ist ein vertrautes Gesicht, in das Julius gern schaut.

»Und diese Monster hier«, Max zeigt auf die Hunde. Der schwarzweiße hat etwas abseits auf dem Parkettboden den Kopf auf seine ausgestreckten Pfoten gelegt, die Augen, die so tun, als ob sie schläfrig wären, auf Max gerichtet. »Die brauchst du als persönliche Wachmannschaft?«

»So sieht's aus. Pluto und Mars.«

»Aha«, sagt Max. Ob er sich vor denen jetzt verbeugen soll? »Pluto ist gar kein Planet mehr«, fällt ihm gerade ein. »Weiß das der Hund?«

Julius legt den Kopf etwas schief ohne den Versuch, nicht angewidert auszusehen. Dumpfbacke, Witzchenmacher, denkt er.

»Wovor hast'n du Angst, dass du zwei Deutsche Doggen brauchst für deinen Schutz? Sind doch Deutsche Doggen?«

Julius nickt. »Ich hab keine Angst. Die anderen sollen Angst haben.«

»Ja, stimmt, sagtest du schon. Vor dir.«

»Richtig. Rechts und links jeweils achtzig Kilo Power. Wagt sich keiner ran.«

Wieso soll sich keiner ranwagen an ihn. »Du bist mal überfallen worden, stimmt's?« Max hatte so etwas läuten hören.

»Das war mein Sohn. Seitdem denke ich, dass der eines Tages

mit der Waffe vor mir steht. Da nützen mir dann allerdings auch meine Hunde nichts mehr.«

»Dein Sohn ... Meine Fresse. Was war da los? Und wann?«

Wie unverschämt, denkt Julius, zig Jahre kein Kontakt und kommt her und tut so, als wäre nichts gewesen. Aber für Sensatiönchen hatte der schon immer was übrig. Er sieht abwechselnd seine Hunde an. Dann Max, durchdringend. Und schweigt.

War wohl keine gute Frage. Max zieht die Mundwinkel nach unten. Und jetzt? »Sorry«, sagt er. Aber er weiß gar nicht, warum er sorry gesagt hat.

Eine Weile sagt keiner mehr etwas.

»Mensch Julius, das war mal alles so schön locker zwischen uns.«

»Locker. Kann sein. Hat sich ausgelockert.« Julius sieht grimmig auf den leeren Glastisch vor sich. Was der sich einbildet. Könnte mal nachfragen, ob ich ihn überhaupt noch sehen will. Ob ich mit ihm reden will. Dämliche Konversation.

Max ist die Situation unangenehm. Er hatte sich gefreut auf den Besuch heute. »Waren wir nicht mal richtig gute Kumpels, Mann?«

»Waren wir das? Aber wie gesagt ...«

Max spürt, dass es jetzt nicht der passende Zeitpunkt ist für seine unerhörte Geschichte mit Geros Hochzeit. Erst muss er Julius auftauen.

»Schön hast du's hier«, sagt er, während er rundum blickt und es gar nicht schön findet.

Julius glaubt ihm nicht. »Hm. Nichts Überflüssiges.«

So kann man das auch nennen. Keine Pflanze, kein Buch, kein Bild an der Wand, kein Block, kein Stift.

»Du hast aber jetzt nicht aufgeräumt, weil ich mich angesagt hatte?«

»Ich muss nicht aufräumen, wenn einer kommt. Ich muss nie aufräumen.«

Stimmt, denkt Max. Hier gibt es nichts aufzuräumen. Hier

gibt es nichts. Hier lebt gar keiner. »Du könntest uns doch mal einen Tee oder einen Kaffee machen«, fällt ihm ein. »Oder hast du noch was Besseres?«

Julius sieht Max an. Das könnte dem so passen. Besseres, aber doch nicht so. Er steht auf, mal sehen, wie lange Max es bei ihm aushält. Er geht in die Küche, sehr aufrecht. Er weiß, dass Max ihm nachschaut. Beide Hunde tänzeln ihm nach, mit erhobenen Schwänzen. Die Arme hält er ausgestreckt etwas nach hinten, die Finger ebenso gestreckt, an den Fingerspitzen hängt auf jeder Seite eine feuchte Hundenase.

Max fragt sich, ob die Hunde glücklich sind. Und ob Julius sich immer so bewegt. Seine Neugier erwacht, eine solche Wohnung hat er noch nicht gesehen. Er folgt Julius. Bleibt im türlosen Rahmen zur Küche stehen.

»Du lebst doch hier gar nicht, Mann!«, entfährt es ihm. Die Küche ist groß, mit so einem Mittelteil und riesigem Dunstabzug. Max überblickt sie rasch, die Augen rutschen überall ab. Außer Hochglanzweiß, Glas und Metall ist da nichts. Ecken und Kanten. Und Julius‘ muskulöser Rücken, umspannt von einem engsitzenden weißen T-Shirt. Bestimmt dreimal die Woche Fitnesscenter, denkt Max. Julius hat einen Wasserkocher aus einem Hängeschrankteil genommen, hantiert mit Teezeug.

»Weil alles verstaut und an seinem Platz ist, meinst du. Sauber und anständig und solide. Nichts steht rum. Endlich steht bei mir nichts mehr rum. Was denkst du? Raffiniert und teuer, was?«

»Nee, raffiniert nicht. Teuer und tot, ja. Kochst du hier überhaupt?«

»Kommt nicht in Frage. Ich gehe essen. Das hab ich beibehalten aus der Zeit, als ich noch viel Geld hatte.«

»Eine Frau war hier lange nicht – richtig?«

»Eine Frau?« Er dreht sich zu Max und wirft ihm einen höhnischen Blick zu. »Eine Frau kommt hier nicht rein. Verdreckt mir meine schöne saubere Küche, stellt alles um. Schlürft auch

immer nur ihren Kaffee. Hab ich genug von der Sorte im Büro.«
Er will davon nicht sprechen, gar nicht daran denken. Etwas tut
ihm hier gerade weh. Sicher nur, weil Max da ist. Er sollte ihn
rausschmeißen. Aber Max schweigt. Und er muss nur warten, bis
er dem summenden Wasserkocher-Geräusch ein Ende bereiten
darf. Er wendet sich wieder dem Gerät zu.

»Diese Geräusche, verstehst du … Nein, verstehst du nicht,
egal – diese Geräusche … Mein Gehör ist empfindlich geworden.«

Er hält die Arme von sich gestreckt auf die Arbeitsplatte gestützt, den Kopf gesenkt. »Morgen werden die Geräusche wieder in den Ohren schmerzen. Ich bin auch oft unterwegs, zum
Glück, aber morgen wieder in diesem Büro, wo sie alle immer
nur aus ihren Pappbechern schlürfen. Dieser Lärm. Diese sinn-
losen Geräusche. Schlürfen aus ihren Pappbechern bis zum letzten Schluck. Oder klappern mit ihren Löffeln in ihren Keramik-
Tassen, wegen der Umwelt. Es gibt nichts zu rühren, aber sie
rühren. Rühren und schlürfen. Einer zieht und pustet pausenlos
die Luft durch die Zahnlücke. So …«

Julius dreht sich zu Max und macht es vor. »F-f-f-f, schleudert
damit seine Brötchenreste auf die Tastatur, die er dann wieder
aufklaubt und zurück in den Mund schiebt. Überhaupt: Menschen und ihre dämliche Art, sich zu benehmen und blödes
Zeug zu faseln. Bringt mich einfach nur noch auf die Palme.
Gibt offenbar nichts Wichtigeres, als stumpf und verblödet in
der Welt rumzurennen. Ich bin nur noch auf Hundertachtzig.
Dieses brutale Gehämmer auf der Tastatur. Manchmal denke
ich, die machen das mit Absicht, um mich zu ärgern, weil die
von meinem empfindlich gewordenen Gehör wissen. Machen
einfach immer weiter: schlürfen und klappern und ziehen Luft
und labern die dümmste Scheiße der Welt. Dieses Gerede, dieses Gezänk, dieses Gemache hinterm Rücken, dieses Unehr-
liche, Nervtötende, dieses geistlose Gewäsch. Aber ich halte
die Klappe, gehe weg, halte mich raus aus allem. Versteht bloß

keiner, und alle denken, ich bin arrogant. Morgen bin ich da wieder, bei diesem menschlichen Unrat, bei den Pappbecherschlürfern. Ich raste aus eines Tages, das weiß ich. Dann kann ich für nichts mehr garantieren.«

Max steht an den Türrahmen gelehnt und feixt. Manchmal möchte man wirklich nur noch reinhauen. Er kennt das. Der Graubraune hat sich ihm genähert und schnuppert an seiner Rechten. Der andere Typ wartet gespannten Blickes zusammen mit Julius aufs Ende der komplizierten Wasserkochprozedur.

»Ja, ja«, sagt er. »So was kennt man ja. Und wozu ist deine Küche gut?«

Julius schaltet den Kocher aus, dreht sich um. Gerade hat er Max mitgeteilt, dass er eine wandelnde Zeitbombe ist. Hat Max nicht hingehört? Einen Moment lang muss er sich sammeln. »Ich steh hier gern drin und gucke und freue mich.« Dann brüht er den Tee auf.

»Und dann gehst du wieder raus.« Max deutet mit dem Arm zurück ins Wohnzimmer. »Und freust dich am sterilen Rest deiner Wohnung.«

»Genau. Hier ist Ordnung, Max. Hier ist die Ordnung, die ich brauche.« Er stellt den Wasserkocher, den einzigen Zeugen der letzten Handlung, zurück in den Schrank. Zusammen mit einem gläsernen Untersetzer und einem leeren Glasschälchen trägt er die Tasse Tee ins Wohnzimmer und stellt alles an den Platz, wo Max gleich wieder sitzen wird.

Erst jetzt bemerkt Max es. »Was denn, Mann, du trinkst gar nicht mit? Fühl ich mich ja gleich wie so'n Bittsteller!« Max schwenkt den Teebeutel im heißen Wasser. »Kamillentee, Jungejunge, wird man ja richtig verwöhnt hier bei dir.«

»Die Zeiten, als ich andere verwöhnt habe, sind vorbei. Endgültig.«

»Aber mit dir selber schaffst du's auch nicht, hab ich den Eindruck.«

»Hier zu Hause schon. Hier herrschen Ruhe und Ordnung.«

»Stimmt, ne Musikanlage seh ich hier auch nicht.« Max sieht sich noch einmal um, vielleicht hat er etwas übersehen. »Und kein Fernseher.«

»Ist schon alles vorhanden, steht bloß nicht rum wie überall woanders.«

»Und nutzt du das Zeug denn, oder stehst *du* nur rum und ‚guckst und freust dich‘?« Max kann sich den Sarkasmus nicht verkneifen.

Julius grinst. »Dir muss es hier nicht gefallen. Keinem muss es hier gefallen. Keiner muss sich hier wohlfühlen.« Und nach einer kleinen Pause, in der er Max lange ansieht: »Oder gar wiederkommen wollen.« Dabei grinst er noch breiter. »Uns dreien geht es sehr gut hier.« Sein Blick ist auf die Hunde gerichtet.

Max nickt. Er hat schon verstanden. Wiederkommen soll er nicht. Aber er ist entschlossen, nicht so schnell aufzugeben. »Die hast du dir bestimmt schon als Welpen zugelegt.«

»Selbstverständlich. Bevor sie von anderen versaut werden.«

»Brüder?«

»Aus einem Wurf. Gesunde Züchtung. Sieben Jahre alt.«

»Fast schon alte Herren, oder?«

»Willst du mich beleidigen? Sehen die alt aus?«

Max zuckt die Schultern. »Ich dachte nur, große Hunde und so, werden doch nicht so alt. Irgendwie passt ihr ja auch zusammen. Wollt ihr zusammen sterben?« Max hat Lust, ihn zu provozieren.

Aber Julius kann parieren. Er zeigt auf Max' Kopf, und die Hundeaugen folgen der Richtung seines Zeigefingers. »Was ich dir noch sagen wollte: Die beiden hier können die Farbe Weinrot eigentlich nicht leiden.«

Aha, sein Tuch ist gemeint. »Angeknurrt haben sie mich bisher nicht. Drohst du mir jetzt mit deinen Killern?«

»Sind verdammt anständige Jungs, können ihre Aversionen schon steuern.«

»Dank deiner Erziehung.« Max schüttelt den Kopf. »Im Gegensatz zu dir.« Dann sieht er vor sich hin. »Willst alle vergraulen, dir vom Halse halten. Ich würde das gerne verstehen. Können wir nicht einfach diese Albernheiten lassen? Dieses Gestänker?«

»Leider ist da gar nichts Albernes. Du könntest ja fragen, wieso ich dieses große Bedürfnis nach Ruhe und Ordnung habe, dann würd ich es dir sagen. Du könntest mir erklären, wieso du damals einfach abgetaucht warst, nicht mehr erreichbar, wie vom Erdball verschwunden. Keiner wusste, wo du bist. Und irgendwann plötzlich wieder da, irgendwo, jedenfalls nicht hier. Du bliebst verschwunden. Könntest mal begründen, warum du plötzlich wieder Interesse zeigst, als wäre nichts gewesen. Ich kann nicht einfach mal so da wieder anknüpfen, wo du unseren Faden abgeschnitten hast, ich hab keinen mehr zu dir hin, Max Blund, hatte lange danach gesucht. Was erwartest du denn. Friede, Freude, Eierkuchen? Du hast dich nicht geändert, Max. Bei mir ist allerhand passiert, ich bin andauernd in den Dreck geflogen, und der haftet an mir, den krieg ich nicht los. Hier, in meinen vier Wänden, und nur hier, spür ich ihn nicht so. Du hast Dreck immer ganz gut abschütteln können. Vor zehn Jahren, vor fünfzehn, da hätt ich dich gebraucht. Heute nicht mehr. Ich brauche niemanden mehr. Mars und Pluto, die sind treu, die sind mir wichtig. Und dass ich möglichst nie mehr im Leben etwas aufräumen muss.«

»Wow, was für ein Statement.« Max hat sich zurückgelehnt, die Beine weit von sich gestreckt, die Arme vor der Brust verschränkt. »Komisch, das kommt mir grad bekannt vor. Nur der arme Julius ist in den Dreck geflogen, kein anderer. Haben wir nicht alle irgendwelche Fäden verloren? Nur will der eine wieder einen neuen knüpfen, während der andere einen Sarg um sich geschaffen und sich mit zwei Riesenkötern darin verbarrikadiert hat.«

»Wenn du das so siehst. Der Tee schmeckt dir nicht, und meinen Sarg kannst du jederzeit verlassen.«

Max beugt sich nach vorn, stützt die Ellenbogen auf die Knie, sieht Julius aufmunternd an. »Menschenskinder, Julius, ich wollte dir ganz viel erzählen. Ist doch auch bei mir ganz viel passiert. Aber da ist gar keiner mehr, dem ich was erzählen könnte. Sind alle so komisch geworden, interessieren sich für nichts mehr, lachen mich aus oder meinen, mich maßregeln zu müssen ...«

Julius unterbricht ihn. »Ja siehst du, und ich bin auch komisch geworden und tu mich schwer damit, wenn ich nun plötzlich derjenige sein soll, der dir so einfällt als letzter Kandidat, bei dem du deine Geschichten der letzten zwanzig Jahre loswerden willst.«

Max hat nicht hingehört. »... Stell dir mal vor, ich hab da neulich eine ziemlich hübsche Frau getroffen, und bestimmt keine dumme, hab die zum Kaffee eingeladen, sie hat ja gesagt, und dann, als ich mit den beiden Kaffeetassen zurückkomme, ist die nicht mehr da! Und vorher hatte ich der noch eine tolle weiße Rose geschenkt! Die hat sie mitgenommen, die war auch nicht mehr da! Stell dir das mal vor! Und seitdem bin ich auf der Suche nach der Frau. Den Namen weiß ich auch. Karla Sonnenschein heißt die. Kann sein, die hat mich mit dem Namen nur verarscht, aber den Eindruck hatte ich nicht. Kennst du vielleicht eine Karla Sonnenschein?«

Eigentlich wollte er das gar nicht erwähnen jetzt, aber wie ist denn dieser Kerl sonst wieder auf eine normale Ebene zu befördern!

»Deshalb suchst du mich auf? Um zu ergründen, ob ich *Karla Sonnenschein* kenne? Wie billig bist du eigentlich.« Voller Abscheu wendet er sich erst ab, dann den Hunden zu.

»Nein, Mensch, nicht deshalb, ich will dir nur erklären, wie man inzwischen mit mir umgeht, dass man mich meidet, dass man abhaut vor mir, dass man mich wegschickt, sogar mein alter Hausarzt hat mich zur Tür rausgeschoben, als ich dem das aktuelle Drama angedeutet hatte, was meinen Blutdruck in die

Höhe getrieben hatte. Ich hatte mich schon ganz kurz gefasst, aber keiner will heute mehr was hören. Und für blöd hat er mich hingestellt, für total behämmert.«

Julius könnte Max jetzt informieren hinsichtlich seiner durchgeknallten Nichte, die sich gerade mutwillig die linke Hand zerstört hat. Wenn das überhaupt stimmt, er weiß nichts Genaues. Um ein paar Ecken hat er davon Kenntnis erhalten. Er hätte nachfragen können bei denen aus seiner Familie, bei Karla selbst, bei Elsa, oder bei der verschwurbelten Tante Marlena, wenn es ihn tatsächlich interessierte. Aber seine Familie ist ihm schon lange gleichgültig. Gehen ihm nur noch auf die Nerven, alle. Und Max soll mal schön weiter nach Karla Sonnenschein suchen. Scheint sowieso nicht ernsthaft anzunehmen, dass Julius die Frau kennt. Denn er redet schon weiter.

»Sag mal, woran erinnerst du dich als Letztes, was mich oder uns betrifft, bevor ich weg bin damals?«

Julius zuckt die Schultern. »Keine Ahnung.« Merkt Max nicht, dass er Julius egal ist?

»Das war doch, das weiß ich noch, als du dahinter gekommen bist, dass deine Frau dich bestiehlt, dass die deine antiquarischen Schätzchen wegräubert und verscherbelt, während du monatelang irgendwo unterwegs meintest, Hinterwäldlern die Demokratie beibringen oder irgendwie unseren grandiosen Staat beschützen zu müssen. Du warst mächtig sauer, aber ich war das auch zu der Zeit, und nun weiß ich nicht mehr, ob du das noch mitgekriegt hattest, das Theater mit Astrid ... Erinnerst du dich?«

Julius sieht ihn an, schweigt. Mars hat Vorderpfoten und Kopf auf seine Oberschenkel gelegt, lässt sich streicheln, gähnt und entblößt sein prachtvolles Gebiss. Natürlich erinnert sich Julius. Max hatte sich getrennt von Astrid, weil sie ihm nicht mehr gefallen hat, weil sie so hässlich geworden war, aber irgendwie gar nichts dafür konnte, weil in der Schwangerschaft diese

Erkrankung ausgebrochen war und sie so unmäßig dick wurde von den Hüften bis runter. Max fand sie nur noch ekelhaft, konnte sich ihr nicht mehr nähern und hätte am liebsten auf sie *gekotzt* ... Genau diese Worte hatte er dafür, von einer Erbkrankheit hielt er gar nichts, glaubte Astrid kein Wort, beschimpfte sie ziemlich wüst, schämte sich überall nur noch mit ihr und ließ sich scheiden wegen *ästhetischer Unzumutbarkeit* – so hatte Max das formuliert.

»Erinnerst du dich?«, wiederholt Max seine Frage.

»Kann sein ...«, erklärt Julius unbestimmt und hebt die Schultern.

»Wie die damals hysterisch rumgekreischt hat, das musst du doch noch wissen, ich bin doch erst nach meiner Großtat abgehauen, weil ich die Schnauze dermaßen gründlich voll hatte.« Max stutzt. So was kann doch keiner vergessen! Und ob Julius das noch mitgekriegt hat! Max fallen Einzelheiten wieder ein. Mitten in der Nacht hatte er ihn damals wachgeklingelt, um ihm zu berichten. Aber er muss ihm wohl erst mal auf die Sprünge helfen jetzt, der hat schon immer sein eigenes bisschen Kram viel zu wichtig genommen.

»Julius, Mann, das böse Weib wollte doch, dass ich blute bis ans Ende meiner Tage. Aber ich hab mich gerächt an ihr. Mit der Scheidung hatte es geheißen, halbe-halbe mit allem, was da war. Erst hab ich genau das gemacht, was die wollten: alles halbiert, fein säuberlich mit der Kettensäge – das hat Spaß gemacht, sag ich dir!«

Selbst jetzt ist ihm der Spaß daran noch anzumerken, seine Augen leuchten, und die Wangen röten sich, wenn er sich erinnert, weil er doch alles richtig gemacht hatte. »Aber Muskelkater hatte ich danach. Jeden Tisch, jeden Schrank, das Bett, sogar die Stühle hab ich halbiert, Bettbezüge und Tischdecken in der Mitte zerrissen. In dem Scheiß-Scheidungsurteil stand nicht drin, dass diese Art der Halbierung nicht erlaubt war. – Dämmert's jetzt bei dir, oder muss ich noch weitererzählen?«

Julius reagiert nicht, schaut an Max vorbei. Eine alte Wut fühlt er in sich aufsteigen. Damals hätte er Max gern verprügelt, aber es hätte nichts genützt, Max hätte es nicht verstanden. Würde jetzt auch nichts nützen. Und körperliche Auseinandersetzungen hat er immer schon verabscheut. Die feinen Nasen der Hunde riechen die innere Unruhe ihres Menschen. Mars hebt den Kopf und schaut zwischen den Männern hin und her, während ein kehliges leises Grollen hin zu Max Achtung gebietet. Pluto hat den Platz am Kamin verlassen, hat sich Max gegenüber gestellt.

Max lacht und schlägt sich auf die Schenkel – irgendwie muss er doch diesen Stiesel anregen oder aufheitern in seinem selbst gewählten Griesgram. »Weißt du übrigens, dass Vanessa sich genauso fettgefressen hat wie ihre Mutter? Und so was nennt sich meine Tochter! Die hat den Kontakt zu mir abgebrochen vor paar Jahren schon, weil sie meinte, ich hätte sie *beleidigt*. Hochempfindsames Seelchen, das! Und jetzt hab ich die wiedergesehen, du ahnst ja nicht, was das für ne Maschine geworden ist, schlimmer noch als Astrid! Glaubst du, die würde hier in diesen Sessel passen? Wenn die aufstehen wollte, würde ihr das Ding am Arsch hängenbleiben!«

Julius lacht immer noch nicht. Er glaubt, Vanessa mal gesehen zu haben, ist bestimmt drei Jahre her. Er war sich nicht klar, aber so wie sie ihn angesehen hatte, gab es bei ihr einen ähnlich unsicheren Wiedererkennungsmoment. Man ging aneinander vorbei.

»Na ja, jedenfalls hab ich vor der Begutachtung auch das Haus noch verwüstet, total, bevor es zur Zwangsversteigerung kam.« Max nickt genüsslich vor sich hin. Starke Sachen hat er schon gemacht. »Da hab ich es dann selber gekauft.«

Max sucht nach einer Regung in Julius' Gesicht. Und findet keine. Ist das die Möglichkeit. Wie kann einer nur so stur sein. Und derart selbstbezogen.

»Und dann hab ich mich verspekuliert und hab's wieder verloren. Wie so allerhand anderes auch. Ich hatte mal ein

Busunternehmen … Ein Reisebüro auch, weißt du noch? Man soll eben keine Sachen machen, von denen man keine Ahnung hat.« Max lacht. Er gesteht seine Schwächen ein, ist doch ein netter Zug von ihm. Das muss doch Julius erweichen, verdammt nochmal. »Aber so bin ich«, sagt er und breitet lächelnd seine Handflächen aus. Er stellt sich, und kann ihm denn damit überhaupt jemand ernsthaft böse sein? »Fange schnell für irgendwas Feuer. Hält nie wirklich lange.«

Pluto hat sich langgemacht, da, wo er bis eben stand, Max schräg gegenüber. Er beäugt den Gast unentwegt. Mars hat auch die Stellung gewechselt, hat sich auf den Boden gelegt, quer über Julius' Füße. Die Sonne bescheint sein Hinterteil. Der Glastisch ermöglicht den Durchblick für Max. Julius soll bitte endlich was sagen.

»Du willst überhaupt nicht mit mir reden, Mann. Ich bin sicher, du weißt das alles noch. Willst mich jetzt piesacken, mir was heimzahlen mit deinem Desinteresse. Ich soll drauf reinfallen und deine Wohnung verlassen. Oder nein, du willst, dass ich zu Kreuze krieche, mich schuldig bekenne, weil ich vor hundert Jahren auf und davon bin und dir nicht Bescheid gesagt habe. Willst du das so? Also ich bitte dich hiermit ergebenst um Verzeihung, dass ich dich wie alle anderen auch schnöde im Stich gelassen habe, als es mir saudreckig ging. Ich setzte mich damals in den erstbesten Flieger, in dem noch Platz war. Möglichst weit weg. Erst nach Mexiko. Von dort aus nach Brasilien. Habe mich durchgeschlagen mit verrückten Jobs. Riskantes Zeug teilweise. Habe mich verliebt in Taléia, eine zuckersüße Frau, die ohnehin vorhatte, nach Europa zu gehen. Also habe ich sie mitgebracht, wir haben geheiratet und Zwillinge bekommen. Eine kleine Zeit lang war ich richtig glücklich. Wir haben ein Haus gebaut. Ich hab für sie ein Haus gebaut. Ja, den Fehler hab ich paarmal gemacht. Und eines Tages war Taléia einfach nicht mehr da, und meine niedlichen vierjährigen Mädchen waren auch nicht mehr da. Hätte ich was merken können vorher? Hatten wir Streit? Hat Taléia sich in Deutschland nicht wohlgefühlt? Dreimal nein. Weg war sie. Meine Kinder hat sie mir gestohlen, die Schlampe. Abgesetzt hat sie sich mit ihnen, zurück nach Brasilien. Hatte mir die ganze Zeit was vorgegaukelt, hatte wahrscheinlich nie wirklich vor, hierzubleiben. Von einem Kampf um die Kinder hat die Polizei mir abgeraten. Tausend Telefonversuche, Briefe ohne Ende – nichts. Hausverkauf, ich wieder nach Brasilien, die Adresse ihrer Mutter gab's nicht mehr, Mutter tot, von Taléia und meinen Kindern keine Spur. Habe nie wieder was gehört. Übermorgen werden sie dreizehn.

Julius, seit neun Jahren vermisse ich sie, seit neun Jahren geht es mir scheiße.«

»Und jetzt soll ich dich bemitleiden. Ist geschenkt, Max.«

»Verdammt, Mann, ich will kein Mitleid! Ich will ... Ich will, dass wir wieder Freunde sind.«

Julius zuckt die Schultern. »Lass mich mal hoch«, sagt er zu Mars, indem er ihm sachte auf die Flanken klopft.

17

Er hat sie längst entdeckt, schon etliche Minuten geht er ihr nach, weiß nur noch nicht, wie er sie ansprechen wird. Viel Zeit hat er nicht mehr, wenn er ihren gut gefüllten Einkaufswagen in Betracht zieht und die Tatsache, dass sie bereits die letzten Gänge vor den Kassen inspiziert, links die Drogerieregale und die Tiernahrung, rechts die Getränke und Spirituosen. In keinen davon biegt sie ein. Besonders eilig scheint sie es aber nicht zu haben. Er auch nicht. Jetzt nicht mehr, seit er ihrer ansichtig wurde. Von allen Seiten sieht sie gut aus. Selbst hat er außer einer Gurke und einer Paprikaschote noch gar nichts in seinen Wagen gelegt, aber bei einer so aufregenden Frau vergisst man sowieso alles andere. Knackigen Hintern hat die in den engen Jeans, drüber leger offen eine dunkelgrüne kurze Lederjacke. Sportliche, äußerst gefällige Proportionen, und natürlich stellt er sich die Frau entkleidet vor. Oh, sie bleibt stehen, hat wohl was vergessen, dreht mit ihrem Wagen um und steuert die Waschmittel an. Jetzt ... jetzt sieht sie ihn, aber durch ihn durch, scheint ihn nicht zu erkennen, aber jetzt kann er, darf er sie erkennen.

»Hallo, schöne Frau, darf ich es wagen ..., nein, nicht Arm und Geleit Ihr anzutragen« (wie gut, dass ihm Goethe eingefallen ist), »aber Sie einfach anzusprechen, weil wir uns doch kennen ... nein, natürlich nicht kennen, nur so ein ganz klitzekleines bisschen von neulich ... Und da muss ich mich entschuldigen, da war ich nicht besonders gut drauf, oder besser gesagt, nicht so ganz nüchtern, oder noch besser gesagt, reichlich betrunken, und hinterher war es mir überaus peinlich ... Erinnern sie sich? Max Blund, ich bin der alte Freund Ihres Freundes Samuel, mit dem Sie neulich ... Und Sie müssen einen fürchterlichen Eindruck von mir bekommen haben, das tut mir wirklich leid, dafür möchte ich mich einfach nur entschuldigen, wenn Sie erlauben.«

Josefine sieht Max mit hochgezogenen Brauen an. »Okay, okay.« Sie lacht. »Machen Sie kein solches Drama draus.«

»Immerhin habe ich mit meinem Verhalten Ihre Zweisamkeit unterbrochen, gestört, vereitelt, was weiß ich. Und im Grunde ist so etwas unverzeihlich.«

»Also ich verzeihe Ihnen, und Sam hat Ihnen auch schon verziehen. Und jetzt lassen Sie mich weiter einkaufen, ja?« Josefine schiebt den Wagen in den Quergang und sucht nach dem passenden Weichspüler.

»Ich würde so gerne etwas wiedergutmachen, verstehen Sie? Darf ich Ihren Namen erfahren?«

»Den brauchen Sie zum Wiedergutmachen? Mandlitz, Kriminalkommissarin.«

»Oh.« Einen Moment ist Max verblüfft. Dann grinst er. »Da muss ich mich ja besonders in acht nehmen.«

»Hauptkommissarin, wenn Sie es genau wissen wollen. Mein Ausweis, wollen Sie den sehen?« Manchmal hat der Beruf doch seine Vorteile, denkt Josefine und will sich in die Plastikflaschengalerie versenken.

Aber Max wäre nicht Max, wenn er sich so schnell aus der Fassung bringen ließe. »Das ist interessant, da haben wir schon was gemeinsam. Ich war längere Zeit als Privatdetektiv unterwegs – na ja, nicht so hochwertig wie Sie, aber immer dem Bösen auf der Spur. Kann man doch so sagen, oder?« Max hat sein charmantestes Lächeln aufgesetzt, obwohl Josefine es gar nicht sieht. Er weiß, dass man einem Tonfall, einer Stimme anhören kann, ob das Gesicht, welches spricht, lächelt. Wohin das Ganze hier führen soll, was er genau bezweckt, ist ihm nicht klar, und als Josefine nicht weiter darauf eingeht, eine rosa Flasche in die Hand nimmt und sich die Rückseite für das Kleingedruckte betrachtet, weiß er schon weiter.

»Wird man denn wirklich schlauer, wenn man diesen Mist

liest? Man weiß doch, dass das alles umweltschädlich ist. Mikroplastik, E-Stoffe, lauter unnötige Chemie, die Flasche angeblich aus Altplastik, alles fürs gute Gewissen, dermatologisch getestet, kann man sich pur auf die Haut schmieren, wird man jünger von ...« Max lacht, ihm gefällt sein salopper Vortrag. Samuel, mein lieber Scholli, denkt er, wo hast du die nur her. Und nun schaut Josefine ihn an, was ihn beflügelt, sagt bestimmt gleich was. »Lassen Sie mal« – bisschen zuquatschen ist immer gut. »Ich benutze den Dreck auch, wie soll man sonst seine brettharten Handtücher wieder kuschelig kriegen. Bei meiner Oma früher, als es den Unsinn noch nicht gab, hatte ich immer Kratzspuren im Gesicht nach dem Abtrocknen.«

»Sagen Sie mal«, Josefine hat sich ihm frontal zugewandt. »Soll das eine Anmache sein, oder warum legen Sie sich so ins Zeug?« Josefine stellt die Flasche in den Einkaufswagen.

Max tritt einen Schritt zurück und schaut sie schuldbewusst an. »Nein, um Gottes willen, wo denken Sie hin, entschuldigen Sie, das dürfen Sie nicht von mir denken, allerdings gebe ich zu, dass ich Samuel schon ein bisschen beneide, das müssen Sie mir zugestehen, aber wirklich, so etwas liegt mir ferner als fern. Aber da fällt mir ein, vielleicht könnte man sich ja mal treffen, ganz ungezwungen, wir drei, Samuel, Sie und ich, ich habe ja auch von Samuel länger gar nichts mehr gehört. Daran dachte ich eben, als ich von Wiedergutmachung sprach. Was halten Sie davon?«

»Soll das eine Einladung sein?« Mittlerweise stehen beide an der Kasse. Max lässt ihr natürlich den Vortritt.

»Aber ja, zum Beispiel. Besprechen sie es mal mit Samuel.« Er reicht ihr eine Visitenkarte. »Ist nicht mehr ganz aktuell, aber die Nummer stimmt noch.«

Während Josefine sich die Karte anschaut, spürt Max, dass er sich ein wenig verrannt hat mit dieser blöden Karte. Aber die Einladungsidee ist doch nicht schlecht. »Oh, ich merke, ich hab da was vergessen, Sie haben mich ganz aus dem Konzept gebracht, ich muss nochmal zurück.« Damit winkt er ihr lachend zu, wendet seinen Einkaufswagen und schiebt ihn eilig zurück.

Erik hat es nicht geschafft. Der kleine Erik hat nicht überlebt. War das nun die furchtbare oder die gute Nachricht des Tages. Im rechten inneren Augenwinkel steht Tränenflüssigkeit, links außen fließt es ihr kühl die Schläfe hinab ins Haar. Weint sie jetzt? Und wie lange liegt sie hier schon? Auf die Brust gedrückt das alte weiche Kamel, das eigentlich auf der Rücklehne der Couch seinen Platz hat, alle Viere von sich gestreckt. Bei der Kopfbewegung läuft es ihr auch rechts über die Schläfe. Sie nimmt das Kamel in beide Hände, hält es hoch, der Hinterleib hängt schlaff herab, sie schaut es an, schnieft durch die Nase. »Wie hässlich du bist«, sagt sie zu ihm. Obwohl das nicht stimmt. Kein Tier ist hässlich. Dennoch: Wie konnte sie das damals Franz schenken. Kein Wunder, dass er es nicht haben wollte. Wie lange ist das her, dreißig Jahre? Ja, mitten in den Abiturprüfungen steckte sie. Sie weiß noch, wie sie sich sofort dafür entschieden hatte, zwischen lauter hübschgesichtigen Kuscheltieren, Teddys, Robben, großäugigen Hundewelpen lag als einziges dieses Kamel, sehr weich, schlabberig, knochenlos, nur mit festerem Kopf. Seinen Gesichtsausdruck fand sie ehrlich und unverfälscht. Traurig sah es aus, ein bisschen dämlich. Sie hat gelacht, als sie es Franz schenkte. Der nahm es in die Hand und hielt es weit von sich, betrachtete es skeptisch. ‚Schön weich, und sieht lustig aus, kannst du mit ins Bett nehmen‘, hatte sie gesagt. Er roch daran. ‚Und wie soll es heißen? Gib ihm einen Namen!‘ Er roch noch einmal daran und hielt es ihr wieder hin. ‚Franz‘, hatte er gesagt, ‚heißt Franz, und kannst du wieder mitnehmen.‘

Sicher ist es gut, dass Erik gestorben ist. Für ihn ist es gut. Ist ihm viel erspart geblieben. Seine Eltern geben sich gegenseitig die Schuld daran. Das Schlimme für Josefine war, dass sie das

Kind noch lebend gesehen hat. Zusammen mit seiner Mutter, mit einer Jugendamtlerin, mit einer Anwältin. So klein in einem großen Bett der Intensivstation. Wenn er überlebt, so dachte man anfangs, dann gewiss nur mit schwerer Behinderung.

Die anderen Kinder, für die sie sich stark gemacht hatte, waren jeweils schon tot, und das oft schon lange. Sich stark machen für tote Kinder – ein Widerspruch in sich. Nützt ja keinem mehr was. Die Eltern oder ein Elternteil im Gefängnis – was bedeutet das schon. Wenn er oder sie wieder draußen ist, werden neue unglückliche Kinder gemacht. Das letzte Kind, ein fünfjähriges Mädchen, hatten sie nach drei Jahren vergraben im Garten gefunden, mit eingeschlagenem Schädel. Voriges Jahr das Neugeborene in der Tiefkühltruhe, wo es elf Monate gelegen hatte. Die verweste Elfjährige, eingemauert in einem Kellerloch. Zerteilt und stückweise verscharrt, ohne dass bisher alle Körperteile gefunden worden wären von dem zweijährigen Jungen.

Aber tote Kinder haben es hinter sich, haben das Schlimmste – ja was eigentlich – überstanden doch nicht? Dieses üble Stück Leben, dem sie ausgesetzt waren, müssen sie nicht fortsetzen. Gut für diese Kinder. Übrig sind dann nur die Verbrecher. Dafür zu sorgen, dass die Eltern – oder andere beteiligte Bezugspersonen – festgesetzt werden, ist der Motor, der Josefine in ihrer Arbeit ein Stück Befriedigung verschafft. Wird jemand dann im Prozess freigesprochen, weil ihm unter andauernder Leugnung nichts nachgewiesen werden kann, was nicht selten vorkommt, wenn vor allem Mütter noch kleiner Kinder misshandelt werden von ihren Partnern, dann beginnt es zu brodeln in Josefine. Denn keineswegs immer sind dann die Kinder bereits in Obhut genommen worden. Sie sind es, die hilflos schuldlos fortleiden müssen unter unfähigen Eltern.

Erik war vier Monate alt. Erst hieß es: lebensgefährlich geschüttelt. Nun muss man sagen: totgeschüttelt. Der Vater streitet jegliches Schütteln ab. Der Mutter gegenüber ist man misstrauisch, sie muss mit den zwei älteren Kindern nun in ein Heim, darf nur unter Aufsicht Umgang haben mit ihren Mädchen, weil sie nicht nachweisen kann, dass sie zum Schüttelzeitpunkt gar nicht zu Hause, nicht selbst die Schüttlerin war. Schrecklich für die drei, wenn die Mutter es nicht war und der Vater weiter leugnet.

Erik. Das Kind geht Josefine nicht aus dem Kopf, vielleicht auch deshalb, weil ihr Bruder, der jüngste, Erik heißt. Oder hieß – keiner weiß, ob er noch lebt. Thailand ist weit weg.

Das Handy klingelt. Nein, nicht schon wieder, sie muss doch was essen. Zum Glück nichts Dienstliches. Ist nur Daniela, die Schwester. Daniela ist alleinerziehend mit dreizehnjährigem Sohn, dauerarbeitslos, überfordert, zumal Sohn Patric ein Mädchen sein und seit drei Monaten Patricia genannt werden möchte. Daniela weint.

»Geh mit ihm zum Kinderarzt, zum Psychologen, zum Kindertherapeuten, was weiß ich, Dani. Ich bin die falsche Adresse.« Was ist sie im Grunde doch froh, keine Kinder zu haben, denkt sie.

»Sein Vater hat ihn jetzt verprügelt deswegen. Du glaubst nicht, wie fuchsteufelswild der war, als er davon erfahren hat.«

»Klar, Verprügeln ist das einzige, was ihm einfällt. Sei zufrieden, dass der weg ist. Will denn Patric überhaupt noch zu ihm?«

»Jetzt erst recht nicht mehr. Aber eigentlich bin ich selber auch sauer.«

»Auf Patric?«

»Weil der immer so blöd rumgrinst bei dem Thema. Weil zwei andere in der Klasse das genauso wollen.«

»Probieren sich halt aus, die jungen Leute.«

»Ham wir doch früher auch nicht gemacht. Nicht so'n Scheiß.«

»Wir wären dafür totgeschlagen worden. Dani, das hat sich alles geändert. Ruckelt sich vielleicht alles wieder zurecht. Wir haben doch schon oft drüber gesprochen. Was macht deine Maßnahme vom Amt?«

»Will ich nicht mehr hin. Ich kann das nicht.«

»Sagt wer?«

»Ich.«

»Wehe, du gehst da nicht mehr hin. Dani, ich muss jetzt Schluss machen, das andere Handy bimmelt. Also. Bis bald.«

Es bimmelt kein anderes Handy. Sie hat gar kein anderes. Aber solche Gespräche öden sie an. Was liegt da neben dem Papierkorb? Ach so, *Max Blund, Fotograf.* Vielleicht sollte sie mal Sam anrufen. Sie schreibt ihm schnell.

>Du, Sam, Dein Max-Typ ist mir nüchtern begegnet – aber hallo – will sich mit uns treffen. Mit UNS. Denkt, wir sind ein Paar.<

18

Ja, Josefine wieder treffen, denkt Sam, das wäre gut. Das täte ihm gut. Er hat doch keinen Menschen, mit dem er wirklich mal reden könnte. Bevor er ihr antwortet, muss er zu den Eltern, äußerst ungern. Vorm Vater hat er immer noch Angst und weiß nicht warum. Er tut ihm schon lange nichts mehr. Seine gewaltige Stimme ist leise geworden, er trinkt nicht mehr, fügt sich der Mutter und hat so seine Ruhe. Wieso hat Sam vor der Mutter keine Angst, die war doch früher viel schlimmer als Vater, hat ihn an den Haaren die Treppe runtergezerrt. Da müsste endlich was passieren bei den beiden. Schaffen ihr Leben nicht mehr allein, wollen aber keine Fremden im Haus haben. Joshi macht nichts, er selber macht nichts, kriegt die beiden nicht von einer professionellen Hilfe überzeugt. Die Brüder hatten sich vor Jahren versprochen, dass sie nicht helfen, wenn die Eltern alt werden. Als Rache hatten sie sich das ausgedacht. Nun müsste sie greifen, die Rache. Joshi ist fein raus, lebt sechshundert Kilometer weit weg, extra, damit er seinem Versprechen treu bleiben kann, denkt Sam einen Augenblick lang. Aber nein, das war es nicht wirklich, das weiß er. Erst war es der Beruf, und dann hat ihn dort, wo Joshi jetzt ist, die Liebe gefesselt. Der Bruder hat es besser getroffen als er. Und keiner weiß, wie es ihm, Sam, geht. Doch, Joshi weiß ein bisschen was. Die Eltern haben keine Ahnung. Und er kann doch dieses Scheißversprechen jetzt nicht halten und die Eltern verkommen lassen, obwohl er ganz in der Nähe wohnt. Doch, kannst du, sagt Joshi, die haben es nicht besser verdient. Nein, sagt Sam dann, die haben es nicht besser gewusst. Doch, sagt Joshi, die waren schließlich nicht dumm. Stimmt, sagt Sam, dumm nicht, aber sie haben sich keine Gedanken um uns gemacht, wir waren einfach da und haben sie gestört. Sicher, sagt Joshi, beim Saufen und Fremdgehen und Tablettenfressen, bei ihren Streitereien ums Geld. Genau, sagt Sam, ums Geld, das nie da war, weil wir da waren und Geld kosteten. Richtig, sagt Joshi, das Geld musste ja versoffen werden, und Mutter war zu schwach, um uns zu schnappen und den Alten zu verlassen. Zu schwach, sagt Sam, du hast gut reden, wo hätte sie denn hingehen sollen mit uns beiden. Wenn Eltern wollen, sagt Joshi, können sie immer eine Lösung finden, das war früher nicht anders als heute. Du machst es dir zu einfach, sagt Sam.

Auf jeden Fall kriegt er es heute nicht fertig, die beiden links liegen zu lassen. Obwohl er sich wünscht – schon sehr lange –, dass die Eltern so etwas wie eine kleine Einsicht hätten, was die Vergangenheit betrifft. Er ist sich sicher, das würde ihm helfen, heute etwas warmherziger für sie zu empfinden. Stur und starrköpfig sind sie geworden. Die können doch nichts einsehen, sagt Joshi, die sind doch überzeugt, alles richtig gemacht zu haben. Sam glaubt das nicht. Die haben ein ziemlich schlechtes Gewissen, deshalb sind sie so dickschädelig und trotzig und bitten mich niemals um Hilfe wegen irgendwas. Die rufen mich niemals an. Krepieren doch lieber, als dass einer sich hier meldet, sagt Sam. Sei doch froh drüber, sagt Joshi, stell dir vor, die würden andauernd nach dir schreien.

So reden sie manchmal miteinander am Telefon, Samuel und Joshua. Im Grunde sind sie sich einig. Joshua, der nur ein Jahr Ältere, ist es recht, dass er sein Alibi mit der großen Entfernung hernehmen kann. Und Samuel hat Pech, dass er geblieben ist, dass er nichts hat, sein Kümmer-Gen in die Knie zu zwingen.

»Eine Luft ist das bei euch hier!« Sam bemüht sich, den Atem anzuhalten, bis er den Topf abgestellt und die zwei Fenster in der unteren Etage aufgerissen hat.

»Ist ja langweilig, du könntest auch mal was anderes sagen, wenn du hier reinkommst!« Die Mutter liegt im breiten Bett im Schlafzimmer, im Fernsehen läuft eine Kochsendung.

»Das geht leider nicht, weil der … Duft hier drin ganz schauderhaft ist.« Das ist die schärfste Kritik, zu der sich Sam imstande sieht. Der Geruch aus dem schon lange nicht mehr gereinigten Bad beziehungsweise aus der Toilette, wo hinein die Ausscheidungen nur noch zum Teil gelangen, hat sich verteilt. Wer weiß, wo überall er sich nun festsetzt und nie mehr verschwindet.

»Musst ja nicht herkommen, wenn es dir hier stinkt«, erklärt die Mutter und dreht sich zur Wand.

Sam tritt an ihr Bett. Die Bettwäsche ist bestimmt schon sechs Wochen drauf. Der sieht man es an, dass die Frau fast ausschließlich im Bett liegt. Und ihr Hinterkopf, den er jetzt gut betrachten kann, zeigt gelbbräunliche Krusten um den Wirbel ihrer dünnen grauen Haare. Vielleicht steht sie zum Essen noch auf, denkt Sam, sofern der Vater ihr nicht den Teller ans Bett bringt. Er könnte sie genau danach fragen, was jedoch zwecklos ist. Sie würde ihn fragen, wozu das wichtig sei oder warum er das wissen wolle.

»Soll ich dir mal dein Bett neu beziehen?«

»Schon wieder? Ich mache doch nicht ins Bett!«

Sam schüttelt den Kopf in einer Mischung aus Ekel, Wut und Verzweiflung.

»Mama, hier muss einfach mal sauber gemacht werden. Gründlich.«

»Habe ich gestern erst gemacht. Willst du mir sagen, dass ich dreckig bin?« Die Mutter ist einigermaßen empört.

Sam stöhnt leise. »Nein, aber alles schaffst du nicht mehr.«

»Aha. Und das, was ich nicht mehr schaffe, stinkt. Irgendwas scheint mit deiner Nase nicht in Ordnung. Hast dich doch früher nicht beschwert.«

»Früher war es ja auch nicht so.« Sam kennt das. Er gibt auf.

»Ich hab euch Essen in die Küche gestellt. Müsst ihr nur warm machen. Ich geh rüber zu Papa.«

Eigentlich können die beiden noch eine Menge. Wenn sie

wollen. Nur sie wollen nicht mehr. Die Woche über fährt der Vater jeden Tag irgendwohin mit dem Auto und holt Essen, vom Chinesen, oder aus der Dönerbude, oder von einem anderen Kiosk. Manchmal einfach Pommes und Würstchen. Die leeren Behälter, Pappschachteln, Folien liegen in der Küche herum. Die Mülleimer bleiben leer. Im Kühlschrank lauter Angefangenes. Aufgegessen wird es nur selten. Von Zeit zu Zeit räumt Sam alles rigoros aus, weil das meiste davon verschimmelt ist. Und stellt Neues hinein. Vater meckert dann, wie man das ganze gute Zeug heutzutage einfach wegschmeißen kann. Fürs Wochenende kocht Sam fast immer und bringt es den Eltern. Dass es ihnen schmeckt, sagen sie mitunter, wenn er danach fragt. Aber Teller und Besteck waschen sie nicht mehr ab. Den leeren Topf auch nicht. Er hat sie gebeten, wenigstens die Sachen aus- oder abzuspülen. Um die Spülmaschine kümmert er sich dann. Sie könne das nicht mehr, sei zu schwach, sagt die Mutter. Und ja, ja sagt der Vater. Sam weiß nicht, ob sie sich diesbezüglich abgesprochen haben. Die machen das doch extra. Sind sie sich selber so unwichtig geworden? Oder wollen sie ihn fortwährend auf die Probe stellen, wie lange er das noch mitmacht? Oder haben sie Spaß daran, ihn zu piesacken? Wenn sie einen Termin haben, zum Arzt müssen oder manchmal noch eine Einladung wahrnehmen, können sie duschen, sich vernünftig anziehen, sogar ein Stück zu Fuß gehen. Neulich hatte Sam einfach den Medizinischen Dienst ins Haus bestellt und terminiert, gegen den Willen der Eltern. Er traute seinen Augen und seiner Nase nicht, aber beide hatten den Termin schriftlich bestätigt bekommen und sich vorbereitet. Recht munter, sauber und angezogen, Mutter, frisch vom Friseur, sogar mit einem Hauch von Lippenstift, saßen sie in ihrer aufgeräumten Küche, aus dem geputzten Bad drang allenfalls eine Brise von Reinigungsmittel, sogar die ewig bespritzen Fliesen ums Toilettenbecken – Vater war notorischer Stehpinkler – und die unverwechselbaren deutlichen Spuren zigfacher Darmentleerungen waren beseitigt. Am

Trockengestell hing sortiert wohlriechende Wäsche. Der liebe Sohn helfe ihnen meist an den Wochenenden, aber das meiste schafften sie schließlich noch allein, erklärten sie fröhlich der Fachfrau, und Sam setzte sich dazu, hielt die Augen geschlossen und die Fäuste geballt unterm Tisch, während die Eltern brav und lächelnd alle Fragen beantworteten und nicht einmal logen. Sie waren zu allem in der Lage, zeigten keine Anzeichen von Demenz oder sonstiger Kraft- oder Lustlosigkeit.

Sam war es gelungen, die Dame, bevor sie wieder in ihr Auto stieg, abzupassen und drei Sätze mit ihr zu reden. Sie lächelte mild und wissend. Sie kenne solche Flunkereien von im Grunde Hilfsbedürftigen, aber er hätte ja selbst gehört, dass die Eltern jegliche Hilfe von außen ablehnen würden, und von daher sei eben leider gar nichts möglich. Er hatte sie gefragt, was er machen solle, da er doch selbst berufstätig sei. Abwarten, hatte die Dame gesagt, abwarten, bis es schlimmer wird.

»Hallo Papa. Wie sieht's aus?«

»Och Junge, wie soll's aussehen. Siehst du ja. Altwerden war früher auch mal besser.«

Der Vater muss ihn nicht ansehen; er hat ihn ja gehört. Er hängt im Sessel, lang mit großem Doppelkinn auf der Brust, in T-Shirt und Unterhosen, mit strähnigen angeklatschten weißen Haaren, mit großem Bauch und dünnen Armen, barfuß in Schlappen die Beine hochgelegt, die nicht gut aussahen: geschwollen, angespannte Haut, durch zahllose winzige Adern bläulich verfärbt. Im Fernsehen läuft Fußball.

»Ach ja? Wie war das denn früher?«

»Da hat man gearbeitet, und als es nicht mehr ging, ist man umgefallen und bums aus.«

»Na ja, alles Mist heute, was?«

Der Vater weist mit müder Geste zum Bildschirm hin: »Spielen können die auch nicht mehr.«

»Die Sonne scheint, geht doch mal raus, täte euch gut. Nach'm Essen, steht in der Küche.«

»Was gibt's?«

»Kartoffeln und Gemüse.«

»Kein Fleisch?«

»Nee, war doch erst letzte Woche. Wir essen alle viel zu viel Fleisch.«

»Amen.«

»Ist doch wahr. Was hast du gestern für euch geholt? Bestimmt was mit Fleisch.«

»Selbstverständlich.«

»Braucht ihr noch irgendwas? Ansonsten mach ich jetzt mal das verdreckte Bad.« Sam wendet sich zum Gehen, da dem Vater nichts einfällt.

»Da ist nichts verdreckt. Nur dem Herrn Sohn ist es nicht penibel genug. Mama braucht Zigaretten.«

19

Marlena hat seit Tagen ihre Wohnung nicht mehr verlassen. Zu warm draußen, sagt sie sich und weiß, dass es eine Ausrede ist. Ein einziges Mal war sie ein paar Kleinigkeiten einkaufen, weil sie nichts Frisches mehr vorrätig hatte. Wäre sie doch nur zu einer anderen Uhrzeit gegangen! Ausgerechnet ihm musste sie begegnen. Sicher wie stets mit den Augen auf dem Fußweg, hatte sie ihn nicht kommen sehen, direkt auf sie zu. Der ist ja nun einer, der nicht zu übersehen ist, mit seinen überdimensionierten Begleiterscheinungen, denkt sie. Wo der entlanggeht, macht doch jeder instinktiv einen Bogen um die drei. Sie hätte die Straßenseite gewechselt, wäre sie rechtzeitig auf ihn aufmerksam geworden. »Tante Marlena! Das ist aber schön!« So hatte er sie angesprochen, und sie war zusammengezuckt und konnte nicht mehr entkommen, nur noch zwei Schritte zur Seite ausweichen, weil sich augenblicklich zwei feuchte Nasen an ihre Hände heranmachten. »Keine Angst, die haben dich noch in guter Erinnerung!« Er lachte sie an. Aber wie er sie dann angesehen hat! Sie ist sich sicher, er hat etwas bemerkt. Er sah es ihr an, dass sie ihm heute besonders verhalten, sicher sogar steif und gekünstelt vorgekommen ist. Oder noch schlimmer: Er wusste es bereits! Kann das sein? Er weiß von ihrer unglaublichen Blamage vor Karla, der sie etwas aus ihrem nichtssagenden Leben hatte erzählen wollen und tatsächlich davon ausgegangen war, dass es überhaupt des Erzählens würdig sein könnte?

Allerdings, so tröstet sich Marlena, hat Karla nicht viel Kontakt zu ihrem Onkel. Und damit versucht sie, diesen zusätzlich irritierenden und äußerst unangenehmen Gedanken beiseite zu schieben.

Aber die Szene bei Karla und deren Ergebnis für ihre Gegenwart wie für ihre Zukunft wollen ihr nicht aus dem Kopf gehen. Ein wenig Alkohol war im Spiel gewesen, gewiss, das hat ihr geholfen, die Zunge lockerer gemacht, wie man so sagt. Wann hatte sie denn zuletzt ein Glas Wein getrunken! Und waren es jetzt nicht zwei oder gar drei gewesen? Was hat sie sich da nur geleistet. Wie konnte sie annehmen ... Niemandem, keinem Menschen mag sie jetzt noch begegnen. Sie macht ja doch nur alles falsch, spricht Unerhebliches, Belangloses, und die anderen merken es. Karla ist der Beweis dafür.

Wenn wenigstens Valentin noch da wäre. Aber was heißt wenigstens. Er war ihre wichtigste Person, die ihr liebste Person, denkt sie manchmal, neuerdings wieder, seit er tot ist, schleicht sich das wieder ein. Wobei sie dieses *liebste* nur so für sich benutzt, denn sie hadert generell mit dem Wort und würde es nie in einem Gespräch verwenden, weil sie damit nichts verbindet, was ihr bekannt wäre, wenn sie ehrlich zu sich ist. Er war ihr der Nächste. Der nächste Verwandte. Der Vertrauteste ...? Nein, nein, *vertraut* ist falsch. Dafür hätte er mehr über sie, von ihr wissen müssen. Und sie vielleicht auch von ihm. Er hat gar nichts über sie gewusst. Auch nicht wissen wollen. Er hat sie nie weggeschickt. Er war meist freundlich zu ihr. Er hat sie sogar eingeladen, immer wieder. Aus Mitleid, wahrscheinlich. Aber das ist doch alles ewig lange her, dieses familiäre Pflichtgefühl. Das bestand doch später gar nicht mehr. Als sie vollends in Vergessenheit geraten war, in seine Vergessenheit, für Jahre. Wieso fällt er ihr jetzt überhaupt ein? Ihr scheußlicher Bruder. Zu ihm hätte sie jetzt, während dieser besonders hässlichen Tage, gehen können, stellt sie sich vor, bildet sie sich ein, nach diesem beschämenden Auftritt. Ausgerechnet zu ihm? Er wäre der einzige, dem sie etwas hätte berichten können. Aber was denn um Gottes willen? Den Rand von allem, den Rand doch nur. Das Wichtigste hätte sie verschweigen müssen: ihren Mord an seiner Frau. Was hätte sie ihm denn überhaupt preisgeben dürfen?

Dass sie Karla etwas habe beichten wollen aus lange vergangenen Zeiten, und dass Karla darüber eingeschlafen sei – mehr doch nicht! Und er hätte sie mit großen Augen angesehen und … gefragt? Nein, er hätte nicht weiter gefragt. Er hätte ihre Grenze gespürt und sich damit zufrieden gegeben, weil er sie kannte und niemals in die Enge getrieben hätte. Vielleicht auch, weil er ihr Bruder war und gewisse Fragen ebenso wenig wie sie stellte? Aber auszuschließen ist es nicht, dass er gefragt hätte. Manchmal war er schon neugierig. Sie wäre ein hohes Risiko eingegangen, wenn sie ihn aufgesucht hätte. Wahrscheinlich hätte sie ihn gar nicht aufgesucht. Nicht deswegen. Was spinnt sie sich nur zusammen in ihrem verqueren Gehirn! Als ob es nicht gut wäre, dass er nicht mehr lebt und sie sich diese Zwickmühle ersparen kann!

Ab und zu hat sie derartige Gedanken, was ihr armseliges bisschen Leben noch viel schwieriger macht als es ohnehin ist. Denn für solche negativen Gedanken verurteilt sie sich, weil die einfach unanständig sind. Weil sie die nicht haben möchte. Kann man sich denn seine Gedanken aussuchen? Sie drängen sich auf. So wie früher die um Alexandra. Sicher gerade deshalb, weil sie verwerflich sind. Weil man die niemandem mitteilen darf. Und weil Marlena doch Valentin tatsächlich so nahe gestanden hat wie keinem anderen Menschen. Auch wenn er sie wiederholt enttäuscht hat. Sie selbst ist doch so ein unanständiger Mensch. Die schönste Zeit mit ihm, abgesehen von ein paar spärlichen Kindheitserinnerungen, war die Zeit nach Alexandras Tod. Dass sie das so denkt, ist schlimm. Schließlich war Valentin am Boden zerstört. Und *Alexandras Tod* – wenn es doch nur so einfach, so normal gewesen wäre! Nach *ihrem Mord an der Frau ihres Bruders*, muss es heißen. *Unanständig* ist dafür ein viel zu harmloser Begriff. Marlena ist eine Verbrecherin. Eine feige Verbrecherin. Sie fühlt sich verfolgt von ihrer Tat, seit fünfundzwanzig Jahren. Es gibt Zeiten, in denen ihr ereignisfreies

Leben so dahinplätschert und in denen die Vergangenheit sich im Stadium scheinbar friedlicher Zurückgezogenheit befindet. Dass diese Vergangenheit gewissermaßen stets auf der Lauer liegt und dass es ihr dann und wann beliebt zuzuschlagen mit ungeheurer Präsenz, erlebt Marlena nun wieder in den Tagen nach dem Besuch bei Karla.

Damals war zunächst alles nur grausam gewesen, für alle Beteiligten. Und für sie im Besonderen. Es war gelungen! Es war tatsächlich gelungen. Sie hatte es geschafft. Größer als ihre Fassungslosigkeit war aber ihr Erschrecken. Weil es augenblicklich verbunden war mit der Angst vor Entdeckung. Die Angst ergriff Besitz von ihr in einem Ausmaß, in einer Intensität, dass sie völlig konfus herumrannte oder sich in ihrer Wohnung einschloss tagelang, zitterte, weinte. Dabei weinte sie ohne Tränen. Tränen hatten ihr kaum je zur Verfügung gestanden. Ihr Herz schien ihr in den Hals gerutscht, dort spürte sie es schlagen, ungebärdig fordernd – was eigentlich. Ungeschehenmachen? Reue? Nein, sie bereute nichts. War doch ihr zwingender Wunsch, der sie lange beherrschende Gedanke Wirklichkeit geworden. Sie griff sich mit beiden Händen an den Hals, würgte sich, drückte mit den Daumen, unter denen es pochte, ihre Halsschlagadern ab, nur um ihr wahnsinniges Herz zu besänftigen, was nicht gelang. Demütigenden Verhörsituationen sah sie sich ausgesetzt, liegend in einer kargen Gefängniszelle auf einer Pritsche, oder mit anderen Verbrecherinnen auf kleinstem Raum, hoch oben ein vergittertes kleines Fenster, die Klappe in der Tür, die aufsprang für ein ekelhaftes Mahl aus durchsichtiger Suppe mit winzigen M-Nudel-Buchstaben, nur M gab es, M für Marlena, und grimmige Männer mit Knüppeln zwangen sie zum M-Essen, damit sie ersticke an ihrem Namen, Sinnbild des Bösen ... Sie sah sich verurteilt wegen besonderer Heimtücke zu lebenslanger Gefängnisstrafe mit anschließender Sicherungsverwahrung. Über diesen Phantasien vernachlässigte sie sich, wusch sich nicht, aß kaum etwas, im Spiegel sah ihr die bleiche, hohlwangige Fratze ihrer selbst entgegen. Sie zeigte sich niemandem, ging nicht ans Telefon, blieb praktisch unerreichbar für die Familie. Ihre Trauer halte man für unangemessen, erklärte man ihr. Trauer! Sie empfand keine Trauer, durfte aber niemanden aufklären. Wirklich konkrete Erinnerungen an diese qualvolle Zeit hat sie nicht mehr. Wie im Nebel sind jene Tage verhüllt. Sie meint, Valentin einmal zu sich gelassen zu haben. Sie sieht ihn ratlos und verwirrt sie anstarren. Er redete wohl auf sie ein, sie verstand nichts. Oder doch so viel verstand sie: Das passiere manchmal, die große Schlagader im Bauch sei geplatzt. Was genau Alexandra geschehen war, brauchte sie doch nicht zu wissen. Was ging sie das an! Wozu erklärte er ihr das! Sie hätte ebenso gut vom Dach gefallen sein können, oder im Meer ertrunken, darum ging es doch gar nicht. Was für ein dummes Zeug alles! Danach löst sich das Bild auf. War sie mit bei der Beerdigung? Ist die Schwägerin verbrannt worden? Bei Mord werden die Leichen obduziert – ist das passiert mit Alexandra? Ja, gewiss war das passiert, sonst hätte man doch die organische Todesursache nicht gefunden. Aber Marlena als Mörderin überführen? Ihr Mord war nicht *so einer*.

Nie hat Marlena eine Frage gestellt. Obwohl die Fragen an ihrer Seele fraßen wie lästige Nager, die zu vertreiben müßig ist. Arbeitskollegen meldeten sich damals. Niemand wusste, ob sie überhaupt zum Arzt gegangen war wegen der Krankschreibung. Mehrere Wochen war sie nicht in der Lage zu arbeiten. Und alle waren rasch in *Sorge* um sie geraten, um *sie*, die Lebende! Man ließ sie nicht in Ruhe, und sie weiß auch nicht, ob es wirklich Ruhe war, wonach sie sich sehnte. Fortwährend rechnete sie mit der Polizei, dass man ihr zermürbende Fragen stellen würde. Schließlich war sie gesehen worden. Andererseits: Valentin selbst hatte offenbar nicht mal eine Erinnerung an ihre Anwesenheit bis kurz vor Alexandras Tod! Hätte er sie sonst angerufen am anderen Tag, mit der Nachricht ihres Todes? Und Julius? Hatte der am Ende auch seine Erinnerung verloren?

Zermürbend war lediglich ihre Lage, ihre innere Verfassung, die besonderen Umstände ihrer Selbstverurteilung zum Schweigen. Sie war durchaus willig zu gestehen, der Polizei hätte sie auf der Stelle alles gestanden. Und danach, im Gefängnis – so stellte sie sich das vor – würden ihre Familie und alle Bekannten ebenso, sie ganz schnell vergessen, und das wäre gut gewesen, da so eine Person nur zum Vergessen taugt. Die Schmach irgendwie zu tilgen, wäre sie gern vergessen worden. Allmählich wäre sie verschwunden aus dem Gedächtnis derer, die sie gekannt haben – ein beruhigender, leider nur theoretischer Aspekt. Und schließlich: ein unsinniger! Ja, sie wäre unter Umständen vergessen worden, aber sie selbst hätte hinter Gefängnismauern ihr erbärmliches Dasein fortsetzen müssen! Ohne Aussicht auf die erlösende Todesstrafe! Die Amerikaner sind ja da besonders perfide, lassen ihre Todeskandidaten gern jahrelang in ihrer Angst davor schmoren bis zum Tag x! Bei ihr wäre es in dem Fall ein jahrelanges qualvolles Hoffen ... Blödsinn alles, sie ist nicht in Amerika ...

Ja, sie hatte ein großes Bedürfnis nach Befreiung aus diesem schier unerträglichen Schuldbewusstsein. Andererseits war es ihr unmöglich, sich zu offenbaren, aus sich widersprechenden Gründen. Ihre Scham wog schwer. Gleichzeitig hatte sie etwas Besonderes, vielleicht gar Einzigartiges vollbracht, und der Stolz, mit dem sie sich ohnehin niemals in die Riege simpler, törichter Mörderinnen einreihen würde, nahm allmählich Gestalt an. Zum anderen wollte sie es nicht ertragen müssen, dass sogar ihr Bruder seine geschwisterliche Zuneigung zu ihr eingestellt hätte. Und noch etwas waberte diffus und noch kaum greifbar in ihr damals – heute kann sie das so sachlich überlegen –, nämlich ein Warten auf den Genuss der Früchte ihres monatelangen Bestrebens, auf den Genuss am Erfolg ihrer Tat, von der sie selbst am Ende in buchstäblich umwerfender Weise überrascht war. Allein deshalb war ein Schuldbekenntnis völlig ausgeschlossen.

Aber da war gar kein Polizist erschienen! Niemand stellte

ihr Fragen. Oder doch bloß die eine, wieso sie nur derart außer sich geraten konnte. So, wie sie sich damals offensichtlich verhielt, dachte man an einen unerklärlichen psychischen Ausnahmezustand. Sie presste ihren dröhnenden Kopf mit den Händen zusammen. Man zwang sie zu einem Psychiater, der verschrieb ihr Tabletten, wollte sie in eine Klinik einweisen. Welches Argument hatte sie sich damals zunutze gemacht? Sie könne einfach mit dem Thema Sterben und Tod nicht umgehen. Davon hatte sie gelesen, dass es Menschen gibt, die diesem mildernd besänftigenden – für sie selbst sogar äußerst erstrebenswerten – Bereich des Lebens massiv ausweichen, die sich diesem Thema strikt verweigern. Und dann, wenn es einen ihnen nahestehenden Menschen trifft, dass er sterben muss oder plötzlich tot ist, gerät alles in ihnen in Unordnung. Der schwatzhafte ahnungslose Psychiater hatte ihr etwas von Verleugnung erzählt, von Verleugnung des Unangenehmen, vielleicht Traurigen, aber Normalen, Selbstverständlichen, Folgerichtigen, Notwendigen, Unausweichlichen, womit man in der Lage sei, die eigene Lebenszeit besser zu vergeuden, sie wenig wertzuschätzen und so weiter. Das müsse sie dann wohl noch lernen, hatte sie ihm treuherzig zugegeben, mit dem Ziel schneller Entlassung aus seinem Geschwafel. Er hatte ihren Zustand als *pathologisches Trauern* bezeichnet. Sie staunte, was es alles gibt.

Valentin, selbst unglücklich, hatte sie in den Arm genommen, irgendwann nach einer gefühlten Ewigkeit, in seiner Wohnung, in seinem Haus. Nach einer so langen Zeit ihres Jammers griff er einfach nach ihrer schmächtigen Figur, hob sie hoch, zog sie an sich und hielt sie fest, sehr fest, als sie zum hundertsten Mal in einem tränenlosen Weinkrampf sich auf seinem Sofa krümmte. »Das Leben geht weiter, Marli«, hatte er gesagt, »das Leben geht weiter.«

Was für eine Umarmung! Und wie er ›Marli‹ gesagt hatte! Seit ihren Kindertagen hatte er das nicht mehr gesagt. Heute fragt sie sich, ob sie nicht insgeheim diese Brudergeste und dieses

Bruderwort herbeigesehnt hatte. Denn von diesem Zeitpunkt an besserte sich ihr Zustand. Die oft rasenden Kopfschmerzen ließen nach. Und die Alpträume, von denen sie jedes Mal schweißgebadet aufgewacht war. Wochenlang oder monatelang hatte sie beinahe allnächtlich ganz ähnliche Träume. Besonders einen weiß sie noch, sicher nur deshalb, weil sie ihn damals niedergeschrieben hatte. Sie träumte Alexandras Ende, allerdings in einer verqueren Mischung aus dem, was man ihr mehrfach geschildert hatte und einem Hintergrund, in dem Marlena wusste, dass Philippa – für Marlena ohne Motiv – ihre Mutter mit Eisenhut vergiftet hatte. Im Traum aber stand Marlena als Angeklagte vor Gericht und verteidigte sich mit der halben Wahrheit dessen, was ihr Julius erzählt hatte.

Valentin hatte zunächst aus Erschrecken oder Schmerz oder anderen für Marlena unerklärlichen Gründen, ganz ähnlich wie sie selbst, für mehrere Tage seine Sprache verloren in einer Art Schockzustand, und nur Julius, den sie nicht mochte, hatte mit ihr gesprochen.

In den wiederkehrenden Träumen benutzte sie auf der Anklagebank – in Form einer abgedeckten Kloschüssel – jedenfalls Julius' geschönte Sterbevariante seiner Mutter: Man habe friedlich beieinander gesessen, Valentin, Alexandra und Julius, über Urlaubspläne gesprochen, als Alexandra aufgestanden und auf dem Weg zur Küche die Arme hochgerissen, ein paar unverständliche Laute von sich gegeben habe und zusammengesackt sei. Julius' Wiederbelebungsversuche hätten nichts genützt, und der Notarzt habe auch nur den Tod feststellen können. Im schrecklichen Traum log Marlena das Gericht an, wissend, dass Philippa die Täterin war. Im Aufwachen und im versuchten Zurechtrücken der Ereignisse wusste sie zunächst nicht, wieso sie Philippa, die ihr doch gar nichts bedeutete, geschützt hatte durch die Darstellung der Julius-Variante, in der seine Schwester gar keinen Platz hatte. Danach fand sie eine Erklärung: Sie hat die Nichte schützen müssen, natürlich, weil Marlena selbst die

Tat begangen hatte, weshalb sie ja auch beschuldigt worden war. Im Traum. Ein fürchterlich schräg-logisches Durcheinander. Nicht ein einziges Mal hatte sie den tatsächlichen Hergang geträumt, so wie sie alles miterlebt hatte. Nicht dass sie sich das gewünscht hätte, aber diese irritierenden und ängstigenden chaotischen Gebilde in den Nächten vergällten ihr zusätzlich die ohnehin kräftezehrenden Tage.

Nun, diese Träume zogen sich nach Valentins brüderlicher Umarmung und seinen spärlichen ‚Marli'-Worten langsam zurück wie eine finstere Gewitterfront. Er war allein jetzt, ohne seine Hexe, endlich. Jetzt konnte Marlena immer zu ihm gehen, wenn sie ihn sehen wollte, ein wenig mit ihm plaudern, sie sprach ja nie viel, ihm Tee bereiten, ab und zu für ihn kochen – natürlich für sie beide, und dann lobte er das Essen. Aber auch er blieb einsilbig. Seine Unterhaltungen mit Alexandra, denen sie oft beigewohnt hatte, waren sehr viel anders geartet, schneller im Tempo, geschickter in den Formulierungen, gehaltvoller, voluminöser, intensiver, auch gelegentlich schärfer als das, was nun die Geschwister einander zu sagen hatten. Sie wusste, das lag an ihr, an ihrer Einfalt, an ihrem trägen Denkvermögen. Manchmal lächelte er sie an, schien sich zu freuen über ihre Anwesenheit. Das tröstete sie über ihre Mangelhaftigkeit hinweg. Und es war ja nie anders gewesen zwischen ihnen. Manchmal strich er ihr flüchtig über den Oberarm oder den Nacken, zu kurz, als dass sie sich hätte entziehen können. Und nicht unangenehm genug. Der widerwärtige Störfaktor Alexandra war eliminiert. Das war es doch, was sie gewollt hatte. Und da offenbar niemand ihr auf die Schliche kam, kehrte ein wenig Frieden ein in ihr Gemüt, Frieden, den sie allerdings misstrauisch von allen Seiten betrachtete, der ihr nicht geheuer erschien und der durchaus begleitet war von argwöhnischen und schuldbewussten Blicken zum Bruder hin, der betrübt und meist schweigsam über Zahlen und Buchführung und Rechnungen saß – er musste immer so viel rechnen –, oft auch nur vor sich hinstarrend oder, die Hände auf dem Rücken, ruhelos auf und ab lief. Dann hätte sie ihn gern gefragt, ob sie etwas für ihn tun könne, oder ob sie vielleicht einfach wieder gehen solle, ob er allein sein wolle, da sie, so unnütz herumstehend oder -sitzend, sich absolut überflüssig vorkam. Es wäre jedoch schrecklich gewesen – und deswegen fragte sie nicht –, hätte er sie tatsächlich weggeschickt, gerade jetzt, wo sie den Bruder wieder für sich zurückgewinnen würde nach so vielen Jahren. *Zurückgewinnung* – das Wort ließ sie schmunzeln, da ihr dazu andere Wörter einfielen, *Recycling* zum Beispiel, wenn sie an *Abfallwirtschaft* dachte, nach Eliminierung schädlicher Substanzen die guten Stoffe wieder zusammenzufügen zu etwas Neuem, endlich Brauchbaren. Zurückgewinnung schien ihr ein passender Begriff für jenen Prozess, der eine neue Gemeinschaft mit ihm ermöglichte, für die jetzt der Boden bereitet worden war – durch sie, durch Marlena, was er niemals würde erfahren dürfen. *Zurückerobern, Zurückergaunern* traf es ebenso, mit geheimem Augenzwinkern. Sie musste nur geduldig sein, ihm Zeit geben, wieder zu sich selbst zu finden und damit auch zu ihr, wobei sie keine Vorstellung davon hatte, wie ihre Zweisamkeit sich künftig besser oder schöner gestalten könnte als eben zu jener Zeit. Sie fühlte sich keineswegs in der Lage, dazu etwas beizutragen. Ihm würde bald etwas einfallen, Valentin war stark und phantasievoll. Das Wort *genießen* hat sie noch nie für sich für irgendetwas in Anspruch genommen, da sie niemals derartig empfunden hat, bei keiner Tätigkeit, bei keiner Sinneswahrnehmung, dennoch schlich es sich jetzt manchmal ein. Wenngleich ihr das Prozessurale ihrer Gegenwart bewusst und ein Ziel damit verbunden war, das verschwommen und namenlos blieb. Gewiss, sie hatte ihm das Liebste, das er besaß, genommen. Was für ein Egoismus von ihr! Aber sie begann nun, ihren Egoismus zu belächeln – hatte er sich doch gelohnt! Ein Akt der Befreiung lag hinter ihr. Und sie hatte auch Valentin befreit. Er konnte das nur noch nicht so betrachten. Seine dummen Kinder waren längst groß geworden, da brauchte es keine

Mutter mehr. Philippa hatte sich oft nur noch mit ihr gestritten. Und Julius, das Muttersöhnchen, achtete seinen wunderbaren Vater immer weniger. Er würde sich nun ein wenig intensiver mit dessen Qualitäten beschäftigen müssen. War es nicht an der Zeit für eine deutliche Veränderung? So musste man das sehen, ganz pragmatisch, ohne diese ohnehin viel zu hoch bewertete Gefühligkeit. Und Marlena erkannte, nachdem sich die Wogen um Alexandras Ableben zu glätten begannen, neben dem eigenen Bedürfnis durchaus mehrere plausible Gründe für ihr Handeln. Das beruhigte sie. Dass sie Valentin jetzt in seiner Phase der Besinnung oder Umgewöhnung gewähren ließ, erachtete sie für taktisch klug und strategisch notwendig, zumal ihr selbst Hände und Herz gebunden waren, hier irgendetwas zu beschleunigen.

Mitunter schien er ihre Anwesenheit nicht einmal wahrzunehmen. Wenn er zum Beispiel plötzlich aufschreckte, wenn sie nach geraumer Zeit eine zaghafte Bemerkung in seine Richtung hervorbrachte. Dann war es doch besser, im Modus der Unsichtbarkeit oder des Nichtvorhandenseins darauf zu warten, das er sich ihrer wieder erinnerte und sie ansprach. Irgendein Buch hatte sie meist dabei und konnte lesen.

Diese Wochen, die ihr hier in den Sinn kommen – es war mindestens ein halbes Jahr –, bestanden in der Hauptsache aus den Wochenenden, denn von Montag bis Freitag, oft auch am Samstagvormittag noch, gingen beide ihren beruflichen Tätigkeiten nach, hockte sie in ihrer Bibliothek. Sie war fleißig, sorgte für ihre Ordnung. Sie katalogisierte und archivierte, sie recherchierte und besorgte alles Wissenswerte für ihre Kunden, was sich gerade in jener Zeit rasch änderte, moderner wurde durch immer wieder andere Aufgaben innerhalb der *Digitalisierung* auch in den Bibliotheken. Später nannte man das *Retrodigitalisierung*, womit sie sich nun verstärkt zu befassen hatte, da ihre Bestände zum größten Teil ursprünglich noch analog erfasst worden waren. Aber es zog sie weg von Büchern und Computern, von Autorenlesungen und kleinen Ausstellungen, hin zu ihren Wochenenden, nun nicht mehr aus Gründen des Hasses – der war schließlich stark genug gewesen, um wirksam zu werden, um zu einem, leider vorerst nur für sie selber, ansehnlichen Resultat herangereift zu sein. Hin zu ihrem Bruder, den sie mit ihrer unauffälligen stillen Anwesenheit zu verwöhnen dachte. So wirkte sie dezent und geräuschlos in Valentins Haushalt, der das gelegentlich zu schätzen wusste und sie *sein liebes Geistlein* nannte, was wiederum Marlena veranlasste, ihre nimmermüde Bereitschaft für Valentin beizubehalten – wenn auch nicht ohne einen Anflug leisen Grolls, da sie neben Heinzelmännchen-Aufgaben für den Bruder doch mehr zu sein wünschte, ohne das präziser benennen zu können. Mehr kann ich ihm doch gar nicht bieten, wurde ihr wieder einmal bewusst. Mehr als für ihn da zu sein, ein bisschen für ihn zu sorgen, dass es ihm gutgeht, kann ich nicht.

Ich kann ihm kein Ersatz sein für seine widerwärtige Frau, dachte sie schließlich nach Monaten mit einiger Beklemmung. Denn er schien sich gar nicht um Besserung seines Befindens zu bemühen. Niedergeschlagen und wortkarg oder missmutig und wortkarg verbrachte er seine freien Stunden meist in seinem Arbeitszimmer. Seine Tage schlurften an ihm vorbei, so wie er an ihnen vorbeischlurfte. Einen Gärtner hatte er beauftragt für den parkähnlichen Garten, den bis vor kurzem auch Alexandra noch bewirtschaftet hatte und der nun zu verwildern drohte. Marlena hielt sich für ungeeignet und war es wohl auch. »Nein, nein«, hatte Valentin gesagt, »das brauchst du nicht zu machen, das kannst du gar nicht.« Da war es wieder: Sie taugte zu nichts.

Ab und zu erschien Julius oder Philippa. Machten beide blöde Bemerkungen zu Marlena, ob Valentin sie jetzt als unbezahlte Haushaltshilfe eingestellt habe. Julius neuerdings in Uniform, gefiel sich großartig als Soldat. Valentin lachte ihn aus. Philippa, gereizt und nörgelnd, meist mit den beiden Mädchen. Valentin fragte sie, wann sie denn Nummer drei und vier in die Welt setzen würde mit ihrem schwachsinnigen Ehemann. Er nahm kein Blatt vor den Mund, was Marlena zu der Zeit nur bedingt gutheißen konnte. »Marlenchen, sei still«, sagte er dann mit erhobenem Zeigefinger, grinsend ein Auge zukneifend, noch bevor sie überhaupt ein Wort geäußert hatte. Ganz mutig hatte sie ihn eines Tages, nach wieder einer ähnlichen Bemerkung, gefragt, ob er seine Kinder überhaupt nicht lieb habe. Da sah er sie an, seine kleine freche Schwester und erklärte: Doch, doch, er habe sie sehr lieb, aber wenn sie so unendlich viel dummes Zeug machten, müsse er ihnen das schon sagen. »Stumm zu sein vor lauter Liebe«, so sprach er weiter, »macht keinen guten Eindruck.«

Dass damit Marlena gemeint war, entging ihr keineswegs. Allerdings wusste sie nicht, ob der Satz nicht zu jenen gehörte, die sie grundlos auf sich bezog. Auf jeden Fall war es gewiss von Vorteil, wenn sie sich künftig zurückhielte und Valentin weitgehend dem eigenen Trübsinn überließe. Er hat das Talent, die Menschen um sich zu vertreiben, dachte sie und fragte sich, ob das schon immer so und ihr nur niemals aufgefallen war. War Alexandra die alleinige Familienzusammenhalterin gewesen? Oder lag sein leicht bösartig gewordenes Verhalten einzig an seinem endlosen Trauerkloßdasein? Ohne seine Frau war das Leben dem Bruder nur noch lästig? Vielleicht hätte sie ihn einmal fragen sollen, ob er seines Lebens nun überdrüssig sei – und wenn ja, dann hätte sie doch erst recht einen Verbündeten im Geiste ... Andererseits: Sie wollte jetzt nicht mehr tot sein, wo sich doch endlich eine kleine Lebensbejahung in ihr bemerkbar machte. Sollte etwa alles Tun von ihr umsonst gewesen sein?

Nun, sie hatte vor, ihre Wochenendbesuche bei Valentin deutlich zu reduzieren. Natürlich in der Hoffnung, dass sie ihm fehlen, dass er sich besinnen würde. Sie fühlte sich wie eine Schnecke, die sich nach Verletzung ihrer Fühler in ihr Haus zurückzieht. Undeutlich spürte sie damals, dass sie, zusammengezogen auf ihr eigenes Minimum, dort verharren würde, für lange.

»Elsa, du musst dich nicht kümmern um mich. Ich komme noch ganz gut klar alleine. Und mitbringen sollst du mir auch nichts.«

»Weiß ich doch, Tante Marlena. Blümchen waren dir bisher immer willkommen. Du weißt, dass ich dich gerne besuche. Wenn du gar niemanden hier haben willst, sag es. Aber ich würde dir das nicht glauben. Ich bleib nicht lange, versprochen, wenn es dich zu sehr anstrengt.«

Marlena winkt ab. »Du doch nicht. Du strengst mich nicht an, Elsa. Andere schon. Weil ich immer nichts verstehe. Aber ich habe die Welt noch nie verstanden.« Marlena schließt das Fenster, nachdem ein paar dicke Tropfen offenbar als Vorboten eines kräftigen Schauers auf dem Boden gelandet sind. »Kühlt hoffentlich ein bisschen ab. Komm mal mit, meine Errungenschaft bewundern, extra für dich!«

»Eine Kaffeemaschine! Tante Marlena! Trinkst du nicht immer nur Tee?«

»Sag ich doch: extra für dich. Weil ihr beiden immer Kaffee haben wollt.«

»Na hör mal, so selten, wie Karla herkommt. Und allein für mich – du hast doch sonst kaum mal jemanden hier, oder?«

»Nun wirf das Ding einfach mal an, und wenn dir der Kaffee nicht schmeckt, trag ich es ganz schnell wieder zurück. Hier, diese komischen *Kaffeepads* hab ich auch besorgt, sollen dazugehören.«

»Du bist ja süß, ich würde dich gerne umarmen, Tante Marlena – darf ich?«

»Wenn's sein muss, und wenn's schnell geht.«

»Ich weiß. Nein, muss nicht sein. Du bist unmöglich. Danke. Aber jetzt muss ich doch noch viel öfter kommen, damit sich das lohnt.«

»Erst testen, vielleicht taugt sie nichts. Weißt du, wer mir begegnet ist?«

Während Elsa sich mit der Maschine vertraut macht – »am

besten, erst mal Wasser einfach so durchlaufen lassen« –, berichtet Marlena von ihrem unangenehmen Aufeinandertreffen mit Julius, den sie mindestens anderthalb Jahre nicht gesehen hatte.

»Und du hast dich gefreut, ihn zu sehen?« Elsa lacht.

»Mit seinen Hunden jagt er allen einen Schrecken ein, was ihm zu gefallen scheint. Er hält Abstand, und ich auch.«

»Hat er gar nichts erzählt? Ich hab ihn auch ewig nicht gesehen.«

»'Du kannst Verwandte haben', hat er gesagt und damit Markus gemeint, und sicher auch Karla, und vielleicht auch sich selber. Und ich fragte ihn, was denn mit seinem Sohn ist. ,Nichts', hat er gesagt, ,nichts ist mit ihm, weg ist er, abgetaucht, meistens'. Drei Jahre hat er nichts von ihm gehört. Hat sich wohl jetzt wieder gemeldet, weil er Geld brauchte. Aber vielleicht würde der ja mal bei mir aufkreuzen und mich ein bisschen umbringen – das waren seine Worte: Markus würde mich dann wohl ,ein bisschen umbringen'.«

»Onkel Julius spinnt. Seit dieser Sache damals tickt der nicht mehr richtig, Tante Marlena. Ich hoffe, du hast jetzt keine Angst.«

»Gelacht hab ich. ,Da täte dein Markus ein gutes Werk', erklärte ich ihm, ,soll er mal ruhig bei mir vorbeikommen, ich warte auf ihn, sag ihm das!' Und dann meinte er, seine beiden hier, seine Hunde, würden das wohl auch hinkriegen, wenn ich darauf so großen Wert legen würde. Und ich fragte ihn, ob er sich die extra dafür zugelegt hat. Weißt du, das war so ein blödes Hin und Her mit ihm. Ich kenne den ja gar nicht anders.«

»Ganz so schlimm war der früher nicht. Weiß du, was ich denke? Womit es zusammenhängt, dass der sich so verändert hat? Vielleicht hab ich dir das schon mal gesagt, weiß gar nicht mehr. Aber Opa Valentin hat das doch damals schon an die ganz große Glocke gehängt: Der Typ damals, dieser Freund von Onkel Julius, mit dem das passiert war, das war *sein* Freund, sein Partner, und das hat ihm den Boden unter den Füßen weggerissen, seitdem ist der so ... verstört irgendwie, verstehst du?«

Marlena versteht nicht, oder doch, sie versteht, verbindet damit augenblicklich die grauenhaftesten Vorstellungen – aber muss das Gespräch jetzt diese Wendung nehmen? Sie dreht sich zum Fenster und kann darauf nicht antworten. »Ja, ja, schon klar«, sagt sie dann. Überall scheint dieses unästhetische, abstoßende und ausschließlich ekelerregende Thema zu lauern. Und um dem Gespräch eine andere Richtung zu geben: »Weißt du, woher er diese schrecklichen Hunde hat? Vor paar Jahren hat er die auch schon als Leibwächter mit sich geführt.«

»Und seitdem meint er, jetzt immer besonders männlich auftreten zu müssen. Soll bloß keiner auf die Idee kommen, *so was* von ihm zu denken. Allein sein Outfit! Läuft er immer noch rum wie ein Westernheld? Er selber muss sich schützen mit diesen Viechern, weil er denkt, ihm könnte das Gleiche passieren wie seinem Freund, aber mit solchen Bestien rechts und links, würde sich keiner an ihn rantrauen.«

Marlena schweigt.

»Tante Marlena, dass Onkel Julius schwul ist, mindestens aber bisexuell, wissen wir doch alle. Er selber scheint sich dafür immer noch zu schämen.«

Und ich mich auch, denkt Marlena. Bleiben ihr denn derartige Peinlichkeiten niemals erspart! Sie spürt ihren Magen, der sich zusammenzieht und ihr Übelkeit bereiten will. Sie möchte Elsa verbieten, weiterzureden.

Und Elsa merkt, dass es der Tante unangenehm ist. »Sieh mal, Sams Bruder, der hübsche Joshi – du hast den doch schon kennen gelernt –, lebt auch mit einem Mann zusammen, schon etliche Jahre. Und manchmal denke ich, dass es doch schade ist für die vielen Frauen, denen solche gut aussehenden und feinfühligen Männer verlorengehen!« Elsa will die Tante zum Lachen bringen, was ihr nicht gelingt.

»Ja, ja, sehr schade.« Es ist jetzt genug. Marlena ist erschrocken, sowohl über diese Tatsache, dass sogar Sams Bruder ..., als auch über die Art und Weise, wie Elsa darüber spricht. Über *so etwas*. Man nennt es *Offenheit*. Offenheit! Schamlosigkeit ist das. Sie dreht sich wieder Elsa zu und sieht sie strafend an. Sie soll damit aufhören.

Elsa lacht sie weiter an. »Die sind wirklich meistens sehr aufmerksam und sensibel und nicht so holzklotzig wie die sogenannten normalen Männer. Ist dir das noch nie aufgefallen?« Marlena hat Angst, Elsa zurechtzuweisen, das steht ihr nicht zu. Dann besucht sie sie sicher nicht mehr. Aber sie muss Elsa klarmachen, dass sie diese Art der Unterhaltung nicht wünscht.

»Nein«, sagt sie, »mir fällt so etwas nicht auf. Ich kenne diese Sorte Männer nicht. Und die anderen kenne ich auch nicht, wenn du es genau wissen willst, Elsa. Und mir fällt es außerordentlich schwer, dir zuzuhören und meinen Brechreiz zu unterdrücken. Sei mir jetzt nicht böse, aber das ist einfach ein grässliches Thema.«

Elsa ist erstaunt. »Weil du was gegen Homosexualität hast?«

Marlena sagt nichts.

»Du meine Güte, Tante Marlena, entschuldige, aber ich wusste doch nicht, dass das so schlimm ist für dich.«

»Na ja, jetzt weißt du es. Und bitte frag mich nicht, wieso das so ist. Es ist eben so, schon mein ganzes Leben lang.«

Und damit ist alles gesagt, sie schweigt. Und Elsa schweigt auch und sieht Marlena an, wie sie grimmig in ihre leere Kaffeetasse schaut. Elsa lächelt verdutzt, weil sie einige Fragen stellen möchte, aber nun nicht darf.

Marlena ärgert sich, über Elsas ungehemmte Redeweise, wobei sie seit Jahrzehnten begriffen hat, dass alle Menschen so reden, und auch schreiben, nur sie nicht. Sie ist eine Ausnahme, vielleicht *die* Ausnahme, und darüber ärgert sie sich ebenso. Nein, Valentin hat auch nicht so gesprochen, jedenfalls nicht in ihrer Gegenwart. Diese Worte und alles, was sich dahinter verbirgt, sind schmutzig. Sie haben keinen Platz in ihr – und wieso haben sie überhaupt einen Platz irgendwo! Sie will über Ekelhaftes einfach nicht nachdenken müssen. Diese verfluchte Körperlichkeit! Die ihr immer schon höchst zuwider war. Man hat sie ja schon in der Schule nicht geschont diesbezüglich. *Sexualität* – allein dieses Wort! Niemals könnte sie es aussprechen! Und keinen von all den Begriffen, die damit im Zusammenhang stehen! Was ist das für ein Ding oder was für eine Fähigkeit – ist Sexualität eine Fähigkeit? Sie verfügt darüber nicht! Hat niemals mitreden können, mitreden wollen. Dieser ganze geschlechtliche Umgang miteinander – wenn der schon als natürlich zu gelten hat, was ist das dann Widernatürliches unter Männern oder unter Frauen? Ist es ein Wunder, wenn es ihr den Magen umdrehen will? Dass Menschen genau wie Tiere *kopulieren*, ist ihr bekannt. Aber muss sie das interessant finden? Oder sogar schön? So einen krankhaften Gesichtsausdruck hat sie schon gesehen bei einigen, so ein Augenleuchten, sobald es um dieses scheußliche Zeug ging. Von anderen hörte sie dann Attribute wie *aufregend* oder *sinnlich*. Zum Glück ist dieser Kelch an ihr vorübergegangen, zum Glück hat nie jemand sie dazu gezwungen – was es ja leider zur Genüge zu geben scheint. Vielleicht ist es auch gar kein Glück, denkt sie, dass sie das alles nicht kennt und nicht will – es scheint ihr individuelles Defizit, sie ist einfach nur behindert! Blind geboren und soll über Farben Bescheid wissen!

»Der Kaffee ist gleich fertig, und du sagst gar nichts mehr, Tante Marlena. So richtig leiden konntest du doch deinen Neffen noch nie. Und aufs Umbringen hat er sich ja jetzt offenbar fixiert, auch was Markus betrifft, den er mit Tötungsabsicht schon bei dir sieht.«

»Ach ja, keiner weiß, warum ...« Hätte sie doch Julius gar nicht erwähnt! Ganz allein auf weiter Flur ist sie aber wohl nicht mit ihrem Denken, Julius betreffend, fällt ihr ein, da sie Valentin damals verstanden hat, der seinem Sohn sehr böse war. So etwas tut man einfach nicht, denkt sie, während sie Milch und Zucker bereitstellt, und von den beiden Apfelkuchenstücken das feuchte Papier ablöst. Sie würde gern das Thema wechseln. Vielleicht sollte sie Elsa nach ihrer Arbeit in der Schule fragen. Elsa kommt ihr zuvor und fragt, was da neulich nun passiert sei bei Karla.

»Elsa, mir scheint, du willst mich heute quälen.«

»Mensch Tante Marlena!« Elsa greift nach Marlenas knochiger Hand auf dem Tisch, die ihr plötzlich viel zu groß erscheint an der zierlichen Frau. »Du quälst dich doch selber am allermeisten.«

»Das kann schon sein.« Womit sie sich auf dem Küchenstuhl zurücklehnt und Grund hat, der Nichte die Hand zu entziehen. »Ich habe zu viel Wein getrunken, habe zu viel erzählt und habe damit deine Schwester gelangweilt. Was ich leider erst zu spät bemerkte. Mehr gibt es dazu nicht zu sagen.«

»Du weißt doch, wie Karla ist. Vielleicht magst du mir davon erzählen. Ich schlafe bestimmt nicht ein.«

»Wie ist denn Karla? Ich scheine es nicht zu wissen. So wie ich gar nichts weiß. Und niemals etwas verstehe.«

Elsa überlegt. »Ich verstehe ihre Aktionen auch nicht, Tante Marlena.« Und nach einer kleinen Weile: »Ich meine, Karla braucht Aufmerksamkeit.«

»Das weiß ich. Sonst nichts? Die hatte sie doch. Ihre Konzerte waren ausverkauft.«

Elsa nickt.

»Und jetzt? Wird sie je wieder spielen können?«

»Wohl kaum.« Elsa rührt nachdenklich in ihrer Tasse.

»Was wird sie als Nächstes tun, wenn sie *Aufmerksamkeit* braucht?«

»Die hat sie gerade bekommen vor ein paar Tagen. Von dir. Sie hat dir gezeigt, dass nur sie eine Rolle spielt. Niemand sonst. Du warst empört. Das hat ihr gefallen.«

20

Wo Elsa nur bleibt. Seit Tagen war sie nicht hier. Dabei hatte sie versprochen ... Kümmert sich nur noch um sich selber. Darf sie ja auch, muss ja ihr Leben gestalten. Kinder in die Welt setzen. Mit einem kranken Typen. Hat sie nicht genug Kinder, die sie bemuttern kann, in ihrer blöden Schule? Mit dem behinderten Pflegekind war es auch nicht getan – wie lange hatte sie das? Zwei Jahre? Jeder macht das, was er mag und wozu er in der Lage ist. Was er selbst gutheißen kann. Wofür sich das Leben *lohnt*. Leben soll sich *lohnen*. Carpe diem. Damit man am Ende sagen kann – ja was eigentlich. Ich habe nicht umsonst gelebt? Ich habe etwas erreicht? Mein Ziel erreicht? Ein Kind großgezogen? Oder Kinder. Sagt man so: großziehen. Man zieht an ihnen so lange herum – und das tut weh, dieses Gezogenwerden –, bis sie groß genug sind, einem in den Arsch zu treten. Bis man von ihnen nicht mehr gebraucht wird. Oder man zuppelt und zieht und kann mit dem Resultat aber so gar nicht zufrieden sein. Komische Missgeburt. Dann hat man keinen Bock mehr. Von Generation zu Generation. Kinder als Lebensziel? Der Mensch als Reproduktionsapparat? Sieht denn keiner, wohin das führt? Aber nein, Ficken und Kindermachen geschieht ja nur nebenbei. Das eine zum Vergnügen, das andere ist Abfallprodukt. Vergnügen braucht man, um das berufliche Elend zu kompensieren. Ist ja meistens Elend. Ich bin da keine Ausnahme, denkt Karla. Und für die gewollten oder ungewollten Abfallprodukte ist dann nie genügend Zeit, keine Lust, keine Kraft. Die lieben Kleinen wollen was, die kann man nicht in Blumentöpfen auf der Fensterbank halten und ihnen lediglich beim Wachsen zusehen. Oder doch, man kann schon, viel brauchen die ja nicht, gehen auch nicht gleich ein, wenn man mal das Wasser vergisst. Zähe kleine Ungetüme.

Elsa? Elsa und ich, wir sind selber Blumentopfkinder. Und uns hat nicht mal wer beim Wachsen zugeschaut. Aber Elsa wird es besser machen, denkt Karla. War es nicht auch in diesem Artikel neulich so beschrieben: Wir wollen auch einmal stolz auf etwas sein, etwas erreichen und es präsentieren. Kinder als Eigenleistung. Kinder präsentieren macht Spaß, solange sie Babys sind. Alles danach kriegen wir doch gar nicht hin, Schwesterherz, wir mit unserer eigenen Verkümmerung. Ohne richtige Wurzeln, ohne Halt in längst vertrockneter Erde. Elsa gießt alle Bedürftigen um sich herum. Das hilft ihr, davon hat sie etwas. Elsa hat einen Bewässerungsvogel. Damit ist sie ziemlich glücklich, denkt Karla. Allein was sie ihren Schülerlein, den späteren Nichtsnutzen und Arschlöchern, Angsthasen und Trübsinnigen angedeihen lässt! Diese ganze Liebe – wo nimmt sie die bloß her? –, die sie über sie auskippt in der Annahme, dass sie es ihr danken! Dass es etwas nützt gegen die bald schon testosterongesteuerten Brüllaffen! Noch sind sie klein und handzahm, jedenfalls die meisten. Gehen ihr auch niemals aus, rücken immer wieder nach, sie gibt sich nur mit den Kleinen ab. Kluger Schachzug: Unterstufe, Formbarkeitsglaube. Deshalb kann Elsa andauernd gute Laune haben. Ist das Idealismus oder Kurzsichtigkeit?

Elsa muss sich groß fühlen dürfen. Klappt ja irgendwie auch. Seit Karlas sechstem Lebensjahr ist sie für sie die bessere Mutter. Vielleicht auch die schlechtere. Weil aus Karla nichts Gescheites geworden ist. Soll doch immer was Gescheites *werden* aus den Kindern. *Sind* ja noch nichts Gescheites. Elsa kann nun auch nach außen hin nicht mehr angeben mit ihrer Schwester. Weil alles vergeblich war. Bestimmt schämt sich Elsa für mich, denkt sie. Denn dass Karlas Erfolge stets nur als eigene Misserfolge betrachtet werden konnten, hat Elsa erlebt, so dass deren Stolz oder Freude nach einem Konzert jedes Mal massive Dämpfer erfuhr durch Karlas rationale Argumente, sobald sie der Schwester Ahnungslosigkeit und musikalische Blödheit vorwarf. Einmal hatte Elsa ihr in weiser Voraussicht und in einem bösen Spiel nach einem Konzert kurz und knapp erklärt, dass sie sich demnächst Karlas *Schluderei* nicht mehr antun werde. Als Schluderei und Murks hatte sie Karlas Interpretation von Camille Saint-Saëns a-moll bezeichnet, woraufhin Karla sie angeschrien hatte, was sie sich eigentlich einbilde nach einer Aufführung, die erstmalig in Karlas Augen nahezu fehlerfrei gelaufen und mit der sie zufrieden sein konnte. Da hatte Elsa gelacht, laut gelacht. Und dann hatte Karla ihr ins Gesicht geschlagen.

In meistens wohltuender Sorge um sie war Elsa, seit Karla denken kann. Holm war niemals in Sorge, der hat noch nie etwas ernst genommen. Deshalb ist er Karla egal. Er ist ihr Erzeuger, ein Vater war er nie. Das sieht Elsa ebenso, obwohl sie immer für jedes Verhalten eine Entschuldigung findet, auch für Holms Dauerversagen. *Hilflos* nennt sie ihn in seiner Albernheit. Wenn einer hilflos ist, darf er keine Kinder machen, sagt Karla ihr dann. Das auf die Kinderproduktion angewandte Prinzip von Versuch und Irrtum sollte strafbar sein. Holm weiß, dass seine blöden Mätzchen Karla nerven, aber das interessiert ihn nicht, er denkt sich immer neue aus. Philippa hat es richtig gemacht, für ihr eigenes Leben. Das hat sie gerettet. Ohne Skrupel, scheiß auf die Familie. Eine Mutter hat Karla in ihr nie sehen können. Wieso wirft sie ihr das eigentlich gar nicht vor? Findet es allenfalls bedauerlich. Nur weil sie weg ist? Weil sie ihr damit überhaupt keine Reibungsfläche bietet? Tauchte sie plötzlich wieder auf, Karla würde sie nicht mit dem Arsch angucken.

Permanent meint Elsa, als Retterin fungieren zu müssen. Als Grundsteinlegerin in ihrer Schule, will die süßen Kleinen vor Schlimmem bewahren. Tonnenweise Liebe.

Beim Topfgewächs Sam ist noch Restgrün sichtbar, das kann sie aufpäppeln. Genauso bei ihrer komischen Freundin Vanessa. Und ja, die altmodische, spinnerte Urtante, mein Gott, die heult sich bestimmt auch bei Elsa aus. Und sie selbst, Karla – bei

ihr betreibt Elsa sicher den größten Aufwand, seit jetzt zwei-
undzwanzig Jahren. Zehn Jahre ist es her, dass Elsa sie vom Kif-
fen weggebracht hat – warum nur, das war doch richtig gut! Erst
dadurch hatte sie begonnen nachzudenken! Und ihr fürchter-
liches Cellospiel mit mehr Nachsicht zu beurteilen! Genau das
war doch immer gewünscht! Aber Elsa war dermaßen dagegen,
reagierte immer drängender, immer fanatischer, prophezeite
ihr den *künstlerischen Ruin*, wenn sie dabeibliebe. Selbst wenn:
Ein Künstlerleben, kurz und gehaltvoll, ein bisschen Substanz-
unterstützt, so argumentierte Karla damals, wäre ihr doch allemal lieber als das krampfhafte freudlose Rumgefiedel der letzten
Jahre! Gestritten und gefetzt haben sich die Schwestern! Elsa
mit ihrer Scheißvernunft! Mit einer Geduld, mit einer Hin-
gabe – da fasst sich doch Karla an den Kopf! –, dabei so unerbittlich und kompromisslos, und schließlich mit einer Über-
zeugungskraft war es Elsa gelungen, Karla zu einer Einsicht zu
bewegen, dass es besser und ehrlicher sei *ohne*. Wenn sie darüber
nachdenkt, heute, am Ende ihrer Karriere, sagt sie sich: Was hat
sie nun von ihrer unterstützungsbefreiten Ehrlichkeit? Besser
ist nichts geworden. Es war falsch, Elsas Getöse nachzugeben.
Sie hatte sie nicht überzeugt damals, nur überredet, und Karla
war es schließlich müde, sich mit Elsa zu zanken, sie gab nach,
gab sich geschlagen. Ihre ehrliche künstlerische Untauglichkeit
sollte bestehen bleiben. Eine kleine feine Verbesserung ihrer gesamten Lebensumstände hat Elsa ihr verboten. Nur Elsa wusste,
was gut für Karla war. Elsa hatte gewonnen, Karla war die Ver-
liererin. Dafür soll sie ihr jetzt dankbar sein. Elsa lenkt und leitet
gern. Ihre Liebe ist nichts weiter als Dominanzstreben, denkt
Karla. So ist das mit der lieben, lieben Elsa.

Reicht ihr aber alles nicht. Ein eigenes Kind muss her. Das
wird sie nicht eintopfen und verwelken lassen. Eine Übermutter
wird sie sein. Für Sam nichts weiter als eine Belastung, der kann
so was wie Kind nicht. Genauso wenig wie Holm. Für Karla wird
Elsa dann keine Zeit mehr haben. Und sie will auch Elsas Zeit

nicht mehr, ihre Scheißzeit, soll sie ihr Kind damit beglücken, bis dem ihre Zeit zu den Ohren rauskommt! Ich will es nicht hierhaben, dieses Kind, denkt Karla.

Sollen sie alle machen. Karla will nicht mehr. Karla wollte ursprünglich auch etwas richtig machen, hatte ein Ziel. Hat nicht geklappt. War nur tauglich dafür, Elsas Sorgenkind zu sein. Seit sie fünfzehn ist, will Karla sich das Leben nehmen. Seitdem sie sehr klar sieht, dass sie doch nichts leisten kann, weil nur das Cello übriggeblieben war. Ihr Klavierspiel war ohnehin nie ausreichend. Solo zu singen, ist schon lange unmöglich geworden. Vor acht oder zehn Jahren wurde festgestellt, dass ihr Gesangslehrer ihre Stimme ruiniert hatte. Immer hat er sie zum Sopran getrimmt, gezwungen hat er sie, obwohl sie eine klare Altstimme entwickelt hatte.

So war das Cello bei Wegfall weiterer Möglichkeiten ihre einzige Option geblieben. Pech für sie, dass die nun auch nicht mehr gegeben sein kann. Keine Aufgabe mehr für sie. Daher muss sie als Person weg. Wie schwer sie sich damit tut, hat ihre wiederholte arge Bedrängnis gezeigt. Sie ist doch gar nicht der Typ für Selbstverletzungen.

Nein, mit der Einsicht ihres gescheiterten Lebens, dem sie ein Ende bereiten muss, quält sie niemanden. Irgendjemand hatte ihr das mal unterstellt. Haben sich doch längst alle daran gewöhnt, nimmt keiner mehr ernst. Sie wollte ihr Leben nicht mehr und spielte das nächste Konzert. Und das folgende auch wieder. Und zwischendurch immer Gedanken, dass und wie endlich ihr Leben auszulöschen sein könnte. Wenn sie das immer nur sagt und nie vollzieht, verliert sie an Glaubwürdigkeit. Elsa quält sie damit nicht – von Elsa wird sie *geliebt*. Wer mich liebt, fühlt sich durch meine Ehrlichkeit nicht gequält, denkt sie. Deswegen, weil Elsa mich versteht, ist mein Verhalten für sie keine Zumutung. Sie kommt doch so gern und sieht so gern, dass ich noch lebe, und freut sich dann, wenn ich sie traurig anlächle. Gewiss leidet sie, will mich nicht verlieren, und eben deshalb muss Elsas Leiden ein Ende haben. Karla will nur noch für Elsas Ruhe sorgen. Sie wird einen Abschiedsbrief schreiben. Nur an die Schwester. Sie soll die einzige sein, die es wert ist, von ihr bedacht zu werden mit einem schönen Brief – ja, der soll schön werden.

Danach wird es gelingen. Bisher kam immer etwas dazwischen. Oder Elsa. Es hätte längst ein Ende geben können. Wenn Karla nicht immer in ihrem Handeln gestört worden wäre. Im Grunde ist sie wütend auf die Schwester. Nicht mal ihre Verzweiflung darf Karla leben, da kommt Elsa und schneidet ihr die Haare ab. Alle bisherigen Unternehmungen sind gescheitert. Ausschließlich durch Elsa. Elsa fand das Seil, mit dem Karla den Knoten geübt hatte. Sie war plötzlich aufgetaucht, als Karla sich die Klinge bereitlegte und die Wanne schon voll mit warmem Wasser war.

Karla möchte aufhören zu denken, aufhören mit diesen Grübeleien, an deren innerer Logik sie keine Zweifel hat, obwohl sie deren Widersprüchlichkeit erkennt. Aber sie hat nichts anderes zu tun. Und sie würde nach abgeheilter Resthand auch künftig nichts zu tun haben. Irgendwann würde das Arbeitsamt mit seinen Forderungen anrücken. Das *Jobcenter*. Was denn – sie ist Musikerin! Instrumentalistin! Sie kann nichts anders. Ein Leben nach der Musik? Unvorstellbar. Unakzeptabel. Sie dreht sich im Kreis. Sie hatte doch lediglich gut sein wollen. Mit ihrem Cello hatte sie gut sein wollen. So wie jeder Mensch mit dem, was er macht, gut sein möchte.

Sie hatte die eigenen ewigen Stümpereien satt. Allein zwanzig Jahre Cello – nichts als Stümperei. Mit der Dummheit des ungebildeten Publikums hat sie sich noch nie trösten können.

Das ist jetzt vorbei. Ich muss *einmal* etwas richtig machen, denkt sie, etwas vollenden, glaubwürdig sein. Ernst genommen werden. Obwohl: Sie bereut den Schlag nicht. Der war, gleichwohl nicht tödlich, sehr ernst gemeint. Noch nie zuvor hatte sie in einem Konzert derart schlecht gespielt. Das konnte sie der Hand beim besten Willen nicht durchgehen lassen.

Die Hand als eigenständiges Wesen. Was die sich erlaubt hat! Nie wieder durfte diese Hand auf die Idee kommen, Cello zu spielen. Weiß Karla nicht, dass die Hand vom Kopf gesteuert wird? Vom Gehirn? Im Grunde hat ihrem Kopf der Schlag gegolten. Wieso hat sie den Scheißkopf heil gelassen? Diese Frage hat sie sich schon mehrfach gestellt. Ihre Antwort ist klar: Die Nervenbahnen vom Kopf oder vom Rückenmark enden in der Hand. Die Hand ist das ausführende Organ. Und diese Hand hat versagt. Ist verurteilt und gerichtet worden. Reine Logik.

Die Musik ... Diese dummen Fragen, die entweder ausgesprochen werden von dummen Menschen, oder die von den anderen dummen Menschen nur gedacht oder nicht einmal gedacht werden, weil sie sich um Musik niemals Gedanken machen ... Nein, die Musik hat ihr nie etwas bedeutet. Das hat kein Mensch verstanden, und sie musste mit dem Gedanken immer vorsichtig sein, weil sie damit andere mehrfach persönlich gekränkt hatte. Weil sie – seltsam – nie davon ausgehen konnte, dass die anderen genau wie sie in der Musik ausschließlich etwas technisch zu Beherrschendes sahen. Genau wie in der Malerei: Wenn ich weiß, wie ich etwas technisch umzusetzen habe, funktioniert es. Was – ihr Leben bestehe aus Musik, aber sie könne der Musik gar nichts abgewinnen? Wie gehe denn das zusammen! Was die anderen eben immer so faselten. Die Beherrschung des Instruments war ihr wichtig. Ein technischer Vorgang, nichts weiter. Ihr Instrument ist vollkommen. Sie allein war es, die durch ihre Fingerfertigkeit die Vollkommenheit des Instruments hätte unter Beweis stellen können. Was kaum je gelungen ist – so simpel ist das. Im Grunde schämt sie sich vor ihrem Cello, dem sie nicht das entlocken kann, was in ihm steckt.

Ihre weiß eingepackte Hand – oder das, was davon wieder zusammengeflickt wurde –, diese verfluchte Pfote, liegt auf der

Sessellehne. Das geht jetzt schon. Bis vor kurzem musste sie den Arm irgendwie hochhalten, wegen des Schmerzes. Sie würde es wieder tun. Es war richtig. Es war richtig, nach unten in Holms Wohnung zu gehen, was sie sonst nicht tut, in seine Werkstatt. Und zu vollenden, was durch alle Strafen bisher nicht gelungen war. Sie wusste nicht genau, was sie tun wollte. Suchte nach einem Werkzeug in Holms Durcheinander. Sie hätte eine der elektrischen Sägen benutzen können, wusste aber nicht genau, wie sie anzuschalten waren, zu umständlich. Außerdem würde sie aufhören, wenn es zu weh täte. Halb angesägte Knochen – nein, nein, das würde nicht ausreichen. Zumal sie kein Blut sehen kann. Ihr letztes Bild der Situation ist das Ausholen mit dem großen schweren Hammer, ihre Linke mit der Handfläche auf der Werkbank, bereit für die letzte Strafe. An einen Schmerz hat sie keine Erinnerung. Zwei oder drei Tage später ist sie aufgewacht, oder hat man sie aufwachen lassen, im Krankenhaus. Elsa hockte an ihrem Bett. Natürlich, Elsa.

»Warum hast du dafür nicht das Cello genommen?«, hatte sie sie gefragt und auf die hochgelagerte dick verbundene Hand gewiesen, als Karla wieder imstande war, etwas aufzunehmen.

»Weil das Cello nichts dafür kann«, hatte sie leise gesagt, und war lächelnd wieder eingeschlafen.

Was soll jetzt noch kommen? Der Beruf ist futsch. Gut so. Sie war untauglich für ihn. Elsa kommt nicht mehr. Überhaupt ist es still geworden.

So schnell geht das. Zeigt sie sich nicht mehr auf der Bühne, ist sie vergessen. Niemand schreibt. Niemand ruft sie an. Vielleicht hat sich das Nie-Wieder schon rumgesprochen bei allen. Keiner vermisst sie. Sie fehlt nirgends. Nur auf der Bühne war sie sichtbar, hörbar. Keiner fragt nach ihr. Oder traut sich nicht, sie jetzt noch anzusprechen. Sie ist ja peinlich. Wie soll man auch jetzt reagieren auf diesen Anfall blinder Zerstörungswut. In der Zeitung stand etwas von *krankheitsbedingter Spielpause*. ‚Lügenpresse‘, denkt sie und muss grinsen bei dem Begriff, der heute bei denen en vogue ist, die sich für besonders klug halten. Hätte sie andererseits lieber gelesen: *folgerichtiges* – oder wie alle, die die Wahrheit kennen, es formulieren: *bekloppteitsbedingtes Spiel-Ende?* So bewertet man es doch. Und schweigt vor lauter Verlegenheit. Denn natürlich wird sie nicht verstanden, von niemandem. Auch von Elsa nicht. Bloß die sagt nicht, dass sie ihre Schwester bescheuert findet. Elsa ist ausschließlich lieb-lieb-lieb, macht sich was vor. Hat auch was Bescheuertes, oder Unehrliches, dieses zwanghafte Bemühen und Daseinwollen für die Schwester. Ist aber aussichtslos, Karla ist liebesresistent, ist keines von Elsas Grundschulkindern. Elsa ist so gern die einzige, die von Karla noch ins Vertrauen gezogen wird.

Will Karla überhaupt jemanden sehen, mit jemandem sprechen? Wer wäre denn aushaltbar? Von Freuen könnte sowieso keine Rede sein. Die Dummschwätzer, die Kopfschüttler, die ihr Handeln abartig nennen? Die Ignoranten wie Tante Marlena, die nur in der eigenen Vergangenheit leben, ausschließlich sich selber wichtig finden? Ach, niemand wäre aushaltbar. Sicher gibt es noch diejenigen, die ihr erklären würden: Prima, toll gemacht, Karla, weiter so, war schon lange mal dran, so ein Gewaltakt! Aber Sarkasmus kann sie nicht gebrauchen, so jemandem würde sie am ehesten eine scheuern wollen. So wie damals Elsa. Die Gleichgültigen gibt es noch, diejenigen, die sagen: Ja und? Wird schon einen Grund geben dafür. Nein, sie kann und will niemanden mehr gebrauchen. Elsa fragt: Ja und nun? Was soll jetzt werden? Elsa ist die Vernünftige, die ein Ziel braucht. Ein Kind mit Sam, super. Karla hat kein Ziel mehr. Elsa sagt: das Cello verkaufen, sei doch nun bloß noch ein Mahnmal, stumm und traurig in der Ecke. Gut, das kann Elsa nachher zu Geld machen, ist ja einiges wert.

Niemand soll noch irgendwie sich verpflichtet fühlen, mit ihr umgehen zu müssen. Niemandem muss sie sich jetzt noch zumuten. Haben doch alle mit der eigenen großen Verlegenheit ihretwegen zu tun.

Seit ihrem allermiserabelsten Konzert meidet Karla sämtliche Social-media-Kontakte. Ohnehin war sie keine eifrige Netzwerk-Nutzerin. Über die dummen Kommentare hat sie sich nur aufgeregt, die weniger dummen waren selten, aber auch nicht anregend genug zum Antworten. Sie hat so gut wie nie reagiert. Als das obszöne Zeug vermehrt in Erscheinung trat, unterließ sie es fast ganz, sich dort zu zeigen. An dieser Art Austausch hat sie nie Gefallen gefunden.

Sie hat eine Schublade mit den Briefchen ihrer Fans. Manchmal waren die niedlich, in Schönschrift – enorm, denn heute kann ja kaum noch wer schreiben. Selbst verfasste kleine Gedichte waren darunter, wie rührend und wie ahnungslos. In ihre Garderobe hinter der Bühne waren immer wieder welche gekommen, meist Männer, sie zu beglückwünschen. Zu dem Mist, den sie abgeliefert hat. Mit Blumen. Oder irgendwelchem Zeug. Jemand hatte mal etwas komponiert, übergab ihr verschämt ein paar Notenblätter und fragte sie nach ihrer Meinung dazu. Mit der Zeit waren die herumstammelnden Verehrer forscher geworden, steckten ihr Visitenkarten zu. Oder überreichten ihr mit besonderem Grinsen *was Persönliches*. Sie bekam Einladungskarten, zum Essen, ins Kino oder in diverse Clubs. Verreisen wollte jemand mit ihr und lud sie ein zu einer Reise ihrer Wahl, *Anruf genügt*. Ein Mann erschien mehrfach, kannte ihr Programm und ihre Auftrittsorte. Es klappte nicht immer, dass sie die Damen vom Einlass, die Ankleiderin oder das technische Personal bitten konnte, niemanden zu ihr zu lassen. Sie mochte diese privaten Besuche nach dem Konzert immer weniger. Sie war müde jedes Mal, fühlte sich ausgelaugt, unzufrieden. Nur die Leute fanden ihre Pfuscherei gut. Vielleicht gab es unter ihnen sogar ein paar Mitleidige, die sich als tatsächliche Kenner der Materie taktvoll zurückhielten mit ihrer Kritik. Niemals ist jemand erschienen, der ihr ihre Patzer um die Ohren gehauen hätte. Nicht dass sie sich so jemanden gewünscht hätte, wahrscheinlich wäre sie darüber sogar erbost gewesen, hätte das arrogante Gesülz anderer nicht gebraucht, kannte ihr eigenes Unvermögen nur zu gut. ‚Seien Sie doch nett zu Ihren Fans', erklärte man ihr. Und dann ließ man sie wieder zu ihr durch, die dreisten Typen, die ihr nun was *total* Persönliches, eingeschlagen in Seidenpapier schenkten: getragene Unterwäsche oder Fotos mit ihren Schwänzen in einem kleinen Album. So was wird verschenkt, nach Dvořák h-moll. Ernst gemeinte Präsente von Männern heute. Frauen waren meist nicht ganz so übergriffig. Mit solcher Art Zuwendungen befüllte sie den Mülleimer gleich nebendran. Vielleicht hatten die Reinigungskräfte anderntags Spaß daran.

Drei Tage war Elsa nicht hier. Karla könnte ihr eine Nachricht schreiben. Oder sie einfach anrufen. Aber nein, dann stört sie wieder. Elsa macht gerade ein Kind. Wie unoriginell. Wenn das geklappt hat, braucht sie nicht wieder hier aufzutauchen, denkt Karla. Sie wird ihr das sagen. Denn dann hat Elsa ihre Gedanken nur noch in ihrem Bauch, ihr Bauch wird ihre Bühne, und Karla wird abgeschrieben sein. Bin ich Elsas Fan?, fragt sie sich und grinst. Vielleicht sollte ich ihr einen alten Schlüpfer von mir schenken. Dann wäre Elsa beleidigt. Endlich wäre sie mal beleidigt. Nein, Elsas Fan bin ich nicht, denkt sie, aber in dem Moment stellt sie fest, dass sie viel an die Schwester denkt, zu viel. Die Zeiten der Heuchelei sind jetzt mal vorbei: sowohl die von Elsas opferbereiter Liebe wie auch die von Karlas lächelnder Dankbarkeit. Elsa setzt sich schließlich ab. Bäckt jetzt ihre eigenen Brötchen. Ihr gutes Recht. Pausenlos wird sie Karla berichten, wie es ihr geht und welche Veränderungen sie an ihrem wunderbaren Körper gerade registriert. Um Karla die Freude am Leben zu zeigen, und damit Karla die Abtreibung ihres Kindes bereut, eifersüchtig wird. Elsa wird Karlas Hand nehmen und auf ihren unförmigen Kugelbauch legen, sobald die Brut in ihr strampelt. Vielleicht muss Elsa kotzen, fällt ihr ein. Ja, soll sie kotzen die ganze Schwangerschaft über.

Sie greift sich einen Bogen Schreibpapier, probiert auf einem Zettel, ob der Füller noch schreibt. Der wird nur zu besonderen Anlässen benutzt und liegt die meiste Zeit herum. Jetzt ist ein besonderer Anlass, und Karla wird ihn zum letzten Mal benutzen. Nein, er schreibt nicht, eingetrocknet, sie müsste ihn erst saubermachen, eine neue Patrone einsetzen, entschieden zu viel Arbeit. Sie nimmt den Kugelschreiber.

Elsa, meine liebe Elsa – und dann weiß sie nicht weiter. Sie sieht in die dicke Linde hinterm Haus, die sonnbeschienen ihre Krone wiegt. Was soll sie denn schreiben, und soll sie überhaupt? Und dann schreibt sie.

Ich weiß gar nicht, ob Du noch meine liebe Elsa bist. Und wenn ja, dann nur noch bis zum heutigen Tag. Ich werde Dir nicht mehr zur Last fallen. Ich habe genügend Tabletten, und Alkohol ist auch im Haus. Leider kann ich Dir die Rennerei anschließend, die Bürokratie und das Auflösen meiner materiellen Rückstände nicht ersparen. Ich danke Dir, dass Du so lange für mich da warst, für Deine kleine dumme Schwester

21

Sam hat ihr geschrieben. Hat ganz schön auf sich warten lassen. Offensichtlich nicht so ein Handysüchtiger. Lässt das Ding wohl schon mal länger unbeachtet in der Ecke liegen. Er schlägt ein Treffen vor am Wochenende. Josefine freut sich. Sie ist beim Aufräumen, will damit ihren Kopf freischaufeln, ihr Denken umlenken, weg von ihrem beruflichen Alltag, der sie an manchen Tagen ungeheuer wütend macht. Weil sie andauernd sehen muss, wie familiäre Tragödien in unserem wunderbaren Land ablaufen und wie die Familiengerichte letztlich dafür sorgen, dass diese Tragödien kein Ende nehmen. Sie selbst ist ein Zahnrädchen in diesem wüsten Getriebe, das im Grunde Ordnung schaffen möchte und sich sogar einbildet, genau dies zu tun. Aus Gewalt- oder Vernachlässigungsmilieu hat sie schon viele Kinder befreit. Leider hält der Zustand dieses Befreitseins selten lange an. Eine Gratwanderung ist es allemal. Denn genau diese Kinder lieben ihre Eltern, trotz allem. Nachvollziehen kann sie das nicht. Sie hat ihre Eltern nicht geliebt. Nach der behördlichen Befreiung geht das Martyrium für die Kinder bald weiter, weil von gerichtlicher Seite entschieden wird, dass eben das zu passieren hat: dieses Weitergehen. Sie leistet also Hilfe, aber ihre gute Tat hat viel zu oft zur Folge, dass nach der Trennung der Eltern und nach einer kleinen Zeit der Beruhigung die alte Angst- und Gewaltmühle sich neu in Gang setzt. Für beide Eltern und fürs Kind, bei weiterhin gemeinsamem Sorgerecht. Weil es so festgelegt wird. Weil entschieden wird, dass das Kind genau dieses *braucht*! Für sein *Kindeswohl*! Josefine bekommt das fast immer mit, nicht direkt, weil sie keine Richterin ist und derartig grausame Entscheidungen nicht trifft – auch niemals träfe, denkt sie. Weil sie keine Jugendamt-Mitarbeiterin ist, die mit ihren oft folgenreichen Verfügungen damit beginnt, die Katastrophe dauerhaft zu machen. Aber nahe dran ist Josefine an diesen Prozessen. Sie erfährt vieles. Ich tue etwas Gutes, denkt sie, aber was danach kommt, was andere mit ihrem grandiosen Tun veranstalten, ist, den Höllenbrand neu anzufachen und ihn dann ordentlich in Gang zu halten. Wieviel Glück hatte sie damals mit Franz! Vielleicht hat es damit zu tun, dass in ihrem Fall – ohne Elterntrennung – beide Eltern ihren Aufgaben nicht gerecht werden konnten und dass die Behörden letztlich keinen Kampf eines Elternteils gegen den anderen heraufbeschwören mussten. Eltern werden schließlich mit bösartigen Mätzchen gezwungen, im Sinne des Kindes – im vermeintlichen Sinne des Kindes – miteinander vernünftigen Kontakt zu haben. Das das in Gewaltbeziehungen gar nicht möglich ist, interessiert nicht. Denn es gilt ganz offiziell nicht als unzumutbar fürs Kind, wenn es immer wieder miterleben muss, wie entsetzlich die Mutter zusammengeschlagen wird vom Vater. Das gilt in unserm Staat nicht als Kindeswohlgefährdung, das wird in jedem Fall für viel besser befunden als der Sorgerechtsentzug für den gewalttätigen Elternteil. Die fatalen Ergebnisse solcher Verhandlungen erfährt Josefine recht oft, sie fragt sogar danach, obwohl die miserablen Gerichtsentscheidungen sie auf die Palme bringen. Änderungen sind nicht in Sicht.

Nun, das Feuer in ihrer eigenen früheren Hölle konnte zum Teil ausgetreten werden damals. Irgendwann blies vielleicht einfach kein Wind mehr. Geblieben ist Asche.

Manchmal, wenn sie ihre Arbeit und deren Fortführung durch andere betrachtet, weiß sie nicht, worauf ihre Wut größer ist: auf die Eltern der betroffenen Kinder, oder nur auf einen von beiden, oder auf die hanebüchene Rechtsprechung der Familiengerichte. Gerade gestern wieder ... Was verschafft sie den Kindern, die sie rausholt aus der anhaltenden häuslichen Gewalt? Eine kleine Verschnaufpause. Mehr nicht.

Nein, sie will diese Gedanken nicht denken. Weil es leicht dazu führt, dass sie auch an ihrer Arbeit zu zweifeln beginnt.

Sie will nur die Sachen jetzt mal raushaben aus ihrem Kopf. Es gibt schließlich auch Erfreuliches auf der Welt. Und in ihrem Leben. Die gerade aufgehängte Wäsche in ihrem Schlafzimmer duftet – super, denkt sie, grandioses Freizeitvergnügen, Wäsche waschen. Sie wird ins Kino gehen, der Film soll gut sein. Sie braucht ein bisschen Blödsinn, was zum Lachen, sie lacht viel zu selten. Steffen könnte sie fragen, ob sie nicht mal zusammen irgendwohin gehen oder fahren könnten. Der Kollege ist ein uriger Typ, der ihr gefällt, aber sie gefällt ihm noch viel mehr, das weiß sie, und er würde sich Hoffnungen machen, die sie keineswegs zu erfüllen gedächte. Mit Sam könnte sie – ja, was eigentlich. In seiner Nachricht hat er darum gebeten, dass sie die erste sein soll, die von sich erzählt, damit es ... Da kracht es auf den Boden. Mit zu viel Schwung hatte sie die große Kramschublade aufgezogen, obwohl sie weiß, dass die mit Vorsicht zu genießen ist, weil das vordere Brett ihres IKEA-Möbels schon länger nicht mehr fest verbolzt ist mit den Seitenteilen. Das Ding war voll mit Zeug. Jetzt liegt alles breit: das kleine Holzfass mit den Stiften, alte Briefschaften, Ansichtskarten, ein paar Zeitschriften, ein Zettelblock, eine noch nicht vollends runtergebrannte gelbe Kerze auf türkisfarbenem Untersetzer, den sie mal geschenkt bekommen hatte, die eingerahmte Fotografie ihrer Großeltern – wieso hat sie dieses Bild überhaupt. Die Großeltern hatten kaum je eine Rolle gespielt in ihrer Familie. Der Vater hasste seine Eltern. Und die hassten wohl auch ihren Sohn. Der wiederum seine Kinder hasste. Erbhass. Und die Mutter hatte immer geschrien, im Schlafzimmer. Lange wusste Josefine nicht, was da los war. Abends schlug er die Kinder, in der Hauptsache Stefan – und nachts die Mutter? Wir sind alle Vergewaltigungsprodukte, denkt sie.

Kleine Schachteln mit Geduldsspielen: verschlungene kleine Strippen mit Holzperlen, die mit geschicktem Kniff ganz leicht zu lösen und auch wieder zu verknoten sind, oder solche Metallteilchen, raffiniert miteinander verbunden und simpel trennbar, wenn man weiß, wie es geht – früher hat sie sich mit so etwas lange beschäftigen können. Da ist sogar ihr altes Tagebuch. Irgendwann hatte sie das einmal gesucht und nicht gefunden. Sie sitzt auf ihren Waden vor der zerfallenen Schublade, ein bisschen ehrfürchtig hebt sie es heraus aus allem anderen, streicht sachte über die dunkelblaue samtige Oberfläche, wie um Entschuldigung bittend, dass es soeben herausgepoltert wurde. Sie blickt in die dunkle Öffnung der Kommode – ja, sie sollte die Brettchen der Schublade wieder zusammenstecken, am besten mit Holzleim, oder was nimmt man da. Gleichzeitig fällt ihr ein, dass sich die Aufzeichnungen im Buch über etliche Jahre erstrecken, sie muss es nicht öffnen. Sie weiß, dass auf der ersten Seite die theatralische Formulierung *Dem Vergessen entreißen* steht. Eine fleißige Schreiberin war sie nie. Fakten, immer kurz und knapp. Läse sich heute wie ein Gerüst, an dem sie sich entlanghangeln kann – könnte, wenn sie Lust dazu hätte.

Und von diesem Unrat soll sie Sam nun berichten? Von dem Schrotthaufen ihrer Familie? Das beste wird sein, sie nimmt dieses kleine Buch mit und liest ihm einfach vor, solange, bis er die Nase voll hat. Wäre das ein Spaß?

Wo sie sich treffen wollen, hat er gar nicht dazugeschrieben. Nicht dass die alte Liebe wieder ausbricht! Nein, war es ja gar nicht, hätte es aber werden können. Schade eigentlich.

>Sam, was hältst Du vom ‚Schwan‘, Ecke Grünstraße, Sonnabend 16 Uhr? Würde mich freuen.<

Sicher wird es gleich gewittern, heftige Böen treiben Staubwolken umher. Indem sie das Fenster schließt, sieht sie unten, ein Bein auf der Bordsteinkante, Sam auf seinem Rad sitzen und direkt zu ihr hoch sehen. Erschrocken, ertappt, verlegen, wie auch immer, Sam winkt ihr zu. Sie öffnet das Fenster wieder, lacht, schüttelt den Kopf, bedeutet ihm, hochzukommen. Diese

Unordnung hier, auf Besuch ist sie nicht eingestellt, egal. Und wie sie aussieht: Sonntagszausel, und nicht mal Wimperntusche. Zieht schnell die Jeans über.

»Wenn du nun schon mal da bist – du hast sehen wollen, wo ich wohne?« Auf dem Treppenabsatz breitet sie die Arme aus.

»Ich hatte dir gerade geschrieben!«

»Echt? War wohl Gedankenübertragung. Hab's gar nicht gehört. Ja, wollte ich wissen. Ist mir peinlich jetzt, wollte ich gar nicht so.«

»Na ja«, sagt sie inmitten der herzlichen Umarmung. »Wenn es dir peinlich ist, dann geh oder fahr wieder! Lass dich wegwehen!«

»Du sollst nicht denken, dass ich ...« Sam rudert mit den Armen.

»Mensch, Sam, lass mich doch denken, was ich will – schön, dass du da bist. Und hier wird uns kein besoffener Max stören. Komm rein.«

So wollte Sam das wirklich nicht. Er wollte lediglich eine Vorstellung davon haben, wo in der Stadt er sie verorten kann. »Ich bleib nicht lange. Nachher kommt Elsa noch.«

»Deine Freundin?«

»Ja ... Nein ... Ja. Alles nicht so einfach.«

»Du, ich kann dir gar nichts anbieten. Macht man doch so. Kaffee ist alle, Tee trink ich nicht, Wein geb ich dir nicht, Wasser aus der Leitung geht. Paar alte Kekse von Weihnachten sind auch noch da.« Sie lacht.

»Reichhaltiges Angebot, ich will doch gar nichts. Aber paar Minuten reden wäre wirklich schön.«

Und dann reden sie paar Minuten, nachdem Josefine den Deckel der runden Keksblechdose geöffnet und am Inhalt gerochen hat. »Scheinen noch ganz okay zu sein.«

Sam hatte immer wieder an sie gedacht, das sagt er ihr, und auch, dass er überlegt habe, was er damals mit fünfzehn auch schon überlegt hatte, nämlich wer der Mann war, der sie damals vor der Straßenbahn umarmt hatte, weil das doch für ihn der Grund war für seine Distanzierung: Sie hatte einen Freund, und damit hatte sie ihn natürlich nichts mehr anzugehen.

Josefine kneift die Augen zu Schlitzen zusammen. Sie hatte damals keinen Freund. »*Das* ... hattest du gesehen?« Sie überlegt. »Das hat ein paar Schrecksekunden gedauert, dann hab ich den abgeschüttelt.«

»Dafür, dass es dein Vater gewesen wäre, war er zu jung, dachte ich, und als dein Bruder schien er mir zu alt.«

Josefine nickt, sieht vor sich hin. »Ich bin doch auf dich zugegangen, mehrmals, aber du bist mir ausgewichen.«

Sam zuckt die Schultern. »Du hattest einen Freund. Warst also tabu für mich. Was sollte ich ausrichten gegen einen, weiß nicht, Dreißigjährigen!«

Sie sieht Sam lange an. »Das war mein Schwimmtrainer, das Schwein. Ich hatte die Geschichte schon drei Jahre zuvor beendet. Ja, das war ziemlich böse, und ich hatte Angst, und geglaubt hätte mir sowieso keiner, wenn ich ihn angezeigt hätte. Hab ich ja auch nicht gemacht, da er mir außerdem gedroht hatte ... Und dann ist er mir wieder begegnet und tat so, als wäre nie was gewesen. Das war der Moment mit dem Mann, der mich *umarmt* hatte.«

Sam weiß nicht, was er sagen soll. Er sieht sie mit großen Augen an, dann greift er nach ihrer Hand. »Hätte ich das gewusst, ich hätte ihn erschlagen ...«

»Ach ihr Männer!« Josefine lacht, will die Leichtigkeit in die Situation zurückholen. »Als ob Draufhauen irgendwas ändern würde. Samy, das ist lange her, ich bin damals einfach nicht mehr zum Training gegangen. Aber offenbar hat der Typ *unsere* Beziehung schon vorm Beginn ruiniert.«

Sam sieht abwechselnd in Josefines Gesicht und auf ihre Hand in seiner. Sprachlos zu sein, missfällt ihm. Sie soll nochmal lachen, mit ihren schönen Zähnen, ihr lautes herzliches Lachen, aber das sagt er ihr nicht, weil ihm sofort einfällt, dass sie das nicht mögen würde, wo doch ihre Zähne ...

»Meinst du, ob das was geworden wäre damals mit uns beiden?« Er sieht sie skeptisch an. »Ich war doch so ein pickeliger Hänfling, und du warst ... ganz weit über mir, irgendwie.«

Ja, wunderbar, jetzt lacht sie wieder.

»Also pickelig hab ich dich nicht in Erinnerung, und ich weiß, dass ich damals dachte, sechzehnjährige Jungs wachsen meistens noch ein Stück. Mich hat das nicht gestört. Erzählst du mir was von Elsa?«

Sam bewegt langsam den Kopf hin und her. Nein, wie jetzt, von Elsa, er ist soeben in einen Sumpf geworfen worden und soll im gleichen Augenblick fröhlich über Elsa erzählen. Elsa, natürlich ist das genau sein Thema, aber das ist nicht fröhlich, und wie soll er denn ...

»Josy, ich bin kein Umschalt-Automat ..., nachdem du mir gerade ...« Sam steht von der Couch auf und geht zum Fenster. Die Straße ist feucht, viel geregnet hat es nicht. Er will selber nicht an diesem Thema hängen bleiben wie die Tropfen an der Scheibe. »Von hier aus hast Du mich vorhin gesehen?«

»Von nebenan. Komm mit, du kannst mir helfen. Meine Schublade wollte nicht mehr. Ich glaub, ich hab noch Leim.«

Praktisches ist immer gut. Situationsrettend. Aber erst muss er Elsa noch Bescheid geben, dass es später wird.

22

»Jetzt probier ich doch noch deine Weihnachtskekse.« Sam
will noch nicht nach Hause fahren. War eine gute Idee, ihn die
Schublade reparieren zu lassen. Darüber konnte er wieder in die
Gegenwart zurückfinden.

»Wenn du Hunger hast, im Kühlschrank hab ich auch noch
anderes Essbares.«

»Och, alte Kekse sind schon in Ordnung, müssen sicher
sowieso weg. Ich hab jetzt immer wieder an dich gedacht«,
sagt er, während er einen Keks für geschmacklich gut befindet.
»Bin ganz neugierig geworden, seit wir uns gesehen haben. Wie
kommt es, dass du keinen Mann hast, keinen Freund?« Er fühlt
sich feige und hat die Hoffnung, dass er es hinkriegt, nicht über
seine qualvolle Elsa-Beziehung zu reden.

Josefine schmunzelt. »Weil ich stur bin, vielleicht? Oder ein
Angsthase? Oder eine superweise Frau, die alles schon erlebt
hat, hauptsächlich bei anderen, die auf alles das keinen Bock
hat, und auf die Langeweile einer stinknormalen Partnerschaft
auch nicht?«

»Hört sich hoffnungslos an. Gibt es nichts zwischen Gewalt und
Langeweile für dich? Entweder nur das eine oder das andere?«

»Kann sein, dass es etwas dazwischen gibt. Aber ich kenne es
nicht. Und es würde Arbeit machen. Ich bezweifle, dass ich das
hinbekäme. Wüsste doch gar nicht, wie. Mangels Erfahrung.«

»Das heißt Verzicht auf viel Schönes.« Er sieht sie an und
denkt an Elsa und seine vielen Verzichtsjahre vor ihr. Aber das,
was er durch Elsa gewonnen hat, bereitet ihm endlose Stunden
Pein. Endlose Stunden der Selbstverurteilung. »Aber vielleicht
ist Verzicht letzten Endes die bessere Variante«, sagt er nachdenklich.

Josefine zuckt die Schultern. »Auf jeden Fall erspare ich mir Nörgeleien, Diskussionen, Kompromisse, Eifersüchteleien, Rechtfertigungen, schlechte Laune, Streitereien und alles, was gemeinhin eine Partnerschaft auszeichnet. Manchmal finde ich, das ist ungeheuer viel wert.«

Sam nickt. Er versteht das gut. Ja, es ist viel wert. Bis Elsa kam, ging es ihm ganz genauso. Und nun, obwohl es dieses ganze Negative zwischen ihm und Elsa gar nicht gibt, ist er dennoch todunglücklich. Warum kann er gedanklich nicht bei Josefine bleiben, warum vergleicht er andauernd mit der eigenen Situation! Auch sein abdriftendes Denken findet er schrecklich, greift sich mit beiden Händen an den Kopf. Dann sieht er sie wieder an, nervös, aufgewühlt, ängstlich.

»Samy, was ist los?« Josefine scheint amüsiert. »Hey, weinst du gleich?«

»Josy, verzeih mir, ich merke gerade, dass du einen Vollidioten vor dir hast! Ich denke immerzu an mich selber, während du redest und ganz richtige Sachen sagst, für mich waren die auch immer wichtig. Mir ging es damit nie sonderlich gut, aber auch nicht furchtbar. Furchtbar geht es mir erst, seit Elsa da ist, und ich mit ihr den ganzen Partnerscheiß, den du gerade benannt hast, nicht habe – verstehst du, ich habe den *nicht*, kein bisschen, Elsa ist die beste Frau, die ich kenne, aber ich gehe kaputt an mir selber, an meiner Blödheit, an meiner Gemeinheit ihr gegenüber, ich verrate ihre Liebe, ich bin ein Verräter, ich bin fies und hinterhältig und mache Sachen, die einfach nicht gehen, die kein anständiger Mensch macht, und Elsa ist ahnungslos und voller Geduld und Verständnis, und dabei bin ich ... Ich muss weg von ihr, sie verdient einen Besseren, einen, der nicht so maßlos verlogen ist ...«

Und jetzt weint er wirklich. Hilflos, verzweifelt ist er aufgesprungen, läuft im Zimmer hin und her, die Hände vorm Gesicht. Und Josefine sieht ihn an. In einer Mischung aus Belustigung und einem Mitgefühl für seine Tragik betrachtet sie ihn, ohne dass sie das Geringste kapiert. Ein Mensch, der sein Denken und Handeln hinterfragt, in Frage stellt, begegnet ihr sonst nicht, ist ihr noch nie begegnet in der Weise. Sie kennt sie doch alle, die Selbstgerechten, die Unschuldigen, die Unwissenden, die von nichts eine Ahnung haben wollen, die Gleichgültigen, die mit den verrotteten Gehirnen, und sie weiß jetzt nicht – soll sie auch aufspringen und einfach ihren Samy-Jungen in den Arm nehmen wie ein Kleinkind? Sie kennt sich da nicht aus. Es ist ihr unangenehm. Sie hat es lieber, die Situation im Griff zu haben oder zu wissen, wie sie sie in den Griff kriegen kann. Das hier übersteigt ihre Möglichkeiten. Soll sie ihn weinen lassen und abwarten, was weiter passiert, oder ihn anschreien, dass er wieder zur Besinnung kommt? Er scheint gar nicht mehr bei ihr zu sein, hier in ihrer Wohnung, er scheint in eine eigene Welt abgetaucht, redet pausenlos vor sich hin, halblaut, manchmal unverständlich und offenbar einigermaßen verwirrt, dazwischen schluchzt er, und dann sieht er sie wieder an. Was ist das hier.

»Samy?«, fragt sie vorsichtig, dann lauter: »Samy? Erreiche ich dich?«

»Ja, ja«, sagt er ungehalten. »Natürlich denkst du jetzt, ich bin meschugge, bekloppt, stimmt ja auch, das bin ich, weil ich nicht weiß, was ich machen soll, weil alles ein heilloses Durcheinander ist bei mir, und ich einfach nur dumm bin, dumm-dumm-dumm!«

»Sam«, sagt sie. »Sam, komm her, setzt dich wieder zu mir.« Sie sieht ihn streng an, unsicher sieht er aus, und gleichzeitig trotzig. Aber dann setzt er sich. Ihr fällt nichts Gescheites ein, sie kommt sich albern vor, als sie deutlich und akzentuiert sagt: »Samy, wir spielen jetzt mal Polizei, ja?« Sie hat gerade einen Zwölfjährigen vor sich. »Du weißt, ich bin die Polizei. Und der sagt man am besten, was man weiß. Und du klärst mich jetzt einfach mal auf, was passiert ist, und wie du das alles meinst, denn ich tappe da im absolut Dunkeln. Vielleicht kann ich dir ja helfen, aber dazu muss ich verstehen, was du da sagst. Wieso bist du gemein und ein Verräter? Erklär es mir.«

Er sieht sie an, schuldbewusst, jetzt hat er sich auch noch gehen lassen und sie hineingezogen ins eigene Chaos. Dann schließt er die Augen, muss sich konzentrieren, schickt bewusst sein Gehirn zurück in Josefines Wohnung, atmet langsam tief ein und aus, hält ihr abwehrend die rechte Handfläche entgegen, sie muss sich etwas gedulden. Die Scham ist groß, was hat er getan, reicht es nicht, dass er allein in seiner Zwickmühle hin und her rennt, wieso zieht er da andere noch mit hinein und ausgerechnet Josefine. Als er die Augen öffnet und in ihr Gesicht blickt, spürt sie, dass er durch sie hindurch sieht, sie nicht wirklich wahrnimmt.

Sie greift nach seiner Hand, schöne Polizeiarbeit, denkt sie.

»Samy, ich bin hier, siehst du mich? Erklär mir etwas.«

Er schüttelt langsam den Kopf.

»Bitte.«

»Entschuldige, Josefine, entschuldige. Ich hab's verdorben. Ich kann nur hoffen, noch nicht endgültig. Aber ich möchte jetzt gehen. Mag sein, dass ich es dir erklären kann, ein andermal.«

Er steht auf und geht zur Tür. Josefine ist schneller, stellt sich ihm in den Weg, vor die Tür.

»So lass ich dich nicht gehen, Samuel Diborg. Das geht nicht, das kann ich nicht verantworten.«

Sam lächelt, schüttelt den Kopf und will sie beiseiteschieben. Er fühlt sich müde.

Halb im Spaß erhebt sie einen Drohfinger. »Vergiss nicht: Ich bin stark. Ich bin die Polizei. Bitte setz dich wieder.«

Sam bleibt stehen und blickt zu Boden, blickt auf ihre nackten Füße. Wie schön die geformt sind, denkt er. »Du bist ja barfuß«, stellt er mit Erstaunen fest.

»Was du nicht sagst!« Sie lacht erleichtert und zieht ihn an der Hand zurück zu Couch und Sessel.

»Der Anstandskeks liegt da noch«, bemerkt Sam. Setzen will er sich nicht. »Der letzte, den keiner sich zu essen traut.«

»Du traust dich gleich, kleine Stärkung vorm Abflug.«

»Weißt du, Josefine, so war das auch nicht abgesprochen. Ich hatte darum gebeten, dass du von dir erzählen solltest. Und jetzt waren wir nur noch bei mir, an meinem Abgrund gelandet. Das hat mich unvorbereitet getroffen.«

»Wir beide haben uns unvorbereitet hier getroffen. Bin ich schuld?«

»Schuldzuweisungen. Wir sind in keiner Partnerschaft.«

»Dazu braucht's keine Partnerschaft. Du wolltest wissen, wieso ich keinen Partner habe, Sam. Du bist ganz ohne mein Zutun an dein Thema gekommen.«

Er nickt vor sich hin. Er kommt dahin immer schnell, wenn es um eher Allgemeines geht. »Hm. Weißt du, was mir jetzt helfen würde, wieder sicheren Boden unter die Füße zu kriegen, damit du mich dann aufs Rad steigen lässt?«

»Sag's mir!«

»Noch drei oder fünf Sätze von dir, aus deinem Leben. Konkretes. Ich will über was anderes nachdenken können, ich schmore zu sehr im eigenen Saft.«

»Wenn dich das erdet. Was willst du wissen?«

»Weiß nicht ... was über deine Geschwister? Oder deine Eltern?«

»Eltern, hm, Mutter ist noch da, na ja. Vater weiß ich gar nicht so genau. Ich hoffe, der ist tot. Mutter hat jedenfalls nichts falsch gemacht mit ihren Kindern, sagt sie. Geschwister, immer noch viele, wo soll ich anfangen?« Sie überlegt. »Da verlangst du was, das kann ich nicht in drei Sätzen. «

»Oder wer ist dir am liebsten, und wer vielleicht nicht so?«

Da muss sie nicht überlegen. »Frage eins ist einfach. Am liebsten ist mir Franz. Franz ist Autist. Die anderen ... Jeder hat so seinen ganz eigenen Knall, weißt du. Oder hatte. Stefan war der Älteste von uns, fünf Jahre Pflegefamilie, kam zurück, als ich zwölf und die Jüngste, Elisabeth, gerade geboren war. Hab das nie verstanden. Man hätte eine andere Pflegefamilie finden müssen, nachdem er dort ebenso wie zu Hause geschlagen worden war. Jedenfalls hat sich Stefan umgebracht. Seine Tochter fand ihn. Zwei Jahre her. Oder drei?«

Josefine überlegt. »Auch kurz erzählt: Erik, acht Jahre jünger als ich, hat früher mit Drogen rumgemacht, ist komisch geworden, ziemlich schnell nachgewiesen schizophren, war mit Anfang zwanzig nach Thailand abgehauen, hat dort geheiratet. Und einen Sohn. Die waren dann alle drei hier, arbeiteten auf Märkten, sie hat gut Deutsch gelernt, aber weil sie sich mit mir gut unterhalten konnte, auch über Erik, hat ihm das nicht mehr gepasst, er wollte mit mir nichts mehr zu tun haben, später bekam ich das schriftlich von ihm. Die drei sind zurück nach Thailand, wo er lügt, die Frau betrügt, den Sohn schlägt, mit Drogen dealt, weil er entsprechende *Eingebungen aus dem Äther* erhält, oder wer weiß woher. Ab und zu kommen von ihr paar heimlich schnell hingekritzelte Zeilen, kaum lesbar, wie schlimm es mit ihm ist, er verweigert alles. Seine Vaterschaft bestreitet er. Alles unter heftigen Wahnvorstellungen. Also Erik ist weit weg. Gut so.«

Sie sieht Sam an. Ob er genug hat? Soll sie weiter erzählen? Vier Schwestern sind da noch. Plötzlich hat sie Lust, ihn ein bisschen zu erschlagen. Sie kann das: Mit ihrer Familie macht sie jeden schnell platt, allein mit ein paar Fakten. Sitzt da nicht das fünfzehn- oder sechszehnjährige Bübchen, sie mit großen Geht-es-etwa-noch-schlimmer-Augen ansehend, die Stirn in Quer- und Längsfalten gelegt, das sich gerade beleidigt zurückgezogen hat wegen ihres vermeintlichen Freundes und keine Fragen mehr stellt? Und jetzt aber wegen Klein-Elsa-Kummer nicht mehr die Kurve kriegt?

»So, na ja, am ungemütlichsten ist sicherlich Lisa, Elisabeth, die Jüngste von uns, die nichts, wirklich nichts auf die Reihe kriegt, die nur gestresst umhertobt und rumbrüllt. Die Kinder sind ihr abgenommen worden, weil die neunjährige Tochter gewalttätig ist der kleinen Schwester gegenüber. Lisa wollte, als die Kinder – Väter unbekannt – schon da waren, nur ‚leben‘, hat kaum gesorgt für die Kinder, hat sich durch die Gegend gevögelt, große Klappe gehabt. Gibt sich seit kurzem Mühe, und was für Mühe, will ganz viel erreichen, die große Tochter zurückhaben, kämpft aber mit Vorschlaghämmern, was auch die Behörden nicht wertschätzen können. Der armen Tochter von ihr kann aber gewiss auch niemand gerecht werden, die ist mit neun Jahren völlig daneben, enthemmt, kratzt, tritt, beißt, macht alles kaputt, schmiert mit ihren Ausscheidungen rum, frisst die sogar, Schule geht gar nicht. Die Fachkräfte, die da wirksam sind, sind immer nur am Deeskalieren, ohne die viel beschworene Nachhaltigkeit, sobald Schwesterchen die Kinder probehalber hat. Da sind nur Geschrei und Verzweiflung von meiner Schwester, pausbäckig und rotgesichtig, die die Vierjährige immerzu retten muss vor den oft mörderischen Attacken der Neunjährigen. Lisa benimmt sich wie ein eingesperrter kleiner Teufel, der zornig zwischen seinen Gitterstäben hin und herfährt. Dazu dieses Zerstörerische von Seiten des Kindes. Im Ganzen niemals etwas Nettes, oder Liebes. Das kann meine Schwester einfach nicht. Woher auch, wir haben das alle nicht gelernt. Für sie kann irgendwie keiner was tun, sie versteht es nicht. Kämpft wie eine Löwin, die wütend ihr noch viel wütenderes Kind an sich zu reißen meint und nicht merkt, wie sie es pausenlos wegstößt. Sie kriegt es fertig, meistens, nicht immer, ihre Tochter – wie sag ich es am besten – *mit aller Gewalt* nicht zu verprügeln, weil sie es nicht *darf*, von Behördenseite, und weil sie sie liebt, sagt sie. Aber sie weiß nicht, wie Liebe geht. Sie hat nichts Mütterliches, keinerlei … Warmherzigkeit. Und das Kind gibt ihr keine Chance, es zu lernen.«

»Du meine Güte, Josy«, sagt Sam, der aufmerksam und bestürzt zugehört hat. »Ich hab da überhaupt keine Ahnung, aber kann es nicht sein, dass auch das Kind nicht ganz richtig im Kopf ist?«

»Henne oder Ei … Hab ich auch schon gedacht. Das Kind soll jetzt ausgiebig diagnostiziert werden. Ist doch schon mal was nach vier Jahren Dauerkampf.«

»Vier?«

»Seit die jetzt vierjährige Schwester auf der Welt ist. Da gab es von Anfang an eifersüchtige Kissenerstickungsversuche der damals fünfjährigen.«

»Um Gottes willen.« Sam blickt auf ein paar Krümel auf dem Teppich, und auf Josefines nackte Füße. »Das zeigt mir, warum ich nie Kinder wollte. Man weiß doch nie, ob man das hinkriegt, noch dazu, wenn man selber nicht richtig tickt.«

»Du sagst es.« Josefine lacht. »Übrigens ist Elisabeth der vollsten Überzeugung, dass sie für ihre Tochter kämpfen wird, notfalls bis zum Bundesverfassungsgericht gehen will, so schrie sich mich neulich an. Die Vierjährige, weil sie so *lieb* ist, kriegt ständig Extrawürste von ihr, und die große muss zugucken, weil sie ja ein *böses* Kind ist …

Auf jeden Fall sind wir beide als Kinderlose verdammt vernünftig, Sam!« Sie lacht.

»Mir ist ganz kalt geworden. Sag mal: und du? Wieso bist du anders?«

»Weiß gar nicht, ob ich das bin. Ich hab gesehen, wie mein fast immer besoffener Vater auf Stefan einschlug, bis der sich nicht mehr rührte. Meine Mutter flüchtete, sobald sie Prügelzeugin wurde, mochte das Drama nicht sehen. Später legte sie sich einfach ins Bett und stellte den Fernseher laut. Ich hab mich oft verstecken können. Einmal – ich ging schon zur Schule – als mein Vater fertig geprügelt hatte und zusammengesunken im Sessel vor sich hin sabberte, schlug ich mit einer leeren Geschenkpapier-Papprolle auf ihn ein, mehrmals. Ich wollte ihn erschlagen, das war meine Absicht, obwohl ich wusste, dass das so nicht klappen konnte. Wenn da ein Beil rumgestanden hätte … Die Rolle ist zerknickt. Er ist nicht mal wach geworden. Und das hab ich in der Schule erzählt, meiner Lehrerin. Die anderen

Geschwister waren auch schon alle auf der Welt – halt, nein, Lisa noch nicht. Das Jugendamt kam ins Haus, die Polizei. Das fand ich gut. Polizei war klasse. So klar und vernünftig. Der eine hat mir zugeflüstert, dass ich das richtig gemacht hatte, der Lehrerin was zu sagen. Ich glaub, das war meine Rettung. Ich glaub, ich hab nicht mal Dresche gekriegt hinterher. Ein paar von uns kamen weg, in so Einrichtungen für Kinder aus schwierigen Verhältnissen, oder in Pflegefamilien. Stefan ging es dort aber auch nicht besser. Ist, wie gesagt, dort auch geschlagen worden. Er ist immer geschlagen worden, auch später in seiner Ehe ... Mensch Samy, ich will doch gar nicht so viel quaken. Du wolltest nur drei Sätze aus meiner tollen Familie hören, um deine eigenen krummen Gedanken zu beschwichtigen – krieg ich nicht hin, nur drei Sätze – tut mir leid! Was ich eigentlich sagen wollte wegen deiner Frage, wieso ich anders bin als die anderen aus meiner Sippe: So weit weg von denen bin ich nicht. Die Wut auf meine Eltern war lange so groß, dass ich manchmal dachte, ich müsste sie umbringen, alle beide. Auch dann noch, als die sogenannte Hilfe ins Haus kam.«

»Was hat dich gehindert?«

»Ich hätte dann nichts mehr für Franz tun können, wenn man mich selber weggesperrt hätte.«

»Mensch, Josy, diese Verhältnisse. Dass du denen entkommen bist ...«

»Bin ich eben leider nicht. Allenfalls den privaten, weitgehend.«

»Wie hältst du das aus?«

Sie zuckt die Schultern. »Ich hab nichts anderes gelernt? Ich kenne das alles ziemlich gut? Mir ist noch nie was Besseres eingefallen? Ich will immer noch Kinder von ihren Eltern befreien? Vielleicht deshalb?« Dann lacht sie. »Hier, greif dir den!« Sie zeigt auf den einsamen Keks. »Und dann ab zu Elsa!«

»Nee, der sag ich heute ab.«

23

Hinter einer Schranktür befindet sich eine weitere Tür, die mit einem Klick aufspringt.

»Juliussche Geheimfächer?«

»Whiskey oder Cognac?«

»Ey Junge, ich fass es ja nicht!« Max grinst, hat es geschafft, die alte Spaßbremse aus der Reserve zu locken.

»Whiskey oder Cognac?«, wiederholt Julius.

»Was trinkst du denn selber lieber?«

»Bier.«

»Haste Bier?« Max lacht.

»Nö.«

»Wie denn, das ist wieder nur für mich? Wie der Kamillentee?«

Julius hat einen Cognacschwenker vor Max hingestellt, gießt ihm ein. Max versucht, das Etikett zu lesen. »Lass mal sehen, was das für'n edler Tropfen ...Was? ...'extra old'? Er sieht Julius an. »Du, das ist nichts für ein Arschloch wie mich.«

»Stimmt.« Julius nimmt sich selbst ein Glas. »Ist für zwei Arschlöcher.«

»Worauf trinken wir? Auf die Freundschaft?« Max riecht genüsslich ins Glas hinein.

»Weiß nicht, nee ... Auf nichts.«

»Auf den Neuanfang.«

Julius schüttelt den Kopf. »Schaff ich nicht, kannste knicken.«

»Komm, sei nicht so nachtragend.« Und dann trinken sie auf den Neuanfang, der nicht zu schaffen ist.

»Mensch, Julius, was ist los. Wie geht's dir, was machst du, an deiner Wohnung seh ich, du brauchst Ordnung, okay. An deinen Hunden seh ich, du brauchst Beschützer. Und wenn ich dich so angucke, seh ich, du könntest so was wie Freude gebrauchen, scheinst du nicht zu haben.«

»Na reicht doch, damit hast du doch alles gesehen.«

»Ja, aber das alles doch nicht deswegen, weil ich meine Brücken hinter mir abgebrochen hatte. Weil du so dermaßen von mir enttäuscht warst. Oder bist.«

»Bild dir nichts ein. Du bist nur einer von vielen.«

»Die dich enttäuscht haben. Das will ich jetzt aber mal wissen.«

»Könnte dir so passen. Damit du mir anschließend coole Ratschläge erteilen kannst, damit du mir sagen kannst, dass ich spazieren gehen und mal Luft schnappen soll, und danach ist alles wie weggeblasen. Oder dass ich *Entspannungstechniken* lernen soll, damit mir dieser menschliche Abschaum nicht mehr so auf die Nerven gehen soll. Oder dass ich besser auf meine *Bedürfnisse* achten soll, die ich wahrscheinlich selber gar nicht kenne. Dass ich mich einfach ab und zu ordentlich besaufen soll. Hab ich alles schon tausendmal gehört. Von so ganz klugen Leuten, weißt du, die das alles gemacht und verstanden haben, die ihr Leben jetzt richtig schick finden. Und tausendmal hab ich's zum Kotzen gefunden. Vielleicht kannst du das ja ohnehin alles: dich freuen über gutes Wetter, über die ersten Krokusse, über Vogelgezwitscher, nette Menschen, gutes Essen – ich kann es nicht. Ist mir alles zu grell, zu laut, zu dämlich, zu ... was weiß ich. Oder nein: Du sagst mir gleich, dass ich das alles nicht so wichtig nehmen soll. Du schüttelst das Gemeine, das Ätzende einfach so ab, an dir bleibt nichts haften, ist noch nie was haften geblieben, auch früher nicht ... Nein, sag jetzt nichts. Du hast immer gelacht, auf deine abschätzige verletzende Art hast du dich über alles und jeden lustig gemacht, hast Zustände gekriegt und Zeug zerstört, dich danach amüsiert, und dann hast du die Ärmel hochgekrempelt und hast Neues gefunden, bis das auch wieder nicht mehr interessant war, oder deiner nicht mehr würdig. Damals wusste ich nie, ob ich dich dafür hassen oder bewundern sollte. An mir bleibt nämlich immer alles kleben, ich kann Ekelhaftes nicht einfach so beiseite tun, das sitzt alles auf mir, in mir, ich bin zugekleistert mit Ekel-Patex, zieht überall Fäden. Gibt kein Lösungsmittel. Ich hänge da einfach nur fest in diesem Gezadder, das andere um mich gesponnen haben. Offenbar hab ich mich da immer nur hingehalten: ‚Hier habt ihr, macht nur, beschmiert mich, besudelt mich, benutzt mich, treibt eure Spielchen mit mir, ich wehre mich nicht, bin ein ergiebiges Objekt für dreckige Phantasien und dafür, dass ihr sie an mir in die Tat umsetzen, mich belügen und betrügen könnt und dass ihr mir am Ende, einfach so, alles wegnehmen könnt, was mir wichtig war oder was mir zustand. Ich gebe keinem einzigen Menschen mehr eine Chance, auch nur ein Fitzelchen von mir zu bekommen, und ich mache dabei keinen Unterschied mehr zwischen Materiellem und ... dem da drin.‘ Julius macht eine unbestimmte, fahrige Handbewegung gegen seinen Brustkorb, gegen seinen Kopf, weil er nicht weiß, wo er es verorten soll, dieses *Da drin*.

Max weiß nicht, ob Julius jetzt fertig ist.

»Ach du liebes Gottchen«, sagt er schließlich, als Julius offensichtlich am Ende scheint mit seiner Litanei. Wirklich, wenn man sich als Nabel der Welt fühlt, denkt er, muss man das vielleicht so sehen. Er traut sich nicht, den Gedanken zu äußern, denn Julius hat sich in Rage geredet, und Max würde doch gerne noch ein Gläschen trinken und nicht vor der Zeit von ihm rausgeschmissen werden. Und dann fällt ihm doch noch etwas ein.

»Aber sag mal, du hast dich vorhin selber als Arschloch bezeichnet, was den Hennessy hier betrifft. Was ist denn arschlochig an dir? Ich hab bisher nur verstanden, dass alle anderen Arschlöcher sind.«

»Ich habe das sogar schwarz auf weiß. Das heißt, die schriftliche Formulierung brauchte es nicht mit den entsprechenden Konsequenzen, aber es waren die letzten Worte meines sterbenden

Vaters direkt zu mir: ‚Und du, mein Sohn Julius, *leider* mein Sohn ..., du bist das letzte Arschloch‘ – seine letzten Worte an mich, dass ich das letzte Arschloch bin. Dann schnappte er die letzte Luft und war tot.«

»Uiuiui. Aber Mann, Julius, das ist es doch! Das genau ist doch unsere Gemeinsamkeit!« Max ist aufgesprungen. Julius hat ihm das Stichwort geliefert. »Du wirst so gesehen und ich ganz genauso. Immerhin: Das ist doch was. Und deshalb sollten wir beide darauf stolz sein! Arschlöcher im Doppelpack – so sollten wir durch die Welt gehen! Das schweißt zusammen, das macht stark!« Max ist schwer begeistert von seiner Idee der Arschloch-Freundschaft. »Stell dir mal vor, was mir gerade neulich erst passiert ist. Ich hab doch schon lange keinen Kontakt mehr zu Astrid und Konsorten – also ich meine zu diesen ganzen Vollidioten, die sich mal meine Familie nannten. Weder Gero noch Vanessa halten es ja für nötig, mal nach ihrem armen Vater zu gucken – ich sag dir, das macht verdammt einsam, wenn nicht mal die eigene Mutter...«

»Stopp mal, Max!«

Der bittere Zug um seinen Mund entgeht Max nicht.

»Genau das ist es, was ich jetzt nicht will. Genauso kenne ich dich. Und genau deshalb wird das nichts mit uns. Jetzt so wenig wie früher.«

»Hä? Was denn, was ist denn plötzlich in dich gefahren?« Max starrt ihn an. »Jetzt bin ich aber gespannt! ‚Jetzt so wenig wie früher‘?«

Julius sieht ihn an. Max rafft es nicht. Er wird es ihm begreiflich machen müssen.

Aber Max ist empört. »Was ist denn das: früher ... Früher war also auch schon alles Scheiße? Was du aber schön für dich behalten hast? Hast dich nicht beklagt früher. Und jetzt? Was hab ich denn falsch gemacht? Schon wieder offenbar? Gibt’s denn überhaupt noch was, was ich nicht falsch mache?«

Die Hunde stehen plötzlich beide vor Max. Der eine knurrt,

der andere hat einen einzigen gigantischen Beller von sich gegeben, erschreckend und einschüchternd.

»Aus, Pluto.« Julius spricht leise. »Wenn du nicht gleicht brüllst und nicht gleich eingeschnappt reagierst, könnt ich's dir erklären. Setz dich wieder.«

Max legt keinen Wert auf Erklärungen. Er reißt sich das Tuch vom Kopf, fährt sich über die Stoppelhaare, wirft sich mit Schwung wieder in den Sessel, lehnt sich mit verschränkten Armen zurück, starrt auf den Boden, während Julius ihm nachschenkt.

»Du bist so dermaßen bescheuert, dass es wehtut. Aber dein Zeug hier schmeckt verdammt gut.«

Julius grinst. »Ich weiß, dass ich bescheuert bin, ist ja nicht neu. Aber wieso jetzt? Weil ich dich unterbrochen habe? Hör mir mal zu. Das ist meine Kritik an dir: Du willst niemals etwas wirklich wissen. Irgendeine Aussage A reicht dir vollkommen, ist im Grunde auch schon nicht wichtig, weil sie mit dir nichts zu tun hat. B und C interessieren dich sowieso nicht. Und schon bist du wieder bei dir, bei deinen Geschichten, und wie du sie bewältigt hast, obwohl man dir übel mitgespielt hat. Weil du allem immer irgendwas Geniales entgegensetzen kannst. Was ich dir gerade erzählt habe, ist im selben Augenblick abgehakt für dich. Weil alles bei dir sowieso viel schlimmer ist, viel bedeutender im Vergleich zu meinem bisschen Käse.«

»Na ja, Arschloch scheint schon zu stimmen. Bist du jetzt fertig?«

»Weiß nicht, vielleicht. Und du bist beleidigt.«

»Glaub nicht, dass ich nicht gerade gut zugehört habe. Keinem Menschen gibst du eine zweite Chance, hast du gesagt. Keiner kriegt mehr irgendwas von dir. Also schließe ich daraus, dass dein alter Freund Max sich gar keine Mühe geben muss, die kann er sich sparen, weil da bei dir sowieso Hopfen und Malz verloren sind. Ich kann machen, was ich will, bei dir kann ich nicht mehr landen.«

»Und du hast gar nicht gemerkt, dass ich sehr wohl dabei war, die Tür gegen mein Prinzip doch wieder einen Spalt zu öffnen?«

»Nee. Indem du mir meine immer schon ‚abschätzige fiese‘ Art vorhältst? War doch deine Formulierung.«

»Ja. Sobald du kritisiert wirst, bist du sauer, das kannst du nicht hinnehmen. Das merkst du dir. Und nur das.«

»Aber da ist doch kein Unterschied zwischen uns. Du willst auch nicht hören, wenn ich an dir was auszusetzen habe. Warst früher immer stinkig, wenn ich gegen deine abartige Leidenschaft, Tiere abzuknallen, was gesagt habe. Machst du das eigentlich immer noch? Hast gar keine Trophäen hier an deinen kahlen Wänden.«

Ach, Aktuelleres gibt es nicht, denkt Julius und zögert mit der Antwort.

»Das, wovon man nichts versteht, sollte man nicht beurteilen. Oder verurteilen.« Er schenkt sich nach. »An diesem Denken hat sich nichts geändert«, sagt er.

Er sieht Max gerade an, rechnet damit, dass er nun das alte Thema ins Feld führt. Nicht sehr originell.

»Du betreibst dieses schreckliche Hobby immer noch.«

»Ich gehe immer noch ab und an auf die Jagd, ja. Es ist noch nie ein Hobby gewesen. Das ist der Landwirt in mir. Und ein bisschen Förster war ich auch immer.«

»Genau. Dass ich nicht lache. Mit *Ausbeinmesser* im Stiefelschaft. Landwirt – wie das denn! Wildschweinhorden in deinen Maisfeldern? Ackerbauer warst du nie. Böse Wölfe gegen deine guten Schafe? Viehzüchter warst du nie. Aber vielleicht hab ich ja was verpasst – ich weiß gar nicht, was du jetzt so treibst. In deinem Büro mit den Kaffeeschlürfern. Förster. Papperlapapp. Gott spielen über Leben und Tod. Hast du immer gerne gemacht. Im Hochsitz mit der Knarre im Anschlag. Heimtückische Mörderei.«

Julius sagt nichts. Es ist die alte Leier.

Damals hatten sie erbitterte Diskussionen. Max erinnert sich.

Er hat nie kapiert, wieso der Jäger in wichtiger, verantwortungsvoller Position ist, wenn er *Tiere aus dem System entnimmt* – so nennt das der Jäger in seinem Slang.

Offenbar will Julius sich nicht provozieren lassen. Also geht Max es locker an. »Nimmst du deine Bestien mit zur Jagd?«, fragt er mit Blick auf die Tiere.

»Ich esse Suppe nicht mit Messer und Gabel.«

»Bingo. Wie dumm ich bin. Zeigst du mir immer wieder gern.«

»Wo's nötig ist?«

Beide spüren, dass es mit dem anderen eine Gratwanderung ist, heute mehr denn je.

Max gibt noch nicht auf. »Also gut, Schwamm drüber. Was hattest du gesagt von deinem Sohn? Der will dich umbringen? Hat dich überfallen?« Er muss ihm jetzt beweisen, dass er zuhören kann, darf ihn nicht unterbrechen, muss sich auf die Zunge beißen, wenn er gern was dazu sagen würde. Und Kinder sind doch immer ein ergiebiges Thema. Da könnte er selber …

Julius hat keine Lust, noch irgend etwas zu erzählen. Max ist nicht besser als alle anderen. Er soll gehen. Fragt nach Markus – als ob es ihn interessierte!

»Ich krieg's nicht auf die Reihe, Max – willst du doch hören, oder?« Er sieht Max herausfordernd an. Der hebt spielerisch wackelnd beide Hände, macht ein ängstliches Gesicht, *ich sag ja gar nichts …*

»Krieg ich auch nicht. Sollte mich nicht wundern, wenn Markus …« Er schüttelt den Kopf, hat doch alles keinen Sinn. Er wird es kurz machen. »Mein grandioser Sohn dealt mit Drogen, schon lange. Klappt aber nicht mehr so. Weil er doof ist. Hatte schon mächtig Schwierigkeiten. Keine fertige Ausbildung, aber dealt. Konsumiert auch. Keine gute Kombination. Seit paar Monaten Koks, neben allem anderen. Wo ich den schon überall rausgehauen habe! Zahlen darf ich, immer nur zahlen. Gestern erst war der wieder hier. Immer nur, wenn er Geld braucht. Gedroht hat er mir diesmal nicht.«

Max sagt nichts, weiß nicht, ob es jetzt erlaubt ist. Markus ist doch für Julius auch so was wie der letzte Arsch, denkt er, genau wie Julius es für seinen Vater war.

Julius sieht ihn an. Vielleicht darf Max jetzt reden.

»Und Friederike?«, fragt er zaghaft.

»Hat ihn hochkant rausgeschmissen. Dahin traut er sich nicht wieder.«

»Hm. Mutig.«

»Mutig? So viel hat die übrig für ihren Sohn.«

Max zuckt die Schultern. »Redet ihr miteinander?«

»Über ihn. Manchmal.«

»Aber ihr seid nicht einer Meinung.«

»Die würde ihn verrecken lassen. Ich nicht.«

Okay, alles ist gesagt. Was könnte Max noch einwerfen oder fragen. Er könnte jetzt von Gero erzählen, könnte Julius damit zum Lachen bringen, weil es doch letztlich lachhaft ist, was da gelaufen ist. Nein, natürlich nicht, meine Scheißmutter ist tot, denkt er. Was ihm in dem Moment auffällt, ist, dass er, seit sie tot ist, immer *Scheißmutter* denkt. War vorher nicht so extrem. Aber dass sie einfach krepiert ist, sich so billig aus der Affäre gezogen hat, verzeiht er ihr nicht.

Er hält die Klappe. Wartet einfach ab. Damit Julius nicht gleich wieder die gekränkte Leberwurst spielt.

Das süffige Zeug dudelt ihm durch den Kopf. Er würde gerne noch ein Glas ... Verkneift es sich. Und Julius ist sparsam, wie es scheint. Aber gut so: Womöglich äußert Max noch was, wenn sein Mundwerk schneller ist als die Vorausberechnung der Wirkung seiner Worte, und verdirbt es sich womöglich endgültig mit Freund Julius. Im Grunde hat er den doch mal gemocht. Und wenn er von dessen Blödigkeiten wegdenkt, scheint der immer noch ganz auskömmlich. Abstriche muss jeder machen, wir haben alle unsere Macken. Max spürt, dass er abgleitet in witzlose Plattitüden und schweigt jetzt lieber.

»Hab ich dich jetzt verschreckt?« Julius grinst und hebt ihm sein Glas entgegen.

Max nickt heftig und spürt, das ist der Cognac. »Hast du. Ich hab jetzt Angst. Und das willst du doch so.« Mist: Seine Artikulation klemmt etwas. Er muss sich zusammenreißen. »Ich sollte jetzt gehen«, sagt er betont deutlich.

Stimmt, denkt Julius. »Was machst du eigentlich beruflich?«, fragt er stattdessen.

Max winkt ab, was ihm ein wenig zu groß gerät, er merkt es. »Uninteressant. Zuletzt war ich in einer Firma angestellt, Gas-Wasser-Scheiße, weißt schon, in so einem Team von Leck-Ortern. War ganz witzig. Oder nein, zuletzt war ich Apotheken-fahrer, Taxi auch so nebenbei, zeitweise. Verdienst du ja nix. Möbel hab ich auch schon verkauft. Und aufgebaut. Küchen. Im Callcenter war ich. Paketzusteller. Knochenjob. Gekellnert hab ich mal. Aushilfe auch mal, in so'ner Lotto-Zigaretten-bude, weißt schon. Kürzlich hab ich der Freundin von mei-nem komischen Kumpel Samuel noch eine alte Visitenkarte gegeben mit ‚Fotograf‘ drauf. Stimmt aber schon länger nicht mehr. Ich helfe wem beim Hausbau, schwarz. Offiziell bin ich Vertretung in einer Hausmeisterfirma. Fehlen ja überall Leute. Die Woche jetzt war ich unterwegs in zig Wohnungen, mit so'ner Stange, weißt du, und die drücke ich gegen die Rauch-melder, die machen dann piep.« Indem er das so schildert, muss er lachen, sehr lachen, und verschluckt sich an seiner Spu-cke, muss heftig husten, dass ihm die Tränen kommen. Und währenddessen denkt er an den Hustenden im Wartezimmer seines blöden Arztes, dem er seine alten Bonbons zugesteckt hatte, und Karla Sonnenschein fällt ihm auch wieder ein, und als er wieder ordentlich atmen kann, fragt er Julius ein zweites Mal nach ihr.

Der überlegt, sieht ihn schief an. »Klar kenn ich eine, die so heißt. Viele von der Sorte und mit dem Namen laufen wahrscheinlich nicht rum.«

»Ach Quatsch – ehrlich? Du lügst mich an. Grins nicht so doof. Natürlich lügst du mich an.« Max winkt ab. »Verscheißern kann ich mich alleine.«

Was Max mit Karla will ..., überlegt Julius. Der denkt doch nicht im Ernst ... Aber sieht ihm ähnlich, dass er sie angebaggert hat. Will sich schmücken mit einer hübschen jungen Frau, braucht Bestätigung. Wenn der wüsste ... Rotgeränderte Augen hat er nach diesem wilden Hustenanfall, sieht erschöpft aus. Und ist ganz still plötzlich.

Eigentlich könnte Max jetzt noch bleiben, und Julius könnte ihn zappeln lassen am Karla-Köder. Aber ihm ist nicht nach Späßchen. Seine Stimmung verdüstert sich plötzlich. Er kann solche Umschwünge ins Negative immer weniger gut steuern. Das passiert einfach, zumal etwas Alkohol eine Seite in ihm weckt, die er normalerweise unter Verschluss hält. Immer das Gleiche bemächtigt sich seiner, er merkt das genau, es stürzt sich auf ihn wie ein Tsunami, wie ein pyroklastischer Strom, den er herannahen sieht, lautlos, rasch, vernichtend, weglaufen zwecklos. In grausiger Abfolge überfallen ihn Vergangenheit und Gegenwart, nicht trennbar in konfusem Gemenge. Wohin nur damit, wohin mit sich selbst? Wie lange noch bis zum Kipppunkt, den er nicht kennt, aber seine Nähe ahnt. Der Gedanke ans Büro morgen ist gerade das kleinste Übel. Obwohl. Es mischt sich. Es mischt sich alles, der ganze Unrat, abgefüllt in Pappbecher, aus denen er aufgeschlürft wird. Fetzen jagen ihm durch den Kopf. Bilder von jetzt, von vorgestern, von vor Jahren, komischerweise nichts aus seinen Afghanistan-Aufenthalten, und der Satz, immer wieder der Satz des Vaters, sofort ein Alptraum. Gleichzeitig alles. Verschmilzt zu etwas dunkelgrün Giftigem. Er muss jetzt still sitzen. Still sitzen. Sich nichts anmerken lassen. Er will das nicht, kann es aber nicht beiseite wischen, hat noch Besuch, blamabel. Wie Max ihn anguckt, durch halb geschlossene Lider. Max stört. Genau er ist jetzt der Auslöser. Zu viel alles, längst zu viel. Aber es gibt kein Entrinnen. Reden geht nicht. Er friert. Plötzlich scheint er Fieber zu kriegen, weiß, dass das nicht so ist, aber sein Gesicht fühlt sich heiß an, der Körper auch. Ist doch bekannt, er fällt wieder drauf rein. Spürt Hitze, eine wütende Hitze, aber er friert. Muss es kommen lassen, hat dem nichts entgegenzusetzen. Zu häufig ist er mittlerweile gezwungen zu diesem Horrorfilm, der in ihm abgespult wird. Sein Hirn macht das. Sein Hirn will, dass es ihm schlecht geht. Warum nur, warum. Wofür soll es gut sein. Wie sieht denn Max aus, schläfrig im Sessel dösend, ahnungslos wie ein müdes Baby sinnlos grinsend, satt und blöde, schlaffe Fresse, was will der denn überhaupt. Reden mit dem geht nicht. Beschmutzt mit seiner Gegenwart meinen weißen Sessel. Kontamination, denkt er. Kontamination. Nein, Panik ist das nicht, Panik ist anders. Dann die Bilderflut, der Film. Er kann ihn nicht stoppen, atmet schwer.

Da sitzt Sascha Sascha sitzt da Sascha in seinem Blut jetzt schließt er die Augen Max gleich wird er tot sein Sascha ist auch tot was soll er mit Max Hallodri die Bürogeräusche dümmliches Lachen Schlürfen Sascha sein Blut überall unter ihm und auf ihm an Wänden an Möbeln hatte sich gewehrt die Kampfspuren diese Sauerei er selbst über ihm Saschas Kopf in seinen Händen blutig alles sein Kopf mit den Augen schon tot und blutig triefend die Hände Frosthitze in ihm irreal alles und auf den Hundeköpfen die Hände streicheln mechanisch Hundeköpfe auf seinen Knien die merken sein Brodeln er verzehrt sich nur Max merkt nichts Max das überflüssige Baby da drüben ja Herrgott Vater in rosa Bettwäsche er kennt das doch alles böser alter Mann Hände dunkelrot von Sascha-Blut da stolziert die dämliche Stöckelschuh-Kollegin Geplapper ohne Sinn Gelächter ohne Sinn nur Krach seine Ohren Markus hat ihn an die Wand gedrückt im schmalen Flur mit einem Stock quer an seinem Hals kräftiger Sohn aber er ist es auch kann ihn gegen die andere

Wand stoßen stirbt der Alte da in seinem rosa Bettzeug rosa und geschmacklos Julius leider mein Sohn du bist das letzte Arschloch Vaters Schriftzüge im Testament raumgreifend schwer lesbar rot kann doch nicht sein rot wie Saschas Blut werden riesig die Buchstaben enterbt laufen auseinander auf den Boden hinein in die Blutlache dickflüssige Tunke der Irre auf der Treppe stolpert wild herunter fast auf ihn der hochgeht zu Sascha sich eben noch am Geländer haltend die eigene Stimme hoppla hoppla was ist denn los der andere schon vorbei dreht sich zu ihm aufgerissene Angstaugen stürzt davon Wunden überall Wunden tief gründlich aufgeschlitzt das war der Irre Blut fließt es fließt wo soll er abdrücken sein sinnloses Hingreifen an Hals Bauch Arme Blut stoppen er muss anrufen die Bluthände sein Zittern er hat keine Stimme Hilfe sofort das blutbeschmierte Telefon abgestochen irgendwie überall in Saschas Körper hinein in sein Gesicht wieviel Blut in einem Menschen er über ihm nur Blut und der Freund tot und nie wieder Vaters eingefallener Mund um ihn rosa Rüschen du bist das letzte Arschloch nur noch halblaut das letzte Arschloch krepier endlich Zeitungsbilder und Namen plötzlich auch seiner Vater spuckt aus vor ihm letztes Arschloch das Knacken von Markus' Knüppel zerbricht überm Knie zerbricht erst beim zweiten Versuch Sascha blutüberstömt Saschas toter Kopf in seinen Händen Tränen auf Sascha Tränen und Blut nur nur Blut dieser Tatort er mit Konzertkarten in der Hand fröhlich gleich bei Sascha der Irre auf der Treppe die Tür oben offen die Ahnung der Schrecken Vater spuckt aus vor ihm Büroschreibtische dunkelgrün dunkelgrüne Geräuschkulisse die Hände im heißen Gesicht pressen die Schläfen zusammen kein Büro wieder aber er muss keine Wahl Saschas Blut ertränkt sein Leben kein Zeitgefühl der Film läuft weiter die gleichen Bilder in einem fort ohne Handlung ohne Ende ohne Gnade was ist das hier hier sitzt er dieser Typ der sich Freund nennen will der sich aus dem Staub gemacht hat plötzlich wiederauferstanden sich brüstet mit seinem unsteten Leben in Löcher-Jeans auf jugendlich sich fabelhaft fühlt den nichts was angeht der grinst seine offenbarte Not lächerlich findet ach du liebes Gottchen der nichts von ihm wissen will nur seinen Cognac säuft und der seine Nichte ficken will und sonst nichts.

Reden funktioniert nicht. Nicht mit dem hier. Julius merkt nicht, wie der Durcheinander-Alptraum, die Flut der Bilder und der Geräusche abebbt, sich ordnen will. Er weiß, was funktionieren wird. Aus schmalen Augen fixiert er Max, während er sanft die Hunde von sich wegschiebt, sich wie in Zeitlupe erhebt und den Raum verlässt. Im Schlafzimmer hat er sie. Hier verwahrt er seine Sicherheit im graugrünen Metallschrank. Der Schlüssel steckt, nur er hat hier Zutritt. Er wird ihn woanders deponieren müssen, denkt er, wegen Markus. Und als die Tür quietscht: Er wird die Scharniere nachher ölen. Fünf Schätzchen hat er hier hängen. Eines entnimmt er dem Schrank. Klack macht es, und noch einmal klack. Er steht in der offenen Tür, zielt auf Max' Hinterkopf. Das macht man nicht, denkt er und geht, weiter auf Max zielend, bis zum Fenster. Sehen soll Max.

Max spürt mit geschlossenen Augen eine wunderbare Trägheit in allen Gliedern. Julius ist schon in Ordnung. »Ist doch ganz schön bei dir«, versucht Max ordentlich zu artikulieren, was auch gelingt. Er muss nur langsam sprechen. Wieso ist das so ein Müdemachzeug. Gleich wird die Sonne hintern Dach gegenüber versinken, auch gut, und nicht mehr so warm. Das ging jetzt schnell, dieser Schatten, er sieht zum Fenster.

Der Schreck fällt gemäßigt aus wegen des Cognacs, als er das Gewehr auf sich gerichtet sieht. Er blinzelt, stutzt, glaubt nicht, was er sieht, will sehr wach sein.

»Spinnst du? Nimm das Ding runter!«

Julius schweigt.

Noch nie hat jemand eine Waffe auf Max gerichtet – doch, damals in Mexiko. »Geht's noch? Was hab ich dir denn getan?« Er setzt sich sehr gerade auf.

Julius schweigt, zielt auf ihn, keine zwei Meter entfernt.

»Was soll ich bitteschön jetzt machen?« Max bemüht sich um Nüchternheit. »Soll ich dir die Füße küssen? Mann, ich bin doch nicht eins deiner Wildschweine!«

Max spürt, wie er ängstlich wird, wie sein Herz zu klopfen beginnt. Julius rührt sich nicht von der Stelle.

»Bist du jetzt völlig verrückt geworden?«

Und als Julius offenbar eiskalt ihn abzuknallen gedenkt, ohne ein weiteres Wort, ist es Max plötzlich völlig egal.

»Okay, du Blödmann. Ich tot und du im Knast. Dein Wille geschehe. Amen.« Er hebt die Arme hoch. Dann lacht er gezwungen. Wobei er weiß, dass es gefährlich ist, einen Verrückten auszulachen.

Julius bewegt sich noch immer nicht, sagt nichts.

»Was ist das eigentlich für'n Ding? Jagdgewehr oder G36? So'n Teil, mit dem man nicht trifft? Manche lassen so was ja mitgehen, wenn sie nicht mehr Soldat sind. Ich kenn mich da nicht aus.«

Unverwandt hält Julius die Waffe auf ihn.

»Krieg dich wieder ein, Julius! Krieg dich wieder ein!« Max im Sessel hat noch immer die Hände erhoben. »Wenn's recht ist, steh ich jetzt auf und gehe – okay? Okay?«, wiederholt er, als keine Reaktion kommt. »Vielleicht ist das ja auch nur deine freundliche Art, mich zu verabschieden?«

Max senkt langsam die erhobenen Hände, drückt sich aus dem Sessel, dabei immer Julius im Blick. Schießt der ihm jetzt ins Gesicht?

»Wo sind eigentlich deine Beschützer?« Max sieht sich um, hört aus der Küche Wassergeschlabber. »Stimmt ja, brauchst sie grad nicht. Haben Ausgang ins Restaurant.«

Max hält die Türklinke in der Hand, blickt Julius lange ins Gesicht beziehungsweise in den Gewehrlauf. »Arschloch.«

24

Im Treppenflur spürt Max, wie ihm die Beine weich werden. Alkohol war doch gar nicht so viel, aber Alkohol und Angst – miserable Mischung. Ob er jetzt wieder nüchtern ist? Er möchte sich setzen, aber er muss raus hier, nur raus. Fällt beinahe aus der Haustür, sieht sich hektisch um, weiß im gleichen Moment, dass das nicht nötig ist. Und dass er damit einen auffälligen Eindruck macht. Er atmet tief durch, zwingt sich zur Besonnenheit. Ihr Leute, denkt er, ihr Leute hier auf der Sonntagnachmittagsstraße, ihr ahnungslosen Flanierer, wisst ihr, dass da oben ein Verrückter, ein Verrückter mit Gewehr mich gerade erschießen wollte? Dann kann er nicht anders, er beginnt zu rennen, aber er merkt, das geht nicht so schnell, wie er möchte, die Beine wollen nicht. Dreht sich um, ob Julius vielleicht aus dem jetzt offenen Fenster immer noch auf ihn zielt. Ist der Scharfschütze? Die Straße ist viel zu lang, viel zu gerade, keine Nebenstraße, in die er abbiegen kann. Er sieht sich selbst, wie er mit ungeschickten schweren Beinen zu rennen versucht, wie in einem Traum, in dem er bei maximaler Anstrengung kaum von der Stelle kommt. Endlich eine Querstraße. Er keucht. Wo ist überhaupt sein Tuch?

Soll er nicht ganz schnell die Polizei alarmieren? Der Typ gehört doch weggesperrt! Und so was war mal sein Freund? Und sollte es wieder werden! Natürlich: Wenn er jetzt die Polizei einschaltet, wird der seinen Waffenschein verlieren. Vielleicht steckt man ihn in die Psychiatrie?

Max setzt sich in einem Straßencafé an einen kleinen Tisch. Die Luft ist lau, er schwitzt. Sein Kopf fühlt sich nackt an. Er bestellt einen Kaffee, stark bitte, sehr schwarz. Dazu am liebsten einen Cognac. Aber er muss jetzt vernünftig sein. Angetrunken zur Polizei – schlechter Eindruck. Julius wollte ihn erschießen. Warum macht einer so was. Max sieht vor sich hin und schüttelt den Kopf. Er legt sein Smartphone auf den Tisch. Die 110 anrufen? Da ist ein Verrückter mit Gewehr? Er selbst ist jetzt außer Gefahr. Ja, zweihundert Meter um die Ecke. Brächte gar nichts, Julius würde doch nichts zugeben. Am Ende steht Max da wie ein Depp. Er sieht ihn im Gegenlicht seines Wohnzimmerfensters das Gewehr auf sich halten und starrt in die kleine Mündung des Gewehrlaufs. Mann, was für ein Scheißgefühl!

»Der ist doch wahnsinnig«, sagt er zu sich selbst, den Blick auf das Muster der metallenen Tischplatte gerichtet, als ihm der Kaffee serviert wird. »Stellen Sie sich vor«, sagt er in das gelangweilte Gesicht des Kellners, »ich sollte soeben erschossen werden.«

»Oh.« Der Kellner wundert sich angemessen. »Aber offensichtlich ist es nicht passiert.«

»Genau. Ich kann jetzt hier sitzen und bei Ihnen einen Kaffee trinken. Von einem alten Freund, stellen Sie sich das mal vor.«

»Das stelle ich mir lieber nicht vor«, sagt der Kellner. »Und wie sind Sie jetzt verblieben?«

»Wie verblieben?«

»Na mit dem alten Freund? Hat die Polizei ihn in Gewahrsam genommen?«

»Nein, nein«, sagt Max, der etwas verwirrt scheint. »Das Ganze hat sich ja ohne Polizei abgespielt.«

»Aber Sie haben doch die Polizei eingeschaltet?«

»Ja, ja … sicher … äh nein, noch nicht.« Max weiß nicht, ob der Mann ihm glaubt. Dort drüben geht sie. Er kneift die Augen zusammen, dann reißt er sie wieder auf. Auf der anderen Straßenseite geht zügigen Schrittes Karla Sonnenschein. Unverwechselbar mit dunklem Tuch eng um den Kopf, schwarz gekleidet, Mensch, hat die lange Beine, und die Hand noch verbunden. Hier in dieser Gegend? Auch große Städte sind nur klein, denkt er flüchtig. Er springt auf – was soll er jetzt machen?

Er stößt den Kellner an und fragt ihn, was er jetzt machen soll. Über die Straße ihren Namen schreien? Alles stehen lassen und hinüberrasen? Womöglich in ein Auto hinein? Ist hier nicht Fußgängerzone? Er blickt sich hilfesuchend um, rudert mit den Armen, was soll er tun, er sieht fahrig den Kellner an, der nichts versteht, ihn nur seinerseits verdutzt ansieht. Und was in aller Welt soll er ihr sagen? Dass er eigentlich jetzt gar nicht hier wäre, sondern vielmehr mausetot herumläge in der Scheißwohnung seines Scheißfreundes?

Max ist verzweifelt. Ein Wink des Schicksals, dem er nicht folgen kann, als er sieht, dass die Bahn kommt und Karla Sonnenschein verdeckt. Die Arme ausgebreitet, gebannt und mit offenem Mund glotzt er hinüber. Und als die Bahn losgefahren ist, sieht er die Frau nicht mehr. Die Bahn hat sie eingesaugt. Er lässt sich wieder auf den Stuhl fallen. Warum hat er kein Glück im Leben. Da trifft er schon mal eine Frau, die ihm auf Anhieb gefällt, die ihm genau jetzt guttun könnte ... Frauen sind schrecklich. Die Welt ist ungerecht.

Der Kellner ist gegangen. Der Kaffee ist lauwarm und bitter.

Julius geht mit Sicherheit davon aus, dass sehr bald die Polizei auf seiner Matte stehen wird, überlegt Max. Davon muss der einfach ausgehen. Kann nicht erwarten, dass Max ihn davonkommen lässt nach diesem Auftritt. Denn was macht einer, wenn er derartig bedroht wurde? Natürlich holt er sofort die Polizei.

Nur dank meiner überlegenen Reaktion unter akuter Lebensgefahr bin ich überhaupt noch am Leben, denkt er, halblaut vor sich hin redend. Schade, zu Hause hätte er einen Spiegel. Würde sich besser machen. Er sieht sich während einer Aussage bei der Polizei. Noch deutlicher stellt er sich eine Gerichtssaalsituation vor, in der er gebeten wird, das Geschehene ganz genau zu schildern. Und da drüben auf der Anklagebank sitzt Julius, das Würstchen, und neben ihm ein dicker Anwalt. Wieso der dick ist, weiß er nicht, ist egal, und dicke Brillengläser hat der auch.

Wie hab ich überhaupt reagiert in der Situation? Gute Frage des Polizisten, besser noch des Richters. Nicht mal eine Stunde her. Er weiß noch alles, ganz genau. Der will mich erschießen und ich sage, nix da, nimm das Ding runter, erschieß dich selber, du Volltrottel, und ganz ruhig bin ich geblieben und hab geredet mit dem, so wie man redet mit 'nem Geiselnehmer, verstehen Sie, damit der aufgibt und seine Geiseln gehen lässt, reden, ganz viel reden. Erinnert hab ich den an unsere gemeinsame Zeit früher, was wir alles zusammen gemacht haben, und ob das alles für ihn gar keine Bedeutung mehr hat, aber der Kerl hat nichts gesagt, der bleibt einfach zwei Meter weg von mir stehen und hält seine Knarre auf meinen Kopf gerichtet. Doch, der hat was gesagt, der hat gesagt, dich mach ich fertig, du Schwein. Leise hat er das gesagt, ganz leise, wie zu sich selber, aber hören konnt ich es doch. Und die ganze Zeit vorher schon hat der gelabert, und ich bin nicht schlau draus geworden, was er mir überhaupt hat sagen wollen.

Genau, von Pappbechern hat der was gefaselt und von einer Zahnlücke in seinem Büro, dass die ihm aufn Sack gehen alle, und genau: Sein Sohn nimmt Drogen und dealt auch und wird ihn töten, und sein Vater hat ihm gesagt, dass er ein Arschloch ist – hat er richtig erkannt, sein alter Herr. Und mir hat er erklärt, dass ich sowieso keine Chance bei ihm habe, noch nie eine hatte, denn sein Leben ist so schwer, und meins ist so leicht, das denkt der, und solche wie mich kann er nicht leiden. Dabei hat der gar keine Ahnung und will auch nicht wissen, was mir alles passiert ist. Kritikfähig ist der kein bisschen. Nennt sich Jäger und ist auch noch stolz drauf. War der aber immer schon. Dass ich mich freuen kann, hat er mir vorgehalten, ist mein großer Fehler, er ist neidisch, denn er kann sich nur freuen, wenn andere vor ihm Angst haben. Obwohl, Freude ist das sicher auch nicht. Und kurz danach steht der da und will mich abknallen, so völlig aus'm Kalten. Der ist doch krank ist der. Muss mir seine Macht beweisen. Alleine, ohne seine Hilfsmittel, ist der nämlich ein Nichts. Verrückt ist der, einfach verrückt. Braucht seine Monstertölen. Und sein Schießeisen. Aber ich konnte ihn vom Äußersten abbringen.

Na, das krieg ich noch gut zusammen, nachher bei den Bullen, denkt Max.

Plötzlich lacht er. Wenn er an sie denkt, denkt er stets den Vor- und Nachnamen, stellt er fest. Würde er sie heiraten, nähme er ihren Namen an. Der Kellner wundert sich nicht über sein Lachen, als er mit einem Mal wieder an seinem Tisch steht und nach einem weiteren Wunsch seines Gastes fragt. Als ob jeden Tag Leute hierher kommen und ihm erzählen, dass sie beinahe erschossen worden wären. Aber Max lacht über die eigene Formulierung, die er dem Kellner mitteilt. »Wissen Sie«, sagt er, »wissen Sie, dass mein Sonnenschein unerreichbar für mich scheint?«

Der Kellner sieht ihn ausdruckslos an. Abgebrühter Hund, denkt Max. Oder einfach nur dumm. Der müsste doch fragen, was damit gemeint ist, und wieso Max sich von dem Schrecken kurz davor so schnell hat erholen können.

»Mein Sonnenschein neigt zur Verflüchtigung, und weg ist er.«

»Soll vorkommen«, antwortet der Kellner kein bisschen irritiert. Max runzelt die Stirn. Dass die Menschen sich für nichts interessieren, dass nichts mehr sie beeindrucken kann. Nicht mal ein so gut wie stattgefundener Mord ein paar Häuser entfernt. Und für hübsche Formulierungen sind sie auch nicht zu haben.

Er wird die Polizei nicht benachrichtigen. Er wird Julius nicht einmal anzeigen – so das Fazit seiner Abwägungen. Denn Julius geht es jetzt gar nicht gut. Der weiß, was für ihn auf dem Spiel steht. Er hat es zu weit getrieben. Das darf keiner wagen, der ein Gewehr hat. Julius hat jetzt Angst, mit Sicherheit richtig schöne Angst. Die gönnt Max ihm. Das ist hervorragend. Vielleicht ist er schon gar nicht mehr in seiner Wohnung, denkt Max, hat sich mit Knarre und seinen Viechern ins Auto gesetzt und ab in den Wald, denn zu ihm nach Hause kommen sehr schnell die Bullen, wird er vermuten. Dann bleibt er lieber im Wald, vielleicht über Nacht, auf dem Hochsitz. Nein, keine gute Idee, die Hunde müssten unten angekettet sein derweil. Das macht der nicht. Aber irgendwann wird er nach Hause müssen, und dort werden die Bullen schon auf ihn warten. Oder haben möglicherweise schon seine Wohnung aufgebrochen. So stellt Max es sich vor. Vielleicht stiert Julius auch nur vor sich hin in seiner Saubermannwohnung, und wartet stumpf auf das Unvermeidliche. Stumpf oder doch eher mit Herzklopfen bei jedem, den er die Treppe hochkommen hört – hört er das in dieser Wohnung? – und der gleich an der Tür wummern wird. Herzklopfen ist besser. Max will sein Herzklopfen, besser noch Herzrasen. Oder gleich Herzversagen? Nein, tot soll er nicht sein, quälen soll er sich. Julius ist nicht stumpf, der macht sich in die Hosen vor Angst, sein Gewehr war ihm schon immer heilig, und das wird er nun verlieren. Und wer weiß, vielleicht ist das sogar geklaut aus alten Militärbeständen. Seine netten Hundlein werden ihn nicht bewahren vor Strafe, das weiß der. Vielleicht wird man ihn zwingen zu einer Therapie, denn gefährlich ist er allemal, und was passiert mit einem, der sich so gar nicht mehr im Griff zu haben scheint? Davon, dass die Strafe unweigerlich folgen wird, ist Julius überzeugt. Dessen ist sich Max sicher. Und in genau dieser Angst soll Julius jetzt leben, möglichst lange, was aber nur klappt, wenn Max die Polizei außen vor lässt. Obwohl: Wenn da nach einer Woche noch immer kein Polizist bei ihm war, wird er doch gewiss die heilsame Angst verlieren ... Dafür aber zunehmend von Max' Hochanständigkeit überzeugt sein müssen. Max hat ihn nicht angeschwärzt, Max will keine Vergeltung, will ihm nichts heimzahlen, will nicht, dass Julius büßen muss. Und daher wird Julius sich am Ende schämen, dass er Max so etwas unterstellt hatte. Auch kein übler Gedanke.

25

Vanessa watschelt barfuß durch die Wohnung. Überall hat sie die Fenster geöffnet, ein leichter Luftzug macht die Temperatur erträglich. Marcel kommt heute nicht, das ist gut. Und sie selbst hat frei, was noch besser ist. Sie trägt das dunkelrote riesige T-Shirt, das ihr fast bis zu den Knien reicht. Sie besitzt einige von der Sorte, alle in dunklen Farben, denn nur die sind überhaupt möglich. Helle Kleidung befindet sich nicht in ihrem Schrank. Einfarbig dunkel alles, keinerlei Aufdrucke, keinerlei Muster. Die würden die ohnehin demütigenden Blicke auf ihren Körper noch vervielfachen. Dünne Längsstreifen wären vielleicht gestattet, aber die gibt es nicht. Sie ist froh, dass sie heute nicht mehr raus muss. Dass sie sich keinem Menschen mehr zumuten muss. Mit den erdfarbenen, meist schwarzen Klamotten tut sie ein Maximum, um sich der leider illusorischen Unsichtbarkeit anzunähern. Die gemeinen Blicke von allen treffen sie auch in unscheinbarem Outfit mit gewohnter Unbarmherzigkeit. Kleidung von der Stange gibt es für sie nicht. Auf die Mode für Mollige kann sie pfeifen. Von oben bis zur Taille passt ihr die Größe achtunddreißig – mit Einschränkung wegen der fürchterlichen Brüste – und von da an abwärts weiß sie es nicht, die Größennummern haben irgendwann ein Ende. Sich die Sachen nähen zu lassen, wäre zu teuer, zudem wäre ihre Scham viel zu groß, sich von jemandem vermessen zu lassen. Sie hat sich eine Nähmaschine zugelegt, bestellt sich Stoffe aus dem Internet und hat schon das eine oder andere Stück für sich geschneidert. Dazu musste sie den Spiegel wieder vom Boden herunterwuchten, den Marcel damals vor ihrer Zerstörung bewahrt hatte. Untalentiert zum Nähen ist sie nicht – wie sie sicherlich für gar nichts untalentiert ist, aber was nützt die bestgeschneiderte Hose, wenn der unförmige Klumpen, der darin steckt, unübersehbar bleibt.

Nein, sie trägt ihr Schicksal nicht mit Fassung. Noch nie konnte sie das. Mit ihrem Aussehen hat sie sich niemals abfinden können. Und die Menschen, alle, können das ebenso wenig. Schamlos wird sie angeglotzt, von ganz vielen. Oder sehr bewusst übersehen. Manche sagen *Oh Gott* und drehen sich weg oder tuscheln mit ihren Mitmenschen. Kleine Kinder haben ihr schon ganz ehrlich und ungeniert gesagt, du bist aber fett, und die dazugehörenden Mütter haben dann den Kleinen erklärt, dass einer nur deshalb so aussehe, wenn er unmäßig fresse. Das erklären Mütter den Kleinen gern, und durchaus so, dass Vanessa es hören soll. Sie hat sich Aufklärungsversuche längst abgewöhnt. Es ist sinnlos. Sind alle genau wie ihr Vater.

Der Mutter hatte sie früher Vorwürfe gemacht: Niemals hätte die eine zweite Schwangerschaft zulassen dürfen, nachdem sie erkannt hatte, was Gero in ihr ausgelöst hatte, und nachdem die Diagnose klar war. Die Gefahr, einem Mädchen das eigene Übel zu vererben, war ihr mitgeteilt worden, aber sie hatte sich darum nicht geschert, das wird schon nicht so kommen, hatte sie sich eingeredet, lange, bis es dann eben doch kam bei der Tochter und Vanessa gar keine Schwangerschaft brauchte, um zu erkranken. Vanessa war ihr wirklich sehr böse, hatte die Mutter angeschrien, dass sie dieses Risiko wissentlich in Kauf genommen habe, vielleicht sogar bewusst, um später eine Leidensgenossin zu haben, mit der sie in ständigem Austausch würde herumlamentieren können. Wenn die Mutter sich verantwortungsvoll verhalten hätte, hätte sie das zweite Kind abgetrieben. »Hättest mich wegmachen sollen, wegmachen!«, hatte sie unter Tränen der Wut und der Verzweiflung der erschrockenen Mutter ins Gesicht geschrien. »So was wie ich ist nun gezwungen zu existieren!« Das war, als sie achtzehnjährig erfahren hatte, dass zusätzlich zu allem Übel definitiv kein Brustwachstum einsetzen würde. »Warum hast du mich bekommen?«, hatte sie die Mutter gefragt. Und die hatte gesagt, weil sie auf einen zweiten Sohn gehofft habe und über die gesamte Schwangerschaft das Geschlecht des Kindes nicht habe wissen wollen. Ja, und dann war es plötzlich da, das Mädchen, das einen Fluch in sich trug. Von da an hatte die Mutter sich aufs Beten verlegt, obwohl ihr Gottglaube reichlich wackelig ist. Gebetet hatte sie, dass dem Kind das eigene Schicksal gnädig erspart bleibe. Der liebe Gott! Hat sich doch immer schon als überfordert erwiesen.

Nun, der Mutter hatte sie irgendwann verziehen. Die hat geweint und Vanessas Zorn verstehen können. Mütter, die nicht nachdenken, was sie anrichten, und Väter, die alles zu wissen meinen und dabei von nichts eine Ahnung haben.

Müsste alles verboten werden, denkt sie und weiß gar nicht, was genau sie damit meint. Der Tag heute ist nicht so schlecht wie die meisten anderen. Es kommt vor, wenn auch selten, dass sie ihr ganzes Dasein mit Humor nehmen möchte und dass ihr das auch einigermaßen gelingt. Allerdings ist es dann eher Sarkasmus, mit dem sie ihrem Erscheinungsbild zu Leibe rückt. Es muss ein Zu-Leibe-Rücken sein, Akzeptanz ist schlichtweg unmöglich. Das hatte man mit ihr schon einmal üben wollen. Lachhaft. *Selbstwertübungen.* Sie weiß, was sie *wert* ist, für ihre Chefs, die immerzu ankommen und von ihr computertechnische Problemlösungen verlangen, weil sie es selber nicht hinkriegen. Dafür ist sie gut, aber für sonst nichts. Es ist noch nicht lange her, dass sie ihren letzten Auftritt im Krankenhaus hatte. Das ausgelaufene Brustimplantat hatte man ihr entfernt. Normalerweise nimmt man das nicht einfach heraus, ohne alles andere wieder einigermaßen in Form zu bringen. Bei ihr aber schon. Denn dieses *alles andere* existiert bei ihr nicht. Das heißt, es existiert massenhaft, nur nicht in Brustnähe. Sie könnte das nicht bezahlen. Ist ja alles *nur Schönheit*, nichts Lebenswichtiges. Aktuell hängt da nun ausgeleierte lappige Haut herum, die sich zwangsläufig gedehnt hatte über dem Implantat und nun nichts mehr zu umspannen hat. »Machen Sie es so hässlich wie möglich«, hatte sie dem Chirurgen kurz vor der Operation mit heißem Atem entgegengezischt. Der Mann hatte gegrinst und gemeint, dass er sich Mühe geben wolle.

Ihrem Wunsch ist entsprochen worden. Jetzt überlegt sie, ob sie nicht beim Guinnessbuch der Rekorde vorstellig werden sollte: als hässlichster Mensch der Welt. Mit ein paar Nacktfotos.

Wenn Elsa nicht die halbe Stadt entfernt wohnte, ginge sie jetzt zu ihr. Man könnte sich auch auf halbem Weg treffen, irgendwohin gehen, was trinken. Essen geht nicht. Essen in der Öffentlichkeit ist grausam, selbst wenn sie nur einen Salat zu sich nimmt. Das tut sie sich nicht an. Im Grunde sind Restaurants tabu. Alle Umsitzenden zu ignorieren, gelingt ihr nicht. Und die tuscheln und glotzen, erfahrungsgemäß glotzen die, als wäre sie ein Zootier, exotisch, Vielfraß, allenfalls erbarmungswürdig. Sie selbst macht es schließlich genauso. Keine Frau zwischen zwanzig und fünfzig entgeht ihrem Blick. Sie taxiert alle. Die Mageren, weil sie schön dünn sind, einige von ihnen bestimmt essgestört, sie vergibt Kleidergrößen. Bei den Schlanken springt sie der Neid an. Und mit den Dicken ist sie generell ohne Erbarmen, sortiert sie unbewusst in Fressschweine und die wenigen, die so aussehen wie sie: oben hui, unten pfui. *Lipödem.* Mitleid hat sie mit denen so wenig wie mit sich selbst. Die gehören einfach nicht in die Öffentlichkeit. Zumutung für alle, die Augen haben. Sollen alle am besten in ihren vier Wänden bleiben, wo niemandem bei ihrem Anblick übel werden muss. Als Schande herumzulaufen – nein, keine Gnade! Mit keinem! Vater war ein gemeines Arschloch, aber recht hatte er!

Elsa hat schon hundertmal auf sie eingeredet. Vanessa hört dann aufmerksam zu, aber es ist zwecklos. Elsa kann kein Maßstab sein, kann gar nicht mitreden. Die sieht einfach nur verdammt geil aus. Und kann nur deshalb so daherschwätzen, weil sie keine Ahnung hat: dass Vanessa sich, so wie sie ist, akzeptieren soll, dass es doch nicht aufs Äußere ankommt und so weiter. Und ob es darauf ankommt! In der Hauptsache geht es darum! Wie viele Vorstellungsgespräche hatte sie? Wozu ist ihre angeblich herausragende Intelligenz von Nutzen? An ihrem Hüftumfang hat man ihre Nichteignung festgemacht! Mehrfach. Dieses bedenkenschwere Kopfwenden von einer zur anderen Seite, ‚Bitte zuerst abnehmen, wenn Sie mit Menschen arbeiten wollen!‘ Ja, dann steckt mich doch in einen Keller, in ein Archiv, in einen Bunker, wo Menschen keinen Zutritt haben, wenn ihr dort einen Job für mich habt! Und wo ich keinen beleidige mit meinem Aussehen.

Der Vater hatte sie als Schmarotzer der Gesellschaft bezeichnet in der kurzen Zeit vor ihrem jetzigen – und nun schon jahrelangen – Job. Nur mit Kollegen. Ohne darüber hinausgehende Kontakte, bei denen sie sichtbar wäre.

Sich zu Elsa zu begeben, egal wie weit, hieße, das Haus zu verlassen. Dazu müsste sie sich aufraffen, obwohl es heute wenigstens möglich wäre.

Elsa ist ein lieber Mensch, im Grunde die einzige Person, die immer zu ihr gehalten hat, die sich nie geschämt hat, mit ihr gesehen zu werden. Die ihr beigestanden hat, auf die sie sich verlassen konnte, als alle anfingen, sie zu verspotten und ihre Häme über ihr auszuschütten in endlosem Spießrutenlauf. Oder ihr Mitleid. Die ihr geholfen hat, den Brief an ihren Vater zu verfassen, nachdem es ihm zu peinlich gewesen war, sie als seine Tochter jemandem vorzustellen. Wobei dieser Zweierkontakt mit ihm auf offener Straße ohnehin der erste und einzige war seit ihrem fünfzehnten Lebensjahr. Er hatte ein Zusammentreffen im öffentlichen Raum seit dem Beginn ihrer körperlichen Entstellung stets vermieden. In ihrer Grundschulzeit hatte er gern mit ihr angegeben als seinem ‚Goldschatz mit dem hohen IQ‘: Alle Türen würden dem hochbegabten Kind offenstehen. Zu der Zeit waren die Eltern schon ein paar Jahre geschieden.

Gero gegenüber wurde sie von ihm als die Schlauere hingestellt, wenn die Kinder besuchsweise bei ihm waren. »Nimm dir ein Beispiel an deiner kleinen Schwester«, hatte der Vater gesagt. Gero war immer ein bisschen der Depp. Die Loblieder waren zunächst schmeichelhaft für Vanessa. Dann war der Vater verschwunden, nach Südamerika, was zuerst gar niemand wusste. Weg war er, nachdem er alles, was da war, zerstört hatte und die Mutter ziemlich am Ende war, ein paar Wochen in der Psychiatrie, und die Kinder in der Zeit bei der Oma, Vaters Mutter, die von ihrem Sohn Max noch nie viel gehalten hatte. Vier Jahre später tauchte er wieder auf, nachdem Mutter und die Kinder näher zusammengerückt waren. Mit neuer Frau an seiner Seite hat er sich eingebildet, genau da weiterzumachen, wo er aufgehört hatte vier Jahre zuvor. Gero ließ sich gar nichts mehr gefallen. Und Vanessas Versuche, den Bruder aus der Schusslinie zu nehmen, wenn der Vater ihn zurechtwies und ihm erklärte, aus ihm werde nie etwas Gescheites, schmetterte Gero ab, total wütend. Er misstraute ihren plötzlichen Unterstützungsangeboten, verletzend für sie, aber vor allem war er wütend auf den Vater, was Vanessa verstand. Kurz danach gab es eine Szene, an deren Ende Gero seinem Vater ins Gesicht geschlagen hat. Sicherlich hatte der wieder ekelhafte Bemerkungen fallen lassen. Vanessa war nicht dabei, und Gero erzählte keine Einzelheiten. Anschließend tauchte er ab. Da war er vierzehn oder fünfzehn und zog es vor, bei einem Freund zu wohnen. Den verlangten Kontakt zum Vater konnte er so umgehen. Selber in der Pubertät, entging es ihm nicht, wie seine Schwester ab zwölf an ihrem Körper zu leiden begann, nun auch unter den zunehmend abfälligen Äußerungen des Vaters. »Du tust mir leid«, hatte Gero zu ihr gesagt, »hau doch auch einfach ab«, die Schultern gezuckt und war wieder gegangen.

Ja, wenn Abhauen so einfach gewesen wäre, denkt Vanessa. Abhauen scheint Männersache zu sein, und offenbar sogar erblich. Wie wahrscheinlich ist es, dass der Junge, der demnächst als Geros Sohn geboren wird, auch wieder abhauen wird, überlegt sie. Überhaupt Gero. Was wird der denn gebacken kriegen als Vater. Anna wird ihm doch kaum eine Chance geben. Anna verhält sich so, als ob Gero lediglich der Tropfenspender war und ansonsten zu nichts nütze ist. Wie sie immer die Brauen hochzieht, wenn Gero was sagt. So, als ob das, was er zu sagen hat, sowieso völlig irrelevant ist.

»Du kannst doch meinen Bruder gar nicht leiden«, hatte Vanessa sie gefragt. »Wieso heiratet ihr?«

»Weil er mich auch nicht leiden kann«, hatte Anna geantwortet. Was witzig klang, aber es entsprach im Wesentlichen der Wahrheit. Gero will Familie haben, aber nicht ernsthaft mit Anna. Nur leider ist Anna jetzt schwanger geworden, und er meinte, sowieso keine bessere Frau zu finden.

Und Anna ist gedrängt worden von ihrer Familie: Besser ein blöder Trottel als einer, der dich schlägt. In ihrer Familie war viel geschlagen worden. Ihr Vater war lange im Gefängnis, weil er seine erste Freundin erschlagen hatte, was sie jedoch erst als Erwachsene von einem Nachbarn gehört hatte.

Als Vanessa mit Gero gesprochen hatte, auch vor der Hochzeit noch, war der ihr ziemlich pampig gekommen, warf ihr den eigenen Freund vor und dass Vanessa noch viel schlimmer sei als er, dass sie sehr bewusst sehr lange mit diesem Ekeltypen umgegangen sei.

»Das hatte ich dir erklärt. Und Marcel ist jetzt anders«, hatte sie kühl gesagt. »Das weißt du.«

Drei Jahre hatte Vanessa den Mann geheim halten. Niemand wusste von ihr und ihm. Nicht einmal Elsa.

Als Gero Marcel zum ersten Mal gesehen und gerochen hatte, war ihm schlecht geworden. Und als er sich vorstellte, wie der seine Schwester küsst, hatte er kotzen gehen müssen.

»Das ist dein Freund? So einen hat sich meine Schwester ausgesucht? In so was bist du verknallt? So einer darf mit dir ins Bett? Verfaulte Zähne – reißt der sich Löcher in seinen komischen Zunzelbart? Die fettige Fresse voller Pickel und Mitesser, und die strähnigen Zotteln bestimmt seit Jahren weder gewaschen noch geschnitten! Ist er das, der hier so stinkt? Oder bist das am Ende du?«

Nachdem er mit Vanessa allein war, hatte er kein Blatt vor den Mund genommen. Er hatte sich bis dahin nie naserümpfend über Vanessas Figur geäußert, aber damals war es aus ihm herausgebrochen. »Vanessa und Marcel – die fette Kuh und der Stinker! Brauchst es so, ja? Machst du das, weil kein anderer da ist, damit du überhaupt einen abkriegst?«, hatte er sie angeschrien und war hin und hergerannt und hatte mit den Armen gefuchtelt. »Geht mich überhaupt nichts an, du kannst rummachen mit jedem Asozialen, der dir übern Weg läuft! Warum ich mich so aufrege, versteh ich selber nicht, aber das hier ist ja wohl das Allerallerletzte!«

Ist bestimmt fünf Jahre her jetzt.

Und als sie damals darauf nichts erwidern konnte, und Gero sah, wie ihr lautlos die Tränen liefen, hatte er innegehalten, seinen Ausbruch entschuldigt, mehrmals, ziemlich konfus, weil er sich nicht beherrscht hatte, weil sie sich doch so etwas nicht antun durfte, weil es ihm leid tat, dass er so vehement übers Ziel hinausgeschossen war, weil sie ihm plötzlich leid tat, so hilflos und wortlos dastehend, in ihrem aufgeklappten blauvioletten Kimono, mit einem Glas in der Hand, weil es ihn beeindruckte und auch etwas erschreckte, wie aus leeren Augen mit Blick gegen die Wand aus ihrem hübschen, aber reglosen Gesicht die Tränen rannen, unentwegt, und auf beiden Seiten vom Unterkiefer auf den Boden tropften. Vanessa stand bewegungslos in ihrer Küche und weinte und blinzelte nicht und verzog keine Miene.

»Vanessa! Vanessa!« Gero hatte sie bei den Schultern genommen, war in ihren Blick getreten. »Sieh mich an!«

Sie sah durch ihn hindurch, wo war sie nur, die Tränen liefen weiter.

Was passierte hier. So hatte er sie noch nie gesehen. So hatte er überhaupt noch niemanden gesehen. Es faszinierte und ängstigte ihn.

Er schüttelte sie. »Hau mir eine rein! Knall mir eine! Schrei mich an! Ich hab das verdient! Aber so ... so darfst du nicht einfach dastehen und ...« – er machte eine hilflose Geste – »und überlaufen!«

Es hörte nicht auf, dieses Überlaufen. Ihre blaugrauen Augen schienen zu ertrinken. Aus unerschöpflichen Quellen in der Mitte der unteren Lidränder flossen unaufhörlich kleine Ströme, die Tropfen fielen zu Boden, einer in den anderen. Kein Muskel bewegte sich. Gero bemerkte nur auf ihrer linken Wange, dass das Rinnsal sich schwärzlich verfärbt hatte. Wimperntusche einseitig – merkwürdig, dachte er undeutlich, warum.

Plötzlich schloss sie kurz die Augen. »Setz dich«, sagte sie mit klarer Stimme und wischte sich übers Gesicht. »Setz dich und hör zu. Aber die fette Kuh zieht sich erst noch was an.«

Nachdem sie das erledigt hatte, setzte sie sich zu ihm und erklärte es ihm.

Vor drei Jahren hatte sie den verwahrlosten Marcel gefunden, der ihr vorgekommen war wie ein ausgesetzter herrenloser Hund, der sie lange wortlos angesehen hatte, und sie ihn, und vielleicht hatte er genauso wie sie nach etwas Annehmbaren im anderen gesucht, etwas, das innerhalb des ganzen äußerlich Abstoßenden aushaltbar sein könnte. Sie jedenfalls fand seine bernsteinfarbenen Augen schön, bernsteinfarben und traurig, mit diesem von der Seite kommenden Sonnenblitz darin. Er hockte, dünn und schlaksig, in ausrangiert anmutenden Klamotten, nicht weit von ihr auf dem Mäuerchen, während sie in der Vorlesungspause mit einer Wasserflasche auf der Treppenstufe des Uni-Campus saß. Es waren aber nicht seine Augen, die ihr gefielen und die sie zunächst nur erahnen konnte, es war seine ungepflegte Erscheinung, die sie fesselte. Was für ein abgefuckter, abgeranzter Typ, dachte sie. Aus welcher Gosse kommt der wohl. Seine Augen waren nicht in der Lage, alles Übrige an ihm wettzumachen. Was der wohl denken mochte. Aber schließlich war das völlig egal. Und was sie über ihn dachte, war ebenso egal. Sie lachte ihn an, oder aus, gleichviel. Er lachte zurück – ein kleines weitgehend dunkles Loch mit hellgrauen Spitzen tat sich da auf und wieder zu. Er schämte sich nicht zu lachen. Ein leichtes Schütteln durchlief sie. Dann erhob sie sich mühsam, wusste, dass er ihre Fettmassen widerlich finden würde und stieg die Stufen empor für die nächste Runde: Makromolekulare Chemie.

Ein paar Tage ging das so. Wenn sie aus dem Uni-Gebäude kam, stets allein, nur mit ihrer Wasserflasche, saß er bereits auf der kleinen Mauer, schien sie zu erwarten, lächelte, meist mit geschlossenem Mund jetzt, besser so. Sie lächelte auch und setzte sich auf die Stufe, ihm nun fast gegenüber. Damit sie reden konnten. Sie redeten wenig. Er sei Elektroniker, erklärte er ihr Beine baumelnd. Mit Zahnarztphobie. Sie nickte und erklärte ihm: fünftes Semester Chemie. Mit erblich bedingter Fettstoffwechselstörung. Die Behinderung gleich mit zu benennen, bot sich an. Beide grinsten. Wobei Zahnarztphobie keine Behinderung ist, dachte sie. Und dass sie selbst sich nicht ausstehen könne. Er sich auch nicht, sagte er. Seine Eltern hätten genau dafür gesorgt. Ihre Eltern auch, sagte sie, besonders ihr Vater. Seiner sei tot, Gott sei Dank, sagte er. Ihrer sei kürzlich verlassen worden von seiner zweiten Frau mit den beiden kleinen Kindern, geschieht ihm recht, sagte sie.

Und dann hatte es begonnen mit den beiden. Die ersten Male besuchte er sie in ihrem winzigen ordentlichen WG-Zimmer. Das war ihr peinlich, denn dort konnte er gesehen werden. Marcel war einfach niemand, der sich zum Gesehenwerden eignete! Noch dazu mit ihr zusammen! Eine Kommilitonin ging zu einem Auslandssemester nach England, und sie durfte so lange in deren Mikro-Appartement wohnen. Ob Marcel erschien oder ging, interessierte hier niemanden. Als die Kommilitonin zurückkam, hatte Vanessa einen Grund, das ungeliebte Studium kurz vorm Abschluss abzubrechen, weil sie nun eine Wohnung brauchte, für deren Mietzahlung ein Job notwendig wurde. Callcenter. Das geht immer.

Natürlich besuchte Vanessa Marcel in seiner winzigen vergammelten Bude. Aber egal, wo sie sich trafen, von Beginn an war sein Geruch für sie schwer zu verkraften, besonders der aus dem Mund, mit dem ganzen gelbbraunen Gerümpel darin, was sie ihm nicht sagte. Sie war überzeugt, dass er ihr dann seinen Widerwillen gegen ihr Fett und die vermurksten ungleichen Brüste an den Kopf würfe. Dann würden sie sich streiten: dass sie für ihren Zustand nichts könne, er aber schon. Und dann würde er sie nie wieder sehen wollen. Oder sie ihn. Bloß kein Streit. Sie nahmen einander in Kauf, sozusagen. Auf jeden Fall sie ihn. Gab ja sonst keinen für ein bisschen Zärtlichkeit. Bei ihrer Erscheinung durfte sie keinerlei Erwartungen an einen Partner haben. Wählerisch konnten die anderen sein, sie nicht. Sie hatte zufrieden zu sein mit dem, was für sie abfiel. Zweite Wahl? Marcel war zehnte! Anfangs hatte sie ihn einmal unter Herzklopfen gefragt, ob er sich nicht ekele vor ihr. Nö, hatte er gesagt, ihn störe das nicht. Dabei hoffte sie immer auf seine Gegenfrage, ob sie an ihm vielleicht etwas störe. Irgendwie sehr vorsichtig hätte sie ihm dann ihren Wunsch erklärt, dass er sich gelegentlich dusche und dass er ihr zuliebe seine Angst vorm Zahnarzt mal hinterfragen möge. Marcel kam nicht auf die Idee, sie danach zu fragen. Von sich aus wagte sie keine diesbezügliche Äußerung.

Einmal sah sie, wie er mit geschlossenen Augen abwechselnd mit Mittel- und Ringfinger, dann mit dem Daumenknöchel auf seinem Schädel herumklopfte. Mal hier, mal da, mit geschlossenem Mund, mit offenem. Wellenlängen, Testhören, Schallausbreitung gingen ihr durch den Kopf. Auf die Frage, ob er Kopfschmerzen habe, öffnete er die Augen, verneinte und schloss die Augen wieder, um weiter zu klopfen. Als sie es danach ihm gleichtat und ihren Schädel beklopfte, sah er sie streng an, nahm energisch ihre Klopfhand in beide Hände und drückte sie schmerzhaft zusammen. Sie brauche das nicht, sagte er mit traurig-finsterem Blick. »Verspotte mich nicht«, sagte er, und das klang nicht freundlich.

Es kam nicht oft vor, aber danach – sie hörte es – ging er zum Klopfen ins Schlafzimmer.

Vanessa fragte sich, ob ihre Duldsamkeit etwas Masochistisches in sich trug. Wenn er zu ihr kam – sie ging in seine Dreckswohnung kaum noch –, musste sie das Zusammensein mit ihm ertragen. Sie hatte es zu ertragen, es geschah ihr recht. Besseres stand ihr nicht zu, Ansprüche durfte sie nicht stellen, schließlich quälte er sich mit ihr gewiss ebenso wie sie sich mit ihm. Gesprochen wurde darüber nicht. In der Gewissheit, dass er sie wenigstens nicht sehen kann, nicht in ihrer plumpen Ungestalt, löschte sie gern das Licht. »Okay«, hatte er schulterzuckend gesagt. »Wenn du das willst«. Ihm war es egal. Sie wunderte sich sowieso über sein männliches Funktionieren mit so einer wie ihr.

Man verließ niemals zu einer gemeinsamen Unternehmung das Haus. Sie hätte sich geschämt zusammen mit ihm. Und sie war davon überzeugt, dass es ihm mit ihr nicht anders gegangen wäre. Er sagte nur nichts, genau wie sie. Wenn er wieder gegangen war am späten Abend oder am andern Tag oder nach einem Wochenende, nach Serie-Gucken auf der Couch, nach Handy-Gedaddel auf der Couch, nach Pizza-aus-der-Schachtel-Essen auf der Couch – wobei sie meist nicht mitmachte, weil sie bewusst sehr wenig aß –, nach oft auch irgendwie Sex, gestaltete sie das i-Tüpfelchen ihrer Freizeit mit Marcel, indem sie begann, auf ihre Oberschenkel einzuschlagen, mit der flachen Hand, mit einem großen Lineal aus Metall, mit einem eckig geformten Stahl-Fleischklopfer, bis ihr die Schmerztränen die Augen füllten. Nur zu, nur zu, hast es nicht anders verdient. Taugst nur zu Hass und Diskriminierung. Wer so aussieht, muss vorlieb nehmen mit einem, der sich nicht wäscht, dem die Zähne herausfaulen, der verkommener ist als der letzte Obdachlose. Warum er so ist, willst du nicht wissen, geht dich auch gar nichts an. Oder doch, du willst es schon wissen, aber was wäre besser, wenn du es wüsstest? Auf jeden Fall darf der gar nicht anders sein, gleich zu gleich ... Mit ihm zusammen in deiner Wohnung liegen die Schamgrenzen höher. Solange er derartig abstoßend ist, bleibt die Blamage der eigenen Hässlichkeit aushaltbar. Marcel muss genauso bleiben, wie er ist. Seine Reinlichkeit und einige Zahnarztbesuche wären das Ende ihrer Liaison. Wahrscheinlich bereits dann, wenn er eine Zahnbürste mitbrächte. Sie hatte schon überlegt, ob sie ihm nicht einfach eine hinstellen und sagen sollte: ‚Hier, das ist deine ab jetzt‘. Die Möglichkeit, dass er sie benutzen würde, konnte sie nicht ausschließen. Daher unterließ sie es. Er passt zu dir – er passt zu dir – er passt zu dir.

Im Rhythmus dieses Gedankens schlug sie zu.

Und er? Lässt sich herab, mit *dir* zu schlafen! Sein Selbsthass ist so groß wie deiner. Oder größer sogar. Sonst gelänge ihm das nicht. Deine Unzumutbarkeit stachelt ihn an.

Die Gegenstände hinterließen Spuren, jedes Mal, Muster, die sichtbar blieben, bis Marcel wiederkam. Marcel sagte nichts, wunderte sich nicht. Manchmal zeichnete er mit den Fingern sachte die blauroten Linien auf ihrer Haut nach, spielte mit ihnen, grinste, immer dieses Grinsen, die fettigen Haarsträhnen im Gesicht, stank.

Vanessa hatte die Pflicht, diese Beziehung fortzusetzen. So wie es lief, war es genau richtig. Es war das, was sie verdiente. Der eigene widerwärtige Körper war nicht genug. Wenn Marcel bei ihr klingelte, öffnete sie ihm die Tür wie zu einem sich wiederholenden Fest mit einem Gespenst, selbstverständlich, unvermeidlich, angemessen. Ohne Willkommen, ohne Angst, ohne irgendein Gefühl. Im Grunde – ohne Grund. Ernst und freudlos waren ihre Begegnungen. Der Ekel setzte später ein, gewürzt mit einer fremd empfundenen Lust, die sich wie außerhalb ihrer selbst vollzog. Und äußerst arm an Worten. Sie hätte gern etwas gewusst über ihn. Sie hätte gern über sich erzählt, aber da schien dieses unausgesprochene Schweigegebot zu gelten und die beiderseitige Gewissheit, dass, wenn dieses Gebot missachtet würde, etwas geschähe, irgendetwas, das mit Verletzungen zu tun hatte, die beide nicht wollten. Sprechen zerstört nur. Ihr Schweigen war stille Rücksichtnahme aufeinander. Manchmal dachte sie an das Wort Liebe. Es durfte nicht gesagt werden, natürlich nicht. Weil es keine Liebe war, für beide nicht. Oder ist das beiderseitige Aushalten – Liebe? Brauchte einer den anderen? Ein solidarisches Bündnis waren sie eingegangen, vielleicht, eine dünne Kameraderie, die nicht auf die Probe gestellt werden sollte. Diese Beziehung war Chance und Strafe in einem. Sie musste genutzt werden. Und erduldet. Wunschäußerungen an seine Person waren weder ratsam noch gestattet. Immer wieder einmal hatte Vanessa das Gefühl, in einem absonderlichen Märchen zu leben. Mit absonderlichen Verpflichtungen. Marcel war zu groß für einen Frosch, den sie hätte an die Wand klatschen können wie im Märchen, worin ein Prinz aus diesem Akt hervorgeht. Und nein: In ihrem Märchen durfte sie nie aufhören, sich vom Frosch küssen zu lassen!

Nie hatten sie vereinbart, dass Marcels heimliches leises Kommen und Gehen Voraussetzung war für sein Überhauptkommen. Aber es geschah von Anfang an ohne einen Laut, unauffällig und beinahe verstohlen, als wären sie Verbrecher. Vanessa war sich klar: Er wollte nicht gesehen werden. Abschaum besucht man nicht. Zu wem er ging, wen sie empfing an der Wohnungstür, war seine Sache, war ihre Sache, beruhte auf keiner gemeinsamen Absprache. Bevor er das Haus verließ, lauschte er an der Tür, ob jemand im Treppenflur war. Wenn er doch einmal auf einen Mitbewohner stieß, senkte er den Kopf, murmelte kaum hörbar einen Gruß und huschte davon wie ein Schatten. Im Winter war das besser: Mütze bis über die Augen und Schal über Mund und Nase bis unter die Augen.

Bis Gero, der seine Schwester sonst kaum besuchte, eines Tages überraschend bei ihnen aufgetaucht war. Vanessa im tiefblauen Kimono-Morgenmantel, Marcel auch fast nackt.

»Du hier? Du kommst etwas ...«

»Ungelegen, Schwesterchen, ich sehe schon.«

»Das ist Marcel. Das ist Gero, mein Bruder.« Vanessa war rot geworden.

»Marcel ... aha.« Er gab ihm die Hand und sah Vanessa fragend an.

»Mein ... Bekannter.«

»Ach ja. Interessant.« Gero nickte, betrachtete ihn. »Hast du gar nichts erzählt.«

Vanessa machte eine unbestimmte Bewegung. Sie rechneten beide nie mit Besuch. Marcel machte etwas fahrig Anstalten, sich anzuziehen.

»Meinetwegen musst du nicht gehen«, sagte Gero. »Ich wollte nur mal eben ...«

»Doch, doch, muss sowieso los, ihr habt sicher was zu besprechen.« Marcel grinste verlegen, strich sich die klebrigen Haare aus dem Gesicht, eine zwecklose Geste. Er kleidete sich hektisch weiter an und blickte währenddessen ein paarmal unsicher zu Gero, der ihn mit unverhohlener Neugier und dann mit Fassungslosigkeit wie auch offener Feindseligkeit anstarrte, im Wechsel mit nicht weniger gefassten Blicken zu ihr. Vanessa beobachtete, wie sich im Gesicht des Bruders etwas veränderte. Die Haut unter den Augen rutschte zusammen mit den Wangen abwärts, die Lippen öffneten sich etwas, dann schlossen sie sich und öffneten sich wieder, während sich auf der Stirn zwischen zusammengezogenen Brauen zwei Längsfalten zeigten und die Augen sich verschmälerten.

Es dauerte höchstes drei Minuten, dann war Marcel verschwunden. Wie ein Einbrecher, der auf frischer Tat ertappt um Verzeihung bittet und flieht, dachte Gero.

»Was ist das denn! Vanessa!« Gero sah seine Schwester mit

großen erschrockenen Augen an, als ob sie sich plötzlich in Kafkas Käfer verwandelt hätte. Dann lief er zum Fenster, riss es auf, hustete komisch oder würgte und rannte vornübergebeugt ins Bad. Vanessa hörte Geräusche des Erbrechens. Sie drehte sich zum Tisch um, nahm ein Wasserglas in die Hand, wischte mit der anderen nicht vorhandene Krümel herunter, stellte das Glas wieder hin, wischte weiter Krümel und nahm das Glas erneut, wusste nicht, wohin damit. Sie spürte, wie der seidige Gürtel ihres seidigen Morgenmantels sich löste, wie der Mantel sich langsam öffnete, darunter war sie nackt. Verrat, dachte sie, Verrat und Ende. Sie wollte die Mantelteile zusammennehmen und neu binden, aber mit Glas in der Hand, in dem noch Wasser war, gelang das nicht. Und Gero kam schon wieder herein.

Vanessa hat die darauf folgende Szene nicht vergessen. Wie Gero sich nicht hat beherrschen können, welche Worte er benutzte, gemeine, hässliche Worte, aber zutreffend und genau richtig. Und sie waren es, diese Worte, die etwas bewirkten. Vielleicht auch allein Geros überraschender Besuch an jenem Nachmittag, falls Gero sich zusammengerissen hätte.

Sie hatte ihm alles erzählt. Vor allem hatte sie versucht, ihm zu erklären, warum sie diesen Mann ertragen musste, und er sie. Wobei sie letzteres nicht wusste und nur Vermutungen hatte. Während sie redete, staunte sie, wie leicht ihr das Sprechen fiel. Gar nichts musste sie auslassen, nicht einmal die Schläge mit dem Fleischklopfer. Gero saß ihr gegenüber, schloss manchmal die Augen, hörte einfach zu, so wie sie es verlangt hatte.

»Ich glaube, ist es gut, dass du gekommen bist heute, schloss sie ihren Bericht ab. »Marcel ist geflohen, und ich bin sicher, er wird nicht wiederkommen. Wir sind quasi aufgeflogen. In flagranti erwischt. Jetzt gibt es keinen Grund mehr, diese Beziehung weiterzuführen. Drei Jahre, Gero. Du hast ihn mit unverschämter Arroganz angeglotzt. Ich hatte plötzlich das Gefühl, dass mich das freut, weil du etwas gewagt hast gegen seine

Person, gegen sein Erscheinungsbild, ohne dabei auch nur ein Wort zu verlieren. Ich durfte das die ganze Zeit nicht wagen.«

»Hast du dir eingebildet.«

»Kann sein. Ich durfte ihn aber nicht verlieren. Ich musste ihn mir erhalten, genauso, wie er eben war. Er hätte mich doch abgelehnt, beschimpft, wenn ich ihn kritisiert hätte. Das war meine Überzeugung. Ist es im Grunde immer noch. Aber jetzt ist der Gedanke, Marcel verloren zu haben, mit einem Mal ganz leicht.«

»Du meinst, die selbst auferlegte Strafe ist zu Ende?«

Vanessa zuckte die Schultern. »Weiß nicht. Das darf gar nicht sein. Guck mich doch an.«

»Also Schwester, du hast einen Knall.«

»Schluck Wein?«

Erst nach Geros Besuch hatte sie über Marcel erzählen können: Astrid, ihrer Mutter, ein wenig, andeutungsweise, testend, bis wohin sie gehen konnte. Weit kam sie nicht. Astrid strickte. Astrid strickt ständig Socken, die sie dann verschenkt, und alle müssen sich immer freuen. Vanessa verschob einen Stuhl, setzte sich ihr gegenüber. Nach kurzer Zeit legte Astrid ihr Strickzeug in den Schoß, sah Vanessa tadelnd an, erhob sich mühsam, watschelte in die Küche und suchte sich eine dumme kleine Tätigkeit, um Vanessa den Rücken kehren zu können. Sie spülte zwei Tassen aus.

»Interessiert dich nicht, oder?«, fragte Vanessa in ihren Rücken.

»Erzählst du mir endlos dein Lebensleid, nur damit meine Schuldgefühle niemals aufhören?«

Der Besuch endete schnell.

Zum Glück gab es Elsa. Auch wenn die selbst gerade in Liebeskummer gefangen war mit ihrem Daniel, der sie betrog, wieder einmal. Und die genug zu tun hatte mit ihrem siebenjährigen Pflegekind aus ihrer zweiten Klasse, vorübergehend, bis die drogenabhängige Mutter clean sein würde. Aber endlich musste doch Elsa erfahren, was los war. Wie befreit Vanessa sich nun fühlte. Einerseits. Befreit von einem Menschen, den sie sich aufgeladen hatte zum Zwecke der ordnungsgemäßen und einzig folgerichtigen Bestrafung eigenen Missgeburtsempfindens. Auf der anderen Seite hatte sie mit Marcel etwas gemeinsam, zum Beispiel diese wortkarge Verständigung, die es jetzt nicht mehr gab. Jetzt gab es nicht einmal mehr das. Und es hatte Momente gegeben, selten zwar, aber es gab sie, ganz nahe bei ihm, in denen es ihr gelungen war, sich von dem Unangenehmen, das mit ihm war, wegzuträumen. Zärtlich konnte er sein, ja, und hin und wieder war es ihr gelungen, ihre Wahrnehmung ausschließlich darauf zu fokussieren und alles Übrige herauszufiltern. Marcel hatte sich aus eigenem freien Willen mit ihr zusammengetan, warum auch immer, und dass einer sich ohne viel Heckmeck auf sie in ihrer beispiellosen grotesken Scheußlichkeit eingelassen hatte, war doch erstaunlich, war einzigartig. Würde kein zweites Mal passieren. Nun war sie wieder allein, wie es sich gehörte für eine wie sie.

»Ein Teil von dir ist sauer auf Gero, stimmt's?«, hatte Elsa gefragt.

»Ja, vielleicht«, sagte Vanessa nach einer Weile. »Aber er hat mich gerettet!«

»Weißt du, du bist wie meine Schwester«, sagte Elsa und schmunzelte. »Die denkt auch andauernd, sie genüge nicht. Übt sich bestimmt nochmal zu Tode, bestraft sich mit nächtelangen Übe-Exzessen.«

»Mit dem Unterschied, dass deine Schwester etwas erreichen kann für sich selbst – ich nicht!«

Elsa schüttelte langsam den Kopf. »Du kennst sie nicht. Sie ist ... des Wahnsinns.«

»Ach, und das bin ich auch, ja?« Vanessa lachte.

»Schon. Ein geheimer Freund zum vorrangigen Zwecke der Maßregelung wegen ungebührlichen Aussehens ...«

»Das musste ich doch! Wenn du den gekannt hättest ...!«

»Was wäre, wenn ich den gekannt hätte?«

»Du hättest mich für verrückt erklärt!«

»Ja und? Jetzt ist er weg, und ich erkläre dich trotzdem für verrückt.«

»Du hättest mir die Freundschaft gekündigt.«

Elsa blies die Backen auf und pustete hörbar die Luft aus. »Ja, das kann natürlich sein.«

»Ach, Elsa«, sagt Vanessa vor sich hin, während sie fünf Jahre zurückdenkt. Sie wird sie heute noch anrufen. Den bequemen Sessel hat sie zum Fenster geschoben, die Flügel weit geöffnet. Schwere gewittrige Wolken wabern am Himmel, neben den viel höher und langsamer ziehenden weißen. Den Anblick liebt sie. Von der Sonne launig in Brand gesetzte Wolkenränder, schnell wieder gelöscht, verschoben, überlagert.

Vielleicht kommt Marcel nachher noch. Muss heute länger arbeiten und wusste vorhin noch nicht, ob es klappen kann.

Schön, dass Elsa ihn mag. Und schön, dass Gero mit ihm Frieden geschlossen hat.

Damals war tatsächlich erst mal der Ofen aus. Vanessa meldete sich nicht bei Marcel und er sich nicht bei ihr. Kein Kontakt, nichts mehr. Obwohl keiner den anderen blockiert hatte, so wie das länger schon üblich ist unter Freunden bei Konflikten oder Missverständnissen. Man haut einander einfach die Beine weg, oder den Kopf ab, *nonverbal,* bums aus, du kannst mich mal. Nix mehr mit Bemühungen, nix mehr mit Lösungsversuchen. Moderner Umgang heißt null Umgang beim kleinsten Dissens. So spart man sich Auseinandersetzungen. Sehr simpel. Und zur allgemeinen Verblödung beitragend.

Aber das hier war anders. Kein moderner zielgerichteter Blockierungskontaktabbruch via Smartphone. Der Schreck-auslöser war sicher auf beiden Seiten groß, aber der befand sich außerhalb der Beziehung beider, hatte zunächst mit Vanessa und

Marcel nichts zu tun. Es hatte keinen Streit, keine Vorwürfe gegeben. Sie hatten beide keinen direkten Anteil an dem abrupten Ende ihrer Beziehung. Es war über sie hereingebrochen wie ein plötzlicher tragischer Unfall. Das Ende hieß Gero und war durch die Tür hereingekommen.

Sie haben selbst nichts dazu beigetragen. So führte möglicherweise das gänzlich Unvorhergesehene zu einer Art Lähmung auf beiden Seiten. So wie fast alles uneingestanden geblieben war zwischen ihnen, gab jetzt keiner dem anderen preis, dass er froh war über das Ende. Und dass vielleicht ein Teil von jedem insgeheim auf den anderen wartete.

Und Gero hatte ein schlechtes Gewissen, weil er ihr den Freund vergrault hatte.

»Musst du nicht haben, ich hab genug gebüßt durch ihn.«

»Wirklich? Kann das je genug sein? Wo du doch zeitlebens ...«

»Na was? Wo ich doch zeitlebens mit ... *Erbsünde* geschlagen bin?«

»Erbsünde, genau, du sagst es. Wie lange dauert die?«

»Weiß nicht. Auf jeden Fall ewig.«

Sie können seit Geros Auftritt und nachdem Marcel sich so aufgeschreckt davongemacht hatte, lockerer mit Vanessas Dauerthema umgehen.

Ihre Verzweiflungsanfälle mit Selbstzerstörungsverlangen sind seltener geworden seit Marcels Flucht aus ihrer Wohnung. Die schlimmen Fleischklopfer-Attacken bleiben seitdem gänzlich aus. Es war eine Zeit des Aufatmens, ebenso wie die einer stillen Trauer, weil Vanessa durchaus einen Verlust zu beklagen hatte. Einen, der anhaltend sein würde. Gedanklich inszenierte sie Marcels Bestattung, nur die kleine Rede, die sie halten wollte, gelang ihr nicht. In ihrer Vorstellung stand sie allein an seinem Grab. Fragen fielen ihr ein, ‚wozu gab es dich?‘, und ‚wozu war es gut, dass du da warst?‘, und ‚wozu bist du jetzt gegangen?‘ Dabei fiel ihr auf, dass sie keine Warum-Fragen, sondern immer nur

Wozu-Fragen formulierte, also keine Fragen nach dem Grund, sondern nach dem Zweck, was sie etwas verwirrte. Aber dann beließ sie es dabei und fand es sogar tröstlich, dass es auch jetzt nichts gab, was sie ihm und sich noch hätte mitgeben können. Eine merkwürdige gemeinsame Zeit lag hinter ihnen.

Vanessa, von nun an allein und in der Gewissheit, dass kein anderer je an Marcels Stelle treten würde, erging sich eine Zeit lang in Selbstmitleid. Elsa war der Meinung, dass ihr das endlich gut zu Gesicht stünde, mal was anderes als die ewige Selbstverurteilung, hatte sie gesagt. Und Gero brachte irgendwann seine neue Freundin Anna mit, ein zartes Geschöpfchen mit braunen Locken und sehr dunklen Augen, deren Ahnen sich vor Generationen in Afrika verlieren.

»Das ist meine Schwester Vanessa, Vani oder Nessa, geht alles, deren wunderbarer Freund mich gesehen hat und vor Schreck sofort stiften gegangen ist. Und ward seitdem nicht mehr gesehen seit mindestens einem halben Jahr.« Er lachte und zwinkerte Vanessa zu. »Anna, die da« – er stupste seinen Zeigefinger gegen Vanessas Brustbein – »die da musst du lieben, weil ich sie schließlich auch liebe.«

Vanessa sah Gero mit weit offenen Augen an. »Brüderchen, was ist denn in dich gefahren? Seit wann sagst du solche Sachen?«

Er zeigte auf die Freundin. »Annas Schuld. Die will, dass ich ein Weichei sein soll.«

»Okay ... Weichei ...« Weiter fiel ihr nichts Passendes ein. Sie sah ihn skeptisch an. Alle lachten. Und dann fiel ihr doch noch was ein. »Bleib so, hörst du! Anna, deine Aufgabe!«

Nun, so ganz scheint die Weichei-Mutation nicht gelungen. Da hat sich einiges geändert. Ist alles nicht mehr so voller Liebe. Die beiden sind verheiratet. Da kommt bald ein Kind. So ein armes kleines Kind, denkt Vanessa.

Aber an den Tag, an dem Marcel zurückkam, denkt sie oft, und mit gemischten Gefühlen. Und wenn die Wolken so tanzen wie heute, wenn sie Zeit hat und in ihrem großräumigen Sessel die Gnitzen auf den Armen entdeckt, sieht sie diese Szene vor sich. Wie in einem kitschigen Volkstheaterstück mit etwas albernem Happy End, denkt sie, obwohl das Happy End bereits an ihrem Küchentisch jene Happy-Note wieder eingebüßt hatte.

»Lästiges Volk«, sagt sie, »brauche wohl doch ein Fliegen-gitter«, während sie die Winzlinge, die sich zu mehreren auf ihrer weißen Haut niedergelassen haben, freundlich lächelnd zerschiebt, auch auf Stirn und Wangen. Von ferne grummelt es. Und es riecht nach Regen, nach feuchtem Staub.

Am Abend des ersten Jahrestages nach seiner Flucht, der ihr durchaus bewusst war, klingelte ihr Handy.

»Marcel?« Sie traute ihren Ohren nicht.

»Vanessa, erlaubst du mir die Frage, ob ich dich besuchen darf?«

Das klang wie einstudiert. Vanessa stammelte irgendetwas.

»Weil ich nicht weiß, ob du allein bist, allein lebst, ob es dir recht wäre.«

Sie war verwirrt. Weiß nicht – ja, schon – mal sehen – sicher – wieso denn – erschrocken – weiß nicht.

»Bitte, Vanessa, ich weiß, das ist ein Überfall, aber bitte drück auf den Summer, ich stehe unten.«

Um Gottes willen, was ist das denn, sie war nicht eingerichtet auf Blitzbesuch, auf Marcel gleich gar nicht, wie sah sie über-haupt aus, nicht geschminkt, die Haare nicht gemacht ... Aber was will er ... Bitte nicht wieder alles von vorn ...

Mit weichen Knien, klopfendem Herzen und zittriger Hand drückte sie den Knopf. Dann hielt sie die Tür gerade weit genug offen, dass sie dem, was da kommen wollte, notfalls augenblick-lich die Tür vor der Nase zuschlagen konnte.

Auf den letzten Stufen erblickte sie ihn, einen jungen Mann im grauen Anzug, mit bunter Krawatte, Blumenstrauß mit beiden Händen vor der Brust festhaltend. Auf der obersten Stufe blieb er stehen, Zeit für sie, um mit zwei Metern Abstand glauben zu können, was sie sah.

Die Größe stimmte, und noch etwas stimmte. Sie wusste nicht, was es war. Aber sonst stimmte nichts.

Ihre rechte Hand fuhr vor ihren Mund. »Marcel?«

Er lächelte verlegen, und auch ein bisschen stolz, ließ ihr Zeit. Sie kannte ihn ja gar nicht. Dann hielt er ihr mit ausgestreckten Armen den Strauß entgegen. »Ich möchte dich um Verzeihung bitten.«

Sie war nicht in der Lage, den Strauß zu nehmen, weil sie mit einem Wunder nicht umgehen konnte. Dann trat er einen Schritt auf sie zu, die immer noch die Tür festhielt, die erst sehr langsam sehr weit aufging.

Und erst im Flur nahm sie ihm die Blumen ab. Ein Dufthauch hatte sie angeweht mit seinem Eintreten. Dann schloss sie die Tür.

»Was ist passiert, Marcel? Das bist du doch gar nicht.«

»Doch, doch, das bin ich. Der vorige, der, den du in Erinnerung hast, das war nicht ich. Sicher nicht jeden Tag im Anzug.« Er zeigte an sich herunter und lachte.

Vanessa sah Zähne in seinem Mund, erstaunlich normale Zähne. Und kein übler Geruch mehr!

»Das mit Schlips und Kragen musste aber sein zur Feier des Tages. Ich hatte so gehofft ..., aber ich wusste ja nicht, wie du jetzt lebst, ob du einen neuen Freund hast ...«

Vanessa gab einen ironisch klingenden Kiekser von sich. »Ich und ein neuer Freund!«

»Ja, klar, dann wäre ich da unten einfach wieder gegangen. Zugegeben ziemlich traurig.«

Er nahm die verdutzte Frau bei den Schultern und küsste sie auf die Stirn. »Es gibt einiges zu erklären«, sagte er und sah sie ernst an.

»Du mit deinen Bernsteinaugen«, sagte sie und wusste, dass sie es waren, woran sie ihn eben auf der Treppe erkannt hatte.

Gut sah er aus, richtig gut, mit weichem, gewellten schön ge-
schnittenen Haar. Für einen Moment vergaß sie, wie hässlich
sie war, dass sie ihn *so* ja gar nicht haben konnte, sie gar nicht
zueinander passten.

Er nahm ihr die Blumen aus der Hand. »Ich darf doch? Weil
ich noch weiß, wo du eine Vase hast.«

Als er mit Vase und Blumen darin aus der Küche kam, stand
sie noch immer im Flur, hatte jede seiner Bewegungen verfolgt.
Auch die waren anders jetzt, sie wusste nicht, wie anders.

»Ist heute ein Jahr her ...«, sagte sie leise.

»Deshalb bin ich gekommen, war so geplant.« Er strahlte
sie an. »Ich gehe bald wieder. Damit du dich von dem Schreck
erholen kannst.«

»Aber warum ...« Sie wusste nicht genau, wonach sie fragen
wollte.

26

Elsa hatte ihr von den Schwierigkeiten im heutigen Schulbetrieb erzählt, dass die Lehrer schon in der Grundschule oft nicht mehr ohne *Schulbegleitung* unterrichten können. Ein ganz neuer Berufszweig sei da entstanden. Ebenso die *Klassenassistenten*. Die Lehrer – meist ja Lehrerinnen – stemmen das nicht mehr allein, wegen der vielen verhaltensauffälligen Kinder, die dem Unterricht nicht folgen können oder wollen.

»Weil so viele zu uns kommen? Weil sie unsere Sprache nicht verstehen?«, hatte Marlena vermutet.

»Kinder lernen die Sprache schnell. Das ist selten der Grund ...«

Und bevor Elsa weitersprechen konnte, hakte Marlena ein.

»Und du? Bewältigst du deine zweite Klasse auch nicht allein?«

»Das schaffst du nicht mehr, Tante Marlena, wenn du ein oder zwei Kinder dabei hast, die über Tische und Bänke gehen, die überhaupt nicht hinhören, was du sagst, die ...« Elsa fühlte sich durch Marlenas spitzen Ton persönlich angegriffen und musste sich rechtfertigen.

»Wenn das so ist«, sagte Marlena, »gehören derartige Kinder entfernt aus der Klasse.«

»Du bist gut, wohin soll ich sie denn *entfernen* deiner Meinung nach?«

»Da du sagst, dass es überall so ist, Mode sozusagen, ließen sich doch diese Kinder herausnehmen und ihrerseits zusammenfügen in einer Art ...« – sie überlegte – »in einer gesonderten Einrichtung, oder Unterbringung, wo sie zu lernen haben, wie man sich benimmt, so lange, bis sie schulreif sind.«

Es wären zu viele, überlegt Elsa. Und wer sollte sich dann um *die* kümmern ... Dann lachte sie. »Als du Kind warst, war das einfacher, stimmt's? Da hat man draufgehauen, bis sie spurten!«

»Das meine ich nicht. Das war ja nicht in Ordnung. Aber das heute ist auch nicht in Ordnung. Wer legt denn fest, dass es so laufen muss? Du? Deine Kolleginnen? Der Direktor?«

Elsa schüttelte den Kopf, wollte etwas sagen.

»Schulbehörden? Das Bildungsministerium?«, fuhr Marlena schnell fort.

»Ja, genau: alle die, die keine Ahnung davon haben, wie es in der Praxis läuft«, sagte Elsa. »Und die Eltern überlassen die Erziehung ihrer Kinder der Schule, damit sie sich nicht so viel zu kümmern brauchen. Manchmal ist das so, nicht immer. Und sobald wir Lehrer zu viel von den Kleinen verlangen, oder gar von den Eltern, dann stehen die mit ihrem Anwalt auf der Matte und drohen uns. So sieht es aus, Tante Marlena, und in den höheren Klassen ist es noch schlimmer. Da kriegt das Ganze dann eine sehr üble sexuelle Note von Seiten der Schüler, der Jungs – glaub mir, ich bin froh in meiner Unterstufe –, gegen die wir uns genauso wenig zu wehren brauchen wie gegen alles andere, weil es einfach gar nichts bringt.«

»Elsa«, sagte Marlena nach einiger Zeit, und sie sagte den Satz wohlüberlegt und mit großer Ruhe. »Elsa, wenn die Größeren so schlimm sind, müssen sie raus aus der Schule, müssen sie ... ich weiß gar nicht, ... in den Steinbruch müssen die. Bis sie verstehen, wofür die Schule gut ist. Und wenn sie es nicht verstehen, bleiben sie da und können sich nützlich machen.«

Elsa blickte der Tante skeptisch ins Gesicht, sagte nichts. Wie die heute redete!

Marlena sah Elsa mit großen Augen an. »Und was bitte lässt dich *gern* Lehrerin sein in einer gewollt verkommenen und weiter verkommenden Gesellschaft? Du bist es doch gern? So habe ich dich zumindest immer verstanden.«

»Der Apfelkuchen ist gut, Tante Marlena.« Sie lächelte vor sich hin, hoffend auf einen Themawechsel, an dem Marlena nicht gelegen war. »Ja, ich bin wirklich gern Lehrerin«, sagte sie schließlich. »Ich kann dir nicht sagen, warum das so ist. Vielleicht, weil ich bescheuert bin? Sam sagt das übrigens auch.« Sie lächelte weiter.

»Dein Enthusiasmus ist unzerstörbar, kann das sein? Du hoffst auf gute Ernte trotz permanenter Dürre?«

»Sag ich doch: bescheuert.« Mit Daumen und Zeigefinger löste sie einen dickeren Streusel vom Kuchen und steckte ihn gesondert in den Mund.

»Man könnte es auch anders formulieren: Du sorgst mit Deiner Haltung dafür, dass alles so ist, wie es ist. Dass es so bleibt. Dass es vielleicht noch schlimmer wird.«

Elsa sah ein völlig unbekanntes Funkeln in den runden Augen ihrer alten Tante. »Was ist denn los heute, Tante Marlena? So kenne ich dich ja gar nicht!«

»Ach ja, Elsa, entschuldige nur, du hast recht.« Sie atmete hörbar ein und wieder aus. »Ich bin lediglich die alte weltfremde Tante, die am Leben vorbeigegangen ist, spröde und unfroh, die nie etwas verstanden hat und versteht ...« Sie lehnte sich zurück und streckte behände beide Arme in die Höhe. »Die hier plötzlich etwas Anmaßendes an den Tag legt, die sich ohne Sinn und Verstand in ihrem verkalkten Gehirn einfache Lösungen einbildet für ein gigantisches Problem. Weißt du, was mich gerade stört?« Sie beugte sich zu Elsa hin über den Tisch. »Mich stört nicht, dass du Lehrerin bist, dass du Lehrerin in einem offenbar miserablen System bist. In dem alle die Augen zumachen und fein geschlossen halten, um nicht wachwerden zu müssen, wenn es stimmt, was du sagst. Mich stört dein Wörtchen *gern*! Dass du *gern* Lehrerin bist – trotz allem und immer noch! Mein Vater, weißt du, mein Vater war auch *gern* Nazi, obwohl er gewusst hat, dass er einem Unrechtssystem dient! Weißt du, was er immer gesagt hat? Meine Mutter hat es mir erzählt, ich selber war zu der Zeit noch gar nicht geboren oder noch viel zu klein. ,Vor die Hunde werden wir alle gehen, vor die Hunde, fürs Vaterland, jawoll, aber mit stolzer Brust und mit fliegenden Fahnen!' So hat er gesprochen.«

Elsa will einhaken, die Tante schüttelt den Kopf.

»Warte, ich weiß, dass das Beispiel hinkt. Wenn mein Vater *ungern* Nazi gewesen wäre, wäre das System trotzdem schrecklich gewesen, aber er hätte nicht Nazi werden oder bleiben müssen, als er etwas erkannt hatte. Verstehst du? Wenn du *ungern* Lehrerin wärst, oder mit der Zeit jetzt zu der Erkenntnis gekommen wärst, dass das Ganze ein unheilvolles Unterfangen ist, dann könntest du das System verlassen. Vielleicht, wenn du engagierter wärest, auf die Barrikaden gingest, was weiß ich. Aber du bleibst dabei, und zwar *gern*, wie mein Vater dabei geblieben ist, wegen der Vorteile, die es hatte. Weil es bequem ist! Weil du davon profitierst, weil du gutes Geld verdienst, weil du verbeamtet bist.«

Elsa war sprachlos. So hatte sie die Tante noch nie erlebt. Sie hatte das Gefühl, egal, was sie jetzt sagen würde, es wäre falsch. Sie erhob sich langsam, wollte Tassen und Teller zusammenstellen.

»Lass, Elsa, ich mach das schon. Du bist mir jetzt böse, nicht wahr? Tante Marlena von ihrer unverschämten Seite! Die Äpfel mit Birnen vergleicht. Du wirst mich jetzt lange nicht wieder besuchen, richtig? Oder vielleicht gar nicht mehr. Für meine Bestattung ist übrigens schon alles organisiert. Und bezahlt.«

Was gar nicht den Tatsachen entspricht. Sie würde das aber tatsächlich schnellstens erledigen in den nächsten Tagen, überlegt sie kurz nach Elsas hastigem Abgang. Warum war sie nur gerade derartig grantig gewesen der armen Elsa gegenüber. Hat sie das denn verdient?, fragt Marlena sich. Und dann denkt sie: Ja, das hat sie. Sofern sie nicht maßlos übertrieben hat. Was nicht anzunehmen ist, denn Marlena hat ganz Ähnliches schon gehört und gelesen, heftige Berichte in den Zeitungen. Was hat Marlena denn noch zu verlieren? Elsas Sympathie, ja, gewiss die einzige, die sie je hatte. Die hat sie sich jetzt mit Sicherheit verscherzt. Allerdings fühlt sie sich nicht schlecht. Nach dem desaströsen Auftritt bei Karla. Und nach der überflüssigen und fragwürdigen Begegnung mit Julius.

Sie hat einsam gelebt, und sie wird einsam sterben. Womit sie nicht die einzige auf der Welt ist. Ihre Papiere muss sie heraussuchen, diejenigen, die sie benötigen wird im Bestattungsinstitut. Obwohl: Was wird sie denn für Papiere brauchen? Allenfalls ihren Personalausweis. Vielleicht sollte sie ein Schriftstück verfassen, das sie dort hinterlässt für ihre Verwandten. Ein Testament wird sie nicht aufsetzen. Das ist für diejenigen, die etwas zu vererben haben. Dieses andere, was man heute so macht, diese Erklärung, wie mit einem zu verfahren ist, wenn man sich nicht mehr äußern kann, aber noch nicht tot ist, – eine zutiefst unangenehme Vorstellung –, hat sie bereits vor Jahren verfasst. Dieses Ding liegt bei ihrem Hausarzt, bei dem sie schon vier Jahre nicht mehr war. Der war damals nicht mehr jung, vielleicht ist der längst tot, überlegt sie. Manche sterben ja so rasch, so rasch wie Valentin. Sie sollte anrufen dort, ob die Praxis noch existiert. Oder im Internet nachsehen.

Jetzt, wo Elsa weg ist, Elsa als ihr wohlwollender verlässlicher Haltepunkt, muss sie sich ernsthaft Gedanken machen um ihre Zukunft. Der kurze Traum vom Sterben in Karlas Sessel ist ausgeträumt. Dennoch wird es soweit sein irgendwann. Sie hat eben leider auch keine Ahnung von der Verwaltung der Toten, von dem bürokratischen Procedere mit den Gestorbenen. Gut, das kann man getrost auch den Lebenden überlassen, das machen die schon, aber es wäre doch von schlichter Eleganz, wenn sie selbst pragmatisch und voll umfänglich die Angelegenheit beim Schopfe nähme. Wie armselig, auch davon versteht sie nichts. Hat nie jemanden begraben müssen.

Ihr erster Toter war der Vater. Ihn hatte man nach dem Krieg verängstigt nahe Göttingen aufgegriffen, war aber wohl alles nicht so schlimm, er hat sich fröhlich entnazifizieren lassen und ist bei einem Unfall ums Leben gekommen. Marlena war neun. Traurig war sie nicht, sie hatte ihn kaum gekannt, war ihm fast immer erfolgreich aus dem Weg gegangen, oder besser gerannt, weil er immer ihre langen Haare hat kämmen wollen. Auch wenn es nichts zu kämmen gab. Bei der Mutter ging das ruckzuck, lästig genug, Zöpfe oder Pferdeschwanz, aber sie war im Nu für den Tag hinreichend gut frisiert. Der Vater sah sie komisch an, legte den Kopf schief, grinste und fragte sie, ob sie nicht mal eine schöne Frisur haben wolle, sie habe doch so wunderbares Haar. Zwar hat sie immer nein gesagt, aber ein paarmal, als sie noch ziemlich klein war, war es ihm gelungen, sie sich zwischen die Knie zu klemmen und ihre Morgenfrisur aufzudröseln und mit einer Bürste zu bearbeiten, mit langsamen bedächtigen Bewegungen. Sie hielt still, kniff fest die Augen zusammen und zählte ihre Atemzüge, das weiß sie noch. Nach zehn fing sie immer wieder von vorn an, weil sie nicht wusste, wie es hätte weitergehen können. Irgendetwas erzählte er ihr während des Bürstens, mit leiser Stimme in ihren Nacken, und ein säuerlicher Geruch begann, sie von hinten zu umspülen. Einmal, als er seine Knie etwas entspannte, glitt sie aus seiner Umklammerung und rannte davon. Er rief ihr nach, aber sie war schon weg. Die vielen losen Haare störten sie, und sie fand einen Einweckgummi, mit dem sie das Zeug zu bändigen versuchte, was nicht gelang. An jenem Tag wunderte sich die Mutter über ihre wallenden wilden Haare, und Marlena sagte ihr: »Der Papa soll das nicht machen«, und die Mutter bestätigte ihr: »Stimmt, der Papa soll das nicht machen.« Von da an war Marlena dem Vater noch mehr ausgewichen wie zuvor schon.

Wie gesagt, traurig war sie bei seinem Tod nicht. Die Mutter auch nicht. Unsicher war Mutter plötzlich, misstrauisch und wachsam, auf sich gestellt, ohne Halt. Vielleicht hätte Marlena das Traurigsein lernen können, wenn die Mutter es ihr vorgemacht hätte. Sie hatten an Vaters Grab gestanden, die Mutter,

Valentin und sie, und noch ein paar Leute. Marlena hat geschaut, was die anderen machten. Sie hielten die Köpfe gesenkt, die Hände vorm Bauch, die Mutter wischte sich einige Male im Gesicht herum, vor dem eine schwarze Tüllgardine vom Hut herab Falten schlug. Valentin wischte nicht, und sie auch nicht. Es gab nichts zu wischen.

Marlena hat lange nicht verstehen können, warum die Menschen immer traurig sind, wenn jemand stirbt. Man weiß doch, dass das immer so kommt eines Tages. Eine Erklärung für endloses Jammern und Heulen der Hinterbliebenen hatte sie sich Jahre später selbst gegeben, nachdem sie die Leute bei einigen Beerdigungen beobachtet hatte: Sie sind traurig, weil sie übrigbleiben, weil sie weiterleben müssen, so wie sie selbst nun schon so lange, das versteht sie. Das Vertrackte daran ist nur, dass das niemand zugeben möchte.

Als die Mutter starb, war Marlena dreißig. Das war aber auch Zeit, denkt sie, denn die Mutter hatte lange Schmerzen, im Rücken und in den Gelenken, und das Herz hat nicht mehr so gewollt, und schließlich hatte sie noch einen Tumor im Unterbauch, den man ihr am Ende doch nicht mehr herausgenommen hat.

War Marlena traurig über den Tod der Mutter?

Ihrer Mutter musste Marlena, als sie klein war, nicht ausweichen wie dem Vater. Die Mutter wollte nicht solchen Unsinn von ihr. Sie wollte gar nichts von ihr. Und sie nichts von der Mutter. Beide waren einander nicht wichtig. Wozu war die Mutter überhaupt gut? Sie kochte Essen, wischte Staub. Wusch Wäsche. Und bügelte. Ging einkaufen. Schwatzte mit anderen Müttern. Wartete auf den Vater am Nachmittag. Was Mütter eben so machen. Langweiliges Zeug.

Oder doch, Marlena sollte Klavier lernen, weil Mutter auch einst Klavierunterricht gehabt und in einem Kirchenchor gesungen hatte. Und – viel wichtiger – weil in der Wohnung, in die sie gezogen waren kurz vor Marlenas Geburt, ein Klavier gestanden hatte. Ein Klavier und überdies allerhand anderes Schönes. So viele Wohnungen seien damals *frei geworden*, hatte die Mutter ihr irgendwann erklärt, und man wäre ja dumm gewesen, hätte man das Angebot ausgeschlagen. Schließlich hätten sie *vorher* nicht viel besessen, also vor diesem Einzug, weil nicht so viel Geld da war, der Vater in einem kaufmännischen Büro tätig und Mutter im Büro einer Druckerei, bis zu Valentins Geburt. Und plötzlich konnten sie als wohlhabend gelten. Das habe schon gut getan, erklärte die Mutter ihr.

Wodurch all die Wohnungen nach und nach *zur Verfügung standen*, oder zur Verfügung gestellt wurden, denen, die fleißig dafür gesorgt hatten, dass niemand mehr darin wohnte, begriff Marlena erst nach und nach. Was hatte die Mutter ihr erklärt? Die Leute »haben eben ausziehen müssen«, schließlich sei Krieg gewesen. »Und im Krieg muss man ausziehen?«, hatte Marlena provokant gefragt, nachdem sie bereits einiges in Erfahrung gebracht hatte. »Du musst dir vorstellen, so ein Krieg ist ein … ein großes Saubermachen.« Die Mutter war raffiniert im Erklären. »Da, wo viel durcheinander geraten ist, wird die alte Ordnung wiederhergestellt. Oder eine neue. Und da passiert es, dass die einen gehen müssen, und für die anderen wird Platz.«

Marlena interessierte sich für Geschichte, besonders für die, die erst wenige Jahre zurücklag. Die Lehrer in der Schule waren manchmal von merkwürdiger Schwammigkeit. Und sie begriff mit der Zeit, dass sie die Sachverhalte aus Gründen eigener Verstrickung nicht beim Namen nannten.

Als Marlena kapierte, dass sie mit der Mutter in einer Wohnung lebte, deren ursprüngliche Besitzer ins Gas von Auschwitz oder in ein anderes Lager geschickt worden waren, begann sie, ihre Mutter, die ihr ohnehin nichts bedeutete, abzulehnen. Wegen der Wohnung, in der sie wohnten und mehr noch für ihre scheinheiligen, schamlosen Spitzfindigkeiten. Valentin, der zu der Zeit bereits Philosophie und Geschichte studierte, zeigte sich diesbezüglich erstaunlich gesprächsbereit und forcierte damit ihren Absprung von zu Hause. Er wisse schon lange alles, hatte er Marlena damals gesagt. Er habe ängstliche Gespräche der Eltern belauscht. Sie hätten sich immer vorgestellt, dass die mit Sicherheit getöteten Juden möglichweise doch entkommen sein und wieder Anspruch auf ihre alte Wohnung haben könnten nach dem Krieg. Kurz vor Vaters Tod 1950 hätten sie immer noch ängstliche Flüstergespräche geführt deswegen. »Ein Spion unserer Eltern war ich, Marlenchen«, hatte er ihr mit bitterem Lachen gesagt. Früher habe er sie damit nicht behelligen wollen. »Du warst ein kleines Mädchen mit dicken Zöpfen«, und er habe einfach ausharren müssen, sei ja angewiesen gewesen auf die elterliche Unterstützung bis zum Abitur. »Als zehnjähriger wagst du keine Konfrontation mit deinem miesen Nazivater!«, hatte er ihr erklärt. »Und auch mit fünfzehn nicht, du bist ja abhängig von dem Schwein.« Aber er habe nur weg gewollt, nur weg von denen. Zum Glück sei das sechzehnjährig für ihn möglich gewesen. Und zum Glück sei der Vater vier Jahre vorher gestorben. »Schade, dass ich ihn nicht eigenhändig unter das Auto geschubst habe, das ihn überfahren hat!«, hatte er ihr erklärt. Und die Mutter allein habe danach nur noch Valentins Verachtung zu spüren bekommen – ob Marlena das nicht mitbekommen habe? Nein, hatte sie nicht, musste sie ihm eingestehen, aber vielleicht deshalb nicht, weil ohnehin kaum gesprochen wurde in der Familie. Und als Walter ins Spiel kam und die Mutter anderthalb Jahre später mit einem neuen alten Nazi verheiratet war, ergab sich für die Geschwister kaum eine Veränderung außer der, dass die Mutter, sichtlich erleichtert, wieder ihr prägnantes blasiertes Lächeln vor sich hertragen konnte. Walter hielt sich aus allen innerfamiliären Belangen heraus, legte sich insbesondere nicht mit Valentin an, den er wohl fürchtete wegen der ihm nachgesagten überhöhten Intelligenz, was ihn gewiss verdächtig machte, und der sowieso keinerlei Ambitionen hegte hinsichtlich einer freundlichen

Kommunikation. Walters weitgehende Ignoranz Marlena gegenüber kam ihr gerade recht.

Zu keiner Zeit hatte die Mutter ein schlechtes Gewissen, oder das ungute Gefühl, Teil einer irrwitzigen Maschinerie, eines verbrecherischen Systems gewesen zu sein. Bis zu ihrem Ende hat die Mutter in dieser Wohnung gelebt, die Marlena kurze Zeit nach dem Gespräch mit Valentin verlassen und seit ihrem siebzehnten Lebensjahr nie mehr betreten hatte. Gelegentlich ist Marlena von ihr angerufen worden, besonders in der Zeit, als Marlena, noch ganz jung, in ihrer ersten winzigen Wohnung lebte. Wahrscheinlich war die Mutter doch einsam an Walters Seite. Weshalb sonst suchte sie Marlenas Kontakt? Der wurde weniger und hörte schließlich ganz auf, als die Mutter, zunehmend ungehaltener, sich Marlenas *Belehrungen*, wie sie es nannte, nicht mehr anhören wollte. »Man sollte sich kein Urteil über eine Zeit anmaßen, in der man noch gar nicht geboren war«, war das Fazit ihrer Mutter, womit dann alles gesagt war, was es zu sagen gab von deren Seite. Und auch von Marlenas Seite.

Für ihre Bequemlichkeit hat die Mutter – stets eifrig an Vaters Seite – die Wahrheit zurechtgelogen, fadenscheinige ausweichende Formulierungen gefunden. Das Beispiel ihrer Mutter hätte sie Elsa zusätzlich zu dem des Vaters auftischen können, fällt ihr ein. Aber es hat auch so gereicht, Elsa zu vertreiben – was sie so gar nicht gewollt hatte, ursprünglich.

Aber nun, die Mutter war gestorben, und Walter hatte das Nötige veranlasst. Er hatte auch die Kinder benachrichtigt. Die waren, wie es sich gehört, zur Trauerfeier erschienen. Er selbst hatte eine kleine Rede gehalten, das konnte er gut. Die Stimme versagte ihm nicht. Und Tränen mussten keine vergossen werden. Den Hieb gegen Valentin und Marlena hatte er sich nicht nehmen lassen. »Auch wenn Kinder erwachsen werden oder längst erwachsen sind«, so sprach er, »sollten sie niemals vergessen, woher sie kommen und was an Leid und Entbehrungen einst die Eltern in schweren Zeiten für sie bereit waren, sich aufzuladen.«

Nein, traurig war Marlena nicht.

Dann war Alexandra gestorben, und natürlich war es dann Valentin, der für alles sorgte. Hier wäre Marlena tatsächlich nicht in der Lage gewesen zu einer auch nur annähernd rationalen Handlung.

Die Frage nach ihrer Traurigkeit stellt sich hier nicht.

Und als Valentin starb, war es selbstverständlich Julius, der seinem Vater ein würdiges Begräbnis gestaltete. Waren allerhand Menschen gekommen. Philippa war sogar für zwei Stunden eingeflogen und danach wieder entschwunden. Karla hatte es irgendwie vermieden, ihrer Mutter zu begegnen.

Ja, hier war sie ziemlich traurig, allerdings aus dem genannten Grund: nicht weil er tot war, sondern weil sie sich seitdem noch mehr gezwungen sieht, weiterzuleben. Weiterleben müssen – das ist ihre Strafe. Allerdings – es gibt immer Einschränkungen – hatte sie Valentins Tod als äußerst gerechtfertigt ansehen müssen. Manche Menschen verdienen es einfach nicht anders. Dafür, dass sie an seinem Ende so dachte, hatte ihr über Jahrzehnte hochverehrter Bruder selbst gesorgt.

Wenn sie heute darüber nachdenkt, muss sie sich eingestehen, dass Schadenfreude ein wichtiger Bestandteil ihres Empfindens war – und noch immer ist. Sie ist sich durchaus über die Ambivalenz dieses Empfindens im Klaren: Ja, sie muss weiterleben, während er tot sein darf. Aber auch: Ja, sein Tod ist ihm recht geschehen, er hat es nicht anders verdient. Einerseits ist der Tod das erstrebenswerte Ziel, andererseits ist er die Strafe für Valentins Verhalten ihr gegenüber. Schließlich hatte Marlena die Strapazen eines Mordes auf sich genommen! Letzten Endes für den Bruder! Oder besser: für sie beide, für ihrer beider geschwisterliche Zukunft! Sie hatte die Person beseitigt, die ihnen über viele Jahre im Weg gestanden hatte! Nach der eigenen Phase großer Ängstlichkeit war sie einfühlsam und rücksichtsvoll ihrem verzweifelten Bruder gegenüber. Sie brachte sich ein, wo sie meinte, sich einbringen zu können, und sie zog sich zurück, wo sie meinte, sich zurückziehen zu müssen, sie achtete seine Zustände dysphorischer Verstimmung mit angemessener großzügiger Schonung, mit Sanftmut und der Einsicht in sein Anderssein im Vergleich zu ihr, die heimlich sehr froh darüber war, dass Alexandra aus dem Weg geräumt war. Dass Alexandra ihm fehlte, dass er sie vermisste, dass er trauerte, akzeptierte sie mit der klaren Sicht eines Menschen, der versteht, dass der andere diese Zeit benötigt, um selbst wieder klarer sehen zu können, und in der Gewissheit, dass dieser andere genau dahin kommen würde, sofern ihm mit größtmöglichem Respekt gegenüber seiner Verfassung begegnet würde, und mit größtmöglicher Geduld. Marlena war sich sicher, die entsprechenden Übungen des Respekts und der Geduld zu Valentins Zufriedenheit zu absolvieren. Sie verlangte nichts, drängte ihn nicht, äußerte niemals ihr Missfallen gegenüber seinen Launen oder seiner Verdrossenheit, selbst seinen abfälligen Bemerkungen, seinen unnötigen hässlichen Anwandlungen vor allem seinen Kindern gegenüber, wagte sie kaum einen Einwand, und wenn, dann unter Einhaltung sämtlicher Regeln des Anstands, der innerfamiliären Diplomatie, sofern sie diese beherrschte in den engen Grenzen selbst auferlegter Frageverbote.

Acht Monate nach Alexandras Tod hatte Marlena ihren kleinen Rückzug angetreten, sehr bewusst und absichtsvoll in der Hoffnung beziehungsweise fast schon in der ruhigen Gewissheit auf Valentins schmerzliches Bemerken ihrer weitgehenden Abwesenheit. Es war nicht so, dass Marlena ihrem Bruder gänzlich fernblieb, oder dass sie selbst missgelaunt und verdrießlich ihm begegnete, vielmehr musste er stets den Eindruck ihres immerwährenden Gleichmuts, ihrer freundlichen Zugewandtheit haben, aber sie schränkte ihre Besuche bei ihm zeitlich sehr ein, sie kam seltener, manchmal fanden nur kurze Telefonate statt, in denen er ihr für ihre Anteilnahme dankte und ihr erklärte, ihm gehe es nach wie vor schlecht.

Nach einem weiteren halben Jahr hatte er Marlena an einem Sonntag zu sich eingeladen. Das war etwas Neues. Sie registrierte es mit Genugtuung, zumal seine Stimme weniger gepresst als sonst klang. Hatte er sich endlich darauf besonnen, dass er noch berechtigt war zu einem Dasein nach dem Tod seiner Frau! Marlenas Bemühungen trugen endlich die ersehnten Früchte!

Mit einem breiten Lächeln öffnete Valentin ihr die Tür – wie schön! So hatte sie ihn ewig nicht mehr gesehen. Er hatte die Schuhe in den Schuhschrank geräumt und die Garderobe im Flur von allerhand Klamotten befreit. Ein Blick in die offenstehende Küche zeigte ihr Ordnung, die sonst immer nur durch sie zustande gekommen war, und früher eben durch Alexandra. Valentin konnte das gar nicht. Aber offensichtlich war er doch dazu in der Lage! Ihre Geduld hatte sich gelohnt, sie war stolz auf sich, auf dieses ihr sonst nahezu unbekannte Gefühl.

Auf dem Sofa in Valentins sonnigem Wohnzimmer saß eine Frau, die sich rasch zu stattlicher Größe erhob, als Marlena eintrat.

»Liebste Schwester«, sagte Valentin mit großer Geste zu der Frau hin. »Darf ich dir Vera vorstellen? Wir kennen uns schon lange aus der Uni. Vera hat mir sehr geholfen in den letzten schweren Monaten. Wir wollen heiraten.«

27

Die Frau kam auf Marlena zu, die im Türrahmen stehen geblieben war und sich kurz mit der Hand abstützte.

»Nicht gleich umfallen, Marlenchen!«, rief Valentin und machte ebenfalls einen Schritt auf sie zu.

Die korpulente kurvenreiche Frau im dunkelweinroten taillierten Wickelkleid und mit hennaroten Haaren streckte Marlena ihren kräftigen Arm entgegen.

»Ich sehe schon, Valentin hat Ihnen – oder wollen wir gleich du sagen? – noch gar nichts von mir oder von uns erzählt! Na, das sieht ihm ähnlich!« Sie lachte laut hinüber zu Valentin. Auch ihre Stimme war kräftig. Und ihr ausgestreckter Arm musste Marlenas Hand, die sich nicht auf die Frau zubewegte, von ihrer Körperseite zu sich heranholen in einer aufmunternden Geste. Ihr Händedruck war zuerst heftig, gleich darauf sanft, herzlich und dann beidhändig, sicher weil sie in dem Moment Marlena einem Zusammenbruch nahe wähnte. Auch Valentin stand plötzlich vor ihr, neben dieser Frau und machte ein bedenkliches Gesicht.

Marlena ließ es geschehen, dass ihre Hand genommen wurde, dass Valentin sie gleich darauf unterhakte und zum Sessel führte. Auf dem Tisch lehnte eine Flasche Sekt im silbernen Eiskübel, drei Gläser standen bereit. Ein Strauß roter Rosen – woher kamen die Rosen, überlegte Marlena in dem Moment. Wer hat die wem geschenkt. *Schenkt man sich Rosen in Tirol ...*, dachte sie plötzlich und wollte es sagen und sagte es nicht und war sich nicht sicher, ob der Titel aus dem *Vogelhändler* stammte.

»Hier, trink erst mal einen Schluck!« Valentin stellte ihr ein Glas Wasser hin. »Du siehst ja ganz blass aus.«

Da saßen sie beide ihr gegenüber, blickten sie neugierig an, wie sie nun reagieren würde.

»Also ich muss schon sagen, Schatz, du hättest deine Schwester mal besser vorbereiten sollen!« Die Frau hatte ihr stimulierendes Lächeln eingebüßt und sah Valentin vorwurfsvoll an.

Wie die redete, dachte Marlena, wie die redete und *Schatz* sagte – das ist ungehörig, die kann doch nicht einfach *Schatz* sagen ... Wie reden Sie überhaupt mit meinem Bruder, würde sie sich gern empören.

»Marlena«, schaltete sich jetzt Valentin ein. »Marlena, hör mal zu, du musst jetzt nicht so erschrocken sein, so dauerhaft erschrocken, meine ich, schließlich geht doch das Leben auch weiter. Ich kann doch nicht bis an mein Lebensende als Griesgram herumwandeln. Du hast dich doch selbst lange gesorgt, weil es mir so gar nicht besser gehen wollte. Was soll denn Vera denken, wenn du sie so entsetzt ansiehst! Vera ist kein Schreckgespenst, die ist nämlich eine sehr liebe Frau, die vor ein paar Jahren auch ihren Mann verloren hat ...«

So faselte Valentin daher, als ob sie drei Jahre alt wäre und derlei Erklärungen nötig hätte. Offenbar guckte sie entsetzt, das war ihr nicht bewusst. Aber wie sollte sie denn auch sonst gucken. Wenn sie sich jetzt bemüht hätte zu lächeln, wäre das nach hinten losgegangen, das schaffte sie nicht. Und warum auch. Sie starrte auf die Rosen. *Schenkt man sich Rosen in Tirol* – war das nicht Rudolph Schock? Dieser alberne Titel, wieso kam ihr der überhaupt in den Sinn? Wieso blieb er so hartnäckig haften? Dann sah sie auf die eingekübelte Sektflasche. Sie müsste etwas sagen, dachte sie, aber ihr fiel nichts ein. Außerdem, dachte sie, muss sie das gar nicht, die beiden reden ja pausenlos. Irgendwas reden die, wenn sie nur wüsste, was die reden.

»Sieh mal, Schatz, deine Schwester guckt ganz sehnsüchtig nach dem Schampus! Wollen wir nicht schon mal anstoßen? Zur Feier des Tages! Und es kommt doch auch keiner mehr. Die Kinder haben Besseres zu tun, und außerdem ...« – sie beugte sich vertraulich zu Marlena herüber – »außerdem wissen die gar nichts von dem Tag heute, Valentin wollte sowieso nur dich dabeihaben!«

Valentin machte sich an der Flasche zu schaffen.

Nur mich, aha, nur mich, dachte Marlena. Um mir das hier anzutun. Wenn die wüsste ... Was denn für Kinder, hat die auch Kinder? Wie alt mag die sein? Julius soll demnächst nach Afghanistan und hat andere Sorgen, und Philippa wird sich hüten ...

Wenn die wüsste, dass ich Alexandra umgebracht habe, säße die nicht so blöde lachend hier rum. Aber dieser Gedanke war eher verschwommen.

Die Flasche gab ein Plopp-Geräusch von sich, ein Gaswölkchen entstieg ihr. Valentin schenkte ein, in die schräg gehaltenen Gläser. Er und die Frau hoben die Gläser, sahen sich an, sahen Marlena an, die es ihnen gleichtun sollte. Sie tat es nicht, oder erst nach einer geraumen Weile, in der die beiden irgendetwas redeten, auf sie einredeten. Sie sollte mit ihnen auf deren gemeinsame Zukunft anstoßen. Das war wohl jetzt nicht zu umgehen. Deren Zukunft, genau – ihre war es ja nicht. Vielleicht einfach jetzt nur mal die Mundwinkel auseinanderziehen – egal, ob es gelingt.

»Siehst du, geht doch, Schwesterchen, und wenn es dir so lange die Sprache verschlägt, ist das nicht schlimm ...« Valentin strahlte.

Sie hatten schon alles vorbereitet, das Heiratsdatum stand bereits fest. Das Restaurant, wo gefeiert werden sollte, war reserviert. Die Liste derer, die dabei sein sollten, hatten sie zusammengestellt, Einladungskarten entworfen. Marlena hätte lediglich nicken müssen, was ihr nicht einfiel, und wobei ohnehin nichts von ihrer Zustimmung abhing. Sie hätte ebenso gut den Kopf schütteln können – es spielte keine Rolle. Die beiden waren kaum zu bremsen in ihrem Enthusiasmus und sehr bemüht, sie mit ihrer Vorfreude anzustecken. Auch die hochzeitliche Sitzordnung bei Tisch war geklärt. Sie hätten sich gedacht, dass Marlena links von ihrem Bruder sitzen würde – und wäre das nicht toll, erklärte die Frau, die Vera hieß, sie hätte ja von ihrem *Schatz* erfahren, wieviel Marlena am Glück ihres Bruders gelegen sei und wie sie sich um sein Wohlergehen gesorgt habe im ganzen letzten Jahr, so dass ihr dieser Ehrenplatz durchaus gebühre.

»Na, auf jeden Fall ist dir diese Überraschung gelungen, Schatz!«, rief die Frau mit einem lauten Lacher, während sie ihr Glas wieder hob. Dieses Geschatze immerzu! Marlena fiel der außerordentliche Platz zwischen den mittleren oberen Schneidezähnen auf. Ausreichend für das Ansetzen einer trefflichen Knochensäge, dachte sie. Und schön nach oben ziehen das Ding.

Sie müsse nun aber doch mal ihre Sprache wiederfinden, das wirke ja beinahe unhöflich, sagte Valentin, Vera dächte sonst, gar nicht willkommen zu sein als künftige Frau an seiner Seite. »Sag was, Marlena, ich bitte dich!«

Marlena blickte von einem zum anderen, räusperte sich. »Nein, Valentin, ich kann da ... gar nichts sagen. Es ist mir ... Ich hatte mit so etwas nicht gerechnet. Vielleicht nimmst du es mir übel, aber ...« – sie schüttelte den Kopf – »es irritiert mich einfach zu sehr.«

Vera beugte sich mit ihrem Glas zu Marlena hin, vertraulich, so von Frau zu Frau, wie Marlena schien, den Mann lassen wir jetzt mal beiseite, der versteht sowieso nichts. Marlena, die sehr aufrecht in der vorderen Hälfte des Sessels saß, wich instinktiv etwas nach hinten aus, und noch ein Stückchen weiter, als sie den Geruch merkte, der sie anwehte, diese Mischung aus Alkohol, Parfüm und etwas Schweiß.

Die Frau sprach sehr leise und eindringlich. »Komm, Marlena-Schwägerin, ich kann nur ahnen, wie es dir geht, und hätte ich gewusst, wie sehr dich diese ... diese Offenbarung mitnimmt, dass du so ein großes Glück so schnell gar nicht zu fassen in der Lage sein würdest – Valentin ist da wohl recht unsensibel –, hätte ich das gewusst, hätten wir dich wirklich eingeweiht von

Beginn an. Aber du weißt ja, wie das so ist mit der Liebe, die hält man dann doch schon mal geheim am Anfang, wenn man sich noch nicht wirklich sicher ist ...«

Marlena stand auf und strich sich den Rock glatt. »Ja, ja«, sagte sie, unsicher umherblickend. »Ja, ja, schon gut.«

»Marlenchen, liebste Schwester, was ist denn, du darfst jetzt nicht schon gehen. Wir wollen heute Abend noch essen gehen zusammen!«

»Essen gehen ..., ja, essen gehen, das könnt ihr doch, guten Appetit!«

Sie fühlte sich nicht in der Lage, die Gegebenheiten anzuerkennen. Innerhalb eines für sie verschwindend geringen Zeitraums war Valentin vom trauernden Witwer, vom seiner Liebe Beraubten, vom einsilbigen miesepetrig Leidenden zu einem zupackenden, beschwingten, unbekümmerten Menschen mutiert. Zwei Wochen zuvor hatte sie ihn zuletzt gesehen: Vom grausamen Schicksal gezeichnet, starrte er gebeugt über seinen Schreibtisch ins Leere, unverändert seit fast eineinhalb Jahren, grau, müde, ausgelaugt, verurteilt zu Einsamkeit und sichtbarer innerer Dunkelheit, Marlenas Anwesenheit fast ignorierend. So – und nie wieder anders, das schien Valentins Schicksal!

Ein kleiner Hoffnungsfunke, als er sie anrief und zu sich einlud endlich, an dessen Entstehen Marlena doch erheblichen Anteil hatte, das konnte sie gelten lassen, jetzt, nach der langen Leidensphase, die er wie ein Martyrium erlebt haben mochte – für Marlena ohnehin nicht vorstellbar als Folge eines unbedeutenden Störfalles, wenn man von ihr selbst ganz absah und es mal sachlich betrachtete. Aber gut, er litt an dem Verlust. Allerdings dieser völlig andere Mensch, der ihr heute begegnet war, als ob ihm die Erinnerung an sein gestriges Ich abhanden gekommen wäre – diesem Umschwung von Valentins Verhalten fühlte sich Marlena nicht gewachsen. Wieder einmal verstand sie das Leben nicht.

Und diese Frau – was hatte die zu suchen bei ihm! Ihr konnte sie sich zunächst gedanklich gar nicht zuwenden. Eingeschlichen hatte die sich in Valentins betrübliches Dasein! Marlena war es doch, die ihm sukzessive wieder ans Licht half und genau dies auch beabsichtigte! Eine kleine zaghafte Wiederauferstehungsfeier heute mit dem Bruder – ja, das hatte sie sich gewünscht auf dem Weg zu ihm.

Diese Frau war einfach nicht zuständig für ihren Bruder – aber führte sie sich nicht genauso auf, als ob sie kompetent dafür wäre?

Was hatte denn Valentin von ihr, Marlena, heute erwartet? Dass sie quasi augenblicklich aufspringen müsste auf den rasenden Zug seiner wieder entdeckten Lebensfreude? Obendrein gemeinsam mit dieser Person, die sie allein optisch überaus abscheulich fand!

Er war enttäuscht von seiner Schwester, ganz gewiss. Wieder einmal hat sie alles falsch gemacht. Offenbar hat er die Fähigkeit eines Chamäleons – sie hingegen nicht, was er ihr nun übelnehmen wird.

Er hatte sie bei sich haben wollen, hatte die Frau beteuert, *nur sie, seine geliebte Schwester*. Als ob die Frau irgendeine Ahnung hätte! Wie sie das gesagt hatte! Was die sich herausnahm! Marlena wollte ja durchaus bei ihm sein, aber teilen wollte sie den Bruder nicht mit ihr!

Erst sehr allmählich drang es in ihr Bewusstsein ein, das die zwei vorhatten zu heiraten, obwohl sie die ganze Zeit von nichts anderem gequasselt hatten. Dass sie, Marlena, sich den Bruder erneut würde teilen müssen mit einer anderen Frau, die den weit größeren Teil ihres Bruders beanspruchen würde. Dass Marlena mit ein paar Krümelchen von ihm würde vorlieb nehmen müssen, genau wie in den vielen Jahren von Alexandras Besitzansprüchen. Eine Gänsehaut lief ihr über den Rücken. Und ein Gefühl der Hirnleere befiel sie.

Vera – was für ein grässlicher Name! –, sie würde sich an *Vera* gewöhnen müssen, unvorstellbar. Wie hatte das nur passieren können! Sie hatte nicht aufgepasst, bestimmt hatte sie nicht gut genug auf den Bruder aufgepasst. War es am Ende doch nicht richtig, nach der für sie frustrierenden Zeit seiner mitunter feindselig anmutenden Angespanntheit und seines Desinteresses an ihr ihn weitgehend sich selbst zu überlassen? Sie hatte zu früh aufgegeben, sich von ihm entfernt, so dass diese andere Person Zutritt zu ihm bekommen konnte. Gewiss war es so.

Zutritt zu ihm – wie war das – sie arbeitete auch an der Universität? Genau wie Alexandra? Die beiden Frauen hatten sich womöglich gekannt? Was macht die überhaupt? Sie hätte fragen können, natürlich, aber sie war viel zu perplex – wie kann einem da eine Frage einfallen! Ist sie eine schnöde Tippse oder auch Professorin wie Alexandra es war? Eine Kollegin von Valentin? Oder nur eine Frau Doktor? Hält sie Vorlesungen, oder ist sie eine Putzfrau? Das könnte sogar sein: Putzfrau in Valentins Räumen! Genauso sieht die doch aus! Schnell eine Kittelschürze drüber, Staubsauger in die Hand, damit wackelt die durchs Gebäude, und immer das Ohr an interessanten Türen, ja nichts verpassen.

Eine ganz durchtriebene Person ist das. Sie kennen sich schon lange, haben sie gesagt – ja, ja, kennen sich schon lange. Kaum, dass Alexandra tot war, wird sie sich das zunutze gemacht haben: Der arme traurige Professor, den musste man doch trösten, bei dem musste sie bestimmt dreimal am Tag saugen oder staubwischen, damit er sehen sollte, wie sie sich für ihn abmühte.

Vera im fast lila Wickelkleid, mit höchst unangenehmen Ausdünstungen! Der arme Valentin, der sich ihr ja nähern muss! Wenn sie heiraten, muss er das doch! Kann er doch kaum umgehen! Und er ist auch noch so fröhlich dabei! Weiß er denn gar nicht, was da auf ihn zukommt? Marlena hat ihn im Stich gelassen, weil sie ein total egoistisches kleines Biest ist! Weil sie es auf Dauer nicht mochte, bei ihm herumzulungern ohne irgendeine Tätigkeit, ohne das Gefühl, für irgendetwas nützlich zu sein. Und ohne sein Wahrnehmen ihrer Anwesenheit. Wäre ihr denn ein Stein aus der Krone gefallen, wenn sie dem Bruder auch weiterhin ihre stille Aufwartung gemacht hätte?

Marlena ging aufgebracht in ihrer Wohnung umher. Ein großes Dilemma, dachte sie, ein sehr großes Dilemma. Schuld sind sie wahrscheinlich alle drei, überlegte sie. In erster Linie sie selbst, mit ihrer achtlosen Entfernung von Valentin, dem noch helfen zu können, sie keine Aussicht mehr gesehen hatte. Dann diese Vera, der sie eine immense Raffinesse zuschrieb. Und schließlich Valentin, der sich darauf eingelassen hatte, der sich umgarnen ließ von der *Klofrau* der Universität!

Er allerdings konnte am wenigsten dafür. In so einer Trauerphase ist man sicher anfällig für dummes Geplapper einfältiger, aber schlitzohriger Weiber. Warum kann Marlena so etwas nicht! Sie hätte Valentin so gern aus seinem Seelentief herausgeholt! Aber ihr standen ja keinerlei Mittel zur Verfügung. Da haben die gemeinsten und niedrigsten Menschen größere Chancen als sie.

Wieder einmal ging sie hart ins Gericht mit der eigenen Unfähigkeit. Diese Vera war um einiges jünger als sie. Darüber hatten die beiden auch gelabert, während Marlena, kaum zuhörend, sich aus ihrer Bestürzung gar nicht hatte befreien können. Dass sie am gleichen Tag Geburtstag hätten, dass sie das als *Zeichen* verstanden sehen wollten, nur eben mit den nebensächlichen elf Jahren Unterschied ... Ein Teil von ihr hatte wohl doch zugehört. Was hatte diese Vera – in Gedanken gefiel es Marlena sehr, sie weiterhin Klofrau der Universität zu nennen –, was hatte die ihr voraus? Was machte die offenbar entschieden besser als sie? Was befähigte diese Person durch ihr dummes Reden und ihr unverschämtes Auftreten und Handeln zu einem Resultat, welches ihr verwehrt blieb? Schon oftmals in ihrem Leben, wenn sie andere Menschen hörte oder über sie las, besonders auch, wenn sie in wissenschaftlichen oder eher populärwissenschaftlichen Büchern las, hatte sie sich die Frage gestellt, ob das, was ihr offensichtlich fehlte, in ursächlichem Zusammenhang damit stehen könnte, was im gesamten Lebensverlauf für sie immer wieder grenzsetzend war. Ihre eigene Entwicklung war doch sehr anders verlaufen als die ihrer gleichaltrigen Mitschüler, die ihr gewissermaßen in doppelter Hinsicht irgendwann davonschwammen. Nicht dass sie sich deren peinliche und eklige Entwicklung für sich selbst gewünscht hätte, aber dadurch war ihnen allen vielleicht genau das möglich, wozu sie sich in all den Jahren nicht imstande sah. Ab einem bestimmten Zeitpunkt wurden die anderen einfach – anders. Sie begannen anders auszusehen, anders zu riechen, sich anders zu verhalten, Jungen wie Mädchen. Nichts wurde bei denen besser oder schöner, auch nicht interessanter, nur eben anders, vielleicht trivialer, beliebiger. Sie näherten sich sehr allmählich – manche auch ziemlich rasch – im Aussehen den vielen unschönen Erwachsenen an. Marlena registrierte diese Veränderungen mit Argwohn, mit Unbehagen. Die immer schon vorhandene Ferne zwischen ihr und den anderen begann zu wachsen. Der Austausch untereinander schrumpfte auf ein unumgängliches Minimum. Und sie bekam Angst, bald ähnlichen äußerlichen und inneren Verformungen ausgesetzt zu sein und nichts dagegen unternehmen zu können, den Machenschaften ihres Körpers hilflos ausgeliefert zu sein. Wie alle anderen zu sein, mit einigen graduellen Unterschieden zwischen dick und dünn, groß und klein den anderen zu ähneln – danach hatte es sie niemals verlangt. Was ihrem Wunsch nach Zugehörigkeit, der immer groß war, nicht widersprach, denn was sie aktuell abstieß, waren die Erscheinungsformen, die so unmittelbar wahrnehmbaren Entwicklungen ins meist Unansehnliche. Ins Unerhebliche.

Hinter verstohlener Hand wurde damals das Wort *Pubertät* benutzt – ein Begriff, mit dem heute nur so herumgeworfen wird, wie mit vielen anderen Begriffen auch. Man *kam in die Pubertät*. Man. Sie nicht.

Sie blieb da, wo sie war, wuchs noch ein wenig in die Länge, was ihr recht war, wenngleich sie zierlich blieb, aber ansonsten gab es nichts, womit sie sich mit den Gleichaltrigen irgendwann noch hätte messen können. Sie betete damals inständig zu einem Gott, an den sie nie glaubte, dass er sie verschone mit *Brüsten* und mit allem anderen ebenso. Die Mutter vermutete schließlich eine Entwicklungsverzögerung, wobei Marlena dringend daran gelegen war, eine wie auch immer geartete Ingangsetzung oder Beschleunigung dessen, was sie verabscheute, zu vermeiden. Am widerlichsten waren diese *Blutungen*, von denen die anderen berichteten. Niemals hätte sie mit Derartigem konfrontiert werden wollen!

Auch unabhängig von dieser leidigen, einschüchternd wirkenden Phase, die alle außer ihr durchmachen mussten, war ihr der Mensch damals schon ein ziemlich abstoßendes Lebewesen! Mit all diesen Körpergeräuschen, -gerüchen und -sekreten, mit den – überdies bioökologisch äußerst ineffizienten – Ausscheidungen, die leider nicht zu umgehen sind. Aber kein Tier muss sich permanenten Waschungen und Besprühungen unterziehen. Der Mensch aber ist dazu verpflichtet, um für seine Mitmenschen keine olfaktorische Beleidigung zu sein. Sie denkt an ihren brummigen grauen Kater, den sie einmal hatte – der hat niemals nach irgendetwas gerochen ...

Zum Glück insistierte die Mutter damals nicht lange, dem Phänomen des Ausbleibens jener Blutungen bei ihrer Tochter auf den Grund gehen zu wollen. Alles andere blieb ja zum Glück auch weitgehend aus. Zumal Marlena in jener Zeit ohnehin mit der Mutter haderte und ihr keinerlei Bestimmungsrecht mehr über sich zubilligte. Marlena wurde zu keinem Arzt gezerrt, niemand inspizierte sie eingehend mit hochgezogenen Brauen und bedenklichem Kopfwiegen, niemand kontrollierte ihren *Hormonstatus*, niemand verbreichte ihr künstliche Mittel zur Erlangung einer sogenannten *sexuellen Reife*, auf die sie keinerlei Wert legte. Zumal ansonsten alles regelrecht verlief, sie ganz normal aussah und offenbar auch mit normaler guter Intelligenz ausgestattet war, die ihr das Abitur ermöglichte und ein paar interessante Studiengänge. Dass sie diese abgebrochen hatte, lag bestimmt nicht daran, dass sie nicht *menstruierte* und dass sie keinen *Büstenhalter* benötigte! Schon wieder so ein Begriff, den eventuell aussprechen zu müssen, ihr äußerst zuwider wäre: Büstenhalter! Herumbaumelnde Fleischmassen, die beim Rennen störten, die künstlich hochgehalten wurden durch ein sonderbares Kleidungsstück!

Ein paar spitze Bemerkungen Valentins waren es damals, die sie nach anfänglich kleinem Groll gegen ihn zum Nachdenken anregten und zum Studienabbruch führten. Er hatte sie aufgezogen, dass sie ihm alles nachmache, sogar fast die gleichen Fächer gewählt habe wie er. »Hat mein Schwesterchen gar nichts Eigenes?« Oh, das tat weh! Wie auch die Frage, ob sie das denn auch schaffen würde mit ihrem *kleineren weiblichen Gehirn*. Und sowieso: Was auch immer sie studieren würde, so schlussfolgerte er, das alles sei doch *für eine schwache Frau viel zu schwierig*, und sie würde später *sowieso heiraten, Kinder kriegen, den Beruf an den Nagel hängen* – wozu also die viele Mühe! Das hatte sie trotz seines Augenzwinkerns ordentlich geärgert, zumal sie genau wusste, dass sie niemals heiraten würde. Und eigene Kinder – welch fürchterliche Vorstellung, ganz abgesehen davon, dass ihr die physiologischen Voraussetzungen dafür gänzlich fehlten. Aber was wusste Valentin schon!

Im Grunde hätte sie, gerade weil Valentin so argumentierte, ihre Studien abschließen müssen. Aber: Wollte sie tatsächlich in die Forschung? In die Lehre? Valentin war so jemand, der das anstrebte, immer schon. Sie war doch dafür viel zu wenig ehrgeizig. Das, woran sie interessiert war, fand sich in Büchern, später zusätzlich im Internet. Also hin zu den Büchern. Weg von der Universität, an der ihr Bruder studierte, hin zu einem kleinen, einem *Orchideenfach*, wie man es später nannte.

Für Valentin gab es also fortan eine *Vera*. Marlena war nicht gut genug. Das war schließlich die Frage: War ihre nie erfolgte Pubertät, ihre diesbezügliche Unterentwicklung ausschlaggebend für die erfolgreiche Dreistigkeit einer Universitätsklofrau? Valentin schien sie ja tatsächlich zu mögen! Das hatte die Frau erreicht! Die *selbstverständlich* eine Pubertät durchlaufen hatte. Und das war es: Diese Art des Mögens war Marlena so fremd wie das Ritual einer seltsamen Bekannten, die sie gerade wieder getroffen hatte und die sie animieren wollte, zusammen mit ihr wegen der gerade herrschenden kosmischen Zeitbesonderheit das *Nullpunktfeld anzuzapfen*, um *ihre Vision der neuen Erde ins Feld zu geben* ... Spannende Begriffe oder irrsinnige Formulierungen merkte sie sich gern.

Dieses Mögen jedenfalls schien ja gänzlich von dem unterschieden, was sie Valentin gegenüber empfand. Es führte dazu, dass man einen abstoßenden Geruch, wie diese Frau ihn verströmte, gar nicht wahrnahm, oder aber, schlimmer noch, ihn sogar *erregend* fand – was immer das auch sein mochte –, so dass körperlich das eine oder andere geschah, was man offenbar sogar anstrebte, wodurch wiederum das *Verlangen nach Kopulation* geweckt würde.

Ja, und dann also verspürte man den Wunsch nach Heirat.

Marlena hatte das zu akzeptieren. Sie war eben doch dumm, weil sie das nicht nachvollziehen konnte, weil sie von dieser Pubertät verschont geblieben ist. Gott, dieser elende Magier, hatte ihrem Flehen einst stattgegeben. Und nun war sie unvollständig geblieben. *Gott – sei – Dank?* Unvollständig bis ins hohe Alter. Nicht fähig, die Bedürfnisse ihres Bruders als die einzuschätzen, die sie waren, und die anscheinend auf so erschreckende Weise anders waren als die ihren. Diese eigentümlichen Bedürfnisse musste ihr armer Bruder offenbar ebenso wie früher Alexandra, wie jetzt Vera, die Klofrau, haben, weil er ja anscheinend selbst irgendwann eine Pubertät durchlaufen hatte, jenen Vorgang, der Marlena verborgen geblieben war bei ihm, worüber sie bis dahin auch niemals gründlich nachgedacht hatte! Ihr Bruder war ihr Bruder, also nichts Besonderes, außer der Tatsache, dass sie ihn sehr wohl als besonderen Menschen wahrnahm. Er musste demnach doch – entsetzlicher Gedanke! – abgesehen von diesen ohnehin vorhandenen *Merkmalen*, die sehr gut unter der Kleidung zu verbergen waren –, ohne dass sie bei ihm wie bei ihren Mitschülern darauf geachtet hatte, jene schreckliche Verwandlung erlitten haben. Die Verwandlung eines Menschen in einen Käfer bei Kafka erschien ihr sehr viel nachvollziehbarer wie auch origineller, als dass ihr Bruder *pubertiert* hätte! Auf welche Weise Alexandra damals schwanger geworden war, und dann ein zweites Mal, war doch gar nicht interessant! Frauen werden eben gelegentlich schwanger, mit der Selbstverständlichkeit des Regens, der aus den Wolken fällt oder der Existenz von Galaxien im All – das war eben so. Marlena hatte die für sie obszöne oder widerliche Vorstellung kopulativen Verhaltens einfach unterlassen, nicht haben wollen, so dass Alexandras Schwangerschaft keineswegs mit dieser unsäglichen Vorstellung im Zusammenhang mit ihrem verehrten Bruder verbunden war.

Vielleicht hätte sie nun doch einmal mit einem einzigen Tag Pubertät ihre Phantasie anreichern mögen. Ein Tag bitte, auf keinen Fall länger. Oder das erleben, was *nach dieser Übergangsphase* allen Menschen irgendwie verfügbar ist, nur ihr nicht: diese Zeit der *Geschlechtsreife* – auch das ein exorbitant ekelerregendes Wort!

Was blieb ihr übrig damals, als diese Vera in Valentins Leben trat, vehement und unerbittlich – was blieb ihr übrig, als erneut zu hassen! Ein neuer Mord – ach, dazu würde ihre Kraft sicher nicht ausreichen, dachte sie zu der Zeit. Sie hatte sich verausgabt, Alexandra zur Strecke zu bringen. Die Phase der Angst im Anschluss an ihre Tat wollte sie kein zweites Mal durchleben müssen. Und wozu auch! Das, was sie damit bezweckt hatte, brachte ihr den Bruder nicht zurück. Ein erneuter Versuch – und selbst sein Gelingen – würde mit einer erneuten Niederlage enden. Ihr Bruder brauchte keine Schwester. Er brauchte eine Frau, die in der Pubertät gewesen war. Sie entschloss sich, etwas ermüdet, zur kapitulativen Nachsicht Valentin gegenüber und zu einem gleichmäßigen schönen Hass gegen Vera – wer weiß, vielleicht war der wirksam auf eine ihr noch unbekannte Weise.

28

»Du verbarrikadierst dich hier in deiner Bude. Gehst du überhaupt mal raus?«

»Schon. Wenn's nötig ist.«

»Du siehst überhaupt nicht mehr gut aus, wenn ich dir das jetzt mal so sagen darf. Dunkle Augenringe – schläfst du nicht mehr? Und weiß wie Frischkäse. Wir haben Sommer, falls dir das entgangen ist. Mit Sonne am Himmel, nicht zu knapp.«

»Danke für die Belehrung, Frau Sonnenschein.«

»Karla, sei nicht albern! Wir haben uns überlegt, dass wir jetzt mal in diesen Affenpark fahren, du weißt schon, wo wir früher mal waren. Und wir haben beschlossen, dass du mitkommst.«

»Wir? Du hast das beschlossen.«

»Ja, ich. Aber Sam findet das auch gut.«

»Lüg doch nicht. Ich komme sowieso nicht mit.«

»Los, zieh dir was an. Sam wartet unten im Auto.«

»Ach so, du meinst, gegen Überrumpelung kann ich mich nicht wehren?«

»Ich hab dir neulich schon gesagt, dass wir irgendwohin fahren wollen, zusammen mit dir.«

Karla reagiert nicht. In ihrem hellblauen Schlabber-T-Shirt hängt sie im großen Sessel, kaut am Nagelbett des rechten Ringfingers.

»Wenn ich es nach deinem letzten Besuch gemacht hätte, würdet ihr jetzt nicht in den Affenpark fahren. Da hättest du jetzt deine verwesende Schwester durchdringend stinkend hier angetroffen.«

Elsa antwortet bewusst darauf nicht. Karla will wieder diskutieren. Der Vorwurf gegenüber Elsas viertägiger Abwesenheit ist unüberhörbar.

Sie geht zu Karlas Kühlschrank. »Eine Flasche Wasser nehmen wir noch mit, mehr ist ohnehin nicht erlaubt. Schade, dass man dort nicht füttern darf. Aber irgendwie ja auch in Ordnung, wer weiß, was die Tiere dann alles angeboten bekämen. Och Karla, du weißt doch, dass Tomaten nicht in den Kühlschrank gehören. Und dieser Joghurt ...« Sie schraubt den Deckel auf, stöhnt und schließt ihn wieder. »Wann hast du davon zuletzt gegessen? Wenn ich nicht jedes Mal nachsehe bei dir ...«

»Aber du siehst doch so gerne nach.« Karla schaut ihr vom Sessel aus zu, wie sie die paar Artikel nach Schimmel oder Haltbarkeitsdatum kontrolliert, aussortiert oder wieder zurückstellt. »Du könntest doch Geld mit mir verdienen. Könntest doch meine gesetzliche Betreuerin werden. Hast du nicht Bock drauf?«

Elsa will sich keinesfalls provozieren lassen. »Karla, gehst du jetzt mal pipi machen, vielleicht, falls du musst, und dann ... Ich hole dir auch noch was zum Anziehen, ja?«

Auf dem Weg ins Schlafzimmer bemerkt sie Karlas linke Hand, deren Verband nicht mehr so klobig und plump wirkt. »Oh, warst du bei Wals? Was sagt er?«

»Nichts. Wird steif bleiben.«

»Und? Hast dich gefreut?«

»Und wie.«

Elsa ist so gemein.

Das Lemurengelände ist weitläufig, Luftfeuchtigkeit und Temperatur sind hoch, die Wege und Areale staubig, die possierlichen flinken Affen überall. Umherflitzend auf den freien Flächen, dösend auf den Dächern der Hütten, sich jagend und spielend in den Bäumen, neugierig und zutraulich auf Bänken zwischen den Besuchern, zu mehreren auf einem Menschenschoß sich selbst oder einander das Fell pflegend, alle Viere hängen lassend auf den grobstämmigen Umzäunungen, manchmal zu Hauf auf einem einzelnen Menschen, der etwas besonders Anziehendes mit sich trägt, den möglicherweise affenartigen eigenen Duft, eher wahrscheinlich ein paar unerlaubte Rosinen in der Hosentasche, in deren Inneres zielgerichtet kleine Affenhände gleiten. Ein Kindersportwagen, dem der dreijährige Knabe entstiegen ist zum Zwecke selbständiger Erkundungen, wird gierig bevölkert von einer ganzen Katta-Horde, die kein Fleckchen innen und außen unberochen und unbeschleckt lässt – Menschenkinderaroma scheint unwiderstehlich. Die junge Mutter stützt sich mit den Ellbogen auf die Griffstange des Gefährts, sieht dem Treiben mit unausweichlicher Ergebenheit zu, während ein Äffchen auf ihrem Kopf Platz genommen hat und seinen langen schwarzweiß geringelten Schwanz ganz der eigenen Schwerkraft überlässt, elegant am Menschenohr vorbei.

Sam dreht mit dem Smartphone ein kleines Video von der Szene. Elsa hat neben ihrem Amüsement immer ein Auge auf Karla, und Karla registriert das schwesterliche Auge mit unauffälligem Interesse.

»Du musst nicht immer kontrollieren, wie ich gucke, und ob ich das sehe, was du auch siehst. Ja, ich finde die Viecher niedlich – zufrieden?«

»Ich find's schön, Karla, dass du mitgekommen bist«, sagt Sam. Während der anderthalbstündigen Autofahrt hatten sie meist geschwiegen.

»Warum sagst du solchen Unfug?«

»Ist kein Unfug. Ich meine es so.«

»Ich glaube dir kein Wort ... Und das bezieht sich nicht nur auf den Affenzirkus hier«, fügt Karla nach einer Weile an.

»Wollen wir uns mal hinsetzen? Vielleicht kommen sie dann zu uns.« Elsa setzt sich zwischen die beiden. Sie will keinen Streit. »Nachher ist Fütterung. Dann kommen die Tierpfleger mit der großen Schubkarre.«

»Ach ja? Weißt du das noch von damals?«

Karlas gereizter Ton ist nicht zu überhören. Ihre Linke liegt im

Schoß, mit der Rechten zupft sie nervös am Rand des Verbands überm Unterarm.

»Nein, das steht an der Tafel am Eingang.«

Ein Äffchen setzt sich auf Sams nackten Sandalenfuß. Dann springt es ihm aufs Knie und fingert nach dem Handy.

»Guck doch mal«, sagt Elsa leise zu Karla und zeigt auf Sam.

Karla sieht kurz hinüber, wie langweilig.

»Karla, war blöd, dich zu überreden mitzukommen – stimmt's?«

Karla zuckt die Schultern.

»Ich will doch nur, dass du mal auf andere Gedanken kommst.«

»Auf Affengedanken, verstehe. Und dann ist alles plötzlich gut, ja?« Sie sieht Elsa kurz an.

»Gar nichts ist gut, Karla. Holm war bei mir.«

Karla möchte auflachen und fragen, was denn in den gefahren sei. Sie reagiert nicht, zuppelt weiter an ihrem Verband.

»Ausnahmsweise nicht deinetwegen.« Elsa kann sich die Schärfe im Ton gerade nicht verkneifen.

Der kleine Affe interessiert sich für Elsas Armband, befühlt es, dreht die Glasperlen, lässt die Zunge kosten, findet den Verschluss, benutzt beide Hände, versucht etwas, nicht ohne Vorsicht. Ein zweites Tier springt auf Sam, lässt sich streicheln, spielt an seiner Armbanduhr, spannende Lichtreflexe, kratzt sich die Seite.

»Ach nee, er kommt meinetwegen zu dir? Seit wann das denn?«

»Er weiß nicht, wie er an dich rankommen kann. Er ...«

»Hat er ja noch nie versucht. Muss er jetzt nicht mehr damit anfangen.«

Doch, er hatte es versucht. Vielleicht ungeschickt, und nicht hartnäckig genug, denkt Elsa. Hat sich zu früh auf seine ältere Tochter verlassen, ziemlich müheloser Mutterersatz, die bekam das ja irgendwie hin, fand den Draht zur verstockten biestigen Schwester, und er konnte sich schulterzuckend entziehen.

»Ist ja jetzt auch kein Thema mehr«, setzt sie nach und weiß, dass es damit beendet ist.

Wenn Karla doch einmal etwas anderes gelten ließe als das Eigene, denkt Elsa. Nur Karla ist wichtig für Karla, sonst keiner. Plötzlich hebt ein lautes Geschrei an. Irgendwo im Gelände hat einer den Anfang gemacht. Und wie auf Kommando kreischen sie alle auf einmal los. Es sind nicht die ringelschwänzigen Kattas. Die lassen sich nicht einmal stören von diesen anderen, die längst nicht so zahlreich vorhanden sind, die sich Varis nennen, schwarzweiß sind und etwas größer, auch eine andere Physiognomie haben als die bildhübschen Kattas mit ihren runden gelblichen Augen. Sam findet, die Varis sehen ein bisschen verschlagen aus, unberechenbar, und er brauchte eine kleine Zeit, um sich nahe an ein Einzeltier, das auf dem Zaunstamm gegenüber bäuchlings abhängt, heranzupirschen.

Die sind es, obgleich gewiss weit im Gelände verstreut, denen es einfällt, synchron im gleichen Ausatmen mit voller Kraft wie aus einer Kehle in einen Brüllchor einzustimmen. Das Tier auf dem Zaun macht mit, hält dabei weiter das Kinn schläfrig auf dem Holz, während seine kleine Hand Sams Finger umschlossen hält. Aus Leibeskräften wird gekreischt, um nach kurzer Zeit wie mit einem Schlag gemeinsam zu einem abrupten Ende zu finden, genauso, wie es begonnen hatte.

»Vereinskreischen!« Sam kommt lachend zur Bank zurück. »Hast du irgendwo gelesen, wieso die das so machen?«, fragt er Elsa.

»M-m, weiß ich nicht. Vielleicht ein Verständigungsritual: Wir sind alle noch da ...?«

»Wie viele mögen das sein? Zwanzig? Fünfzig?«

»Keine Ahnung, wir fragen nachher mal.«

Karla langweilt sich, und Elsa möchte das als Karlas kleine Rache ignorieren. Sie geht hinüber zu dem Zaun-Vari. »Du bist ein Weibchen und heißt Amanda – richtig?« Sie streicht dem Tier sachte über den Kopf. »Erzähl mir doch mal, wie alt du bist, Amanda, ob du hier geboren oder eingeflogen wurdest aus Madagaskar ...«

»Nein, nein, das ist Jürgen! Hat er mir eben zugeraunt. Nicht dass du ihn beleidigst!« Sam macht ein Foto von Elsa und Jürgen-Amanda.

Elsa macht ein ernsthaftes Gesicht. »Du, das ist Amanda, die aber fortan Jürgen genannt werden will.«

»Ihr seid dermaßen blöd!« Karla kann sich ein Grinsen nicht verkneifen.

»Stimmt. Viel blöder als du!« Elsa stellt sich vor Karla hin. »Und deshalb sind wir zu diesen ganzen blöden Viechern gefahren!«

»Geh weg, du stehst mir in der Sonne, ich friere!« Karla nestelt immer noch an ihrem Verband.

»Ganz bestimmt, bei fast dreißig Grad.«

»Bist du eigentlich jetzt schwanger?«

Sam fährt zusammen und glotzt Elsa an.

»Sag mal ... tickst du noch ganz richtig?«, fährt sie Karla an. Die diesbezüglichen Gespräche mit der Schwester waren vertraulich. Das Thema ist sensibel und gehört keinesfalls in Sams Anwesenheit.

Karla weiß das, aber mit irgendetwas musste sie es der Schwester heimzahlen, dass sie sie heute mit hierher gezerrt hat. Sie grinst Elsa an mit dem naivsten Gesicht, das sie zustande bringt. »Man wird ja wohl mal nachfragen dürfen. Wo gehobelt wird, fallen Späne!«

Sam ist ruckartig aufgestanden und hat sich etliche Schritte weit von den beiden Frauen entfernt. Steht da am Zaun und starrt geistesabwesend auf die zwei Varis, die nebeneinander auf dem Rücken liegen, schlafend Arme und Beine von sich gestreckt. Da hebt es wieder an, das Affengebrüll, und die beiden Schlafenden brüllen augenblicklich mit, ihre Körperhaltung dabei nicht im mindesten verändernd. Ein paar Sekunden, gleich darauf erstirbt es, dirigiert von Geisterhand.

Elsa steht neben ihm und will ihm etwas erklären.

»Lass mich, Elsa! Lass mich einfach!« Er geht noch ein paar Schritte weiter weg.

Sie geht ihm nach, greift seinen Arm. »Hör mir doch zu, Sam! Das ist Karla, meine grandios-fürchterliche Schwester, die uns einfach eins auswischen will heute, weil wir sie mit hierhergenommen haben gegen ihren Willen!«

Sam packt Elsa derb an beiden Oberarmen. Er zischt sie an. »Wenn du mir das antust, wenn du quasi hinter meinem Rücken schwanger wirst, ist es vorbei mit uns. Und das meine ich sehr ernst. Ich will kein Kind – hast du das verstanden?«

Karla sitzt unbewegt auf der Bank, ihre Resthand schmerzt etwas. Sie sieht zu Elsa und Sam, die streitend immer wieder zu ihr hersehen, wie sie hier sitzt in ihren rotweiß gestreiften Kniehosen, in ihrer roten Bluse und dem weißen Tuch um den Kopf. Ein Äffchen hat sich ans Bank-Ende gesetzt, ein Äffchen mit Kind auf dem Rücken. Da, wo Sam gesessen hatte bis eben, hockt es und sieht Karla an. »Ksch!« macht sie kurz in seine Richtung, und noch einmal »Ksch!« Es springt über die Lehne auf den Zaunstamm. Das Kind scheint gar keine Last zu sein. Die reden über mich, denkt sie. Die reden schlecht über mich, und ich bin ja auch schlecht, habe Elsa in die Pfanne gehauen. Der Typ ist so erschrocken, meine Güte! Und Elsa auch. Der hat Schiss, den eigenen Gendefekt zu vererben!

Und was ist nun mit Dumpfbacke Holm? Was hatte der jetzt bei Elsa zu suchen?

29

Was wäre, wenn Elsa ihre Schwester einfach mal in Ruhe ließe? Wenn sie Karla sich selbst überließe? Elsa ist doch keineswegs verpflichtet, die drei Jahre Jüngere wie ein Kleinkind zu behandeln, auch wenn die sich so benimmt wie ein Kleinkind. Aber Elsa – kann ich der denn überhaupt noch vertrauen?, überlegt Sam. Was ist, wenn sie mich austrickst und tatsächlich schwanger ist, oder wird? Was Frauen sich so erzählen ... Als Mann ist man da schnell reinzulegen. Ich sollte es beenden, wirklich beenden. So schön es manchmal auch ist – es passt einfach nicht. Ist aufgebaut auf meiner Feigheit, meinen Lügen, allenfalls Halbwahrheiten, auf Angst und jetzt noch mehr Argwohn, auf Elsas fragwürdiger Opferbereitschaft, auf dieser Karla-Verwandtschaft, die alles zusätzlich erschwert und belastet ...

Josefine treffen, denkt er. Er will sie doch schon länger anrufen. Neulich, noch vor dem aufschlussreichen Affenausflug, hatten sie ein paarmal geschrieben.

›Du, Deine traurigen Familienverhältnisse wollen mir gar nicht aus dem Kopf.‹

Ein Tag später:

›Tut mir leid, hab ich Dich überfordert?‹

Zwei Tage später:

›Die Relationen hat es verschoben, danke dafür. Bei Dir ist so viel Sumpf, tatsächlicher. Ich bin mein Selbersumpfmacher.‹

Sofort:

›Sümpfer!‹

Sofort:

›Nicht lachen, ist wirklich so!‹

Drei Stunden später:

›Ich lache nie, Samy – noch nicht bemerkt?‹

Danach hatte er nicht mehr geschrieben. Und ob sie lachen kann! Wie kann man das denn überhaupt – in *dem* Job! Und mit *der* Familie im Hintergrund!

Vielleicht ist Lachen das Einzige, das noch möglich ist bei so viel zu Beweinendem? Vielleicht kann einer erst richtig lachen, wenn es ganz schlimm ist? Wo noch Auswege sind, gibt es kein Lachen?

Wäre Elsa jetzt tatsächlich schwanger – könnte er dann richtig lachen? Es wäre ja das brutale Ende seiner Beziehung zu ihr. Na und? Weil sie ihn hintergangen hätte. Weil er definitiv kein Kind will. Weil er sich weigern würde, Vater zu sein. Weil er sowieso versagen würde in dieser Rolle. Weil alle Väter versagen. Neben den Müttern. Wäre das nicht doch zum Lachen?

Josefine nimmt untauglichen Eltern die Kinder weg. Sam möchte mehr darüber wissen. Und was wird sie ihm sagen zu Elsa? Aber er muss den Gesprächsfaden erst einmal wieder aufnehmen.

›Sag mal, Josefine, leben Deine Eltern noch? Wenn ich mich recht entsinne: Deine Mutter ...‹

›Ja. Warum?‹

›Mutter – kannst Du Kurzfassung Mutter?‹

Nach dreißig Minuten:

›Mutter 66, ohne Ausbildung, 16j. schwanger, bei mir mit 18, immer on-off mit Vater, immer bei on neues Kind gemacht. Säuft heute. Hat nur undankbare Kinder. Kaum Kontakt. – Hängst Du immer noch mit meiner Familie ab?‹

›Nicht ab, eher fest.‹

Nach einer Stunde:

›Du bist ja komisch drauf. Interessiert sonst keinen. Weil überall ähnlich.‹

›Nur arme kaputte Emo-Krüppel auf der Welt?‹

›So sieht's aus. Guck uns doch an!›

›Treffen?‹

›Gern.‹

Wie die Zeit vergeht. Inzwischen ist Elsa schon ein paarmal wieder da gewesen. Er hatte sie gefragt, was das war im Affenwald. Sie hatte sich entschuldigt für ihre Schwester. »Die kann eben einfach richtig fies sein.«

»Ihr müsst doch über Kindkriegen gesprochen haben – so wie Karlas Frage klang!«

»Ja, haben wir auch. Ich würde eben gern, Du willst eben nicht, und Karla findet es sowieso abartig. Wir müssen darüber jetzt gar nicht mehr reden, Sam.«

Sam saß am Küchentisch. Sie legte ihm beruhigend beide Hände von hinten auf die Schultern.

Aber Sam hört genau zu. *Jetzt* hatte sie gesagt, *jetzt* müssten sie nicht mehr darüber reden. Das konnte zweierlei heißen: entweder später durchaus wieder. Oder: Die Messen waren bereits gesungen, und sie war schwanger, so dass über ein eventuelles Ob gar nicht mehr gesprochen werden musste.

Dieses kurze Gespräch noch am Abend nach dem Ausflug hatte zu seinem Entschluss geführt. Auf Kondome war kein Verlass. Auf Elsa war kein Verlass. Diskussionen waren müßig, er musste handeln, auch auf die Gefahr hin, dass es bereits zu spät sein konnte.

Um sich Rückenstärkung für sein Vorhaben zu verschaffen, hatte er sich kurzfristig mit Josefine getroffen, einige Tage nach ihrem ‚Gern‘, über das er geschmunzelt hatte, weil es guttat, wenn da ein verlässlicher Mensch war, mit dem man es aber nicht eilig haben musste. Seine schwer zu beschreibende Elsa-Problematik sollte gar nicht Thema sein und war es auch nicht. Er wollte von ihr als Frau wissen, was sie von seinem konkreten Plan hielt.

»Wenn ich nur ein Kind von dir wollte«, hatte sie nachdenklich begonnen und sehr langsam weitergesprochen, »wäre ich gekränkt, wenn ich erst nach deiner Aktion davon erführe. Wenn ich dich lieben würde, unabhängig von Kind oder Nichtkind, wäre ich ein bisschen traurig, weil du mir nicht vertraut hast. Vielleicht müsste ich auch zugeben, dass ich durchaus mit deinem Vertrauen gespielt habe? Aber ich würde dich weiter lieben, vielleicht nun erst recht, ohne Kind. Und dann wäre ich stolz auf dich, weil du Verantwortung gezeigt hast.«

Wie klar sie das formuliert hatte! Wie wünschenswert klar! Er hatte bereits seinen Termin. Und mit dem Gefühl, eine richtige Entscheidung getroffen zu haben, war er – nicht wie gewohnt mit dem Fahrrad, sondern mit dem Auto – in die Urologie gefahren.

Und nun lümmelt Elsa da wieder so verlockend auf seinem Bett herum, und er wird sich nicht zu ihr legen. Nicht heute und demnächst auch nicht. Natürlich wird er ins Labor fahren. Nicht deshalb, weil er seinen Arbeitsplatz und seine Arbeit kontrollieren muss wie sonst so oft. Heute spürt er diesen Drang nicht – seltsam genug. Heute wird er die sonst zwingende Angewohnheit als Ausrede verwenden, um von Elsa wegzukommen, um sein Elsa-Bedürfnis in Schach zu halten. Drei Monate Abstinenz hat er sich verordnet, bis er unfruchtbar sein wird. So hat man es ihm erklärt: Drei Monate etwa wird es brauchen, bis die letzten Spermien herausgespült sein werden. Während dieser Zeit ist eine Schwangerschaft immer noch möglich, wenn nicht gut aufgepasst wird. Er traut Elsa diesbezüglich seit Karlas sehr konkreter Frage allerhand Raffinesse zu, und wenn sich das mit einem Kind so als fixe Idee in ihrem Kopf verankert hat, ist es an ihm, dafür zu sorgen, dass es dazu nicht kommt, falls nicht bereits ...

»Du tigerst hier rum wie aufgescheucht. Suchst du was?«

»Nein ... äh ... ja ... Hast du mein Handy gesehen?« Er weiß, dass es in seiner Hosentasche ist.

»Küchentisch!«, ruft sie ins Wohnzimmer. »Willst du weg?«

»Mein Vater hat angeklingelt. Will nicht – muss!«

»Du warst doch heute schon dort. Soll ich nicht doch mal mitkommen? Ich kann dir helfen, wenn was ist.«

»Um Gottes Willen, die beiden tu ich dir nicht an. Aber danke trotzdem!«

Er setzt sich kurz zu ihr auf den Bettrand, die Jacke schon in der Hand, streicht ihr über den Arm. »Bleib doch. Dauert vielleicht nicht lange.«

Das sagt er oft, weil er weiß, dass sie nicht bleibt, was er sehr gut findet, ihr aber nicht sagt. Sie soll nicht auf ihn warten. Und aktuell wäre es sogar gefährlich und brächte ihn in erhebliche Bedrängnis. Wie soll er das nur bewerkstelligen so viele Wochen lang?

Er wird jetzt nicht zu seinen Eltern fahren. Die haben nicht angerufen. Verdammte Lügerei. Er wird einfach nur ziellos durch die Gegend fahren.

Wüsste Elsa von seiner kleinen Operation, so stellt er es sich vor, würde sie wahrscheinlich keine Gelegenheit auslassen, ihn zu verführen und ihm auch noch das letzte taugliche Spermium zu entlocken, um zu einem Kind zu kommen. So schätzt er sie jetzt ein. Jeglicher Art des versprochenen oder auch praktizierten Aufpassens würde er misstrauen.

Er wird ihr erst einmal gar nichts erzählen von dem Eingriff. Er muss sich nur von ihr fernhalten und in der nächsten Zeit selbst dafür sorgen, dass er, wie er es im stillen nennt, *clean* wird, so nach und nach.

Was Elsa zu seiner ungewohnt anhaltenden Zurückhaltung, zu seiner plötzlichen Unverführbarkeit sagen wird, bereitet ihm Kopfzerbrechem. Er wird ja, noch viel öfter als bisher, immerfort wegrennen müssen. Erstmalig empfindet er die Notwendigkeit, sich um seine Eltern kümmern zu müssen, als Glücksfall! Elsa wird sein körperliches Abrücken von ihr dennoch als Zurückweisung verstehen. Sollte er sie also nicht doch glasklar über die Sachlage in Kenntnis setzen? Aber vielleicht wird sie sich von ihm trennen, wenn er ihr davon berichtet? Oder eher, wenn er darüber schweigt drei Monate lang? Aber doch nicht deswegen, sagt er sich dann wieder. Sie liebt ihn doch, obwohl sie es noch nie gesagt hat, worüber er sehr froh ist. Befürchtet er doch, dass sie ihn liebt. Dass sie alles mit ihm erträgt, *weil* sie ihn liebt! Aber doch gerade deswegen könnte sie sich trennen, weil er hinter ihrem Rücken ..., weil er so voller Misstrauen ... Aber will er nicht schon länger sowieso die Trennung wegen dieser Verzwicktheit, weil er sie doch ohnehin verrät die ganze Zeit ...? Ein Aber nach dem anderen. Warum ist das alles so kompliziert.

Kann er nicht einfach ein bisschen zärtlich zu ihr sein? Nur so ein bisschen jetzt, damit sie nicht denkt, von ihm nicht mehr begehrt zu werden? Aber wo soll er dann die Grenze setzen? Bis hierher, stopp, nicht weiter? Das wäre doch noch viel rätselhafter, unerfreulicher, fragwürdiger!

Soll er sie, zusätzlich zu seiner unehrlichen Haltung ihr gegenüber, auch noch bewusst anlügen? So wie gerade eben mit dem Anruf seines Vaters? Auch noch Kopfschmerzen, Bauchweh oder ein anderes Symptom vortäuschen, damit sie ihn in Ruhe lässt? Damit sie gar nicht erst auf die Idee kommt, ihn anzurühren? Oder er sie?

Und warum, verdammt nochmal, sagt er ihr nicht einfach, was Sache ist? Dass jetzt für drei Monate Saure-Gurken-Zeit ist, in der sie beide Verzicht üben müssen, bis die Lust endlich sorglos gelebt werden darf? Sorglos – er wird sie ja niemals sorglos leben können mit ihr! Er sagt nichts, weil er Angst hat, dass sie dann gehen könnte, dass sie nicht um seinetwillen bei ihm ist, sondern nur so lange, bis sie ein Kind von ihm hat. Das ist es. Und da ist noch etwas, das er noch nicht greifen kann, das ihm noch nicht recht zugänglich ist, das sich anfühlt wie eine kleine heimliche Freude, die aber, wie jede Freude, einen ängstlichen, einen faden Beigeschmack hat. Die ihren Platz in ihm noch nicht gefunden hat. Wie etwas später zu Dechiffrierendes.

30

Er hätte sich vielleicht noch nicht wieder aufs Fahrrad setzen sollen. Aber sie sind zusammen aus dem Haus gegangen, und Elsa hätte fragen können, wieso er das Auto nimmt, ganz gegen seine Gewohnheit. Unnötiges vermeidet er eben gern. Aber nun fühlt es sich ziemlich unangenehm an. Er könnte zurückfahren das kleine Stück und sich ins Auto setzen. Oder ganz einfach wieder zurück in die Wohnung gehen, Elsa ist außer Sichtweite. Der Tag ist gerettet, und die kommende halbe Woche auch. Ein kleines Stück wird er noch radeln, vielleicht ein Eis essen da vorn und dann zurückfahren. Oder schieben.

Er denkt an Josefine, während er auf den Cappuccino wartet und sich bemüht, das Eis aus der Waffel zu löffeln, ehe es heruntertropft. Elsa hatte ihn lachend *Löffler* genannt, weil er es unanständig findet, andauernd die Zunge so weit herauszustrecken und damit um die Eiskugel herumzufahren, um der vorzeitigen Substanzverflüssigung vorzubeugen. Er hat Josefine doch nun schon ein paarmal gesehen, seit ihrem neuen Kontakt, sie sind in guter Verbindung, und noch immer weiß sie wenig über ihn. Das gehört sich nicht, denkt er. Sie erzählt ganz frei über sich, über ihre kaputte Familie, über ihre beruflichen Nöte, lässt sich die Zähne ausschlagen und macht einfach weiter. Geht ganz locker mit den ätzenden Zuständen um, die ihr täglich begegnen – vielleicht tut sie auch nur so, aber sie macht einfach das Beste aus allem, grübelt nicht so viel herum. Bestimmt belächelt sie ihn und seine Verkrampfungen – aber was weiß sie schon von ihm. Sie ist umgeben von ganz handfesten Gewalttaten, während er ihr sein Wischiwaschizeug auftischen möchte und es nicht hinkriegt, weil er gar niemandem plausibel erklären könnte, was mit ihm los ist.

Ein Schmetterling hat sich auf eine rosa Blüte gesetzt, die auf die Tischdecke aufgedruckt ist. Überall Verarschung. Langsam schiebt Sam den Zeigefinger in die Richtung seines Kopfes. Er fliegt nicht davon.

Seit er eine Freundin hat, nun schon über zwei Jahre, die intelligent und aufregend schön ist, die Humor hat, die sehr lieb ist, gar nicht zickig, die rücksichtsvoll mit ihm und seinen Macken umgeht, die ihm nicht auf den Zeiger geht – seitdem ist sein Leben in allergrößter Unordnung. Nicht wegen seines eintönigen Berufs. Krank im Kopf fühlt er sich, wegen Elsa. Soll er das Josefine wirklich begreiflich zu machen versuchen?

»Bist du's oder bist du's nicht?« Von halb hinten hat ihm jemand die Hand auf die Schulter gelegt und kommt schnell herum. »Samuel, Mensch, schön, dich zu treffen, ich darf doch?« Er zeigt auf den leeren Stuhl Sam gegenüber. »Oder stör ich, wenn deine Freundin gleich noch kommt – ist vielleicht auf'm Örtchen, was?«

»Oh ..., Max ..., Mann ..., ja, klar doch, setz dich.« Max mit schwarzem Bandana-Tuch mit lauter kleinen weißen Totenschädeln, schwarzem T-Shirt, sandfarbener knielanger Sommerhose und Sandalen.

»Haste sie dabei? Grad mal reingegangen? Nee? Steht ja auch nix hier von wegen Getränk oder so. Biste ganz alleine hier!«

Sam nickt. Wollte er Max jetzt sehen?

»Du, wegen neulich, da muss ich mich noch entschuldigen, hab ich auch schon bei deiner Freundin gemacht, die hab ich nämlich im Laden getroffen, im Supermarkt – war mir ja richtig peinlich da im Fidelio, so richtig weiß ich gar nicht mehr, was ich da gelabert habe, aber da war ich nicht nüchtern, gar nicht nüchtern ...«

Sam hebt beschwichtigend Hände. »Ist doch gut, Max, ist doch längst vergessen ...«

»Nee, nee, du, ich vergesse das nicht, das war nicht in Ordnung, euch da so zu stören, deshalb wollte ich euch beide doch einladen zu mir, als kleine Wiedergutmachung, hat deine Freundin dir ...«

Sam schüttelt den Kopf.

»Du, sag nicht nein, ich meine das ernst, das ist mir wichtig. Aber ich will dir erklären, was da los war. Einen alten Freund wollte ich da besuchen, weißt du, wir hatten uns aus den Augen verloren, richtig lange, aber dann hat der mich so mies abgefertigt an der Tür, mit so komischen Riesenhunden, verstehste, ich war ja fast rückwärts die Treppe runtergeflogen! Geht man so mir alten Freunden um? – Warte, es kommt noch besser. Ich war jedenfalls bedient, hab mir die Kante gegeben, und dann später hab ich euch beide da sitzen sehen, ganz nobel, ganz verliebt ...«

»Das war ...«

»Warte, ist noch nicht alles. Ich kann ja so was nicht auf mir sitzen lassen, hab den zwei Tage später angerufen und ganz geschäftsmäßig mit ihm einen Termin vereinbart, an dem er geruhte, mich zu empfangen – meine Fresse, ich sag dir ... Nee, egal, will gar nicht so viel quatschen, auf jeden Fall redet der davon, wie ungeheuer schlecht es ihm geht und lässt mich kaum zu Wort kommen und holt am Ende ne Knarre ausm andern Zimmer und will mich erschießen! Stell dir mal vor: Der Typ ist verrückt geworden! Zielt die ganze Zeit auf mich! Ich hab dann auf den eingeredet wie aufn kranken Gaul, half alles nicht. Irgendwie bin ich dann weg, frag mich nicht, wie!«

Sam muss beinahe feixen. »Und jetzt?«

»Nichts und jetzt. Denkst du, ich bin zur Polizei? Nee, nee, der soll mal schön Angst haben, der ist garantiert abgehauen, weil er denkt, ich hätte die Bullen geholt! Der wird unauffindbar sein, zumindest eine Weile. Das ist'n Ausgefuchster, war mal in Afghanistan, einer aus der ersten Truppe, die damals dorthin sind ... Aber schwierig wird es für den im Abtauchmodus, hat ja immer seine Riesentölen dabei, für die er sorgen muss. Vielleicht hat er die aber auch abgeknallt vor seiner Flucht ... Also ich an seiner Stelle würde die Viecher nicht mitnehmen, wenn ich mich irgendwo verkriechen müsste.«

»Du kannst Zeug erleben!« Sam fällt Elsas eigenbrötlerischer Onkel ein, von dem sie erzählt hat, der mit den Doggen – könnte der der frühere Freund von Max sein?

»Das sag ich dir! Dass ich überhaupt noch lebe bei dem ganzen Unrat, der da auf mich einschlägt! Dass ich noch keinen Herzinfarkt habe! Und immer ich! Immer auf mich! Als ob es mir auf der Stirn geschrieben steht: Macht es ruhig mit mir! Ich halte das alles aus, und immer noch eins drauf! Und am Tod meiner Mutter bin ich übrigens auch schuld!«

»Wie heißt denn der? Vielleicht …«

»Was darf ich Ihnen denn bringen?«, fragt die rundliche Bedienung, die ein schelmisches Lächeln auf Max richtet.

»Oh ja genau, ich muss ja auch was zu mir nehmen, darf ja nicht schnöde, ohne einen Verzehr hier mal drei Worte mit einem alten Kumpel reden! Nichts gegen Sie, junge Frau – ich kenne die Gepflogenheiten. Ein großes Helles, schön kalt, wenn's geht. Du auch eins, Samuel?«

»Nein, nein, ich muss dann bald wieder, danke …«

»Nee, Samuel, das kannste nicht bringen, das Leben ist kurz und schmerzvoll, lass mal Pause machen mit olle Max! Musste etwa zurück zur Freundin? Hat sie dir Ausgang gewährt? Du, die ist aber richtig schnuckelig, ich hab dich schwer beneidet, als ich euch da so gesehen hab, so besoffen war ich nicht, dass ich das nicht bemerkt hätte, und dann im Laden nochmal – holla, die Waldfee, so viel Glück möchte ich auch mal haben, aber ich hab immer nur Pech mit Frauen, neulich ist mir eine übern Weg gelaufen – ich sag dir, einsame Sahne, bisschen arrogant vielleicht, aber so was ist ja sehr reizvoll, wenn du verstehst, was ich meine, und plötzlich war die verschwunden, nachdem ich sie zum Kaffee eingeladen hatte …«

Sam hat nicht die geringste Lust, sich Max' Frauengeschichten anzuhören. »Sag mal, was machst du derzeit beruflich?«

Max macht eine wegwerfende Handbewegung. »Grad nicht der Rede wert. Ich bin bei 'nem Kumpel und seinem Hausbau beschäftigt, unter der Hand natürlich. Und ...« – er beugt sich zu Sam hinüber, um leise sprechen zu können – »... ich hab paar kleine Gewinne gemacht, ich kann's nicht lassen, da läuft wieder was mit Aktien ...«

»Deinen Mut möchte ich mal haben«, sagt Sam und erhebt sich.

»Samuel, nicht wegrennen! Du hast doch noch gar nichts von dir erzählt! Deine wunderschöne Freundin wird es dir nachsehen, wenn du heute mal eine Stunde später nach Hause kommst, wenn du erzählst, dass du mich getroffen hast!«

»Max, das ist nicht meine Freundin ..., das ist ...«

»Was denn, nicht deine Freundin? Sag bloß! Die ist ... deine Frau? Ich fass es nicht, Menschenskind Samuel, alter Halunke, du bist verheiratet? Aber ihr habt doch gar nicht den gleichen Namen – die heißt doch ... warte mal ... die heißt doch Wandlitz oder so ... Oder heißt du jetzt Wandlitz?«

Bloß schnell weg, denkt Sam, grinst und legt einen Geldschein unter die Tasse. »Nee, nee, heute müssen beide nicht mehr einen einheitlichen Namen haben! Tschau, Max, man sieht sich!« Er grüßt leger, schwingt sich sportlich aufs Rad und zuckt zusammen. »Aua, Scheiße«, sagt er leise.

31

Max ist gegangen – hat der gedacht, ich mache ernst? Schisser, sind ja nicht mal Patronen drin, denkt Julius. Er steht mit dem Rücken zum Fenster, hat das Gewehr abgestellt und stützt sich darauf wie auf einen Spazierstock, der Lauf drückt sich in die Handfläche. Pluto steht schräg vor ihm und sieht ihn fragend an. Den hab ich wohl vertrieben, denkt Julius, nickt seinem Gewehr zu, wahrscheinlich deswegen. Er trägt es zurück an seinen Platz. Stimmt, denkt er, als er es in den Schrank hängt: das Scharnier. Die kleine Ölflasche steht unten im Schrank. Daneben, ordentlich gefaltet, das dunkelgraue Mikrofasertuch. Schon länger hat er keinen seiner zuverlässigen Helfer mehr auseinandergenommen und gepflegt, überlegt er. Macht er jetzt auch nicht. Jetzt braucht nur das Scharnier einen Tropfen Öl. Danach schwingt er ein paarmal die Tür hin und her, lautlos jetzt, so muss es sein.

»Du bist unruhig, was ist los?« Pluto steht wieder neben ihm und sieht ihn an. »Unser Gast ist weg. Und kommt hoffentlich auch nicht so bald wieder.« Er streicht dem Hund über den Kopf und geht zurück ins Wohnzimmer, die Hundenase an seiner Hand. Das Glas, aus dem Max getrunken hat, gehört in die Spülmaschine. Nachdem er diese unerfreuliche Spur beseitigt hat, öffnet er den Plattenschrank. »Ein bisschen schöne Musik wird uns jetzt guttun«, legt er fest. Er weiß nicht, wonach ihm jetzt ist, er hat die Wahl unter bestimmt hundert Möglichkeiten, sucht nicht lange. Mendelssohn, Violinkonzert, das ist es. Das reinigt die Gedanken und beginnt mit dem guten Gefühl, wenn der Saphir sanft auf der Rille aufsetzt. Er breitet neben sich auf dem Sofa eine weiße Decke aus. Die Hunde kennen die Decke, kennen die Geste, kennen die damit verbundene

Einladung. Mars befolgt sie meist nicht, bevorzugt den Platz auf Julius' Füßen, aber Pluto lagert sich mit sichtlichem Genuss neben seinen Menschen, Kopf und Vorderpfoten auf dessen Oberschenkeln. Julius erlaubt sich noch ein Glas, zur Feier des überstandenen Besuchs. Alkohol ist gefährlich, aber ein zweites Mal kurz hintereinander erwischt es ihn nicht, so viel ist sicher. Er verwünscht diese Wachtraumgebilde, die ihn meist einfach so anfallen, die er nicht zum Stillstand zwingen kann. Alles Widerwärtige, Bösartige seines Lebens ist darin versammelt. Wieso niemals Afghanistan, fragt er sich jedes Mal hinterher. Nach den ersten Monaten dort hatte er sich rasch für einen zweiten Einsatz gemeldet, und dann noch einmal. Obwohl es dort schrecklich war. Langweilig oder schrecklich. Und niemals vorhersehbar. Was er dort erlebt hatte! Ein Kamerad in Fetzen zerrissen durch eine Mine. Er hatte sein Gehirn gesehen. Ein anderer erschossen, irgendwie aus Versehen. Der hatte ihm zuvor von seiner überstandenen, aber nicht angezeigten Vergewaltigung erzählt, innerhalb der Truppe, noch vor seinem Auslandseinsatz, in den er quasi geflüchtet war. Alles das scheint aber vergangen, wirklich vergangen, ohne Nachhall. Es war eben so, Strich drunter, er selbst hat überlebt. Erst seit ungefähr anderthalb Jahren gerät er in dieses wiederkehrende finster-heimtückische Überschwemmungserleben, das er völlig passiv über sich ergehen lassen muss.

Und jetzt also wieder so ein unkontrollierbarer Zustand! Wo ihm Kontrolle so wichtig ist! Aber Max hat es vielleicht nicht einmal mitbekommen, leicht beduselt und erschöpft, sogar fast eingepennt nach dem Hustenanfall. Julius hat die Kontrolle wiedergewinnen müssen. Nach dieser entsetzlichen Flut von Bildern, von Wortfetzen, die ungestüm und völlig chaotisch durch sein Hirn rasen, und die sich jedes Mal ausschließlich aus erlebten Scheußlichkeiten zusammensetzen – nie ist dabei ein tröstender Anblick oder ein beruhigendes Wort wahrzunehmen, das die Aussicht auf ein baldiges Ende dieses Horrorszenarios anzeigen würde – nach einem solchen kraftraubenden Exzess, der sich in seinem Kopf abspielt, in dem seine Gedanken alles durcheinanderwerfen wie ein Einbrecher, der in wilder Panik Regale abräumt und Schubladen auskippt, so dass alles zuvor Geordnete wüst am Boden verstreut und zerschlagen ist, benötigt er zwingend einen Fokus, auf den er sich maximal konzentrieren muss, um allmählich wieder die gewohnte Klarheit des Denkens zu erlangen. Seine Hunde bekommen wohl mit, dass mit ihm etwas nicht stimmt, vielleicht könnten sie ihn erlösen aus diesem Foltergefängnis, wenn er ihnen beibringen könnte, was sie tun müssten. Vielleicht würde allein ein lautes Bellen genügen, ihn in die Gegenwart zurückzuholen, oder ein Zerren an seiner Kleidung. *Assistenzhunde* machen so etwas, sind auf die Macken ihrer Zweibeiner trainiert und wissen, was sie im Notfall tun müssen. Seine beiden Gefährten haben diese Ausbildung nicht absolviert, da ein solcher späterer Nutzen für ihren Menschen nicht absehbar war. Er ist nicht mehr in der Lage, den Tieren irgendetwas zu signalisieren, sobald er hineingerät in diesen unausweichlichen Strudel sehr böser Bilder. Ich werde in solch einem Zustand für meine Hunde ziemlich rätselhaft sein, denkt er.

Es war heute nicht das erste Mal, dass er eines seiner Gewehre benutzt hat, um sich wieder im Hier und Jetzt zu fokussieren. Er braucht dann ein punktgenaues Ziel, das er anpeilen kann. Das ist sehr hilfreich. Höchste Anspannung, höchste Konzentration, ruhiges Atmen. Das führt ihn langsam zurück. Er hat schon mehrfach auf seine Hunde gezielt. Die wissen, dass von diesem Apparat keine Gefahr ausgeht. Und er weiß sehr genau, dass er niemals einen von ihnen erschießen würde, zumal der Bilderwirbel bereits im Abklingen ist, wenn er sich aufs Gewehr besinnt. Genauso war es vorhin mit Max. Dem habe ich wohl Angst eingejagt, denkt er. Mit einem Mal war der nicht mehr hier. Aber hätte ich ihm vorher sagen sollen: Hör mal, Max, es kann passieren, dass ich vom Kopf her durcheinander gerate, und dann werde ich vielleicht mit einer meiner Waffen auf dich zielen, das hat aber keine Bedeutung, musst dann keine Angst haben ...?

Jetzt, die warmen atmenden Körper seiner treuen Tiere spürend, spürend auch den Alkohol wie ein wohliges Flimmern bis in die letzte Körperzelle, lauschend den Klängen der wunderbaren Musik, hält Julius die Augen geschlossen – wenn es doch Bestand hätte, dieses augenblickliche Dasein, als etwas Aushaltbares, sogar Behagliches! Selbst wenn das Gewesene und das Gegenwärtige an Scheußlichkeit gewiss nicht zu überbieten sind, es ist sein Leben, er bewältigt es. Das scheinbar unentwirrbare Knäuel seiner eigenen Geschichte, wie sie ihm vorhin in sinnlos-gehässiger Abfolge grausiger Szenen wieder ins Gehirn fuhr, hat sich gelockert. Die Hilflosigkeit quält ihn, mit der er das Auftreten dieser Knäuel-Zustände nicht im Griff hat. Häufigkeit und Intensität sind unberechenbarer, was ihn zum Risikofaktor für Leute wie Max macht, den er nicht hierhaben wollte, dessen Besuch aber letztlich nicht vermieden werden konnte.

Alles liegt wieder wohlsortiert vor ihm. Ja, er wird morgen erneut in sein verhasstes Büro gehen. Ja, seine frühere Frau hat ihn belogen und betrogen. Ja, sein freudloser Vater hat ihn verachtet, von klein auf, noch über seinen Tod hinaus. Ja, Sascha, sein Freund, der liebste Mensch, den er je hatte, ist brutal ermordet worden, ohne reales Motiv von einem schwer Gestörten. Ja, sein Sohn Markus ist drogensüchtig und bedroht ihn. Ja, seine Hunde sind seine einzigen Freunde.

Wie klar das alles ist! Leben ist eine Aneinanderreihung vergeblicher Bemühungen, von Enttäuschungen, Demütigungen, Schmach, von Suchen und Nicht-Finden – und wenn Finden, dann bleibt es einem nicht lange, es wird einem entrissen. Die wenigen glücklichen Momente, die einem vergönnt sind, haben auszureichen als Ausgleich zu den ganzen Minusbeträgen im Leben. Wenn man sie doppelt oder, ach was, zehnfach zählt, könnte man das Ganze Gerechtigkeit nennen. Aber das ist gerade alles gar nicht sonderlich schwerwiegend, das tut nicht weh, c'est la vie.

Vielleicht sollte er öfters Mendelssohn hören. Und öfters der Wirkung von etwas Alkohol vertrauen – obwohl ... Er hat einen Arbeitskollegen, der sich als typischen Straßenschläger bezeichnet, früher sei er das gewesen, bis er zur Droge Cannabis gefunden habe. Erst seit er ein Dauerkiffer sei, sei er ein reflektierter, ein anständiger Mensch geworden. Okay, der Typ ist inzwischen strammer AfD-Anhänger – was daran anständig sein soll, entzieht sich Julius' Kenntnis, aber so ist das mit diesen unterschiedlichen Substanzen. Sie nivellieren, sie glätten, sie ebnen die Amplituden ein. Und vielleicht würden sie auch verhindern, dass Julius künftig wieder auf Max zielen müsste nach einem Anfall von ... Gehirnkonfusion ... Er hat keinen treffenden Namen dafür. Und kann ja auch niemanden fragen.

Vielleicht, so überlegt er, sollte er alles einmal aufschreiben. Wie er als kleiner Junge seinem Vater immer zeigen wollte, was er schon kann. Später in der Fußballmannschaft. Seine Klarinettenauftritte in der Musikschule. Seine Comic-Zeichnungen. Wie seine Mutter immer sagte: Nein, lass mal, Papa hat keine Zeit. Wie Papa aber doch immer Zeit hatte und viel Wert darauf legte, mit ihm Mathematik zu üben. Immer mit Gebrüll und Kopfnüssen, wenn Mama nicht in Reichweite war. Wie der Vater gute Noten mit größter Selbstverständlichkeit abtat. »Das ist normal, alles andere ist krank!« Wie abschätzig er Julius' gewählte Studienrichtung in der Luft wegfegte, nach einem für Vater unterirdischen Zweier-Abitur. »Landwirtschaft: Schweinezucht und Ernteeinbringung! Was Idiotischeres konnte dir nicht einfallen? Gratuliere!« Wie er ihn ausgelacht hat, als er zum Bund ging. Wie er ihm kurz vorm Auslandseinsatz zugerufen hat: »Mir musst du nicht beweisen, dass du ein Blödmann bist!« Wie Vater in fieses Lachen ausbrach, als herausgekommen war, dass Friederike heimlich seine Wertgegenstände verhökerte. Wie seine Mutter ihn heftig verteidigte in erbitterten Streitereien zwischen den Eltern seinetwegen – von den meisten Ereignissen hatte sie aber gar keine Kenntnis.

Heutzutage schreiben doch alle Leute Bücher – sollte er auch mal versuchen, er hätte einiges zu erzählen, allein über seinen Vater, den hochgelobten Universitätsprofessor! Der niemanden neben sich gelten ließ, der auf alle herabblickte mit der Arroganz der Schwachen, Unsicheren, der menschlichen Nieten. Der seine Schwester als *spinnerte Schrumpel-Jungfer* bezeichnete, die doch immer so große Stücke auf ihn hielt, diese verquere, drollige Tante, aus der nie einer schlau wurde ... Der mit seinem Geld so viel Unsinn machte, einige Häuser hatte und das aber wirtschaftlich und organisatorisch gar nicht hinbekam. Dann war Julius gut genug – trotz Mathe nie besser als Drei –, für ihn die Kastanien ausm Feuer zu holen. Julius hatte viel eher ein Händchen dafür, und Vater ließ ihn machen, als er erkannte, dass er es ordentlich machte, allerdings ohne je ein anerkennendes Wort für ihn zu finden. Dem Alten hab ich die Häuser gerettet, denkt er, der und Geld ... Als Mama tot war, hatte Julius Mitleid mit seinem traurig verstockten Vater, der von da an noch wortknauseriger wurde als bis dahin ohnehin schon, den er eigentlich nun sich selbst und seinen komischen Immobilien hatte überlassen wollen, da er zum einen den Aufwand, den man als ordentlicher Vermieter von Häusern zu betreiben hat, leid war, ebenso den Ärger mit manchen Mietern, zum anderen missfiel ihm die absolute Selbstverständlichkeit, mit der sein Vater ihn für sich arbeiten ließ, ohne jemals danke zu sagen, denn diese Buchstabenfolge hatte der nicht in seinem Wortschatz. Woher nur sein Mitleid mit dem alten Ekel? Und Julius machte weiter *in Immobilien*, in Vaters Immobilien. An den Wochenenden, ziemlich regelmäßig. Als er zurück war aus Afghanistan, als besonders viel durcheinander war mit Vaters Geschäften, als dauernd Mahnungen eingingen und Ärgerschreiben, bevor bekannt wurde, dass Vera ihre Hand im Spiel hatte. Als Philippa abgehauen ist, war die Aufregung groß.

Und dann durfte niemand mehr ihren Namen erwähnen. Mama hätte so eine idiotische Anweisung ignoriert, aber Mama war tot. Vielleicht wäre die Schwester gar nicht weggegangen, hätte Mama noch gelebt, denkt Julius.

Und dann Sascha. Verborgen vor allen, wegen Vater, heimlich über Jahre. Niemals hätte der Alte von seiner Beziehung zu Sascha erfahren, wäre der nicht so grausam und sinnlos ermordet worden, ohne Gewissen, in wildem Wahn, aus Zufall das Ziel eines Irren, aus Zufall Sascha. In der Zeitung war alles breitgetreten worden, dort las der Vater über seinen vornamentlich genannten Sohn, *Julius R.,* als dem *Lebensgefährten des ermordeten Sascha M.,* und sogar ein undeutliches Foto von ihm war zu sehen. Siebenundzwanzig Messerstiche in Sascha. In dessen Wohnung.

Ausgespuckt hat der Vater vor ihm! Als einzige und für sechs Jahre letzte Reaktion ihm gegenüber! Ausgespuckt, um ihn danach vollends zu ignorieren, den Perversen, was aber nur ein gradueller Unterschied war im Vergleich zu der Zeit vor Saschas Ermordung. Nachdem Vater ihm vermittels seiner Spucke auf dem Parkettboden seines Wohnzimmers unmissverständlich und vorletztmalig seine Verachtung ausgedrückt hatte, hatte Julius sich eine Büchse mit knallrotem Lack besorgt und einen Pinsel, war anderntags während Vaters Uni-Zeit in sein Haus gegangen – der Schlüssel war stets in Julius' Besitz geblieben – und hatte die Stelle auf dem Fußboden mit breitem Pinselstrich eingekringelt. Julius stellte sich damals vor, dass Vater einen Läufer darüberlegen würde, den er, Julius, jedes Mal beiseiteschieben oder ganz aus dem Haus entfernen würde, wenn er wieder in Vaters Angelegenheiten dort zu tun hätte. Aber es gab keinen Läufer. Es ist auch keine Entfernung des auffälligen roten Runds vorgenommen worden. Äußerlichkeiten waren dem Vater vollkommen gleichgültig. Wahrscheinlich lag – und starb – er auch ohne jegliche Aversion dagegen in Veras rosa geblümter Bettwäsche.

Julius hatte sich schnell an die Kein-Wort-Kommunikation bis zu Vaters Sterben gewöhnt. Und das war geschehen unter den gleichgültigen Augen der Pflegekraft, die erst ein paar Tage im Haus war, den Altersschwachen zu versorgen. Mit müder Stimme, aber einem Blick aus hasserfüllten Augen erklärte er das Fazit seines Daseins hinsichtlich seines untauglichen Sohnes, erklärte er die Strafmaßnahme dafür, eben niemals gut genug gewesen und deshalb ein Arschloch zu sein, das letzte seiner Art bitteschön.

Die Parkettbemalung beziehungsweise das, was ihr vorausgegangen war, hatte allerdings Julius' Einstellung seinem Vater gegenüber verändert. Die Trauer um Sascha wurde vom Bewusstwerden dieser Wandlung immer wieder unterbrochen. Das, was dem Vater innerlich immer noch entgegengekommen war – warum über all die Jahre hinweg, ist für Julius letztlich nicht hinreichend erklärbar, da die Tatsache, dass der Vater eben der Vater war, doch kein plausibler Grund für eine immerwährende Zuwendung sein kann –, dieser Mitleidsrest, möglicherweise wegen Vaters Unbeholfenheit, wegen seiner emotionalen Verkrüppelung, wegen seines vorsintflutlichen fanatischen Festhaltens an jenem unglückseligen 175er Schandparagraphen, wegen seiner ganzen menschlichen Armseligkeit, die vielleicht das ausgleichend Negative war zu seiner intellektuellen Abgehobenheit, verwandelte sich nun recht zügig in blanke Berechnung. Julius bewahrte und rettete weiter erfolgreich Vaters Häuser, selbstverständlich, neben seiner Arbeit, jetzt vordergründig mit der Aussicht auf ein gutes Erbe, das er sich verdient hatte und das er sich schon irgendwie redlich mit Philippa teilen würde. Die Frage der Gerechtigkeit stellte sich für ihn diesbezüglich schon – Philippa lebte, soweit ihm bekannt war, auf einer fernen Insel, und alles, was hier geschah, interessierte sie so gut wie nicht mehr –, aber er verurteilte sie nicht dafür, dass sie einen sehr vernünftigen Weg gegangen war.

Dass er mit seinem Irrtum, den Vater betreffend, tatsächlich sich als der letzte Arsch fühlte, zeigte sich bei der Testamentseröffnung mit dem Begriff der *Enterbung*, der mehrfach genannt wurde. Philippa hatte der Alte schon lange enterbt, nachdem sie ihre Kinder verlassen hatte. So stand es da geschrieben. Die Enterbung des Sohnes war sechs Jahre vor seinem Tod schriftlich mit Datum festgehalten worden, eine Woche nach dem roten Kringel auf dem Fußboden. Ein paar Überlegungstage hatte er wohl noch gebraucht für seine perfide Rache, deren Wirkung er zwar nicht mehr miterleben, sie sich aber genüsslich ausmalen konnte ganze sechs Jahre lang. Kurz bevor er sich schließlich zum Sterben in Rosa bettete, hatte er das Datum aktualisiert und zum zweiten Mal unterschrieben. Die Erlöse aus den Häusern sind einigen Stiftungen zugute gekommen.

Seinen Pflichtteil hat Julius sich gerichtlich erstreiten müssen! Das Ergebnis ist noch keine vier Wochen alt. Niemand hat davon Kenntnis.

Wo ist ein Zusammenhang ersichtlich zwischen diesem Ergebnis und der Tatsache, dass Markus seit neuestem hier auftaucht und mir droht?, fragt sich Julius. Vielleicht sollte ich aufhören, meinen Sohn retten zu wollen, denkt er. Man muss überhaupt nichts retten, nichts und niemanden. Man bekommt nicht nur nichts dafür, man bekommt einen Arschtritt nach dem anderen. Markus wird wieder hier aufkreuzen. Dafür, dass Julius seinen Sohn nicht im Stich lässt, so wie Friederike es tut, wird Markus sich rächen. Das ist die erfahrene krude Vater-Sohn-Logik. Wer den anderen unterstützt, muss das büßen. Dass Julius Waffen besitzt, weiß sein Sohn, seit der denken kann. Waren früher zusammen jagen. Markus wird ihn erschießen. Julius sieht das Bild mit erschreckender Klarheit vor sich, weil er als Vater einfach ein Hassobjekt ist, so wie er als Sohn eines war. Julius hat viel mit ihm zu reden versucht, immer, und er hat seinem Sohn in fast allen Nöten immer den Arsch gerettet, in der letzten Zeit vor allem finanziell. Hat er zu vieles toleriert? Weitgehend ist

Markus bei Friederike aufgewachsen, die es gerecht gefunden hatte, heimlich Julius' Wertsachen zu Geld zu machen, und die dem Sohn vom wahrscheinlich erheblichen Erbe des Großvaters Valentin auf Julius' Konto geredet hat in dem Sinne, dass bei Julius wieder was zu holen sein könnte ... Das Gift der Frau in den Adern meines Sohnes, vermutet er. Aber nein, das kann es nicht sein, Markus' innere Vergiftung rührt von den Substanzen her, die er konsumiert.

Julius hat bewusst fast alles anders gemacht mit seinem Sohn als sein Vater mit ihm, weil er wusste, wie es ist, fallen gelassen zu werden, niemals wichtig gewesen zu sein. Diese Erfahrung sollte sein Sohn mit ihm nicht machen müssen. Aber richtig war es wohl auch nicht. Ihn und seine Hunde wird Markus erschießen mit einer der Waffen seines Vaters: drogensüchtig, ungehemmt, geisteskrank wie Saschas Mörder.

»So ist des Lebens traurige Bilanz«, sagt er zu Mars, als Mendelssohn geendet hat.

32

Sie saßen in der Küche.

»Ich erkenne dich nicht wieder, Marcel.«

»Ich weiß. Unsere ganze Zeit war … schrecklich.«

»Machst du die Krawatte ab? Die ist irgendwie zu viel für mich.«

Marcel löste den Knoten, zog sie sich über den Kopf, legte sie auf den Tisch. Kleine Ornamente, grün und blau, auf grauem Grund.

»Ich wusste nie, ob du diese Zeit auch schrecklich fandst«, sagte Vanessa. »Für mich war sie es, ja. Ich hatte tausend Fragen und habe keine einzige gestellt.«

»Gut so. Oder auch nicht. Denn ich hätte dir sicher keine einzige beantwortet.«

»Auch du hast mich so gut wie nichts gefragt.«

Er nickte. »Ich durfte nicht. War verboten.«

»Wie …, was …, von wem verboten?«

»Dass dein Bruder gekommen ist, war gut. Das war meine Rettung. Weiß nicht, was passiert wäre, wenn das noch lange so weitergegangen wäre.«

»Gero wusste ja nichts von uns. Er war erschrocken.«

»Und ich hab Angst gekriegt. So wie früher, als das alles anfing.«

Vanessa betrachtete den jungen Mann, der ihr fremd war. Sehr neu, und sehr fremd. Der zusammenhängend sprechen konnte. Der ihr sein Verhalten erklären wollte. Geduld, sagte sie sich, Geduld.

»Das liegt bei uns in der Familie, weißt du. Mein Vater wusste, dass er eine kranke Frau heiratete. Er war sich sicher, dass er alles Kranke aus ihr herausprügeln könnte.«

Marcel machte längere Pausen zwischen den Sätzen. Er wollte so wenig wie möglich, aber so viel wie nötig berichten.

»Bauarbeiter, weißt du, maulfaul und grobschlächtig.« Er sah Vanessa an, der eine Frage auf der Zunge lag. »Warum sie ihn geheiratet hat? Weiß ich nicht genau, ihre Eltern wollten es wohl so. Damit sie sie loswerden konnten, Verantwortung abgeben, was weiß ich. Neunzehn war sie. Kinder wollte sie keine, weil man ihr gesagt hatte, dass das, was sie hatte, vererbt werden könnte. Ihre Oma, meine Urgroßmutter, soll auch komisch gewesen sen. Bei meiner Mutter hatte es frühzeitig angefangen, mit fünfzehn oder sechzehn.«

Er machte es spannend.

»Was denn?«, fragte sie vorsichtig.

»Mein Vater nannte das mit der Vererbung ‚idiotisch‘.«

Ein Schreck streifte sie kurz: Hatten sie etwa den gleichen Vater? Von Vererbung hielt ihr Vater auch nichts.

»Sie durfte nicht verhüten. Er hat sie ziemlich regelmäßig vergewaltigt – weiß ich von meinem ältesten Bruder. Drei Brüder sind wir. Ich bin der Jüngste. Hatte ich dir sicher erzählt, aber meine Erinnerung ist nicht die beste. Mein Vater nahm ihr die Tabletten weg, damit er seine *Heilmethode* anwenden konnte: Prügel. Sie hat sich nie gewehrt. Mit den Kindern konnte sie gar nichts anfangen. Schwer depressiv war sie, dauernd in Kliniken. Und wir bei diesem Scheißvater. Bei den Scheißgroßeltern. Wenn sie wieder zu Hause war, starrte sie die Wand an. Dann kam das mit den Stimmen.«

Er sah Vanessa an, deren Stirn zwei Querfalten zeigte. »Sie hörte Stimmen. Mein Vater machte sich vom Acker, zu seiner Freundin. Die war unkompliziert. Mit einer Verrückten wollte er nichts zu tun haben. Da war ich drei, mein großer Bruder acht. Na ja, wie es dann eben so weitergeht: Großeltern, Tanten und Onkels, meine Brüder zweiweise im Heim. Meine Mutter hat heute eine Betreuung. Sie nimmt ihre Tabletten, okay. Sie weiß, dass sie uns nicht gut versorgen konnte.

Kurz und gut: Meinen großen Bruder und mich hat es erwischt. Was mit Martin ist, weiß ich gar nicht. Felix, der mittlere, ist gesund. Der hat mich aufgefangen vor einem Jahr, als ich hier weg bin. Auch vorher schon, hat sich gekümmert, wollte sich kümmern, aber ich hab nichts zugelassen in meinem Zustand. Angefangen hatte das bei mir mit einundzwanzig. Bekam Medikamente, und das ging so. Ausbildung ging, Beruf ging. Bis ich anfing, das Zeug nicht mehr zu nehmen, weil ich dachte: bin doch gesund, was soll der Scheiß!

In unserm Staat kann jeder leben, wie er will. Vier Jahre, bevor wir uns kennenlernten, Vanessa, begann meine Rutschpartie. Ich war arbeiten. Arbeiten war ich immer. Aber da oben drin« – er schlug sich mit beiden Handballen gegen die Schläfen – »da oben drin saß es und wütete gegen mich und schickte mir Befehle und Anweisungen, was ich zu tun und zu lassen hätte. Ich bin hin zu meinem Alten und hab dem eine reingehauen, weil er meine Mutter gezwungen hatte, Kinder zu kriegen. Das haben mir die da oben auch befohlen, fand ich nicht mal schlecht, verstehst du – nein, verstehst du nicht, aber wissen musst du es. Keiner kann das verstehen. Ständig gaben die ihre Kommentare ab, egal, was ich auch tat, immer gaben sie ihren Senf dazu. Und sie verdonnerten mich, dummes Zeug zu reden, und genauso, meine Zahnschmerzen auszuhalten, zu meiner armen Mutter zu gehen und sie ‚Hure‘ zu nennen. Sie drohten mir, mich umzubringen, mich zu foltern, wenn ich ihnen nicht zu Willen wäre. Dann, schon lange, bevor wir uns kennenlernten, durfte ich nicht mehr zum Friseur, Zähneputzen wurde verboten, ich durfte nicht mal ein Pfefferminzbonbon lutschen, wenn ich zu dir kam, keine Schmerztablette, nicht duschen und Klamottenwechseln – was für ein Kampf gegen die! Wenn du wüsstest, was ich für Angst hatte! Jedes Mal, wenn ich sah, wie du dich gewunden hast und weggedreht manchmal – glaub nicht, dass ich das nicht mitgekriegt hätte! – jedes Mal waren sie zur Stelle und kicherten oder brüllten mich an: ‚Geschieht dir recht, geschieht dir recht, und lass dir ja nichts anmerken, halt bloß die Klappe, du willst ja schließlich wiederkommen zu deiner tollen Freundin, und wehe, du machst was für dein Scheiß-Outfit ...' Hämisch und höhnisch waren die!

Vanessa, alles, was du mit mir erlebt hast – fast alles – wurde mir entweder befohlen oder verboten! Ich musste gehorchen. Mein eigener Wille spielte überhaupt keine Rolle.

»Ich hatte mal vor, dir eine Zahnbürste hinzustellen ...«

»Kann ich mir vorstellen. Dann hätte ich dich sicher anschreien müssen. Oder schlagen. Oder wäre weggerannt. Nur Befehlsempfänger, von denen da drin.« Er fuhr sich wieder mit dem Handballen gegen den Kopf. »Als dein Bruder hier reinkam, kriegte ich Panik. Und sie schrien wieder: ,Hau nur ab, Arschloch, alles was du machen kannst, ist abhauen, was anderes bleibt dir gar nicht, sieh zu, dass du Land gewinnst!' In die Hände geklatscht haben sie und gequiekt vor Lachen. ,Hau ab, hau endlich ab! Kriegst gleich eins in die Fresse!' Hab mir fast in die Hosen gemacht vor Angst.«

Vanessa sah ihn mit traurigen Augen an. Ob sie ihm auch befohlen hatten, mit ihr zu schlafen? Zärtlich zu sein? Sie fragte nicht.

»Und dann hab ich mich geschämt ohne Ende. Hab Felix angerufen, kaum Luft bekommen. Der kam auch gleich. Hat mich zum Psychiater geschleift am andern Tag. Der schleifte mich in eine Klinik – nein, schleifte nicht, ich bin freiwillig hin. Weiß nichts Genaues mehr. Hatte Angst, ungeheure Angst. Habe solchen Unsinn gemacht noch an dem Tag. Habe in ein großes Handtuch jede Menge Geschirr gewickelt, zu so einem Bündel verschnürt, dann bin ich drauf rumgesprungen mit aller Kraft, wie Rumpelstilzchen, sollte schließlich nicht so in der Gegend rumsplittern. Die Axt hatte ich zuvor nicht gefunden. Wollte irgendwie denen zuvorkommen ..., verstehst du, denen ...«

Vanessa schüttelte kaum merklich den Kopf.

Dann lachte er plötzlich. »In der Klinik haben sie mich

vollgepumpt mit Medikamenten. War zuerst völlig platt.« Er sieht Vanessa eindringlich an. »Ich hab keine Zahnarztphobie. Vanessa, ich *durfte* nicht zum Zahnarzt! Was meinst du, wie die Kollegen bei der Arbeit mit mir umgegangen sind! Jahrelang erfüllte ich die gesellschaftlichen Erwartungen anderer nicht mehr! Fachlich konnten sie mir nichts, deshalb haben sie mich nicht rausgeschmissen. Und ich musste doch schweigen! Wie bei dir auch! Sonst hätten die da oben mich umgebracht!«

Danach schwieg Marcel, wirkte erschöpft. Vanessa sah ratlos aus.

Was für ein Geständnis, dachte sie. Aber sie sagte lange nichts. Bis sie unsicher anfragte: »Und die ..., die da oben drin ...« Sie zeigte auf seinen Kopf. »Wo sind die jetzt?«

»Zur Strecke gebracht. Ich nehme Tabletten. Regelmäßig.«

»Und wenn du die wieder weglässt, wie früher schon mal, dann kommen *die* wieder?«

»Das lass ich nicht mehr zu, die haben kein Recht, so mit mir umzugehen. Ich halte die in Schach.«

So, wie er das jetzt sagte, waren diese Quälgeister immer noch da, lagen auf der Lauer und warteten auf seine Nachlässigkeit.

Er sah ihr die Skepsis an. »Versprochen, ich nehme meine Tabletten, meine Zauberpillen – kein Tag wieder ohne!«

»Und wer sind *die* denn überhaupt?«

»Wenn ich das wüsste.« Er nahm ihre Hand. »Irgendwelche Leute.«

Dem Impuls, ihm ihre Hand zu entziehen, widerstand sie. Aber Marcel war ihr unheimlich.

Sie erinnerte sich. »Und dieses ... Klopfen?« Sie pochte mit den Fingern zweimal langsam gegen ihren Kopf, während sie ihn unsicher ansah.

»Schizophrenie heißt die Scheiße.« Und nach einer kleinen Pause: »Die reagierten auf gar nichts.«

Vanessa nickte. »Woran ist dein Vater gestorben?« Blöde Frage. Sie wusste keine bessere.

»An meinem Faustschlag.« Er lachte und nahm es sofort zurück, als er ihr Gesicht sah. »Schlaganfall, dann noch einer, dann Lungenentzündung. Sechs Jahre her jetzt.«

Es war still, draußen jagte der Wind Blätter durch die Gegend. »Du erzählst mir das alles jetzt so, plötzlich geht das, und ich habe es zu verdauen. Was ist, wenn ich das nicht vertrage?« »Dann musst du es ausspucken. Ich lass dir Zeit.« Er lächelte sie an. Schöne falsche Zähne.

Aha, so einfach ist das, dachte sie. Gero fiel ihr ein, der kotzen gegangen war, heute vor einem Jahr.

33

Ach, es ist alles so lange her. Aber wo es kaum eine nennenswerte
Gegenwart gibt, beziehungsweise wo die Gegenwart so schwer
verständlich ist, wandern die Gedanken zwangsläufig in die Vergangenheit. Vor dreiundzwanzig Jahren war Marlena sechzig
und schlich für eine ziemlich lange Zeit müde und ungeheuer
enttäuscht durch ihr Dasein. Zwar befand sie sich im letzten
Drittel ihrer zweiten Psychoanalyse, und das Sprechen über alles
und vielleicht doch noch ein paar neue Erkenntnisse über sich
selbst hätten hilfreich sein können, wenn die Umstände andere
gewesen wären, wenn ihr Analytiker ein verständnisvoller Mann
gewesen wäre. Natürlich wusste sie, dass ihr Verstandenwerden
keineswegs Ziel dieser Therapie war, dass es vielmehr darum
ging, dass sie sich selbst verstehen lernte, nur sie hatte länger
schon das Gefühl, dass Herr Doktor Müller-Kruste sein Interesse für sie als Person bereits beizeiten verloren hatte. Kann sein,
er hatte es zu keiner Zeit, weil sie leider kein normaler Mensch
war. Gerade deswegen hatte sie aber Hoffnung geschöpft, nun
endlich mit Hilfe der zweiten Analyse der Anomalie ihres Wesens auf die Spur zu kommen. Offenbar muss man eine gewisse
Normalität mitbringen, um die eigenen Norm-Abweichungen
herausarbeiten, verstehen und eventuell verändern zu können.
Jeder *normale* Mensch – so stellte sie sich das vor – bewegt sich
in den Grenzen einer vorgegebenen *Norm*, innerhalb eines ver-
fügbaren Rahmens. Ist er nun durch gewisse Umstände zu weit
an den Rand gedrängt worden, oder hält er sich in einer Ecke
dieses Rahmens auf, wird er krank und kann mit therapeutischer
Unterstützung wieder mehr Richtung Mitte streben, dorthin,
wo das Gros der Menschen sich aufhält, wo das Miteinander
(wieder) wahrscheinlicher wird, das Wohlfühlerleben wachsen,

das krank Gewordene wieder gesunden kann. Sie jedoch, sie lebt schon seit frühester Kindheit, und weit bewusster noch seit ihrer Jugend, außerhalb dieses Rahmens, außerhalb jener Norm, die offenbar notwendig vorhanden sein muss, um überhaupt eine Zurechtrückung ihrer Position erwarten zu dürfen. Immer befand sie sich draußen, den Weg hinein in die *Norm* hatte sie bisher nicht finden können. Sie war schlichtweg nicht *normierbar.*

»Aber, aber, Sie denken ja völlig mechanistisch«, hatte damals Herr Doktor Müller-Kruste gesagt und dabei mühsam gelacht wie über einen langweiligen Witz, nachdem sie ihm diese bildhafte Vorstellung ihres Daseins hatte vermitteln wollen.

Er war immer gut darin, ihr wehzutun, ihr Gesagtes nicht gelten zu lassen. Ihr Mordgeständnis anderthalb Jahre zuvor hatte er am übernächsten Tag *vergessen!* Das konnte doch nur geschehen, wenn der Mensch, der hier gesehen werden wollte, so gut wie nicht existent war! *So gut wie …?* Irgendwann war Herr Müller-Kruste müde geworden, vielleicht, weil er dann akzeptierte, wo sie sich befand im Vergleich zu den *normalen* Menschen und also von ihm nichts erwarten durfte, beziehungsweise sie war für ihn gar nicht vorstellbar, nicht einmal als wunderliche plumpe Mutante der Spezies Mensch. Das stimmte sie ziemlich traurig. Wo die Vorstellbarkeit endet, erlischt das Interesse – außer in der Astrophysik, dachte sie. Er war außerstande, sie wahrzunehmen in ihrer Einsamkeit, immer hinter dem Rand.

Vielleicht, so dachte sie, wenn sie über diese gewissen Dinge gesprochen hätte, über die sie natürlich nicht sprach, wäre seine Neugier entfacht worden – nicht Interesse, nur Neugier –, und er hätte sie dann mit dem ihr Fehlenden überhaupt irgendwo einordnen können. Der Mensch benötigt ja stets Fächer und Schubladen, Ordnungskasteln, wie sie es nannte, zum Aufbewahren, zum Wiederfinden bei Bedarf – und gerade diesbezüglich schätzte sie ihren Beruf –, sie gab jedoch dem Mann kein Hinweisschild, keine Karteikarte in die Hand, keine Schlüsselnummer. So konnte er sie nicht finden. Sie blieb ohne

Registratur, Verwaltung ausgeschlossen. Irgendwann einmal hatte er ihr eine Frage gestellt bezüglich ihrer Entwicklung, bezüglich jener ominösen *Pubertät*. Sie spürte damals zusammen mit ihrem bekannten Widerwillen ihr Erröten, was nicht oft geschah. Zum Glück sah er ihr Gesicht nur von hinten rechts, sofern er überhaupt in ihre Richtung blickte. »Diesbezüglich kann ich Ihnen keine Auskunft geben«, hatte sie gesagt. »Wir sind aneinander vorbeigegangen.« »Wir?«, hatte er gefragt. »Diese Zeit und ich.« Aha, wird er gedacht haben, darüber will sie nicht reden – auch egal. Gut, dass er nicht weiter bohrte, wenngleich hier ein Wegweiser gewesen wäre. Möglicherweise.

Valentin und Vera heirateten. Alles ging sehr schnell. In Marlenas Erinnerung überschlagen sich die Bilder dieses Tages wie auch der Tage vor und nach der Hochzeit. Marlena verglich anfangs Veras In-Erscheinung-Treten mit dem von Alexandra viele Jahre zuvor. Die Person Alexandra war für Marlena insofern verzeihlich gewesen, als ihr diese Frau in ihrem Auftreten und in ihrer Wirkungsweise trotz Marlenas Eifersucht viel Achtung abgerungen hatte, die ganzen Jahre hindurch. Sie war ein – wie sagt man heute? – ein Allround-Talent. Sie konnte alles, machte alles, war meistens guter Laune, war blitzschnell und blitzgescheit, streitbar mit dem Bruder, niemals eingeschnappt. Dass sie und Marlena einander Dornen in den Augen waren, hat ausschließlich mit Marlenas Art zu tun, mit ihrer Überzeugung von der eigenen abgrundtiefen Unterlegenheit Alexandra gegenüber, was diese sie auch hat spüren lassen. Zutrauen hatte Marlena immer nur in die eigene Unfähigkeit. Sie war niemals in der Lage, sich mit der Schwägerin anzulegen, empfand sich träge im Hirn und ihr in keinster Weise gewachsen.

Was konnte denn diese Vera in die Waagschale werfen? Hatte sie irgendetwas, womit sie hätte punkten können?

Nun, die Klofrau der Universität war sie nicht. Nannte sich Studienberaterin oder -betreuerin, war zuständig für die Belegung der Hörsäle und Seminarräume, für Prüfungs-koordinationen, für alles Organisatorische, für professorale Sonderwünsche. Diese hatte sie gewiss für Valentin in hervor-ragender Weise erfüllt. Für Marlenas Assoziationen blieb sie wider besseres Wissen in der niedrigsten Kategorie vorstellbarer Einsatzmöglichkeiten an einer Hochschule.

»Wie wütend Sie sind auf Ihren Bruder!«, hatte Doktor Müller-Kruste ausgerufen, als sie Tätigkeitsfelder wie Geschirr-abräumerin in der Mensa oder Bettenbezieherin im Gästehaus nannte, in denen sie ihre neue Schwägerin gedanklich ansiedelte. Nein, beharrte Marlena, Valentin war lediglich dumm, benebelt, war auf diese Person hereingefallen! Die hatte sich seiner be-mächtigt, als er ein vielversprechender Witwer geworden war!

»Und auf Ihre Schwägerin sind Sie ebenso wütend!«, insis-tierte er weiter.

Gewiss, auf die war sie wütend, aber das war sie von Anfang an, seit Valentin sie ihr vorgestellt hatte. Das hatte sie nie an-ders empfunden, auch nie anders dargestellt. Wütend und miss-günstig war sie. Ihren Bruder gönnte sie dieser Person nicht. Warum kam denn niemals ein neuer, ein spannender Gedanke von Doktor Müller-Kruste, der da schräg hinter ihr in seinem Sessel herumlümmelte! Dann sagte er noch etwas in dem Sinne, dass sie es ihrem Bruder übelnehme, sie nicht *erotisch-sexuell zu begehren*, dass er kein *inzestuöses Verlangen* nach ihr habe. Das wäre möglicherweise ein spannender Gedanke gewesen, wenn er nicht erneut Resultat Müller-Krustescher Verständnislosig-keit gewesen wäre. Marlena war dort nicht zu orten, wo er sie zu sichten glaubte.

Wenigstens gingen diese Stunden allmählich ihrem Ende ent-gegen.

In der Zeit mit Alexandra war es immer Valentin, der seine Schwester zu kommen bat. Marlena ging hin zu den beiden, weil sie Valentin sehen wollte. Auf die Schwägerin legte sie keinerlei

Wert, sie wurde in Kauf genommen und zeigte ihrerseits oft ganz unverhohlen ihre Abneigung gegen Marlena, die auf Fragen manchmal demonstrativ keine Antwort von ihr bekam, oder der gesagt wurde, dass sie doch *wieder einmal gar nicht mitreden könne, weil sie keine Ahnung* habe. Es kam vor, dass Valentin seine Schwester dann verteidigte, leider etwas halbherzig, wie Marlena fand. Allein besuchte der Bruder sie höchstens drei- oder viermal in all den Jahren. Und immer nur ganz kurz, was sie bedauerte, ziemlich mutig auch einmal ansprach, aber er reagierte schroff: Er wisse, dass Alexandra und sie einander nicht sonderlich sympathisch seien. »Eure dämliche Stutenbissigkeit!«, nannte er es, und damit war es für ihn erledigt.

Jetzt war es so, dass Valentin es seiner neuen Ehefrau zu überlassen schien, sich um Marlena zu bemühen. Vera rief bei ihr an, ob sie nicht zum Essen kommen wolle. Oder ob sie den kleinen Ausflug nicht zu dritt unternehmen wollten. Einmal hatte sie plötzlich drei Konzertkarten und wollte, dass Marlena mitkam. Was sollte das! Wollte sie sich bei ihr einschmeicheln? Hat Valentin ihr den Auftrag gegeben, nett zu ihr zu sein, weil er selber keine Lust mehr dazu hatte? *Nett?* Was für ein grässliches Wort! Oder war Vera von sich aus jemand, die eine Art Mitleid mit ihr hatte? Weil sie so eine schüchtern-unsicher-verdruckste Erscheinung war, allein und ohne Freunde? War ihr anfängliches Aufeinandertreffen für Vera derart befremdlich wegen Marlenas erschrockener Schweigsamkeit, dass sie meinte, etwas wiedergutmachen zu müssen durch nun allerlei Zuwendungsmätzchen? Marlena traute ihr nicht, nahm jedoch die Angebote von Dreisamkeit an – was blieb ihr anderes übrig. Der Bruder war erneut nur im Doppelpack zu haben. Offenbar war er allein nicht lebensfähig. Zumindest hatte sie den Eindruck gewonnen während der letzten anderthalb Jahre, in denen er ihr zunehmend mit einem Makel behaftet schien, ihr grandioser Bruder, was ihr schwerfiel anzuerkennen. Nun musste er seinen Defekt übertünchen mit neuen Ehespielchen.

Was ihr erst allmählich klar wurde hinsichtlich ihres eigenen Erschreckens bei der ersten Begegnung mit Vera, war Valentins unglaubliche Kehrtwendung von gestern noch zu Tode betrübt und schwarzen Lebensüberdruss ausstrahlend in seiner trauervollen Zugeknöpftheit zum heutigen Anstoßen mit Sekt und absoluter Lebenslust-Proklamation – wie konnte das sein? Seine Stimmung von tiefschwarz plötzlich rosarot und trallala – wie kann einem ein derartiger Umschwung von jetzt auf gleich gelingen? Sehr viel Unechtes, Schräges lag da in der Luft. War ihr Bruder ein Schauspieler? Das spürte sie deutlich und verwirrte sie maßlos. Die Falschheit dieser Situation war es, die Marlena erst etwas später begriff und die sie tief getroffen hat. Was hatte Valentin ihr da vorgemacht! Vor der Absichtserklärung einer Eheschließung lag doch gewöhnlich eine Zeit des Kennenlernens, des Näherkommens – so erlebten es doch alle, so las sie es doch überall. Wann hatte es denn diese Zeit bei Valentin gegeben? Zwischen ihm und seiner neuen *Flamme*? Wie lange *kannte* er diese Frau schon? Versetzt nicht Verliebtheit in einen Zustand der Euphorie? Warum versteckt man Heiterkeit hinter finsterer Fassade? Schließlich sorgte sie sich um ihn. War Marlena auch für ihren Bruder so wenig wert, dass er es nicht für notwendig erachtete, sie über die Wandlung in seinem Inneren in Kenntnis zu setzen? Ihr hartnäckig seine allmähliche Rückkehr ins Leben vorzuenthalten, ihr eine Teilhabeberechtigung abzusprechen? Bis zu jenem Tag x, der sie traf mit voller Wucht, der sie umhaute in seiner Vehemenz. Hatte Valentin das gar nicht im Blick? Oder spielte er etwa mit ihr? War er am Ende nichts Besseres als ein billiger Schmierenkomödiant, der seine Schwester gekonnt reingelegt hatte? Genoss er sein Spiel mit ihr vielleicht gar? Dann muss ihn meine Erschütterung tief befriedigt haben, dachte sie. Den ewig mürrisch Trauernden, den Untröstlichen hatte er gegeben, ausdauernd und unverändert, ohne Ausnahmetage oder -stunden. Und dann der Knall, die Explosion aus dem Nichts. Kein sichtbarer Prozess – eine unvorhersehbare

Zustandsänderung war das, übergangslos, radikal und verdammt schmerzhaft.

Marlena suchte nach Erklärungen.

Allerdings musste sie sich eingestehen, dass sie keineswegs zufriedener gewesen wäre, hätte Valentin ihr von einer langsamen Entwicklung seiner neuen Liebesbeziehung berichtet. Sollte er doch nun endlich allein und frei sein – sie hatte ihn doch befreit vom Alexandra-Joch! Zu Ende das quälende Warten auf dieses nun erreichte Stadium möglicher Gemeinsamkeit mit ihr, mit seiner Schwester! Sollte er doch endlich in ihr den Menschen finden, der sie immer schon für ihn sein wollte! Jede fremde Frau, jede, die sich ihrem Bruder genähert hätte, hätte bei Marlena ausschließlich schlechte Karten gehabt, von Beginn an. Es wäre gar nichts mit Teilhabe an seiner Freude gewesen. Insofern nahm sie ihn ein bisschen in Schutz. Hat er ihr sein vielleicht für ihn selbst verwirrendes Erleben lediglich verschwiegen, weil es nach Alexandra doch für ihn nicht einfach eine neue Frau geben durfte, nun aber doch gab und er Marlena das eigene mentale Durcheinander ersparen wollte? In all seiner Unzugänglichkeit während der vergangenen achtzehn Monate, in seiner ununterbrochen abweisenden beinahe Stummheit seit Alexandras Sterbetag muss Valentin erkannt haben, dass Marlena in ihrer fortdauernden stillen Bereitschaft für ihn auf sein Entgegenkommen gewartet hat. Sein Gewissen ihr gegenüber wurde schlecht, ganz bestimmt, als Frau Vera für ihn relevant wurde und er Marlena mit dieser Offenbarung vor den Kopf gestoßen hätte. Deswegen hat er schweigen müssen, Tag um Tag, Woche um Woche. Immer länger. Irgendwann war dann der Punkt vorbei, an dem noch eine Erklärung wie ein Geständnis möglich gewesen wäre. Damit hatte sie schließlich selbst ihre Erfahrung gemacht. The point of no return. Weil er sich geschämt hätte, es ihr so lange verheimlicht zu haben. Und dann vergräbt sich eben einer wie Valentin stur hinter seiner Lass-mich-bloß-in-Ruhe-Maske, unter seiner undurchsichtigen Schreibtisch-Käseglocke und hat keine Ahnung, wie er den Deckel anheben könnte. Bis die Glocke zerspringt.

‚Bruderherz, alter Esel, das Leben geht weiter!‘, hätte sie ihm gern zugerufen, schon vor Monaten. Sie traute sich nicht, hatte Angst vor seiner Antwort.

‚Übrigens, Schwesterchen, ich habe mich wieder verliebt‘, hätte Valentin ihr einfach sagen können, wenn das Kind nun schon in den Brunnen gefallen war. Er wird sich nicht getraut haben, weil er Angst hatte, sie zu verletzen.

Sie bemerkte ihre Tendenz zur Beschönigung.

Auf jeden Fall blieb die Vera-Waagschale fast leer. Immer diese Vergleiche mit Alexandra! Aber sie drängten sich auf. Sogar optisch machte Vera nichts her. Sie trug gerne Wickelkleider. Wickelkleider! Die ihren monströsen Busen betonten! Sie bewegte sich nicht so flott wie Alexandra, sprach nicht so flott, schlagfertige geistreiche Bemerkungen lagen ihr fern, für die Marlena Alexandra immer beneidet hatte. Vera zog da einfach ein, ins Valentin-Haus, setzte sich in ein gemachtes Nest, begann zu verändern. Zuerst das Schlafzimmer. Von jetzt an bitte alles in Rosa: die Deckenlampe, die Gardinen, Läufer auf dem Boden, eine rosa blühende Orchidee im Fenster. *Geschmackvoll*, so war das Wort, das Vera dafür benutzte, geschmackvolle Umgestaltung. Valentin enthielt sich, war nicht wichtig für ihn. Er ließ sie machen. Vera wollte ab jetzt nur noch halbtags arbeiten, Valentin verdiente ausreichend und fand es gewiss in Ordnung. Benedikt, ihr Sohn, war dreißig, etwas älter als Julius. Bei der Hochzeit hatten sich die beiden Jungs kennen gelernt.

»Hey, Stiefbruder, du heißt Julius – richtig?« So war Benedikt, kompakte Statur und schon mit schütterem Haar, auf den anderen zugekommen und streckte ihm lachend die Hand entgegen. Marlena stand zufällig in der Nähe, mit einem Glas Sekt in der Hand.

»Genau ..., wir sind jetzt Stiefgeschwister.« Julius nahm die Hand.

»Benedikt, alle sagen Ben oder Benny. Wie findst'n das mit den beiden da?« Er zeigte auf das Brautpaar, sie im helllila Wickelkleid und weißem Bolero-Jäckchen, weiß-beschuht, er im dunkelvioletten Anzug mit kräftiger Bougainvillea-Blüte im Knopfloch, *geschmackvoll aufeinander abgestimmt.*

Julius zuckte die Schultern. »Wenn sie's so brauchen. Meine Mutter ist tot, er kann nicht ohne Frau. Aber sie wird aufpassen müssen.«

»Oh, wovor muss ich sie warnen?« Benedikt lachte.

Julius überlegte. »Sagen wir mal so: Er kann ziemlich gemein sein. Das sollte sie aushalten können. Am besten dagegenhalten.«

»Konnte das deine Mutter gut?«

»Spitzenmäßig.«

»Aber er hat sie nicht geschlagen – oder?«

»Nein.« Er dehnte das Wort. »Verbalattacken.«

»Unter der Gürtellinie?«

»M-m. Hässlicher, irgendwie. Seine Schwachstellen sind seine Kinder. Und sein Besitz. Mich hasst er schon ewig, meine Schwester erst, seit sie Kinder hat. Und von Geld kann er nicht genug haben.«

»Julius, jetzt tust du ihm unrecht, so darfst du nicht sprechen über deinen Vater!« Jetzt mischte sich Marlena ein, etwas verlegen trat sie zu den beiden jungen Männern. »Hallo, Benedikt, ich habe unfreiwilligerweise mitgehört. Ich bin die Tante von dem hier, also die Schwester vom Bräutigam. Dein Vater liebt dich, Julius. Er kann es nur nicht so zeigen.«

»Tante Marlena! Richtig, er kann es nicht so zeigen. Und wir wollen ja den armen Benedikt nicht gleich verschrecken, was für ein Ungetüm seine Mama gerade geheiratet hat ...«

»Benedikt, der neue Mann Ihrer Mutter kann zugegeben ein wenig kauzig sein.« Marlena musste da etwas richtigstellen, das war sie Valentin schuldig. »Das sagt man mir übrigens ebenso nach, aber ein schlechter Mensch ist er nicht!«

»Stimmt, Tante Marlena. Er verhält sich nur schlecht. Was ist mit deinem Vater, Stiefbruder?« Julius wollte das Thema wechseln.

Benedikt gab ein Geräusch zwischen Pusten und Lachen von sich, zog sein eines Unterlid mit dem Zeigefinger nach unten. »Och, der …«, sagte er nach einer Weile. Dann machte er eine wegwerfende Handbewegung. »Der hält sich in der Tabuzone auf …«

Julius sah ihn fragend an. Marlena spürte sofort, dass da etwas ungesagt bleiben sollte, was unbedingt akzeptiert zu werden hatte, signalisierte ihr Verstandenhaben der Situation und gab vor, sich ein neues Glas Sekt holen zu wollen.

»Also in der Tabuzone zwischen meiner Mutter und mir: Sie will ihn nicht erwähnen«, ergänzte Benedikt, bevor Marlena sich verdrücken konnte. »Ich selber hab kein Problem damit. »Ich habe – oder hatte – eine Halbschwester. Die wurde geboren, als meine Mutter 18 war. Vater von ihr – weiß ich nicht, spielte nie eine Rolle. Mein Vater – besser gesagt mein Erzeuger – traf meine Mutter, und ich entstand zwei Jahre später. Wir lebten fröhlich zusammen, mehr oder weniger: Mutter, Gesine, ich und dieser Mann, für mich immer Papa. Bis ich fünfzehn war und Gesine fast achtzehn, und die beiden bei Nacht und Nebel plötzlich durchgebrannt waren, er und Gesine. Auf einem Zettel stand: ‚Nicht böse sein!‘ Mit den Unterschriften von beiden. Nach drei Jahren kam Post mit Fotos aus Nordschweden, wo die beiden seitdem lebten mit damals zwei kleinen Kindern. Ist jetzt fünfzehn Jahre her.«

Julius nickte kaum merklich, auf den Boden sehend, vor sich hin. »Krass … Deine arme Mutter.«

Marlena erinnert sich. Ihr war die Geschichte ungeheuer peinlich. Wie war es möglich, dass einer, der den anderen noch nie zuvor gesehen hatte, während der ersten Begegnung derartig schamvolle innerfamiliäre Katastrophen preisgab!

Sie hatte damals überhaupt nicht zu reagieren gewusst, drehte, äußerst unangenehm berührt, ihr leeres Glas in den Fingern und wünschte, sich in Luft aufzulösen. Worte fehlten ihr, wie so oft. Wenn wenigstens etwas zu *machen* gewesen wäre! Irgendetwas, nur damit man nicht so dumm herumstehen musste! Im Glas waren noch zwei Tropfen, die getrunken werden konnten – winzige Handlung, auch schnell erledigt, Glas zum Mund führen und eine Sekunde lang die kleine Pfütze einlaufen lassen. »Ich hole dir noch ein Glas, Tante Marlena, gib her«, sagte Julius und wollte ihr das Glas, dieses einzige Objektlein zum Festhalten, aus der Hand nehmen. Lass mich doch jetzt nicht allein!, wollte sie Julius zurufen oder zuflüstern, nicht mit diesem Benedikt, von dem ich nichts weiter weiß als die eben gehörte unerhörte Geschichte, die man doch keinem erzählen kann, die man aber auch nicht echolos nur eben so zur Kenntnis nehmen kann ... Sie hielt ihr Glas fest, starrte in seinen Grund und schüttelte heftig den Kopf. »Lass mal, mach ich dann schon.«

Julius schien sich zu amüsieren. »Na, Tante Marlena, wollen wir auch gleich mal aus der Familienkiste was auspacken, damit hier keine falschen Illusionen entstehen, wenigstens unter den Angehörigen ...?« Dem erneuten Schrecken folgte für sie die Lösung, die *Er*lösung. Sie konnte Julius mit gespielter Fassungslosigkeit ansehen und den Zeigefinger heben. »Falsche Illusionen! Julius, du solltest gelernt haben, die Sprache ohne Pleonasmen zu benutzen! Sie sind doch wertlos!« Damit war sie gerettet. Sie konnte lachen, Julius auch, und Benedikt feixte verdutzt, wusste damit sicher nichts anzufangen.

Wer war diese Vera? Das, was Marlena über die Frau gehört hatte bei der Hochzeit, durfte nicht dazu führen, die Aversion gegen sie zu reduzieren. Julius in seiner Naivität hatte wohl gleich Mitgefühl mit ihr, die in schändlicher Weise Betrogene. Nicht so

Marlena! Auch ohne eigene Erfahrungen war sie kein Schaf –
sie hatte sich das Leben angelesen. Womit ihr einiges erspart
geblieben sein dürfte, und worauf sie mitunter sogar stolz ist.

Wie ahnungslos, letztlich wie dumm muss denn eine Mutter
sein, wenn sie nicht merkt, dass da etwas nicht stimmt zwischen
ihrem Mann und der erwachsen werdenden Tochter! Hatte Vera
lange Zeit beide Augen zugedrückt, beide Ohren zugehalten,
um nichts wahrnehmen zu müssen? Dauerhaft unter Schlaf-
maske und ohr-verstöpselt? Vera! Nein, es geschah dir recht,
was da passiert ist! Du hast es nicht anders verdient! Wer derart
wahrnehmungsunfähig oder doch wohl eher -unwillig ist, der
gehört bestraft, und zwar einprägsam! Lieber Valentin, bitte be-
handle deine neue Frau schlecht, schön schlecht! Ich bin sicher,
sie wird es nicht einmal merken ... In ihr hast du ein willfähriges
Objekt zum Ausleben deiner niederen Instinkte! Und ich selber
will dir dabei nach Kräften behilflich sein ...

Allerdings – und da kam es wieder, das Relativierende, Ein-
schränkende, das auf der anderen Seite: War sie nicht ähnlich
blind oder taub gewesen in der ganzen letzten Zeit Valentin
gegenüber? Wie war es denn bestellt mit der eigenen Sehfähig-
keit, der eigenen Wahrnehmung? Hätte Marlena nicht *merken*
müssen, dass sich in ihrem Knurrhahn-Bruder eine neue Verliebtheit höchst parasitär einnistet? Ohne vorsichtiges lang-
sames Ausschauhalten des keimenden Pflänzleins, das sich ans
Licht tastet? Woran hätte sie es denn merken können, wenn
nichts in Valentins Verhalten eine Ahnung, einen Verdacht erlaubt hatte? Marlena war gut im Beobachten wie auch im Hinhören, untauglich im Mitteilen ihrer Beobachtungen wie auch
im Fragenstellen. Immer die Angst vor Zurückweisung. Allein
den Gedanken an eine neue Frau hatte sie nicht einmal in Er-
wägung gezogen! Und dann war es passiert, mit Krawumm.

Nein, Vermutungen waren ihr nicht möglich gewesen, keine
Wahrnehmung unterirdischen Geschehens. Keine seismo-
graphische Ankündigung.

Wenn etwas verborgen bleiben soll, und man sich im Untergrund still verhält, wird es nicht sichtbar.

Ihre Spürnase war um keinen Deut empfindlicher als Veras, das musste sie sich eingestehen.

Dennoch, Marlena blieb standhaft. Sie hatte nach dieser Erkenntnis nicht die Absicht, Veras Rivalinnenstatus zu bagatellisieren oder gar aufzuheben. Die Abneigung musste aufrechterhalten, optimiert werden. Unterfüttert, gepäppelt. Wer weiß, wozu es gut sein konnte. Den Hass lässt sich doch niemand leichtfertig nehmen. Doch nicht durch so ein Geschichtlein von zugegeben ausgesuchter Hintertücke ... Wenn es denn stimmt, was dieser junge Mann da berichtet hatte. Vielleicht wollte er sich nur interessant machen. Nein, nein, ihr Hass ist schon in Ordnung, ein warmes, intensives Gefühl. Zumal es mit den anderen Gefühlen bei ihr nicht gut bestellt ist.

Vera war eine Diebin, noch dazu eine minderwertige, weit unter Alexandra stehend, langweilig, nichtsnutzig, mit abstoßend klaffendem Zahnzwischenraum mittig im Oberkiefer. Schämte Valentin sich nicht, nach Alexandra sich einer erbärmlich-niveaulosen, unansehnlichen Person zuzuwenden? Er war doch ein gescheiter Junge, aber irgendwo war er schon immer auch ein dummer Junge. Gewiss: Da es geschehen war, hatte er sie, Marlena, so lange wie möglich verschont gelassen hinsichtlich der peinlichen Preisgabe seiner Personenwahl. Sofern er überhaupt eine Wahl gehabt hatte bei der unübersehbaren Gier nach ihm, die diese Frau an den Tag legte. Marlena nannte es für sich ‚Gier‘, da sie nicht wusste, was Gier war, Gier nach einem anderen Menschen. Sie kannte das Wort nur aus Büchern. Was blieb ihm weiter übrig als gute Miene zum bösen Spiel zu machen, dachte sie. Das war doch einsehbar.

Bruderherz, wenn du denkst, dass ich dich mit ihr im Stich lasse, täuschst du dich.

Marlena lächelt müde vor sich hin. Das waren ihre Gedanken damals. Als Vera sich eingeschlichen hatte ins Herz ihres Bruders. Und in dem Marlena sie nicht zu dulden bereit war.

»Was hast du eigentlich gegen mich?«, fragte Vera sie eines Tages plump und ungeniert.

Marlena fühlte sich ertappt, offenbar ging das ja so gar nicht mit dieser weitgehenden Ignoranz, die sie Vera gegenüber bevorzugte.

»Was meinst du damit? Ich habe nichts gegen dich«, erklärte sie spitz.

»Du siehst mich nicht an. Du weichst mir aus. Auch jetzt wieder. Du magst nicht mit mir reden. Wenn wir dich einbeziehen wollen in unser Leben, ist es, als ob du uns einen Gefallen tätest, Angebote oder Einladungen nicht auszuschlagen. Wir haben den Eindruck, du wärst manchmal lieber allein, sagst es aber nicht. Ich dachte immer – und denke immer noch –, dass du viel zu allein bist, dass du – wie soll ich es sagen – dich fremd fühlst bei uns, oder in der Welt, inmitten von allen Menschen um dich herum. Wobei das ja gar nicht so viele sind. Valentin hatte mir schon beizeiten gesagt, dass seine Schwester ein bisschen seltsam ist. Das hatte mich neugierig gemacht, und ich dachte, Quatsch, es reicht doch, wenn er selber ein bisschen seltsam ist.« Vera lachte. »Und nun geb ich mir schon ein halbes Jahr lang Mühe – Valentin sagt schon immer, ich soll es lassen, es ist zwecklos bei dir. Aber das will ich nicht. Ich sehe nämlich, dass es dir nicht gut geht …«

Basilikum, Basilikum, Basilikum, dachte Marlena in einem fort. Sie stand am Küchenfenster in Valentins Haus und starrte auf den Kräutertopf, zupfte mit nervösen Fingern darin herum und fühlte diesen Kloß im Hals, den sie sich wegzuschlucken bemühte. Seit Kindertagen hatte sie dieses verflixte Drücken nicht mehr gespürt, das nicht weggehen wollte, das sie als Kind *herausoperiert* haben wollte. Nein, keine Tränen! Tränen hatte sie sich endgültig verboten, als sie acht war. Und sie hatten sich tatsächlich davongemacht, waren versickert, ausgetrocknet seitdem. Selbstmitleid war nicht lösungsorientiert. Warum ausgerechnet jetzt, und woher ... Aber diese Vera sabbelte immer weiter, in ihrem albernen, scheinbar bittenden Tonfall, mit dem gleichen Inhalt, flocht dabei komische Gedanken ein wie den von der einzigen Freundin, die sie einmal hatte und die gestorben war an Leukämie, und wie sie sich gefreut hatte auf Valentins Schwester. Marlena verbot es sich, weiter zuzuhören und hatte damit zu tun, dieses Kehlkopfdruckes Herr zu werden.

Vera war hinter sie getreten. Marlena war es, als ob sie deren Atemluft in ihrem Nacken spürte.

»Marlena, ich würde dich gerne kennenlernen, so gerne mit dir ein bisschen befreundet sein, aber du machst es mir ziemlich schwer.« Zu viel für Marlena. Sie drehte sich abrupt um, funkelte die um fast einen Kopf größere Frau an, stieß sie beiseite, riss ihre Umhängetasche vom Stuhl und verließ die Wohnung innerhalb weniger Sekunden.

34

Den lächerlichen, erbärmlichen Zwischenfall mit Vera konnte sie nicht mehr mit ihrem Analytiker besprechen, die Therapie war beendet. Was hätte der denn gesagt? Wahrscheinlich nichts, wie meistens. Er hätte sie gefragt, was ihr dazu einfalle. Und sie hätte wie meistens ein bisschen trotzig reagiert. ‚Nichts‘, hätte sie gesagt. Und danach hätte sie ein paar logische Schlüsse angeknüpft, Binsenweisheiten, nicht der Rede wert: Da schien wirklich jemand Interesse an ihr zu haben, erstmalig in ihrem Leben. Das war nicht verkraftbar. Punkt.

Blabla. Das hätte er gern gehört, und sie hätte es ihm gesagt. Bei ihm hatte sie durchaus gelernt, wie sie hätte fühlen *sollen*.

Jemand anderes hätte bei ihr möglicherweise eine Chance gehabt, wenn auch unter großer Skepsis, denn sie war nicht offen, nicht fröhlich, nicht charmant, sie hatte nichts Einnehmendes, für niemanden, sie war außerberuflich nicht dialogfähig – wer sollte denn wagen, mit ihr Kontakt aufnehmen zu wollen! Natürlich wünschte sie sich seit jeher eine Freundin! Aber ausgerechnet Vera! Daher konnte es gar nicht ernst gemeint sein, war allein Zeugnis von Veras Hinterhalt, sich über Marlena Zugang zu ein paar Besonderheiten von Valentins Wesen zu verschaffen, mit dem sie schließlich schon viele Jahrzehnte vertraut war. Vera hätte von diesen Kenntnissen profitieren können. *Man spürt die Absicht, und man ist verstimmt.* Marlena war nicht einfältig genug, dieser Küchenszene irgendeine Bedeutung beizumessen. Oder doch, vielleicht die von Veras Raffinesse, von ihrem Geschick, sich in ihren Bruder hineinzustehlen. Wer das eben nicht durchschaute, hatte Pech. Und wer – um wieder auf das leidige Thema zu kommen – wie Valentin nach sogenannten pubertären Entwicklungs*erfolgen* nicht mehr gefeit war gegen

Annäherungsversuche dieser ekelhaften Art, dem musste es wohl zwangsläufig widerfahren, von einer Vera gekapert zu werden, einverleibt.

Marlena tat gut daran, den Vorfall als nicht vorgefallen zu betrachten. Vielleicht sollte sie sich jetzt sogar, nachdem Vera sich in ihren wahren Absichten zu erkennen gegeben hat, tatsächlich ein wenig aktiver zeigen, mutiger, ihren Gedanken auch einmal äußern. Was hatte sie zu verlieren? Ihr Rumgemache inmitten ihres lästigen Daseins konnte einen Farbtupfer doch gut gebrauchen! Und der kam rascher als ihr lieb war.

»Marlena, wenn ich dich verletzt habe letzte Woche, dann entschuldige! Aber sag mir doch, was ich verkehrt gemacht habe! Du bist einfach nur völlig verstört abgehauen.«

Diese Frau wagte es tatsächlich, ihre dummdreiste Masche wieder aufzunehmen, glaubte sich vielleicht gar moralisch unterstützt durch Valentin neben sich. Sie saßen zu dritt im Restaurant. Marlena hatte die Möglichkeit einer solchen Äußerung nicht ausgeschlossen. Ganz unvorbereitet war sie nicht. Einen Augenblick der Besinnung brauchte sie.

»Vera, du bist eine falsche Schlange. Bei mir kommst du nicht durch damit.« Marlena spürte ihre roten Ohren, während sie den Satz aussprach.

Vera wollte antworten, da griff Valentin nach ihrem Handgelenk und drückte so fest zu, das Vera begriff. Sie schwieg.

»Schäm dich«, sagte er deutlich zu Marlena.

»Nein, Valentin. Ich habe mich lange genug geschämt. Ich will dir heute nur versichern: Egal, was du sagst oder denkst, du kannst dich auf mich verlassen.« Das musste er einfach wissen, ihr armer Bruder, dessen musste sie ihn versichern.

»Tu mir einen Gefallen, Marlena: Wenn wir endlich mal diskutieren wollen, gerne zu Hause. Hier wollen wir es uns jetzt schmecken lassen, und sonst nichts, nicht wahr, Schatz?« Er sah aufmunternd zu Vera. Die blickte suchend über den Tisch.

»Das Salz ...?«, fragte sie.

»Steht vor dir«, sagte Valentin, »es steht vor deiner Nase.«

»Ach ja.« Sie nahm den Salzstreuer. Unter kräftigem Schütteln aus großen Löchern salzte sie die Roulade, den Rosenkohl, die Kartoffeln.

»Vera, was machst du denn da!« Valentin hielt ihre Schüttelhand fest.

»Lass doch mal, es ist doch wieder kein bisschen gewürzt hier!« Sie entzog ihm ungehalten die Hand und salzte weiter, ausgiebig. Ein junges Paar am Nachbartisch schaute erstaunt herüber.

»So.« Mit Nachdruck setzte Vera den Streuer ab, zufrieden lächelnd. Sie nahm das Messer wieder zur Hand und aß weiter.

»Veraschatz, das ist doch gar nicht mehr genießbar jetzt – guck mal hier die Salzschicht!« Wieder fasste Valentin nach ihrer Hand.

»Hör auf, mir in die Speichen zu greifen!« Sie sah ihn strafend an.

Marlena kicherte.

Was war das? Eine kritische – eine anklagende – Äußerung von ihr bewirkte, das Vera sich das Essen verdarb? Das kam dabei heraus, wenn Marlena einmal den Mund auftat? Sie war nicht nur erstaunt, sie war fasziniert. Vera hatte ihren Teller leergegessen danach, ohne auch nur einmal das Gesicht zu verziehen.

‚Daran erkennen Sie Ihre Selbstwirksamkeit‘, hätte Herr Müller-Kruste gesagt. Und was noch? ‚Eine vehemente Äußerung hat eventuell eine vehemente Antwort zur Folge.‘ Ach ja, exorbitant. Vor einem Jahr noch hatte sie sich einen Spaß daraus gemacht, nach zusammengesetzten Substantiven in Verbindung mit *Kruste-* zu suchen: Krustenfisch, Krustenechse, Krustenbraten ...

Also wenn Vera Marlena etwas Gemeines geantwortet, oder ihr eine runtergehauen hätte – in Ordnung. Aktion und Reaktion.

Aber das hier war doch ... Marlena suchte nach einem Begriff, einer Formulierung. Auf jeden Fall, so entschied sie sich, war das Ganze *in hohem Maße unangemessen*. Aber die Situation beschäftigte sie, sie kam lange nicht darüber weg. Sie hatte tatsächlich etwas Ungewöhnliches bewirkt, und das gefiel ihr ungemein.

Sollte nun *sie* sich bei Vera entschuldigen? Valentin rief sie drei Tage später an und verlangte genau das von ihr. Vera hatte an dem Abend das gesamte Essen herausgebrochen.

»Oh«, sagte Marlena amüsiert, »ich hatte vermutet, dass sie lediglich drei Liter Wasser hat trinken müssen.«

Außerdem sei Vera seitdem ,irgendwie unruhig'. So hatte es Valentin bezeichnet. »Warum musstest du nur so hässlich sein zu ihr!«

»Weil du gar nicht merkst, wie deine Frau wirklich ist!« Eigentlich hatte sie das nicht sagen wollen, weil sie wusste, dass er dagegenhalten, dass er schroff reagieren und ihr erklären würde, dass sie keine Ahnung habe, wie Vera sei, dass sie das ohnehin nichts angehe, oder woher sie eine solche Behauptung nehme. Sie wollte ihn nicht verletzen, nein, nein, schützen wollte sie ihn, was er jetzt nur gar nicht verstehen konnte. Bloß keine Diskussion! Sie legte auf, bevor er weitersprach.

Kleine vergnügliche Gedanken kamen ihr damals in den Sinn. Sie hatte jetzt gar nicht das Bedürfnis, Valentin zu sehen. Er war ja erst einmal verstimmt ihretwegen. Das hatte sie hinzunehmen. Sie musste nichts weiter provozieren, konnte ihn in Ruhe lassen. Es war angenehm, ein Resultat des eigenen aktiven Verhaltens zu erleben – und wie wenig dazu offenbar nötig war! Sie konnte sich das logisch erklären. Alexandra befand sich stets viel zu weit entfernt von ihr, auf einer anderen Ebene. Zwischen ihr und Alexandra hatten Angst und eine gewisse Ehrerbietung jedwede Nähe ausgeschlossen. Marlenas Hass musste im Verborgenen gedeihen, durfte niemals offen zutage treten. Jetzt bei Vera war es einfacher. Vera kam auf sie zu! Vera war nett – gab sich nett, wollte ihr *Freundin* sein, machte ihr Kontakt-Angebote, Rede-Angebote. Vera hatte es nötig, sich bei einer kaputten und vermurksten Marlena anzubiedern! Alexandra hatte immer auf einem Podest gestanden, gewandt, tüchtig, gewitzt, schön, neidisch beäugt und unerreichbar – Vera stand unter Marlena, was neu war und guttat. Achtung der Person gegenüber konnte sie sich hier schenken, war nicht vonnöten. In ihrem Hass konnte sie sich Vera *nähern*, konnte ihr sagen, was sie von ihr hielt, musste selbst nichts fürchten. Hier konnte *sie* die Spielregeln festlegen. Es ist leichter, denjenigen von sich zu weisen, der einem gewogen ist, als den, in dessen Gunst man ohnehin nicht steht. Sie spürte etwas von Stärke in diesem Rollentausch. Erstmalig fühlte sie sich nicht als die Unterlegene. Gefallen daran zu finden, jemanden zu verletzen, ist gemein, ach ja, aber es hebt einen aus jahrzehntelanger Ohnmacht. Und noch wusste sie, *für* wen sie ihren Hass gegen Vera pflegte …

Während der folgenden Wochen empfand sie verstärkt die eigene alte Trostlosigkeit, das alte Minderwertigkeitsgefühl, zumal ihr klar war, dass sie oft selbst dafür gesorgt hatte, nicht gemocht zu werden. Und jetzt mit Vera? Kann sein, dass sie übers Ziel hinausgeschossen war in ihren Äußerungen, aber woher sollte sie Regeln und Maße kennen, innerhalb derer man sich zu bewegen hatte. Es gab stets nur ein Viel-zu-Viel oder ein Viel-zu-Wenig. Das Leben hielt für sie keine Testläufe bereit, kein Ausprobieren, keine Versuchsreihen, ohne dass gleich alles ernst und tragisch verlief. Und mit der Wahrheit war es eben so eine Sache. Sagte man die gerade heraus, so wie sie es jetzt erstmalig getan hatte – außer früher als Kind oder als Jugendliche, als sie es sich fortwährend mit allen verscherzte –, war sie unverträglich, und der oder die Betreffende reagierte gekränkt, sauer, oder wie aktuell erlebt, salzig.

Natürlich kamen jetzt keine Anrufe, keine Einladungen mehr

von Vera. Weil sie sie beleidigt hatte. Weil sie die Folgen ihres kleinen Satzes zuvor nicht bedacht hatte. Weil Vera es nicht hatte lassen können, das Gewesene nicht wieder aufzuwärmen.

Marlena beschloss nach Tagen reiflicher Überlegungen und weil aus der Valentin-Vera-Ecke vermutlich gar nichts mehr kommen würde, dass sie selbst es wohl sein müsste, die wieder einen Schritt auf die beiden zugehen sollte. Das soll man so machen: Man entschuldigt sich – nein, man bittet um Entschuldigung, weil man nicht selbst die Schuld von sich nehmen kann. Die Schuld wegen eines Fauxpas, wegen einer Normverletzung – da war es wieder, das mit der Norm, in der sie sich eben nicht aufhielt. War es nicht ein zaghaftes Anklopfen von außen gewesen: Lasst mich doch hinein zu euch, in eure genormte Welt? Ach nein, es war wohl nicht zaghaft genug gewesen.

Erst einmal wollte sie auf andere Gedanken kommen. Wie machte *man* das? Was taten *die Leute*, um auf andere Gedanken zu kommen? Sie reisten. Beim Reisen fanden doch die Leute gelegentlich *ihre Mitte*, hatte sie erfahren. Überhaupt war dieses Schlagwort gerade in aller Munde, sie las allerhand darüber. Wie man *seine Mitte verlor* oder sie *wiederfinden* oder überhaupt *finden* konnte. Das war nun auch wieder so ein Ding, das ihr Kopfzerbrechen bereitete. Ihre Mitte war der Bauch, so ungefähr, vielleicht der Nabel, mittig auf der Strecke zwischen Zehen und Scheitel. Gab es Menschen, denen diese Region abhanden gekommen war? Ach nein, es war ja nicht wörtlich zu verstehen, gemeint war wohl so etwas wie das Auskommen mit sich selbst. Ein Ziel fürs Leben, ein Sinn in dem ganzen Trubel, vielleicht, eine Identität ... Alles das besaß sie doch nicht, hatte es nie besessen, und nun? Nun sollte sie es in Mecklenburg oder im Schwarzwald, in Italien oder auf einer Südseeinsel finden? Hockte dort ihre Mitte etwa an eine Palme gekettet und wartete auf Erlösung durch sie?

Ja, gut, eine Chance war es doch wert. Sie wollte also auch einmal eine Reise unternehmen. Danach würde sie den charakterlosen Weg zu Vera antreten.

Im Reisebüro fragte man sie, wohin sie denn wolle. Und wann. Morgen oder übermorgen. Aha, last minute also. Ob sie allein reisen wolle. Ja, selbstverständlich. Individuell oder in einer Gruppe. Keinesfalls Gruppe. Und wie lange. Und was sie dafür ausgeben wolle. Mit Bus oder Bahn oder Flugzeug oder Schiff oder mit dem eigenen Auto. Ob sie Wald oder Berge oder Meer bevorzuge. Ob sie in eine wärmere Region oder durch den Schnee stapfen wolle. Ob sie Land und Leute kennenlernen wolle, ob sie wandern oder lieber die Seele baumeln lassen wolle, an einem Strand vielleicht. Städtereise, Inlands- oder Auslandsreise, Bildungsreise, Rundreise, Sprachreise, Fernreise, Wochenendreise ...

Ja, das wusste *sie* doch nicht! Also musste man sich das alles vorher überlegen. Wieder hatte sie es falsch angestellt, hatte sich blamiert. Sehr schnell verließ sie das Reisebüro wieder. Die Frau, die ihr so viele Fragen gestellt hatte, kannte sie auch noch! Sicher aus der Bibliothek – woher auch sonst. Die Dame hätte gewiss auch nicht gewusst, wo Marlenas *Mitte* sich versteckt hielt. Jedenfalls hatte sie sich gerade wieder erfolgreich als Versagerin aufgeführt. Lebte sie auf einem falschen Planeten? Zu einer falschen Zeit?

Nein, nein, beruhigte sie sich bald danach. Sie war einfach unüberlegt da hineinspaziert.

Wozu wollte sie überhaupt reisen? Sie hatte noch nie reisen wollen. Sie kennt doch die ganze Welt. Aus Hunderten Reiseberichten, Bildbänden, Dokumentationen – alles mit großem Interesse gelesen, angeschaut, verfolgt. Es sei alles ganz anders, viel lebendiger, sobald man es mit eigenen Sinnen erfahre – so schwärmten andere von ihren Reiseabenteuern. Ihre Sinne! Die waren doch sowieso unterentwickelt. Wie alles andere auch. Sie hatte nicht das Bedürfnis, Blumendüfte in Assuan einzusaugen oder durch Sommerschneewände in Norwegen zu klettern oder ihren schmalen Leib in irgendeinem Gewässer der Kälte und den scheelen Blicken anderer auszusetzen.

Flüchten wollte sie! Reise als Flucht. Sie war sich schnell auf die Schliche gekommen. Weg aus bedrückender Atmosphäre. Sich ablenken. Verschwinden. Für eine Weile. Warum nur für eine Weile. Auflösung wäre doch das Beste.

Sie hatte es vermasselt. Und nur sie konnte dafür sorgen, dass die Sache mit Vera wieder ins Lot kam. So unangenehm das für sie auch war. Sie log ja eigentlich ungern. Schweigen war viel eher ihr Metier. Nur wenn sie weiter gegen Vera kämpfen wollte, allerdings geschickter als bisher, musste der Zugang zu ihr wiederhergestellt werden. Sie musste so tun, als ob sie völlig unbedacht aus einem ihr völlig unbekannten Winkel ihres Wesens heraus reflexartig so dummes Zeug geredet hatte, es hinterher aufrichtig bereuend.

So ähnlich hatte sie es damals formuliert, als sie bei Vera wieder vorstellig wurde. Sie hatte geklingelt zu einer Zeit, als Valentin mit Sicherheit an der Uni sein würde, Vera aber bereits zu Hause. Hinter der Eingangstür aus Strukturglas hatte Vera Marlenas Statur gewiss schemenhaft bereits erkannt und war im Hausflur stehengeblieben. Marlena sah Veras Gestalt ebenso, denn im Vestibül war es sonnenhell wegen der riesigen Terrassentür im Hintergrund. Wahrscheinlich wusste Vera um ihre Sichtbarkeit und öffnete bald die Tür.

Marlena tat zerknirscht und schuldbewusst. Vera nickte, während Marlena ihre ausgedachten Sätzlein kleinlaut von sich gab. Sie wurde hineingebeten.

Vera war anfangs recht einsilbig, fragte dann, ob Marlena ernsthaft die Friedenspfeife mit ihr rauchen wolle, und Marlena nickte unter einem treuherzig-reumütigen Blick ihrer runden schwarzen Augen.

»In Gestalt eines Gläschens Sekt?«, fragte Vera unsicher lächelnd.

Als Marlena ein ‚Ja‘ gehaucht hatte und Vera den Sekt holte, sagte sie, dass sie es dennoch gern verstehen würde, wieso sie so ungehalten und mit bösem Blick weggerannt sei und warum sie sie Tage später eine falsche Schlange genannt habe, dass das noch niemand zu ihr gesagt und sie das sehr getroffen habe.

»Das müssen wir lassen, Vera, weil es darauf keine Antwort gibt.« Marlena hatte noch eine dünne Begründung dafür parat, als Vera mit der flachen Hand auf den Tisch schlug. »Jetzt aber!« Sie sah Marlena herausfordernd an.

Marlena erschrak. »Was meinst du?«

»Was soll los sein? Was hast du?« Vera goss die beiden Gläser voll und lächelte breit. »Dann stoßen wir an auf ... auf was denn ... auf den heutigen Tag ... auf Frieden und Völkerverständigung ...« Sie lachte laut. »Auf das große Einmaleins der psychologischen Grammatik ...« Lachend hielt sie Marlena ihr Glas entgegen. »Du wirst es mir nicht erklären, was?«

Vera schien nicht locker zu lassen. Und Marlena musste vorsichtig sein.

»Sei doch einfach damit zufrieden, dass ich komisch bin«, sagte sie. »Es ist nie anders gewesen, schon mein Leben lang. Wer in mir etwas gesucht hat, hat es nie finden können. Das ist weder wichtig noch erklärbar, lediglich eine Tatsache.«

»Ach herrje, wie klingt denn das!«

»Na wie denn? Absurd? Unglaubwürdig? Ausgedacht? Wichtigtuerisch? Frag Valentin, er wird es dir bestätigen.«

»Du entschuldigst mich, ich muss mal eben die Post reinholen.« Vera nahm die rotgepunktete Schürze vom Haken, band sie sich um und ging zum Briefkasten, kam rasch zurück. »Nur ein Brief heute, Vali wird sich freuen. Manchmal kriegt er drei oder vier, dann ist er immer schon bedient.«

Sie nannte ihn *Vali*. Schon als Kind hatte er sich das verbeten. Vera darf ihn so nennen – wofür ist das der Beweis? Doch wohl für seine Resignation. Sie hat ihn schon weit gebracht. Wie sie aussieht in diesem ausgeleierten Riesenpullover bis fast zu den Knien. Schürze drüber. Und die Haare – überall diese metallisch glänzenden Clipspangen, bestimmt zehn über den Kopf verteilt.

»Bekommt er nicht gern Post?«

»Solche auf jeden Fall nicht.« Vera schlenkerte das Kuvert hin und her, klatschte es sich immer wieder auf die linke Handfläche, warf es auf den Tisch. »Beschwerden, Mängelanzeigen, unwichtiges Zeug.«

»Von Mietern?«

Vera nickte. »Hoflampe kaputt, Kellertreppe zu steil, Kündigung, Schimmel in der Ecke, weil die Leute nicht lüften können ...«

»Macht doch alles Julius – oder nicht mehr?«

»Eigentlich schon, aber Lust hat er dazu keine. Verübeln kann ich's ihm nicht.«

»Wieso? Er hatte es doch seinem Vater angeboten. Und jetzt gefällt es ihm nicht mehr? Na ja, sehr zuverlässig war er noch nie.« Marlena sah auf ihre Hände im Schoß, knibbelte an einem ihrer Fingernägel.

»Wer sagt das? Valentin? Hör mal, Julius macht das vielleicht nicht gern, aber frag ihn mal, warum! Er macht es gut, richtig gut.«

Da tat diese Vera so, als hätte sie auch nur eine blasse Ahnung von der Familie.

»Julius ist jedenfalls sehr auf seine Mutter fixiert gewesen«, sagte Marlena, die es wissen musste. »Seit die nicht mehr ist, sollte er auch mal anerkennen, was sein Vater für ihn tut!«

»Ach so, was denn? Julius ist erwachsen, und Valentin könnte einfach mal anerkennen, dass der Junge seinen Weg selber finden muss. Aber er lacht ihn aus.«

»Du redest ja wie seine Mutter!«, stellte Marlena empört fest. Jetzt hatte Vera sich verraten. Sie gab nur vor, Valentin zu lieben, in Wirklichkeit war sie gewiss nur hinter seinem Geld her. Und hatte sich bereits auf die Seite von Julius geschlagen! Aber Marlena musste auf der Hut sein, vordergründig galt jetzt das Gebot der Freundlichkeit. Sie musste das Thema wechseln.

»Wieso hast du eigentlich die Schürze angezogen? Wolltest du kochen?«

Vera sah an sich herunter. »Stimmt, weiß ich gar nicht. Sicher hast du mich so durcheinandergebracht. Mit dir hatte ich ja nicht gerechnet. Das ist aber auch ein starkes Stück, weißt du.«

Wieso sagte sie das jetzt? Sie stellte sich direkt vor die sitzende Marlena und wirkte riesig, bedrohlich.

»Wir haben den Friedenssekt getrunken, Vera!« Sie musste hier einlenkend wirken. »Wirst du Valentin von meinem Besuch berichten?«, fragte sie in das breite Gesicht fast senkrecht über ihr. Das grinste jetzt und zeigte wieder diese Lücke zwischen den Zähnen. An der schlaffen Unterlippe hing ein Speicheltropfen.

»Selbstverständlich«, sagte Vera. »Denkst du, da gibt es Geheimnisse zwischen uns?« Ihre große Hand legte sich schwer und warm auf Marlenas Schulter. »Ich muss jetzt aber wirklich aufs Klo«, erklärte Vera gedehnt mit tiefer Stimme.

35

Als sie ihr altes Tagebuch wiedergefunden hatte, legte Josefine es griffbereit auf die Kommode im Wohnzimmer. Da sie Sam bereits ein wenig berichtet hatte von ihrer speziellen Familie – wieso interessierte sich denn einer für so etwas, fragte sie sich –, wollte sie bei Gelegenheit hineinsehen, um zu ... Ja, warum eigentlich.

Die eigenen Geschichten kennt sie doch zur Genüge. Es braucht keine Auffrischung. Stundenlang könnte sie davon erzählen. Wofür sollte das gut sein?

Ist Sam ein Sensibelchen? Oder ein Masochist, den üble Szenen faszinieren, anstacheln? Wie ist er denn aufgewachsen? Sicher kommt er aus guten Verhältnissen, weil er so erschrocken reagierte. Aber wer kommt schon aus *guten Verhältnissen*, überlegt sie. Ihr begegnen immer nur die anderen, die mit der miesen Vergangenheit. Das hat sie sich so ausgesucht. Manchmal ist das wie eine Strafe, die sie sich selbst auferlegt hat. Eine Strafe, die niemals endet, oder erst mit der Pensionierung, falls sie überhaupt jemals davon lassen kann. Und falls ja, falls sie dann zu neuen Ufern aufzubrechen in der Lage wäre, wenn sie alle diese ekelhaften Türen hinter sich zumachen könnte, wird sie bestimmt eine verbitterte alte Ziege sein, die zeitlebens ausschließlich im Dreck gewühlt hat, die im Dreck großgeworden ist, die sich dazu entschlossen hatte, dabeizubleiben, den Dreck zu bekämpfen, weil sie den ja so gut kannte, ein bisschen sauberzumachen hier und da, aber der Dreck ist ja gar nicht bekämpfbar. Er wächst ständig nach, und was kann sie schon bewirken. Man wird es ihr ansehen, später, wo sie herkommt und was sie gemacht hat, es ihr anmerken, im biestigen Aussehen und in der misstrauischen Art, mit anderen Menschen umzugehen.

Sie ist doch diejenige, die überall Verdacht schöpft, die jedem Menschen, den sie neu kennenlernt, alles zutraut, zumal, wenn er Kinder hat. Die schon jetzt überhaupt keine neuen Menschen mehr kennenlernen möchte, um zu vermeiden, in ihnen allen Vernachlässiger, Missbraucher, Suchtkranke, Gewalttäter, Lügner, Mitmacher, Wegschauer, Gleichgültige, Gelangweilte zu sehen. Sie wird sich kein gutes Menschenbild mehr antrainieren können. Jetzt ist nicht die Zeit dafür, und später wird es zu spät sein. Und wozu auch, sie müsste ja darangehen, sich selbst in Verlogenheit zu üben, im Nicht-mehr-Hinsehen, im Dauerblick durch die rosarote Brille, die so viele tragen, die sogar öffentlich propagiert wird, um Zustände besser auszuhalten. Zustände! Um nicht ernsthaft etwas daran ändern zu müssen. Und wer weiß, vielleicht ist es tatsächlich so, dass da gar nichts zu ändern *ist*. Dass die winzigen Bemühungen Einzelner von homöopathischer Bedeutsamkeit sind. Ein wenig lächerlich. Dass über der menschlichen Intelligenz, dem Fortschritt, der Lebensqualität, der Gewöhnung, der Triebhaftigkeit, dem Egoismus ohnehin die menschliche Rettungslosigkeit vorprogrammiert ist. Und dennoch hört man nicht auf, einen Sinn zu suchen in dem, was man tut – hört *sie* nicht auf damit. Dreck ausrotten zu wollen. Menschlichen Dreck. Indem sie sich täglich neu damit beschmiert. Anstatt ihn endlich einmal von sich abzukratzen. Darunter befindet sich doch ihre Haut! An die denkt sie gar nicht. Die kann doch schon lange nicht mehr atmen.

Sie erinnert sich an den ersten Aufsatz in der weiterführenden Schule, den sie schreiben sollte. An diesen Satz als Thema, wohl von Goethe: *Edel sei der Mensch, hilfreich und gut.* Sie hatte die ganze Stunde in großer Ratlosigkeit vor dem leeren Blatt gesessen. Am Ende, ehe die Blätter eingesammelt wurden, hatte sie geschrieben: *Das ist nicht wahr.* Erst hinterher, als noch einmal über den Ausspruch diskutiert wurde, war ihr der Charakter als Aufforderung, als Wunsch deutlich geworden in dem Wörtchen *sei:* Es möge so sein, dass ... Also war es immer schon so gewesen, dass der Mensch weder gut noch edel war.

Goethe in seinen utopischen Wunschvorstellungen, denkt sie. Wird sie vereinsamen im Alter? Dreck-besudelt und nie etwas Schönes? Vielleicht wird sie ihren festen Wohnsitz aufgeben und allein in einem Wohnmobil durch die Welt fahren, Halt machen dort, wo es ihr gefällt und bleiben so lange, wie sie möchte. Wo es möglichst keine Menschen gibt, das wäre ihr Ziel. Nach einem langen Arbeitsleben sich endlich abzuwenden von ihrer Spezies. Wegen Aussichtslosigkeit.

Gestern hat sie im Flur mit ihrem Nachbarn gesprochen, einem untersetzten, immer recht freundlichen Mann Mitte fünfzig, voll von bitterem Sarkasmus. Weil sie sich schon so lange kennen, war er in der Lage, ihr in groben Zügen etwas aus seinem Leben zu erzählen und von dem Schriftstück, das er jetzt erhalten hat. Der Mann hatte sich endlich, nach vielen Jahren des Ringens mit sich selbst, entschlossen, eine Rente übers Opferentschädigungsgesetz zu beantragen. In diesem Antrag hatte er, weil es so gefordert wurde, detailliert davon berichtet, wie seine Eltern früher mit ihm Geld verdient, ihn als kleinen Jungen, sobald alles wieder verheilt war, ungefähr alle zehn Tage zu mehreren Männern zu einem eher verkommenen alten Hof geschickt hatten, wo er irgendetwas zu überbringen hatte. Jahrelang, unter Drohungen und Schlägen des Vaters, unter scheinheiligem Gerede der Mutter, die ihn ab und zu zum Arzt brachte, wenn er gar zu verletzt zurückgekommen war. Die Eltern sind lange tot, diese Männer gewiss auch. Namen kannte er sowieso nicht. Er hatte, weil es ihn niemals losließ, sich überwunden und endlich alles aufgeschrieben, unter immer noch enormen Scham- und Schuldgefühlen – warum nur war er immer wieder dahin gegangen. Aber ganz mutig hatte er nun den Antrag abgeschickt. Und was schrieb man ihm jetzt? Er möge bitte als Allererstes Anzeige erstatten gegen die Täter, ohne dieses sei eine Weiterbearbeitung seines Antrags nicht möglich. »Stellen Sie sich vor«, sagte er gestern unter lautem Lachen zu Josefine, »ich soll jetzt Anzeige erstatten gegen Tote! In einem irren Land leben wir!« Und Josefine musste ihn berichtigen: Nicht in einem irren Land, aber in einem gleichgültigen. Wohl niemand bei der Behörde hatte sich die Mühe gemacht, seinen Bericht zu lesen.

Ja, wo es keine Menschen gibt, denkt Josefine. Manchmal schämt sie sich, dieser Spezies anzugehören. Dann wünscht sie sich, es gäbe tatsächlich einen Gott, weil sie dann denken könnte, was für ein Sadist.

Vielleicht gibt es ja doch so ein paar einzelne ganz vernünftige, vielleicht sogar liebenswerte Menschen, denkt sie. Solche wie dieser große kleine Junge, Sam, der bestimmt in Ordnung ist, wenn man davon absieht, dass er sich den Kopf zergrübelt wegen irgendetwas Nichtigem. Immerhin einer, der sich überhaupt Gedanken macht, aber wiederum in einer Weise, die nicht gesund anmutet. Der macht etwas sehr Ordentliches, der stellt Zähne her zum Zerkleinern von Nahrung, äußerst praktisch und effizient. Sauber und akkurat. Kein Dreckwühler. Sam will sich nicht fortpflanzen, sehr löblich. Und er will sich an niemandem rächen. Sie schon. Will alle Kinder von ihren untauglichen Eltern befreien. Als ob das einen Sinn hätte.

Soll sie wirklich noch einmal ihr Tagebuch lesen? Nein, nicht lesen, nur hineinsehen, mal hier, mal da.

Ihr letzter Eintrag, vor achtundzwanzig Jahren. Warum hatte sie mit zwanzig aufgehört zu schreiben? Mit dem Beginn ihrer Polizei-Ausbildung.

15. August. Stefan meint, er muss heiraten. Komische Trulla. Aber die kriegen ein Kind. Muss man doch nicht heiraten. Das wird doch alles nichts. Inge gefällt mir nicht, Giftzwerg und schielt ein bisschen. Ich sage ihm, er soll das lassen, aber ich bin ja nur die kleine Schwester. Er freut sich auf sein Kind, verstehe ich nicht.

Tom will was von mir. Aber ich nicht von ihm. Gibt sich Mühe und hat schöne Augen. Zu Claudia ist er auch nett. Sie kann ihn haben.

Josefine überlegt: Wie war das damals? Stefan hatte diese winzige Wohnung, und Inge wollte unbedingt von ihren Eltern weg, was nicht geklappt hat, hat sich nur Stefan gekrallt, schnell das Kind und Wohnung im Haus ihrer Eltern. Katastrophe alles. Für Inge hat er nicht genug gearbeitet, für seine Schwiegereltern auch nicht. Drei Schichten dann in der Druckerei. Nebenbei die Landwirtschaft dort. Das zweite Kind wollte er nicht mehr. Inge hatte das Sagen. Wenn er nicht mitmachte, schlug sie auf ihn ein. Manchmal brannte ihm die Sicherung durch. Danach stand er vor Josefines Tür und heulte. Und kroch wieder zu Inge. Die ihn auslachte, aber noch ein Kind kriegte. Nicht von ihm, erklärte er Josefine. Vaterschaftstest: doch von ihm. Er schlug seine Kinder nicht. Aber er liebte sie auch nicht. Machten alles noch schwieriger. Er ging lieber arbeiten. Familie konnte er nicht. Inge auch nicht. Aber sie blieben unterm Radar vom Jugendamt. Und von Josefine. Die Schwiegerfamilie war groß. Es passierte nichts mit den Kindern, was besonders auffällig gewesen wäre, was Handeln notwendig gemacht hätte. Sicher, Sprachheilkindergarten, Förderschule, Hauptschulabschlüsse mit Ach und Krach im zweiten oder dritten Anlauf. Ist ja normal. Ganz ohne embryonale oder fetale Manipulationen, ganz natürlich entstandene *Epsilon-Minus-Menschen* nach Aldous Huxley, gezüchtet für einfachste Tätigkeiten, denkt Josefine. Gerüstbauer der eine, arbeitslos der andere, die Tochter ungelernt in einer Wäscherei. Inge ewig unzufrieden mit Stefan. Der sagte nie viel. *Mir reicht's*, stand auf dem Zettel, den Inge auf ihrem Kopfkissen fand. Fast zeitgleich fand ihn Anasthasia, die zwanzigjährige Tochter in der Garage, in seinem Auto voller Abgase.

Josefine blättert von hinten nach vorn.

Eine Notiz aus dem Juni des Jahres, als sie sechzehn war: *Papa ist wieder mal weg, schon fast zwei Wochen. Das letzte Mal war das so vor fünf Jahren. Danach wurde Lisa geboren. Mama ist stinkig, schlägt Lisa mit dem Pantoffel. Wenn Papa zurückkommt, wird er ihr mit Gewalt das nächste Kind machen. Soll er doch bleiben, wo der Pfeffer wächst. Wie lange geht das noch so? Wo-anders hat Papa auch Kinder. Neulich die Frau an der Tür mit dem sechsjährigen Mädchen ...*

Nur schnell weiterblättern.

16. April. Bei Christina und Sonja im Heim. Mama wollte wie-der nicht mit. Die machen viel Scheiß dort.

Ja, ja, wann war das denn? Ach so, im Jahr davor. Christine fünfzehn-, Sonja vierzehnjährig. Die haben geraucht, sind oft abgehauen, haben sich rumgetrieben, wurden eingesammelt von der Polizei und zurückgebracht. Zuerst waren sie in unterschied-lichen Pflegefamilien, nachdem Josefine alles ins Rollen ge-bracht hatte. Das ging dort nicht gut, die Pflegeeltern streikten irgendwann. Im Heim waren die Mädchen dann zusammen, was zunächst auch passte. Jetzt in der Pubertät kam es immer wieder zu den bekannten *Entweichungen*. Dass Josefine sie ab und zu besuchte, fanden sie in Ordnung. Aber Josefine war *streng*, und das mochten sie nicht. ,Warum kommt Mama nicht?', fragten sie. Und Josefine zuckte die Schultern und sagte, sie wüssten doch, wie Mama sei.

Stefan hatte damals zurückgewollt zu den Eltern, in der Hoff-nung, dass sie sich geändert hätten. Die Mädchen hatten die-sen dummen Wunsch nicht, blieben, bis sie achtzehn waren, im Heim. Als Josefine dreizehn war, war das so festgelegt worden.

Christina mit ihren abgebrochenen Ausbildungen, immer wieder schwer depressiv, mehrfach in der Psychiatrie, reihen-weise Elektrokrampfbehandlungen, weil Medikamente nichts helfen. Heute ist sie erwerbsunfähig und gelegentlich traurig darüber, dass sie kinderlos ist. Sie sah immer ganz hübsch aus, das Arbeitsamt hatte ihr vor Jahren einen Job als Prostituierte angeboten, Sex-Arbeit sei nichts Anrüchiges mehr, eine Arbeit wie jede andere auch. Sie hatte das abgelehnt, war auch gar nicht sanktioniert worden deswegen – ob dank Josefines Auftreten dort im Amt, ist nicht von Belang. Die erste depressive Phase ereilte Christina kurz nach diesem Angebot.

Und Sonja heute? Sonja ist Altenpflegehelferin, kifft ein bisschen, eigentlich täglich, hat das weitgehend im Griff. In ihrer Wohnung beherbergt sie zahlreiche todkranke Katzen, die sie nach tierärztlicher Anordnung vorzüglich versorgt und enthusiastisch in den Tod begleitet. Sie engagiert sich aktiv im Tierschutz und betreut ein verhaltensauffälliges zehnjähriges Pflegekind. Von der Erfahrung, wie man so etwas nicht gut macht, könnte sie jetzt profitieren. Vielleicht verliert sie demnächst ihre Arbeit, weil sie zu viel krank ist.

Als Josefine dreizehn war, gibt es allerhand Eintragungen. Aufregendes Jahr.

14. Oktober. Stefan ist schon wieder weg. Wenn er zurückkommt, stinkt er immer.

8. Oktober. Warum die Schule nur immer Briefe schickt wegen Stefan, die liest doch keiner.

6. Oktober. Papa hat wieder zugeschlagen. Und ich war nicht da. Diesmal hat er Erik erwischt. Er hat mir seinen Po gezeigt. Mama will ihn deshalb die nächsten Tage nicht in den Kindergarten bringen. Papa soll sterben. Er hat was am Bein, aber sicher nicht tödlich.

5. September. Daniela will nicht in die Schule, hat Angst. Ich übe ein bisschen mit ihr.

August (mit zerflossenem Datum – eine Träne? Sie weinte doch zu der Zeit nicht mehr). *Wieder zu Hause. Hoffentlich geht es Franz jetzt gut. Hannelore und Georg scheinen ganz nett zu sein. Ich wäre gern mit ihm dort, aber das schaffen die nicht. Schule geht noch nicht, schade, er ist doch nicht dumm.*

4. April. Papa sollte sich nicht mehr mit Stefan anlegen. Stefan ist noch nicht so stark wie er, aber dafür nicht besoffen. Macht was aus. Ich bin jetzt so groß wie Mama. Franz konnte ich heute aber nicht helfen. Mama ist so gemein, kann es nicht lassen, Papa irgendwas zu erzählen. Manchmal stimmt das gar nicht. Wenn ich Mama anschreie, hält sie sich die Ohren zu.

Zwischen April und August gibt es keine Einträge. Das war die Zeit, als sie sich für Franz stark gemacht hatte. Für ihn gab es lange keine Pflegefamilie. Einen Heimaufenthalt wollte Josefine für ihn unbedingt vermeiden. Josefine *verhandelte* dreizehnjährig mit dem Jugendamt, weil die Eltern als Sorgende nicht zu gebrauchen waren. Für sie selbst eine Zeit kaum aushaltbarer Verlorenheit, Unsicherheit und Wut. Es kümmerte niemanden, wenn sie nachts nicht nach Hause kam. Manchmal schlief sie bei einer Freundin, manchmal lungerte sie nachts am Bahnhof herum, wo ihr Zeug angeboten wurde, *damit du dich besser fühlst*, sagten sie und grinsten. Aber sie musste doch Franz zu Hause rausholen, verbot sich das empfohlene Bessergehen. Mehrmals ist sie wahrscheinlich einer Vergewaltigung entkommen. Rennen konnte sie, und die Wut ließ ihr ungeahnte Kräfte zuwachsen. Weg von zu Hause, raus da, lieber heute als morgen, das Jugendamt schlug ihr das immer wieder vor, weil sie ‚doch mit Sicherheit die Intelligenteste in der Familie‘ sei, so argumentierten sie, sollte sie ‚dieses Milieu verlassen‘. Ja, ja, sollte sie. Papperlapapp. Franz litt aber zu Hause sicher mehr noch als die anderen. Er war nicht in der Lage, abzuhauen, wenn der Vater kam, oder sich wenigstens so gut zu verstecken, dass der besoffene Kerl ihn nicht hätte finden können. Und Franz war böse mit Josefine, wenn sie nicht zu Hause gewesen war, weil er ohne sie viel mehr noch dem bösartigen Vater ausgeliefert war, der seinen Sohn, diesen Taugenichts, verabscheute, auch ohne Alkohol. Sie tröstete ihn, der sich sicher gern an sie geklammert hätte, hätte ihm nicht seine Unerträglichkeit von Nähe im Wege gestanden. Mit ausgebreiteten oder ausgestreckten Ärmchen stand er tränenlos schluchzend, schreiend vor ihr, mit verzerrtem Gesicht, aber allenfalls seine Hände durfte sie anfassen und ihm gut zureden, dass sie ihn befreien werde aus dieser Hölle. Dazu musste sie stark bleiben, durfte selbst nicht ins Heim, wo sie gern gewesen wäre. Nur weil sie sich sicher war, von dort aus weniger handlungsfähig zu sein.

16. März. Mama hat mich zu Papa ins Krankenhaus geschickt, weil sie endlich mal Ruhe in der Bude genießen will. Ruhe? Stefan ist da, und ich, und Franz, und Daniela, und Erik, und Lisa. Papa im Krankenhaus ist ganz friedlich. Irgendwas mit der Leber. Ob er jetzt stirbt? Ich wollte wissen, warum er mit Mama so viele Kinder hat, wenn er die doch gar nicht leiden kann. Keine Antwort, dann lief ihm was die Schläfe runter.

Der erste Eintrag in diesem Buch stammt vom September des Jahres davor. *Stefan hat mir das Buch geschenkt, einfach so, ohne Geburtstag oder Weihnachten. Und das soll ich jetzt vollschreiben. Mir fällt viel ein, aber wozu aufschreiben? Er sagt, ich würde sonst alles vergessen. Wieso ist Stefan jetzt zurück? War es im Heim noch blöder als hier? Er sagt nichts, und Mama meint, dort hätten sie ihn immer heimlich verprügelt. Ist der doof. Das hat er hier auch, ohne heimlich. Elisabeth ist schon zwei Wochen alt. Ist die niedlich.*

Ja, warum ist Josefine nicht endlich ins Heim gegangen, als Franz untergebracht war? Kann sein, dass das auch noch aufgeschrieben steht, in dem anderen Buch, war das nicht braun mit goldfarbenem Rand? Und wo das wohl ist? Jetzt hier im Blausamtbuch hat sie nur hier und da gelesen, nicht alles noch einmal bitte. Wenn Sam sie fragen sollte, wieso sie damals nicht in ein Heim gegangen ist, wird sie sagen: Weil sie dem Frieden um Franz nicht traute. Und weil sie so ein eigenartiges Verantwortungsgefühl hatte, den anderen Geschwistern gegenüber. Mit sechzehn war Stefan endgültig abgehauen, sie war dann die Älteste. Zwei Schwestern noch im Heim, waren es immer noch vier Kinder zu Hause. Die Wut auf die unfähigen Eltern wuchs. Sie hatte sich nie für ihren Wunsch geschämt, der Vater möge sterben. Irgendwer hatte ihr gesagt, dass man so etwas nicht sagen, noch nicht einmal denken dürfe. Doch, hatte sie geantwortet. »Doch, ich wollte ihn schon als Kind erschlagen, hat leider nicht geklappt.«

Und diese Wut musste erhalten bleiben, würde sie Sam sagen. Vielleicht, so überlegt sie heute, war das anfangs noch mit schlechtem Gewissen passiert, das Schlagen, das Vater mit Lust am Zorn, so schien es ihr stets, praktizierte. Mit Scham, weil man das ja nicht macht, kleine Kinder schlagen. Aber er wollte sich nicht schämen müssen, alle Tage wieder ein schlechtes Gewissen haben. Darum musste er, um sich zu betäuben, täglich neu das Gleiche tun. Damit die Scham nachlässt. Und wo sie vielleicht nicht nachlassen wollte, konnte er sie wegsaufen. Standen ja bald genügend Kinderkörper zur Auswahl. Die Wut auf ihn hat sie immer als etwas Gesundes empfunden. Was für ein Vieh – Vergewaltigungen in der Ehe sind erst heute strafbar. Die Wut aber auch auf die Mutter. In einem Heim hätte die Wut sich vielleicht in Mitleid verwandelt. Davor hatte sie Angst. Nicht zu verhüten, weil das Familienleben fast allein mit dem Kindergeld bestritten werden kann, ist ein Verbrechen an den Kindern. Als Christina und Sonja im Heim waren, wurde mit Sicherheit das Geld knapp. Stefan war ja auch eine Zeit lang weg. Also machten sie Daniela, und dann Erik. Damit die Finanzen wieder stimmten. Nicht zu vergessen der ganze Fusel, der bezahlt werden musste. Und die Zigaretten für beide. Die vielen Kinder waren nur lästig, die brauchten sie nicht, nur das Geld.

Vorgestern kam von Sam eine Nachricht, die ganz munter klang:
    ›Übrigens, was Du bestimmt noch nicht weißt: Wir sind verheiratet. Miteinander. Du und ich.‹
    ›Oh. Wie kommt's?‹
    ›Hatte eine Begegnung mit Max.‹
    ›Und die Logik dabei?‹
    ›Er stieß auf mich vorm Café. Und er hat Dich vermisst. Reimte sich dann was zusammen. Beneidet mich jetzt.‹

›Na ja, Ehemann. Dann komm doch mal wieder vorbei. Hab wieder gut zu tun.‹

›Der Fall mit dem Elfjährigen, der in der Zeitung stand? Hab schon an Dich gedacht.‹

›Ja. Müssen wir nun ermitteln. Es gibt da noch zwei Schwestern.‹

Der Junge war aus dem Fenster gestürzt. Vielleicht Suizid. Vielleicht gestürzt worden, hatte Sam schon überlegt. Sam kannte den Stiefvater.

36

Marlena hatte etwas geschafft, hatte zwischenmenschlich etwas hinbekommen, was selten vorkam und was sie ohnehin meistens vermeiden konnte, weil es kaum jemals wirklich notwendig war. Aber für Valentin war ihr kein Weg zu weit oder zu steinig, da stellte sie sich sogar einem Konflikt mit ihrer Feindin. Und räumte ihn aus. Dennoch war sie nicht zufrieden. Mit der Situation, mit sich, obwohl sie sich jetzt gar nichts vorzuwerfen hatte. Sie hatte klein beigegeben, ihre Missetat eingeräumt, um Verzeihung gebeten. Vera konnte es annehmen. So weit, so gelungen. Aber etwas war da, etwas lag da in der Luft sozusagen. Ich will ja nicht wieder morden, keinesfalls ein erneuter Mord, dachte sie, aber vielleicht wäre eine akribische Buchführung hinsichtlich der Ereignisse hilfreich für die Fortführung ihrer Aktivität, eines eventuell planvollen Vorgehens. Ihr sollten keine weiteren Fehler unterlaufen, aus Unachtsamkeit, aus falschem Kalkül, aus ihrer gesammelten Unkenntnis heraus. Sie war doch niemand mit reichlich eigenen Erfahrungen, was andere Menschen betrifft.

Wie war das vor etwas über zwei Jahren, als Alexandra endlich tot war? Sie selbst war für einige Zeit in einer heftigen Krise, hat keineswegs an alles Erinnerungen. Aus Angst vor der Polizei hatte sie damals ihr Tagebuch vernichtet, das weiß sie noch gut. Dieses verräterische Indiz mit meist nur einem großschriftigen Satz auf einer Seite. Eingeschnürt hatte sie es in einen Stapel alter Zeitungen, den sie eigenhändig in einen geräumigen Altpapiercontainer geworfen hatte.

Aber danach. Danach hatte sie doch allerhand aufgeschrieben. Die elektrische Schreibmaschine hatte sie bereits auf dem Dachboden verstaut, sie besaß ihren ersten Computer schon eine Zeit lang. Und nein, getippt hatte sie nicht. Sie sieht sich an ihrem Schreibtisch Blätter vollkritzeln, mit zittriger Hand und klopfendem Herzen, A4-Blätter, gar nicht so viele, auch über keinen längeren Zeitraum. Was hatte sie da aufgeschrieben? Und warum? Und wofür? Ans Schreiben erinnerte sie sich deutlich, aber weder an den Inhalt noch daran, was sie mit den Blättern anschließend gemacht hatte. An deren Beseitigung konnte sie sich nicht erinnern.

Mord verjährt nicht, und siebenundzwanzig Monate sind ohnehin keine Zeit. Täter wurden auch zig Jahre nach ihrer Tat noch verurteilt. Ein kleines Unwohlsein befiel sie bei der Vorstellung einer neuerlichen schriftlichen Fixierung von Beobachtungen, Gesagtem, Ereignissen, vielleicht auch unscheinbarer Natur, was ihr aber jetzt vielleicht helfen würde bei ihren Vorbereitungen zu ... ja, wozu eigentlich? Für sie war es schlicht die Befreiung ihres Bruders, die Heilung ihres Bruders von der Krankheit Vera. Das war ihr Ziel. Wie das ohne Mord möglich sein konnte, war ihr nicht klar. Ihr fiel nicht einmal ein Buch ein, in dem ein solcher Fall geschildert wäre und von dem sie jetzt hätte lernen können.

Sie besann sich erst jetzt wieder auf ihre beschriebenen Blätter nach Alexandras Tod, weil sie erneut jenen Schreibdrang verspürte, von dem sie nicht wusste, ob er *sinnstiftend* war, gegen den sie sich nicht einmal aufzulehnen wünschte. Im Vorhinein jetzt, nicht erst im Anschluss an irgendetwas. Im Sinne einer Konzeptentwicklung, freilich noch ohne ein tatsächlich konkretes Ziel, das sich, so hoffte sie, herauskristallisieren würde wie von selbst. Eines Tages. Irgendwann demnächst. Der Mord war ja gut gewesen, aber er hatte ihr zu sehr zu schaffen gemacht in der Folgezeit, hatte schon einige ihrer Nerven zerrüttet. Vielleicht würde sich aus winzigen Puzzleteilen jetzt eher ein gefälliges Ganzes bilden, aber zunächst musste sie die Teile doch sammeln, ehe sie sich zu was auch immer fügen konnten. Und es existierten bereits einige, die festzuhalten, lohnen könnte.

Wo waren die Blätter, die möglicherweise das Geständnis – oder was sonst um Himmels willen! – enthielten? Erst wenn sie die gefunden haben würde, würde sie sich mit der nötigen Gelassenheit der neuen Aufgabe widmen können.

Das Nächstliegende: In eines ihrer Bücher hatte sie die Zettel versteckt. Was hatte sie gelesen um die Mordzeit? Davor – oje, keine Erinnerung. Und danach war ihr nicht nach Lesen zumute! Ein Schreck durchfuhr sie: Hatte sie am Ende in ihrer Konfusion in ein aus der Bibliothek entführtes Buch, wie die meisten es waren, diese Blätter hineingelegt? Dort befanden sie sich nun in einem der hundert Regale, waren vielleicht längst entdeckt von einem Leser? Nun, Namen und Anschrift wird sie darauf nicht vermerkt haben. Höchstwahrscheinlich. Hoffentlich.

Aber ihr privates Bücherregal hier zu Hause war mit den Jahren doch überreichlich gefüllt. Sie stöhnte und machte sich an die Arbeit. Regalfach für Regalfach. Die hoch oben, auf dem Aufsatz, die keine haltgebende Seitenwand hatten und von Buchstützen gehalten wurden, erreichte sie über die Trittleiter. Ganz unten kniete oder hockte sie. Buch für Buch. Aufschlagen, durchblättern, schütteln. Von A bis Z. Zudem eine staubige Angelegenheit.

Fündig wurde sie nicht.

Ihre Korrespondenz war überschaubar. Briefe (einer Cousine, die ihr nichts bedeutete, der aber offenbar der Kontakt zu ihr wichtig war, etwa fünfmal im Jahr, oder die einer alten Kommilitonin, die sich seit Jahrzehnten mit ihr über Bücher auszutauschen wünschte) beantwortete sie rasch, meist knapp, dann wanderten die zuvor erhaltenen in den Schredder. Kein sicherer Ort also zum Aufbewahren geheim zu haltender Schriftstücke.

Zwei Fotoalben besaß sie. Die letzten Bilder nicht mehr eingeklebt, Julius als Student, Philippa kurz nach dem Abitur, dann noch ein paar Fotos mit Elsa und Karla. Alexandra war stets die Fotografin. Aber Marlena hatte keine Lust auf alte oder neuere

Fotos, sie suchte beschriebene lose Blätter – vielleicht auch nur ein einziges?

Kleiderschrank, Wäschekommode, Fächer und Schubladen, Ordner mit wichtigen Unterlagen, den letzten Winkel und alle Behältnisse in der Abstellkammer durchsuchte sie. Hatte sie die eventuellen Beweisstücke am Ende doch ordnungsgemäß entsorgt?

Es war nicht zu klären. Immerhin war sie jetzt weit weniger aufgeregt als zu der Zeit ihrer besagten Aufzeichnungen. So beschloss sie, sich *lediglich Notizen zu machen*, völlig unverfänglich, scheinbare Nichtigkeiten festzuhalten, für niemanden außer ihr von Interesse, zunächst zumindest. Sie musste jetzt nur einiges zusammentragen, keine schwere Aufgabe, und vielleicht sogar eine der amüsanten Art.

Die bereits stattgefundenen Begegnungen mit Valentin und Vera oder zuletzt mit ihr allein notierte sie akkurat mit Datum und Ort. Dazu ausschließlich das, was ihr innerhalb dieser Begegnungen des Merkens würdig erschien, stichwortartig. Sie startete ihre Indiziensammlung mit einer leisen Zuversicht ohne Ahnung oder gar Kenntnis eines zu erwartenden Resultats. Den Beginn datierte sie auf den vierten November und erwähnte nach der Beleidigung durch sie Veras Einsalzung des Essens, den folgenden vollständigen ekellosen Verzehr desselben mit späterer Mitteilung seitens Valentin von ‚Erbrechen und Unruhe‘. Vom jüngsten Treff mit Vera am fünfzehnten November konnte sie nicht ganz so markante Punkte vermerken, dennoch schien ihr das eine oder andere erwähnenswert.

Sie wartete auf einen Anruf von Vera. Von Valentin eher nicht, da er gewiss weniger rasch zu besänftigen war als die dusselige Vera. Vielleicht hat sie ihm meinen Besuch sogar unterschlagen, dachte Marlena, das wäre ungünstig.

»Marlena, du bist eine schreckliche Schwester, nur damit du es weißt. Bist ja schon immer komisch gewesen. Aber was du hier an den Tag legst, ist mittlerweile der blanke Horror. Deine blöde Eifersucht, schon was Alexandra betraf in all den Jahren. Dann bei ihrem Tod hast du verrückt gespielt, weiß der Kuckuck, wieso. Und was du jetzt abziehst gegen Vera, ist einfach nicht mehr normal. Du hast dafür gesorgt, dass es Vera überhaupt nicht mehr gutgeht. Dass du da warst, hat sie mir erzählt. Dass du dich entschuldigt hast, ist okay. Das hatte ich auch erwartet, weil du dir vorher was erlaubt hattest. Muss man dich denn erst noch erziehen wie ein kleines Kind? Was man sagt und was nicht? Du bist eine Zerstörerin – ist dir das klar? Seitdem ist Vera nämlich komisch drauf, anders, kann das gar nicht so genau sagen. Die kann sich gar nicht wieder beruhigen. Auf jeden Fall bist du schuld, und deine poplige kleine Entschuldigung reicht nicht aus, das sag ich dir, da wirst du dir noch allerhand einfallen lassen müssen, um das, was du da angerichtet hast, wieder auszubügeln. Vielleicht fällt dir ja mal eine Begründung ein für deine dämliche Anschuldigung, als wir essen waren! Würde mich sehr interessieren. Vera auch. Und ein für allemal, Marlena: Du hast dich zurückzuhalten, was uns hier betrifft. Ob dir nun meine Frau passt oder nicht. Schönen Abend noch.«

»Oh weia, oh weia«, sagte Marlena zu sich, als sie diese Ansage auf ihrem Anrufbeantworter abgehört hatte. Jetzt musste sie auch noch Valentins Sympathie zurückgewinnen, die sie wohl verscherzt hatte mit ihrem dummen Satz. Ja, ja, der war dumm. Armer Bruder, ich war damit zu schnell, dachte sie, habe dich überfordert damit.

Ihre Notizen tippte sie jetzt mit der Computertastatur. Das ging ganz flott, war leserlich und konnte sicher nicht abhanden kommen. Valentins Botschaft hörte sie sich mehrfach an. Dann schrieb sie unter dem Dezemberdatum: ‚Valentin sagt, Vera gehe es schlecht, sie könne sich nicht beruhigen, ich müsse mehr für ihre Wiederherstellung tun, weil ich schuld an Veras Leid sei. Nun, das will ich doch sehr gern tun.'

Den letzten Satz, hatte sie nach dem Schreiben gelöscht, ihn dann aber wieder angefügt. Schließlich entsprach er ihrem eigenen Wunsch.

Sie durfte jetzt keine Zeit mehr verlieren, musste sich ins Zeug legen, passives Abwarten nur mit kleinen Nadelstichen war nicht mehr ausreichend. Vielleicht waren ein paar Sprünge über ihren Schatten nötig. Sie wollte sich wieder mit Vera verabreden. Zunächst lud sie das Ehepaar für den 3. Advent in ihre Wohnung ein zu einem ausgiebigen Essen mit ihr als Köchin – erst- und hoffentlich letztmalig. Die meiste Angst hatte sie vor einem Alleintreffen mit Valentin, das sie ihm jedoch todesmutig vorschlug und das er Gott sei Dank ablehnte. Andererseits fand sie seine Ablehnung bedauerlich, denn sie hätte ihm sagen wollen – sehr plausibel, wie sie fand –, dass es lediglich ihr Gefühl sei, welches ihr sage, dass Vera nicht die richtige Frau für ihn ist. Dass sie das nicht begründen könne, dass dies aber der Anlass für ihren unangemessenen Satz im Restaurant gewesen war.

Marlena schaffte es, dass die Atmosphäre zwischen ihnen eine Normalisierungstendenz zeigte, und zu Weihnachten im Hause Valentin war sie wieder eingeladen und sogar in der Lage, in einem Moment unter vier Augen ihrem Bruder zu erklären, was er erklärt haben wollte.

Was sich trotz aller Mühen nicht änderte, waren Veras Erschrecken, ihr Hochfahren aus einer Tätigkeit heraus, ihre Unruhemomente, ihre oft nicht vollendeten Sätze, und eine Vera selbst unangenehme eigenartige Unkonzentriertheit, die sie auch bei ihrer Arbeit beklagte. Vieles musste augenblicklich erledigt werden, konnte nicht warten, sie sprang auf, um zu einer anderen Aufgabe zu hetzen, die sie dann aber auch rasch wieder unterbrechen musste. Die Kollegen wunderten sich, Valentin wunderte sich zu Hause, reagierte leicht gereizt. Aber es gab gute Stunden, gute Tage, an denen alles glatt lief und an denen sie in allseits zufriedenem Aufatmen die kleinen Sonderbarkeiten dem Bereich des Unerheblichen zuschrieben. Marlena wunderte sich auch, aber nur ein wenig, denn eigentlich freute sie sich.

Und sammelte und protokollierte ihre Vera-Eindrücke minutiös. Es kamen allerhand zusammen.

Als sie in ihrer Mittagspause wieder einmal bei Vera vorbeischaute, beklagte die sich zum wiederholten Mal über die viele unliebsame Post für Valentin.

»Weißt du, was ich neuerdings immer mache, um ihn zu entlasten? Schau mal!« Damit schlich sie, kichernd das Unerlaubte unterstreichend, mit ausgreifenden Schritten in gebeugter Haltung wie ein Gangster im Film mit zwei Kuverts zu dem grauen Kunststoffkasten, steckte die verschlossenen Briefe, so wie sie angekommen waren, in den Schlitz und setzte die Papierzerfetzmaschine in Gang.

Marlena nickte anerkennend. »Das machst du aber gut.«

Zu Hause notierte sie es. Hinter vorgehaltener Hand teilte sie Valentin mit, dass Vera offenbar schon länger seine Post schreddere, was eine heftige Auseinandersetzung zwischen ihm und Vera zur Folge hatte und sie ihm versprechen musste, das nie wieder zu tun. Dafür tat es Marlena bei ihrem nächsten Besuch bei Vera. Und nicht nur einmal. Schreiben von der Bank, von einer Maklerfirma. Ratzfatz in tausend dünnen Streifen.

»Spinnst du? Das sag ich Vali!«, rief Vera erbost. »Ich hab das nur paarmal gemacht, Vali hat es verboten, weil das keine Entlastung ist für ihn, hat er gesagt!«

»Vali-Vali-Vali«, zischte Marlena leise, dann drehte sie sich zu Vera um, zuckte die Achseln und schlug laut die leeren Handflächen gegeneinander. »Schlaue Vera«, sagte sie nach einem Augenblick der Stille. »Keine Entlastung für deinen Mann, dann solltest du das aber auch schön unterlassen.«

»Marlena, du Hexe du ...« Vera ging zwei Schritte auf Marlena zu, blieb unvermittelt stehen, hob beide Arme. »Ich hab das doch schon alles durch.« Und dann weinte sie.

Das stimmte sogar. Sie hatte das schon alles durch. Was aber nur zu kapieren war, wenn man die Hintergründe kannte. Marlena kannte sie inzwischen. Sie hatte sich mit Benedikt, Veras Sohn, getroffen, wovon sie Valentin zunächst nichts gesagt hatte. Und sie hatte sich schlau gelesen, im Internet.

Datum vom März: ‚Valentin stellt mich zur Rede, ich würde nun seine Post vernichten laut Vera. Es kostet mich Mühe, das klarzustellen. Valentin glaubt ihr.‘

Sicherlich nicht mehr lange, dachte sie.

Und ihre Notiz Tage später: ‚Vera entwirft besondere V-Verschränkungen. Beide Buchstaben V ihrer beider Vornamen gestaltet sie zu einem Rhomboid, erklärt: Guck mal, ich stehe auf dem Kopf und Vali steht auf mir. Oder sie verschlingt und verschnörkelt die V's mit Stift auf Papier oder mit Stickgarn auf einem alten Lappen und erklärt, ihre Oma sei Kunststickerin gewesen, und das eigene Talent entdecke sie wohl erst jetzt. Die Entwürfe schmiss sie aber rasch in den Müll. Ich habe sie heimlich geborgen.‘

Wie sich die Beziehung Valentin-Vera gestaltete unter diesen neuartigen Bedingungen, erahnte Marlena mehr als sie davon erfuhr. Eine warmherzige zugewandte Seite zeigte Valentin seiner Frau nur in kurzen Momenten, soweit Marlena das einschätzen konnte während der Stunden ihrer gelegentlichen Dreisamkeit. Meist beobachtete er Vera mit kalten Augen, stellte Marlena fest. Mit Chirurgen-Augen, die prüften, wo der Schnitt am besten zu platzieren sei. Etwas ging da vor. Etwas vollzog sich da in seiner Gegenwart, auf das er keinen Einfluss hatte. Das war ihm unheimlich. Veras Verhalten hatte sich verändert. Irgendwie dauerhaft, wenn auch weiterhin mit guten, unauffälligen Tagen in einem nicht einschätzbaren Wechsel. Aber heute stand sie auf und setzte sich gleich wieder, stand wieder auf, wusste nicht, wohin oder was sie hatte tun wollen. »Nun sag du doch mal ...!«, rief sie Valentin entgegen. Der fragte, was denn, und sie äffte ihn gehässig nach: »Was denn, was denn, schon wieder nicht alles mitgekriegt, wie?« Dann rückte sie nahe zu ihm, legte den Kopf an seine Schulter, sagte, dass es doch so am schönsten sei, und er solle den Arm um sie legen. Er tat es, und sie fuhr ihn an, ob er nicht sehe, dass sie nicht alleine wären. »Willst du schon wieder loslegen!«, herrschte sie ihn an, und er zog den Arm wieder fort.

Marlena war in die Rolle einer nicht ungeschickten Vermittlerin geschlüpft. »Ihr müsst zum Arzt«, sagte sie.

»Weil ich euch zu unbequem werde, ja?«, fuhr Vera sie an.

»Du wirst nicht unbequem«, lenkte Valentin ein. »Du scheinst krank zu sein.«

»Krankheiten sind meist heilbar«, konstatierte Vera trocken. »Das hier forscht ...« Sie sprach den Satz nicht zu Ende, hielt die Handflächen nach oben und schüttelte den Kopf.

Marlena war sehr vorsichtig in ihrem Ton. »Vielleicht sollte Valentin mal mit deinem Sohn ...«

Vera sprang auf. »Und meinen Sohn, ja, den lasst ihr aus dem Spiel, ja!« Damit rannte sie aus dem Zimmer.

»Du kannst immer nur rumstänkern, Marlena.«

»Und du kannst nur kopfschüttelnd und resigniert nichts machen.« Marlena sah ihn herausfordernd an und fühlte sich gut.

»Vergiss nicht, Schwester, dass Du die Ursache dieses Übels hier bist!«

»Nein, Bruder, allenfalls der Auslöser. Die Ursache liegt ganz woanders.«

»Ach ja? Und ausgerechnet du kennst sie?«

Herein kam eine strahlende Vera mit dunkelvioletten Fliederzweigen.

»Rie-ie-iech doch nur mal!« Sie drückte die Zweige Valentin mit Schwung ins Gesicht, der zurückwich, aber brav eine Nase voll einatmete und ihr zunickte. Danach war Marlena dran. »Ist das nicht der göttlichste Duft der Welt? Halt mal!«

Damit drückte sie Marlena den Flieder in die Hand und eilte zum Schrank mit den Vasen.

»Was weißt du?«, fragte Valentin leise, während Vera Wasser holte.

»Spricht mit Benedikt! Und geh mit ihr zum Arzt!«

»Arzt lehnt sie ab, wollte ich schon«, flüsterte er hektisch, zu Marlena gebeugt. Von seinen dunklen Augen fühlte sie sich unangenehm durchbohrt.

»Der hält zwar nicht in der Vase«, rief Vera freudig, das Fliedergefäß mit beiden Händen vor sich haltend. »Aber diesen Duft muss man sich doch mal geben – wisst ihr was, am liebsten würde ich ihn destillieren und ein Parfum draus machen und abfüllen in so kleine edle Flacons, davon würde ich Vali immer mal einen unterjubeln, damit er weiß, was er mir schenken kann, und ich würde dann gaaanz erstaunt tun.« Vera zwinkerte Valentin zu, dann lachte sie in sich hinein.

Marlena sah auf das regennasse Dach gegenüber. Valentin starrte auf den Strauß in der Tischmitte, der ihm die Sicht auf seine Schwester nahm. Hatte Vera das so beabsichtigt?

»Was schweigt ihr denn so blöd«, empörte sich Vera. »Glaubt ihr, ich weiß es nicht längst?« Damit stand sie auf und verließ den Raum.

»Was meint sie denn? Was hat sie?«, fragte Marlena, unschuldig die Brauen hochziehend.

»Was weiß ich denn.« Valentin erhob sich, stellte sich ans Fenster, die Hände in den Hosentaschen. »Sie legt sich jetzt ins Bett und steht heute nicht wieder auf. Das ist nicht die Frau, die ich geheiratet habe«, sagte er leise wie zu sich selbst. Dann drehte er sich zu Marlena um. »Was ist hier los? Was verschweigst du mir?«

Marlena hatte sich auch erhoben. Ein seltenes Triumphgefühl ließ sie lächeln. »Ja weißt du, da gibt es so eine Diagnose ...«, sagte sie geheimnisvoll. »Aber das geht mich alles gar nichts an, ich habe damit nichts zu tun. Ich möchte dich nur bitten, nicht

337

länger in mir die Schuldige zu suchen für Veras Unsinn. Das ist Vera ganz allein. Wenn du willst, kümmere ich mich weiter ein bisschen um sie – nur, wenn du es möchtest«, wiederholte sie.

Valentin sah ganz grau aus, mit hängenden Schultern stand er da ans Fensterbrett gelehnt, den Blick irgendwo auf dem Teppich.

Bald hab ich dich, dachte Marlena, bald.

»Diagnose? Was denn für eine Diagnose? Wieso weiß ich davon nichts?« Er tauchte aus seiner Abwesenheit auf.

»Sag ich doch: Sprich mit Benedikt! Ich will mich hüten, dir was Falsches zu sagen. Nur eins wusste ich von Anfang an: dass das nicht gutgehen wird mit euch beiden.«

Damit nahm sie ihren schwarzen Blazer von der Garderobe, bereit zum Aufbruch.

»Wieso hast du Benedikt getroffen? Was hat er dir erzählt?« Er kam auf sie zu.

Marlena wehrte ab. »Sag mir nur, ob ich weiter ab und zu nach ihr schauen soll oder nicht!«

»Ja, ja …« sagte er zerstreut. »Wenn es dir nicht zu viel ist. Sicher wäre das gut. Ich will sehen, dass ich demnächst eher nach Hause komme.«

Das war es, was Marlena wollte: nach Vera sehen, unregelmäßig, in kurzen Abständen. Das Okay dafür hatte sie nun von Valentin. Manchmal rief sie vorher bei der Schwägerin an, manchmal tauchte sie unangemeldet bei ihr auf, in der Mittagspause. Beide hatten ihre freien Tage, Vera hatte ihre Stunden noch einmal reduziert, und Absprachen waren dann gut zu realisieren. Zweimal sogar geschah es, dass Vera sich auf den Weg zu Marlena machte, in die Bibliothek, wobei Marlena das nicht recht war. Besser war es auf jeden Fall, mit Vera unbeobachtet zu sein. Valentin gelang es kaum, sein Versprechen, eher von der Arbeit nach Hause zu kommen, einzuhalten.

Drei Wochen nach dem *Fliederabend* – so nannte Marlena

das letzte Dreiertreffen – und seitdem unwesentlicher Veränderungen, was Vera betraf, hatte Valentin ihren Sohn angerufen. Seit der Heirat seiner Mutter war Benedikt nur zweimal im Hause Reusch zu Besuch gewesen. Von Valentin ging nicht so viel Einladendes aus, dass es für Benedikt ein Bedürfnis geworden wäre, dort öfters als es der Anstand gebietet, zu erscheinen. Seine Mutter hoffte er bei Valentin in guten Händen, so dass er seinen Umgang mit ihr guten Gewissens einschränken konnte. Erst bei Marlenas Kontaktaufnahme zu ihm hatte Benedikt von den Eigentümlichkeiten im Verhalten seiner Mutter erfahren, sich nicht gewundert und Marlena aufgeklärt, Wochen später nun auch Valentin.

»Wieso haben Sie es nicht für nötig erachtet, mich rechtzeitig zu warnen?«, fragte Valentin seinen Stiefsohn, den er immer noch siezte, weil er von ihm gesiezt werden wollte. Diese jungen Schnösel hatten sowieso keinen Anstand mehr, keinen Respekt vor den Älteren – er kannte sie zur Genüge aus seiner Studentenschaft.

Benedikt lachte. »Das hätte meine Mutter selbst tun können, wenn sie gewollt hätte. Sie wusste, was ihr mit hoher Wahrscheinlichkeit bevorsteht. Ich mische mich nicht ein in die Liebesbeziehungen meiner Mutter.«

»Hören Sie, das hat ja wohl weitreichende Auswirkungen, die nicht unterschlagen werden dürften beim Eingehen einer neuen Partnerschaft.« Valentin war entrüstet.

»Stimmt«, sagte Benedikt trocken. »Aber ich als Sohn bin dazu nicht verpflichtet.«

Valentin hatte erfahren, dass es sich bei Vera sehr wahrscheinlich um eine Sonderform der Demenz handelte, die sehr früh schon, um das fünfzigste Lebensjahr herum, auftritt und die eine hohe erbliche Komponente aufweist. Benedikts Großmutter hatte sie, ebenso deren Schwester. Eine weitere Schwester der Großmutter war davon verschont geblieben. Die Urgroßmutter hatte einfach als *beizeiten meschugge* gegolten.

»Wenn Hitler geblieben wäre, hätte er meine Oma und deren Schwester Anfang der fünfziger Jahre vergast. Meine Mutter hat meine Oma betreut und gepflegt, jahrelang, bis es nicht mehr ging, dann musste sie ins Heim, Psychiatrie oder so, weggesperrt, hat sich drei Jahre später vergiftet mit Tabletten, aber so genau weiß das keiner. Ist nicht untersucht worden. Sechsundfünfzig oder so war sie. Ich bin meiner Mutter nicht dankbar, dass sie Kinder gekriegt hat. Ob meine Schwester in Norwegen überhaupt davon weiß ... Die hat ja auch schon wieder Kinder. Egoistisch so was, total egoistisch. So was macht man nicht, wenn das in der Familie liegt. Und kein Kraut dagegen gewachsen ist. Ich hab keine Ahnung, ob es nur die Frauen betrifft, will ich auch gar nicht so genau wissen, sind alle nicht alt geworden. Hört sich so schick an: *frontotemporale Demenz.*«

Benedikt hatte sich in Rage geredet. »Ja, werter Herr Stiefvater, jetzt haben Sie eine Ehefrau mit frontotemporaler Demenz. Seien Sie noch ein bisschen nett zu ihr, wenn Sie das hinkriegen. Es wird nicht besser werden mit ihr.«

37

»Ich trau mich gar nicht, dich anzurufen, Elsa, weil ich weiß, dass du nie Zeit hast.«

»Hab ich auch nicht, aber genau deshalb ist es gut, dass du dich meldest, denn wenn es nach meiner Zeit ginge, würde es niemals klappen.«

»Muss ich jetzt ganz schnell reden, weil du gleich was vor hast?«

»Quatsch, ich schreibe Karla, dass es später wird.«

»Sag mal, wie geht's dir?«

»Och, Vanessa, eigentlich ganz gut. Sam ist komisch drauf, weiß nicht, was der hat. Geht mir ausm Weg, und ich hab keine Ahnung, warum. Irgendwas hat er, und ich tappe im Dunkeln.«

»Ne andere Frau?«

»Glaub ich nicht. Hab ihn schon gefragt, da lacht er und tut irgendwie geheimnisvoll, als ob er ne Überraschung im Gepäck hat.«

»Aber in Vorfreude bist du nicht, wie's scheint.«

»Nee. Wir schlafen nicht mehr miteinander. Er ist noch hektischer und konfuser als sowieso immer, rennt noch öfter in sein Labor, das ist wie so'ne Sucht geworden. Immer, wenn wir es uns schön machen könnten, hat er irgendwas. Oder er muss zu seinen Eltern, ganz plötzlich. Ich finde, er sucht Ausreden, will mir nicht nahe kommen.«

»Plötzlich impotent?«

»Quatsch, Sam doch nicht! Das geht schon mindestens drei Wochen!«

»Du Arme! Hast schon Entzugserscheinungen?«

»Das sag ich dir. Vielleicht hat es damit zu tun, dass ich ihm zu oft von einem Kind gesprochen hab. Und er tut ja so, als ob das das Allerletzte wäre: ein Kind.«

»Aber vielleicht meint er das ernst und will das unbedingt vermeiden?«

»Und dann gibt es kein bisschen Sex mehr? Ein Kind täte dem aufgeregten Huhn so gut, davon bin ich überzeugt – ich hab schon überlegt ... Aber sag mal, was machst du so? Wie geht's dir?«

»Du, so schnell entwischst du mir nicht. Sag noch kurz was zu deiner Schwester und wie es in der Schule geht!«

»Karla, na ja, das Übliche. Die Hand sieht vielleicht scheiße aus! Der Verband ist jetzt manchmal schon ab. Nur noch so bisschen was zum Schutz drüber. Weiß gar nicht, was sie sagen wird, wenn sie danach gefragt wird von irgendwem.«

»Vielleicht fragt ja keiner.«

»Kann sein. Vielleicht wird sie immer einen Handschuh tragen.«

»Oder sie ist stolz drauf. Ist das Teil noch benutzbar?«

»Erstmal nicht. Ob physiotherapeutisch noch was zu machen ist –keine Ahnung. Und ob sie das überhaupt will.«

»Und deine Schulkinderchen?«

»Die sind toll. Obwohl man bei einigen schon weiß, wo die Reise hingehen wird.«

»Was meinst du? In den Knast? Vorprogrammiert schon in der Grundschule?«

»Vielleicht sogar ohne Umwege! Kriegen's vorgelebt von ihren Eltern.«

»Aber du findest sie toll!« Vanessa lacht ironisch.

»Die muss man doch lieben. Tut ja sonst keiner.«

»Hol dir doch wieder eins nach Hause!«

»Ich weiß, du hast das nicht verstanden. Die jetzt in meiner Klasse haben alle Eltern. Auch wenn die oft nicht gut sind – Eltern sind immer besser als alles andere!«

»Mensch Elsa, du glaubst auch an Globuli und Zimtsuppe, was? Guck dir doch allein deine Eltern an! Und meine!«

»Deine Mutter ist doch ganz okay.«

»Was zu beweisen wäre.«

»Na ja, stimmt. Was war eigentlich mit deinem Vater bei Geros Hochzeit? Du hattest doch ...«

»Richtig, das weißt du noch gar nicht. Der hat die ganze Feier gesprengt. Woher der davon überhaupt wusste, keine Ahnung. Niemand hatte ihn eingeladen. Mama und mich hat er natürlich ignoriert, wir sind ihm ja zu hässlich. Rennt auf Gero und Anna zu, macht einen auf Strahlemann, wedelt mit nem Buch oder ner Zeitschrift rum, ist laut und unverschämt zu Anna, freut sich, dass alle ihn anstarren, ist im Mittelpunkt, wie es sich für ihn gehört, Gero und Anna kriegen kein Wort raus, dann rennt er mit offenen Armen auf Oma zu, also auf seine Mutter, zu der er vor Jahren schon den Kontakt abgebrochen hatte, weil die es ziemlich mies fand, wie er mit Taléia umgegangen war. Oma hatte meine Mutter und danach Taléia immer gemocht, weißt du ja, nur er wollte mit seiner Mutter nichts mehr zu tun haben, am besten nie wieder. Weil die ihn auf'n Topp gesetzt hatte wegen Taléja, die ja dann später abgehauen ist mit den Mädchen – weißt du ja alles. Aber dann, bei der Feier jetzt, will er sie plötzlich umarmen, spielt sich auf als großer Zampano, als wäre nie was gewesen. Und Oma geht einen Schritt zurück, ist einfach erschrocken und verdutzt und kann das nicht, nicht gleich, und streckt ihm die Hand hin. Die hatten bestimmt zehn Jahre keinen Kontakt, hatte er ja so haben wollen. Wir haben das alle gesehen. Da fängt der an, sich aufzuregen und rumzubrüllen, wie lange denn hier noch dicke Luft herrschen soll, schließlich kommt er her, um endlich einen Strich unter die bekloppte Schweigerei zu ziehen – hat er wörtlich so gesagt, geschrien: die bekloppte Schweigerei, die er selber ja so gewollt hatte all die Jahre, verstehst du, rennt da rum wie Rumpelstilzchen, schreit den anderen der Reihe nach ins Gesicht, wie dumm und wie gemein seine eigene Mutter ist und dass sie ja noch nie anders war, und jetzt will sie ihm einfach nur die Hand geben und lehnt ihn schon wieder oder immer noch ab – das ging eine ganze Weile. Wir alle haben irgendwie fassungslos auf diesen Störenfried geguckt, einer hatte ihn dann schon aus der Runde gezerrt, auf den er fast losgegangen wäre. Bestimmt hatte er schon einen im Tee. Aber meine Oma war plötzlich nicht mehr da, das hatte gar keiner bemerkt, die war verschwunden, war gegangen, weil alle nur auf meinen idiotischen Vater geglotzt haben, der sich da gebärdete wie ein wild gewordener Affe. Ja, so war das. Ich war am Abend noch hin zu ihr in ihre Wohnung, ging ihr nicht gut, war ziemlich verstört. Und voller Wut wieder mal auf ihren Sohn. Und am nächsten Tag war sie tot. Schlaganfall. Mein Vater war Geros große Hochzeitsüberraschung. Wird er bestimmt nicht vergessen.«

»Dein Vater aber auch nicht.«

»Wenn dem mal ein Licht aufgegangen wäre! Wer weiß, vielleicht erzählt der, dass seine Mutter vor lauter Rührung tot umgefallen ist.«

Als Elsa schweigt, fragt Vanessa lachend, ob sie nicht auch heiraten wolle, dann komme vielleicht ihre Mutter mal wieder vorbei, angereist von ihrer Insel irgendwo, zur Hochzeit. »Wo treibt sie sich rum?«

»Weiß ich nicht genau. Spanien, glaub ich. Karla bekam neulich wieder eine Karte von ihr.«

»Du nicht?«

»Nein, mich sieht sie ja alle paar Jahre mal. Karla verweigert sich hartnäckig. Bei ihr meint sie doch, sich Mühe geben zu müssen. Übrigens, fällt mir eben ein: Holm wird wieder Vater.«

»Was? Dein Vater? Mit seiner …«

»Genau. Mit Andrea. Er ist zweiundfünfzig. Sie ist paar Monate jünger als ich.«

»Dass man so was nicht seinlassen kann. Und? Ist er stolz drauf?«

»Weiß ich gar nicht. Ich glaub, er schämt sich ein bisschen.

»Hm. Eltern. Machen immer nur Mist.«

»Wollte das letztens schon Karla erzählen, als wir unterwegs waren, zusammen mit Sam, aber da fiel ihr ein, mal wieder gemein zu sein und mich laut zu fragen, ob ich schwanger bin. Seitdem sieht Sam rot diesbezüglich. Aber die Fehler der Eltern muss man ja nicht wiederholen – sag ich ihm immer wieder.«

»Das musste erstmal hinkriegen! Und die ganzen anderen? Fehler, meine ich, die da noch so zur Verfügung stehen?«

»Vanessa, ich will ein Kind! Und das wird ein tolles Kind! Und wir werden tolle Eltern!«

»Scherzkeks. Auch wenn dein Sam wegrennt?«

»Sam rennt nicht weg. Der muss nur erst erfahren, was ihm bisher entgangen ist. So'n süßes Knuddelbaby.«

»Müsst ihr erstmal wieder miteinander schlafen.«

»Irgendwie muss ich ihn rumkriegen. Ich merke ja immer meinen Eisprung, weißt du, und der ist jetzt wieder dran.«

»Na dann lass mal dein Ei springen! Bei mir springt da nichts.«

»Wie geht's Marcel?« Das Kinderthema ist vielleicht nicht gut mit Vanessa zu besprechen, denkt Elsa.

»Weiß ich nicht. Er guckt anders. Verhält sich anders. So ähnlich wie vorher.«

»Vorher? Du meinst ...«

»Na ja, ich kontrolliere ja seine Tabletteneinnahme nicht.«

»Solltest du vielleicht tun?«

»Er ist nicht jeden Tag hier. Und er hatte mir versprochen ... Er sagt nicht mehr viel, weißt du. Ich war etwas beruhigt eine Zeit lang, aber jetzt denk ich auch wieder, dass er sich vor mir ekelt, und dass das die Wahrheit ist, wenn er so schweigt oder so ganz weit weg scheint und vor sich hin stiert, oder durch mich durch.«

»Weinst du, Vanessa?«

Vanessa ist still.

»Vernachlässigt er sich wieder so?«

»Noch nicht so schlimm. Aber es hat wieder angefangen.«

Ja, Vanessa weint.

»Geh mit ihm zum Arzt. Ruf in der Klinik an, in der er war!«

»Er muss doch selber so weit sein. Ich hab neuerdings Angst vor ihm. Das war nicht so, als ich nicht wusste, was dahintersteckt. Jetzt hab ich Angst. Und ich wollte ihn doch begleiten, hatten wir so abgemacht. Gestern hat er mich gewürgt.«

»Vanessa! Du musst was tun – hörst du? Wenn er das nicht kann. Hast du seinen Arzt angerufen? Oder seinen Bruder? Der hatte doch ... Vanessa? Bist du noch dran?«

Vanessa hat nicht aufgelegt. Elsa hört etwas, kann es nicht deuten.

»Vanessa, schlägst du dich wieder?«

38

Was bildet sich Tante Marlena eigentlich ein? Das war die Frage,
die Elsa sich gestellt hatte nach ihrem Besuch bei ihr. Eine Ahnung, wie das heute in der Schule läuft, hat sie nicht. Woher
nimmt sie die Frechheit, mich mit ihrem alten Nazivater zu vergleichen, nur weil ich meinen Beruf gern ausübe! Sollte ich etwa
kündigen, meine gute Stelle und alles, was daran geknüpft ist,
aufgeben, nur weil in diesem System etwas schiefläuft? Würde es
mir dann besser gehen? Oder wäre dem System gedient mit so
einem Schritt? Elsa verlässt die Schule, weil die Kinder immer
übler werden, immer ärmer dran sind? Weil deren Eltern den
ganzen Tag am Smartphone kleben und sich in den sozialen
Medien vergnügen? Die eigenen Kinder ihnen schnell lästig
werden? Deshalb ist sie doch Lehrerin geworden, damit diese
Kinder – wirklich leider sehr viele – eine Idee davon kriegen,
dass man es auch anders machen kann.

Der Einwand: Das sind nur einige wenige Stunden am Tag.
Danach sind sie wieder zu Hause, bei den Eltern und bei älteren
Geschwistern, die auch nichts anders machen als zu zocken und
zu daddeln. Ob der Tropfen auf den heißen Stein nun fällt oder
nicht – der Stein bleibt heiß. Aber sie will doch lieber ein solcher
Tropfen sein als sich selbst unter den Stein zu verkriechen! Was
sollte sie als Einzelperson denn bewirken können! Wenn von
oben andere Lehr- und Lernmethoden verordnet würden, wäre
sie sicher die letzte, die sich dem widersetzen würde, weil sie es
gut fände.

Und Sam, dem sie das alles erzählt hatte, sagte an der Stelle:
»Siehst du, das ist es doch, was deine Tante Marlena damit
meint: Wenn *von oben* etwas verfügt wird, dann machen alle
mit, weil sie es doch gut finden, das mit der Veränderung. Das

haben sie früher so gemacht, als Hitler *oben* bedeutete, und das machen sie heute genauso, in allen Branchen, auch in deiner, in der gerade Liebe für gut befunden wird. Liebe für die kleinen armen Kinder, die es doch schwer heben. Für die großen nicht minder. Grenzen zu setzen, ist nicht angesagt. Wenn jetzt Schulverweise und der *Steinbruch* deiner Tante Marlena angesagt wären, hättest du es leichter, und deine ganzen Kollegen ebenso, und ihr wäret immer noch oder dann wieder genauso *gern* Lehrer wie heute. Dem System zu genügen, hat immer Vorteile. Was *von oben* verordnet wird, macht man *gern*, sicherlich mit einem gewissen Automatismus. Ist einfach die bequemere Variante als sich von unten dagegen aufzulehnen.

»Willst du damit sagen, dass ich eine Jasagerin bin, eine systemkonforme angepasste Mitmacherin?«

Sam grinste. »Und wenn schon. Ich will damit sagen, dass ich deine Tante Marlena interessant finde und sie leider immer noch nicht kennengelernt habe.«

»Tante Marlena ist manchmal eine kleine alte Giftkröte. Und das, was die Lehrer heute tun und auf sich nehmen, und was ich selber auch tu, gleichzusetzen mit Nazis, finde ich einfach unverschämt. Ich werde jedenfalls nicht aufhören, meine Grundschüler zu lieben. Auch weil sie so dankbar sind.«

»Davon will dich auch niemand abhalten. Mach mal, wenn sie erst groß sind, geht das nämlich nicht mehr. Dann pfeifen sie auf deine Liebe.«

Und damit war Sam wieder einmal in sein unvermeidliches Labor entschwunden.

Sie wird diesen unmöglichen Auftritt von Tante Marlena einfach ignorieren, denkt Elsa, als sie sich zu ihr auf den Weg macht. So leicht wird sie mich nicht los. Ich bin doch sowieso die einzige, von der sie Besuch kriegt. So aufgebracht, wie die war! Ein ganz neuer Zug an ihr, so kennt sie ihre Großtante nicht. Vielleicht eine Form der Demenz, denkt sie plötzlich. Manche Menschen werden im Alter total negativ, voller Gnatz und Frust und mit bösen Gedanken, die sie so viele Jahre für sich behalten haben, nach dem Motto: Was hab ich denn noch zu verlieren.

Na, bei ihr immerhin den letzten ihr wirklich zugetanen Menschen! Als Marlena ihr öffnet, sieht sie in ein gerötetes Gesicht, weit aufgerissene Augen, die Erstaunen signalisieren, ebenso eine gewisse Peinlichkeit. Marlena winkt Elsa herein, mit einer gleichzeitigen Geste von oje-oje, das wird ja was. »Elsa! Kind! Dass du jetzt kommst! Damit hatte ich nicht gerechnet. Komm rein. Ich habe Besuch.« Leise und nahe bei ihr: »Gut, dass du kommst! Es ist nur ... Simone, das ist Elsa, meine Nichte, meine Großnichte, von meinem Bruder die Enkelin. Immer kompliziert, das zu erklären. Elsa, das ist Frau Jakisch, die ich schon lange kenne und die vergeblich versucht, mir etwas beizubringen – so ist es doch, Simone, nicht wahr?«

Elsa ist erstaunt, Tante Marlena nicht allein vorzufinden. Sie vermutet zu stören, würde gerne ein andermal wiederkommen, will wieder gehen, wird von Marlena festgehalten, zum Sitzen genötigt, mit Tee und Gebäck versorgt.

Frau Jakisch sieht Elsa an aus eng beieinander liegenden farblosen Augen, in einer Mischung aus Neugierde und Unsicherheit, gepaart mit etwas Überheblichkeit, wie Elsa empfindet. Frau Jakisch legt den Kopf schief, lächelt und rührt in der Teetasse, nachdem sie ein Stück Würfelzucker hineingleiten ließ. Sie wirkt recht groß, ist sehr schlank, hat gefärbte goldene Haare, die lang, glatt und dünn bis auf die Brust, ihr schmales Gesicht noch schmaler erscheinen lassen. Im himmelblauen Sommerkleid sieht sie jünger aus als Tante Marlena. »Ich erkläre hier etwas, ja, damit nicht so viel herumgerätselt werden muss, einverstanden?« Tante Marlena muss sich noch in der Situation zurechtfinden. »Für dich, Simone: Elsa ist Lehrerin in der Unterstufe. Vor einer kleinen Weile habe ich sie gewiss sehr getroffen und gekränkt mit dem, was ich ihr sagte. Ich ging bis eben davon aus, sie nicht wiederzusehen. Sicher kommt sie

jetzt, um mir zu erklären, dass ich eine böse alte Schachtel bin.«
Marlena lacht.

Elsa hebt abwehrend die Hand, will etwas sagen.

»Lass mich ausreden, Elsa, bin gleich fertig. Und für dich, Elsa: Simone Jakisch kam oft – inzwischen nicht mehr ganz so oft – in die Bibliothek, hat sich Bücher, später auch Videos ausgeliehen und findet es seit Jahren an der Zeit und wichtig, mich in ihre Wissenschaften einzuweihen.« Dabei zwinkert sie Elsa mit dem Auge zu, das sich außerhalb des Sichtwinkels der Dame befindet. »Frau Jakisch ist – wie soll ich sagen – eine Künstlerin. Ihr gelingt unglaublich viel, was Menschen wie mir eher nicht zugänglich ist. Hab ich das richtig formuliert, Simone?«

Die Dame nickt, fühlt sich sicher geschmeichelt. »Künstlerin bin ich nicht. Und das, was ich kann oder gelernt habe, kann jeder Mensch lernen, der offen dafür ist.«

Sie möchte noch mehr sagen, aber Marlena lässt sie nicht. »Frau Jakisch kann Lichtimpulse aus dem Kosmos ihrem Wesen entsprechend zu sich lenken. Sie befasst sich mit dem fünfdimensionalen Menschenbild. Sie kommt mit ihrem Geistführer in Verbindung. Sie kann Energiefelder wahrnehmen, kann Lügen sofort erkennen, weil sie die Aura eines jeden Menschen sehen kann – nicht mit dem physischen Auge, sondern mit dem der Zirbeldrüse hier hinten im Nacken, die bei mir – und sicher auch bei dir, Elsa – total verkalkt ist. Sie will mir schon lange das Summen beibringen, damit meine Zirbeldrüsenkristalle durch diese Summfrequenz wieder in Schwingung geraten und das Kalkzeug wegschwemmen. Glyphosat, Elektrosmog, blaues Handylicht und Aluminium sind die Zirbeldrüsenkiller. Frau Jakisch kann ihr eigenes Energiefeld im Dunkeln sehen, das will sie mir beibringen. Ich hab nur noch nicht verstanden, wozu das gut sein soll. Elsa, stell dir vor, wenn ich das endlich kann, werde ich – ja was eigentlich? Ich vermute, dann werde ich ein besserer Mensch sein. Und jetzt sag mir, Simone, hab ich das nicht wunderbar erklärt?«

»Wenn du das so sagst, liebe Marlena, klingt es etwas albern mit diesem stets ironischen Unterton. Wissenschaftlich, also sachlich ist das alles richtig. Aber so, wie du es sagst, kann die junge Frau hier bestimmt gar nichts davon für sich entnehmen.«

»Wissenschaftlich, sagen Sie ...«, wendet Elsa ein und lächelt.

»Ja natürlich, es gibt zahlreiche Studien.«

Marlena ist in Fahrt gekommen. »Frau Jakisch ist im Waisenrat ihrer – was denn – ihrer Meditationsgruppe – richtig? Und kürzlich konnte sie profitieren von den vielen Neutrinos während der Sonnenfinsternis – und überhaupt, die senken die Kriminalitätsrate, weil das alles seine Auswirkungen aufs *morphogenetische Feld* hat ... Simone – siehst du, ich bin doch eine gelehrige Schülerin!«

Elsa freut sich: Marlena kann richtig lachen!

Die Dame ist weniger erfreut. »Ich sehe, du plapperst etwas nach, aber du empfindest nichts. Und ich muss dich damit gar nicht weiter belästigen. Es ist einfach nur schade, weißt du.«

Die Dame erhebt sich zu voller Länge. Bestimmt eins fünfundachtzig, denkt Elsa.

»Simone, nun geh doch nicht gleich und sei nicht beleidigt! Guck mal, nicht mal meine Elsa ist beleidigt, obwohl ich wirklich bei unserem letzten Treff gar nicht nett zu ihr war. Simone! Du solltest doch über allem stehen, über den ... den Ungläubigen, oder wie soll ich uns nennen?«

Das tut sie auch, die Simone Jakisch. Sie tun ihr nur alle leid, diese Fehlgeleiteten, die Besserwisser dieser Welt, weil sie das Wichtigste im Leben gar nicht wahrnehmen können. Und deshalb muss sie jetzt gehen, das ist sie sich und ihrer *Lebensfamilie* schuldig. Menschen, die nichts verstehen *wollen*, kann sie nicht überzeugen von ihren umfassenden Erkenntnissen.

»Tante Marlena, du kannst Leute kennen!«, sagt Elsa amüsiert, als die lange Dame gegangen ist.

Marlena geht zu dem Sessel, in dem die Dame bis eben saß und entnimmt ihm mit spitzen Fingern ein sehr langes Haar, das sie am langgestreckten Arm, als ob es gleich beißen würde, vor sich her trägt zum Mülleimer in der Küche.

»Ist Frau Jakisch öfter bei dir?«

»Wo denkst du hin! Getroffen haben wir uns ein paarmal, nicht hier. Sie möchte doch so gern, dass man ihrer Welt beitritt. Sie ist wirklich sehr bemüht. Eigentlich müssten wir jetzt ... warte mal ... unsere ganzen *Schichten spüren*, weil wir doch *feinstoffliche Sinne* haben und *energetische Wesen* sind! Ein *Detox* machen müssten wir, alle Schwermetalle ausleiten. Elsa! Ich kann dir nur nicht sagen, wie das geht!« Marlena lacht, ist aber auch ein wenig müde und lässt sich in den Sessel fallen. »Anderthalb Stunden schon saß sie hier bereits, als du kamst. Ich freue mich, dass du gekommen bist.«

Hat Elsa die alte Tante jemals so erlebt? So wortgewandt und cool und bissig! Die ist nicht dement, denkt sie, kein bisschen.

»Du hast sie aber auch ganz schön vorgeführt!«

»Ich vergraule eben alle.« Marlena sieht Elsa ernst an. »Wieso bist du hier?«

»Weil ich wissen wollte, wie es dir geht.«

»Hättest kurz anrufen können.«

Elsa schüttelt den Kopf. »Das hätte nicht gereicht.«

»Nein?« Marlena sieht sie schelmisch an.

»Du hast gedacht, ich bin dir jetzt ganz lange böse – stimmt's? Bin ich nicht. Gar nicht. Aber sagen wollt ich dir, dass ich den Vergleich mit deinem Nazivater unfair finde.«

»Unfair. Soso.«

»Ja. Mehr eigentlich nicht. Eine furchtbare, mörderische Zeit vergleichst du mit heute. Die Voraussetzungen, die Bedingungen zum Handeln sind nicht vergleichbar.«

Marlena antwortet nicht gleich. »Doch, sind sie«, sagt sie dann. Und spricht sehr langsam weiter. »Was meinst du, wo wir sein werden in ein paar Jahren? Ihr – ich hoffentlich nicht mehr. Wenn das so weitergeht wie zur Zeit? Wo das hinführen wird? Sie sterben alle, die paar, die noch übrig sind, die erzählen können. Sind nicht mehr viele. Und die sind sanft. Sanft und leise und weise. Aber allmählich sprachlos im Angesicht der Gegenwart. Und die Nachwachsenden? Sie leugnen, Elsa. Sie leugnen die Wahrheit. Reißen ihre Mäuler wieder sehr weit auf. Haben keine Ahnung. Wollen gar nichts mehr wissen. Verdrehen alles, biegen es sich zurecht. Und wählen *blau*. Und sie wählen *gern* blau. So wie sie vor neunzig Jahren *gern* braun gewählt haben. Immer aus *triftigen Gründen*. Wir stehen ziemlich genau da, wo wir schon einmal standen. Damals wurden keine Grenzen aufgezeigt. Und heute nicht. Nicht im Großen. Der Staat handelt nicht. Vor lauter Demokratie handelt er nicht, traut sich nicht. Und nicht im Kleinen. Du in deiner Schule. Den Lehrern heute geht es doch nicht mehr gut. Und dir auch nicht. Wenn du Kinder dabei hast, die doch gar nicht mehr *beschulbar* sind von Beginn an. Dein täglicher Kampf, um überhaupt unterrichten zu können. Denk nicht, dass ich blind und taub bin, Elsa, nur weil ich alt bin!«

Elsa ist plötzlich genervt. »Was schlägst du vor, wenn du alles so gut einschätzen kannst?«

Marlena schüttelt den Kopf. »Die Augen aufmachen, Elsa. Hingucken, hinhören. Wahrnehmen – da hat Simone Jakisch recht, auch wenn sie es anders meint. Den verklärten Blick schärfen. Wenn ich die Kräfte nicht wahrnehme, die da wirksam sind, gibt es eines Tages ein böses Erwachen. Wir hatten das schon.«

»Und dann? Gesetzt den Fall, ich sehe das jetzt, was du schon lange siehst? Was dann? Was soll Elsa Sonnenschein tun?«

Marlena überlegt, schweigt.

»Soll ich dann weinen? Schreien? Mich mit Kolleginnen und Eltern anlegen? Meine kleinen Schüler anbrüllen? Regeln einführen, die machen, dass die Kinder Angst vor mir kriegen? Meine Liebe zu Kindern einfrieren? Einsperren? Totschlagen vielleicht am besten?«

»Nein, Elsa, reg dich doch nicht auf. Ich habe kein einfaches Rezept für dich. Und für niemanden. Vielleicht geht es, wie überall, um Kompromissfindung. Darum, Extreme zu erkennen und irgendwie übereinander zu bringen. Schule ging früher mit Gewalt, mit Disziplin, mit Zwang, mit Strafen, mit Macht und Herrschsucht von Lehrerseite. Das alles ist weggefegt heute, abgelöst worden vom anderen Extrem: vom Augenzumachen, Nichthingucken, Drüberwegsehen, Bagatellisieren, von einer, wie mir scheint, alles verzeihenden Liebe, die krank ist. Und dumm. Regeln spielen keine Rolle mehr. Es hat keine Konsequenzen, wenn Regeln nicht befolgt werden. Die Lehrer triefen vor Liebe. Du triefst vor Liebe, Elsa!«

Elsa ist aufgestanden. »Wie bist du denn drauf, Tante Marlena!«

»Ja schlecht, wie du siehst, liebe Elsa! Ganz schlecht.«

»Ich glaube, Sam hätte seine Freude mit dir!« Elsa geht im Zimmer hin und her, die Hände in die Hüften gestemmt.

»Ach ja? Dann bring ihn doch mit, wenn du wiederkommst!« Elsa sieht die Tante provokant an.

»Falls du auch jetzt noch wiederkommen würdest, meine ich«, setzt Marlena nach.

»Ich will ein Kind mit Sam – hatte ich dir das schon gesagt?« Von Marlenas schwarzen Augen fühlt sie sich getroffen. »Nein«, sagt Marlena. »Aber es wundert mich nicht.«

»Und Holm kriegt auch nochmal ein Kind.«

»Prima. Dann kannst du ja nachher dein Halbgeschwisterchen unterrichten. Oder ist Philippa zurück?«

39

»Sag mal, dein Onkel Julius, würde der sich erschießen?«
Es ist selten, dass Sam zu Elsa kommt. Fast immer ist es umgekehrt. Und sie sind auch jetzt bei ihr gar nicht verabredet.
»Was ist los? Du siehst ja ganz rot aus!«
»Weil ich schnell zu Dir wollte. Und dich fragen, ob es sein kann, dass ...«
»Setz dich doch erst mal. Und hier, trink was!« Elsa stellt ihm ein Glas Wasser hin. Es schaut es an.
»Traust du ihm zu, dass er das macht?«
Elsa sieht Sam immer noch verblüfft an. »Wie kommst du denn darauf?«
»Ich fahre doch jeden Tag da vorbei, in seiner Straße, an seinem Haus, wo er wohnt. Hast du mir doch mal gezeigt.«
»Ja und? Da hat sich einer erschossen?«
»Ja. Nein. Weiß ich nicht. Aber da war ein Schuss. Laut. Direkt, als ich auf dem Rad vorbei fuhr. War nicht zu überhören. Und der hat doch Schusswaffen. Hast du mir erzählt.«
Elsa zuckt die Schultern, lacht, will Sam beruhigen. »Der ist Jäger, ja. In so'ner Sondereinheit war der auch mal. Afghanistan auch. Lange her. Ängstlich ist der. Hat sich deswegen doch die Viecher zugelegt. Nach der Sache mit seinem Freund damals. Warum sollte der sich erschießen. Dem geht's doch gut. Hat seinen Job, seine Hunde und seine Ruhe, seit er geschieden ist.«
»Aber komisch ist der doch, hast du gesagt.«
»Aber deswegen erschießt er sich doch nicht gleich.« Elsa findet den Gedanken absurd. Passt gut zu Sam, dem schreckhaften, der immer gleich Schlimmes vermutet.
»Was heißt ,gleich'? Du kennst den doch gar nicht richtig.«
»Komm mal runter, Sam. Willst'n Tee?«

Sam schüttelt abwesend den Kopf, steht auf. An die Begegnung mit Max denkt er. Ist Elsas Onkel dieser Freund, der ihn ... »Und dass dein Onkel wen erschossen hat?«

»Quatsch, Sam, du siehst Gespenster. Du weißt doch nicht mal, ob der Schuss aus seiner Wohnung kam. Da wohnen auch noch andere. Und bestimmt war das gar kein Schuss, war irgendwas anderes. Sind ja nicht nur Schüsse, die manchmal knallen.« Elsa lacht über diesen Satz. »Fahr du mal nach Hause jetzt. Ich komm heute Abend, muss noch paar Diktate korrigieren.«

Elsa nimmt sein Gesicht in beide Hände. »Und dass du mir dann nicht wieder abhaust ins Labor, hörst du. Ich bin nämlich eifersüchtig auf dein Labor.«

Sam nickt. »Wenn ich du wäre, hätte ich mich von dem hier« – er zeigt auf sich – »schon längst getrennt.«

»Soll ich etwa?« Sie legt den Kopf schief und sieht ihn keck an. »Jetzt, wo wir seit paar Wochen endlich wieder miteinander schlafen? Soll ich dir was verraten? Ich bin dir paarmal nachgefahren, ob du wirklich dahin fährst, am Abend, spät noch.«

Er hatte so etwas schon geahnt. »Du siehst aber von vorne gar nichts.«

»Zumindest seh ich dich reingehen.«

»Dort kann ich aber wen treffen, und das siehst du dann nicht mehr.«

»Stimmt. Dann hab ich mir immer eingeredet, dass du das nicht tust.«

»Tu ich auch nicht. Aber du – was hast du gemacht in den Wochen, als ich ...«

»Als du dich so lange für mich grundlos immer wieder entzogen hast, als du mich gemieden hast. Na ja, ich hab mich halt ... umgeschaut ...« Mit Schelmenblick wendet sie sich von ihm ab.

Sam schmunzelt. »Böse Elsa. Hat eben eine Weile gedauert, bis ich dir von meiner Angst erzählen konnte.«

»Hätte ich das früher gewusst, hätte ich alles Verständnis der Welt gehabt.«

»Ich weiß«, sagt er leise, küsst sie und geht.

Irgendwann musste er sich etwas einfallen lassen. Er hatte sich den Rat eines Urologen einfallen lassen. Auf diesen Rat war er zusammen mit Josefine gekommen. Josefine war einfach clever. »Hör zu«, hatte sie gesagt. »Du hast Schmerzen beim Sex, im Hoden, da an dieser einen Stelle. Könnte schließlich Hodenkrebs sein, und der Arzt gibt dir was, aber er empfiehlt dir eben auch dringend, auf Sex zu verzichten für eine Zeit x.« Sam hatte sie mit großen Augen angesehen – was für eine herrliche Idee! Und er hatte sie gefragt, ob man denn bei Verdacht auf Hodenkrebs keinen Sex mehr haben dürfe. »Weiß *ich* doch nicht«, hatte sie gelacht. »Bestimmt darf man noch. Aber wenn der Arzt dir erklärt hat, dass, falls es doch Krebs sein sollte, jede sexuelle Aktivität das Wachstum dieses Kerls begünstigt oder beschleunigt ...?«

Und damit hatte Sam nach den ersten sechs Wochen Abstinenz Elsa *aufgeklärt*. Und Elsa war ein bisschen erschrocken, ein bisschen gerührt, ein bisschen besorgt. »Aber eine Krebsdiagnose ist doch schnell gestellt«, hatte die Vernünftige eingewandt. Und dann werde operiert ruck-zuck. Wozu es denn bis zur Diagnose-Sicherheit so viele Wochen brauche. Sam hatte die Schultern gezuckt und ihr berichtet, der Arzt habe mehrfach Blut untersucht, ihm was von neuen wissenschaftlichen Erkenntnissen erzählt, die er aber wegen seiner Aufgeregtheit nicht aufgenommen, gar nicht zugehört habe. Das hat Elsa verstanden. »Aber die Patienten so lange im Unklaren zu lassen, ist doch scheußlich – oder nicht?« Womit er ihr recht geben musste. Aber Elsa fügte sich fortan brav in die Notwendigkeit, zusammen mit Sam, der erleichtert war, eine Antwort gefunden zu haben auf eine wichtige Frage. So lagen sie manchmal wieder nebeneinander im Bett, hielten sich bei den Händen und

warteten auf den Krebs-Negativbefund. Zum Glück wollte Elsa
die Befundbescheinigung nicht sehen.

Sein kleines Amüsement über diesen Trick war das eine. Dass er
die Gesamtsituation nicht länger fortsetzbar, weil unaushaltbar,
erlebte, war das andere. Schäbig fühlte er sich, niederträchtig
und unwürdig, eine Frau wie Elsa als Freundin zu haben. So
etwas durfte man nicht tun. Die Frage, wie er unter diesen Umständen seinen Alltag bewältigte, der zweifellos erheblich an-
strengender geworden war, seit es Elsa für ihn gab, stellte er sich
mittlerweile fast täglich. Nicht dass die Gedanken an die Frau
seine Arbeit beeinträchtigt hätten. Er konnte eines vom anderen
gut trennen. Es war auch nicht so, dass er sich von Elsa in seiner
Freiheit eingeschränkt fühlte, nicht dass sie ihn quälte oder be-
drängte. Aber er konnte doch nicht ehrlich zu ihr sein. Seine
Angst war so groß geworden. Seine Angst, beruflich zu versagen, war deutlich angestiegen. Durch sein privates Dilemma.
Durch sein bewusstes Erleben von Versagen im Privaten. Im Zusammenhang mit Elsa. Hier war er der absolute Versager. Immer
wieder, wenn sie sich sahen. Aber auch an den Zwischentagen.
Beruflich hatte er die Kontrolle – noch. Er konnte kontrollieren,
unaufhörlich, stundenlang. Bis am Ende – an welchem Ende? –
alles stimmte, bis es am Rand der Erschöpfung nichts mehr zu
kontrollieren und auszubessern gab. Das hatte er gesteigert,
dieses Kontrollierenmüssen, seit Elsa für ihn wichtig geworden
war. Weil er leider bei Elsa nichts unter Kontrolle hatte. Nicht
seine Sehnsucht, nicht seine Lust mit ihr und an ihr. Und beides durfte nicht sein. Beides entsprach seinem miesen Charakter. Und er hatte doch nie ein schlechter Mensch sein wollen.
Nun war er zu einem geworden, dank Elsa. Ich werde bald gar
nichts mehr auf die Reihe kriegen, denkt er. Ich werde schreien,
wegrennen, alles zerschlagen, ausrasten, mich vergessen – das
ist doch *Verrücktwerden*! Oder hat es einen anderen Namen?
Und sobald das passiert, sobald ich verrückt werde, wird meine

Scham ein unerträgliches Ausmaß annehmen. Dann werde ich nicht mehr das Haus verlassen. Nie mehr. Niemandem mehr unter die Augen treten. Mich umbringen? Nein, vielleicht das nicht. Die Dauerqual ist die Strafe für meinen Verrat.

Wenn Elsa wüsste, wie ich mich quäle! Wie ich mich durch sie quäle! Wie abgrundtief meine Scham ist! Sie darf nie davon erfahren. Sie muss geheim bleiben. Ich muss ganz und gar vor ihr versteckt bleiben, stumm bleiben, auch wenn diese irrsinnige Scham dadurch immer größer wird. Elsa hat es ohnehin schon schwer genug mit mir. Ich kann ihren Erwartungen nicht genügen. Damit darf sie nicht belastet werden. Vor mir hatte sie bereits einen psychischen Wackelkandidaten. Und ich bin nicht wackelig – ich liege längst am Boden, bloß merken darf sie es nicht. Wie lange kann denn meine Kraft noch reichen, das zu ertragen! Würde sie eine Ahnung davon haben, wie es um mich steht, wäre die Beziehung aus und vorbei. Sofort. Weil ich mich dann zu Tode schämen würde. Nein, zu Tode schämen ist keine offizielle Todesursache. Aber mein Herz bliebe stehen. Auf der Stelle. Schambedingt. Macht das so ein Herz? Kriegt es das hin? Sterben will ich doch gar nicht. Aber so weiterleben geht auch nicht. Immer mit diesen Täuschungen, immer auf der Flucht vor ihr, vor mir selber. So viel Falsches ist in mir.

Was würde Josefine sagen, wenn ich ihr tatsächlich einmal davon erzählte? Sei nicht so streng und hart mit dir, würde sie sagen. Elsa würde dich gar nicht verlassen, genauso wenig wie du wegen eines Fehlers bei der Arbeit deinen Job verlörest oder wegen der Tatsache, dass du abends bis zehn im Labor hängst und was keiner wissen darf – du allein bist es mit deinem Schamfimmel! Nichts, gar nichts ginge den Bach runter, wenn du ehrlich wärest! Du würdest nicht rausgeschmissen. Und Elsa würde dir nicht die Freundschaft oder die Beziehung aufkündigen. Ist alles nur ein deinem idiotischen Schädel drin!

Recht hätte sie. *Ich* würde nicht mehr hingehen zur Arbeit. *Ich* würde die Beziehung zu Elsa beenden. Endgültig.

Josefine, es gibt da keinen Ausweg!

Aber Josefine ist nicht da. Er kann sie nicht damit belasten, nicht auch noch damit.

Wenn nur Elsa ihm nicht so wichtig wäre! Aber es ist schrecklich mit ihr. Eigentlich will er sie gar nicht. Bis vor zwei Jahren herrschte doch Ruhe. Nein, keine schöne Ruhe, nichts Erholsames, nichts Freudvolles, kein Gefühl von *endlich, nach so vielen Jahren* ... Er hatte seine Arbeit, die er doch ganz gut machte, zur Zufriedenheit aller. Ab und zu fiel ihm abends noch etwas Unfertiges ein, und er fuhr noch einmal ins Labor. Längst nicht so oft wie jetzt. Über seine Eltern ärgerte er sich, die zu verwahrlosen begannen und keine Hilfe zuließen. Er ging in keine Disco, nicht in Lokale. Sein stinknormales Leben, ebenerdig, gleichförmig, die Langeweile war ihm nicht bewusst. Sehr selten traf ihn der Übermut, traf er eine Frau, oder eine Frau ihn, und dann, wenn es nicht mehr zu umgehen war, trank er sich Mut an, und man ging miteinander in ein Bett. Oder woanders hin. Was nicht oft wiederholt werden durfte. Und was auch nicht nötig war.

Bis Elsa kam! Wäre er doch wenigstens verliebt in sie gewesen! Nichts, gar nichts! Und sie war es auch nicht, was ihn betraf! Lieb war sie, verständnisvoll, leise, hatte Ideen, die er nicht hatte, für gemeinsame Unternehmungen. Sie will gar nicht zu ihm ziehen – sehr beruhigend. Sie schlafen gern miteinander. Ganz unkompliziert und wunderbar ist das. Und nun schon zwei Jahre lang. Sie erzählt ihm allerhand. Er ihr auch, aber das Wesentliche nicht. Dass es schrecklich ist mit ihr, das erzählt er ihr nicht. Dass es ihm besser ginge ohne sie, das sagt er ihr nicht. Weil er ein Feigling ist, ein elender Feigling. Dass sie nicht in sein dummes Leben hineingehört, dass sie alles durcheinanderbringt, dass sie ihn kontrollsüchtiger macht, weil er ihr nicht sagen kann, was los ist. *Weil – er – sie – doch – gar – nicht – liebt!* Weil er sie doch nur ausnutzt, benutzt für seine Lust! So etwas darf man nicht tun. Das ist Verrat! Verrat ist das!

Aber wenn Elsa ihn verließe, wäre es grauenhaft. Er würde nur noch heulen.

Könnte das denn einer verstehen? Könnte Josefine es verstehen?

Was für ein Widerspruch! Es ist schrecklich mit Elsa. Aber ein Ende wäre ebenso schrecklich.

Zum Glück hat Elsa ihm noch nie gesagt, dass sie ihn liebt. Sie wird es hoffentlich auch niemals tun! Vielleicht ist es das, was die Beziehung überhaupt möglich macht über so einen Zeitraum? Eine ganz ausgeglichene Sache von Nichtliebe? Was wäre, wenn sie es sagte eines Tages? Neulich gab es so eine Sekunde, da hatte er befürchtet, dass sie es sagt. Und er war schnell gegangen. Wäre das das Ende? Der Punkt, an dem er schreien, ausrasten, wegrennen würde? Dann müsste er doch antworten! Und was bitte? ,Ich liebe dich nicht?' Oder sie anlügen? Vielleicht mit einem gepressten ,Ich dich auch?'

Es bleibt Verrat, wenn man ohne Liebe miteinander schläft und das auch noch gut findet. Sollte er sich vielleicht gar keine Gedanken darum machen? Andere sind doch da auch nicht derart mit Skrupeln behaftet. Machen das einfach, ohne Gewissensbisse, nennen es *Freundschaft plus*. Ist modern heute. Oder sagen: *Nein, wir haben ja gar keine Beziehung, ist eben nur so was Sexuelles* ... Wie geht denn das! Ist doch eine elende Lüge. Selbstbetrug und Betrug des anderen. Deswegen ging ja früher bei ihm etwas nie öfter als zwei- oder dreimal. Dann war Ende. Damit die Frau sich nicht betrogen fühlt. Weil Sex allein für ihn nicht übereinkommt mit seiner Vorstellung von einer dauerhaften guten Beziehung, einer Liebesbeziehung. Ihm fehlen doch sämtliche Gefühle, die dazu gehören würden. Er hört Josefine lächelnd fragen, welche das denn sein müssten. Ja *Liebesgefühle* eben! Er begehrt Elsa doch nur, und er ist gern mit ihr zusammen, sie gefällt ihm in ihrer Art, meistens jedenfalls. Aber *mehr* ist doch gar nicht vorhanden! Mehr hat er nicht zur Verfügung. Er kann gar nicht lieben! Unfähig ist er. Auf der ganzen Linie ein Stümper – nein, nicht nur ein Stümper, den könnte er sich verzeihen, Stümper sind lernfähig. Ein Looser ist er, nichts weiter als ein gemeiner Verräter, der mit Elsas Liebe spielt, weil er den Eindruck hat, dass er ihr auch gefällt, weil er immer wieder auf die schäbigste Weise beglückt darüber ist, was er in Elsa auslösen kann. Und sie in ihm. Mit dem Elsa aber gestraft ist, von dessen Verwerflichkeit sie keinen blassen Schimmer hat! Was tut er ihr an die ganze Zeit! Warum ist er charakterlich nur so ein mieses Schwein!

Was, so fragt er sich, müsste denn anders sein, damit er das, was er da tut und fühlt, ohne Scham tun könnte? Vielleicht müsste er es einfach nur Liebe *nennen*? Bestimmt wäre das so ein schlichter Josefine-Gedanke.

Aber nein. Nein. Ahnungslos und naiv trudelt Elsa in einer Warteschleife über ihm, wie ein Flugzeug, dem der Sprit ausgeht, das aber nicht landen darf. Er darf ihr nicht ewig weiter etwas vormachen, sie so perfide im Unklaren lassen. Schluss machen muss er, mutig und beherzt, am besten heute noch. Sie einfach wegschicken, ohne Begründung, weil das alles nicht erklärbar ist, mit der dringenden Bitte, nein, mit unmissverständlicher Forderung, ihn nie wieder zu besuchen. Sie hat es verdient.

»Magst du mit mir essen gehen? Ich lade dich ein!«
Schwungvoll betritt Elsa Sams Wohnung. Schön sieht sie aus, noch schöner heute, in diesem tollen dunkelgrünen Kleid mit den zarten Mustern, das zu ihrer hübschen Sommerbräune passt, das er noch nicht kennt, raffiniert geschnitten, als wäre es speziell für ihre Figur geschneidert. Mit leger aufgesteckten Haaren, die teils lose gewellt um ihr Gesicht spielen und um den Nacken.
»Wieso essen gehen? Gibt's was zu feiern?«
»Nööö ... Ich dachte nur. Waren doch schon länger nicht mehr essen.«
»Hm, was wäre, wenn ich keine Lust dazu hätte?« Sam hat wirklich keine Lust. Längere Grübeleien führen meist zu

Kopfschmerzen, und die scheinen sich vom Nacken her heraufschleichen zu wollen. »Außerdem bist du viel zu schön für fremde Männeraugen.« Was redet er da. Eröffnet man so das Vorhaben eines Beziehungsendes?

»Fremde Männeraugen interessieren mich schon lange nicht mehr. Weißt du doch.«

»Ja, leider.«

»Na hör mal! Willst du mich loswerden?« Mit gespielter Empörung trommelt sie ein paarmal auf seinen Brustkorb.

Er weiß nicht, wie er beginnen soll. Er müsste doch laut ja sagen! Elsa schmiegt sich an ihn, und er legt den Arm um sie. Wie sie wieder duftet. »Elsa, weißt du, ich habe mir überlegt, …«

»Du, wenn du keine Lust hast auf Essengehen, ist das nicht schlimm. Wir könnten auch noch zu einer Vernissage gehen, da hinten, weißt du, Gröperstraße die Ecke, wo wir schon mal waren, von einer Kollegin die Schwester ist Malerin, fängt in einer Stunde an, die macht sehr hübsche Sachen.«

Sam zeigt wenig Enthusiasmus. Elsa scheint unbedingt ausgehen zu wollen.

»Wir müssen auch überhaupt nirgendwohin. Alles, was wir machen, ist sowieso nur das Vorspiel zu dem, wofür wir nur uns beide brauchen, anschließend. Ist alles nur zum Appetitmachen …«

Dazu dieses verführerische Lachen.

»Elsa …«

»Was ist?« Kommt jetzt die bekannte Kiste? »Brüllt das Labor schon wieder nach dir? Brüll doch einfach mal zurück, Sam!« Heute fällt es schwer, ihr Ungehaltensein zu verbergen.

»Nein, es ist nur …«

»Mensch Sam, es geht mir so gut, so unglaublich gut, ich möchte dich teilhaben lassen an diesem Gefühl, du gehörst doch dazu, bist doch schuld daran, dass es mir so gut geht. Ich bin doch immer noch so froh, dass du keinen Krebs hast, dass alle Sorge vorbei ist, dass wir wieder glücklich miteinander sein können, und obendrein so uneingeschränkt wie nie zuvor ...«

»Halt mal, was redest du da, Elsa?«

»Ja, das ist doch alles viel, viel schöner, Sam, und noch inniger, hab ich dir ja schon öfters jetzt gesagt, und ich spür dich noch viel mehr, wenn keine Schicht mehr zwischen uns ist, und du hast es doch auch gesagt, dass es schöner so ist.«

Warum sagt sie das alles jetzt? Seit Monaten gehen sie jetzt *nackt* miteinander um. Ja, natürlich ist es schöner, denkt Sam, endlich ohne Kondom.

»Und für mich ist das einfach auch der Beweis dafür, dass du nicht mehr wirklich abgeneigt bist ... gegen ein Kind. Das zeigt mir doch, dass du es ganz genauso willst wie ich, auch wenn du immer so daherredest. Sonst würdest du doch weiter mit Gummis ...«

Natürlich, er hatte ihr die Wahrheit vorenthalten nach *ausgeräumtem Krebsverdacht.* Und hatte es selbst nicht mehr ständig vor Augen. Ganz genau wusste er nicht, warum oder wofür er diese Wahrheit für sich behalten wollte – vielleicht aus dem Grund, der sich eben jetzt zeigte? Wollte er Elsa unbewusst auf die Probe stellen, wie weit sie ihren Kinderwunsch treiben würde? Für Elsa war das Ganze seit einem halben Jahr eine *Einladung zum Tanz,* sein indirektes Zugeständnis für eine Schwangerschaft.

Sam spürt eine Kühle, eine Kälte in sich aufsteigen. Er fasst Elsa bei den Schultern, sieht ihr ins Gesicht, erschrocken, forschend, ungläubig, es kann nicht sein. Nein, es kann nicht sein. Es ist über sechs Monate her.

»Was ist los mit dir, Sam? Du bist ja bleich wie ein Frischkäse, was hast du?«

Er lässt sie los. Und ihr ist, als ob sie irgendwo heruntergeworfen wird. »Sprich weiter«, sagt er. »Ich hab dich unterbrochen.« Seine Stimme klingt schneidend, war so nicht beabsichtigt. Reiß dich zusammen, Sam.

»Sam, nein, du musst nicht so fassungslos sein. Du siehst ja völlig ... vernichtet siehst du aus. Als wäre etwas Furchtbares geschehen.« Er hatte sich abgewendet, sie ist um ihn herumgegangen, will seine Hände an sich ziehen, die an steifen Armen hängen und dort bleiben wollen. Er tritt einen Schritt zurück, starrt sie an.

»Sam, meine Güte, was hast du denn, es ist doch alles in bester Ordnung. Mir geht es gut, wirklich. Ich war heute in der Apotheke, hab einen Test geholt, aber ich hab gedacht, wir machen das gemeinsam, weil doch deine Spannung ebenso groß ist wie meine.«

Elsa redet weiter, in einem schier endlosen Fluss aus Wörtern, denen Sam nicht mehr lauscht. Ein übergroßer Widerwille erfasst ihn. Wer ist das, wer steht ihm da gegenüber? Er lässt Elsa reden. Und sie redet auf ihn ein, will ihm etwas begreiflich machen. Ihr Glücklichsein soll auf ihn überspringen.

»Aha, glücklich soll ich sein«, sagt er tonlos und weiß gar nicht, was er sagt.

Er spürt, dass er auf dem Stuhl in seiner Küche sitzt, Elsa nimmt wieder sein Gesicht in ihre beiden Hände, gibt sich Mühe mit ihm, dem für sie Begriffsstutzigen, oder dem offensichtlich Überrumpelten, der seine Freude nicht zeigen kann.

»Brauchst doch keine Angst zu haben, es wird doch alles gut. Außerdem war ich überhaupt noch nicht beim Arzt, aber dir, dir will ich es doch sagen, dich geht es doch was an. Das Einzige, was bis jetzt feststeht, ist, dass ich zweieinhalb Wochen mit der Regel überfällig bin.«

Er nimmt ihre streichelnden Hände von sich fort. »Bitte sag, dass das nicht wahr ist.«

»Doch, Sam, doch, es ist wahr. Du und ich, ich glaube fest, wir werden ein Kind haben. Ein bisschen spür ich es auch schon hier. Sie hat seine rechte Hand genommen und auf ihre Brust gelegt.

»Wenn du jetzt schwanger sein solltest ...«, sagt er mühsam, aber er spricht nicht weiter, sieht sie hart an. Sehr weit von ihm entfernt sieht er Elsa stehen, eine andere Elsa. Für einen Moment wandelt sich sein Widerwille in Gier, schnell und maßlos. Vielleicht empfinden Vergewaltiger so, denkt er.

»Geh«, sagt er müde. »Geh ins Bad und mach den Test. Aber ohne mich.«

40

Valentin hatte offenbar über Veras Leben nicht allzu viel gewusst. Sie hatte es ihm bewusst verheimlicht? Er hatte nicht gefragt nach ihrem Vorleben? Marlena genoss seinen telefonischen Bericht über das kurze Gespräch mit Benedikt, in dessen Verlauf es dem Bruder offenbar die Sprache verschlagen hatte. Und wonach er Vera in einem Anfall von Ärger zur Rede gestellt hatte hinsichtlich einer Tochter von ihr, deren Existenz im fernen Skandinavien sie ihm unterschlagen hatte.

»Erst kriegte sie Tränen in die Augen, sagte kein Wort. Dann ist sie abgehauen. Ich dachte jetzt, sie ist bei dir.« Valentin war ratlos und wütend.

»Was sagst du, seit anderthalb Tagen schon ist sie weg? Da musst du die Polizei …«

»Halt, stopp, ich glaube, da kommt sie gerade wieder, sieht komisch aus. Ich melde mich wieder.«

Endlich hatte Valentin diesen Benedikt befragt. Hatte er es drei Wochen lang vergessen? Er hatte es gewiss nicht wahrhaben wollen, die Augen fest zugemacht, aber heimlich doch viel genauer noch zu Vera hingeschielt. Marlena hatte schon gedacht, dass er sie, Marlena, wegen ihrer Andeutungen madig machen, dass er Benedikt überhaupt nicht kontaktieren würde. Er mochte ihn ja nicht. Aber wen mochte Valentin schon! Diesbezüglich verstand sie ihn gut. Menschen zu mögen, ist eine Kunst, die ihnen beiden nicht in die Wiege gelegt worden war.

Interessant: Vera hatte also auch ihrem Mann nichts erzählt von dieser Tochter. Und Benedikt hatte ihm jetzt offenbar nichts weiter verraten als deren Vorhandensein. Marlena freute sich, dass sie auch diesbezüglich ihrem Bruder einen Wissensschritt voraus war.

Sie war keineswegs untätig gewesen in den letzten Wochen. Sie war bei Vera, hatte zweimal einen Brief der Häckselmaschine überantwortet, einen davon in Veras Beisein wie schon einmal. Vera fand das abscheulich, boxte Marlena in die Rippen, die den nächsten Schlägen geschwind auswich.

»Nun wirst du also auch körperlich, liebe Vera. Ich weiß, das gehört irgendwann dazu, wenn man diese Diagnose hat.« Ihre Stimme bewegte sich fast eine Oktave höher als gewöhnlich. »Hast du Valentin eigentlich auch schon geschlagen?« Marlena fühlte sich in hohem Maße der Frau überlegen und kostete es weidlich aus. So vieles in ihrem Leben hatte sie verpasst.

Vera kochte vor Wut. Ein Teil in ihr wusste, dass es zwecklos war, sich gegen Marlena zu wenden. Die konnte nun immer alles zu ihren Gunsten drehen. Vera konnte Valentin mittlerweile viel erzählen, er schien ihr nicht mehr zu glauben.

Marlena schrieb mit Datum vom August: ‚Vera beseitigt weiterhin Valentins Post. Wenn ich sie besuche, berichtet sie mir entweder davon und zeigt heimliche Freude, oder sie beschuldigt mich dieser Unart, boxte mich heute sogar in die Seite. Es schmerzt heftig.‘

Im Juni endlich hatte Valentin den Briefkastenschlüssel an sich genommen, damit keine Post mehr wegkam.

Auf dem hellen runden Teppich in der Erkernische des Wohnzimmers stand auf einem rollbaren Untersatz der dicke Kübel mit der alten riesigen Monstera, einem stolzen Gewächs schon seit bestimmt zwanzig Jahren. Marlena bot einen Gutteil ihrer Kraft auf, um mit dem Fuß diesen Kübel von seinem Sockel zu schieben, was nicht klappte, denn das ganze Ding rollte nur ein paar Zentimeter seitwärts.

»Vera«, rief sie ins Arbeitszimmer. »Hilfst du mir mal? Schau mal«, sagte sie, nachdem es ihr nicht gelungen war, den

Topf umzustoßen. »Die willst du doch schon lange nicht mehr haben. Wollen wir die gemeinsam beseitigen?«, fragte sie, als Vera zu ihr trat.

»Aber nein!«, rief sie. »Das ist doch Valentins bestes Stück – hach nein«, berichtigte sie sich, sein zweitbestes!«, und lachte laut. »Das würde er mir nie verzeihen!«

»Das soll und wird er dir auch nicht verzeihen«, sagte Marlena gedehnt und leise. »Sieh mal, gefallen hat die dir doch noch nie, und mir ist sie ziemlich egal, da sind wir zwei gegen einen.«

Und damit begann sie, die Blätter einzureißen, zu zerteilen, mit Vergnügen und Bedacht die grünen Fetzen fallen zu lassen. Blattstiele der großen Blätter zu knicken, einen nach dem anderen.

Vera ging dazwischen. »Marlena, was fällt dir ein! Lass das!« Damit griff sie Marlena mit ihren derben Händen in die Arme, zog sie halb weg, wollte ihr nicht ernstlich wehtun, weil sie ja viel kräftiger war als Marlena, war aber wütend, wollte sie hindern an der mutwilligen Pflanzenzerstörung, schrie sie an.

Marlena lachte, ließ sich ein paar blaue Flecken verpassen und rief wiederholt dazwischen. »Vera, Vera!« rief sie. »Wie kannst du nur! Das macht man doch nicht! Die schöne Pflanze, so schön, so schön, schau doch nur, du machst sie ganz kaputt!«

Vera war beiseite getreten. »Du Miststück, Marlena, du elendes Miststück.« Jetzt schaute sie mit verzerrtem Gesicht zu, wie Marlena sich mühte. »Alles kannst du mir nicht in die Schuhe schieben, warte nur …«

»Alles nicht, *Schätzchen*, aber das hier schon.« Marlena setzte ihr Werk fort. Viel gab es nicht mehr zu knicken, abzureißen und ins Zimmer zu schmeißen.

»Ich hol gleich ein Messer, du mieses Stück Scheiße.« Vera flüsterte, war bleich, zitterte.

»Gute Idee. Für die Pflanze? Oder für mich?« Noch nie in ihrem Leben war es Marlena so gut gegangen. Sie empfand eine ungeheure Kraft. Mit beiden Händen griff sie das Pflanzgefäß, und mit Reißen und Kippen gleichzeitig, ein Fuß gegen das Rad des Untersetzers gedrückt, schaffte sie es, den Behälter stürzen zu lassen. Da lag alles beieinander, der hellgraue Keramikkübel, der noch leicht hin und her rollte, die geschundene Pflanze, dieser dicke Strunk, die feuchte Erde auf dem weißlichen Teppich. Noch ein Schritt hinein, oder zwei, Erde in den Floor drücken, hineintreten, hineindrehen, herrlich.

Vera hatte kein Messer geholt. Sie betrachtete stumm das Unglück und weinte. Marlena ging sich die Hände waschen und verschwand. Für heute hatte sie ihr Tagewerk bei Vera vollbracht.

Am Abend klingelte Valentin bei ihr.

»Gut, dass du kommst«, begann Marlena. »Ich möchte nämlich nicht mehr so gern nach deiner Vera sehen.«

»Meine Vera«, murmelte Valentin leise. »Ich weiß gar nicht, ob sie noch meine Vera ist. Ein verheultes Elend ist sie, sagt, dass du das alles warst.«

»Das ist mir fast klar, Valentin, sie weiß ja schon gar nicht mehr, was sie tut. Hier, sieh dir das an!« Sie zog ihren Ärmel weit hoch, präsentierte ihm, ein Euro-großes frisches Hämatömchen. »Das Atmen fällt mir schwer, vielleicht hat sie mir ein paar Rippen gebrochen, als ich sie wegzerren wollte von deiner wunderbaren Monstera. Und hier tut es mir auch weh.« Sie zeigte auf Hüfte und Oberschenkel. Ein mieses Stück Scheiße hat sie mich genannt. Und am Ende hat sie mir noch mit einem Messer gedroht. Ich komme doch gegen die Frau gar nicht an!«

Valentin stand schuldbewusst da, schüttelte den Kopf. »Weißt du, für ein paar Augenblicke dachte ich, dass du das wirklich warst. Da war sie völlig normal und erzählte, wie du das gemacht hast.«

Marlena fixierte ihn aus schmalen Augenschlitzen. »Das traust du mir zu? Allen Ernstes?«

Er sah sie müde an, zuckte die Schultern. Plötzlich wirkte er um Jahre gealtert. »Nein«, sagte er nach einer Weile. »Natürlich nicht. Aber es klang so ... so wenig hirnkaputt, verstehst du?«

»Na ja, das Kaputte zeigt sich ja nicht andauernd. Das ist ja das Gemeine, das Hinterhältige. Ich bin keine gute Menschenkennerin, das weißt du, aber dass mit dieser Frau etwas nicht stimmte, dass ich sie nicht in Ordnung fand für dich, dass sie dir das Leben schwermachen würde, das hab ich sofort gespürt.«

»Ich habe ihr nahegelegt, dass sie aufhören soll zu arbeiten.«

Marlena nickte. »Habt ihr mal in aller Sachlichkeit über das Ganze gesprochen? Wie soll das denn weitergehen?«

»Sie will weiter arbeiten, merkt ja nicht, dass da einiges schiefläuft.«

»Dann wird man ihr sicher bald kündigen. Sprichst du mit ihren direkten Kollegen?«

»Wie denn! Soll ich denen sagen, was sie hat?« Er klang gereizt.

Marlena spürte, dass sie vorsichtiger sein sollte in ihrer Wortwahl, in ihrem Tonfall, behutsamer. Sie hatte doch bis hierher alles richtig gemacht. Valentin war auf dem Absprung, Vera musste weg, hatte sowieso nichts verloren bei ihrem Bruder. Die Erkrankung, dieser degenerative Prozess war für Marlena so willkommen wie selten etwas. Und es passierte offenbar nicht in jahrelangem geduldigen Zuwarten, in kleinschrittigem Abbau und mühsamen Zerrüttungsversuchen ihrerseits – es geschah in einem flotten Tempo. Das Schicksal war endlich einmal auf Marlenas Seite!

»Wenn sie zu keinem Arzt will, dann lass doch einfach mal einen Psychiater zu euch kommen. Du kennst doch sogar einen, diesen ... diesen ...«

»Bei dem du warst vor drei Jahren, fast vier jetzt? Weiß nicht, wie der hieß.«

»Lindemann hieß der. Den meine ich nicht. Das war ein dummer Mensch.«

»Vielleicht ist der aber in der Demenzdiagnostik nicht schlecht?«

»Valentin ...« Und jetzt sprach sie leise, fast flüsternd, bedacht, eindringlich, knapp. »Vera braucht keine Diagnostik. Auch keine Therapie, denn die gibt es noch nicht.«

»Was willst du damit sagen? Zu was soll der Typ denn kommen?«

Marlena wusste die Antwort sehr genau, aber darauf musste Valentin selbst kommen. Nähme sie die Antwort jetzt vorweg, würde sie ihn verschrecken, würde er ihr jedwedes Mitgefühl absprechen. Marlena hob leicht die Arme und ließ sie wieder sinken in einer trefflichen Ratlos-Geste.

»Auf jeden Fall möchte ich den Kontakt zu Vera halten«, erklärte Marlena mit fester Stimme. »Sie kann schließlich nichts dafür. Was meinst du, ich würde sie gerne ab und zu anrufen. Hingehen, nein, das würde ich demnächst gern vermeiden. Das verstehst du sicher.«

»Ja, klar versteh ich das.« Valentin saß zusammengesunken in Marlenas Sofaecke. So hatte sie den Bruder noch nie erlebt. »Ruf sie an, ja, aber vielleicht will sie gar nicht mehr mit dir sprechen. Muss ja auch nicht sein.«

So viel Traurigkeit! So viel Resignation! Einem plötzlichen Impuls, den Bruder zu umarmen, widerstand sie. Der Impuls verschwand auch sogleich wieder.

Marlena musste jetzt also nur geduldig sein, in der schönen Gewissheit relativer Kürze – anders als bei Alexandra. Ihr Anteil am Erfolg des Unternehmens – wie sich das anhörte! – war kein geringer. Der Rest würde sich von selbst erledigen. Die Biologie, die Physiologie, die Pathologie – was für ein wunderbares Zusammenspiel von Ursachen und Wirkungen!

Natürlich war Valentin ein Zauderer. Er hätte sich rasch und ohne viel Aufhebens seiner Frau entledigen können. Sie war doch nun gar nicht mehr nützlich. Die Universität hatte sich bald schon von ihr getrennt – oder umgekehrt: Vielleicht hatte Valentin sie überzeugt, *nicht mehr so belastbar* zu sein – raffinierte Formulierung. Aber schließlich ohne Belang. Im privaten Umfeld, in den häuslichen vier Wänden fiel das, was sie tat oder unterließ, was sie sagte oder für sich behielt, nicht besonders auf. Valentin konnte sie unter Verschluss halten – nein, nicht *so*, aber die Kontakte waren oder wurden begrenzt, die Besuche kurz gehalten, damit die Scham ihretwegen klein bleiben konnte.

Und natürlich konnte Valentin mit dem sich verschlechternden Zustand seiner Frau nichts anfangen. Wenn es zu Beginn noch ein halbwegs kalkulierbares Miteinander war, funktional und meist noch leidlich durchdacht, verlor sich mit der Zeit die Berechenbarkeit von Veras Verhalten. Es war nicht ihr Gedächtnis, das sie im Stich ließ, es war ihre Art, die sich veränderte. Einen ausgeglichenen Austausch, wie Marlena ihn neidvoll zwischen Valentin und Alexandra beobachtet hatte, hatte es ohnehin in Valentins neuer Ehe nie gegeben. Marlena verfolgte, soweit es ihr jetzt noch möglich war, Veras Wesensänderung mit großer Genugtuung. Sie ging dort nicht mehr hin, was sie selbst und auch Valentin als sehr vernünftig ansahen nach den zurückliegenden Ereignissen – Vera vergaß ja das Geschehene nicht und würde auf der Richtigkeit der eigenen Darstellung beharren – ein Faktum, das vor allem Marlena ein wenig zuwider gewesen wäre. Sie bat höchst interessiert den Bruder um häufige telefonische Auskunft bezüglich Vera. Sie hörte ihm zu, wenn er sie über neuerliche Absonderlichkeiten in Kenntnis setzte, die jetzt vermehrt Veras Hang zum Läppischen, Albernen offenbarten. Manchmal würden sich ihre Gesichtszüge abrupt ändern, berichtete Valentin, von eben noch freundlich und richtig nett zu einer wutverzerrten Fratze, aus der sich laute Beschimpfungen und fürchterliche Wörter entluden.

Marlena nahm alsbald neben dem eigenen genüsslichen Miterleben eine Wandlung bei Valentin wahr. Erschrecken,

Entrüstung und eine darauf folgende nicht geringe resignative Erschlaffung wurden allmählich abgelöst durch ein verärgertes Ungehaltensein, durch eine nur noch schwer beherrschbare Galligkeit, die Marlena einerseits innerlich begrüßte, da sie vielleicht bald zu Veras Entfernung aus dem Haus führen würde, andererseits sie an die eineinhalb Jahre zwischen Alexandras Tod und Veras Hoppla-hopp-Erscheinung erinnerte.

Ihre Anrufe bei Vera gestalteten sich meist kurz, sofern Vera das Telefon zur Hand nahm. Die Display-Lesbarkeit des Anrufers war noch nicht modern.

»Was willst du?« Vera klang kalt, wie aus der Kühltruhe.

»Dich fragen, wie es dir geht.«

»Unsinn. Die falsche Schlange, die du mir angehängt hattest, bist du selber.«

»Ach Vera, es wäre so gut, wenn es schon ein Mittel gegen den frühzeitigen Verfall gäbe.« Marlena genoss jedes ihrer Worte.

»Wenn es ein Mittel gegen ungeheuerliche Gemeinheit gäbe«, antwortete Vera und legte auf.

Marlena notierte mit Datum vom November: ‚Anruf bei Vera. Sie bezichtigt mich der Falschheit und würde mich, sagt sie, wenn sie nur könnte, umbringen.‘

Drei Wochen später: »Hallo Vera, wollte mich mal wieder melden.«

»Das kannst du dir sparen. Komm doch her, wenn du dich noch traust!«

»Was machst du denn, wenn ich komme?«

»Oh … Was ganz Feines …« Dann lachte sie schallend.

Die Notiz dazu: ‚Vera wünscht meinen Besuch. Sie droht mir und lacht dabei laut. Ich traue mich nicht.‘

So hatte Marlena mit der Zeit vier Blätter vollgeschrieben. Sie druckte sie aus, las sie durch, befand sie für aussagekräftig, legte handschriftlich noch ein Blatt dazu. ‚Lieber Valentin, nur als

Information für dich. Lass es bloß nicht liegen, Vera erschlüge mich. Grüße M.'

Langsam und mit sanftem Darüberstreichen faltete sie die Blätter, aufs Kuvert schrieb sie mit großen Lettern ‚Valentin' und versah den Namen mit einem schwingvollen Bogen darunter. Morgen, nach ihrem persönlichen Einwurf, würde er lesen können. Der Briefkasten war längst unzugängliches Terrain für Vera, wie schön.

Könnten die so gesammelten Indizien, zusammen mit seinen Beobachtungen und Erfahrungen, nicht endlich zu einer Inhaftierung führen, überlegte Marlena und lachte leise über den Begriff. Einen Prozess braucht es ja nicht. Die Angeklagte ist nicht zurechnungsfähig.

Ich bin schon ganz hübsch böse, befand sie in den Tagen um Weihnachten, in stiller Selbstbetrachtung. Aber der Zweck heiligt die Mittel – ist es nicht so?

41

Karla betrachtet das Flickwerk ihrer linken Hand und ärgert sich. Warum hat sie kein Beil genommen? Weil keines zu sehen war in Holms elender Rumpelwerkstatt. Und weil sie nicht speziell danach gesucht hatte. Wäre eine saubere Abtrennung geworden und nicht so eine widerliche Krüppelpfote, die nun wirklich zu nichts mehr zu gebrauchen ist, aber sinnlos steif und raumgreifend in die Gegend ragt wie ein Fremdkörper, mit unbeweglichen unförmigen Ausläufern, die einmal Finger genannt wurden. War wirklich nicht gut überlegt. Gar nicht überlegt. Muss einfach besser geplant werden, so etwas. Mist, wenn einer so spontan ist. Obwohl, mit einem Beil ... Was die Chirurgen heute draufhaben – vielleicht hätten die bei rechtzeitiger Entdeckung ihrer Person die ganze Hand wieder angefummelt – was für eine Blamage! Damit müsste sie womöglich tatsächlich eines Tages wieder Cello spielen.

Trümmerflosse, denkt sie. Soll demnächst ein wenig Mobilität hineintherapiert werden – wie soll das gehen, und wozu? Nervengewebe sei doch irreversibel geschädigt, hat man ihr erklärt. Sie würde allerdings, mit viel, viel, viel Übung sogar wieder Cello spielen können – sind die alle bescheuert? Was meinen die, warum sie das gemacht hat! Um mit unförmiger Schandklaue wieder das Cello anzufassen? Noch ein netter Begriff fällt ihr ein: Teufelskralle. Aber das ist etwas anderes.

Eigentlich geht es ihr ganz gut heute. Sie fühlt sich nicht so kaputt und erschöpft wie sonst oft. Guter Tag für meine Vollendung, denkt sie. Wenn Verzweiflung oder Selbstmitleid zu groß sind, ist man in Jammerstimmung und muss vielleicht sogar heulen. Kein guter Abgang. Man muss es tun in einer Laune, mit der man in den Urlaub fährt oder sich sonst etwas

Schönes gönnt. Wie auch immer, das mit dem Müssen ist ja nun vorbei.

War das eigentlich gut, was sie mit Elsa und Sam da abgezogen hat bei den Affen? Wie köstlich Elsa sich hinterher aufgeregt hat! Vertrauensmissbrauch und so ein Quatsch. Sie soll einfach kein Kind kriegen, das ist alles. Vielleicht war ja ihre kleine Provokation dauerhaft erfolgreich. Sam ist ganz wunschgemäß augenblicklich im Achteck gesprungen. Obwohl: Soll sie doch ein Kind kriegen! Geht sie doch gar nichts mehr an. Soll sie doch mit ihrem Psycho viele kleine Psychos machen – wieso war Karla denn so egoistisch und dachte, nein, sie soll nicht, weil sie dann nicht mehr zu ihr kommen wird oder dauernd dann mit ihrem Balg ... Ganz einfach, weil sie in mieser Verfassung war. Ich lasse mich nicht gern nötigen, denkt sie. War meine kleine Rache an ihrer Drängelei, mich mitzuzerren zu diesem Affenvolk. Kommt dann her an dem Abend noch und liest mir die Leviten, macht mich madig, ob ich auf diese Weise ihre Trennung von Sam wolle. Ja, wollte ich! Heute nicht mehr. Heute ist es mir egal, soll sie doch machen. Heute sehe ich meinen Egoismus ein. Heute sehe ich alles ein. Heute ist der Tag. Dem Wals hat sie erzählt, dass sie immer noch gemeine Schmerzen hat, und der meinte, dass ihn das nicht wundert. Stimmt aber gar nicht, sind nicht mehr so schlafraubend, die Schmerzen. Aber jetzt hat sie noch mehr schöne kleine Tablettchen.

Wo ist der Zettel mit den Zeilen an Elsa? Das sollte doch mal ein schöner Brief werden. Sie wird noch etwas dazuschreiben. Damit Elsa nicht nur die Rennerei wegen ihrer Leiche hat, sondern auch noch eine hübsche Erinnerung an ihre Schwester, die leider zu blöd war für diese Welt, oder die mit dieser Scheißwelt eben leider nicht viel anfangen konnte. Kann sie dann ihren Kinderchen zeigen: Guckt mal, eure Tante Karla war mal eine gute Cellistin, aber leben wollte sie eines Tages nicht mehr. Und dann wird sie ihnen einen Konzertmitschnitt präsentieren, und die Kinder werden sagen: Das ist aber doofe Musik.

Karla wird ihren Abgang ein wenig zelebrieren. Einmal etwas richtigmachen! Schluss mit den ewigen Stümpereien! Sie wird gleich baden, ihr edles Parfum auflegen. Sich schön kleiden. Muss sie nachher nicht gewaschen werden – macht man das nicht so, eine Leiche waschen? Warum überhaupt? Sind Leichen denn grundsätzlich dreckig? Oder stinkend? Laufen die aus? Doch erst, wenn sie verwesen – aber dann nützt doch Waschen auch nichts mehr! Na ja, sie wird bestimmt in die Pathologie kommen, wo sie erst mal außen und innen überall nachsehen müssen, ob Elsa sie nicht ermordet hat. Oder vielleicht jemand anderes. Die haben es dort nicht so mit dem Waschen, zumindest nicht in den Krimis, die sie gesehen hat. Das machen eher die im Bestattungsinstitut. Aber es wäre doch nett, wenn von ihr ein zarter Parfumhauch ausgeht. Haben die bestimmt nicht oft auf ihren Seziertischen.

Hätte Elsa ein Mordmotiv? Ja, doch, hätte sie! Elsa könnte ihre Fürsorgepflicht satt haben, ihr ganzes Liebesgedöns! Und Elsa könnte sauer sein, so richtig sauer, weil sie mit Karlas Verschwiegenheit gerechnet hatte, womit sie nicht hätte rechnen sollen. Vielleicht hat Sam inzwischen Schluss gemacht mit ihr, weil es ihm letztlich zu riskant ist mit ihrer Kinderwunschsucht. Elsa hat gute Gründe, Karla endlich loswerden zu wollen. Findet Karla. Sollte sie am Ende noch ein Schreiben für die Polizei aufsetzen? In dem sie genau das alles erklärt, aber eben auch sagt, dass Elsachen eine Liebesglucke ist, keine Mörderin? Wen würde die Polizei noch befragen? Tante Marlena. Die hat schließlich auch was gegen Karla. Interessanter Gedanke.

Während Karla so die Variationen ihrer Todesfolgen überlegt, hat sie sich entkleidet, läuft nackt in ihrer kleinen Wohnung herum, Wasser läuft in die Wanne. Das Fenster steht weit offen, laue Luft weht herein. Weiße Wölkchen tänzeln vorm Himmelsblau.

Auf dem Schreibtisch, den sie von allerhand Kram befreit

hat – es soll ordentlich aussehen für alle, die nachher hier rein-
kommen –, liegt der Bogen Papier, den sie vor ein paar Wochen
beschrieben hatte mit den wenigen Sätzen an Elsa. Daneben ein
neues Blatt, noch unbeschrieben. Der Stift liegt bereit daneben.
Auf dem Couchtisch hat sie fünf Schachteln unterschiedlicher
Tabletten gestapelt. Zwei davon hat sie heute erst aus der Apotheke mitgebracht, nachdem sie bei Doktor Wals war. Ein großes
Glas steht da, ebenso eine Karaffe mit Wasser, ein Rührlöffel.
Drei entkorkte Flaschen Rotwein, und daneben das große bau-
chige Trinkglas.

»Wird ja wohl reichen, alles zusammen«, sagt sie. Die zer-
störte Hand hält sie vor ihren schmalen Bauch. »Hauptsache,
mir wird nicht schlecht, bevor ich …«

Als sie ins warme schaumige Duftwasser steigt, will sie ihren
Kopf ausschalten, was nicht so einfach ist. Neben der Wanne, auf
einem Hocker steht das erste Glas Rotwein, das sie sich gleich
genehmigen wird. Und alles zum letzten Mal, denkt sie. Jeder
Handgriff, jedes kleine Erleben also jetzt zum letzten Mal. Mit
vollem Bewusstsein. Ist das nun traurig?, fragt sie sich. Nein,
traurig ist es nicht. Es ist eine Entscheidung, ihre erste wirklich wirksame Entscheidung. Alles Bisherige war Pillepalle,
einschließlich Cello. Rein kognitive Entscheidung. Ein Gefühl
dabei? Nein. Vermisst sie denn ein Gefühl? Müsste denn die
Gewissheit, in vielleicht zwei Stunden mausetot zu sein, nicht
irgendein Gefühl auslösen? Wehmut vielleicht? Diese Welt nun
zu verlassen, bewusst und zielgerichtet herbeigeführt. Karla,
dich gibt es nachher nicht mehr! Ja, aber das macht doch nichts.
Es wird doch keinem etwas fehlen. *Sie* wird keinem fehlen. Ja,
gut, Elsa wird ein bisschen herumgreinen. Ärgern wird sie sich
hauptsächlich, dass ihr Liebesgesülz umsonst war. Allenfalls eine
Verzögerungstaktik darstellte. Und wäre es anders, wenn hundert Menschen um sie trauerten? Ach, ach, ach, nun aber bitte
nicht theatralisch werden! Wunschvorstellung? Damit endlich
ein Gefühl lebendig werden soll? Sie hat doch alles immer ganz

gut ohne ein Gefühl hinbekommen. Sogar die Musik. Und *ihr*
fehlt doch niemand! Das wird es sein, das macht den Schritt unkompliziert. Ihr hat noch nie jemand gefehlt. Oder doch, schon
einmal. Aber das ist lange her.

Gefühl, wo bist du? Nein, sie vermisst nichts. Das Wasser ist
angenehm warm, es umschließt sie wohlig wie ein Streicheln,
weich, zärtlich. Ist doch ein Gefühl. Durch den dicken, leise
knisternden Schaum sieht sie ihren Körper nicht. Der Schaum
verknistert sich, denkt sie. Wortschöpfung in der letzten Lebens-
stunde. Sie hebt ihr rechtes Bein gestreckt aus dem Wasser. Die
Haut glänzt, der Schaum läuft in weißen Fetzen vom Fuß über
Wade und Schienbein, über Knie zum Oberschenkel und ver-
eint sich mit dem über der Schamgegend. Schamgegend, denkt
sie, wieso ist das eine Gegend zum Schämen. Aber sie muss nun
keine Fragen mehr stellen, weil sie nichts mehr verstehen muss.
Die Zehennägel wird sie sich gleich frisch lackieren, rot. Für die
Pathologen. Haben doch sonst keine Freude. Der rote Wein,
Glas schon leer, oh, halbtrocken, schmeckt er oder schmeckt
er nicht, rinnt in ihren Magen, sie fühlt es. Gleich werdet ihr
Gesellschaft bekommen, Wein du, Magen du, bitte dann keine
Verwunderung! Und vor allem keine Rebellion!

Karla greift zum grünweiß gestreiften Badetuch, hüllt sich ein,
während das Wasser in glucksendem Sog die Wanne verlässt.
Barfuß und nassbeinig tappt sie ins Wohnzimmer, hinterlässt
Wasserspuren, gießt sich das nächste Glas Wein ein, nimmt es
mit zurück ins Bad. Ein paar vereinzelte Härchen hier und da
rasiert sie sich weg. Bei ihrem Besuch vorgestern hat Elsa zum
wiederholten Mal zur Ratsche gegriffen und ihr die Haare auf
vier Millimeter getrimmt. ‚Du fängst schon wieder das Reißen
an‘, hatte sie gesagt und Karla abgeführt ins Bad, unter die elektrische Ratsche. Sie streicht mit der flachen Hand über den Kopf.
Das war das letzte Mal, Elsa.

Fußnägel schneiden, feilen, sich entscheiden für eine Farbe
aus dem roten Spektrum. Sie hat die Wahl. Gestern wusste sie

noch nicht, das sie heute dabei an die armen Pathologen wird denken müssen.

Ein wenig Deo, dann ein paar Moleküle Parfum – welches? Das besondere, ja, orientalisch, warum nicht. Yves Saint Laurent, dieses teure Zeug von Freddy damals – was der alles für sie gemacht hatte! Dummer Kerl. Freddy, alter Freund, sie denkt an dich, an ihrem letzten Tag, beduftet sich erstmalig mit einem winzigen blumig-exotischen Tropfen. Für ihre schöne Leiche. Aber obwohl – entsteht überhaupt noch ein Duft, wenn die Haut kalt und tot und gar nicht mehr durchblutet ist? Egal, bis es soweit ist, hat sie selbst noch etwas davon.

Was zieht sie an? Ein leichtes Sommerkleid, gar nichts sonst oder darunter. Wegen der Arbeit, die andere nachher mit ihr haben. Ob das ordentlich ausgezogen wird, oder ob ritsch-ratsch alles zerschnitten wird? Nein, bestimmt nicht so – bei ihr muss ja nichts mehr schnellgehen, müssen keine *Zugänge* mehr gelegt werden, oder wie das heißt. Das fröhliche Kleid, das mit den irren Blumen. Wann hat sie das denn mal angehabt.

Karla setzt sich an den Schreibtisch. Die Sonne blinzelt ihr direkt ins Gesicht. Was schreibt sie dann nun an Elsa. Das zweite Glas Wein ist leer. Beim Schreiben kann sie das nächste trinken. Was hat sie denn vorhin alles gedacht? Elsa-Gedanken. Alle schon ausgedacht? Gehirn schon leicht beduselt, dass ihr nichts mehr einfällt?

Sie kann ja erst einmal die ganzen Tabletten aus ihren bescheuerten Hüllen drücken. Ins Glas mit euch. Schmerzmittel, Schmerzmittel, ei-ei-ei. Und was ist das? Schlaftabletten, genau, der gute alte Wals hat ihr die aufgeschrieben, genau wie die gegen die Schmerzen. Einen Mörser bräuchte man. Wieso hat sie keinen Mörser im Haus. Holm hat bestimmt einen, weil der immer alles hat. Ob der unten in seiner langweiligen Wohnung hockt? Sie merkt den Alkohol im Kopf, dieses leise schöne Summen. Jetzt muss sie sich sputen. Nächstes Glas. Das Zeug muss ja noch runter. Wasser auf den Tablettenberg im Glas. Auch den Löffel zum Rühren hat sie nicht vergessen, schlaues Kind. Einige von den Tabletten wollen sich auflösen, andere sind zögerlich. Karla schüttelt das Glas. Gasbläschen, das Wasser wird weißlich-grau. Keine vollständige Auflösung der Tabletten, sicher nicht genug Wasser. In einer gesättigten Lösung kann sich nichts mehr auflösen. Das ist alles, was sie aus dem Chemie-Unterricht noch weiß. Karla gießt nach. Wird beschissen schmecken. Sie riecht daran. Wein hat wenigstens einen Geruch. Es bläsert immer noch. Sie rührt. Schlückchenweise probieren oder runter auf ex. Sie muss die nächste Flasche anfangen. Die Hälfte, mindestens, und nach dem Trunk den Rest, für den Geschmack. Sie rührt, Metall klappert gegen Glas. Sind noch gar nicht alle Tabletten hineinbefördert.

Karla hört Schritte ihre Treppe hochkommen, schnelle Schritte, hastige. Elsa öffnet die Tür, überblickt sofort die Situation.

»Was machst du. Spinnst du. Was soll das.«

Mit drei Schritten ist sie am Tisch und will Karla das Glas wegnehmen. Die hat es sofort an sich gezogen wie einen Schatz, den sie vor Diebstahl schützen will. Karlas Augen sehen sie an, groß, ein bisschen dämlich, kein klarer Blick.

»Was das soll?«, fragt sie zurück. »Was soll das, dass du jetzt schon wieder kommst?«

»Schon wieder? Weil ich so ein Gefühl hatte, vielleicht? Und weil das offensichtlich genau richtig war? Gib das her, Karla, bitte!«

Karla schüttelt den Kopf, das Glas mit der grauweißen Chemie dichter an sich ziehend, mit beiden Händen. Die unförmige Linke liegt wie ein augedörrter rosa Krake über der Rechten. Sie sieht Elsa mit schiefem Gesicht an. »Wir könnten es uns teilen. Reicht bestimmt für zwei. Aber du musst dich ja ... erst noch fortpflanzen.« Sie spürt den Wein und dass ihr Sprechen sich schleppend anhört. Und dass sie den letzten Satz gar nicht sagen wollte. Und dass sie den Wein austrinken möchte, aber die gesunde Hand dazu bräuchte. Den Inhalt des Tablettenglases könnte sie auf der Stelle hinunterstürzen, aber das ist kein guter Gedanke. Elsa würde es ihr aus der Hand schlagen, augenblicklich die Rettung rufen. »Du machst immer alles kaputt, Elsa«, ist das, was ihr noch dazu einfällt. Müde ist sie. Und enttäuscht.

Elsa setzt sich ihr gegenüber an den Tisch. Reden sollte sie jetzt, so lange, bis Karla aufgibt. Ihr fällt nur eine Frage ein.

»Warum willst du mir das antun, Karla?«

Karla hat keine Lust zu antworten. Ihre linke Hand, die das Glas flach beschirmt, kann es nicht halten, drückt es gegen die Brust, während die rechte mit dem langen Löffel darin rührt. Dabei blickt sie senkrecht hinunter in das Glas, aus kurzer Entfernung, was kaum gelingt. Das Löffelende schabt an ihren Lippen. Sie muss jetzt schön langsam sprechen, sich um gute Artikulation bemühen.

»Weil … du … eine Scheißschwester bist.«

»Ja, die Scheißschwester, die dich liebt.«

Karla muss überlegen. »Nein«, sagt sie dann. »Die … sich … nur … selber liebt. Die immer nur … großartig sein will. Die … mich … nicht … in Ruhe lassen kann.«

»Die es nicht ertragen kann, dass du dich so wegwirfst.«

»Ich kann mich wegwerfen …, soviel … ich will. Ist *mein* Leben.«

Sie wird es jetzt nicht trinken, denkt Elsa und steht auf, holt sich, mit ununterbrochenem Blick auf Karla, aus der Vitrine ein Weinglas, setzt sich wieder an den Tisch und gießt sich ein Glas voll. Das von Karla füllt sie auch, wozu die zweite Flasche geleert wird. Trinken bis zum Delirium, denkt sie, Karla muss so besoffen sein, dass sie die Hauptsache vergisst.

»Ich würde dich in Ruhe lassen, Schwester, wenn ich nicht immer wieder Angst um dich haben müsste. Du jagst mir einen Schrecken nach dem anderen ein.«

»Klappt doch«, kichert Karla. »Meinen … wunderbaren

Sozialdienst erschrecken«, hebt ihr das Weinglas entgegen und leert es mit vier großen Schlucken.

Eine Weile schweigen sie. Elsa schenkt ihr nach.

»Was hattest du vor, Karla. Hier am Tisch zu verrecken? Oder wolltest du Dich noch ins Bett schleppen und dich dort formvollendet hübsch hindrapieren für die Sargträger?«

Karla kichert wieder. »Du hast es ... erfasst, Mama-Schwester.«

»Du gibst mir jetzt dieses Glas.« Elsa streckt die Hand über den Tisch.

Karla lacht. »Niemals ... Wie die Bullen im Krimi: ‚Waffe runter! ...Schieben Sie ... auf der Stelle Ihre Waffe rüber.‘« Karla versucht, die Schwester zu fixieren. Sie soll endlich abhauen. »Willst du etwa ...« – Karla muss sehr lachen – »meinem ... Ableben beiwohnen?« Das machst du ... bestimmt nicht. Musst mich doch ... noch ... zwanzigmal retten.«

»Du weißt gar nicht, wie gemein du bist, Karla.«

»Do-o-och.« Karla zieht das Wort lang, mit tiefer Stimme. Elsas Blick schweift durch den Raum, landet drüben am Küchenfenster. Themawechsel, denkt Elsa. »Du hast die vertrocknete braune Rose immer noch da stehen – warum eigentlich?«

Karla lenkt etwas mühsam ihren Blick dem Elsas hinterher. »Ach die, ja. War mal ... weiß.« Karla zieht die Stirn in Falten, überlegt angestrengt. »Die ist von Max, Mensch. Komisch ..., fällt mir jetzt wieder ein ..., wie der Idiot hieß.«

»Max? Und weiter?«

»Keine Ahnung.« Sie starrt ins Tablettenglas. »Arschloch halt.« Dann versucht wie wieder, Elsa anzusehen. »Guck nicht so, bist auch eins.«

Elsa könnte ihr jetzt den Tablettencocktail entreißen, mit Karlas Reaktionsschnelligkeit ist es nicht mehr weit her. Stattdessen beginnt sie, die letzten zehn Tabletten aus der Folie zu drücken, immer rascher, mit zitternden Fingern, wirft sie in das Glas vor

Karlas Brust, schmeißt sie hinein, mit Tränen in den Augen, es spritzt, eine nach der anderen, nicht alle treffen. Karla grinst, mit verspätetem Erschrecken, oh, Tropfen im Gesicht, einer über der Lippe, sie macht die Zunge lang, spürt deren Trägheit, erwischt den Tropfen. »Gar nicht so ... schlecht, wie ich dachte.«

»Karla, verdammt, kapierst du es nicht, ich möchte, dass du lebst!«

Karla streckt ihr etwas unkoordiniert, aber vehement ihre kaputte Pratze direkt vors Gesicht.

»Und ... ich möchte ..., verdammt ... kapierst du es nicht ..., dass du gehst!«

42

Marlena war dabeigeblieben, Vera anzurufen. Vera wollte nicht mehr mit ihr sprechen, legte sogleich wieder auf, sobald sie Marlenas Stimme hörte. Einmal noch war es anders. Einmal blieb sie in der Leitung und hörte Marlenas scheinheilige Frage nach ihrem Ergehen. Gut gehe es, richtig gut, war Veras Antwort. Weil sie Marlena nun durchschaut habe. Ein krankhaft eifersüchtiges Weib sei sie, weil sie nie einen Mann abgekriegt habe. Daher gönne sie dem Bruder die Frau nicht. »Hast du nicht meine Vorgängerin auch schon auf dem Gewissen?«, fragte sie unverblümt. Es klang wissend, und Marlena fühlte augenblicklich die alte Angst großwerden. »Ja, du Dreckstück«, setzte Vera ihre Anschuldigung fort, als Marlena nicht reagierte. »Du hast sie nicht leiden können, stimmt's?« Marlena sagte nichts. Was konnte denn Vera überhaupt wissen! »Hast sie langsam vergiftet, wie?« Marlena drängte es aufzulegen, aber sie musste in Erfahrung bringen, was die Frau wissen konnte. Sie wartete stumm, was da noch kommen würde. Vergiftet, ja, so konnte man das nennen, ihr Hass war ein wirksames Gift. »Ich höre dich atmen«, kicherte Vera. »Jetzt bist du ganz still, weil ich's rausgekriegt habe, wie?« Marlena spürte ihr Herz im Hals schlagen. Das hörte die andere bestimmt auch. Mühsam versuchte Marlena, ihre Stimme normal klingen zu lassen, als sie fragte, was sie denn rausgekriegt habe. »Vali hat mir alles erzählt«, sagte sie und lachte dabei – oder war das kein Lachen? »Was – alles?« »Na alles eben! Und dann kann ich mir eins und eins zusammenreimen – so ganz blöde bin ich immer noch nicht!« Marlena schloss die Augen, ihr Herz beruhigte sich, ihr Atem auch. Vera reimte sich also nur irgendetwas zusammen, denn natürlich *wusste* sie nichts. Woher denn.

Eines Tages erklärte Valentin seiner Schwester, dass Vera eine Aussprache wünsche, in Valentins Beisein, denn sie beharre darauf, dass Marlena sie zu unrecht beschuldige.

»Sie sagt das immer wieder, sie drängt darauf«, sagte Valentin am Telefon. »Kannst Du dir vorstellen, dass wir das zusammen hinkriegen?«

Vera gab also immer noch keine Ruhe. Marlenas *Nachhilfestunden* lagen doch nun schon eine Weile zurück.

»Ob das so gut ist, weiß ich nicht«, überlegte Marlena, die sich plötzlich nicht sicher war, ob sie so einer Situation gewachsen sein würde. Eine unangenehme Auseinandersetzung, auch wenn sie nur schlicht bei ihrer Version des Geschehenen zu bleiben hätte. Aber Valentin schien ja geneigt, seiner Frau Glauben zu schenken, wenn die so zäh festhielt an ihrer Darstellung. War Valentin am Ende der Zweifler?

»Komm doch einfach, dann bringen wir es hinter uns«, sagte er. Und Marlena spürte, dass er die Klärung Vera wohl schuldig war, da sie immer wieder insistiert und ihn darum gebeten hatte.

Sie hatten sich für einen Freitagabend im März verabredet. Es war erstaunlich warm, fast würde man draußen sitzen können. Marlena hatte ein paar weiße Tulpen besorgt, die sie der gekränkten Vera als wohlmeinende Geste überreichte. Vera sah wieder seltsam aus. Die eigentlich dafür zu kurzen immer noch hennaroten Haare hatte sie mit einem Gummi zu einem dünnen Schwänzchen zusammengewürgt. Nur direkt am Hinterkopf reichte die Länge, um im Gummi zu bleiben. Ihr feistes Gesicht lächelte nicht. Dennoch hatte Marlena erneut die Assoziation einer Knochensäge, die sie in dem Zahnzwischenraum hinter diesen sehr rot geschminkten Lippen ansetzen könnte. Auch ihre Zähne hatten vom Lippenstift etwas abbekommen. War die Zeit von Veras Wickelkleidern vorbei? Leggins trug sie, grüne Leggins über den dicklichen Beinen und einen grauen Schlabberpullover. Und braune Filzlatschen. Trifft man sich so zum Zwecke einer sachdienlichen Aussprache? Marlena warf Valentin einen Blick zu, von dem sie nicht wusste, ob er ihn richtig deuten konnte oder wollte. Vielleicht war es ihm mittlerweile egal, wie seine Frau herumlief.

Nun, offenbar gehörte dieser Tag, dieser Abend nicht mehr zu denen, die vielleicht Vera selbst als gute Tage bezeichnet hätte. Die drei saßen zunächst schweigend beieinander, eine Flasche Rotwein, drei Gläser, eine Schale mit Knabberzeug und die fünf weißen Tulpen auf dem Tisch. Valentin hatte den Platz auf der schwarzen Ledercouch, die beiden Frauen saßen in Sesseln einander gegenüber, Marlena mit geradem Rücken und kaum angelehnt, auch hier empfand sie das Sitzmöbel zu klobig für ihre Figur, wenngleich es nicht die Ausmaße wie bei Karla hatte. Vera fläzte breitbeinig, beide Arme auf den Lehnen, ihr gegenüber und blickte sie nicht an, schien Kaugummi im Mund zu haben. Dann legte sie die Außenkante ihres rechten nackten Fußes aufs Knie des linken Beins, betont lässig. Der Filzpantoffel schlenkerte an ihrem großen Zeh. Endlich griff Valentin sich die Weinflasche, entkorkte sie langsam und schenkte ein.

»Wollten wir nicht heute etwas aus der Welt schaffen, das höchst unerfreulich zwischen uns steht?«

Uns hatte er gesagt, und sich diplomatisch geschickt mit einbezogen, dachte Marlena. Soll Vera doch anfangen, ihretwegen hat Marlena sich hier eingefunden.

Da Vera schwieg, eröffnete Marlena die Debatte. Sie fühlte sich sicher. Vera war in schlechter Verfassung.

»Ja«, sagte sie, und Valentins Formulierung aufgreifend, »zwischen uns stehen Deine Anschuldigungen, liebe Schwägerin, die einfach nicht der Wahrheit entsprechen.«

»Ja, mach du mir schon wieder die Hölle heiß!« Vera kaute Kaugummi, schüttelte den Kopf, hatte vielleicht etwas anderes sagen wollen.

»Was konkret wirfst du Marlena vor?«, sprang Valentin seiner Frau zur Seite.

»Was ich ihr vorwerfe?«, empörte sich Vera. »Eine Lügnerin ist sie! Eine elende Lügnerin!«

»Wo soll ich gelogen haben?« Marlena tat gelangweilt.

»Als ob du's nicht wüsstest, du falsches Aas!« Vera hatte sich vorgebeugt.

»Keine Beschimpfungen, Vera, bitte!« Valentin bemühte sich sehr. »Was war mit den Briefen? Und was war mit der Pflanze?« Er schien ein begriffsstutziges Kind vor sich zu haben.

Vera drehte den Kopf zur Seite, schwieg, starrte die Wand an. Auch Marlena half der Schwägerin auf die Sprünge. »Wir wissen doch beide, was geschehen ist, Vera! Es ist nun mal keine schöne Entwicklung, aber wir müssen doch den Tatsachen ins Auge sehen.«

Vera funkelte sie an. »Du! Du bist so eine Tatsache! Und die anderen Tatsachen, ja, die nutzt du aus, die nutzt du für dich, und das macht dir Freude!«

Marlena lächelte Vera an.

»Vera, kannst du *bitte* konkret werden? Die Briefe! Die alte Monstera!« Valentin zeigte viel Geduld.

Vera sprang auf und zeigte ungestüm auf Marlena. »Sie war es! Sie war es!« Damit ging sie drei Schritte langsam auf Marlena zu, sie fixierend.

»Lass sie, Vera, lass sie in Ruhe! Bleib doch bei dem, was geschehen ist!« Valentin war rasch aufgestanden, um Marlena herum gegangen und versuchte, Vera wieder zum Sessel zu führen.

Vera wehrte ihn ab. Sie stand dicht vor Marlena. Würde sie gleich zuschlagen? Würde Valentin es verhindern?

»Was geschehen ist? Sie gibt es nicht zu, weil sie ...« Die Worte fielen ihr nicht ein, aber sie half sich weiter. »Sie hat die blöde Pflanze kaputtgemacht, alles zerrissen und umgebrochen und dann mit dem Fuß ...« Sie wusste nicht weiter, fuchtelte mit den Armen, als ob sie dem Denken damit Beine machen könnte. Aber nun hatte sie geschrien und weinte jetzt.

Marlena blickte erschrocken ihren Bruder an, da siehst du mal.

»Da siehst du mal«, sagte sie. »Hier kann doch gar nichts geklärt werden!« Sie sprach leise, und mit großem Verständnis für die dumme Lage. Wie zu einem Kind, das die Spielregeln noch nicht versteht. »Dickköpfig bist du, Vera! Dickköpfig und rechthaberisch! Und das Schlimme ist, dass du dafür nichts kannst.« Marlena gefiel sich in der Rolle der Wissenden.

Valentin hatte Vera zum Sessel gebracht. Da saß sie nun wieder. Er gab ihr ein Taschentuch.

»Sieh mal, das mit den Briefen war doch auch so. Da hab ich doch die Absicht dahinter sogar verstanden, dass du Valentin Arbeit damit abnehmen wolltest, indem du sie vernichtet hast. Aber gut war das doch nicht! Letztendlich kommt danach immer noch mehr Ärger, aber das hattest du nicht bedacht. Und hast es auch dann nicht bedacht, als Valentin dich darauf hingewiesen hatte! Hast damit weiter gemacht. Was meinst du, wieso er dir den Briefkastenschlüssel weggenommen hat?«

Vera sah die Schwägerin böse an, wollte etwas sagen, nahm ihr Kaugummi aus dem Mund, klebte es an den Schalenrand und nahm sich von den Erdnüssen eine Handvoll. Ihr Gesicht schien plötzlich wie zerfallen.

»Meiner armen Mutter hatte man auch beizeiten ...«, sagte sie leise, dann suchte sie wieder nach Worten. »... die Fäden aus der Hand genommen.«

»Ja richtig, das glaub ich dir. Vera, da fällt mir was ein«, sagte Marlena munter. »Was ich dich schon lange mal fragen wollte: Wie geht es eigentlich Gesine? Hast du mal was gehört von ihr? Wie alt sind deine Enkel jetzt?« Marlena war froh, dass sie sich den Namen von Veras Tochter gemerkt hatte. Und besonders froh, dass ihr der kleine Umstand tatsächlich eben im rechten Moment eingefallen war.

Vera kaute auf drei Erdnüssen herum, ihre Hand war noch gut gefüllt. Sie blitzte Marlena aus zusammengekniffenen Augen an. »Was faselst du da? Was geht das dich an! Das geht überhaupt keinen was an! Dass ich mich nicht …« Sie konnte nicht weitersprechen, ruderte mit den Händen in der Luft, schleuderte dann die Nüsse Marlena ins Gesicht.

»Vera!«, schrie Valentin und sprang hoch. »Bist du verletzt?«, fragte er Marlena nebenbei, die verneinte. »Was spielt das denn jetzt für eine Rolle?« Er sah Vera verwirrt an. Dann wandte er abwechselnd das Gesicht beiden Frauen zu. Was ging hier eigentlich vor? Und was hatte Marlena damit zu tun?

»Richtig!«, schrie jetzt Vera. »Das spielt nämlich überhaupt keine Rolle! Zu keiner Zeit! Hörst du?« Damit sah sie Valentin böse an. »Spiel du dich mal bloß nicht als Moralapostel auf!« Sie haute hart auf die Tischplatte, sprang auf und rannte ins Bad, das sie hinter sich abschloss.

»Was war das denn jetzt?« Valentin schien nun gar nichts mehr zu verstehen.

Marlena zuckte die Schultern. »Lass mal, vielleicht hätte ich danach jetzt nicht fragen sollen.« Das mit dem schuldbewussten Lächeln konnte sie ganz gut.

»Klärst du mich vielleicht bitte mal auf? Offenbar kriege ich immer nur Bruchstücke mitgeteilt. Ist Gesine die ominöse Tochter, über die Vera nicht spricht? Und *Enkel*? Was weißt du denn über das alles?« Valentin sah wütend aus.

Marlena wehrte ab. »Ich kann dir da nichts Genaues sagen. Musst sie halt selber fragen. Benedikt hatte bei der Hochzeit so eine Andeutung gemacht.«

»Andeutung. Schon bei der Hochzeit. Aha. Mir gegenüber auch, als er hier war. Alles zu viel auf einmal.« Und damit fiel er in finsteres Schweigen.

Aus dem Bad hörten sie Vera singen *Ein Schiff wird kommen*. Marlena sah Valentin fragend an. Themawechsel war hervorragend.

»Alte Schlager singt sie oft. Besonders, wenn sie sich vorher geärgert hat.«

»'Ich bin ein Mädchen aus Piräus und liebe den Hafen, die Schiffe und das Meer. Ich lieb das Lachen der Matrosen und Küsse, die schmecken nach See, nach Salz und Teer ...'«

Marlena schüttelte den Kopf. »Valentin, ich versteh das wirklich nicht. Warum beharrt sie nur so sehr darauf, dass ich die Sachen gemacht habe?«

Und Valentin hatte sie lange angesehen und nichts gesagt.

Die Zeit verging langsam. Marlenas Neigung, sich bei Vera zu melden, ließ nach. Ein bis zweimal im Monat rief sie an. Vera wurde einsilbiger. Vielleicht, weil ihr immer weniger die Vervollständigung der Sätze gelang. Vielleicht, weil sie spürte, dass es wirkungslos blieb, sich zu wehren gegen Marlenas Argumente. Vielleicht, weil ihr immer weniger zu sagen einfiel, überlegte Marlena. Ihr Bruder schien keine Anstalten zu machen, sich von Vera loszusagen. Es hätte doch alles recht schnell gehen können. Er ließ sich viel Zeit mit ihr. Irgendwann kam eine Pflegerin ins Haus, allerdings nur stundenweise. Marlena kannte diese Stunden.

Wenn sie die Pflegerin im Haus wusste und wenn der Anrufentgegennehmer eingeschaltet war, kamen Marlena freundliche Worte über die Lippen. Sie wünschte eine gute Zeit, eine bessere Zeit, lobte Vera und Valentin für ihre Langmut, bedauerte die Zerwürfnisse der Vergangenheit, bedauerte die Tatsache, dass nun Besuche leider gar keine Freude bedeuteten, gab sich kleinlaut und ein wenig schuldbewusst, wobei einschränkend stets zu betonen war, dass sie nicht so recht wisse, wo ihre Anteile an dem erkalteten Klima zu finden seien. War die Pflegerin nicht anwesend, und hatte Vera einmal keine Abneigung, den Hörer in die Hand zu nehmen, hörte sie sicher manches Mal Marlenas Worte. Ob sie sie kognitiv aufnahm, war irgendwann nicht mehr sicher. Ob sie überhaupt noch demenzfreie Areale in ihrem Hirn habe, fragte Marlena sie dann. Ob es Vera Spaß mache, den geplagten, alles hinnehmenden Ehemann mit der eigenen Anwesenheit zu piesacken. Wie lange sie Valentin noch auf die Nerven gehen wolle. Wann sie endlich damit beginne, ihre Ausscheidungen nicht mehr unter Kontrolle zu haben. Denn dann wäre schließlich der Zeitpunkt gekommen, an dem Valentin den Strich zöge und so weiter.

Valentins Anrufe bei Marlena wurden ebenfalls seltener. Was sollte er ihr berichten. Erfreuliches gab es nicht. Vera sperrte sich oft und lange ins Klo ein. Zum Glück gab es im Haus eine Gästetoilette für ihn. Vera begann Handarbeiten und verschenkte sie, obwohl sie noch längst nicht fertig waren. Sie schnitt ihre Haare mit der Schere ganz kurz, ordentlich konnte sie nicht, ein Friseur durfte nichts richten. Sie deckte die Möbel mit Toilettenpapier ab und schimpfte, wenn Valentin es entfernte. Eine Zeit lang ging sie noch einkaufen, brachte aber Zeug mit, das niemand brauchte: Schnäppchen aus den Sonderangeboten, auf die sie niemals achten mussten oder die sie gar nicht aßen, ein Kilo Nieren, preislich herabgesetzten Frischfisch mit abgerissenem Haltbarkeitsdatum, eine Computertastatur, drei Haushaltsbesen, ein Ausmalbuch für Vierjährige. Sie wurde handgreiflich, wenn die Pflegerin etwas machte oder sagte, was ihr missfiel. Sie zerschmiss einen Teller mit Bratkartoffeln, weil sie meinte, *Kraut und Rüben* seien der *Kriegsfraß von Mutter und Oma* gewesen.

»Als meine Frau ist sie aber immer noch ganz okay«, lachte Valentin zynisch eines Tages ins Telefon, und Marlena verschlug es die Sprache. »Klar, Schwesterchen, verstehst du nicht, aber das braucht der Mann.«

Da war es wieder, ihr Nichtverstehen. Das war es also, was ihn veranlasste, Vera bei sich zu behalten, obwohl diese Person doch längst *abgelaufen* war.

Und erst, als *das* nicht mehr ging mit ihr, als sie unter sich machte, als sie Windeln benötigte, war es für Valentin nicht mehr tragbar. Die Gerüche wurden ihm unangenehm. Sagte er so: Sie riecht nicht mehr gut.

Valentin, diese Frau hat noch nie gut gerochen!

Dann war alles schnell gegangen. Fünf Jahre waren seit der Hochzeit vergangen, als er sie ins Pflegeheim brachte. Gegen ihren Willen, natürlich. Aber als sie dann dort angekommen war, hat sie Ruhe gegeben. Mit fünfundfünfzig Jahren. Valentin war gerade pensioniert. Endlich hätte er mehr Zeit für sie haben können. Er besuchte sie gelegentlich. Brachte ihr Blumen mit, oder Konfekt. Weil sich das so gehörte. Und weil es keine Zeit gab, in der sie ihn nicht mehr erkannt hätte. Sie freute sich meist, wenn er kam. Die Freude war kurzlebig. Fünf Minuten, höchstens zehn. Dann hatte sie genug von ihm, beschimpfte ihn oder gab einfach Laute des Überdrusses von sich.

Marlena hatte mit großem Aufatmen Veras Einzug ins Pflegeheim zur Kenntnis genommen. Noch am selben Abend besuchte sie Valentin. Und sie erschrak. Über seinen Augen lag ein Schleier, um seinen Mund war jene Bitterkeit eingezogen, an die sie noch traurige Erinnerung hatte, nachdem Alexandra nicht mehr da war und die unverändert geblieben war bis zum denkwürdigen Erscheinen Veras.

»Es wird eine Erleichterung für dich sein, Bruder. Ihr wird es dort nicht schlecht gehen. Und du musst nun diese Verantwortung nicht mehr haben«, sagte Marlena leise und sanft.

Er sah in ihre Richtung, aber er sah sie wohl nicht. Dann nickte er. »Verantwortung«, wiederholte er und nickte immer noch.

»Soll ich uns was Schönes zu essen machen?« Marlena lächelte aufmunternd.

Er antwortete lange nicht.

»Du bist froh, dass sie weg ist – oder? Du musst das nicht zugeben«, fügte er hinzu, noch ehe Marlena antworten konnte. Und dann sagte er noch, dass er nichts Schönes zu essen brauche. »Nie wieder.«

Marlena gab sich große Mühe, seine Worte als die zu sehen, die sie wohl waren: Ausdruck momentanen Unwillens, Nichtbegreifens, des Noch-nicht-wahr-haben-Wollens seiner neuen Freiheit. Wenn eine Last einem so plötzlich von den Schultern genommen wird, muss man die Schultern erst wieder spüren lernen, wie sie sich anfühlen ohne das Joch zuvor, muss man sie neu zu benutzen lernen.

Marlena hatte sich ungefähr vier Jahre lang gefreut, heimlich und still seit ihrem Gespräch mit Benedikt äußerst interessiert und zuversichtlich die demenzielle Entwicklung Veras verfolgt. Auch ohne ihr Zutun hätte es kaum eine Verzögerung gegeben. Allerdings hatte sie der hübschen Speise hier und da eine winzige Würze zugefügt, das gewisse Etwas. Auf ihren geringfügigen wohldosierten Anteil an dieser Entwicklung war sie ein wenig stolz. Die Früchte ihrer kleinen Mühen würde sie nun bald kosten dürfen. Valentin würde sich rasch erholen – und schließlich war Vera ja nicht tot, so wie Alexandra. Ganz bestimmt war da ein Unterschied zu machen zwischen Gestorbensein und zunehmend hirnbefreiter Weiterexistenz. Marlena schmunzelte in sich hinein. Um einen Gestorbenen mochte man trauern, wenn man dazu in der Lage war. Über einen Lebenden konnte man sich doch freuen, wenn der ohne einen nun genauso gut zurechtkam, vielleicht sogar besser.

Sie begann wieder, liebevoll für ihren Bruder zu sorgen. Eine Putzhilfe kam nun regelmäßig, was gut war, so dass Marlena lediglich für das brüderliche Wohlfühl-Ambiente zuständig sein wollte. Sie tat es gern, gewiss vorzüglich und geduldig. Sie lud ihn ein, ins Theater, ins Konzert, in die Oper, zu sich in die Bibliothek, wenn ein bekannter Autor sein Buch vorstellte. Einen Wochenendausflug organisierte sie für beide, verbunden mit einer angemessenen Wanderung in hügeliger Landschaft. Zwar lehnte er ihre Vorschläge nicht ab, bestand auch ab und zu darauf, die Rechnung für beide zu bezahlen, aber sie merkte bald seine Unlust gegenüber den gemeinsamen Unternehmungen.

Sie hatte zunehmend das Gefühl, ihn mitschleifen zu müssen, und sie wollte doch nichts tun, was ihm missfiel.

Was ihm offensichtlich guttat, war immer noch ein bisschen Arbeit an der Universität. Was ihm nicht guttat, waren seine Besuche bei Vera. Danach verfiel er jedes Mal für Stunden oder Tage in düstere Stimmung, war kaum ansprechbar.

Dann geh doch nicht so oft zu ihr, wollte sie ihm sagen, ahnte aber, dass sie damit in einer Wunde stochern würde, die er ohnehin offenzuhalten gedachte.

Und er ließ sie immer deutlicher spüren, dass sie, genauso wenig wie sie ein Alexandra-Ersatz hatte sein können, nun ein Vera-Ersatz war. Sie war und blieb die kleine Schwester, unzulänglich in jeder Hinsicht. Den Gesprächen, die er gern gehabt hätte, war sie nicht gewachsen. Er winkte gelegentlich ab mit wegwerfender Handbewegung nach einer Bemerkung von ihr oder einem Satz, der ihm nicht passte. Marlena war genauso wenig wie einst Alexandra mit allem einverstanden, was Valentin so von sich gab, aber ihre eigenen Argumente fand sie selten treffsicher genug, außerdem brauchte sie ein wenig Zeit, länger als Alexandra einst, um sie zu formulieren. Die Zeit ließ er ihr nicht.

Bitter dachte sie, dass Vera das auch nie gekonnt hatte, auch nicht in den Zeiten, als sie ihr Gehirn noch beisammen hatte. Was ihn bei ihr gehalten hatte, war dieses andere, dieses Jenseitige, wovon Marlena doch keine Ahnung hatte.

Zusehends entglitt er ihr in jene verkniffene Schweigsamkeit, deren geduldige Zeugin sie schon einmal war. Sie erreichte ihn kaum noch.

Sehr allmählich begriff sie, dass sie den Bruder niemals für sich gewinnen konnte. Sie hatte Alexandra beseitigt, ein Verbrechen begangen, für sich und ihren Bruder. Sie hatte bei Veras Entsorgung mitgewirkt. Alles, um dem einzigen Menschen, der ihr wichtig war, zu dem sie die einzige Art Verbindung spürte, die ihr möglich war, nahe zu sein. Sie hatte ihr ganzes Leben damit zugebracht, einem Hirngespinst zu folgen. Armselige Lebensbilanz. Mitunter verstieg sie sich darauf zu denken: Er weiß ihre Taten nur deshalb nicht zu schätzen, weil er keine Kenntnis von ihnen hatte.

Ein reichliches Jahr nach Veras Auszug hockte Valentin wieder im gleichen Frustloch wie vor ihrem Erscheinen, mit weltverachtenden Mundwinkeln, und sicher auch angewidert von seiner Schwester, auch wenn er ihr das nicht direkt an den Kopf warf. Sie begann, sich zurückzuziehen. Und sie spürte, dass dieser Rückzug ein endgültiger war, dass sie den Bruder herzugeben hatte, abzugeben an seine Welt, in der er ihr verloren schien, in der er aber zu sein wünschte, feindselig allen und gewiss auch sich selbst gegenüber und in der sie nun keinerlei Aufgaben mehr zu erfüllen hatte.

Sein Sohn war nach wie vor an den Wochenenden gelegentlich bei ihm. Er redete kaum mit Julius. Und der beschäftigte sich eine Weile schweigend mit den geschäftlichen Angelegenheiten seines Vaters und ging dann wieder. Dass Valentin Immobilien besaß, wusste Marlena, es war aber für sie von allergeringfügigstem Interesse. Während Vera noch mit im Haus war, gerieten Vater und Sohn manchmal heftig aneinander wegen fehlender Schriftstücke, und ein kleines inneres Entzücken entlockte Marlena in solchen Augenblicken ein schadenfreudiges Lächeln, mit dem sie in die Küche verschwinden musste. Valentin schämte sich offenbar, Julius gegenüber Veras besorgniserregenden Zustand zu erwähnen. Sehr wahrscheinlich erklärte er ihm nichts. Ein neuer innerfamiliärer Makel musste keinesfalls thematisiert werden, was für Marlena nachvollziehbar war, nachdem Julius bereits für genügend Zündstoff gesorgt hatte. Ob Julius von Veras Abbau überhaupt Kenntnis hatte, wusste Marlena nicht. Sie fühlte sich weder willens noch befugt, ihrem unsympathischen Neffen eventuelle diesbezügliche Wissenslücken zu schließen. Der junge Mann mochte sich sein eigenes Bild von der neuen Vaterfrau machen. Als Vera nicht mehr dort lebte, war es wieder ruhiger geworden zwischen den beiden Männern. Die anscheinend notwendige stundenweise Koexistenz beider in Valentins Haus aus Gründen, die sich Marlena nie ganz erschlossen hatten, geriet wieder in die frühere zäh-verstockte Herangehens- und Umgangsweise, die ihr hinreichend bekannt war.

Mit der Zeit stellte sie fest, dass Valentin ihr gar nicht mehr fehlte. Es gab nun Wochen ohne Kontakt, später Monate. Wenn sie sich nicht bei ihm meldete – von ihm kam nichts. Fragte sie ihn nach seiner Beschäftigung, vermied er eine konkrete Antwort. Sie solle sich nur um ihn keine Sorgen machen, er habe gut zu tun.

Womit brachte er seine Tage zu, seine Abende? Publizierte er ab und an noch immer wissenschaftliche Artikel? Verkroch er sich am Ende ganz und gar in sein theoretisches gekünstelt-verquastes Konstrukt historisch-mystischer Sprachverdrehungen, das er im Internet propagierte, das vom Verstehen her ausschließlich ihm selbst zugänglich war und über das er niemals mit jemandem hatte sprechen können, nicht einmal früher mit Alexandra? Geistig untätig zu sein, war doch für ihn niemals eine Option gewesen.

Eines Tages spürte sie sogar, dass Valentin ihr gleichgültig zu werden begann. Er machte es ihr nicht schwer.

Das war, nachdem sie selbst kurze Zeit berentet war. Sie hatte länger als notwendig gearbeitet, wissend um ihre prekäre Lage hinsichtlich nunmehr verfügbarer Zeit, die mit etwas Sinnvollem angefüllt zu werden hatte, das ihr doch nicht zur Verfügung stand. Sie wusste um den Knick im Leben, wenn mit einem Mal nichts mehr zu tun ist und eine gähnende Leere sich auftun möchte, sofern kein Füllmaterial vorhanden ist.

Valentin legte keinen Wert mehr auf sie. Und war es denn

wirklich Gleichgültigkeit, die sie empfand? Wollte sie mit Gleichgültigkeit ihr restliches Leben anfüllen? War es nicht ein wohlbekannter kleiner gefälliger Hass, ein bisschen hellblau, wenn sie zu denken begann: Es geschieht ihm recht? Es geschieht ihm recht, dass Vera beizeiten dement geworden ist? Es geschieht ihm recht, dass er sie so immer noch sehen muss, wenn er sie – selten zwar mittlerweile – besucht: Hirn-abgebaut und leer, nicht ohne Aggression, unberechenbar, mit ihren Fäkalien experimentierend. Es geschieht ihm recht, dass Vera immer noch am Leben ist.

Valentin schied allmählich aus ihrem Leben aus. Und sie war zu einem Versuch gezwungen. Zu einem Lebensversuch ohne Ziel. Körperlich gesund, aber ohne Freunde, ohne Reiselust, ohne ein zeitfüllendes Hobby. Sollte sie anfangen, Strümpfe zu stricken? Und für wen? Sollte sie einen Töpferkurs besuchen? Zum Altensport gehen? Irgendwo Vereinsmitglied werden? Einem Lesezirkel beitreten? Alles war doch mit Menschen verbunden. Bisher hatte es keine Gelegenheit gegeben, die Menschen angenehmer zu erleben als in ihren frühen Jahren. Sie musste es nun endlich aufgeben, irgendwo dazugehören zu wollen. Zu einer Gruppe. Zu irgendwem. Vielleicht sollte sie ihre Einsamkeit und ihre lange schon bestehende passive Todessehnsucht einfach wertschätzen. Schließlich ist sie ohne alles Tamtam sämtlicher anderer Frauen durch die Jahre gekommen. Ist das vielleicht nichts? Alles konnte sie selbst entscheiden. Sie wünschte sich nun niemanden mehr. Und sie selbst war nirgends erwünscht – das war einfach anzuerkennen. Bei Elsa und Karla war sie vielleicht noch ein wenig erwünscht. Zu der Zeit gab es noch beide junge Frauen für gegenseitige Besuche, wenn auch stets auf unterschiedlicher Höhe ihrer Sympathieskala. Karla ist nun auch – wie sagt man heute – weg vom Fenster, denkt sie.

Aber halt – sie unterschlägt ja immer jemanden. Simone Jakisch unterschlägt sie. Simone bemüht sich schon viele Jahre um Marlena. Aber Marlena ist, schnöde und uneinsichtig für

Simone, immer auf dem falschen Kurs geblieben. Man kann es doch so einfach haben, wenn man diesen dummen Kurs nur endlich verließe und sich den *kosmischen Energien* und den *Gestirnen* und der *Weisheit der Liebe* anheimgäbe. Simone steht einfach über diesen weltlichen Dingen und lächelt lieblich und verzeihend, wenn Marlena so böse ist und Simones erleuchtete Gedanken ein bisschen lächerlich findet, so wie neulich erst. Vielleicht, so überlegt Marlena, hängt die Tatsache, dass ich dieser im Grunde lästigen Frau überhaupt eine Art Zugang zu mir gewähre, damit zusammen, dass es geheimnisvolle Dinge zwischen Himmel und Erde gibt, rätselhafte, die rational nicht erklärbar sind, die ich, rational funktionierend, durchaus erlebt habe. An die ich nicht *glauben* muss, weil sie ja passiert sind. Und sowieso geht es nicht um Glauben, schon gar nicht in einem eigentümlich religiösen Sinn wie bei Simone, die ihre Gedanken aber sehr stolz als *Wissen* verkündet. Bei ihr vermischt sich alles auf eine spleenige wunderliche Weise, die Marlena ebenso putzig wie bizarr erscheint. Dass es Zufälle gibt, simple Zufälle ohne einen inneren Zusammenhang, ja, natürlich gibt es die. Andauernd, und überall. Für Simone nicht. Und für Marlena, was den eigenen Fall, betrifft, auch nicht. Kann sein, dass das die verborgene wundersame Gemeinsamkeit ist. Simone Jakisch verfügt über ganz eigene Welt-Erklärungen oder besser -deutungen, versponnene, ausgedachte, zusammengereimte, behauptete, aber sie ist so selig damit. Alle Fragen scheinen damit beantwortet, alle Unsicherheiten ausgeräumt. Und Marlena scheint mitunter etwas neidisch zu sein auf die Frau – sehr bekanntes Empfinden. Es kommt vor, dass sie ihr ganz gern und mit Staunen zuhört bei dem Unsinn, den sie verzapft, weil Simone genau damit dem eigenen unnützen Leben, der eigenen Einsamkeit ihren ganz individuellen sinnstiftenden Stempel aufgedrückt hat. Wozu Marlena nicht in der Lage ist.

Ja, und mitunter hat sie sogar die Idee, dieser Frau etwas von sich zu erzählen. Die Idee ist eine flüchtige, aber die Frau könnte ein Gespür von Marlenas Idee haben, eine leise Ahnung von etwas, das Marlena konstant unter Verschluss hält und kommt vielleicht deshalb immer wieder einmal hoffnungsvoll auf sie zu. Obwohl Simone jedes Mal – und zuletzt in besonderer Heftigkeit – von ihr enttäuscht sein muss, ist sie doch niemals gekränkt. Ob das als herausragende Fähigkeit oder als Symptom einer Glück bringenden Erkrankung zu betrachten ist, will Marlena nicht eruieren.

Eine Menge Zeit ist vergangen. Marlena ist am Leben geblieben. Von niemandem ist sie wegen ihrer Tat behelligt worden. Wenn sie gefragt würde, was geschehen ist, was sie erlebt hat, würde sie sagen: nichts. Aber es fragt niemand. Auch Simone Jakisch fragt nicht. Selbst wenn sie fragte, bekäme sie die Antwort nicht. Da sie in ihrer eigenen Welt lebt und ihr Verstehen in Sphären verschoben hat, in denen ein Verbrechen wie das von Marlena begangene gewiss nur eine Frage unterschiedlicher energetischer Zustände ist. Auch von ihr würde Marlena sich nicht verstanden fühlen. Das, was Marlena tatsächlich wichtig war in all den Jahren, woran sie gearbeitet hat, was sie vorangetrieben hat, was sie für längere Zeit sogar ziemlich aus der Bahn ihres öden Lebens geworfen hatte, kann sie niemandem mehr erzählen. Vergangenheit ist uninteressant. Selbst Vera ist nun lange schon eingetaucht in die wabernden Schichten all dieses Gewesenen, bedeutungslos. »Nichts von Relevanz«, sagt sie, aus dem Fenster schauend in einen nebligen Augustmorgen.

Neuerdings ertappt sie sich bei einem Lächeln, nicht im Beisein eines anderen Menschen, nur so für sich. Dann fragt sie sich, ob sie etwas milder geworden ist, versöhnlicher vielleicht auch mit den eigenen Unzulänglichkeiten. Nein, denkt sie dann. Allenfalls gleichgültiger.

Ein Vierteljahr vor seinem Tod hatte Valentin Marlena angerufen, ob sie ihn besuchen wolle. Sie dürfe auch etwas zu essen mitbringen, sein Kühlschrank sei leer.

Wie lange hatte er sich nicht gemeldet? Acht Jahre? Neun? Zehn?

Sie war hingefahren zu ihm, mit einem gut verschlossenen Topf Gemüsesuppe im Kofferraum. Ein alt gewordener ungepflegter Mann mit Bauch grinste sie an. Schweigend löffelten sie die Suppe. Zum Dank nickte er ihr zu.

»Vera lebt immer noch, wusstest du das«, sagte er irgendwann mit brüchiger Stimme. Es war belanglos, ob sie darauf ja oder nein antwortete.

Und heute ist heute. Valentins Tod ist über zwei Jahre her. Der ihm übrigens recht geschehen ist, denkt Marlena. Er musste bestraft werden. Für ihn hatte sie gelebt, ohne dass er davon etwas bemerkt hat. Und sie lebt in einem fort, warum nur, sinnlos verschont bisher von jeglicher Krankheit – wie seltsam, und wie aussichtslos ohne absehbares Ende. Ja, ja, ihr geschieht es ebenso recht wie Vera, dass sie weiterleben muss. Es sind die Strafen für ihren Mord und für Veras Personendiebstahl. Zum Dasein verurteilt sind sie.

Sie ist damit nicht allein. Tröstlich kann das nicht unbedingt sein.

Aber heute ist ein besonderer Tag. Marlena hatte einen Gedankenblitz. Ihr fiel der Aufbewahrungsort ihrer vor nunmehr sechsundzwanzig Jahren in großer Pein vollgekritzelten Blätter ein. Natürlich: Der Ordner mit den Kontoauszügen! Nur welcher? Der damals aktuelle war es nicht. Sie erinnert sich plötzlich. Also einer der beiden vorausgehenden musste es sein. Und richtig, da waren sie abgeheftet in einem, mittendrin, zwischen damals bereits inaktuellen Kontoauszügen, gut getarnt. Sie schien die Blätter vor sich selbst verstecken zu wollen. Warum nur hatte sie alles detailliert aufgeschrieben? Was für ein riskantes Beweisstück! Wenn sie schon wie unter Strom stehend ihre Tat hatte niederschreiben müssen – warum musste sie das kompromittierende Material auch noch behalten? Es ergibt doch gar keinen Sinn.

Vier Seiten sind es, in einer Schrift, die der ihren kaum gleicht. Ein Graphologe wäre wohl sehr verwundert. Aber sie war damals wie von Sinnen, nichts mehr entsprach ihr selbst.

Mit der Entzifferung hat sie gerade Mühe gehabt. Aber ja, so war das alles, und es ist alles wieder frisch und gerade eben erst geschehen. Sie spürt ihr klopfendes Herz.

Marlena war wie so oft in der Valentin-Familie eingeladen. Man saß beisammen. Julius war auch da. Einen sehr heftigen lautstarken Streit gab es zwischen Valentin und ihm. Um Geld ging es, wie so oft. Julius kümmerte sich zu der Zeit länger schon um die Liegenschaften des Vaters. Valentin traute ihm wohl nicht über den Weg, vermutete, betrogen zu werden von seinem Sohn, was er tatsächlich nicht wissen konnte, weil er nichts überprüfte. Er hat Julius diesbezüglich doch viel Vertrauen entgegengebracht. Oder nicht? Julius wollte ihm etwas erklären. Marlena fand die Brüllerei von beiden furchtbar, vor allem Julius wurde immer lauter, schrie Valentin an, er möge doch künftig seinen Kram alleine machen. *Dreck* hatte er geschrien, seinen Dreck solle er doch alleine machen. Da wagte es der eigene Sohn ...

Marlena verstand inhaltlich nur einen Teil dessen, was da los war, wäre gern in hohes schrilles Kreischen ausgebrochen, nahe an der Ultraschallgrenze, um ein sofortiges Ende herbeizuführen. Sie war ohne Einfluss, wie immer. Stattdessen bekam sie Angst und schlich in Valentins Arbeitszimmer, um das nicht weiter mit anhören zu müssen. Solchen Auseinandersetzungen war sie nicht gewachsen. Wahrscheinlich würden sich die Männer gleich schlagen. Marlena kroch in die Ecke hinter den Schrank. Wäre jetzt jemand hereingekommen, sie wäre nicht gleich entdeckt worden. Sie hörte etwas krachen, wahrscheinlich wurde ein Stuhl umgeworfen. Alexandra hatte sich bis dahin herausgehalten aus dem Streit, sagte dann aber in völlig normaler Lautstärke deutlich einen Satz zu Valentin: ‚Kannst du denn nicht *einmal* gut finden, was Julius für dich macht!' Aber wenn er ihn doch wahrscheinlich betrog? War es nicht schlimm genug, dass der Sohn sich gegen den eigenen Vater derart im Ton vergriff? Musste nun auch noch Alexandra ihm beistehen?

Diesen Satz hätte Alexandra nicht sagen dürfen! Marlena nebenan hinterm Schrank hatte das Gefühl zu kochen. Ihr Herz raste vor Wut. Niemand schützte Valentin! Halblaut quoll der verhängnisvolle Satz aus ihr heraus, der ihr aus den Eingeweiden emporstieg: ,Krepier endlich, du abscheuliche fiese Ratte!'

Und drei Sekunden später war der Tumult ein anderer. Da war etwas passiert! Erschrockene besorgte Rufe, beide Männer riefen in einem fort Alexandras Namen, einer schrie ins Telefon nach dem Rettungsdienst. Wenige Augenblicke nur, bis Marlena klar wurde, was die Kraft ihrer artikulierten Gedanken soeben bewirkt hatte. Und da hatte sie ihr Wasser nicht halten können.

Wenig später waren alle verschwunden, mit dem Rettungsdienst mitgefahren? Aus dem Haus jedenfalls. Stille überall, gespenstische Stille, wo zwanzig Minuten zuvor noch feindselige Fetzen geflogen waren, die ihr Mark erschüttert hatten, vor denen sie sich lautlos und offenbar unbemerkt verkrochen hatte. Zusammengekrümmt, verstört, auf nichts mehr achtend, nass unter sich hatte sie sich länger kaum zu atmen getraut. Der Spuk war wohl vorbei jetzt, Alexandra im Krankenhaus. Sie konnte wieder hervorkommen. Wie widerlich, wie ekelhaft sie sich vorkam mit dieser Körpernässe! Noch nie, seit ihrer Kleinkinderzeit, hatte sie in die Hosen gemacht. Geräuschlos, auf Zehenspitzen wagte sie sich aus dem Zimmer. Verschwinden, bloß schnell raus hier. An sie hatte keiner mehr gedacht, gut so. Nur was, wenn sie abgeschlossen hatten? Sie besaß keinen Schlüssel. Müsste dann ausharren hier, bis die Männer aus dem Krankenhaus zurückkämen. Oder aus dem Fenster klettern. Ob Alexandra noch zu retten war? Bestimmt ein Herzinfarkt oder ein Schlaganfall. Den *sie* ausgelöst hatte! Bereute Marlena ihren bösen Satz? Nein, nein, keine Reue, ein Denkzettel war hervorragend.

Der Schreck schlug erneut unbarmherzig zu, als niemand mehr im Wohnzimmer war – niemand außer der auf dem Rücken liegenden schneeweißen offensichtlich toten Alexandra. Marlena riss die Hand vor den weit offenen Mund, kein Laut entwand sich ihrer Kehle, die Knie wurden ihr weich – ja, hatten denn die Rettungssanitäter sie nicht mitgenommen? Hatten sie keinen Notarzt mitgebracht? Dann war sie also schon tot, als die angekommen waren? Und dann ließen sie die Tote einfach hier liegen? Wo waren Valentin und Julius? Kam jetzt gleich die Polizei? Und sie stand hier neben der Leiche herum! Die Männer geflüchtet – wieso? Und wohin? Was war hier los?

Die Angst lähmte sie, auf der Stelle das Haus zu verlassen. Und noch etwas hielt sie gefesselt an den Ort und die Augen gebannt auf ein Faszinosum gerichtet: Alexandra lag tot zu ihren Füßen – *das* Erfolgserlebnis ihres Lebens! Das war *ihr* Werk! Das Bewusstwerden: Wenn ich etwas mit aller Kraft, die ich besitze, will, dann schaffe ich es! Neben der Leiche ein zerbrochener Kaffeebecher. Der braune große war es, aus der Töpferei, den Alexandra erst ein paar Tage zuvor erworben hatte. An so etwas erinnert man sich, an den Kaffeepott. Gewiss waren es nur Sekunden, während denen sich so viele Gedanken in ihrem Kopf zusammenballten, denn sie weiß, sie hat dort nicht lange gestanden, weil sie der Situation schnellstens entkommen musste. Die Haustür war nicht verschlossen. Die Männer noch im Haus? Sollte sie nach ihnen rufen? Nein, nur weg hier. Und leise. Nachdem sie langsam und sachte die Haustür hinter sich zugezogen hatte, genau die Verbrecherin, die unauffällig den Tatort verlassen will, ruft der dicke neugierige Nachbar sie über den Gartenzaun an, was denn da bei ihnen los wäre, mit Rettungswagen und so. Marlena starrte ihn kurz an, erneut überrumpelt vom nächsten Ereignis, dann winkte sie ab, schüttelte den Kopf und wollte davonrennen. Diesen Impuls bewusst unterdrückend, machte sie sich nur eiligen Schrittes davon. Der Nachbar hatte sie gesehen, würde nachher der Polizei …

Sie wusste es – hatte sich durch heimliches Wegschleichen vom Tatort erst recht verdächtig gemacht, so dass sie etwas später in ihrer Wohnung in diesen anhaltend verheerenden Zustand geraten war.

Wer hatte hinterher erzählt, es wäre im Gespräch um eine gemeinsame Urlaubsplanung gegangen, als Alexandra plötzlich umgefallen sei? Warum wurde dieser Unsinn erfunden? Ein einziges Lügengespinst! Wer wollte da sein Gewissen zurechtrücken? Sich von einer Schuld befreien? Gewiss Julius, der undankbare Sohn. Aber nein, Valentin hatte ihr doch die Sache mit dem Aneurysma erklärt. Wieso deckte er denn plötzlich seinen grässlichen Sohn? Marlena hätte ihn entschulden können, später, denn er mit seinem Gebrüll gegen den Vater *war* es nicht, weil *sie* es doch war. Julius reinwaschen? Dann hätte sie sich Valentin oder diesem Julius erklären müssen – nein, niemals, niemals. Sie war doch direkt dabei gewesen! Fast direkt. Daran hatte niemand mehr gedacht. An sie hatte man keine Erinnerung, schon am nächsten Morgen nicht mehr, als Valentin zu ihr gekommen war. Sie war die stolze Mörderin aus dem Nachbarzimmer, sie allein mit ihrem magischen Satz.

Marlena streicht langsam über die Blätter. Sie macht das manchmal, mit bestimmten Buchseiten, deren Inhalt ihr wichtig erscheint. Schon länger hat sie kein Buch mehr gelesen. Papier ist eine gute Erfindung, denkt sie.

Diese Kontoauszüge. Deren Aufbewahrungsfrist ist seit Jahren überschritten. An die gleiche Stelle wie zuvor heftet sie sorgsam ihr Geständnis wieder mitten hinein und stellt den Ordner zurück. Derjenige, der sich einmal mit der Beseitigung ihres Nachlasses beschäftigen wird, ist sehr wahrscheinlich Julius. Eine kurzzeitige Gänsehaut überläuft sie. Er wird nicht hineinsehen. Er hat kein Interesse an ihren armseligen Bezügen oder Ausgaben von vor zig Jahren.

Schade, denkt sie. Niemand wird erfahren, wer ich wirklich war.

43

Max versteht die Welt nicht mehr. Schon länger im Grunde. Was ist nur mit den Menschen rundherum passiert, dass sie alle dermaßen egoistisch geworden sind. So unfreundlich, so feindlich gestimmt. Seit einer Weile schon geht er besonders wach durch die Gegend, beobachtet die Menschen, sieht in ihre Gesichter, die er oft gar nicht erkennt, weil sie nach unten gerichtet auf ihr Smartphone irgendwelche Botschaften tippen. Oder nicht einmal. Sie spielen irgendein Spiel, mit sich allein, vielleicht gegen einen virtuellen anderen. Der reale andere ist nicht wichtig. Oder sie halten es an ihr Ohr, vielleicht auch waagerecht vor ihr Gesicht und reden lautstark mit einer Person im Gerät. Die Menschen sehen einander nicht mehr. Sie nehmen gar nichts mehr wahr außer sich selbst und den imaginären anderen. Gesprächspartner gibt es nur noch über technische Zwischenschaltungen. Menschen zu zweit, wahrscheinlich oft Paare, sitzen im Café und wissen sich nicht zu unterhalten. Jeder daddelt angespannt auf seinem Handy herum und kriegt nicht mit, dass er mit jemandem dasitzt. Und diesem Jemand geht es ganz genauso. Keiner stört sich daran, keiner findet das unhöflich oder auch nur sonderbar. Weil alle es so machen. Oder doch sehr viele. Die Teenager und die jüngeren Erwachsenen betreiben diese moderne Art des Miteinanders mit der größten Selbstverständlichkeit. Und wenn sie mal miteinander sprechen, sprechen sie von dem, was in den sogenannten sozialen Medien so los ist und wer die meisten Klicks bekommen hat und was sich der andere unbedingt ansehen und anhören muss. Mütter mit kleinen Kindern im Schlepptau, reden nicht etwa mit denen, beantworten deren Fragen nicht. Sie reden mit ihren Geräten! Max ist nun aber eine Generation, wenn nicht zwei, älter als diese ungehobelten sozial gestörten Typen. Er kommt sich damit ein wenig prähistorisch vor. Und er hat noch einen Bezug zu diesen anderen, diesen Vorsintflutlichen, weniger Verstümmelten, zu den ihm Ähnlichen, die mit einem Gegenüber Gespräche führen können, die gelegentlich noch zu einem Buch greifen, ins Konzert oder ins Theater gehen – sofern nicht ohnehin alles einer gewollten Schrumpfung unterliegt, die er sehr wohl mitbekommt.

Ja, er hätte eigentlich noch Zugang zu ihnen. Aber auch diese anderen, zu denen er sich nach wie vor zählt, unterliegen offensichtlich einer fatalen Wandlung. Es scheint nur noch mürrische, schlecht gelaunte Menschen zu geben, nur noch Gesichter, die Eile, Verdruss, Geplagtheit, Lass-mich-bloß-in-Ruhe, manchmal auch eine ungeheure Langeweile ausdrücken. Alle scheinen nur noch äußerst ungern zu leben.

War das früher vielleicht auch schon so, überlegt er. Dass die älter Werdenden vor allem so einen Lebendüberdruss ausstrahlten? Nur er hat sich für diese *Alten* nicht interessiert? Genauso wie es heute auch läuft? Und macht er heute auf die Jüngeren vielleicht gar den gleichen Eindruck: alt und sowieso für alles unbrauchbar? Wahrscheinlich nicht, denn diese Jüngeren scheinen doch gar nichts mehr zu registrieren, auch ihresgleichen kaum noch.

Sein Spiegelbild sagt ihm, dass er sein schelmisches Lächeln trotz allem nicht eingebüßt hat. Er hat früher schon so gucken und die Leute oft genug damit beeindrucken können. Und mit seiner fröhlichen Art. Die hat er doch nie verloren, obwohl das Leben so oft gemein zu ihm war! Aber sieht heute noch jemand sein Lächeln?

Es ist jeden Tag das Gleiche: Überall hauptsächlich vergnatzte Visagen. Und dazu unzufriedene, frustrierte, beleidigte, schimpfende Menschen. Und wenn er selbst, was er oft bewusst tut, sich als Strahlemann zeigt, ist er schon angepöbelt worden von Jugendlichen: ‚Ey, Alder, glotzt du so doof – willst eine auf

Fresse?' Die Menschen sind dem Leben böse. Obwohl sie bestimmt nicht halb so viele Enttäuschungen erlebt haben wie er! Soll er mal seine ganzen Enttäuschungen aufzählen? Der Reihe nach? Dann ist er morgen noch nicht fertig damit. Seine im Grunde alleinerziehende Mutter, die den Vater nicht halten konnte, der dauernd fremdging. Astrid, wegen deren körperlicher Verfettung er sich schämen musste. Dummes Gerede von Krankheit. Vanessa später ganz genauso. Können sich nicht anständig ernähren, diese Weiber, seit es Fastfood gibt und der Billigkram die Regale überschwemmt. Gero, dessen Dummheit er von seiner Mutter geerbt hat, ohne vernünftigen Schulabschluss. Was hat er den völlig erfolglos verdroschen, reißt heute Puten den Arsch auf, grandiose Karriere. Kann es nicht lassen, hat seine Blödheit bereits weitergegeben. Taléia, die er aus ärmlichen Verhältnissen über den Ozean hierher geholt, für die er ein Haus gebaut hat, entführt ihm die Kinder. Die Mutter kann auch nach neun Jahren noch nicht aus ihrer Schmollecke herauskriechen, stirbt einfach und erklärt ihn damit für schuldig. Julius weigert sich, die alte Freundschaft wieder zu beleben, faselt was von seinem Vater, der ihn einen Arsch nannte – ja ist er doch auch! Will nichts mehr zu tun haben mit mir, denkt Max, will mich erschießen – ja geht's noch! Samuel, der komische Vogel, haut ab, wenn ich ihm was erzählen will, gibt an mit seiner attraktiven Frau – wie er zu der gekommen ist, möcht ich mal wissen ...

Natürlich ist er keiner, der sich grundsätzlich alles gefallen lässt! Ein Waschlappen war er noch nie. Die Leute müssen schon spüren, dass sie nicht alles mit ihm machen können. Er erinnert sich lebhaft an seine tagelange Wonne, mit der er den Innereien seines ersten Hauses zu Leibe gerückt war. Seine Rachefeldzüge können sich schon mal ausdehnen, so dass dem anderen noch lange etwas davon bleibt. Was Taléia ihm angetan hatte, war der Gipfel der Bösartigkeit. Bei ihr war keine Rache möglich. Er hat ihr Einfach-so-Verschwinden hinnehmen müssen, ohne Reaktion, die sie hätte merken können! Wahrscheinlich steckte sogar seine Mutter hinter allem. Er hat ihr das durchaus zugetraut. Was er nicht mehr ergründen konnte, da er zu der Zeit bereits den Kontakt zu ihr abgebrochen hatte. Max ist keiner, der klein beigibt. Er kriecht nicht zu Kreuze. Auch wenn er dadurch nicht erfahren konnte, ob sein Verdacht durch eine Aussprache mit seiner Mutter erhärtet worden wäre. Er vermutete, dass sie Taléia sogar Geld gegeben hatte für die Flugtickets nach Brasilien, denn Taléia selbst hatte kein Geld, dafür hatte er gesorgt. Seine Mutter, die sogar auf ihre Enkel verzichtete, um der Schwiegertochter das Abhauen zu ermöglichen, das Im-Stich-Lassen ihres Ehemannes. Sähe ihr ähnlich. Alles Schlechte traute er seiner Mutter zu.

Ach ja, die Welt scheint sich gegen ihn verschworen zu haben. Menschen wie er sind vielleicht zum Aussterben verurteilt. Was doch jammerschade ist. Wären alle so nett wie er, so für Gerechtigkeit und gleiche Chancen für alle, wäre die Welt eine bessere. Wird er wohl nicht mehr erleben. Eine bildhübsche junge Frau entzieht sich ihm schlicht durch Verschwinden. Was ist das für ein Umgang miteinander! Und keiner kennt die Dame. Sie könnte ein Neuanfang sein. Er sucht nicht intensiv genug nach ihr. Das muss er sich schon vorwerfen. Er ist da sicher nicht zielstrebig genug. Oder war er vielleicht nicht charmant genug bei dieser ersten und ja: einzigen Begegnung? Sah er nicht gut aus? Sind die Frauen heute derart auf Äußerlichkeiten bedacht, dass er ihr vielleicht nicht groß genug, nicht jung genug erschien? Ist sie am Ende vergeben, hat einen festen Freund oder einen Mann? Nein, nein, überlegt er, die hat gar niemanden. Bei ihr hält es bestimmt keiner lange aus. Karla Sonnenschein. Immerhin: Den Namen wird er nicht vergessen.

Hier sitzt er nun wieder einmal in so einem Straßencafé – könnte sie jetzt nicht einfach hier vorübergehen? Sein Herz täte einen freudigen Sprung! Und natürlich spräche er sie an. Und sie würde sich zu ihm setzen. Und sie wäre nicht so schlecht drauf wie vor ein paar Wochen, sie würde lächeln und sich entschuldigen wegen ihres unmöglichen Verhaltens, das sie ihm erklären würde. Und er würde Verständnis haben, denn es war gewiss diese verletzte Hand, die ihr Schmerzen bereitet hatte und die sie ihm nicht hatte zumuten wollen. Er würde sich ebenso entschuldigen, dass er sie allein hatte sitzen lassen, während er Kaffee besorgte. Und sie würde sagen, dass sie heute nicht wegrennen würde.

Aber was sieht er? Nur wieder traurige Gestalten rundherum. Eine genervte Mutter mit ihrem quengeligen Kind. Einen trübseligen alten Mann, der mit zitternder Hand ein paar Kuchenstückchen in sich hineingabelt. Ob Max hinübergehen und ihn füttern soll? Aber seine Hilfsbereitschaft war nie wirklich erwünscht. Und dort sitzen drei jüngere Leute an einem Tisch, zwei davon traktieren ihr Handy, die junge Frau, die das nicht tut, stiert auf das tote Gerät auf dem Tisch, als ob sie verzweifelt auf dessen Klingelton wartet, damit sie nicht länger derart verlassen diese grausame Situation ertragen muss. Und dort hinten sitzen zwei ältere Damen, die eine dreht Max den Rücken zu und scheint zu erzählen, während die andere immer wieder den Kopf schüttelt. Sicher wird ihr eine schreckliche Geschichte erzählt.

Ihm kommt die hübsche wöchentliche Radio-Sendung, in der Prominente ein paar Minuten zu Wort kommen über das Heine-Thema *Denk ich an Deutschland* in den Sinn. Wenn er dazu befragt würde, schilderte er diese triste Atmosphäre an einem gewöhnlichen Tag in einem deutschen sommerlichen Straßencafé. Und er würde die Gesichter der Menschen beschreiben, und wie sich alle gar nichts mehr zu sagen haben, einsam und verhärmt aussehen, öde vor sich hin glotzen und den innigsten Kontakt allein zu ihrem Smartphone pflegen. Und sicherlich zu Hause ihre Kinder missbrauchen. Aber wer weiß, vielleicht sieht das anderswo inzwischen ganz ähnlich aus. Er war länger nicht vor der deutschen Haustür.

Er geht nach Hause, etwas müde, etwas lädiert von der Arbeit in praller Sonne. Aber der Kumpel bezahlt ihn anständig.

Im Briefkasten etwas vom Finanzamt: Ja doch, er soll seine Steuererklärung machen von den letzten beiden Jahren. Mit Strafandrohung. Das können sie immer wunderbar, die Deutschen: drohen. Was sie in der großen Politik inzwischen auch wieder wagen – in ihrer kleinen vorzüglichen Bürokratie hat es nie aufgehört zu funktionieren. Da hocken sie alle, die kleinen Nazis. Piesacken die Bevölkerung.

Der neue SPIEGEL ist auch da. Ja, auch dieses Blatt war früher mal gehaltvoller. Er wird ihn abbestellen. Immer, wenn die Zeitschrift jetzt kommt, erinnert sie ihn daran, wie unglaublich schäbig man ihn behandelt hat auf der dummen Hochzeit seines dummen Sohnes. Der hat jetzt ein Kind, vielleicht auch noch nicht. Max ein Großvater.

»Scheiß ich drauf«, sagt er leise vor sich hin, als ein Brief zu Boden fällt. Noch so ein Amtsschreiben. Null Interesse. Können mich alle mal, denkt er. Aber das Ding sieht komisch aus. Wiegt etwas in der Hand. Vorne und hinten bedruckt, Stempel hier und dort nochmal, mit mehreren aufgeklebten Etiketten, Adresse in großen Druckbuchstaben. Durchgestrichenes. Poststempel unleserlich. Briefmarke? Der kommt nicht von hier. Der hat eine Reise hinter sich. Max spürt eine leichte Übelkeit in sich aufsteigen und sein Herz, das spürt er auch. Nein, was ist das jetzt. Er reißt ihn auf. Amtliche Schriftstücke, zwei Blätter auf – ja, was ist das – portugiesisch ist das! Hat er doch nie gelernt, was soll das! Noch ein Zettel, kariertes Papier, komisch klein gefaltet, wie beigefügt den amtlichen Blättern mit diversen Unterschriften, und sein Name steht da auch als Unterschrift: Blund.

Taléia.

Seine Hände zittern, als er den karierten Zettel auffaltet. *Hallo Max wenn du willst deine Kinder sehen du must herkommen.* Darunter eine Adresse. Ja, das ist Santa Catarina. Den Namen der Stadt, oder sicher des Dorfes, kennt er nicht. Aber dort kommt sie her. Dort hatte er sie gefunden, kennen gelernt, sich verliebt. In dieser kühlen hügeligen Gegend, fern der Küste, in der sich früher deutsche Auswanderer angesiedelt hatten und wo Deutsch in der Schule gelernt wurde. Wo auch er Arbeit gefunden hatte, in der Landwirtschaft. Zuerst in den Plantagen, wo die Äpfel wuchsen, die wir hier jeden Tag kaufen können. Von etwas musste er ja leben. Dann in der Viehzucht, bei den Rindern. Dort arbeitete sie, die zierliche junge Frau in der riesigen Farm. Wo ihre halbe Familie schuftete. Für einen Hungerlohn, unter abscheulichen Bedingungen. Die für ihn genauso galten, aber ihm ging es blendend. Er war nicht arm, und er konnte jederzeit das Land verlassen und zurück ins reiche Deutschland. Taléia war so süß. Und sie tat ihm leid. Die ganze Familie, ihre vier Geschwister taten ihm leid, aber helfen konnte er schließlich nur einer. Taléia, die gar nicht mal schlecht Deutsch sprach, sagte nicht nein. Wissbegierig war sie. Und er konnte ihr so viel erklären und beibringen. Ihre Mutter und ihre ältere Schwester weinten, als sie nach einem halben Jahr mit Max sich verabschiedete zu einem Aufbruch in ein besseres Leben. Sie weinten alle, weil sie sie hergaben, aber auch, weil sie gerührt waren, weil sie gleichermaßen wussten, dass es gute Hände waren, denen sie die Tochter, die Schwester anvertrauten.

Max steht im Hausflur, in der Hand den Inhalt aus seinem Briefkasten. Tausend Gedanken überfluten ihn. Warum jetzt? Was will sie? Sie führt doch etwas im Schilde. Die Kinder sehen – das ist doch ein Vorwand, aber wofür? Will sie Geld von ihm? Vielleicht den Unterhalt, den er im Falle einer Scheidung in Deutschland hätte zahlen müssen? Will sie die Scheidung? Sie hat bestimmt einen Neuen. Er selber ist den Kindern fremd. Und sie ihm. Sie wird ihnen doch nichts Gutes über ihn erzählt haben. Und wenn doch? Schließlich hatte er ihr nichts getan. Wenn die Kinder ihn jetzt tatsächlich quasi neu kennenlernen wollen? Haben sie überhaupt eine Erinnerung an ihn? Vielleicht will sie sich entschuldigen für ihr heimliches Verschwinden vor neun Jahren? Etwas wiedergutmachen? Er hätte es verdient. Oder lockt sie ihn in einen Hinterhalt? In diesem Land mit der hohen Kriminalität ist es ein Leichtes, ihn zu liquidieren und irgendwo zu verscharren – in Deutschland würde ihn niemand vermissen.

Was sollen diese blöden Behördenschreiben? Soll er etwa erst irgendwohin und sich den Mist übersetzen lassen? Soll er am Computer vier bescheuerte Textseiten selber übersetzen? Da säße er drei Tage dran. In drei Tagen wird er in Santa Catarina sein! Er wird seine Kinder zurückholen. Und vielleicht Taléia auch. Aber dann wird er sie hier anbinden, alle drei. Nicht nur ein paar Stunden in die Besenkammer sperren. Meine Güte, war die sauer damals! Natürlich musste er eifersüchtig sein! Wäre jeder andere Mann auch gewesen. Wie die rumgeflirtet hat! Und wie sie angeflirtet wurde! Auch als die Kinder schon da waren und sie etwas Mühe hatte, ihr Bäuchlein wieder zu verschlanken. Er konnte ihr doch nicht alles durchgehen lassen. Allein wie sie immer getanzt hat! Die erste Zeit fand er das toll, und andere fanden die Frau auch toll und beneideten ihn wegen ihres Temperaments. Aber sie hat ja alle Männer so angetanzt, nicht nur ihn! Immer wieder wollte sie alleine zu ihrer Freundin, bestimmt vier- oder fünfmal, und er sollte die Kinder hüten! Und dann das brasilianische Ehepaar, das sie hier kennengelernt hatte, mit denen sie hauptsächlich portugiesisch oder sonst einen Dialekt sprach und er völlig blöde daneben saß! Lustig haben sie sich gemacht über ihn! Natürlich musste er ihr solchen Unsinn verbieten. Und arbeiten wollte sie unbedingt – ja hatte sie denn nicht in ihrer ausbeuterischen Heimat schon für zehn geschuftet? Besonders intelligent war sie nicht, sonst hätte sie das Privileg, hier zu leben, zu schätzen gewusst. Dankbar war sie nicht. Brauchte sich doch hier nur um die Kinder zu kümmern!

Das schöne Haus – gut, es war eben auch länger eine Baustelle, macht sich schließlich nicht alles gleich und sofort, aber die Geduld hatte sie nicht. Geheult hat sie manchmal, und so was kann er ja leiden! Lebt hier in Saus und Braus und sehnt sich nach Mami in die Favela zurück! Geh doch wieder hin, hat er ihr einmal gesagt, geh doch zurück, wenn es dir hier nicht gefällt, aber die Mädchen bleiben hier. Und rennt mit all dem prompt zu seiner Mutter, Hilde hier und Hilde da. Und die kommt prompt und staucht ihn zusammen und meint, ihn behandeln zu müssen wie einen kleinen Jungen, der von nichts eine Ahnung hat und nimmt Taléia in Schutz, als wäre sie ihre Tochter.

»Na, da war aber der Ofen aus!« Max steht vor seinem großen Spiegel im Flur. »Ob ich dort endlich mal vernünftig duschen kann? Ob die in fünfzehn Jahren mal was auf die Reihe gekriegt haben? Soll ich Geschenke mitnehmen? Die Mädchen, ob die schon kleine Brüste haben? Was schenkt man denn da bloß! Für Barbiepuppen sind die zu groß. Die erwarten bestimmt nichts. Sollen sich freuen, wenn der Vater aus dem fernen Deutschland angereist kommt, um sie zu besuchen. Und Taléia – bestimmt ist die eine dicke Matrone geworden wie alle diese armen Südamerikanerinnen. Muss doch mit allem rechnen.«

Er hockt in Hamburg mit seinem Koffer auf dem Flughafen, wartend auf die erste Maschine, die ihn mitnehmen kann. Wollte über São Paulo, so wie damals. Aber es gibt Direktflüge nach Florianópolis. Umso besser. Von dort muss er sich dann in die Pampa durchschlagen. Lächelnd und sich seiner Sache sicher, klopft er gegen die Innentasche seiner Jacke. Dort steckt der klein gefaltete Zettel von Taléia. Die amtlichen Schreiben auch, aber den Quatsch hat er nicht übersetzt.

»Die werden Augen machen. So schnell rechnen die mit mir nicht«, sagt er vor sich hin.

Seinen Nachbarn hat er gebeten, das Zeug vorerst aus dem Briefkasten zu nehmen.

WEITERE TITEL
DER AUTORIN

Ulla Burges
Der Schmerz ist anderswo
ISBN 978-3-7578-7774-3

Acht Erzählungen, das heißt acht Versuche, im Leben etwas hinzukriegen.

Um Scheitern geht es, und um Gelingen, vielleicht. Um Knoten, die lösbar sind, manchmal. Um Abschiede, die notwendig werden, unbedingt. Um Dummheit, die sympathisch ist, gelegentlich. Um Ignoranz, die unverzeihlich ist, immer. Um Unglaubwürdigkeit, die lebensbegleitend ist, hin und wieder. Um das bisschen Wahnsinn, das uns nicht verlässt, niemals.

Ulla Burges
Von Fischen und Menschen
ISBN 978-3-7562-6838-2

Paul Pribbernow gehört gewiss zu einer Handvoll herausragender Karikaturisten im Land. Sein Stil wird gern als altmodisch bezeichnet, was ihn nicht stört, da er weiß, dass andere Künstler es mit der Genauigkeit im Zeichnen nicht so genau nehmen. So freudvoll und leidenschaftlich er zeichnet, so freudvoll und leidenschaftlich angelt er auch. Und er sieht schon immer sehr genau hin: zu den Menschen wie zu den Fischen. Hier sind sie abgebildet. In Schwarzweiß und in Farbe. Ulla Burges unterstreicht diese Art zu karikieren mit ihren Reimen, teils im Brandenburger Dialekt, wo P. P. beheimatet ist.

Ulla Burges
Mein graues Paradies
ISBN 978-3-7557-6950-7

Mein Graues Paradies ist eine autobiografische Geschichte, erzählt aus der Perspektive der Autorin. In beiden Teilen geht es um Störungen und Verstörungen in den zwischenmenschlichen Beziehungen, um psychischen wie physischen Missbrauch, um die teils verzweifelte Suche nach Verstehen und Verstandenwerden, um die Dynamik innerseelischer Prozesse, um Generationen übergreifende Unfähigkeiten zwischen Eltern und Kindern – ein Psychogramm dreier Generationen einer Familie. Und im ersten Teil findet daneben ein kleines Stück DDR-Zeitgeschichte seinen Niederschlag.

Ulla Burges
Putchiqua um-um
ISBN 978-3-7534-6930-0

Moderne Märchen zum Nachdenken und Mitmachen – entdecke Deine Welt aus einer neuen Perspektive! Mit Ulla Burges tauchen Selbstlesekinder wie Vorlesende in eine Märchenwelt ein, die heutig ist und dennoch zeitlos. In märchenhafter Sprache und durch ihre liebevollen Illustrationen gelingt es der Autorin, auch schwierige Themen wie Angst, Neid, Hass, Ekel und Wut kindgerecht aufzubereiten. Auch das Thema Tod wird nicht vermieden.

Für (Vor-)Leser und (Vor-)Leserinnen von 4-99 Jahre.

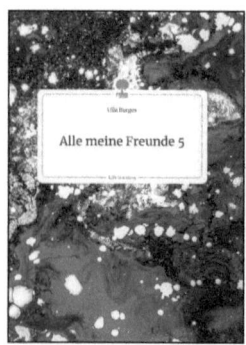

Ulla Burges
Alle meine Freunde. Life is a Story
Band 5
ISBN 978-3990876657

Die nun letzten 17, teils bebilderten Geschichtlein über die Freunde der Autorin und im Zusammenspiel mit ihr: augenzwinkernd, nachdenklich, leise, kritisch, hintergründig, makaber. Bestens geeignet für Humor-Erprobte, die in der Lage sind, ihre Mitmenschen aus einer gewissen Distanz zu betrachten..

Band 1-4 der Reihen „**Alle meine Freunde. Life is a Story**" ebenfalls im Buchhandel erhältlich.

Ulla Burges
Ich – die Lügnerin
ISBN 978-3758386459

Der vorliegende Roman setzt sich, in Anlehnung an einen Tatsachenbericht, exemplarisch mit den Themen Missbrauch, Misshandlung, Vernachlässigung und Manipulation auseinander. Er kann, was die prominenten zwischenmenschlichen Bereiche Gewalt und Abhängigkeit betrifft, als symptomatisch für eine gesamtgesellschaftliche zivilisatorische Erscheinung gesehen werden.